文學研究叢書・古典詩學叢刊

李白紀遊詩時空美學

黃麗容　著

邱序

一　前言

　　唐代（西元 618-906 年）是中國歷史中的大帝國，也是詩歌的王國。在唐代詩歌中，尤其是盛唐玄宗開元、天寶年間（西元 713-755 年），到肅宗至德、乾元、上元，代宗廣德、永泰、大曆年間（西元 756-780 年），其間三大詩人的出現，李白（西元 701-762 年）詩仙，王維（西元 701-761 年）詩佛，杜甫（西元 712-770 年）詩聖，他們的作品，代表了儒、道、佛三教合一的風華，也展現唐詩的精緻和極盛，至今為世人所傳誦，永世不竭。

　　在三大詩人中，李白的詩，共一千零五十一首，最具華采，也最引人注目，我曾經稱譽他的詩：「李白開口寫詩，便是半個盛唐。」在當代杜甫的〈春日憶李白〉，也盛讚李白的詩：「白也詩無敵，飄然思不群。清新庾開府，俊逸鮑參軍。……」讚美李白的詩，是天下第一，無人可以與他匹敵，他的詩清新、俊逸，帶有六朝詩歌的風韻和華采。其實李白的詩歌是多樣性，無人不喜愛，都可以人人上口，吟誦幾首。

二　李白天才，浪遊四海，詩花璀璨

　　李白的一生，像謎樣的人物，尤其他浪遊四海，所激發的詩，是多彩多姿，無以倫比。黃麗容是我在中國文化大學，中文研究所教過的學生，她也很喜歡李白的詩，在讀博士班的時候，要我指導她的博士論文，我一向指導研究生論文，首先要求論文的品質要好，尤其著重創意，在跟她討論論文範圍時，便選定《李白詩色彩學研

究》，因為詩歌中所使用的色彩字，也都含有不同的情感；同時這是跨科系的論文，文學和顏色是不同領域的美學。

當時我要求她，如要寫這個題目，必須到美術系去旁聽「色彩學」的課程。我推薦她到臺師大美術系去旁聽「色彩學」，那位教授接受我的推薦，但要求她跟美術系的正規生一樣，要用彩筆來繪畫，才能體會顏色中所涵蘊的情感。她為了寫李白的詩中的色彩學，到師大美術系旁聽色彩學兩年，才開始著筆寫她的博士論文。果然她的博士論文提出口試時，得到口試委員的肯定和讚賞，也就很順利獲得博士學位。不久，她的論文，在文津出版社出版，書名為《李白詩色彩學》。

三 學無止境，學習要執著不斷翻新

我在二〇一〇年九月十日，參加臺灣章法學所主辦的章法學學術研討會，開會地點在高雄文藻學院，我發表了一篇論文，題目為〈穿越時空進入四度空間的文學〉。當時我很好奇，為何英國作家寫《哈利波特》好幾集小說和電影均暢銷全球，她所寫的魔幻世界的情節，在中國的《封神榜》、《西遊記》，也屬於描寫虛擬或魔幻世界的文學。於是我撰寫那篇論文時，考慮到時空交錯的問題，這與愛因斯坦的物理學有關，從點線面到立體的第三度空間，乘上時間，便進入虛渺無限大的第四度空間。我把中國文學中，列入第四度空間的文學，有神話、寓言、游仙、志怪、虛幻、虛擬、懷古、情色文學等八大類。如同千年前李白的〈青夜宴桃李園序〉中所說的：「夫天地者，萬物之逆旅；光陰者，百代之過客。」萬物在天地間如同住在旅社一掠，短暫的停留，便離開消失在浩浩無際的光流中，文學家對時空交錯的觀感，既敏感、又加以感慨，留下這類不少的作品。

　　有幾次黃麗容來找我談論描寫第四度空間的文學，她很有興趣，要追根究柢，我們一起討論這跨越科際的文學研究，會帶來新觀念、新創見，物理學和文學交會後所發生的火花。就如她前些年寫《李白詩彩色學》一樣，也是跨科際美術顏色學與文學的交會。如今，她完成《李白紀遊詩時空美學》一書，這又是一篇挑戰性的論文，首先要了解李白一生的遊踪，其次，探討李白對四度時空的思維觀念，進而研討李白詩歌中的時空觀，從零度空間、一度空間、二度空間、三度空間到四度空間，這類的論點，很少人會去深入研究，論文中，觸及到李白詩歌對時空的美學，以及李白在詩歌上的成就和影響。

四　結論

　　李白一生是詩人，是浪子，是俠客，是道士，是酒徒，是天才，他的詩清新飄逸，充滿了無限的綺思幻想，透過他的遊踪，留下不少的紀遊詩；也留下唐人在詩歌中，無限對外擴展的人文精神。黃麗容也愛讀李白詩，找到李白紀遊詩時空美學的專題，寫成論文，她有執著勤奮學術研究的毅力，在論文完成後，由萬卷樓圖書有限公司出版，她要我為這本書寫序，我也樂意答允，並寫一首〈詩李白詩〉，作為序文的結束。詩句如下：

李白開口寫詩，
便是半個盛唐。

從白帝出發，
一路猿聲送他到江陵；
安陸的月色，

照亮他一輩子的鄉愁。

峨嵋山那隻大鵬鳥，
一直埋藏在他的心底。
「黃河之水天上來」，
豈只是驚心動魄，一字千金，
而是披六朝的彩衣，
飛揚跋扈，洋溢大唐的光輝。

江南女子的手，
替他酌上斗酒的情關。
從青梅竹馬到擣衣的婦女，
從江夏鹽商到邊城的哀愁。
酒和月，陪伴他流浪一生，
山和水，點染他潑墨的詩篇。

他想飛，在峨嵋山巔，
在巫山神女峰前，在天姥山邊，
求仙訪道，尋找第四度空間。
「渭北春天樹，江東日暮雲。」
與杜甫、賀知章把酒論詩，
在黃河濯腳，在長江采石磯提月。

他是道士、狂生，
也是個劍客、酒徒和詩人。
他的詩像風、像花、像海和白雲，
他的詩飄散各處，

散播唐人的人文精神，
留芳千古，永世不輟。

邱燮友 序於
2013 年 2 月 20 日

目　次

表 目 錄

圖 目 錄

第一章　緒論

　　本章在說明本書對李白紀遊詩「時空」的研究所設定之論題，與所採用的方法。其次，本文也會說明採用此一方法的理由。在陳述本書對李白紀遊詩時空景象所預設的探究方法之前，必須先就既有詩歌時空研究成果，及其所預設的方法，進行詮析，以便作為參照背景知識，用來證明本書所持之方法的新意及必要性。是故，以下先就研究動機及目的、既有學術成果進行評述。

第一節　研究動機及目的

　　詩歌研究之方向約計有數種，例如：詩人生平相關論題研究；詩人詩歌體裁探討；詩人詩作分期研究；詩人詩歌主題形式意象章法學研究；詩歌流變史；後代詩人詩作接受史等等。此可見詩歌研究脈絡與角度日益新穎，學界對於學者開發新研究方向也多持鼓勵立場，新研究主題往往基於前人研究基礎精進深耕，並期許可以發掘前人尚未發現的新論題。對李白詩之成就、風格、特色、獨特性有所闡發。

　　李白（西元 701-762 年）詩作在中國詩壇上被贊譽為浪漫派代表，李白為罕見的天才型詩人，引領詩歌走向新的高峰境界，開創許多超前、獨特的詩歌寫法。李白詩歌研究在海峽兩岸學者努力之下，有十分豐富成果，從事李白及其相關生平、詩人的研究學者與日俱增，然而，其中涉及李白時代及詩人科學與時空觀念發掘的探究者有限，在大陸有幾篇單篇論文探討物理學時空觀念與文學關係，在臺灣則鮮少有深入的分析與討論，令人深感可惜。

　　詩人在文學作品中摹寫空間景象，詩作中的語言空間景象正是

詩人運用特殊的語言結構，表徵一己認知空間。詩人認知空間的來源是由眼睛感官捕獲的物理空間。這表現出每位詩人所見所感的物理空間世界，在其筆下，呈顯詩人視覺觀察及時空意識；與詩篇獨特的空間景象。文學評論者在評論李白詩作特色，指出其詩中具有特殊之立體空間景象和動態景象摹寫，任華〈雜言寄李白〉云：

> 古來文章有奔逸氣，聳高格，清人心神，驚人魂魄。我聞當今有李白。……多不拘常律，振擺超騰，既俊且逸。或醉中操紙，或興來走筆，手下忽然片雲飛，眼前劃見孤峰出。[1]

任華評論李白作品特色，大加讚賞其中「奔逸氣」、「聳高格」，呈現獨特、不同凡響的風采，又云「振擺超騰」、「醉中操紙」、「興來走筆」是創作者即興創作方式，摹寫出來空間景象，或「片雲飛」的動態景象，或「孤峰山」之高空景象。

皮日休〈劉棗強碑文〉評李白詩：

> 言出天地外，思出神鬼表，讀之則神馳八極，測之則心懷四溟，磊磊落落，真非世間語者，有李太白。[2]

皮日休評論李白摹寫出高度之立面景象。皮日休稱譽李白詩作空間「八極」、「四溟」之高遠寬闊，是絕塵超群，李白具有立體視覺空間感知，與豐富想像力。

此外，胡應麟《詩藪》評論李白詩之變幻景象特色：

---

[1] 參見〔唐〕李白撰、瞿蛻園校注：《李白集校注》（臺北市：里仁書局，1981 年），附錄四，頁 1838-1839。

[2] 參見瞿蛻園校注：《李白集校注》（臺北市：里仁書局，1981 年），附錄五，頁 1857。

> 李才高氣逸而調雄。……太白〈蜀道難〉、〈遠別離〉、〈天姥吟〉、〈堯祠歌〉等，無首無尾，變幻錯綜，窈冥昏默，非才力學之，立見顛跋。

殷璠《河嶽英靈集》亦評李白詩有「縱逸」特色：

> 李白性嗜酒，志不拘檢，常林棲十數載，故其為文章率皆縱逸。至如〈蜀道難〉等篇，可謂奇之又奇，自騷人以來，鮮有此體調也。[3]

胡應麟重視李白擅摹繪變化與虛幻景象之能力，認為李白是天才型的詩人。殷璠《河嶽英靈集》呈現盛唐人選唐詩之評論觀點，殷璠收李白詩十三首，評選李白詩原因：「奇」，此指李白首創「縱逸」恣意放任詩歌表現，在盛唐，此一寫法甚為奇特，是十分具有創意的詩歌摹寫法。縱逸指姿意放任，殷璠以此詞讚許李白詩，若以內容論之，詩歌主題意旨源自真實情感性格；若以意象或形式言之，詩歌呈現詩人信手描摹所見所感之比喻或聯想。殷璠讚太白詩旨與意象感興皆超越前人，深具獨特個人特色。

綜上數點，各家論評李白詩表現有幾點特出之處，首先，李白詩是即興、隨意，興發自真實情感、性格，摹寫真實之所見所感；所看所聞，故格外動人。其次，李白詩拋棄傳統詩篇寫法，尤其呈現獨特立體、高遠、寬闊視覺空間感知，這是超越前人視覺意象之創意聯想，令讀者隨詩篇空間神馳天地宇宙四方。第三，李白詩摹寫動態景象，若以創作者角度論之，李白或許酒醉後即興而作，故詩篇呈現動態、變化之景象。此一變動景象空間摹寫法，令讀者驚

---

[3] 參見瞿蛻園校注：《李白集校注》（臺北市：里仁書局，1981年），附錄五，頁1884。

喜，足見太白視覺感官覺察力敏銳，創意非凡。

關於上列幾項，詩歌是意象的累疊。視覺意象摹寫，可以呈現詩人遊歷時所見所感，李白詩有超過五百首紀遊作品，其記遊詩書寫之主要表現，包括山水自然、人文建築古蹟、宇宙天地四方、天文景觀等，許多紀遊詩題材呈現了詩人視覺、觸覺感官經驗，或想像中所見所感之空間等，在在顯示出詩人遊歷生活和個人化空間感知和認知心理。這些呈現李白個人化的詩篇視覺空間感知，誠如殷璠《河嶽英靈集》所評：「鮮有此體調也。」

《李白詩色彩學》是筆者在二○○七年所出版的博士論文，有感於李白詩及其一生漫遊奇特生命樣貌，特檢視歷來文學評論者對李白作品評語，發現諸家有部份觀點十分相似，同樣稱讚李白詩摹繪高遠寬闊空間與動態景象，而李白詩在中國詩史上占有如此重要地位，但當今沒有一本專書是探究李白紀遊詩時空之表現。因此，此為延續過去對李白詩之研究，於是興起撰寫本書意圖。

期待經由本書的研究，能夠達到以下幾個目的：

一、增進讀者對李白紀遊經歷及紀遊詩之了解，提供李白與李白詩研究者相關研究資料。

二、以本書寫作為中介，引進物理學領域時空理論，為詩歌研究領域貢獻一己階段性研究資料與成果

三、了解物理時空理論；詩人認知空間與詩篇語言空間之間必然連繫關係。

四、從李白紀遊詩中之時空摹寫之獨特性，銜接李白詩在中國詩史浪漫詩派的發展特色。

第二節　前人研究之成果

此處所謂前人研究成果概況，係指歷來時空理論對文學及其他

領域予以論述分析之著作。在本文之前，時間和空間理論與其相關
領域研究，已有許多學術成果。在大陸關於時空理論與文學藝術關
係之著作多為單篇的學報論文，研究成績有：馬正平：〈作為時空之
美的古雅〉，（2002）、[4]沈天鴻：〈時間、空間與詩〉，（2002）、[5]于德
山：〈中西藝術時空觀探析〉，（2004）、[6]李詩和：《愛因斯坦‧充滿
人文精神的物理學家》，（2004）、[7]趙輝：《愛因斯坦的科研藝術思
想》，（2004）、[8]王王鳳玲：〈時空合一體的空間意識在中國詩書中的
定格〉，（2004）、[9]李志艷、王紅：〈意象、時空、意境新論〉——兼
論李白的〈靜夜思〉，（2005）、[10]曾永成、蕭昌建：〈愛因斯坦：在童
心中從科學向美學的開拓〉，（2005）、[11]左冰：。〈時間的觀念——關
於旅遊的時空原理及其思考〉，（2005）、[12]程明震、陳繪：〈中西藝術
時空意識之比較〉，（2006）、[13]藺熙民：〈論宗白華的審美時空〉，

---

[4]　參見馬正平：〈作為時空之美的古雅〉，《四川師範大學學報》（社會科學版），第 29
　　卷第 2 期（2002 年 3 月），頁 56-65。

[5]　參見沈天鴻：〈時間、空間與詩〉，《宿州教育學院學報》，第 5 卷第 1 期（2002 年 3
　　月），頁 3-5。

[6]　參見于德山：〈中西藝術時空觀探析〉，《江海學刊》2004 年 7 月，頁 207-211。

[7]　參見李詩和：《愛因斯坦‧充滿人文精神的物理學家》（武漢市：武漢理工大學，政
　　治與行政學院，科學技術哲學所碩士論文），2004 年 11 月。

[8]　參見趙輝：《愛因斯坦的科研藝術思想》（南寧市：廣西大學科學技術哲學所碩士論
　　文，2004 年）。

[9]　參見王鳳玲：〈時空合一體的空間意識在中國詩書中的定格〉，《漯河職業技術學院》
　　（綜合版），第 3 卷第 1 期（2004 年 3 月），頁 60-62。

[10]　參見李志艷、王紅：〈意象‧時空‧意境新論〉，《古典今談》，22-54，CN14-1034/1，
　　2005 年 1 月，頁 74-77。

[11]　參見曾永成、蕭昌建：〈愛因斯坦：在童心中從科學向美學的開拓〉，《成都大學學
　　報》（社科版）第 5 期（2005 年），頁 3-7。

[12]　參見左冰：〈時間的觀念——關於旅遊的時空原理及其思考〉，《經濟問題探索》，第
　　7 期（2005 年），頁 151-153。

[13]　參見程明震、陳繪：〈中西藝術時空意識之比較〉，《大連大學學報》，第 27 卷第 5
　　期（2006 年 10 月），頁 67-73。

（2006）、[14]叶小廣：〈論英語語言使用中的時空美學意義〉，（2006）、[15]
周清平：〈論審美四維空間——以海德格爾語言美學核心思想為支
點〉，（2007）、[16]何方形：〈戴復古山水詩的時空意識〉，（2007）、[17]劉
廣春：〈時間與空間的審美之思〉，（2008）、[18]張晶：〈中國美學中的
宇宙生命感及空間感〉，（2010）、[19]王惠：〈論中國古代山水詩的時空
意識〉，（2011）、[20]楊春時：〈論中國古典美學的空間性〉，（2011），[21]其
中多數討論文學藝術作品中時空表現，以及時空美學思考，部分論
文探究物理學時空理論，與人文藝術思想之關係。可惜的是，或許
礙於單篇論文篇幅，其所舉例的文學作品不是很實，也並非是深入
剖析，讀者恐未能全面理解。部分論文引用新時空理論，但是對於
科學時空理論之分析應用僅是局部；另外部分論文探究物理科學與
文學藝術之關連性，此就文學藝術之作品舉例較缺乏代表性、系統
性，也不夠深入。因此，就時空理論探究文學作品來說，並無法作
深層和全面的研究。

---

[14] 參見蘭熙民：〈論宗白華的審美時空〉，《咸陽師範學院學報》，第 21 卷第 3 期（2006
年 3 月），頁 63-67。

[15] 參見葉小廣：〈論英語語言使用中的時空美學意義〉，《廣西師範學院學報》（哲學社
會科學版），第 27 卷第 1 期（2006 年 1 月），頁 106-110。

[16] 參見周清平：〈論審美四維——以海德格爾語言美學核心思想為支點〉，《廣西師範
大學學報》（哲學社會科學版），第 43 卷第 1 期（2007 年 1 月），頁 50-54。

[17] 參見何方形：〈戴復古山水詩的時空意識〉，《古代文學》，22-167，CN14-1034/1，
2007 年 7 月，頁 13-16。

[18] 參見劉廣春：〈時間與空間的審美之思〉，《陝西廣播電視大學學報》，第 10 卷第 4
期（2008 年 12 月），頁 61-63。

[19] 參見張晶：〈中國美學中的宇宙生命感及空間感〉，《社會科學年刊》第 2 期，總第
187 期（2010 年），頁 175-182。

[20] 參見王惠：〈論中國古代山水詩的時空意識〉，《貴州師範大學學報》（社會科學版）
第 4 期，總 171 期（2011 年 5 月），頁 107-111。

[21] 參見楊春時：〈論中國古典美學的空間性〉，《中山大學學報》（社會科學版），第 51
卷 1 期，總 229 期（2011 年 5 月），頁 32-38。

　　在臺灣關於時空與文學關係之論文專書，研究成績有：陳清俊教授《盛唐詩歌時空意識研究》，（1996），[22]此是總體探究盛唐詩篇詩意中季節、古今、生死等時間流逝呈現，與詩篇詩意中邊塞、故園等隱含之空間意識書寫。另外，還有李清筠教授《時空情境中的自我影像──以阮籍、陸機、陶淵明詩為例》，（2000），[23]與仇小屏教授《古典詩詞時空設計美學》，（2002），[24]李清筠教授《時空情境中的自我影像》關心三位詩人作品之時空書寫，並且發掘詩人自我，呈現自我影像。仇小屏教授《古典詩詞時空設計美學》以章法學的角度，來解析古典詩詞之時空現象，分析出實空間、虛空間、實時間、虛時間等詩歌結構設計。有關既有大陸與臺灣詩歌時空詮釋研究，概述如上。為了更詳盡與新穎地呈現詩歌研究以新的時空理論為特定取向及詮釋觀點，在方法上，實有必要理解與引用物理學領域時空理論，以為參照知識。此外，並參酌中文語言學與視覺感知研究，以作為參照，方能成事。李白是唐代重要的詩人，同時也是壇論述浪漫詩派時所依據的代表人物，李白成為中國詩史、詩學之研究與書寫，必要探討的對象之一。因此對於李白的詩歌與詩篇進行新角度探討研究，可以作為中國詩史，中國詩學之特定新研究取向之參照。李白一生漫遊經歷豐富，其閱歷使詩作呈現獨特詩風，也影響後代詩歌創作者。基於上述理由，本文將李白摹寫遊歷詩篇之時空研究取向，作為一論題，以本書做為初階段的研究成果。以下則就本文之研究目的所採取之研究方法和範圍，進行詳論。

---

[22] 參見陳清俊：《盛唐詩歌時空意識研究》（臺北市：臺灣師範大學國文所博士論文，1996 年）。

[23] 參見李清筠：《時空情境中的自我影像──以阮籍、陸機、陶淵明詩為例》（臺北市：文津出版社公司，2000 年 10 月）。

[24] 參見仇小屏：《古典詩詞時空設計美學》（臺北市：文津出版社公司，2002 年 11 月）。

第三節　研究方法及範圍

　　本書研究方法是以李白紀遊詩為主要核心，再取史料、詩學、文學理論、文學史、詩歌史、文法、漢語文言句法語法、語法之方所理論、語法空間系統理論、漢語語法詞法、語言學、認知心理學、認知空間理論、空間知覺理論、視覺感知理論、視覺語言學、藝術之點線面理論、藝術與視知覺理論、藝術心理學、時間簡史、基礎相對論、圖解相對論、物理學進化論、物理與哲學、愛因斯坦相對論、相對論時空理論、物理學時空理論、美學等，作為本書研究旁證理論資料。

　　其次，李白紀遊詩定義，指詩題與詩歌內容摹寫凡行蹤及想像所至者，即稱紀遊詩。李白詩總數為一千零五十一首，本文運用表列和圖解，來分析統計李白紀遊詩首數，與詩篇中數種空間景象出現情形，並且加以整理。在本文表圖項下，均作詳細的表格統計數字說明和推論，並且進一步地計算表列中出現比率與次第排序。本文所有表列與圖解皆為佐證各章節空間景象論述之數據資料。試以這些表圖歸納統計分析，突顯李白紀遊詩時空景象獨特特點。此作為本書研究基礎。

　　第三，將上述的李白紀遊詩時空景象加以分類，以呈現整體李白紀遊詩所表現的時空景象類型、空間景象之間關係，以及時空景象表現手法，和各類空間、時空景象之內涵及其表徵。

　　透過李白紀遊詩時空景象整理、分析、比較和歸納，期能使讀者更清晰而完整地了解李白紀遊詩中時空書寫之特質，且更能突顯李白詩在中國詩史浪漫詩風之時空摹寫之特色、價值，藉此充實李白及李白詩之研究。

　　總而論之，本書意圖經由李白紀遊詩時空景象之分析、探討與論述，期能為李白詩之浪漫特質和特色作出些許貢獻。

　　詩歌摹寫原本就存在著詩人視覺感官對客觀物理空間之攝取和變塑，本書研究將兼顧幾個層面，一是傳統詩學理論對詩歌空間之詮析，但摒去搬硬套的研究缺失。二是引用與銜接物理學空間理論、認知空間與詩歌語言空間，從詩人在詩篇呈現其所見所感，與主觀創塑之空間表現，研究詩歌時空之論析價值意義。故本文考查李白紀遊詩時，預定不只由李白生長遊歷、盛唐天文物理學環境、李白學養興趣等立場出發，還結合詩人時空觀與物理時空思維基礎等角度，以揭示李白詩作之時空意蘊和時代精神，期望可以扣合時空理論與文學藝術關係之研究，深化讀者對李白詩時空景象之理解，並肯定其價值。

　　本文研究材料之範圍，主要研究李白詩中紀遊之部分，將詩題與詩歌內容摹寫凡行蹤及想像所至者，檢析出來，並於限定研究材料中，比較考察相關文獻。主要底本取《分類補註李太白詩》，此底本是上海涵芬樓借蕭山朱氏藏明郭氏濟美堂刻本。由楊齊賢集註，蕭士贇補註，郭雲鵬核刻。全書三十卷，茲以明刊三十卷《分類補註李太白詩》為底本。此外，本文亦取《李太白集輯註》為輔助底本，此由清·王琦輯註，乾隆戊寅年聚錦堂原刻本，半葉十行，一行二十字。第三，瞿蛻園校注之《李白集校注》、詹鍈《李白全集校注彙釋集評》八冊，亦作為輔助底本之用。上述相關李白一千零五十一首四種傳本之版本考證，筆者在二〇〇七年出版《李白詩色學》已呈現李白詩一千零五十一首四種傳本版本考證之研究成果。故可掌握李白詩作之全貌之版本善本流傳情形，藉以確定主要研究本文之底本與輔助研究之三種底本。

第四節　本書章節之結構

　　本文以李白紀遊詩時空美學為題目，研究李白紀遊詩五百四十

三首時空景象，並取《分類補註李太白詩》為研究文本之底本。以下分述各章梗概：

第一章　緒論

首章明李白紀遊詩研究之必要，指出本書研究動機與目的，並了解兩岸及前人研究成果之概況，其次是界定本文研究方法與範圍，第三說明本書各章節之架構。

第二章　李白成長遊歷與天文學環境

李白成長與遊歷部分，取其成長移居之兩個地點：西域碎葉與蜀州綿州，來探究其成長移居地區與李白學養興趣之關係，並且試圖釐清成長移居地區之疑點。其次探究李白二十五歲後漫遊之三大區域與階段，包括三峽等地、漂流安與漫遊南北。李白身處天文物理學環境部份，將盛唐時期天文物理學進展發明，例如一行在天文物理上研究成果，這些都可以展現在盛唐天文曆法上豐富成果，從李白詩作屢次浮現的宇宙星象天文題材，反映盛唐天文物理學氛圍影響李白時空思維。

第三章　李白詩四度時空思維基礎

李白詩時空景象是獨特、個人化的表現，僅就詩篇空間景象而言，從零度空間至三度空間等描繪，這些豐富多重空間景象呈現太白視覺感官所覺察、詩篇語言所建構與所見所感之物理世界。本章以時空理論之思維來區分數個部分，介紹詩篇中呈現數種時空理論之思維根源與其關連性。

第四章　李白詩作的時空觀

李白遊歷經驗豐富，自幼年起接受百家、奇書及各領域教育，

李白的人生閱歷與開放教育方式，使其時空觀念有新創之處。本章節由李白詩與其思想，與唐代時空觀念，述說李白紀遊詩藉遊覽觀察，描摹實際或想像所至之景象，由這些景象著手，試圖呈現李白承襲傳統時空思維，與獨特覺察之時間和空間觀念。其次，在本章中，本書依李白紀遊詩及其時空觀，繪製分析李白詩時空景象表與圖型，並且逐表與圖型研析說明李白詩時空景象種類與出現次數情形之統計歸納。

第五章　李白詩歌的零度空間

李白詩歌定點空間景象描繪優美地景、人文古蹟建物、政事歷史際遇景地，基於在前四章之基礎下，深入研析李白詩定點空間及表徵意蘊，經由此一分析，可看出詩人從現實旅程或想像地景之角度，展現其空間感懷情思，使讀者了解李白詩遊歷之情思變化。

第六章　李白詩歌的一度空間

本章探討李白詩篇線狀空間景象摹寫，呈現綿延線狀美景、情思志向恆長詠。前者有萬里流水寄寓情長、夾岸芳樹景色視覺感知；後者有詩人託喻相思情意與恆遠久大之人生志向。這些書寫主題呈現李白在人生漫遊過程對一己省思、志業之追求，反映李白個人情志，也提出所有知識分子的共通情懷。

第七章　李白詩歌的二度空間

詩歌空間摹寫要深入情感思想本體，才能達到超越。本章之旨在深入研析，詩篇中呈顯知識分子的前途企慕追尋與失落茫然的痛苦。其中在志願企盼落空的部份，除了失望情感，還加入了詩人對人生下一階段茫然失序感，經由此項情思分析，可看出詩人通過詩篇面狀寬闊無際之景境，來寄寓對志業落空與人生失序之抗議書寫。

第八章　李白詩歌的三度空間

李白紀遊地點多在仙山峻嶺高度立體空間摹繪，有其對遊歷物理空間景觀景象呈現，和內部心海中想像立體空間建構，前者有戰地景致表述、登高廣角遠眺、仙山仙境之追尋等高度空間描摹內涵；後者則有寄寓孤絕寂寥形象、神仙視角體驗、仙境宇宙關照等。這些高度空間景象描寫出，人生不遇困境與仙境追求無著的複雜兩難情境。

第九章　李白詩歌的四度時空

本章深入詩人以時空合一觀念，來探究詩篇動態景象摹寫手法，分析詩人以其對物理空間時間、認知空間時間與詩歌語言時空系統，呈顯不同於僅由作品語言檢視詩篇時空景象，詩人筆下動態動相空間景象，在描繪詩人所見所感時，也正反映時間流動之情境，放眼物理學時空理論、藝術與視知覺的時空感知理論，對詩人詩篇時空合一動態景象描摹，進行解析其中表徵和意蘊，同時也以詩篇主題題材、詩人時空觀點，分析出在詩歌四度時空景象中，詩人觀察與摹寫動態、變換物象方式，呈現仙凡之境飛翔與期盼、天地間昇降與年華有盡之惆悵、虛實境況之出入與出仕隱居兩難等等。這些動態時空景象豐富太白詩篇視覺感知，也呈顯李白獨特、個人化動態觀察視角，反映詩人對物理空間具有創造力和想像力之描述手法，亦為太白紀遊詩時空藝術之特色。

第十章　李白詩歌的時空美學

本章探究太白詩篇時空景象所呈現美感效應。此分析作家藉著詩篇時空景象語言、視覺感知呈現，來表徵內心情感與對宇宙世界關懷同時流露流漫時空景象美，以變形美、立體美、衝突美、簡約美，形塑獨特浪漫詩派詩作之時空美感特色。

第十一章　結論

　　本書從詩歌定點空間、線狀空間景象、面狀寬闊無邊景象、立體高度空間景象與時空合一動態景象五個角度，歸結李白一生漫遊大江南北之際，紀遊詩作時空景象意蘊與美感風貌。並且分別由李白紀遊詩時空摹寫之特點，和李白紀遊詩歌時空摹寫發展與影響等等命題，提出結論以作為未來新的研究方向之準備。

第二章　李白成長遊歷與天文學之環境

　　李白，字太白，自號青蓮居士，又號酒仙翁，[1]生於唐朝武后長安元年（西元 701 年），卒於唐朝代宗寶應元年（西元 762 年），享年六十二歲。其生平與文學定位在《舊唐書‧文苑下》與《新唐書‧文藝中》皆立傳與列名記載。相關李白出生地和成長的史料，研究者幾乎都是由西域與蜀中兩說論之，眾多看法至今莫衷一是。太白遊歷行跡遍及大江南北，也是一直眾說紛紜。李白之成長與遊蹤留下許多難解的疑問，但此可確定的是太白主要生長與經歷為唐代玄宗和蕭宗兩朝，本文依此論列這時期中較為主要與具普遍認知的生長遊歷。

第一節　李白成長與遊歷

一　成長移居過程

　　歷來研究李白出生成長過程之文獻，藉同時期友人與李白著作之記錄，及後世史料，敘述李白家世背景與影響一生的數個重要事蹟經歷。據此，本文可論述李白成長移居的幾個地點區域：

（一）西域碎葉

　　李白出生地是蜀之綿州，[2]魏顥在〈李翰林集序〉云：

---

[1] 按：李白在其詩文中，自稱狂客、野人、楚狂人、疏散人、倔僷臣、滄蕩人等，這些自稱詞反映其個性不受拘限，好自由、喜歡突破世俗傳統，以放任己性的方式處世。

[2] 按：依《新唐書》記載，蜀地即今四川江油。

自本隴西，及放形，因家於綿。身既生蜀，則江山英秀。[3]

此說當無疑慮，理由：李陽冰與范傳正論述李白事蹟都由先祖遷居蜀地後，李白出生。李陽冰於〈草堂集序〉說：

神龍之始，逃歸於蜀，復指李樹而生伯陽。驚姜之夕，長庚入夢，故生而名曰白，以太白字之。[4]

李白出生後，李白先祖移居西域碎葉。另見范傳正在〈唐左拾遺翰林學士李公新墓碑并序〉云：

公名白，字太白，其先隴西成紀人。絕嗣之家，難求譜諜。公之孫女搜于箱篋中，得公之亡子伯禽手疏十數行，紙壞字缺，不能詳備。約而計之，涼武昭王九代孫也。隋末多難，一房被竄於碎葉，流離散落，隱易姓名。故自國朝已來，漏于屬籍。神龍初，潛還廣漢。因僑為郡人。父客以逋其邑，遂以客為名。高臥雲林，不求祿仕。公之生也，先府君指天枝以復姓，先夫人夢長庚而告祥，名之與字，咸所取象。[5]

同意李家先祖遷蜀之後，太白出生。這數條資料皆來自李白友人魏

---

[3] 〔唐〕李白撰、〔清〕王琦註：《李太白文集註》（臺北市：新興書局，1968 年清乾隆聚錦堂原刻本），卷三十一，附錄一，頁 475-476。

[4] 〔唐〕李白撰、瞿蛻園校注：《李白集校注》（臺北市：里仁書局，1981 年），附錄三，頁 1789。

[5] 同前註，頁 1780。

顯[6]與李白友人范倫的兒子范傳正記述。此類作品顯具可信度與重要性。目前學者大多相信李白祖輩曾居隴西成紀一帶，之後李家先祖遷移至蜀地（四川江油），李白出生在蜀地。相關李白先祖居地，尚有一點應該是很清楚，李陽冰〈草堂集序〉說：

> 李白，字太白，隴西成紀人，涼武昭王暠九世孫，蟬聯珪組，世為顯著。中葉非罪，謫居條支，易姓與名。[7]

此條資料說明李家先世因罪謫居條支，條支指稱極西之處，或可能較唐代西域更西邊的地域。范傳正在〈唐左拾遺翰林學士李公新墓碑并序〉論述「隋末多難，一房被竄于碎葉。」認同李家先祖曾謫徙西域碎葉。[8]碎葉在唐代西域資料中，是一常見的地名。據中西學者考證，碎葉是現今蘇俄境內吉爾吉斯加盟共和國伊塞克湖之托克馬城（Tokmak）。[9]李白幼年曾在西域碎葉生活[10]，即為現今蘇聯的吉爾吉斯國之托克馬城一帶成長與受教育。

---

[6] 按：魏顥是李白朋友，曾為太白編寫《李翰林集》，並為之序〈李翰林集序〉。

[7] 〔唐〕李白撰、瞿蛻園校注：《李白集校注》，頁1789。

[8] 按：「非罪」指沒有根據的罪責，據金師榮華考證，李白父親因罪被貶至碎葉，是可信的。參見金師榮華：〈李白先祖「隋末以罪徙西域」辨〉，《第一屆國際唐代學術會議論文集》（臺北市：中華民國唐代學者聯誼會，1989年），頁339、341。

[9] 參見金師榮華：〈李白先祖「隋末以罪徙西域」辨〉，《第一屆國際唐代學術會議論文集》（臺北市：中華民國唐代學者聯誼會，1989年），頁319-343。另參見施逢雨：《李白生平新探》（臺北市：臺灣學生書局，1999年），頁8。另參見郭沫若：《李白與杜甫》（北京市：人民文學出版社，1972年），頁3-15。

[10] 參按：李白幼年曾在西域碎葉受教育，王運熙與李寶均認為：「那時的西域地區，經濟、文化都相當發展，有像內地那樣的私塾，教學漢人的文化書籍，內地的詩歌也很快便在那裏傳誦。」參見王運熙、李寶均著：《李白》（臺北市：萬卷樓圖書公司，1993年），頁6。

(二) 蜀地綿州

　　李白童年在碎葉接受教育，神龍元年（西元 705 年），隨父親移居蜀地，定居在蜀中長達二十年。綿州（今四川江油）是李白青少年時期家鄉，李白始漫遊生活，即從蜀地開始，少年時期的太白，遊歷許多蜀地名勝古蹟。詹鍈著。《李白全集校注彙釋集評》，亦指出「（李白）五歲時到四川綿陽。」[11]

　　青少年時期，李白在蜀中接受廣博且多元的文化教育，自述其學養：

> 白本家金陵，世為右姓，遭沮渠蒙遜難，奔流咸秦，因官寓家。少長江漢，五歲誦六甲，十歲觀百家，軒轅以來，頗得聞矣。常橫經籍書，製作不倦，迄于今三十春矣。[12]

說明詩篇用典廣泛、題材範圍豐富、思維力和創造力超越古今，是其來有自的。〈贈張相鎬二首之二〉亦云：

> 世傳崆峒勇，氣激金風壯。英烈遺厥孫，百代神猶王。十五觀奇書，作賦凌相如。[13]

此見李白在蜀地涉獵領域廣泛，「五歲誦六甲，十歲觀百家」，「十五

---

[11] 參見詹鍈著：〈前言〉，《李白全集校注彙釋集評》（天津市：百花文藝出版社，1996年），冊一，頁 1。

[12] 參見〔唐〕李白撰，〔宋〕楊齊賢集註，〔元〕蕭士贇補註、郭雲鵬校刻：〈上安州裴長史書〉，《分類補註李太白集》（臺北市：臺灣商務印書館，1965 年《四部叢刊‧集部》），卷之二十六，頁 357。

[13] 參見〔唐〕李白撰，〔宋〕楊齊賢集註，〔元〕蕭士贇補註，郭雲鵬校刻：〈贈張相鎬二首之二〉，《分類補註李太白集》（臺北市：臺灣商務印書館，1965 年《四部叢刊‧集部》），卷之十一，頁 200。

觀奇書」皆呈現其不拘常調的閱讀習慣，不以主流的教育書籍為研讀重心，遵循一己興趣，不自我設限地大量閱讀，這也反映在李白奇之又奇的詩歌題材，與具超凡卓越的豐富創造力之詩篇視覺意象。

宋祈〈新唐書文藝列傳〉云：

> 白之生，母夢長庚星，因以命之。十歲通詩書，既長，隱岷山，州舉有道不應，蘇頲為益州為長史，見白異之，曰：是子天才英特，少益以學，可比相如。然喜縱橫術，擊劍為任俠，輕財重施。[14]

李白廣讀百家涉奇書，並且身體力行，學習劍術，廣結朋友，向友人請益學習遊說、出謀劃策之縱橫術，這些閱讀和學習，皆可見太白為充實自我能力，培養成一具學識才能廣博的人。

在蜀中，李白也遊歷各地名勝古蹟。現存李白蜀中記遊詩作，〈訪戴天山道士不遇〉描寫蜀地綿州境內戴天山景象：

> 犬吠水聲中，桃花帶露濃。樹深時見鹿；溪午不聞鐘。野竹分青靄；飛泉掛碧峰。無人知所去，愁倚兩三松。

此見太白很早就與道士來往，登高山與結交道士友人，形塑太白日後求仙學道與高山隱居之思想源頭。另一詩篇則摹寫蜀地峨眉山遊歷觀察所見所感：

> 蜀國多仙山，峨眉邈難匹。周流試登覽，絕怪安可悉？青冥

---

[14] 參見〔唐〕李白撰，瞿蛻園校注：《李白集校注》（臺北市：里仁書局，1981 年），附錄二，頁 1785。

倚天開，彩錯疑畫出。泠然紫霞賞，果得錦囊術。雲間吟瓊
簫，石上弄寶瑟。平生有微尚，歡笑自此畢。煙容如在顏；
塵累忽相失。儻逢騎羊子，攜手淩白日。（〈登峨眉山〉）[15]

此摹寫峨眉山為蜀地眾多仙山中首選。李白內心具十分濃厚的求仙
之情懷，藉時常登臨觀覽高山，刻意尋找仙山仙境寶地，與山中道
徒道士交往，反映了在高山求仙學道的熱情，這股求仙情思早在蜀
地青少年時期已形成了。

二 出三峽後漫遊各地

(一)三峽等地

李白在開元十一年（西元 726 年）辭親遠遊，出蜀後，展開一
連串的漫遊生活，開元十五年（西元 727 年）沿三峽而下，經揚州、
巫山、荊門、江陵、洞庭湖、廬山、金陵、揚州等等名勝景地，摹
寫許多遊歷觀覽之詩作，〈渡荊門送別〉：

渡遠荊門外，來從楚國遊。山隨平野盡；江入大荒流。月下
飛天鏡，雲生結海樓。仍憐故鄉水，萬裏送行舟。[16]

描寫走水路，出蜀後經過荊門山，觀察日夜荊門山高遠遼闊之景。

---

[15] 參見〔唐〕李白撰，〔宋〕楊齊賢集註，〔元〕蕭士贇補註，郭雲鵬校刻：〈登峨
眉山〉，《分類補註李太白集》（臺北市：臺灣商務印書館，1965 年《四部叢刊・集
部》）卷之二十一，頁 290。

[16] 參見〔唐〕李白撰，〔宋〕楊齊賢集註，〔元〕蕭士贇補註，郭雲鵬校刻：〈渡荊
門送別〉，《分類補註李太白集》（臺北市：臺灣商務印書館，1965 年《四部叢刊・
集部》），卷之十五，頁 235。

李白舟行行經香爐峰等地，〈望廬山瀑布二首之一〉：

> 西登香爐峰，南見瀑布水。挂流三百丈；噴壑數十里。欻如
> 飛電來；隱若白虹起。初驚河漢落；半灑雲天裏。仰觀勢轉
> 雄，壯哉造化功。海風吹不斷；江月照還空。空中亂潈射，
> 左右洗青壁。飛珠散輕霞；流沫沸穹石。而我樂名山，對之
> 心益閑。無論漱瓊液；且得洗塵顏。且諧宿所好，永願辭人
> 間。[17]

登上香爐峰，太白興起一股天地造化萬物功力之贊嘆。太白仰視雄
偉壯闊山景，與懸掛其上的瀑布水，似乎如同和天上星河銜接並且
直瀉而下，彷彿從雲天高處半灑傾飛。瀑布水依傍山勢下衝，由高
度三百丈山勢位置往下急奔，濺起水花直接數十里遠。太白觀賞壯
麗山勢，細細摹寫山峰與瀑布水之東西南北與上下方位，呈現立體
多種視角之山勢面向，此足見李白「樂名山」，喜觀覽名山景象之情
懷。另見〈登廬山五老峰〉：

> 廬山東南五老峰，青天削出金芙蓉。九江秀色可攬結，吾將
> 此地巢雲松。[18]

再舉一詩篇，李白遊廬山後，登天門山，〈望天門山〉：

---

[17] 參見〔唐〕李白撰，〔宋〕楊齊賢集註，〔元〕蕭士贇補註，郭雲鵬校刻：〈望廬
山瀑布二首之一〉，《分類補註李太白集》（臺北市：臺灣商務印書館，1965 年《四
部叢刊・集部》），卷之二十一，頁 294。

[18] 參見〔唐〕李白撰，〔宋〕楊齊賢集註，〔元〕蕭士贇補註，郭雲鵬校刻：〈登廬
山五老峰〉，《分類補註李太白集》（臺北市：臺灣商務印書館，1965 年《四部叢刊・
集部》），卷之二十一，頁 295。

天門中斷楚江開,碧水東流至北迴,兩岸青山相對出,孤帆
一片日邊來。[19]

這些三峽景地與名山遊歷,開拓了太白視野,李白特別喜愛壯麗奇
絕、鬼斧神工之自然高遠景象,由其出蜀之後,摹寫許多名山遊歷
經驗,可以得知。此外,藉由詩篇高低起伏、南北相對之山勢,顯
示太白觀覽視角之奇與變,詩篇深具獨特視覺畫面魅力。

(二) 漂流安陸

　　李白居住在安陸(今湖北安州),約有十年之久。李白住在安陸
期間,與故相許圉師孫女結婚,遂定居於此。此約可論述李白遊蹤
區域,首先是北壽山,〈代壽山答孟少府移文書〉云:

近者逸人李白自峨眉而來,爾其天爲容,道爲貌,不屈己,
不干人,巢由以來,一人而已。乃虯蟠龜息,遁乎此山。[20]

在安陸居住之際,李白曾拜謁重要官員,冀求任用和薦拔,但無所
獲,〈上安州裴長史書〉:

白竊慕高義,已經十年,雲山間之,造謁無路。今也運會,

---

[19] 參見〔唐〕李白撰,〔宋〕楊齊賢集註,〔元〕蕭士贇補註,郭雲鵬校刻:〈望天
門山〉,《分類補註李太白集》(臺北市:臺灣商務印書館,1965 年《四部叢刊‧集
部》),卷之二十一,頁 297。

[20] 參見〔唐〕李白撰,〔宋〕楊齊賢集註,〔元〕蕭士贇補註,郭雲鵬校刻:〈代壽
山答孟少府移文書〉,《分類補註李太白集》(臺北市:臺灣商務印書館,1965 年《四
部叢刊‧集部》),卷之二十六,頁 351。

得趨末塵，承顏接辭，八九度矣。常欲一雪心跡，崎嶇未便。
何圖謗言忽生，眾口攢毀，將欲投杼下客，震於嚴威。然自
明無辜，何憂悔吝？……願君侯惠以大遇，洞開心顏，終乎
前恩，再辱英盼。白必能使精誠動天，長虹貫日，直度易水，
不以為寒。若赫然作威，加以大怒，不許門下，逐之長途，
自即膝行于前，再拜而去，西入秦海，一觀國風，永辭君侯，
黃鵠舉矣。何王公大人之門，不可以彈長劍乎？[21]

極力自我推薦的太白，曾論述司馬承禎等人皆肯定李白才華，自許
獲拔擢，必能用心治政，有所成就：

前此郡都督馬公，朝野豪彥，一見盡禮，許為奇才。因謂長
史李京之曰：「諸人之文，猶山無煙霞，春無草樹。李白之文，
清雄奔放，名章俊語，絡繹間起，光明洞徹，句句動人。」
此則故交元丹，親接斯議。（〈上安州裴長史書〉）[22]

太白在安陸求用不成，亦引發讒言，即便詩人呈信申冤，但仍為裴
長史拒絕，面對遭人忌妒毀謗，與打壓受委屈的情境，李白只好另
謀發展。太白曾至襄陽拜訪韓朝宗，未受重視，隨即轉往江夏。在
江夏漫遊期間，李白寫了許多詩篇，例如：〈江夏送友人〉、〈江夏送
張丞〉、〈暮春江夏送張祖監丞之東都序〉、〈江夏送林公上人遊衡岳
序〉等作品。

李白曾遊雁門關，並且與元丹丘至嵩山潁陽別業，再至襄陽會

---

[21] 參見〔唐〕李白撰，〔宋〕楊齊賢集註，〔元〕蕭士贇補註，郭雲鵬校刻：〈上安
　　州裴長史書〉，《分類補註李太白集》（臺北市：臺灣商務印書館，1965 年《四部叢
　　刊・集部》），卷之二十六，頁 358-359。
[22] 同前註。

見孟浩然,〈贈孟浩然〉:

> 吾愛孟夫子,風流天下聞。紅顏棄軒冕,白首臥松雲。醉月
> 頻中聖,迷花不事君。高山安可仰?徒此挹清芬。

又見一首,李白摹寫在黃鶴樓送別孟浩然:

> 故人西辭黃鶴樓,煙花三月下揚州。孤帆遠影碧山盡,唯見
> 長江天際流。(〈黃鶴樓送孟浩然之廣陵〉)[23]

　　返回安陸的李白,隨後再次離家,前往楚州、吳地、當塗、洞
庭湖等地。開元二十八年(西元 740 年),李白由安陸移至東魯,隱
居徂徠山。天寶元年(西元 742 年)秋,因被薦舉。李白奉詔入京。[24]
李白欣喜欲狂,心中躊躇滿志,沈鬱不遇之苦悶一掃而空。李白對
翰林供奉一職有限大期待,希望發揮一己輔世濟世之才能,卻發現
自己只是文學侍從,沒有實權,作為一陪伴帝王的御用文人。李白
失落心情累積日深,同朝官員不滿太白狂傲性格,於天寶三年(西
元 744 年)李白遭賜金放還,離開京城。[25]

(三)漫遊南北

　　李白自京城返回東魯,行經洛陽、梁宋、齊州等地,暫返東魯,
又開始漫遊生活。李白曾到揚州、金陵、越中、廬山、北入幽州(今

---

[23] 參見〔唐〕李白撰,〔宋〕楊齊賢集註,〔元〕蕭士贇補註,郭雲鵬校刻:〈黃鶴
樓送孟浩然之廣陵〉,《分類補註李太白集》(臺北市:臺灣商務印書館,1965 年《四
部叢刊・集部》),卷之十五,頁 233。

[24] 參見葛景春:《李白研究管窺》(保定市:河北大學出版社,2002 年),頁 18-19。

[25] 參見詹鍈著:〈前言〉,頁 3。

北京），南下遊宣城、吳越等地，直到安史之亂爆發（西元 755 年），李白才結束十多年的南北漫遊生活。

李白在北方幽州漫遊時，亦有記遊作品：

> 幽州胡馬客，綠眼虎皮冠。笑拂兩隻箭，萬人不可干。彎弓若轉月，白雁落雲端。雙雙掉鞭行，遊獵向樓蘭出門不顧後，報國死何難？天驕五單于，狠戾好凶殘。牛馬散北海，割鮮若虎餐。雖居燕支山，不道朔雪寒。婦女馬上笑，顏如赬玉盤。翻飛射鳥獸，花月醉雕鞍。旄頭四光芒，爭戰若蜂攢。白刃灑赤血，流沙為之丹。名將古誰是？疲兵良可歎。何時天狼滅？父子得安閑。（〈幽州胡馬客歌〉）[26]

然後南至宣城（今安徽宣城）、秋浦（今安徽貴池）、潯陽（今江西九江）、廬山等地。李白遊蹤遍及長江下游沿岸，時而登山，時而獨坐，或會友，或寫詩。在天寶十三年（西元 754 年），李白遊廣陵（今江蘇揚州）遇見魏萬（魏顥），稱讚魏顥是愛文好古的人，日後必大名於天下，詩篇之序云：

> 王屋山人魏萬：自嵩宋沿吳相訪，數千里不遇，乘興遊台越，經永嘉，觀謝公石門。後於廣陵相見。美其愛文好古，浪跡方外，因述其行而贈是詩。（〈送王屋山人魏萬還王屋并序〉）[27]

---

[26] 參見〔唐〕李白撰，〔宋〕楊齊賢集註，〔元〕蕭士贇補註，郭雲鵬校刻：〈幽州胡馬客歌〉，《分類補註李太白集》（臺北市：臺灣商務印書館，1965 年《四部叢刊・集部》），卷之四，頁 105-106。

[27] 參見〔唐〕李白撰，〔宋〕楊齊賢集註，〔元〕蕭士贇補註，郭雲鵬校刻：〈送王屋山人魏萬還王屋并序〉，《分類補註李太白集》（臺北市：臺灣商務印書館，1965 年《四部叢刊・集部》），卷之十六，頁 237。

與魏萬分別後，李白再遊秋浦，涇縣等等地區，摹寫了組詩〈秋浦
歌〉十七首，刻劃江南秀麗景象之記遊詩作，試舉詩云：

> 江城如畫裏，山晚望晴空。兩水夾明鏡，雙橋落彩虹。人煙
> 寒桔柚，秋色老梧桐。誰念北樓上，臨風懷謝公。(〈秋登宣
> 城謝朓北樓〉)[28]

又〈秋浦歌十七首之十三〉。

> 淥水淨素月，月明白鷺飛。郎聽採菱女，一道夜歌歸。[29]

另見〈秋浦歌十七首之十四〉云：
> 爐火照天地，紅星亂紫煙。赧郎明月夜，歌曲動寒川。[30]

　　至德二年（西元 757 年），李白下廬山追隨永王璘，在永王兵敗
後，李白下獄尋陽，冬天判罪流放夜郎。經加恩赦免，李白才得以
恢復自由，前往當塗投靠族叔李陽冰。寶應元年（西元 762 年），李
白重病仍抱病登山，寫了〈宣城見杜鵑花〉、〈臨路歌〉等詩作。同
年十一月詩人病逝當塗，享年六十二歲，結束不凡與浪漫的一生。

---

[28] 參見〔唐〕李白撰，〔宋〕楊齊賢集註，〔元〕蕭士贇補註，郭雲鵬校刻：〈秋登
宣城謝朓北樓〉，《分類補註李太白集》（臺北市：臺灣商務印書館，1965 年《四部
叢刊‧集部》），卷之二十一，頁 297。

[29] 參見〈秋登宣城謝朓北樓〉，卷之八，頁 150。

[30] 同前註。

第二節　唐代天文物理學

一　唐代天文物理學之進展

　　中國天文物理學研究中的天文學，起源很早。《漢書・天文志》與《淮南子・天文訓》皆有相關天文學探討。

　　天文指天象，或天空的現象。舉凡有關日、月、星辰的星象，與地球大氣層中的現象皆屬天文範圍。[31]天文學研究天象，人類觀察自然現象，藉太陽東升西落，月圓月缺變化，編製曆法，將天體、上下四方宇宙等空間概念，與時間連結起來，此可說明中國人在天文學上進展，早已形成空間和時間概念。天文學是一門藉眼睛觀察的科學，一般人皆可透過肉眼觀察天象，是具可普及推廣的特性。天文學可結合物理學、數學、光學、力學，來作深度發展，同時天文學亦協助其他科學之建立。天文學與物理學正是研究一切宇宙天地空間之物質狀態的科學。[32]

　　六朝末年西方天文物理學藉佛典翻譯傳入中國。唐朝高宗時期部份來自天竺的天文物理學家與中國曆法家一起研究，在天文物理學上有突破性進展。其中一行（西元 683-727 年）精通天文曆數，曾經兩年研究，設計黃道游儀，藉此儀器進行觀測，證實恆星位置移動之現象，[33]其天文著作新曆，用大衍數立術，產生大衍曆。一行的天文著作十分豐富，例如：《開元大衍曆》、《大日經疏》等。[34]唐朝也翻譯印度曆法，顯見當時天文物理學研究風潮鼎盛。因一行的大衍曆十分精確，唐朝自開元十七年（西元 729 年）至寶應元年（西

---

[31] 參見陳遵媯：〈緒論篇〉，《中國天文學史》（臺北市：明文書局，1998 年），頁 1。
[32] 同前註，頁 15-16。
[33] 參見陳遵媯：《中國天文學史》（臺北市：明文書局，1998 年），頁 51。按：今日巴黎圖書館外牆，刻有一行名字，將一行與牛頓等天文物理學家並列。
[34] 同前註。

元 762 年）之三十四年間，[35]皆實行大衍曆法。[36]此可以確定李白至寶應元年（西元 762 年）病逝前，在三十四年期間，李白皆沈浸於唐朝天文物理學發展最為鼎盛的環境中。

二　李白學養與興趣

李白曾在西域碎葉受教育，也在蜀地漫遊成長。其一生自幼年至青少年，過著移居、漫遊的生活模式，此培育李白開放、不受拘束之視野和性格。

李白曾自述幼年受教育和閱讀情形：

> 白本家金陵，世為右姓，遭沮渠蒙遜難，奔流咸秦，因官寓家。少長江漢，五歲誦六甲，十歲觀百家，軒轅以來，頗得聞矣。（〈上安州裴長史書〉）[37]

「六甲」指六十甲子，自甲子迄癸亥一周六十干支。「百家」指諸子百家。自幼接觸曆法、諸子百家之讀本，呈現超越一般學童的寬廣教養基礎。

其次，太白自陳十五歲的生活情形：

> 白，隴西布衣，流落楚漢。十五好劍術，遍干諸侯。（〈與韓

---

[35] 同前註，頁 220。

[36] 按：一行在天文物理學成就，尚有月球軌道與黃道、白道、赤道等座標標示計算；也有研究月球出入黃道的情況，繪製了三十六張星圖。同前註，冊二，冊四，頁 205-206、44-62。

[37] 參見〔唐〕李白撰，〔宋〕楊齊賢集註，〔元〕蕭士贇補註，郭雲鵬校刻：〈上安州裴長史書〉，《分類補註李太白集》（臺北市：臺灣商務印書館，1965 年《四部叢刊·集部》），卷之二十六，頁 357。

荊州書〉〉 [38]

喜好劍術，與人往來，四處行俠仗義，反映太白豪氣狂放傲岸不羈
之性格與興趣。劉全白〈唐故翰林學士李君碣記〉中亦有記載：

> 君名白，廣漢人。性倜儻，好縱橫術，……少任俠，不事產
> 業。[39]

因此可知李白學養與閱讀興趣十分廣泛，不是朝夕埋首單一儒家典
籍之學習方式。李白在其晚年詩作中，回憶一己讀書學習方向和立
志涉獵非凡典籍，以培養超群能力：

> 世傳崆峒勇，氣激金風壯。英烈遺其孫，百代神猶王。十五
> 觀奇書，作賦凌相如。(〈贈張相鎬二首之二〉〉 [40]

「奇書」之內容不詳。「賦」是一鋪陳各類事物，引發讀者驚嘆之文
學體裁，「奇書」亦或指此描摹天地宇宙萬物各種樣態，能引發人驚
嘆之書籍。據此推論，「觀奇書」之「奇書」可能包含唐代一行探究
宇宙天地萬物物態之天文物理學之著作。

---

[38] 參見〔唐〕李白撰，〔宋〕楊齊賢集註，〔元〕蕭士贇補註，郭雲鵬校刻：〈與韓
荊州書〉，《分類補註李太白集》（臺北市：臺灣商務印書館，1965 年《四部叢刊・
集部》），卷之二十六，頁 356-357。

[39] 參見〔唐〕李白撰，瞿蛻園校注：〈碑傳〉，《李白集校注》（臺北市：里仁書局，1981
年），附錄二，頁 1779。

[40] 參見〔唐〕李白撰，〔宋〕楊齊賢集註，〔元〕蕭士贇補註，郭雲鵬校刻：《分類
補註李太白集》（臺北市：臺灣商務印書館，1965 年《四部叢刊・集部》），卷之十
一，頁 200。

第三章　李白詩四度時空思維基礎

　　李白詩篇所呈現的時空思維基礎，乃是詩人承襲部份傳統時空概念，與部分經由詩人自己觀察發現、想像所至者。其實時空的觀念，自先秦以來，普遍地經由思想家、天文物理學家和文學創作者思慮後應用摹寫在其作品中，而成為歷代文士觀察宇宙天地時空時，所共同操持的觀念和基準，故成為傳統時空思維的一部份。若依李白詩篇中所展現其觀察所得與時空概念來看，詩人所謂時空觀念，實有以繼承先秦以來的時空思維，這部份時空觀念是歷來文人時空思維和觀察角度的源頭。因此對於李白詩篇時空摹寫與意義詮釋，是具究竟之效。中國時空觀念，在唐代與唐代之後，文人接受取用前人概念後，亦有新主張與觀察所得，甚至因為天文物理學學術發展，使唐與唐之後的文士，對於時空的觀察和摹寫，較為異於前人詩人所以偏取某類時空論述，或新觀察模式來表現時空，這乃是因為其對觀察時空之思維與摹寫時空方式，符合詩人的詩歌創作理念，同時藉由新變之時空思維，可以使詩人詩歌創作更貼合欲傳遞情蘊和思想。

　　時空觀念，自春秋戰國以來，便已普遍地流行，其意涵多有特定取向，李白所接受的時空觀念，有取自特定取向之一部分，亦有一己創變與新觀察所得。由此正可呈現詩人自主性選擇、理解傳統時空觀念之處。時空思維在唐代時仍不斷發展演進，甚至因中國天文物理學發達，有了科學方式建立調整時空觀念，在〈上安州裴長史書〉中，李白自述學習範圍遍及百家、奇書和縱橫術，行遍大江南北，今觀其詩篇取自天文物理學理研究中的光、電、星宿、宇宙天文空間摹寫，顯見李白在時空思維上，亦接收到科學天文理學之概念。為了理解太白詩作時空之意涵，是故本章就物理學上的時空

理論之意涵，以及當代學界相關研究成果進行詮析，以便做為參照理解。其次，依文人詩作運用中文語法呈現之空間系統，來深入解析詩人在詩篇中方位詞語之時空表現，據以做為參照認識。第三，藉詩篇視覺景象詞語之觀察視點，來探究詩人語言認知空間與空間視覺感知，以便說明李白對既有傳統時空觀念取資，與新的時空觀察摹寫，呈現其時空觀念拓變，與浪漫派詩作趨向之關係。

第一節　物理學與認知心理學的時空涵義

　　時空觀念，從先秦以來的論述，有時各自分開論之，或是二者合一。其意涵有部分承繼前人論述，亦有新變之處。近代有不少學術領域著作涉及此時空定義論題。物理學的論述對時空定義乃是以時空合一為主。時間是一個次元（維度），空間有三個次元（維度）。第四次元是時空合一，稱為第四度時空。愛因斯坦《相對論入門》指出「空間是一個三維連續體。這句話的意思是，我們可以三個數（座標）x，y，z 來描述一個（靜止的）點的位置，並且在該點的鄰近處有無限多個點，這些點的座標可以用諸如 x1，y1，z1 的座標來描述，這些座標的值與第一個點的座標 x，y，z 相應的值，要多麼接近就可以有多麼接近。由於後一個性質所以我們說這整個區是一個『連續體』，並因為有三個座標，所以我們說它是三維的。」其所謂的「空間」指宇宙天地物理現象世界。而「三維」便指在此空間可用長、寬、高三個點來決定空間中定點，呈現一立體視覺感知的現象世界。[1]也析分出「空間」的涵義。其次，「時間」的涵義，「在

---

[1]　參見愛因斯坦（Albert Einstein）著，李精益譯：《相對論入門》（*Relativity: the special and the general theory*）（臺北市：臺灣商務印書館，2005 年），頁 35。另見愛因斯坦、英費爾德（Albert, Einstin, 1879-1955），（Infeld, Leopold, 1898-1968），郭沂譯：《物理學的進化》（*The Evolution of Physics*, 1938）（臺北市：水牛圖書出版事業公

相對論未問世之前，物理學中一直有一隱含的假定，即時間的陳述
具有絕對的意義，亦即它與參考體的運動狀態無關。」[2]此指愛因斯
坦提出相對論之後，時間的陳述有新突破，時間等同參考體的運動
狀態。羅素（Bertrand Russell）《相對論ＡＢＣ》說：「一般認為，
空間上的定位和時間上可以是完全互不相涉的作業。因此，大家都
把時間和空間視為不同性質的兩回事。相對論卻改變了這種想
法……。所以，空間和時間不再是各自獨立的。」[3] 時間和空間不
區分為二，從物理學相對論的發現，人們可知時間和空間是合而為
一。時空是由觀察者觀察事物在一段時間發生的事而獲得的概念，
此才是所謂的「事件」，故羅素（Bertrand Russell）進一步地論述「時
空」意涵：「現在我們可以總結必須以『時空』取代空間與時間的原
因了。……在甲觀察者看來是某一時刻中宇宙狀況的描述，乙觀察
者卻認為是一連串在不同時間內發生的現象，其相互關係不僅僅是
空間的，也是時間的。……必須提及物體被觀察的時間，才是所謂
的『事件』——在一定時間發生的事。……對於不同的觀察者而言，
沒有所謂『同一時間』。我們進行定位作業必須具備四個量度，用四
個量度為某一事件作時空定位，不可能只作物體空間定位。」[4]因此
「時空」是物理世界中的對時間描述法，時間和空間不可分開，二
者不是各自獨立的。時間是由一段時期空間參考體發生運動狀態。
時間和空間是合一的。部份學者的論著更進一步析分「事件」發生
之時空測量的方式，理論物理學家史帝芬・霍金（Stephen W.

司，2004 年），頁 141。

[2] 參見愛因斯坦（Albert Einstein）著，李精益譯：《相對論入門》（*Relativity: the special and the general theory*），頁 17。

[3] 參見〔英〕哲學家羅素（Bertrand Russell, 1872-1970），薛絢譯，郭中一審閱：《相對論ＡＢＣ》（*ABC of Relativity*）（臺北市：臺灣商務印書館，2009 年），頁 50。

[4] 同前註，頁 55-56。

Hawking)《時間簡史》說：「當一個物體運動時，或一個力起作用時，它影響了空間和時間的曲率——反過來空間—時間的結構影響了物體運動和力作用的方式。空間和時間不僅去影響而且被發生在宇宙中的每一件事所影響。正如一個人不用空間和時間的概念不能談宇宙的事件一樣。」[5]又說：「在相對論中並沒有一個唯一的絕對時間，代之為每個個人都有他自己的時間測度，它依賴於他在何處並如何運動。」[6]霍金取資愛因斯坦相對論時空概念，認同「每個觀察者都有以自己所攜帶的鐘表測量的時間，而不同觀察者時間攜帶的同樣的鐘的讀數不必要一致。」[7]說明時間和空間合一，時間不是獨立測量的，事物發生的時空測量，是藉「一個事件發生在指定空間的一點以及指定時間的一點的某件事。」可以呈現空間—時間圖上，運用此步驟，觀察者可以賦予一事件之時間和位置。此指事件之時空測量和表述可以運用具有空間和時間座標圖，來描寫事件世界如何變動。[8]此一具空間和時間座標圖，由明可斯基發明，稱明可斯基圖（Minkowski diagram），或時空圖。此一論述已顯示時空之意涵；測量方式；時間意涵之描述與空間關係。霍金認為「將一個事件的四個座標設想成在稱為空間—時間的四維時空中指定它位置的手段經常是有助的。……從一個事件散開的光在四維的空間—時間裏形成了一個三維的圓錐。這個圓錐稱為事件的未來光錐。以同樣的方法可以畫出另一個稱之為過去光錐的圓錐，它表示所有可以用一光脈衝傳播到該事件的集合。」、「每一事件我們都可以做一個光

---

[5] 參見〔英〕史帝芬・霍金（Stephen W. Hawking）著，許明賢、吳忠超譯；《時間簡史》（*A brief history of time*）（臺北市：藝文印書館，1989 年），頁 34。

[6] 同前註，頁 33。

[7] 同前註，頁 21。

[8] 參見〔荷〕物理學家 Sander Bais 著，傅寬裕譯：《圖解愛因斯坦相對論》（*Very Special Relativity: An Illustrated Guide*）（臺北市：五南圖書出版公司，2009 年），頁 12。

錐。」[9]這可見霍金進一步論述所有空間參考體運動狀況之時空表述，皆可以以時空圖與光錐來呈現。時間和空間在物理學中，已能明確析分出空間維度之結構層次，包含定點位置、線、面、體，並表述在物理空間理論中，這呈現一度空間、二度空間與三度空間之空間描述。「時間」亦是一維度，不獨立論述，時間和空間是合一的，時空即在空間描述和空間結構層次中，稱之為第四度時空。時空是空間參考體發生運動狀態。

　　除了上述物理學者對時空意涵論述外，認知空間理論領域，學者認為物理時空影響人類認知空間。身處在物理空間的人們，觀看世界宇宙，運用語言語法來摹寫觀察者視覺感官所發現認知空間。〔英〕認知心理學者 Robert L. Solso 著《認知心理學》云:「語言的發展是經由生理成熟與跟外在環境的互動產生的。……很多實驗指出，說不同語言的人其知覺經驗非常相似。」[10]人類因感官知覺對物理時空感知的結果，形成了心海中的認知空間。即使不同語言種族之感官知覺與世界宇宙環境之互動經驗，皆是相近類似的，其採用各自相異之語言語法，表現出來的認知空間，亦是相似的。人類運用任何一種語言摹寫時空，都是以其認知為基礎。〔英〕認知心理學者 Robert L. Solso 進一步地論述:「知覺是認知最根本的層面」，又說:「知覺和語言的發展過程變成互動、互相依賴的關係，兩者互相影響對方，以此觀點而言，語言就像一扇窗一樣。」[11]認知心理學研究在語言、語言結構與認知和腦神經學（Neurology）之關連性，已經指出人類處於宇宙世界天地間，感官感知這一物理世界，形成

---

[9] 參見〔英〕史帝芬・霍金（Stephen w. Hawking）著，許明賢、吳忠超譯:《時間簡史》（*A brief history of time*），頁 23、24、26、28。

[10] 參見〔英〕認知心理學者 Robert L. Solso 著，吳玲玲譯:《認知心理學》（*Solso: Cognitive Psychology*）（臺北市:華泰書局，1998 年），頁 437。

[11] 同前註，頁 396-397。

心腦中的認知空間，人類進一步運用語言，來表現認知的空間。語言語法成為表達人類認知空間與對物理世界空間感知的窗口。

認知（Cognition）是指人類知覺、記憶和思考、組型再造等等過程，是人類專有的特徵。[12]認知心理學者認為在人類語言和物理客觀世界之間，人類認知層次是存在的，藉由語言摹寫的空間，反映了觀察者的認知空間及其表現特徵。例如：「萬井驚畫出，九衢如絃直」（〈君子有所思行〉）以如絃直摹寫線狀的一度空間景象；「今日明光裏，還須結伴遊。春風開紫殿，天樂下珠樓」（〈宮中行樂詞八首之六〉）以明光宮和紫微殿描摹定點天子行樂位置；「朝罷沐浴閑，遨遊閬風亭」（〈鼓吹入朝曲〉）以閬風亭摹寫一定點位置；「鏡湖三百里，菡萏發荷花。」（〈子夜吳歌四首之二〉）以鏡湖三百里寬闊摹寫平面狀的二度空間景象等等。

本文的論題在於呈現李白對於時空思維之特定承襲取向，以及其在時空概念上拓變，因此必須就時空的各種意涵及其間所存在的關連性加以考察，才能在此基礎上，對照與探討李白詩時空的特色。綜觀上述的研究成果，呈現了特定理論詮釋中，時空之物理學上意涵，與人類認知心理上關連性。因此，本文將依據自身設定論題，再參酌中文語言語法的空間系統文獻研究，建構詮釋李白詩時空的體系和意蘊，此一建構過程參酌上述領域之研究成果，但不等同其論述內容。

第二節　語法視覺認知與時空之關連

時空的觀念，在語言學與語法中，亦見研究論述。語言學學者呂叔湘、張斌、邢福義、陸儉明、儲澤祥、李向農、陳昌來、齊瀘

---

[12] 同前註，頁 2-3。

揚、廖秋忠等教授；辭章章法學學者陳教授滿銘、仇教授小屏等皆
有不少相關的論述。[13]其意涵概有幾點：其一，空間指所有事物、現
象存在的場所，人類透過空間知覺去感知空間，在文學作品中反映
出來。時間包含實時間之過去和現在，虛時間之未來。其二；指人
類藉共同的時間和空間之認知，將其認知反映在語言的表達上。人
類思維具有一致性和共通性，使空間系統表現出相近的面向。依語
法對於空間表達的研究言之，空間系統之語言摹寫模式，包含三個
系統：方向系統、形狀系統、位置系統，這三項系統是相聯繫的。
此三系統是靜態的語言表達，其中以位置系統為最主要的部份。這
呈現觀察者對宇宙物象觀察後，顯示出來的空間特點。這些語言學、
語法和章法之論述都顯現了語言空間研究領域的進展與成果。在這
些時空研究進展之下，時空在語法中意涵可加以明確地確定，創作
者透過觀察和視覺感官，在作品中摹寫出觀察者認知的空間特點。
創作者觀察或想像宇宙世界物象之方向、物象形狀和位置，描述出
實際或想像的三維空間世界景象。時間表達則藉空間事物的運動作
為準據。[14]

　　若論作品空間三個系統的摹寫法，首先，三維世界中所謂物象
之方向，是指作品文句之物體面對的方向所表現之空間特色。或以
創作者之位置作為方向的參考點，或以作品中物象處所的位置作為
方向的參考點。[15]在中文語法中方位詞可以用來摹寫方向。[16]例如：

---

[13] 參見陳滿銘：《意象學廣論》（臺北市：萬卷樓圖書公司，2006 年），頁 117-122。
另參見仇小屏：《古典詩詞時空設計美學》（臺北市：文津出版社，2002 年），頁 1-3、
16-28。

[14] 參見曾霄容：《時空論》（臺北市：青文出版社，1972 年），頁 416-419。另參見彭
聘齡：《普通心理學》（北京市：北京師範大學出版社，1990 年），頁 278。

[15] 參見齊滬揚：《現代漢語空間問題研究》（上海市：學林出版社，1998 年），頁 2-3。
另參見呂叔湘：《中國文法要略》（臺北市：文史哲出版社，1992 年），頁 197-200。

[16] 參見儲澤祥：《現代漢語方所系統研究》（武漢市：華中師範大學出版社，2003 年），

東、西、南、北、前、後、左、右、上、下等。詩句例子:「西上太白峰」(〈登太白峰〉),「南登杜陵上」(〈杜陵絕句〉),「大笑上青山」(〈登敬亭北二小山余時客逢崔侍御並登此地〉),「峨眉山上列仙庭」(〈上皇西巡南京歌十首之七〉),「上朝三十六玉皇,下窺夫子不可及」(〈酬殷明佐見贈五雲裘歌〉),「敬亭白雲氣,秀色連蒼梧。下映雙溪水,如天落鏡湖。」(〈贈宣州靈源寺仲濬公〉),「伊昔升絕頂,下窺天目松。」(〈送溫處士歸黃山白鵝峰舊居〉),「客有思天台,東行路超忽。」(〈送陽山人歸天台〉)。

其次,所謂物象之形狀,是指作品文句中,物體占據範圍形狀所展現的空間特點。[17]物體占有的範圍形狀,與物理學論幾何形狀相同,其種類包含點狀、線狀、面狀、體積狀等。其依序表現是具有長度,或長和寬度,或長、寬和高度等特徵。例如:「大廳的地面上」表現長和寬度平面狀特徵;「高山頂上」表現長、寬和高度的立體狀特徵;「濯錦清江萬里流」(〈上皇西巡南京歌十首之六〉)表現長度線狀空間特徵。

第三,所謂物象之位置,是指作品文句中,物象與另一物象之間位置變化,所展現的空間特點。[18]另一物象在作品,中是具有參考位置的作用。例如:「桌子上有一本書」表現一本書在桌子的上方;

頁 6-10。另參見朴珉秀:《現代漢語方位詞『前、後、上、下』研究》(上海市:復旦大學中國語言文字學院博士論文,2005 年 4 月),頁 21、23、29、38。另參見呂叔湘:《現代漢語八百詞》(北京市:商務印書館,2010 年),頁 13-15、269、271、447、450、471、475、477、568、571、674、675。

[17] 參見齊滬揚:《現代漢語空間問題研究》(上海市:學林出版社,1998 年),頁 6-7。另參見陳昌來:《現代漢語語義平面問題研究》(上海市:學林出版社,2003 年),頁 1-6。

[18] 參見齊滬揚:《現代漢語空間問題研究》(上海市:學林出版社,1998 年),頁 11-15。另參見儲澤祥:《現代漢語方所系統研究》(武漢市:華中師範大學出版社,2003年),頁 10-17、199-202。另參見陳昌來:《現代漢語語義平面問題研究》(上海市:學林出版社,2003 年),頁 7-13。

「黃山四千仞，三十二蓮峰」（〈送溫處士歸黃山白鵝峰舊居〉）表現高度空間特徵，以黃山在三十二蓮峰之上方，摹寫黃山高空立體景象；「天台連四明，日入向國清」（〈送王屋山人魏萬還王屋并序〉）取天台山與四明山兩山並置位置，表現兩山峰峰相連的高度空間立體景象。另取太陽下山沒入國清寺之位置，表現高山上國清寺之高度空間特徵。

　　就上述的研究論著來看，空間的意義，在語言學上固然有承襲先秦以來空間涵義，指涵蓋上下四方，無所不包的場所，但更值得注意的是，語言學者藉創作者經感知物理世界運用語言文字摹寫空間之方式，語言學者找尋合理的依據，再現創作者作品中宇宙天地之空間景象，來類推其空間之結構和概念。基於人類具有共通空間感知；故在語言語法使用上，必產生摹寫空間慣用詞語，例如：方位詞之上、下、東、西、南、北等。又例如：景物之線狀、面狀、立體等形狀空間，以及譬如景物位置。這些物態景象摹寫法，對於作品文句表現之空間景象和特徵，可析分出幾種情況，其一，指非出自創作者主觀選擇的遇合，其二，則為作者基於共通的視覺感官與對三維世界感知，選擇所見所想所感的景象，而形成作品空間特徵。二者相較之下，語言學研究者指出「時間和空間都是客觀存在的物質世界的表現形式。從物理學意義上講，客觀存在的三維空間是確定的、全面的。……而生活在三維空間的每一個人，都會隨時隨地通過自己的感官去認識周圍世界，并用自己的語言來表達所感受到的各種空間關係。」[19]此一論述表達作者依自身感知擇取合適語詞，摹寫空間景象，表達情意，展現作品特色，這是語言學家欲藉由中文語法之字詞、詞義、句式描寫、靜態物象方位、形狀、位置、作者心理視覺感知等，來作為論說推理中文語法空間知識基礎。此

---

[19] 參見齊滬揚：《現代漢語空間問題研究》（上海市：學林出版社，1998 年），頁 1-2。

一用意可與上述一節物理學與認知心理學時空定義之說，有相近之處。中文語法藉著整理推論詞義、句式、靜態物象之刻劃等，而提出三維空間之思維，亦與物理學空間論述相呼應。

綜合上述，以下轉論李白的時空觀等論題。

第四章 李白詩作的時空觀

第一節 時空合一

　　中國傳統時間空間觀念起源，是自春秋戰國以來，以「氣」、「元氣」論天和宇宙，認為空間時間是氣存在和運動的形式，同時又有往復移動的特性。

　　中國目前最早天文物理學的文獻，是三國西晉哲學家楊泉《物理論》。楊泉在《物理論》主張水是形成天地宇宙之根源，楊泉云：「元氣皓大則稱皓天。皓天，元氣也。皓然而已，無他物也。」又云：「水也，成天地者。氣也，水土之氣升而為天也。」[1]此反應此反映天地宇宙是由物質的氣或元氣經長期演化而形成的。王符《潛夫論》對於元氣與天地宇宙空間之關係，進一步地詳細論述：「上古之世，太素之時，元氣窈冥，未有形兆，萬精合并，混而為一，莫制莫御。若斯久之，翻然自化，清濁分別，變成陰陽。陰陽有體，實生兩儀，天地壹郁，萬物化淳，和气生人，以統理之。」[2]推論天地宇宙是由混而為一的元素。經長期演化，分化成為清輕的陽氣與濁重的陰氣，陽氣變成天，陰氣變成地，天地經演化後，生成萬物和人類。這一天地宇宙起源之觀點，反映了中國空間和時間原本是不區分的，甚至可推論中國傳統天地宇宙空間的初始狀態是混合為一的，不分天和地的，呈一物質的氣或元氣狀態，「翻然自化」指出經由物態之氣或元氣變化，才有物態形貌和上下天地空間的區別。

---

[1] 參見〔西晉〕楊泉：《物理論》、孫星衍輯《物理論》一卷，存《平津館叢書》雜家哲學〈太平御覽天部〉，百部叢書集成據清嘉慶孫星衍校刊平津館叢書，頁 1。

[2] 參見〔東漢〕王符：《潛夫論箋校正・本訓第三十二》（北京市：新華書店北京出版所，1985 年），頁 365。

這正說明萬物形象和上下左右四方天地空間維度，因變化、變動而形成，楊泉《物理論》云：

> 天者，旋也，均也。積陽為剛，其體回旋，群生之所大仰。[3]

這裏指出元氣和旋、回旋之概念，正是物理學中物態運動、動態變化之空間現象，由變動變化形成演化，這一物象演化，在觀察者眼中，形成存在與運動的空間感知，也是一段變化移動之歷程，這樣的空間物態變動的歷程視點是十分盛行的。唐代文學家與思想家承襲了此視點，並且有更精闢的論述。唐代劉禹錫〈天論下〉：「濁為清母，重為輕始，兩儀既位，選相為用。」，[4]因氣之運動變化，區分出天地上下之物態變化，唐‧柳宗元〈天對〉亦云：「厖昧革化，惟元義存。」[5]此肯定唐人觀察空間經由變化變動形成了上下四方之區別，藉此演化出了新的天地，唐人斷定空間是會變化變動的，這一說法與近代物理學相對論時空理論觀點是相同的。物態變動歷程，西方物理學稱之可為時間流動的變化觀測。〔英〕物理學教授彼德‧柯文尼與羅傑‧海菲爾德博士（Peter Coveney & Roger Highfield）著《時間之箭》：「時間的流浙是由某種非常簡單的事情決定的；即我們自己對於變化的觀測。」[6]說明由空間物態變化，可

---

[3] 參見〔西晉〕楊泉《物理論》‧孫星衍輯《物理論》一卷，存《平津館叢書》雜家哲學〈太平御覽天部‧北堂書鈔天部〉，百部叢書集成據清嘉慶孫星衍校刊平津館叢書，頁1。

[4] 參見〔唐〕劉禹錫：〈天論下〉，《劉禹錫集》（北京市：中華書局，1990年），卷第五，頁72。

[5] 參見〔唐〕柳宗元：〈天對〉，《柳宗元集》（臺北市：頂淵文化事業公司，2002年），第十四卷，頁365。

[6] 參見〔英〕物理學教授彼德‧柯文尼、羅傑‧海菲爾德博士（Peter Coveney and Roger Highfild）著，江濤、向守平譯：《時間之箭》（*The arrow of Time*）（臺北市：藝文印書館，2002年），頁107。

以觀察出時間之流逝，詩人與物理學家皆由萬物變化觀測，產生時間感知。凡此，皆可知時空合一的物態變化歷程觀察，早為人所運用發掘，並且藉物象變動而馳騁想像，展現情感和思想。本文可由李白作品中，尋找其對自然萬物變化移動之評騖，藉此探究太白時空觀點，與其在詩作景象之驅馳表達。

一　時間寄寓空間之動態描述

〔英〕物理學家彼德・柯文尼《時間之箭》：

> 相對論學家喜歡說「時空」……這個性質意味著空間和時間不應當單獨處理，而應當作為一個不可分割的整體來處理。這種空間和時間的融合首先是被閔可夫斯基注意到，在他學生愛因斯坦的狹義相對論的啟發下，1908 年 9 月，他在科倫說：「從今以後，單獨的空間和單獨時間定要消失為陰影，而唯一繼續存在的是兩者的融合體。」[7]

進一步地指出時空與所有空間度之間關係：

> 在相對論裏，我們可以把空間和時間作為一個四維的實體來處理：空間是三維的，時間是一維的。[8]

這一時空概念在文學文化和哲學中亦屢見不鮮：

> 多少詩、多少文章，是描述時間的流逝，古波斯哲學家兼詩

---

[7] 同前註，頁 74。
[8] 同前註，頁 75。

人，奧瑪‧哈央姆（Omar Khayyam）的冥想，在費茲哲羅
（Edward Fitzgerald）的意譯之中永存不朽：「不停移動的手
指寫字，字一寫完就向前去。不管你多虔誠多聰明，它不會
回來改半句，你眼睛裏所有的眼淚，洗不掉任何一個字。」
人生的悲哀歸根究底來自時間的不可逆轉。……凡是活著的
都要死，這事實就是時間流逝的鐵證；這就關係到科學。……
要在屬於內心和外界的兩種經驗之間搭建任何橋樑，時間都
占著最關鍵的地位。[9]

說明了時間和空間合而為一，兩者不可切割。葉維廉認為時空交融
一體，渾然不分，在《比較詩學》提出「時間空間化空間時間化」
之說，著重於「時間空間化」，認同時間化為空間之意。進一步表述
此指「視覺事象共存併發」，所以強調了「視覺」人事物象「共」、「併」、
「發」的變化轉動特質。[10]

　　時間化為空間，在文學作品中，有兩種特質，一是具有移動特
質；二是具有方向性，不可逆轉的。這時空兩種特質之事實也是和
科學相關。

　　李白對於藉空間中物態變化之觀測，產生時間流動的感知，也
表達一己之見：

> 松子棲金華，安期入蓬海。此人古之仙，羽化竟何在？浮生
> 速流電，倏忽變光彩。天地無凋換，容顏有遷改。對酒不肯
> 飲，含情欲誰待？（〈對酒行〉）

---

[9] 同前註，頁 3。

[10] 參見葉維廉：〈語法與表現〉，《比較詩學》（臺北市：東大圖書公司，1988 年），頁
78、205。葉維廉著提出「時間的序次性」與「空間的延展性」是可以共現在作品
中。

「浮生速流電，倏忽變光彩」說明太白以宇宙天地宏觀角度觀察人類生命，體悟人的生命相較於宇宙天地像閃電般一閃即過，十分短暫。這一生命的興衰變化，呈現人類起伏變換的豐富生命樣貌。不論時間長或時間短，李白藉由「凋換」、「遷改」之人事物狀態之變換、遷動、改變，觀察出空間移動之軌跡和感知，也體悟時間具有不斷流動、不逆轉的特質。李白以站在縱觀宇宙天地發展之時間長流來看，每一段人和事物之狀態變換、更改或移動，皆各自呈現一小段時間流動，若依此視角論之，人或物態之變化、興衰在四度時空中，如同一朵朵曇花開和落，〈古風五十九首之九〉：

> 莊周夢胡蝶，胡蝶為莊周。一體更變易，萬事良悠悠。乃知
> 蓬萊水，復作清淺流。青門種瓜人，舊日東陵侯。富貴故如
> 此，營營何所求？（〈古風五十九首之九〉）

「莊周夢胡蝶，胡蝶為莊周」，藉人和物態變化說明各種人和物態生命時間之流動或起迄，是不停止的。李白由生命狀態之變動遷改，覺察時間流動之歷程。

李白認為萬物物態變化之觀察，可使人激發奇特視點，若能對天地宇宙萬物變遷有透徹的觀照，可突破身處三維世界的思維，穿梭時間和空間，產生靈動、新穎的觀物方式：

> 昔在朗陵東，學禪白眉空。大地了鏡徹，迴旋寄輪風。攬彼
> 造化力，持為我神通。晚謁太山君，親見日沒雲。中夜臥山
> 月，拂衣逃人群。授余金仙道，曠劫未始聞。冥機發天光，
> 獨朗謝垢氛。虛舟不繫物，觀化遊江濆。⋯⋯自云曆天台，
> 搏壁躡翠屏。凌兢石橋去，恍惚入青冥。昔往今來歸，絕景

無不經。何日更攜手，乘杯向蓬瀛。（〈贈僧崖公〉）

說明「造化」、「觀化」可以啟發觀察者，進一步提供觀察者宇宙萬物變化變動之道理，這一對大自然變遷透徹地體悟，開啟李白「天光」，成為太白思維「神通」力量，藉由觀察天地宇宙變換之理，參透空間變動之奧秘，彷彿思緒進入新境界，李白成為可以綜觀宇宙變化歷程的全知者，參透所有萬物之生命變動歷程，這一想像力和思維力之開通，使李白思緒可以觀想宇宙天文任何空間，進而依想像空間，自由來去天地上下四方，即便是大江南北東西空間距離遙遠，亦可因靈動活躍的想像力，使一己視角同時地觀想進出上下天與地、星空和地球，描摹視覺或腦海中動態變遷移轉之視覺景象。李白動態視覺景象摹寫，從物理學相對論四度時空角度言之，第四維度是時間，人類欲呈現第四維度之方式，可同時看到所有時間片段之各種角度，來摹寫物態景象，形成動態變遷之一空間歷程，時間流動也寄寓在這一變動空間之過程中。[11]

二　時空定位人事物態之存在

詩人對時間的知覺，除了通過計時器具外，可藉空間物態化歷程的觀察，摹寫其動態景象。此正是時空合一觀點。詩人對宙人事

---

[11] 按：此據物理學家加來道雄（Michio Kaku）《穿梭超時空》說法：「顯然地……任何實體都必然可以引申到四個方向：它一定具有長、寬、高，與延續期間（duration）。……如果時間就是第四次元，由於他們可以同時看到所有的時間片段，那麼這就是四次元人物會看到的人物形象……（時間）第四次元理論就要改變人類歷史的走向，且無從回頭。……造成這種改變的人是當時還是無名小卒的物理學家，他叫做愛因斯坦。」見〔美〕加來道雄（Michio Kaku）著，蔡承志、潘恩典譯：《穿梭超時空》（*Hyerspace: a scientific odyssey through parallel universes, time wraps, and the tenth dimensions*）（臺北市：商周出版城邦文化事業公司，2010 年），頁 80、87、104。

物之描述，亦不免被其發生之地點與時間影響，寫入詩歌中，這自然顯現詩人觀察人事物環境，詩人正處在空間和空間同在的生存舞台，詩人在時間和空間交融中展開生活，觀察體驗宇宙萬物，故常藉時間和空間標示人事物態之發生。〔日〕物理系教授二間瀨敏史《圖解時間簡史》云：「時間和空間並非分別存在，因而創造出一個由三個空間座標與一個時間座標構成的四維數學空間，稱為四維時空。許許多多的事件，便是在這個時空中發生的。一件事情用時空的一點來表示，稱為事件。」[12]詩人觀察人事物態之發生，自然地摹寫出人事物態之時刻和空間位置。

　　李白對於觀察宇宙天地人事物態，常摹寫其發生之時間和空間，詩篇藉時空來描述或定位宇宙天地人事物之發生，來傳情達意：

> 日出東方隈，似從地底來。歷天又入海，六龍所舍安在哉？其始與終古不息，人非元氣安得與之久徘徊？草不謝榮於春風，木不怨落於秋天。誰揮鞭策驅四運，萬物興歇皆自然。羲和羲和，汝奚汩沒於荒淫之波？魯陽何德？駐景揮戈。逆道違天，矯誣實多。吾將囊括大塊，浩然與溟涬同科。（〈日出入行〉）

李白提出太陽位置遷移變動，呈現太陽運行是種大自然規律，是一宇宙的天文物理變化現象；草木榮枯變化興衰亦是一大自然物理變化規律，是一宇宙現象。李白藉觀察宇宙天文萬物變動遷移與發生

---

[12] 參見〔日〕二間瀨敏史著，劉麗鳳譯：《圖解時間簡史》（臺北市：世茂出版公司，2004 年），頁 33。另參見 Sauder Bais 著，傅寬裕譯：《圖解愛因斯坦相對論》（*Very Special Relativity: An Illustrated Guide*）（臺北市：五南圖書出版公司，2009 年），頁 14。另見游漢輝：《愛因斯坦的時空觀念》（臺北市：臺灣商務印書館，1999 年），頁 98。

位置，李白認為上至天、宇宙，例如：太陽、月亮；下至地面例如：草木興衰、四季轉換，天地上下四方各種物態，皆在運轉、變化，分處宇宙天地四方之人事物態之發生，可藉其時間變化和空間位置來定位。由宏觀角度觀察之，這些人事物態都依物理運行之自然道理。李白以「誰揮鞭策驅四運，萬物興歇皆自然」，直指宇宙有一興衰變動之自然規則。李白對於上至太陽由東方至地底出沒之位置變動；下至花草樹木春天繁盛秋冬衰落的生命變換，指出人事物態之發生時空位置。李白透過空間位置與動態變化歷程，使物態展現在時間空間中運動之生命樣貌和道理，藉物態在時空中的描述，一方面創造了觀者體悟之物理，另一方面感受到作者打破了過去神話傳說之誣妄欺人，以「魯陽何德？駐景揮戈。逆道違天，矯誣實多」，直指前人違背自然物理規則的說法，是不可信的。此呈現李白有前衛、進步的物理思維，李白進一步提出「吾將囊括大塊，浩然與溟涬同科」說法，對於人類生命變化歷程，歸結相同於自然規律變遷，與大自然、天地元氣運行同等，終會合而為一體。這也反映人事物態之變動發生，雖在各自的時間變化與空間地點位置中，依宇宙發展宏觀角度視之，人事物態最終仍是歸入大自然物理演變規律之中。

李白認為宇宙天地中充滿了物質的元氣，元氣是一種不斷變動的實體，此亦構成宇宙萬物的元素，故天地萬物人事物態是變動狀態：

> 天地為橐籥，周流行太易。造化合元符，交媾騰精魄。自然成妙用，孰知其指的？羅絡四季間，綿微無一隙。日月更出沒，雙光豈云隻。姹女乘河車，黃金充轅軛。執樞相管轄，摧伏傷羽翮。朱鳥張炎威，白虎守本宅。相煎成苦老，消爍凝津液。鬢髮明窗塵，死灰同至寂。搗冶入赤色，十二周律歷。赫然稱大還，與道本無隔。白日可撫弄，清都在咫尺。

北酆落死名，南斗上生籍。（〈草創大還贈柳官迪〉）

「天地為橐籥，周流行太易」、「造化合元符，交媾騰精魄」肯定了天地間充滿了流轉變化、流動遷移等等動態之物質性元素，也認為元氣和陰陽相同，藉互動、和合而轉變，形成新精神魂魄，或者新生命物態。肯定了宇宙天地人事物態是變動狀態的，並更進一步提出，這樣的動態充滿在天地宇宙間，是一種自然物理規律，「自然成妙用，孰知其指的？」主張此一物態規律是自然造作，並非人或神可控制。李白認為流轉變化、流動遷移之物態，舉目可見，這些動態物象亦表徵時間流動，能藉物態之流動和空間位置，使觀者覺察人事物發生之定位，以說明人事物之時空觀察的重要性，例如：「羅絡四季間，縣微無一隙」、「日月」之更替起與降等，也展現物態之變動和位置關係。可見李白在詩中詳述其觀察宇宙天地物態變化，並指出這些變動呈現出時序和時間流動感知，認為物態變動和空間位置，可由時空定位精確指稱人事物之發生，與宇宙人類生存的世界進化演變息息相關，具有連繫人事物態與宇宙起源發展之效用。由此可知李白在物態和物象觀察思維上，具有新穎和宏觀之主張，藉動態之空間景象描寫，表達人事物象之發生變換，寄寓著活躍和動態的時空觀點，也可說明其詩作中時常展現動態景象摹寫與視覺感知，為浪漫派詩歌開啟了變幻超塵、飄逸無端之新穎創作詩風。

第二節　空間觀

中國傳統的空間觀念，源自春秋戰國時代。《墨經‧經說上》：「宇，東西家南北。」[13]「東西南北」是平面空間描述，反映春秋戰

---

[13] 參見梁啟超校釋：〈經說上‧第四十二〉，《今本墨經》，《墨經校釋》（臺北市：新文豐出版公司，1975 年據涵芬樓四部叢刊影明嘉靖本），頁 7、31。

國時代，人類已具備二維平面空間觀念。「宇」代表是涵蓋東西南北
之平面概念，亦指出其已具備了場所、方位和處所位置的空間感知。
東、西、南、北是方位詞，在中文語法，是語法標記，指陳事物的
空間狀態。[14]墨子以家作為觀察者之中心點，由「家」視角，描摹方
位空間，這一描摹空間的方式，表示墨子取環境為中心的參照系統，
墨子認知空間，與其慣用語言文字有密切關係，此為檢視文學作品
與作家之認知空間感知的途徑。也反映春秋戰國時代墨子以環境為
觀察空間之參照點，描述其所感知的空間視角。《管子・宙合第十
一》：「宙合之意。上通於天之上，下泉於地之下。外出於四海之外。
合絡天地以為一裹。」[15]採用「四海」描述其所觀察之平面二維度空
間感知，「上」、「下」進一步地拓展了視角的高度空間，描摹出立面
的空間感知。「上下」是方位詞，在中文方所詞理論，是語法標記，
敘述事物空間狀態，呈現方位處所的情貌。[16]「四海」和「上下」構
成了平面二維與立面三維的空間感知，此反映管子具備二度空間與
三度空間之概念，並且清楚地以語言文字描述空間，為空間度下定
義。《莊子・庚桑楚第二十三》：「有實而无乎處者，宇也。」[17]明確
指出空間是實際存在的，空間可以包容萬事萬物，是廣大浩瀚沒有
邊際的。唐代文學家柳宗元曾提出空間觀感，〈天對〉：「東西南北，
其極无方。」[18]可說以方位詞描述空間，藉視覺觀察可產生二維和三

---

[14] 參見儲澤祥：《現代漢語方所系統研究》（武漢市：華中師範大學出版社，2003 年），
頁 199-200。另參見呂叔湘：《中國文法要略》（臺北市：文史哲出版社，1992 年），
頁 197-201。

[15] 參見〔唐〕尹知章注，〔清〕戴望校正：〈宙合第十一〉，《管子校正》（臺北市：世
界書局，1981 年），卷四，頁 63。

[16] 參見儲澤祥：《現代漢語方所系統研究》，頁 201-202。

[17] 參見莊子著，〔清〕王先謙、〔民國〕劉武撰：〈庚桑楚第二十三〉，《莊子集解・
雜篇》（臺北市：漢京文化事業公司，2004 年），卷六，頁 203。

[18] 參見〔唐〕柳宗元：〈天對〉，《柳宗元集》（臺北市：頂淵文化事業公司，2002 年），
第四卷，頁 365。

維空間感知，在唐代文學家和思想家的觀念中，二次元和三次元概念是早已存有。

　　海德格在《存在與時間》中提出，「空間性」（Spatiality）是人「存在於世」的一個本質。[19]人類生存在這廣大浩瀚的空間中，可依個人意願、參與、漫遊、觀覽，周流於這存在的空間，賦予自我形象之投射，或摹寫所見所感。創作者藉由存在的空間，取資學習和感發，因此，詩篇中的空間感知，顯具有個人化意義與價值。

　　宗白華〈中國詩畫中所表現的空間意識〉論述詩篇富含詩人空間意識，以視覺觀察摹寫空間，展現詩人心中眼中宇宙萬象，宗白華說：「中國詩人畫家確是用『俯仰自得』的精神來欣賞宇宙，而躍入大自然的節奏裏去『遊心太玄』。……用心靈的俯仰的眼睛來看空間萬象。」[20]葉維廉在《比較詩學》中，提出詩篇空間物態乃是「私人獨特用意」，所以「是強烈的自我的率意安排」。[21]在此可以說詩篇藉由詩人空間選擇，產生詩人獨特個人化空間性格。詩人觀察感知生存空間，摹寫所感，運用語言文字「表寫出空間的形相」[22]中文本具有視覺的、象形的特徵，中文語法自有靈活性和自由度，所以中文摹寫具象空間與視覺感知，可以容易捕捉詩人心中眼中的所感或所見之空間景象。誠如葉維廉《比較詩學》所寫：「視覺的具體語言，……一種直覺的語言，把事物可觸可感的交給讀者。它不斷的企圖抓住我們，我們不斷看到一件實物，而不會流為一種抽象的過

---

[19] 參見海德格著，王慶節、陳嘉映譯：《存在與時間》（臺北市：久大文化、桂冠圖書公司聯合出版，1998 年），頁 145-153。

[20] 參見宗白華：〈中國詩畫中所表現的空間意識〉，《美學的散步》（臺北市：洪範書店公司，2007 年），頁 41。

[21] 參見葉維廉：〈語法與表現〉，《比較詩學》（臺北市：東大圖書公司，1988 年），頁 79。

[22] 參見宗白華：《新詩略談》（上海市：人民出版社，1987 年），頁 245。

程。」[23]從中文語法的觀點言之，詩篇空間摹寫可突顯詩人心眼之空間感知，讀者藉由詩篇空間形象，不斷產生物態形象與具體的空間視覺感知。上述可見詩篇空間意識時常在詩人和文學家筆下呈顯，藉此鋪陳形塑詩人心中眼中的宇宙天地，表徵內心獨特與個人化感知意蘊。本文欲以此研討李白空間觀念，和其在詩篇景象上流露的視覺層次。

一　追求高遠的空間視覺感知

　　語言文字與詩人在詩篇中物態景象之創造有密不分關係。詩人通過文字表現空間感，重現心中眼中的空間視覺經驗。每個中文字和詞組，摹寫出自然物象或人文建築，正再現詩人心中眼中的視覺空間物象，誠如《比較詩學》所說：「詩人找出事物明徹的一面，呈現它，不加陳述。」，又說：「呈現一意象或足夠的具體事物的意象去激動讀者……我以為應該用更多的物象。」、「每一個物象均能保持其本身的實在性及具體性」[24]李白詩作亦取實在性和具體性之自然物態或建物，形塑其個人獨特空間觀點：

> 我遊東亭不見君，沙上行將白鷺群。白鷺閒時散飛去，又如雪點青山雲。欲往涇溪不辭遠，龍門蹙波虎眼轉。杜鵑花開春已闌，歸向陵陽釣魚晚。（〈涇溪東亭寄鄭少府諤〉）

以「陵陽山」下垂釣，鋪陳隱居者如高山獨立清高之形象，陵陽山是具體三次元物象，具有高度空間想象，山是名詞，也是靜態景象，結合了白鷺、杜鵑花等意象，烘托出隱居高山與自然共處，不問世

---

[23] 參見葉維廉：〈語法與表現〉，頁 59。
[24] 參見葉維廉：《比較詩學》，頁 59-61。

事之空間感知，另一首詩篇亦為一例：

> 楚山秦山皆白雲，白雲處處長隨君。長隨君。君入楚山裏。
> 雲亦隨君渡湘水。湘水上，女蘿衣。白雲堪臥君早歸。(〈白
> 雲歌送劉十六歸山〉)

取「楚山」高大安靜之三次元景象，表徵隱居者清逸隔絕世俗之意
蘊。

　　詩篇中，李白選用極具物態空間感的語詞，排除了許多文字說
明，落實到形象景象的創作，著重在空間景象情態表現，因此，此
也帶給讀者具有空間意識的表徵意味，這兼具形體之空間視覺感，
與交匯於形物景象表現中的象徵意涵。這代表詩作產生視覺整體，
讀者閱讀後，直接進入詩中物象氛圍之視覺感受，也進入詩人感物
的瞬間。〔法〕現象學家加斯東・巴舍拉（Gaston
Bachelard,1884-1962），《空間詩學》（La poetique de l'espace）說：「詩
意象既非驅力推動所致，亦非一段往事的回聲。其實正好相反：藉
由某個詩意象的乍現，遙遠的過往才轟鳴回響起來，我們很難知道，
這些回聲會折 射出什麼樣的深度，又將消逝於何方。依其清新感
與活動力來看，詩意象具有其自身的存有、自身的動力。它標舉出
一門直接的存有學（ontologie directe），……如閔可夫斯基
（Minkowski）精妙的研究所示，迴盪（retentissement）經常處於因
果的論域的反面，我們想要從中尋找詩意象的真正存在尺度。……
詩人透露存有的入口。」[25]從李白詩中空間景象看，陵陽山、楚山之
高度空間景象，有其自身存有的視覺整體，此外，讀者經由此重新

---

[25] 參見〔法〕科學哲學家、想像現象學家加斯東・巴舍拉（Gaston Bachelard,
1884-1962）著，龔卓軍、王靜慧譯：《空間詩學》（La poetique de l'espace），（臺北
市：張老師文化，2003 年），頁 35-36。

進入詩人摹寫的感物瞬間。[26]

李白認為詩歌之物態可以傳達詩人真心,亦成為想像世界與存有世界之連結點,詩例如下:

> 真僧閉精宇,滅跡含達觀。列障圖雲山,攢峰入霄漢。丹崖森在目,清畫疑卷幔。蓬壺來軒窗,瀛海入几案。煙濤爭噴薄,島嶼相淩亂。征帆飄空中,瀑布灑天半。崢嶸若可陟,想像徒盈嘆。杳如真心冥,遂諧靜者玩。如登赤城裏,揭步滄洲畔。(〈瑩禪師房觀山海圖〉)

李白觀察外界物象,強調詩畫選取物態之景象,以高、遠、動態為佳,李白提及「列障圖雲山」、「攢峰入霄漢」、「蓬壺來軒窗」、「瀛海入几案」,屢次取高山峻嶺、群峰、高聳入天際之仙山、大海等入詩畫,這些高聳、廣闊之物象景致,反映觀者感動震憾情,也傳遞景象立體、高遠之視覺美感。此外,高遠物景與變動物態結合,可使觀者內心激盪出更多驚嘆與想像,例如:「征帆飄空中」、「瀑布灑天半」、「煙濤」、「噴薄」、「島嶼」、「淩亂」等等。此可知,李白主張詩畫空間安置高遠靜景或動態,皆可從真實取資,亦由想像虛擬建構。另舉詩例分析:

> 昔遊三峽見巫,見畫巫山宛相似。疑是天邊十二峰,飛入君家彩屏裏。寒松蕭颯如有聲,陽臺微茫如有情。錦衾瑤席何寂寂,楚王神女徒盈盈。高咫尺,如千里,翠屏丹崒如綺。蒼蒼遠樹圍荊門,歷歷行舟泛巴水。水石潺湲萬壑分,煙光草色俱氤氳。溪花笑日何年發,江客聽猿幾歲聞?使人對此

---

26 參見葉維廉:《比較詩學》,頁 68-69。

心緬邈，疑入高丘夢綵雲。（〈觀元丹丘坐巫山屏風〉）

另一詩例如下：

> 粉壁為空天，丹青狀江海。游雲不知歸，日見白鷗在。博平
> 真人王志安，沉吟至此願掛冠。松溪石磴帶秋色，愁客思歸
> 坐曉寒。（〈觀博平王志安少府山水粉圖〉）

對於三峽巫山在畫面中呈顯高聳遠大、無邊之開闊視覺景象，李白
大加贊賞，認同以高遠景象，例如巫山、十二峰、陽臺、天空、游
雲、太陽等千里高遠自然人文景象，形塑觀者心懷高遠，如居處仙
山奇幻境界，此可與現實景象隔絕，使人如同進入虛擬仙界，神遊
天際，產生立體千里奇絕之空間視覺感，也產生縹渺幽遠的想像，
觀者如臨其境，親身感物，與作品景象自然地共鳴共同遨遊奇幻風
光。

二 物態地點方位處所的表徵

空間是客觀存在物質世界的表現形式，由物理學觀點言之，客
觀存在的三維空間是確定的。[27]詩人處在三維世界，隨時都會通過感
官感知這個世界，運用語言文字來摹寫詩人感受到的空間。詩人描
摹空間的方式，可基於中文語法三個空間表達系統，即指方向
（Direction）、形狀（form），與位置（Seat）。[28]詩人在詩篇中描摹物
象在空間的方向；物象在空間的形狀；物象在空間中位置變化，都

---

[27] 按：依愛因斯坦之見，「點」、「平面」和「線」等概念，大致上是確定的觀念。參
見愛因斯坦（Albert Einstein）著，李精益譯：《相對論入門》（*Relativity: the Special
and the General Theory*）（臺北市：臺灣商務印書館，2005 年），頁 1。

[28] 參見齊瀘揚：《現代漢語空間問題研究》（上海市：學林出版社，1998 年），頁 2。

呈現空間視覺感知。例如；東、西、南、北；上、下、左、右；物
象占有定點空間範圍；物象佔有線狀空間範圍、物象占有平面空間
範圍、物象占有的立體空間範圍；物體的靜態位置、物體的動態位
置等。[29]詩人藉詩歌自然人文物材，呈現豐富詩篇空間景象，詩作採
用的物態、地點、方位之材料，組成了篇景象，這些詩篇景象與物
材也反映詩人的空間觀，詩人藉詩篇的物材景象抒發情思，表徵詩
作意蘊：

> 峨眉高出西極天，羅浮直與南溟連。名士繹思揮彩筆，驅山
> 走海置眼前。滿堂空翠如可掃，赤城霞氣蒼梧煙。洞庭瀟湘
> 意渺綿，三江七澤情洄沿。驚濤洶湧向何處，孤舟一去迷歸
> 年。征帆不動亦不旋，飄如隨風落天邊。心搖目斷興難盡，
> 幾時可到三山巔？（〈當塗趙炎少府粉圖山水歌〉）

李白以「名士繹思揮彩筆，驅山走海置眼前」，描述藝術作品運用「山」
高度空間物材、「峨眉」、「羅浮」等自然界三維物態，表徵創作者摹
寫自然與想像造境之內心情懷。李白尤愛「赤城」、「蒼梧」、「洞庭」
等大山大水物態形象景象，認為此可形塑詩篇意境高遠、幽渺的情
蘊，此外，「驚濤洶湧向何處」、「孤舟一去迷歸年」、「征帆」、「落天
邊」、「幾時可到三山巔？」等，皆是描述物態之方向、位置變化之
感知。此類詩篇物材之方向和位置變化應為李白詩篇空間景象意蘊
的延伸表徵，因為當物材的形象和形狀深植觀者內心之後，觀察者
遂會賦予物象景象更多的特殊走向和位置，此觀察者角度，物象景
象不單是視覺可見之景象，藉由其方向和位置，也可進一步推演詩
意延續與情感推展等等，所以詩人空間物材移動與變化摹寫也成為

---

[29] 同前註，頁 3、5、6、7、11、12。

情意表徵之一環。另一詩作則論藝術作品物象與創作者情意密切相關，甚至可以表徵人生哲學與出世思想：

> 高堂粉壁圖蓬瀛，燭前一見滄洲清。洪波洶湧山崢嶸， 皎若丹丘隔海望赤城。光中乍喜嵐氣滅，謂逢山陰晴後雲。回溪碧流寂無喧，又如秦人月下窺花源。了然不覺清心魂，只將疊嶂鳴秋猿。與君對此歡未歇，放歌行吟達明發。卻顧海客揚雲帆，便欲因之向溟渤。（〈同族弟金城尉叔卿燭照山水壁畫歌〉）

描述藝術作品取資觀察視點所見，例如：「隔海望赤城」、「月下窺花源」、「燭前一見」等，描繪創作者視覺空間感知與景象，李白認為作品之方位物象之視點，傳了作者瀟灑不受拘束性格與人生思想，進一步亦表徵超群絕塵的人生志向。

第三節　時間觀

　　中國傳統文化對時間的看法，是由流水流勢表露，孔子《論語集解·子罕第九》：「逝者如斯夫，不舍晝夜。」[30]開啟了以水流動勢形塑時間行進感知。藉動勢與流動不止的流水結合，思想家和文學家轉化水流物態之形，摹寫人事物發展、延伸與方向，進一步地形成時間流動一去不復返的觀念。此外，《周易》是由宇宙生命形態表露時間觀念，《周易十卷·復卦》：「復，亨，剛反；動而以順行，是以出入无疾，朋來无咎，反復其道，七日來復，天行也。利有攸往，

---

[30] 參見何晏集解：《論語集解·子罕第九》（上海市：上海商務印書館縮印長沙葉氏藏日本覆刻古卷子本），卷五《四部叢刊·初編經部》，頁39。

剛長也。復，其見天地之心乎！」[31]傳遞了無時不變，隨時變動之時間觀，藉「動」、「順行」、「反復」等，論述生命時間變易之概念，天地日月四季運行，發現變易之外，尚有循環「反復」變動的時間模式。此可說明中國傳統時間觀念，有流動、反復循環之意涵。此一中國傳統時間觀念與物理學時間理論有部份相同。〔英〕物理學家彼德・柯文尼、羅傑・海菲爾德（Peter Coveney and Roger Highfield）著，《時間之篇》（The arrow of time）云：「時間是給人神祕感最大的來源之一。……時間是不等人的，時間不會倒流。……許多科學理論，……時間的方向無關緊要。」[32]描述時間性質連續的、不可逆轉、永不倒流。物理學家史蒂芬・霍金《時間簡史》、「相對論迫使我們從基本上改變了對時間和空間的觀念。我們必須接受時間不能和空間完全分開並獨立的觀念，而且和它結合在一起形成為叫做空間—時間的客體。」、「宇宙剛開始時有一個指數或『暴漲』的時期，在這期間它的尺度增加了一個非常大的倍數。在膨脹時，密度起伏一開始一直很小，但是後來開始變大。……最終，這樣的區域停止膨脹，並坍縮形成星系、恆星以及像我們這樣的生物。宇宙開始於一個光滑有序的態，隨時間成為團狀的並變得無序。」、「如果宇宙停止膨脹，並開始收縮將會發生什麼？會不會熱力學箭頭倒轉過來，而無序度開始隨時間減少呢？……當宇宙繼續收縮時或在黑洞中熱力學和心理學時間箭頭不會反向」[33]此描述從物理學觀點論之，

---

31 參見王弼注：《周易十卷・復卦・象傳》（上海市：上海商務印書館縮印宋刊本），卷三《周易上經噬嗑傳第三》、《四部叢刊・初編經部》，頁 16。

32 參見〔英〕彼德・柯文尼、羅傑・海菲爾德（Peter Coveney and Roger Highfield）著，江濤、向守平譯：《時間之篇》（*The arrow of time*）（臺北市：藝文印書館，2002年），頁 1-2、322、323。

33 參見〔英〕物理學家史帝芬・霍金（Stephen W. Hawking）著，許明賢、吳忠超譯：《時間簡史》（*A brief history of time*）（臺北市：藝文印書館，1989 年），頁 22、129、130、131、133、134、135。

宇宙起源時，時空本是結合狀態，稱空間—時間。在暴漲時期，宇宙由光滑有序的狀態隨時間成為團狀、無序，且無序度不會減少，永不反向。這指出在物理學上時間不是一獨立觀念，時間和空間結合一體，是不倒流，進一步地便提出其為沒有方向的。綜上述知，時間觀在中國和近代物理學論述中，具有相合處，亦發現新觀點。

　　本文取資李白詩作中之直接時間感知表述，或間接以意象景物表徵時間感知之作品，研究李白時間觀點，和其運用時間感知在作品中之情蘊表徵。

一　時間快速流轉不可逆回

　　若詩人和思想家是以中國傳統水流流動、變動角度來觀察宇宙萬物，則時常可在作品中，反映其對人生萬物之時間飛逝、年壽終止之焦慮。詩人在作品中運用須臾、光速流電、飄忽、短、流電等字詞組合，表徵內心時間感知。試舉詩篇分析，如下：

> 昨夜吳中雪，子猷佳興發。萬里浮雲卷碧山，青山中道流孤月。孤月滄浪河漢清，北斗錯落長庚明。懷余對酒夜霜白，玉床金井冰崢嶸。人生飄忽百年內，且須酣暢萬古情。(〈答王十二寒夜獨酌有懷〉)

以「飄忽」表徵時間快速，人生百年飄忽瞬間而過。另一詩作之時間觀以閃電、光表徵時光流逝之快速：

> 天落白玉棺。王喬辭葉縣。一去未千年。漢陽復相見。猶乘飛鳧烏；尚識仙人面。鬢髮何青青！童顏皎如練。吾曾弄海水。清淺嗟三變。果愜麻姑言。時光速流電。與君數杯酒。可以窮歡宴。白雲歸去來，何時坐交戰？(〈贈王漢陽〉)

另舉詩篇為例：

> 松子棲金華，安期入蓬海。此人古之仙，羽化竟何在？<u>浮生速流電</u>，倏忽變光彩。天地無凋換，容顏有遷改。對酒不肯飲，含情欲誰待？（〈對酒行〉）

取「流電」之快速表徵時間一閃即逝。此一詩作以「短」表示時間快速：

> <u>白日何短短</u>！百年苦易滿。蒼穹浩茫茫，萬劫太極長。麻姑垂兩鬢，一半已成霜。天公見玉女，大笑億千場。吾欲攬六龍，回車掛扶桑。北斗酌美酒，勸龍各一觴。富貴非所願，與人駐顏光。（〈短歌行〉）

由上述這些字詞選擇，例如：「人生飄忽百年內」、「時光速流電」、「浮生速流電」、「白日何短短！百年苦易滿」等，發現李白對時間觀念是飄忽瞬間快速；如閃電、光速般；時間一閃即逝；時光在人壽命百年範圍不過短促一片刻；時光不曾停止、不斷流動的。另見詩篇表述時間快速且一去不返：

> 遠海動風色，吹愁落天崖。南星變大火，熱氣餘丹霞。<u>光景不可迴</u>，六龍轉天車。荊人泣美玉，魯叟悲匏瓜。功業若夢裏，撫琴發長嗟。裴生信英邁，屈起多才華。歷抵海岱豪，結交魯朱家。復攜兩少妾，豔色驚荷葩。雙歌入青雲，但惜白日斜。窮溟出寶貝，大澤饒龍蛇。明主儻見收，煙霞路非賒。時命若不會，歸應鍊丹砂。（〈早秋贈裴十七仲堪〉）

另一詩篇〈自代內贈〉取流水不斷絕之勢，表徵時間不停止，不斷行進之感知：「寶刀截流水，無有斷絕時。」〈擬古十二首之三〉以「光」是留不住的，表徵時間不停止的特質：

> 長繩難繫日，自古共悲辛。黃金高北斗，不惜買陽春。<u>石火無留光</u>，還如世中人。即事已如夢，後來我誰身。提壺莫辭貧，取酒會四鄰。仙人殊恍惚，未若醉中真。（〈擬古十二首之三〉）

〈古風五十九首之二十八〉取「電」快速，象徵時間特質：

> <u>容顏若飛電</u>，時景如飄風。草綠霜已白，日西月復東。華鬢不耐秋，颯然成衰蓬。古來賢聖人，一一誰成功？君子變猿鶴，小人為沙蟲。不及廣成子，乘雲駕輕鴻。

李白對時間觀察，認為時間特質是快速且短促、轉瞬即逝；不停的，甚至取閃電、光比擬時光之快速和不停留，此外，李白也以流水不斷地流動和時光不逆轉，來表述時間永不停止、永不倒流之感知。在李白的時間表述中，其對時光概念有承襲中國傳統時間觀點，還有李白獨特比喻模式，例如：「光」、「電」，這類物態是常見於近代物理學理論論述時間感知，例如：光速、光傳播信號、光的直線傳播等等，此皆與時間測量、時空運動密切相關，[34]這可反映李白對天地萬物和時空觀察力和想像力是超越前人今人，極具前瞻性與創造

---

[34] 參見愛因斯坦、英費爾德（Albert, Einstein, 1879-1955），（Infeld, Leopold, 1898-1968），郭沂譯：《物理學的進化》（*The Evolution of Physics, 1938*）（臺北市：水牛圖書出版事業公司，2004 年），頁 63、64、65、67、71。

力。

二　流動形象的時間感知

　　由詩篇時間感知描述方式言之，李白在詩篇中時常運用動態、變化形與物象，來摹寫詩人對時間的知覺。試舉詩篇例子，如下：

> 寶刀裁流水，無有斷絕時。妾意逐君行，纏綿亦如之。別來門前草，秋巷春轉碧。掃盡更還生，萋萋滿行跡。鳴鳳始相得，雄驚雌各飛。遊雲落何山，一往不見歸。估客發大樓，知君在秋浦。梁苑空錦衾，陽臺夢行雨。妾家三作相，失勢去西秦。猶有舊歌管，淒清聞四鄰。曲度入紫雲，啼無眼中人。妾似井底桃，開花向誰笑？君如天上月，不肯一回照。窺鏡不自識，別多憔悴深。安得秦吉了，為人道守心。（〈自代內贈〉）

運用「流水」不斷絕；草木在秋天變枯黃，在春天又轉變為碧綠色。詩篇以流水流勢不停止、草木隨即變換顏色，一流動，一變化，表徵詩人感物與時間知覺。此一詩篇以物態變動轉換景象，表徵時間流動：

> 木落識歲秋，瓶冰知天寒。桂枝日已綠，拂雪淩雲端。弱齡接光景，矯翼攀鴻鸞。投分三十載，榮枯同所歡。長吁望青雲，鑷白坐相看。秋顏入曉鏡；壯髮凋危冠。窮與鮑生賈；飢從漂母餐。時來極天人，道在豈吟歎？樂毅方適趙；蘇秦初說韓。卷舒固在我，何事空摧殘。（〈秋日鍊藥院鑷白髮贈元六兄林宗〉）

詩篇連用數個動態景象：「木落」、「瓶冰」、桂枝「綠」，表徵秋天來臨、寒冬到來、春夏又至等等時間變換轉移之感受。詩人運用動詞摹寫景象變化的視覺歷程，以具體景形之變，摹寫抽象之時間行進，此外，藉動態和變化，表徵人事物之情緒流瀉與情意迭盪發展。

　　試舉詩篇為例，如下：

　　碧荷生幽泉，朝日艷且鮮。秋花冒綠水，密葉羅青烟。秀色空絕世，馨香竟誰傳？<u>坐看飛霜滿</u>，<u>凋此紅芳年</u>。結根未得所，願託華池邊。（〈古風五十九首之二十六〉）

詩篇以「飛霜」、「凋」芳年等等景物之動態與消長，表述時間流逝感，流露年華老去之悲。

　　另一詩篇運用露水凝結，落在綠草上，表徵時光更迭，秋寒來早之嘆：

　　<u>秋露白如玉</u>，<u>團團下庭綠</u>。我行忽見之，<u>寒早悲歲促</u>。人生鳥過目，胡乃自結束。景公一何愚？牛山淚相續。物苦不知足，得隴又望蜀。人心若波瀾，世路有屈曲。三萬六千日，夜夜當秉燭。（〈古風五十九首之二十三〉）

詩篇以秋露「下」庭綠，動詞摹寫露水初來乍到之時，李白「忽見」之，這一「下」與「忽見」帶領出觀察者之視點觀察動態景物，產生時間感知，在詩篇中，李白的時間觀念，是藉觀物，與觀察人事物之變化、變動歷程所產生的。細翫這些詩句，大致可以得到一個概念——李白特別關注物象之變動，這些變動之歷程，似乎興發人事物及其延續情思和聯想，時而與物象動景結合，時而躍出物景之

外，運用更宏觀的角度，思考生命、人情與時間之關連性，這也是
太白超越性的時間感知力，觀察空間中之物象之變，體悟時間流動
對空間人事生命微觀之限制和感懷；對空間萬物興衰宏觀之豁達和
自我安頓。

　　李白藉動態景象傳遞之時間感知，呈現詩人飄逸無端變化錯綜
之筆調，也透顯李白貼近現實人生，觀照宇宙萬物之眷戀感性與超
塵的智慧。

第四節　時空景象圖表與研析

　　李白在紀遊詩景象題材，常表述其一生遊歷觀察所見所感，與
想像所至者，茲依其紀遊詩景象歸納如下列表格與圖形。本文表圖
細目之分類，依據李白紀遊詩中摹寫遊歷景象之詩意與句意，而一
一研究分析。

圖表等安置在附錄。

第五章 李白詩歌的零度空間

　　紀遊詩的零度空間，指以定點地理位置作為摹寫對象。也可稱為定點空間。定點地點位置包含自然地名，和人文建築物名。例如「玉階」、「白帝城」等。自然的景物與人文建物充滿在天地四方，詩人遊歷記錄其景其形象，藉此抒懷。定「點」空間，在藝術文學表現巷中，指「高度的沈默和言語的結合」，可產生足夠的空間，讓人產生共鳴。縱觀李白一生各類體裁的詩歌創作共一千零五十一首，[1]不僅充分顯現其想像力和觀察力，發揮豐富多彩的創作經歷情思，讓其浪漫獨特的詩歌意象更為彰顯，而反映到其詩作的形式，且表現出太白藉遊歷四方追尋自我與內省的特有過程，用以完成其具突破古今的空間認知與心理視覺視點的想像力。

　　太白詩作給予讀者的印象，是不拘常調、自負、放蕩不羈，其實這不是李白自我意識鮮明，以詩歌渲洩己情之特徵。詩人因個人情感與外在環境交融，抒發人格性情，這與詩人感物以言志，心隨物以宛轉之傳統有密切開係，一如劉勰《文心雕龍‧物色第四十六》所云：「物色之動，心亦搖焉。……是以詩人感物，聯類不窮。流連萬象之際，沈吟視聽之區；寫氣圖貌，既隨物以宛轉；屬采附聲，亦與心而徘徊。」[2]因觀察萬物景象與遊歷探索世界，詩人眼界遂開，

---

[1] 據瞿蛻園統計，李白詩共有一千零五十首。參見瞿蛻園等校注：〈目錄〉，《李白集校注》（臺北市：里仁書局，1980 年），頁 1-35。另見本文表一之分析第三點，邱師燮友教授增補一首，詩題為李白過天水在南郭寺陽殿石碣上有五律一首，故李白詩共有一千零五十一首。相關定「點」之意涵，依康丁斯基研究。定點是語言，又代表沈默，具有足夠的空間，以讓人產生共鳴。參見康丁斯基（Kandinsky）著，吳瑪悧譯：《點線面》（*Punkt und Linie zu Flache*）（臺北市：藝術家出版社，2009 年），頁 19-22。

[2] 〔梁〕劉勰，王更生注譯：《文心雕龍讀本》（臺北市：文史哲出版社，1991 年），頁 301-302。

產生豐富的思維活動。承繼齊梁以圖形寫貌之詩風，唐代轉向託意深婉、比興無端，確立了重意興、主寄託的書寫方向。太白為盛唐詩人代表，「一生好入名山遊」，李白創作時地由二十五歲出三峽至六十歲，三十五年時光皆在漫遊與四處干謁，因其半生對自然萬物觀照經驗及薰陶。李白詩作反映所感所想的世界，藉寄託萬物以言情志，進而產生創作意識活動，「心理世界是物理世界的反映，無論如何，物理世界是人的心理活動展開的空間基礎。……詩人的創造作為一種意識活動，只有一個來源，那就是客觀的世界。『物』，或者說『物理環境』即是我們所說的生活，是詩的創作鍊條中的第一鏈」[3]不論遷居漫遊，太白皆以詩傳達其對環境地物之空間及空間改易之時遷的所感所見。

　　文學寫作及研究者也注意到時間空間和文學作品之關係，[4]目前學界相關研究，仇小屏教授與邱師燮友教授均有深刻的研究論點，可見時間與空間在詩歌研究方面，十分值得開展。邱師燮友教授亦肯定以時空角度來解析詩歌，指出以前人重視點、線、面，三度空間的寫實文學，[5]至今轉化到愛因斯坦所詮釋的點、線、面，立體第三度空間，乘上時間，使成了第四度時空。[6]

　　劉熙載曾言李白詩：「海上三山，方以為近，忽又是遠。太白詩言在口頭，想出天外，殊亦如是。」[7]謂太白詩尤善於高度景象以表

---

[3] 童慶炳：《中國古代心理詩學與美學》（臺北市：萬卷樓圖書公司，1994 年），頁 4-5。

[4] 參見仇小屏：《古典詩詞時空設計美學》（臺北市：文津出版公司，2002 年），頁 1-2。又收入邱燮友：〈穿越時空進入四度空間的文學〉，《章法學論叢》（臺北市：萬卷樓圖書公司，2011 年），頁 208。

[5] 同前註，頁 208-209。

[6] 同前註，頁 209。又參見愛因斯坦、英費爾德（Einstin, Albert, 1879-1955）、（Infeld, Leopold, 1898-1968）著，郭沂譯：《物理學的進化》（*The Evolution of Physics*, 1938）（臺北市：水牛圖書出版事業公司，2004 年），頁 140-143。

[7] 〔清〕劉熙載：《藝概》（臺北市：華正書局出版社，1988 年），頁 58。

現遊歷的所見所感，進一步更提到李白擅長摹寫空間之近遠前後挪移變動；同時，劉熙載贊許李白之想像力與創作力，躍出常人對於三度空間觀察，從天上、天外的心理視點，觀照地球萬物，描繪出超脫常人的空間認知。這些太白個人化、充滿創想的詩歌景象之特徵與主張，雖是就太白詩中高度空間景象及動態景象之摹寫而言，然而，由於李白有意識地主張「自以為賦者，古詩之流，辭欲壯麗，義歸博遠。不然何以光贊盛美、感天動地」，[8]極有可能將遊歷所見之世界萬物景象和題材引入詩人，以拓展詩的內涵意義與詞語表現。本文就李白詩一千零五十一首中，凡採詩題與詩歌內容，摹寫凡行蹤及想像所至者之紀遊詩作五百四十三[9]首為考察文本。此外，紀遊詩之數量占李白詩總數百分之午一點六七，[10]超過半數以上，數量甚多，期能在學界之李白詩歌研究之相關論著中，探索李白詩時空景象的承繼與新變，詳析李白詩作時空景象摹寫的創變之功。

　　零度空間，在物理學上亦稱零次元；零維空間；零度空間度。指定點位置，也就是空間的點，我們所見的乃是某個物體的存在。[11]在平面上，許多定點位置，即為數個零度空間。一點之定義，是某

---

[8] 〔唐〕李白，瞿蛻園校柱：〈大獵賦〉，《李白集校注》（臺北市：里仁書局，1980 年），頁 61。

[9] 參見本文之表一：李白集中紀遊詩數統計總表。

[10] 參見本文之表一：李白集中紀遊詩數統計總表。

[11] 參見愛因斯坦、英費爾德（Einstin, Albert, 1879-1955）,（Infeld, Leopold, 1898-1968）著，郭沂譯：《物理學的進化》（*The Evolution of Physics,* 1938），頁 140-143。Sander Bais，傅寬裕譯：《圖解愛因斯坦相對論》（*Very Special Relativity: An Illustrated Guide*）（臺北市：五南圖書出版公司，2009 年），頁 12。另參見法・朋加萊（Jules Henri Poincare, 1854-1912）著，盧兆麟譯：《科學與假說》（*La Science et l'Hypothese By Herni Poincare*）（臺北市：協志工業叢書出版公司，1970 年），頁 75。朋加萊在天文物理學等有極佳的建樹。朋加萊認為「空間的點是什麼？……當我們想表象空間的一點時，我們所見的乃是白紙上黑的斑點，或是黑板上粉筆的斑點，但在無論何時都是某個物體的存在。……對此，我是由經驗感知。」零維，是「點」的世界。見小暮陽三著，郭西川審訂，劉麗鳳譯：《圖解基礎相對論》，頁 20、23、24。

一瞬時的某一特別位置。它代表一個事件。在空間中，我們於任何一瞬間，只能存於一地點，我們可以選擇從一地點移動到另一地點，或者停留在同一地點。一件事件用時空的一點來表示稱為事件。[12]定點位置常見於詩作中，例如自然山、水、湖、峰、谷、植物樹等地點，及人文建物、古蹟、城門、宮殿、樓閣、亭台、關口、城市等定點。自然地理定點空間位置，與人文建物定點空間位置均屬之。

　　就空間感知而論，郭中人在《空間・視覺・感知》中論述文學視覺空間之關連性，他認為詩人依賴視覺產生的距離感受，來感知外界空間，視覺及視覺心理視點是產生空間感知的主要模式。[13]李白對環境空間的認知和感受，可化成情思內涵，將視覺所見的空間，化成詩歌語言。[14]詩人可藉定點與定點之各局部，串連後描摹線狀或平面空間的感受。[15]李白便是將內心情思轉譯成空間。[16]藉象徵性的山、海、水、湖、峰、谷等自然地景與人文建築之定點位置，詩人

---

[12] Sander Bais，傅寬裕譯：《圖解愛因斯坦相對論》（*Very Special Relativity: An Illustrated Guide*），頁 12-14。另參二間瀨敏史著，劉麗鳳譯：《圖解時間簡史》（臺北市：世茂出版公司，2004 年），頁 32-34。二間瀨敏史認為「從某人的觀點看來，確定某一事件的時空座標，須用以下方法：先決定時間的零點及空間原點。」

[13] 郭中人：《空間・視覺・感知》（*Visual Perception of Space*）（臺北市：曉園出版社公司，2007 年），頁 23-24。

[14] 同前註，頁 25-26。

[15] 同前註，頁 90-91。此據郭中一教授之研究，他由格式塔心理學及人類視界、空間認知論述定點空間概念。另據海森堡對空間和人類感知之關係的研究，海森堡認為相對論出現之後，事物的時間與在空間中的位置相關。據康德之見，康德認為「空間和時間是純粹感覺的先天的形式。」、「時間和空間的觀念，是屬於我們和自然的關係。」、「空間是一種必須的、先天的、為所有外在知覺的基礎的呈現。」故本文引用之時空觀念，是以近代物理學原理及愛因斯坦相對論之研究為主。參見韋納爾・卡爾・海森堡（Werner Karl Heisenberg 1901-1976）著，用東川、石資民、黃銘欽合譯：《物理與哲學》（*Physics & Philosophy: The revolution in modern science*）（臺北市：協志工業叢書出版公司，1992 年），頁 48-51、78-79。

[16] 孫全文、陳其澎：《建築與記號》（臺北市：明文書局，1989 年），頁 90-91。

抒發主觀的、幻想的情思表達，[17]因此產生詩意。依中國建築記號理論而言，中國人文建築引借詩意的文學手法，也接受文字記號的特性，藉不同空間景緻轉換，產生不同視覺效果，[18]並且藉此發展情思變化。Skinner 在敘述中國天壇建築曾說：「當我們站在這座由蒼鬱林所圍繞的完美建築層層交疊的平台之上時，唯有藉著詩人才足以將這種由大地昇起的感覺傳達出來。」[19]此說明詩語言與人文建築定點空間之間關連及文學詩意效果。李白用自己的眼去看，也用他人眼睛或其他角度體察世界萬物，藉各式角度觀察來描摹寄寓種種細膩情意。太白詩中玉階、白帝城、長門宮、青陵台、昭陽殿、玉關等，這些古蹟歷史人文建物，皆可引起物性聯想，形成空間性的類比感知。[20]李白時以遊歷時所見空間感知，靈巧地轉化寫實景物之紀遊詩作，將浪漫、不受拘限之想像力，運用在「題材」、「意象」等營造上，承繼古往今來平面定點空間景象摹寫，使詩歌引人「興情」，也拓展由平實定點空間環境書寫，到個人特色情思寄寓。或抒自我為中心的空間認知，或以他人為中心的空間認知，或兼備自我與他人視點為中心的空間認知。此為靈活的摹寫法，反映詩人由觀察外在世界物理空間，經過詩人心理認知空間，然後轉化為語言空間。

---

[17] 同前註，頁 91。表 2-20。另參見康丁斯基之研究，文學作品直接以物象描述文字，就可使人產生內在的影響力，故文字富含直接的和內在的雙重影響力。文藝作品中若以「自然的形式表達內心狀況」（所謂的氣氛），便能真正達到目的，成為一種精神糧食與讀者觀眾發生共鳴。這種共鳴都不會是空洞的或表面的，作品的氣氛可以使讀者更深刻或更清楚。此外，詩人梅特林克認為「字是一個內在的聲音。」這個聲音來自一個物體名稱的音響。當我們只聽到物體的名稱，而沒有見到實際的東西時，腦袋裏就泛起它的抽象形象，以此傳達至心理，產生溝通。詳參見德・康丁斯基（Kandinsky）著，吳瑪悧譯：《藝術的精神性》（*Uber das Geistige in de Kunst*）（臺北市：藝術家出版社，1998 年），頁 18、33、34、35。

[18] 孫全文、陳其澎：《建築與記號》，頁 142。

[19] 同前註，頁 143。

[20] 同前註，頁 122-124。

一如心理語言教授 Stephen C. Levinson 於《語言與認知的空間》中引述論說：「the apprehension of space is given in substantially the same form by experience irrespective of language … but the comcept of space will vary somewhat with language」。[21]齊振海也就物理空間至語言文學空間緊密關係，制表論述，物理空間←→認知空間←→語言空間，他認為空間語言的描寫以認知為基礎，詩人認知空間之源即來自物理世界。[22]此指出空間由物理空間、認知空間和語言空間組成。物理空間是客觀世界的空間形式；認知空間是人類對物理空間感知的結果；語言空間是人類利用特殊的語言結構所表徵的認知空間。李白在詩中遊歷空間之摹寫，正反映太白心理視點和空間認知。[23]

在中文語法空間理論中，定點位置之命名和方位可構成文學作品的空間位置感知。「點」，指把物體所占有的空間範圍看成是一個點，此時即不考慮這個範圍在長寬高三個維度上的特徵。太白紀遊詩描摹遊歷或想像所至之見聞，常以命名標示空間，或時用自然山水名稱處所，或用人文建物名稱處所。例如：緱氏山、太湖、秋浦、天台山、四明山、東海；又如：青蓮宮、紫微殿、披香殿、國清寺等。依據漢語方位處所之理論，此詞語法稱方所標記，用來構成專有名詞或類名性的處所詞語，此即為定點空間命名標記。[24]李白描述

---

[21] Stephen C. Levinson 著，齊振海導讀：《語言與認知的空間》（*Space in Language and Cognition: Exploration in Cognitive Diversity*）（北京市：世界圖書出版公司北京公司，2008 年），頁 18-19。

[22] 同前註，頁 11。

[23] 此據齊振海導讀及論述論點：《語言與認知的空間》，頁 11。

[24] 參見儲澤祥：《現代漢語方所系統研究》（武漢市：華中師範大學出版社，2003 年），頁 10-11。此據齊瀘揚之漢語空間系統，及空間位置理論的研究。齊瀘揚認為「形狀系統是指句子中的某個物體所占有的空間範圍的形狀顯示出來的空間特點。物體所占有的空間範圍的形狀，如同數學中的幾何圖形一樣，也有點、線、面、體等的區別，『點』：把物體所占有的空間範圍看成是一個點，即不考慮這個範圍在長、寬、

遊歷定點空間，時見自然山水地名，如泉、江、河、海、山、峰、
湖、島、泉、崖等。或見人文建物地點區域名，如寺、塔、閣、園、
陵、觀、關、殿、樓、亭、宮、城等。藉以標示地點空間，及興發
思懷情意，[25]也標自觀察者的方位處所。

高三個維度上的特徵。例如：<u>院子裏有一棵大樹。</u>」參見齊瀘揚：《現代漢語空間
問題研究》（上海市：學林出版社，1998 年），頁 6-7。另參見廖秋忠語言研究中，
漢語靜態空間方位之論述，廖秋忠認為定點物件之摹寫，是指「對於一個或一群具
體的東西或地方，這裏統稱為物體。……東西與地方的部件描寫順序放在一起研
究。主要是考慮到它們之間的相通性。其一是，每一件東西都占有一定的空間，而
且它的部件在空間中也都占有一定的位置，而每一個地方也都存在著各種東西，如
同一個東西的各個部件。……。根據材料，我們初步歸納出部件描寫順序所遵循的
八條主要原則。……『視覺的顯著原則』視覺的顯著性簡單地說就是容易吸引觀察
者的注意力。一個物體的比較顯著的部件一般較早地成為觀察者注意力的焦
點。……當觀察者對眼前或記憶中的物體進行描寫時，較早成為觀察者的注意力焦
點的部件或印象較深刻、較清晰的部件容易得到較早的描寫。」，例如地上建築「大
殿」、「博物館」、「飛云寺」。參見廖秋忠：〈物件部件描寫的順序〉，《廖秋忠文集》
（北京市：北京語言學院出版社，1992 年），頁 133、134、137、138、148、149、
151、152、154。本論文亦見登載於《語言研究》，第二期（1988 年）。

25 參見儲澤祥：《現代漢語方所系統研究》，頁 5-6、12-13。依儲澤祥研究，語法之方
所標示，方指方位，所指處所。方位指方向；處所之意有二，一指相對關係位置，
例如：在長安，一指某實物所處的位置，例如：在西方。故處所指某實物之所在或
位置。本文引用儲澤祥教授之研究論點，凡李白詩摹寫行蹤或想像所至之方位、所
在與位置，皆進行分析紀遊詩歌時空情思探究。另據廖秋忠語言研究論著中，中文
語法之空間方位詞的論述，廖秋忠認為「方位詞」是一組既能表示方向又能表示位
置的體詞。它們到底是表示方向還是位置，可由語境中相關的詞語和情境來決定。
請看下面這組例子：（1a）房面前面有棵樹。……位置與方向是兩個有密切聯繫的
概念，位置是占有一定空間的點、線、面或體積，而方向是面對的某一位置。參見
廖秋忠：〈空間方位詞和方位參考點〉，《廖秋忠文集》，頁 163、164、166、178。
本論文亦見登載於《中國語文》，第一期（1988 年）。相關此領域之研究，參見呂
叔湘：《中國文法要略》（臺北市：文史哲出版社，1992 年），頁 197-199、201-206、
209-212；另參見呂叔湘主編：《現代漢語八百詞》（北京市：北京商務印書館出版，
2010 年），頁 10-14、16-18、31、39-42；蔡宗陽：《國文文法》（臺北市：萬卷樓圖
書公司，2008 年），頁 87-91；何永清：《國語語法研究》（臺北市：文史哲出版社，
1987 年），頁 84-87；劉月華、潘文娛、故韡著，鄧守信策劃：《實用現代漢語語法》

　　李白「一生好入名山遊」，遊歷大江山水南北，縱覽古今建物，描摹遊歷景物樣貌是多采多姿的，其題材景象與內容情意亦十分廣泛，本章所以選擇「零度空間」為主軸，集中探討紀遊詩情思所涵蓋的仙地仙居、自然地景、人文古蹟、政事際遇城池的景象，在於這數類地景情思一直都是李白情感寄寓的重心，每種定點空間景象都興發太白筆下所摹寫之真誠美感。此外李白紀遊詩定點之零度空間描摹次數共有二百一十六次，[26]在五種時空摹寫次數排序是第三，[27]定點景象在李白紀遊詩中出現比率是百分之一一點九二，[28]定點景象書寫在古風與樂府詩之李白詩體裁排序統計上，出現次數均為第二高者。[29]李白紀遊詩以定點空間景象興喻悲喜情思，以下舉例論述其內涵及意趣。

第一節　　仙地仙居書寫

　　自魏晉南朝以來，遊仙求仙和自然山水隱居生活備受文人士子賞愛欣羨，相關詩歌題材成為詩人筆下及心靈的桃花源。「中國只有非常強的地域文化意識。不同的地域風光，不同的民風民俗，不同的方言土語，使得中國的地域文化豐富多彩。」[30]太白遊歷駐足地點有湖、海、山、水、宮、殿、寺、城，其筆下呈現定點之城市地區、

（臺北市：師大書苑公司，2009 年），頁 21-29。

[26] 參見本文表六：李白詩歌各類體裁之紀遊景象統計總表。「定點（零度空間）」。

[27] 參見本文表六：李白詩歌各類體裁之紀遊景象統計總表。「定點（零度空間）」之「排序」。

[28] 參見本文表六。之「出現比率」。

[29] 參見本文表七：李白詩歌各類體裁之紀遊景象排序統計。「次數次高者」有兩次均為定點空間景象。

[30] 參見樊星：《當代文學新視野演講錄》（桂林市：廣西師範大學出版社，2007 年），頁 70。

山水地景，皆融入了鮮明的追尋神仙，傾慕仙境和描繪仙居的地域性及李白個人化色彩。

唐代詩作深受詩人怡情山水、嚮往成仙、思慕仙人、隱居修煉企求成仙等思想意識影響，藉此求得心靈的安頓和紓解情懷。伴隨著太白四處干謁漫遊大江南北，紀遊題材也出現了以居遊之山水地景和佇留之城寺地點，為描寫對象，並興起仕途失意，進而寄寓隱居求仙、慕遊仙居的情懷。本文中常論到的遊仙求仙之景點空間意識，都有李白個人化色彩的特質，因為李白筆下的仙人居地的空間視點都是太白遊歷觀覽之際，對自然山水和人文建築的審美經驗與心理認知。其神仙居地書寫在內涵上，包括文化風俗、空間認知、人文歷史的故事延續、文人仕隱的抉擇、政治國事的焦慮不安、人際友誼情感需求、仙人居地虛實景觀；在形式上涵蓋有神話仙人傳說的城寺、仙味濃厚的空間景觀、神仙清逸居地景象的敘述。太白融合內涵與形式的定點空間描摹，展現鮮活的太白生命境遇及遊歷環境之營造，都讓人隱約感受到地景空間之綿密氣氛，進而認可地景居地的文學價值和內蘊精神。如此竹的仙人居地書寫，為定點空間滲透發散更多情意及內容。總之，李白詩零度空間，以仙境仙居地景景象紓懷，透過一己空間認知、心理視點和遊歷經驗，李白紀遊詩以其豐富的、深廣的、永恆不變的思維，觀照內在及古今文人內心的企慕。

一　碧海仙地

李白詩歌在遊歷定點空間之景象，往往有所企寄，於地景空間之題材部份，太白把焦點放在塵俗世人無法到達的大海，部份詩篇仙人居地空間景象以海為地景，都書寫了太白對海的神秘、不易到達等的獨特性和感知。

李白承繼自漢魏六朝詩以來，最具代表性浪漫派詩壇詩人。太

白一生任俠、縱酒、浪跡江海，曾受詔玄宗，漫遊安陸等，在四海
漫遊之間，更能體會到名利權位短暫，和求仙尋仙之企願才是永恆。
在世界萬物中，「海」是恆久不變之物象。太白筆下的仙地，表面看
似虛幻，但卻結合了現實中永恆神祕的海，來興發情意。試其看樂
府詩：

> 仙人相存，誘我遠學。海淩三山，陸憩五嶽。（〈來日大難〉）

此詩寫仙人欲教導太白成仙方法，希望李白可以隨仙遠走。這反映
了詩人內心期望有人傳授藥方，達成凡人成仙之願望。在李白對仙
地空間認知，仙地是不易達到的、神祕的，甚至太白認為仙地是在
大海大山脈的另一端，故己力不可為，此也反映真實世界中的李白
對仙地之傾慕，視海是與仙地仙人互有聯繫之物象地景。此也展現
太白對仙地仙人，懷抱著欲親而不能親近之痛苦情懷。或也反映實
仕途無人拔擢之苦。試看卷四之樂府詩：

> 我思仙人乃在碧海之東隅，海寒多天風，白波連山倒蓬壺。
> 長鯨噴湧不可涉，撫心茫茫淚如珠。西來青鳥東飛去，願寄
> 一書謝麻姑。（〈古有所思〉）

本詩令人矚目的是，首聯一發端：「我思仙人乃在碧海之東隅，海寒
多天風。」指出仙地地景在碧海那方，即使舟船也不易達到，因為
海水既寒冷，仙地的海風海浪強勁，一浪接一波觸撞上仙山。海，
是地景中永恆不變的地景景象，神祕而危險的海象也是常人無法解
決的困難，但另一方面又指出己力不可及，以海表達仙境的神祕，
成仙企願是永恆志業，又以海喻事件困難、無法達成的夢想，這正
是李白因遊歷四方而產生的心理視點，及李白對海與仙地之空間認

知。因此我們可以從此詩作之景象空間，看出詩人賦予海與仙地神
祕而不可測；永恆而不易達成之空間語意描摹。當然，也可知詩人
有意將海水溫度低；海風強勁等艱難海象，把仙地視作是遙不可及
的境界，並藉此，延續仙境的獨特性。

　　試看卷十三古近體詩：

> 我昔東海上。勞山餐紫霞。親見安期公。食棗大如瓜。中年
> 謁漢主。不愜還歸家。朱顏謝春暉。白髮見生涯。所期就金
> 液。飛步登雲車。願隨夫子天壇上。閑與仙人掃落花。(〈寄
> 王屋山人孟大融〉)

東海，[31]是連繫求仙企願的地方，若欲尋仙人安期生，可由海出發，
海是通達仙人境地的關口，神祕不可測，是不易通過之地，有人縱
遊海上，通過海的測試，到達仙地，見到仙人，所行所止，皆不同
於凡俗，若能與仙人投契，還能得到面見仙人機會，進一步或可求
仙授藥，榮登仙境，列位仙人。當李白摹寫仙地之景，這「東海」
也成為鋪陳自漢代以來恆久且艱難的仙地關口。「海」之不可測及神
秘成為仙地的護城河，無人能及，鮮聞有人通行。

　　相關「海」的詩境，隨著求仙尋仙之企願愈強烈，李白更加細
細摹繪「海」的印象。在〈古有所思〉中海與仙地的連結：「海寒多
天風」、「白波連山倒蓬壺。」由海之溫度低冷，令人發寒，海象困
難、海風強不易舟行，到海波狀態是多且浪高，甚至倒灌至蓬壺仙

---

[31] 歷史資料上，早有連繫海與求仙仙境之語。史記世記載海與東海之景象，與仙人仙
　　居有密切關係。「(李)少君言於上曰：『臣嘗遊海上，見安期生，食巨棗，大如瓜。
　　安期生仙者，通蓬萊中，合則見人，不合則隱。』」此條資料之「海」，或為李白詩
　　中「東海」。參見詹鍈主編：《李白全集校注彙釋集評》(天津市：百花文藝出版社，
　　1996年)，卷十二，頁1940。

山，呈現求仙尋仙不易之感。〈古有所思〉驚嘆仙地不易尋得，甚而即便找到「海」的通關地，但卻是寒凍多風之可佈海象，海浪之高險，可衝上蓬壺仙山上而倒灌之，這使求仙者，只能望海掉淚。尋仙之心願在出發與放棄的心情中掙扎，最後，或可在青鳥之協助，從思仙求仙之困境中解脫。

在李白的海書寫中，可以看見傳統文人對海的印象——是無法超越的，是深不可測的，因此是神秘而非凡俗可解的。在唐代文化社會中，文人可藉這仍具未有任何開發的海印象，以將去開發、充滿可能性的地景，作為人生新舞台，寄託新前景及希望。

自然地景常見於詩作中，如山、水、湖、海、峰、谷等。定點位置，在李白遊歷經驗中，除了海之外，也將其他自然景象用以書寫內心求仙之願。李白所描繪的仙地，除了連結海外，也有山谷、巖穴等定點景象，試舉古風五十九首：

> 太白何蒼蒼，星辰上森列。去天三百里，邈爾與世絕。中有綠髮翁，<u>披雲臥松雪</u>。不笑亦不語，冥棲在<u>巖穴</u>。我來逢真人，長跪問寶訣。粲然啟玉齒，授以鍊藥說。銘骨傳其語，竦身已電滅。仰望不可及，蒼然五情熱。吾將營丹砂，永與世人別。（古風〈其五〉）

巖穴，是指山谷中洞穴。仙人棲居之地。神仙深居在自然景地，與萬物相同，棲行均與自然同在，不需華樓瓊宇，不受物質環境、氣溫天候影響，是遠高過塵俗，有其清高獨立的居地習性，故仙人仙居是高境界的理想，不似塵俗世人追求利益及權位，仙人仙境不受常人慾望影響，其所處的境地是最潔淨及超然的。這樣的居地只有神仙才能在此居住，甚至可披雲臥在冰雪之巖穴中。李白因在塵俗功業未成，前途茫茫之際，仙地空間，成為李白心中新理想和願望。

太白對仕途已失去追求的勇氣，甚至思考另尋人生出口，這新的未來，必需是超越以往的志願，是一永遠可以努力的目標，而非短暫、有時限，且非受限物質欲念，李白冀望生命的新希望，新的寄託。太白鄙視金權貪婪，少數人掌握資源，有才者無路可走，主動地尋求在仙人仙地觀摩請益的機會。自然界之嚴寒高峻，未開發之山谷提供了仙人仙地存在的可能空間，也帶給文人更多想像及靈感，太白所正視的仙人仙地，不但貼近了一般人對於人煙罕見，未開之環境的想像，更重要的是張揚了對生命新希望及可能舞台。太白在〈古風其五〉中，為了充份表現仙人在自然界山谷居地景象，極盡對仙人在山谷之躺臥自在之姿、身披雪雲之不懼寒冷之觸感，仙人五官感知表現、山谷居地，均鉅細靡遺地書寫；而太白把仙人的行止放在罕見人煙、嚴寒巖穴，表現出心理距離美和神祕心理視點，也興發了詩意。

　　李白紀遊詩作抒發個人內心企願，也反映了追尋前景的文人心聲；李白因遊歷經驗豐富，其紀遊詩作對於空間地景景象的描述，較為廣涉寬取，有相當程度的景象題材，是呈現太白縱覽天地四方後的真切興喻。經由李白筆下的海、東海、巖穴、棲臥等仙地所帶動之神秘精神，和自然萬物永恆不易的景狀，維繫著仙人仙地長生恆久存在的空間認同，尤其身為浪漫派的詩人李白，較喜歡摹寫壯闊浩大的景象和心理視點，寫出了文人仕途的困難及人生的挑戰，也寫出尋求新的生命舞台，尤其表現出文人仕隱抉擇與其心靈安頓的期待。

二　寺廟仙居

　　舉凡古蹟、城市、宮寺、亭台、樓閣、殿院、關口等定點，皆為人文建物。建築與語言一樣是種記號，經由深層文化、心理視點與空間認知之演化，可組構出建築形式之空間，藉此透顯建築記號，

具有與語言記號相同的情思表現。甚至建構出定點建物空間語意。[32]

　　人文建物之定點空間，具建築空間的語意、歷史語意與定點空間之美學語意，[33]李白紀遊詩訴說了面對宮寺、城樓的歷史及空間認知，這些人文建物呈現了仙凡接觸、仙凡聯繫的關口，描述了文人在仕途不順遂的環境中，內心脆弱以及茫然失措的空虛，藉遊歷人文建物空間時，浮現仙味、理想國和前所未有的滿足感，有如在大海中接觸到浮木，升起可能的希望及生命安定感。李白的紀遊詩以摹寫仙人居所建物者，從其遊歷之現實環境中，或神話傳說中取材，以帶歷史故事的意味，關注這些仙人居所，描寫仙人居處的狀態，反映仙人建物之故事印象，功業未成之茫然及無助，透顯出大時代一群文人的困窘。試析太白詩云：

> 天台國清寺，天下為四絕。今到普照遊，到來復何別？柟木
> 白雲飛，高僧頂殘雪。門外一條溪，幾回流歲月。（詩文補遺
> 〈普照寺〉）

國清寺，在今浙江天台北台山麓，天台縣北十里。始建於隋開皇隋煬帝（西元 598 年）十八年，為名僧智顗禪師所興建。[34]為中國佛教天台宗的發源地。也是天下佛寺四絕之一。蓋詩中所提國清寺與詩題之普照寺在太白遊覽佛寺的經歷而言，沒有區別，李白是藉國清寺抒發遊仙宏志，表明求仙心願，強調在國清寺之境地，白雲自由

---

[32] 據語言學家杭士基（Chomsky）的語構理論，語言記號和人文建物記號是可互相對照應用的。Peter Eisenman 肯定 Chomsky 之語言法則，並且應用在建築空間之解讀和組構。參見孫全文、陳其澎：《建築與記號》，頁 44-47。

[33] 依見孫全文與陳其澎的分析看，人文建物的形式並非是只是硬體圍牆。而是傳達語意、歷史感知及心理視覺上美感。參見孫全文、陳其澎：《建築與記號》，頁 58-59。

[34] 瞿蛻園校注：《李白集校注》，冊二，卷三十，頁 1722-1723。

飄飛，拋開塵俗的僧人，頭頂殘雪，不畏風雪嚴寒，想必是丟開名
利雜念，熱寒無懼。此詩的語意，與仙人臥松雪樓巖穴的印象甚為
相近。國清寺位處天台山上，這人文建物是清幽獨立，與塵俗隔絕
的，較其他世俗之建物，是近仙佛，遠凡人，正求仙之凡人，可近
仙佛之空間。即便有僧人駐寺，亦是斷絕俗情之僧人，在寒冬頂雪
進出寺門，為宗教無私奉獻忠誠。李白將這樣的人文建物景象與仙
人臥住山谷空間景象，描繪得如此貼合，這人文建物之空間語境，
正是凡人接觸仙佛的關口，此完全可看出文人熱切求仙的真誠心
願。詩末也突顯人文建物空間價值，隨著凡人求仙宏願，也永久流
傳保存。

〈題峰頂寺〉也是展現人文建物空間之景象：

夜宿峰頂寺，舉手捫星辰。不敢高聲語，恐驚天上人。（詩
文補遺〈題峰頂寺〉）

峰頂寺，在蘄州黃梅縣（今屬湖北）。趙德麟《侯鯖錄》卷二云：
「曾阜為蘄州黃梅縣令，有峰頂寺，去城百里，在亂石群峰間，人
跡所不到。」[35]胡仔曾言「蘄州黃梅縣峰頂寺，在水中央，環伏萬山，
人跡所罕到。」[36]謂李白詩中峰頂寺，尤以獨立絕人跡，有水環伺之
地景景象，稱名於世，太白善於藉人煙罕至之人文建物空間，形塑
與塵俗隔絕的清明空間意識，這樣孤絕單一的定點空間，正是見獨
特性、仙味、心理距離美感之視點，這也正反映太白善於以人文建
物空間表現仙味仙境；同時，太白對於此寺與仙人關係，進一步描
寫，「舉手捫星辰」，彰顯人文建物是可與仙人接觸關口之意旨，

---

[35] 瞿蛻園校注，引王琦言論：《李白集校注》，卷三十，頁 1715-1716。
[36] 〔宋〕胡仔：《苕溪漁隱叢話前集》（臺北市：臺灣商務印書館，1986 年景印文淵閣
四庫全書集部），冊 419，卷五，頁 2-10。

將凡人建築空間與仙人聯繫的心理視點拓展開來。超凡的想像力，個人化的空間認知的特徵和心理視點，雖是就仙居建物之觀覽印象而言，然而，李白有意識地選擇這類人文建物空間，並以名稱彰顯其空間位置，極有可能是將仙人仙地的空間景象，結合入人文建物中，以拓人文建物之仙境空間意涵與視覺距離美感。

在紀遊定點景象描摹之題材內涵中，太白面對大環境仕途不順遂，於是便以己求仙企願和仙地傾慕的內涵，摹寫這些自然定點地景與人文建物，太白紀遊詩表現了仙人仙味的遊覽體驗的材料。詩人欲抒發真實際遇情思，主要的空間，即是設定在撫慰人生挫折與失落之建物空間，這些仙境仙地活動的摹寫，使成仙之願，如幻也如實。李白筆下的仙地仙居書寫，使現實生活無法完成的夢，在詩的空間中實現。

第二節　優美地景記述

李白現有的紀遊詩作，描摹大地風光景致者，雖物材景象不同，有時太白著眼於行樂地點之描述；或山川名勝優美；或邊塞風光情思，和人事變遷光景。太白以歡欣的、浪漫的空間認知與心理視點，寫出太白遊歷地景空間的感懷和價值。

李白生在唐朝玄宗、肅宗時代，其於六十二歲的生命中，五十六歲前處於唐玄宗所治的開元、天寶盛世，這正是唐代光輝燦爛的時期，也許因自己仕途未能如願發展，在求仙之志願外，太白也特別關注到優美地景能讓心境平靜恬澹，當太白沈浸在優美景象時，可以暫時忘卻自我煩憂。

李白紀遊詩以優美景象傳達情思，這些空間景象分別創造出快樂、苦悶、憂愁與欣喜等情意。

一　遊賞行樂之處

太白描摹遊歷景象時，呈現歡樂空間景象，在地景空間的選擇上，李白屢次描寫以宮殿行樂地景、遊賞閑居景象。在此類紀遊地景空間中，富含輕鬆、歡樂之面向，及對於生活的新思考與探索，在紀遊詩作中流露出平實愜意的地景空間，表現太白的賞玩行樂之遊歷體驗與以自我與他人為中心的空間認知，試舉太白樂府詩云：

> 玉樹春歸日。金宮樂事多。　後庭朝未入；輕替夜相過。笑出花間語；嬌來燭下歌。莫教明月去。留著醉姮娥。（〈宮中行樂詞八首之四〉）

金宮，指金殿，是李白奉詔作五言律詩，[37]描摹天子在宮殿中歡樂景象。金宮指天子居處宮殿，太白採用金色摹寫宮殿，除了屬黃色系的金色，是中國傳統最尊貴之象徵外，金色也造成溫暖的心理視覺與視覺焦點，以及高興的心理特性。[38]皇室宮廷原是政事議論殿堂及肅穆尊貴之地景空間，太白在此將宮殿與天子歡樂情緒結合，直陳金宮中天子飲酒、聆聽聲伎歌舞之快樂氣氛，就算是在議論國家大事的地點中，依然可帶入輕鬆愜意的歡笑意趣。太白時當已醉，奉詔作詩共襄盛舉，援筆立就，展現太白作詩能力，在任何地景景象中，均能以既有的空間及心理視點，創造出首首具有歡樂魅力的定

---

[37] 據王琦注，《本事詩・高逸》：「（玄宗）嘗因宮人行樂，謂高力士曰：『對此良辰美景，豈可獨以聲伎為娛？倘時得逸才詞人吟詠之，可以誇耀於後。』遂命召白。時寧王邀白飲酒，已醉。既至，拜舞頹然。上知其薄聲律，謂非所長，命為宮中行樂五言律詩十首。」此見宮中行樂詞本有十篇，今存八篇，故逸兩篇。詩篇之建物景象皆為宮中行樂之景。參見瞿蛻園校注：《李白集校注》，頁 378、379-383。

[38] 此據林書堯之研究，黃色系的情緒及心理特性，可追溯來自人類視覺對黃色之生理反應、心理刺激作用。參見林書堯：《色彩認識論》（臺北市：三民書局，1999 年），頁 72-73、83-84。

點空間。

另一首〈宮中行樂詞八首之六〉：

> 今日明光裏，還須結伴遊。春風開紫殿，天樂下珠樓。 豔
> 舞全知巧，嬌歌半欲羞。更憐花月夜，宮女笑藏鉤。

明光宮，原指漢代宮名，此借指唐朝宮殿。紫殿，是帝王宮殿。[39]供
君臣議事奏事之地景空間，李白以人文建物名稱標示自己之處所空
間，這嚴肅殿堂，太白繫連著歡娛情緒，特意串連「結伴遊」、「嬌
歌」、「艷舞」、「笑」、「樂」等詞語，安排這些活動樂趣及情緒心理
字眼，使快樂意識很快充滿在明光宮和紫殿等兩個定點空間。這些
細膩的設計，可看出太白對於以詩抒情的敏銳創作力。

此外，太白在自然地景上，也有定點空間遊賞之樂趣摹寫，例
如：

> 鏡湖水如月，耶溪女如雪。新妝蕩新波，光景兩奇絕 （〈越
> 女詞五首之五〉）

描摹鏡湖之平靜無波與光亮返影，正呈現太白靜觀的心理視點，以
及賞愛這湖面美之空間美感。另見古近體詩例，亦有遊賞記述之空
間表現：

> 翦落青梧枝，邕湖坐可窺。雨洗秋山淨；林光澹碧滋。（〈與
> 賈至舍人於龍興寺翦落梧桐枝望邕湖〉）

---

[39] 此據瞿蛻園校注。引《三輔黃圖》之言，明光殿，約其方向必在未央正宮殿中，不
與北宮甘泉設為奇玩者比，則臣下奏事之地也。參見瞿蛻園校注：《李白集校注》，
頁 384。

首聯即破題——翦落梧桐枝之遮蔽，視野大開，可觀覽邕湖全景，點出以自然山水名稱標示李白所處空間，靜望雨後之湖景，是清淨如水洗明鏡，或許李白藉觀此如明鏡的湖，映照自我明淨的心理空間認知。

二 邊塞思歸之景

邊塞思歸之景，主要包括李白羈旅飄泊遊經大江南北，所見偏遠戰地塞空間；與友人分別場景；和異地陌生寂寞景象。李白紀遊景象中，以「送別」、「留別」者，或以「思歸」、「思鄉」之空間景象者，其類別為二。定點空間有漢水、襄陽、大陽、魯東門、白門柳、武昌城、玉關、吳關等地景景象。太白多取人文建物名稱來標示處所，表現李白心理視點，及觀察者之方位處所。[40]

獨特的環境空間和地理環境，造就各式細膩空間意識，隨著詩人觀覽選擇景象材料，組構成觀察者的心理空間認知，有時反映詩人自己，有時反映他人的空間認知，或兼具自我與他人的空間認知。這詩中的空間安排，是可看出詩人心理視點，也看出詩人透過心理視點所選擇的空間位置，呈現情感與思想。[41]

---

[40] 據儲澤祥之研究，方所空間位置之探究，首先必須弄清楚方所的語表形式，在此基礎上，才能挖掘方所位置的語裏意義。研究方所位置之標志形式，是描寫方所語表形式的關鍵內容。參見儲澤祥：《現代漢語方所系統研究》，頁 5-6。

[41] 此據格式塔心理學對於人空間感佑與空間環境之關連研究，「格式塔心理學在空間方所所討論的第一個問題就是，我們所見到的環境，是真實環境亦或是主觀環境。……韋德海默提出同型論（isomorphism）的觀點。同型論假設當實質環境與行為環境，也就是我們感知的環境之間，需具有某種關聯存在，且建議兩者之間是屬於類似的環境關係。……環境又可分為地理環境（geographical environments）和行為環境（behavioral environments）兩方面，地理環境就是現實的實體環境，行為環境是意想中的環境。」參見郭中人：《空間・視覺・感知》（Visual Perception of Space），頁 75-78。詩人所選擇的空間環境，與詩人自我行為、心理狀態、思緒皆會具有類似和相近的關聯，詩人的環境感知和空間認知正可反映詩人內心視點，

試看古近體詩一首：

> 去年何時君別妾？南園綠草飛蝴蝶。今歲何時妾憶君？西山
> 白雪暗秦雲。<u>玉關</u>去此三千里，欲寄音書那可聞。（〈思邊〉）

玉關，此指邊關。即玉門關。此詩採用女子為中心的心理視點，也
反映太白之空間認知。擬秦地女子之視角，描摹思念征夫之情。太
白取用玉門關，為女子丈夫駐守之地，這是邊塞偏遠空間，李白將
邊塞關口名稱標示出來，突顯處所與女子之間的遙遠距離，即使互
寄音書，亦難聯繫。運用知名的邊塞景象烘托二人之間互動之困難，
這艱難遙遠的定點空間，形塑了發苦思念的心理，也彰顯了太白對
於遠離家人思念情切之深刻感知。

　　在太白的玉門關景象書寫中，他運用女子或他人為中心的參照
系統，反映他人的空間認知，建構了一種思念與環境空間之間的普
遍共通的情思連繫，比如詩中出現「三千里」、「欲寄音書」、「憶」、
「別」等這些距離的描述、情緒的詞語，都一再和「玉門關」繫連，
使詩作邊塞戰地之強悍定點空間景象，呈現出柔情的、思念的軟性
感受，這一強一弱、一征夫一妻子，形成正反對照的強烈衝突之詩
作空間景致張力。

　　試析古近體詩一首：

> 齊公鑿新河，萬古流不絕。豐功利生人，天地同朽滅。兩橋
> 對雙閣，芳樹有行列。愛此如甘棠，誰云敢攀折。<u>吳關</u>倚此
> 固，天險自茲設。海水落斗門，潮平見沙汭。我行送季父，
> 弭棹徒流悅。楊花滿江來，疑是龍山雪。惜此林下興，愴為

及心理情思。

山陽別。瞻望清路塵,歸來空寂蔑。(〈題瓜州新河餞族叔舍
人賁〉)

吳關,在唐代是江北通向江南的交通咽喉。詩首聯之齊公指齊澣。
開元二十五年遷潤州刺史,有佳政,開新河。潤州北界隔吳江,春
秋時屬吳國。齊公因百姓船繞瓜洲多生風濤之毀損,乃移其漕路,
於京口塘下直渡江二十里,又開伊婁河二十五里,即達揚子縣。齊
公所開的新河即是潤州刺史齊澣在瓜洲開的運河,吳關即指瓜洲
渡。[42]

　　詩首聯歌詠齊澣開鑿新運河利國利民之功業,顯現太白對於政
事、建設之關注,其次,便將吳關之地,視為與叔父分別之處,這
前後空間情意,對照之下,正是一喜一愁,一樂一苦,遠望季父離
開,獨留李白一人既寂寞又空虛。大環境眾人正對吳關新運河之德
政歡慶歌詠,只有一人面對吳關暗自傷懷。太白善於利用空間之大
小、遠近、男女視角、物己視角,來進行歡淒、樂苦、剛柔、悲喜
等心理情緒的互相烘托對比。這些對比,呈現零度空間的情感氛圍,
興喻地景和人之間的思緒關連,也創造了太白獨特的、個人化的、
強烈、矛盾的情感空間認知,在這一正一反的對照中,讓人見識到
李白澎湃的內心與空間世界。

　　試析古近體詩中,有關送別友人和思念友人之作:

　　黃鶴西樓月,長江萬里情。春風三十度,空憶武昌城。送爾
　　難為別,銜杯惜未傾。湖連張樂地,山逐泛舟行。諾謂楚人
　　重;詩傳謝朓清。滄浪吾有曲,寄入棹歌聲。(〈送儲邕之武

_____

[42] 詹鍈引《元和郡縣志》闕卷逸文卷二淮南道揚州江都縣。及《舊唐書·玄宗紀下》
之語。參見詹鍈主編:《李白全集校注彙釋集評》,冊七,二十三卷,頁 3574-3576。

昌〉〉

另一首：

> 昨宵夢裏還，云弄竹溪月。今晨<u>魯東門</u>，帳飲與君別。雪崖
> 滑去馬；蘿徑迷歸人。相思若烟草，歷亂無冬春。（〈送韓準
> 裴政孔巢父還山〉〉

此兩首詩均是送別友人，思念友人之作。武昌城，今鄂州之東，是
三國時代孫權故宮。孫權破關羽，自公安徙都鄂，改名昌。[43]魯東門，
指魯郡城東門。李白與同隱竹溪諸人酬唱必多，僅見此作，知李白
詩多散佚。詩中得知李白居徂徠山為時不久，蓋乃住魯郡。此詩韓
準、裴政、孔巢父等非真隱者，因干謁不遂而又還山。[44]

　　李白筆下的這些友人——儲邕之事蹟不祥外，韓準、裴政和孔
巢父三人欲以隱者身份干謁不遂，李白與這些非真隱者來往甚多，
這代表著太白對於此欲干謁之途，並不陌生。在兩首詩中，「武昌城」
一地景空間，連結了「空」、「難為別」、「惜」、「清」等詞語，使武
昌城之空間地景，有了珍重友人，空嘆獨自寂寞之心理視點，或許
文獻資料上，沒有儲邕的事蹟，但由「清」和「滄浪」等詩歌語詞，
可見這別離之武昌空間地景，帶有才高有德之士不遇而遠行之感
嘆。武昌是三國孫權之故宮，或許寄寓贊賞古人以鼓舞友人有才必
能獲得新發揮空間。「魯東門」是李白別三位非真隱者的空間地景，
此為太白居住地，李白沒有與三位友人同還山，而是在己住所設宴
飲餞別好友們。這與同求干謁而四處漫遊的李白心情，似有不相合

---

[43] 參見瞿蛻園校注：《李白集校注》，頁 1089。
[44] 參見瞿蛻園校注：《李白集校注》，頁 982-983。

之處，因為李白與三位友人志向相同，李白卻不與三人同行還山。
再看此詩材，「滑去馬」、「迷歸人」、「相思」、「烟草」及「亂」、「無
冬春」，串連魯東門一地景景象，一再呈現李白內心糾結和不平靜，
似乎太白心理視點紛亂無序，不辨冬天或春天，思緒糾紛如亂草，
人生迷失方向，重跌了一跤，或許在太白心理知曉以隱者身份干謁
仕途之路，無法成功，但又不知從何開啟人生新目標，茫而失序，
困坐愁城，只能窘居在一己魯東門的住所苦思未來，雖為友人送別
而憂愁，實也為一己前程之盲茫而思緒混亂。

三　人事變遷之地

此處所謂人事變遷之地，意指李白造訪一些景點，因而引發人
事變化之借鑑。這些景點包含李白所覽之人文建物空間、歷史古蹟，
或自然山水景象，所興發之時光荏苒，景物依舊，人事已非之情思。
此處並不專指詩人詠懷古蹟之作。太白紀遊興述人事變化之景象，
描述景象空間仍在，時光人物已轉變之地點空間類別者，有石頭城、
楚王臺榭、北湖等空間景象。這類景象不侷限於歷史古蹟，太白可
藉心理視點之選材，來興發欲抒古今共有的人情物感。試舉其詩論
析之：

> 石頭巉巖如虎踞　凌波欲過滄江去。鍾山龍盤走勢來，秀色
> 橫兮歷陽樹。四十餘帝三百秋，功名事跡隨波流。白馬小兒
> 誰家子？泰清之歲來關囚。金陵昔日何壯哉！席捲英豪天下
> 來。冠蓋散為烟霧盡，金輿玉座成寒灰。扣劍悲吟空咄嗟，
> 梁陳白骨亂如麻。天子龍沉景陽井，誰歌玉樹後庭花？此地
> 傷心不能道，目下離離長春草。送爾長江萬里心，他年來訪
> 南山皓。（〈金陵歌送別范宣〉）

石頭、古城名。又名石首城。故址在今南京清涼山。本楚金陵城，漢建安十七年孫權重築改名。石頭城自古來即為軍事要地。凡舟船皆由此下至建康。故江左所變，必先固守石頭城。[45]石頭城，是最適合觀覽古今人事變化之趨向，這座城市，見識過三百多年的人物故事，古今人人必爭之權力王位，在石頭城的地點，就可數出四十多位皇帝，而今石頭城仍屹立固守一方，歷來稱霸四方、領軍統將之四十多位天子，卻如流水東去。石頭城的空間景象，就如孫權設置的城名一般，堅守崗位、穩重實在，在濤濤的歷史戰事洪流中，從未擅改其本質。太白站在石頭城景象上，所觀覽的不只是石頭城地景景觀，進一步透過以石頭城為中心的參照系統，反映出超出凡俗的之空間認知。這是一種以他人（或環境）為中心的內在參照系統，使用內在參照系統所表示的空間概念，其可由兩部份來解讀，一由表示身體的部份泛化為表示物體的部位，二由表示物體的部位進一步泛化為表示空間範圍的部位。李白藉石頭城之環境，來觀察人事之變遷之理；進一步擬由石頭城之眼睛視角，興發石頭城展示之心理空間認知。[46]因此，可由紀遊中，見到太白賦予地景景象之萬事瞬變、縱觀全局的宏觀視覺空間描寫。當然，也可以說太白有意以石頭城歷經四十多位皇帝、三百多年的地景背景，利用其仍堅毅固守

---

[45] 此據王琦之注，石頭城古今軍事重地，也是戰時形勝之必爭之地。參見瞿蛻園校注，引王琦之：《李白集校注》，頁 528。

[46] 此據萊文森（Levinson）對於空間概念與語言的關係、空間概念與文化的關係之研究，萊文森認為空間參照系統框架包括：內在參照框架、相對參照框架和絕對參照框架三種。若以表列此分類：

相對參照系	所觀察者為中心的參照系
絕對參照系	以環境（或他人）為中心的參照系
內在參照系	以物體（或他人）為中心的參照系

參見 Stephen C. Levinson 著，齊振海導讀：《語言與認知的空間》（*Space in Language and Cognition: Exploration in Cognitive Diversity*），頁 26-30。

原地去表現兩者間的強烈對比，當作石頭城精神的代表。

　　試舉另一首詩例析之：

> 木蘭之枻沙裳舟，玉簫金管坐兩頭。美酒樽中置千斛，載妓
> 隨波任去留。仙人有待乘黃鶴；海客無心隨白鷗。屈平詞賦
> 懸日月；<u>楚王臺榭</u>空山丘。興酣落筆搖五岳，詩成笑傲凌滄
> 洲。功名富貴若長在，漢水亦應西北流。（〈江上吟〉）

楚王臺榭，楚靈王有章華臺，臺上有屋稱榭。此為楚王所遊憩的地
方。[47]詩首四句描摹遊江之情景，色彩豐富，有青色和黃色，一寒色
一暖色，形成強烈對比效果。突顯了景緻遊興高昂。接續四句，語
氣急轉。太白將屈平詞賦與楚王臺榭並置，一文字作品一人文建物，
一仍與日月同存於世，另一則已荒涼無存，此對比突顯了李白認為
名利權位短暫，不能常存，而立言著作則可永垂不朽。楚王臺榭是
千古以來權勢名位之表，是所有縱橫天下一時，時過而千事休之地
景空間。在李白眼中，千古留名之功業要比只是權傾一瞬要重要，
太白以往追求仕途之夢像是醒了一樣，他在楚王臺榭的昔榮今衰的
起伏中，看清了人生的路。還好太白沒有放棄自己，仍持續創作不
輟，自信詩作完成可傲視群倫。

　　詩中對楚王臺榭的觀察，包含情和地景空間之結合，李白一生
浪遊天涯，四處漫遊之際，時見自然山水，時訪歷史古蹟，因此因
景物興發情思，也為常見，這類紀遊詩作，太白往往有人化及新變
之喻意，寄寓其中，甚至超過歷史古蹟之詠嘆，轉而突顯自我人生
前途抉擇及自豪文學寫作能力。李白此詩所寫，就是在遊覽江水之

---

[47] 此依王琦之注，楚王臺榭，為楚王之宮苑，平時休閒之地景。參見瞿蛻園校注：《李
白集校注》，頁 481-482。

美景，思見古楚王宮苑之遺址，點名其古遺址之歷史背景，也就是叱咤一時楚靈王休憩之華麗宮殿，但是今又如何呢？李白只運用「空」字，任人想像，對應詩末功名富貴，權傾為王之楚王地位是最相襯的，但實二者皆經不起考驗，只能短暫存有，最後都會一筆勾消。此刻太白將古遺址之視點帶回現在的現實景象，彷彿僅一剎那，就將楚靈王的自滿豪氣之休憩臺榭之空間印象，化為煙霧，空蕩無存了。只剩幾個空洞無形之山丘景象，「空山丘」將無限淒涼的景象，也詮釋了軍隊、美酒、美人，亦全成了荒丘廢土。李白在遊覽自然及人文建物景象，興發的不全是古蹟背後的歷史故事，太白更特別提出「功名富貴若長在，漢水亦應西北流。」之旨。這些個人化、諷諭性的主張和喻意，將紀遊詩之遊古蹟興情之內涵，提升至藉古喻己情思，人文建物地景和自然山水不再是主角，而是化作太白抒發己情志之物，然物性之類比空間感知，亦在此處表現無遺。[48]此見太白紀遊詩之摹寫地景空間的開展之功。

換言之，人世滄桑，名利權位不常存，人生生命短暫，即使如楚靈王曾有的金錢尊貴，不過是黃粱一夢，虛幻徒勞無功的。這亦是本詩意旨之核心。

試再舉一首析論之：

> 潮水定可信；天風難與期。清晨西北轉；薄暮東南吹。以此難挂席，佳期益相思。海月破圓景，菰蔣生綠池。昨日北湖梅，開花已滿枝。今朝東門柳，夾道垂青絲。歲物忽如此。

---

[48] 此依孫全文、陳其澎之研究，若詩人出現玉階、白露……等，雖然並不是在同一句中，但這些詞語都是屬於選擇層面，它們可以依據對等原理，引起物性的聯想。如此一來這些詞語便刻劃出一位孤寂的女性。詩的功用便是把選擇層面的對等原理投射結合層面，藉著結合層面的邏輯連貫關係，將分散的種種聯想，互為關聯而緊扣在一起。參見孫全文、陳其澎：《建築與記號》，頁 124。

我來定幾時？紛紛江上雪；草草客中悲。明發新林浦。空吟
謝朓詩。（〈新林浦阻風寄友人〉）

北湖，即指玄武湖，在南朝宮城之北，今南京市玄武門外，南朝時
相傳有黑龍見於湖上，故稱玄武湖。白門，是南朝都城建康的西城
門。西方色白，故稱之。本詩運用同屬南朝都城之兩個地景空間，
細細摹寫其植物變化，來表示物換時遷之嘆。太白因接受江寧縣令
楊利物邀請至金陵作客。但途中風雪至，逾時未抵達金陵。李白由
出發遇阻之半途，觀景變思人事改移，由「梅花盛開」、「楊柳垂下
青枝」等景物之情形，將外物環境之觀覽筆端，直接轉向自己：「歲
物忽如此，我來定幾時？」此其實是自己有感時光流失之速，北湖
與白門未變，一切地景空間仍舊存在，但是如此，梅花開，柳枝垂，
年復一年復，植物變化之速，自己亦是日復一日的消磨生命，自己
和植物一樣，終有換汰之時，這樣的人生，或是失意，或愁悶，或
更惆悵與無力感。在北湖和白門之地景景象中，以昨日今日之植物
汰換情形，傳達太白對人生「變」之愁悶及悲涼感。

四 逍遙山川名勝

李白「一生好入名山遊」，現統計太白詩描記觀覽之地及行蹤之
作品，即有五百四十三首，占所有李白詩總數一千零五十一首百分
之五一點六七。[49]超過半數以上的作品均曾呈現遊歷之景象。在觀覽
風景山川名勝時，多半詩歌意涵寄寓或抒發情思，亦有內容專記述
耳目所及或想像所至之山川名勝之美。太白詩作呈現各種風景名勝
之定點空間景象，詩歌材料，取用到訪各個名勝之處所，標示太白
曾想像觀覽或到訪之空間位置。甚至呈現一平面座標系圖，建立詩

---

[49] 參見本文表一：李白集中紀遊詩統計總表。

中遊覽定點之心理視點位置，及事件次序。[50]李白以序列各地景象模

---

[50] 此據愛因斯坦在相對論及場的研究，我們的世界是生存著三維的生物。電影則使我
們習慣於感受演出於二維銀幕上的二維生物。若現在假設銀幕上的出場人物是實際
存在的，他們有思維能力，他們創造自己的科學，二維的銀幕就是他們的幾何空間。
這些生物不能具體地想像一個三維空間，正如我們不能想像一個四維世界一樣。而
我們的三維世界空間，可以用場的圖示法來解釋空間模型。三維世界的場的圖表示
引力的方向及其距離的關係。實際上，應將圖想像成為空間中的一個模型，而不是
一個平面圖。圖中的線都是引力場的線。力線是在空間中沒有任何物質的地方形
成，所有的力線即是「場」。場上的點，就是三維世界中的定點或地點。若有切確
的時間，就能用兩個數在圖上表徵，此外也可用物理學表徵一個事件發生的地點與
時間。圖示如下：

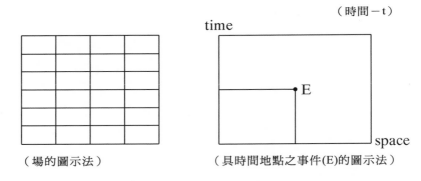

（場的圖示法）　　　　　（具時間地點之事件(E)的圖示法）

若欲標示一座山，則可用三個數來描述空間。圖示如下：

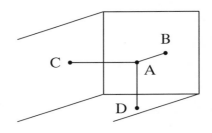

（A 點為山，B、C、D 為三個數）

所有自然界的現象及事件，都可以描畫成時空圖，但我們必須記住，這樣把時間

式著眼，細摹出起程地點，接續第二個停駐地點，然後其他景象。
試舉詩例分析：

仙人東方生，浩蕩弄雲海。沛然乘天遊，獨往失所在。魏侯
繼大名，本家聊攝城。卷舒入元化，跡與古賢并。十三弄文
史，揮筆如振綺。辯折田巴生；心齊魯連子。西涉清洛源，
頗驚人世喧。採秀臥王屋，因窺洞天門。竭來遊嵩峰，羽客
何雙雙！朝攜月光子；暮宿玉女窗。鬼谷上窈窕；龍潭下奔
湥。東浮汴河水，訪我三千里。逸興滿吳雲，飄颻浙江汜。
揮手杭越間，樟亭望潮還。濤卷海門石，雲橫天際山。白馬
走素車，雷奔駭心顏。遙聞會稽美，一弄耶溪水。萬壑與千
巖，崢嶸鏡湖裏。秀色不可名，清輝滿江城。人游月邊去；
舟在空中行。此中久延佇，入剡尋王許。笑讀曹娥碑；沉吟
黃絹語。天台連四明，日入向國清。五峰轉月色；百里行松
聲。靈溪恣沿越，華頂殊超忽。石樑橫青天，側足履半月。
眷然思永嘉，不憚海路賒。挂席曆海嶠，迴瞻赤城霞。赤城
漸微沒，孤嶼前嶢兀。水續萬古流；亭空千霜月。縉雲川谷
難，石門最可觀。瀑布挂北斗，莫窮此水端。噴壁灑素雪，
空濛生畫寒。卻思惡溪去，寧懼惡溪惡。咆哮七十灘，水石
相噴薄。路創李北海；岩開謝康樂。松風和猿聲，搜索連洞

和空間分開來，是沒有客觀意義的，因為時間不再是「絕對」的。
參見愛因斯坦、英費爾德（Einstin, Albert, 1879-1955），（Infeld, Leopold,
1898-1968），郭沂譯：《物理學的進化》（The Evolution of Physics, 1938），頁 88-89、
139-146、161-163。另參見 Sander Bais 著，傅寬裕譯：《圖解愛因斯坦相對論》（Very
Special Relativity: An Illustrated Guide），頁 14-20。據 Sander Bais 之研究，「具空
間和時間座標的地圖，用專家的術語，這叫做明可斯基圖（Minkowski diagram）；
它並非世界地圖，而是描寫世界在如何變化的觀念性地圖。」又稱時空圖。此亦
參見小暮陽三著，郭西川校訂，劉麗鳳譯：《圖解基礎相對論》，頁 24-27。

墼。徑出梅花橋，雙溪納歸潮。落帆金華岸，赤松若可招。
沈約八詠樓，城西孤岌嶪。岌嶪四荒外，曠望群川會。雲卷
天地開，波連浙西大。亂流<u>新安</u>石，北指<u>嚴光瀨</u>。釣臺碧雲
中，邈與蒼嶺對。稍稍來吳都，徘迴上姑蘇。煙綿橫九疑；
瀁蕩見<u>五湖</u>。目極心更遠，悲歌但長吁。迴橈楚江濱；揮策
揚子津。身著日本裘，昂藏出風塵。五月造我語，知非伧儜
人。相逢樂無限，水石日在眼。徒干五諸侯，不致百金產。
吾友揚子雲，絃歌播清芬。雖為江寧宰，好與山公群。乘興
但一行，且知我愛君。君來幾何時？仙臺應有期。
東窗綠玉樹，定長三五枝。至今天壇人，當笑爾歸遲。我苦
惜遠別，茫然使心悲。黃河若不斷，白首長相思。（〈送王屋
山人魏萬還王屋并序〉）

本詩之各定點景象，是李白設想友人魏萬為了尋訪李白之訪遊地
景。全程旅程自嵩山、宋州到蘇、越、溫諸州，行程歷數千里長，
最後在廣陵，才相見。屬太白摹寫想像所至之紀遊作品。

　　整首詩仙定點景象的更換為線索，以尋友訪友為內涵，發而筆
墨的重點則在所覽山水風景景象的描述，觀覽心境的傳達。全詩出
現數個定點空間：「玉女窗」、「鬼谷」、「龍潭」、「樟亭」、「鏡湖」、「國
清」寺、「縉雲」川谷、「新安」江口、「嚴光瀨」、「五湖」等。這展
現一連串的旅程景點，首先提遊嵩山，至玉女窗，再到鬼谷、九龍
潭。其次向東泛汴河，至錢塘江邊。曾駐足杭州和越州，又到樟亭
觀江景。接著，到會稽、鏡湖；及天台山、四明山，落日之際，到
國清寺。再者，去赤城山、孤嶼山，再到縉雲川谷。金華城西、新
安江口，向北到嚴光瀨。最後，由浙西至吳國，登姑蘇山，再到五
湖。綜觀上述定點空間，起程點是河南，中間旅程是在浙江一帶。

最末地景空間位於江蘇省姑蘇。[51]若以場的圖示法，來解釋這零度空間之場的圖示：

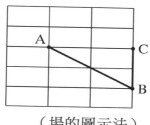

（場的圖示法）

圖四：李白〈送王屋山人魏萬還王屋并序〉之空間場的圖示[52]

　　本表ＡＢＣ有三點，Ａ定點是河南，Ｂ定點是浙江，Ｃ定點是江蘇。由圖四李白〈送王屋山人魏萬還王屋并序〉之空間場的圖示，可以略為析出本詩數個空間場之地點，以平面來看約略呈現勾形的行蹤。此圖四，若平面視之，其展現宛如屈原漫遊的「之」字路線圖。Ａ點和Ｂ點，是河南與浙江，李白想像之行蹤地景，也隨中部地景移至較南方。相關景象描寫，細膩的細節景致種類也增加。起

---

[51] 此據瞿蛻園及王琦之校注，錢塘江、鏡湖、剡中、天台山、四明山、國清寺、靈溪、赤城山、縉雲川谷、新安江口、嚴先瀨等等地均是位於浙江。除此之外，玉女窗、鬼谷、龍潭，位於河南。最末一地景「五湖」位於姑蘇。

[52] 圖四：李白〈送王屋山人魏萬還王屋并序〉之空間場的圖示，可以參見前註相關愛因斯之研究，所有事件發生之地點和次序，可以用場的圖示法；具時間地點之事件圖示法；和時空圖來表示之。參見 Sander Bais，傅寬裕譯：《圖解愛因斯坦相對論》(Very Special Relativity: An Illustrated Guide)，頁 14-20。另參見小暮陽三著，郭西川校訂，劉麗鳳譯：《圖解基礎相對論》，頁 26-27。相關詩作之地理定點景象標示在相對論之場的圖示法，其相對論在地理學景點的圖示應用法，可參見羅素（Bertrand Russell）著，薛絢譯，《相對論ＡＢＣ：哲學家羅素如何闡述愛因斯坦的理論精華》(ABC of Relativity by Bertrand Russell)（臺北市：臺灣商務印書館，2009 年），頁 129、133、151-158。

程景致多是高山，例如王屋山和嵩山，中部景致則多了亭、橋、樓、臺等人文建物景象。上段旅程寫壯闊，中段旅程增加人文建物，展現壯且麗的視覺效果。顯然李白不全以想像來摹寫，是一虛實共存的紀遊景象。時而表現豪氣大山大水之景地，時而細細欣賞近景。李白對定點景象的大小、遠近、壯麗開闊，盡現於筆下，太白心境的悠閒恬澹，已涵蘊其中：

再舉一首詩例分析之：

> 濯錦清江萬里流，雲帆龍舸下揚州。北地雖誇<u>上林苑</u>；南京還有<u>散花樓</u>。(〈上皇西巡南京歌十首之六〉)

上林苑，是漢宮苑名。位今西安。散花樓，隋蜀王楊秀建立。位南京。[53]此詩之筆墨重點乃在蜀中名勝，一北一南，兩處定點旅遊空間，顯見太白先北而南的地景景象次序。此處運用「萬里流」、「下揚州」，乃由綿延不絕的江水，串連兩處名勝風景。前兩句心理視點是江水，後兩句之心理視點則是兩個地景。上段呈現滔滔溪流及舟行航渡之情形；下段則將目光轉向兩個人文建物，太白傳達出一份江山萬里行，行遍天下路的豪情壯志，上下段看似平淡，卻豪氣萬丈，也展露太白筆下的浪漫壯闊之氣勢。南北二處相距甚遠的地景空間，寫活了瀟灑浪漫、傲岸不羈的太白形象，與分外遼闊的個人化空間認知。

第三節　人文古蹟遇合

歷史古蹟，指蘊含過去歷史故事之人文建物。李白描摹歷史古

---

[53] 此依楊齊賢注，引《成都志》。參見瞿蛻園校注：《李白集校注》，頁561-562。

蹟的景點，也呈現其中之理和歷史故事，但往往也帶有一己觀點，或暗中吻合對人生世事之慨嘆。李白紀遊詩中，取憑弔歷史之題材，或詠嘆古人舊地，或借故人舊地喻懷。詩篇為數不多，此試析幾首論述之。

一　昭陽殿長信宮之失寵失志

此取〈長信宮〉為例：

> 月皎昭陽殿；霜清長信宮。天行乘玉輦，飛燕與君同。　更有歡娛處，承恩樂未窮。誰憐團扇妾，獨坐怨秋風。

昭陽殿，漢代宮殿名。漢成帝皇后趙飛燕妹所居之地。趙飛燕姊弟從自目微賤興，踰越禮制，寢盛於前。班倢伃失寵，稀復進見，趙氏姊弟驕妬，倢伃恐久見危，求供養太后長信宮。[54]長信宮，是漢太后所居之地。

　　關於此詩之背景，瞿蛻園與王琦注述，認為李白借其歷史故事而用之，此為化實為虛之手法。在李白眼中，班婕妤之失意，後求供養太后長信宮以求自保，暗合一己受妒失志之感傷。詩作之前半部份，「月皎昭陽殿」、「霜清長信宮」，立即交代兩個人文建物景象，指在昭陽殿中趙飛燕專寵之宮殿位置，和在長信宮班婕妤孤寂冷落之居地。太白運用「月皎」，摹寫一幅明月皎潔、天氣清朗之夜色，亦是漢帝和趙飛燕通宵遊宴歡樂之地，相對於趙飛燕的生活，李白採用「霜清」，描述嚴霜覆蓋、冷清寂寥的長信宮景色，也呈現班婕妤孤獨冷清的身影。一樂一悲之生活對照，遂令人感到繁華若夢，

---

[54] 此據王琦註解。引《漢書・外戚傳・孝成班倢伃》。參見瞿蛻園校注：《李白集校注》，頁 1474-1475。

曾受寵的班婕妤,在失寵之後,「獨」坐長信宮。班婕妤的「獨」,既是失去人生伴侶的「獨」,也是心靈的「孤獨」。亦含有觀景描景者心中「孤獨」之映照。太白呈現了兼具自我與他人為中心的空間認知。[55]以物體環境為起始觀察點,描寫之。先物體環境,再轉換映射李白自身。[56]取兩座富含歷史故事之古蹟建築名稱,標示處所,藉一趙飛燕專寵之空間,與一班婕妤失寵之空間,來回顧歷史,兩相呼應,似乎是班婕妤獨處在長信宮之枯萎悲泣,以及觀者即使憐惜美人虛耗青春,但自身遭玄宗「詔令歸山」失志之命運,又有誰憐惜呢?巧妙地傳出古蹟古人與今景今人共同之失意惆悵。

二　博浪沙淮陰市之才華見棄

試析〈猛虎行〉一首為例:

> 朝作猛虎行,暮作猛虎吟。腸斷非關隴頭水,淚下不為雍門琴。旌旗繽紛兩河道,戰鼓驚山欲顛倒。秦人半作燕地囚,胡馬翻銜洛陽草。一輸一失關下兵,朝降夕叛幽薊城。巨鰲未斬海水動,魚龍奔走安得寧?頗似楚漢時,翻覆無定止,朝過博浪沙,暮入淮陰市。張良未遇韓信貧,劉項存亡在兩臣。暫到下邳受兵略,來投漂母作主人。賢哲栖栖古如此,今時亦棄青雲士。有策不敢犯龍鱗,竄身南國避胡塵。寶書玉劍掛高閣,金鞍駿馬散故人。昨日方為宣城客,掣鈴交通二千石。有時六博快壯心,遠床三匝呼一擲。楚人每道張旭

---

[55] 此據萊文森之研究,語言在描述認知視覺空間時,可分二大類,一為以物體(他人)為起始點;一為以自我為起始點。參見 Stephen C. Levinson(萊文森)著,齊振海導讀:《語言與認知的空間》(*Space in Language and Cognition: Exploration in Cognitive Diversity*),頁 29-30。

[56] 同前註,頁 30-31。

奇，心藏風雲世莫知。三吳邦伯皆顧盼，四海雄俠兩追隨。
蕭曹曾作沛中吏，攀龍附鳳當有時。漂陽酒樓三月春，楊花
茫茫愁殺人。胡雛綠眼吹玉笛，吳歌白紵飛梁塵。丈夫相見
且為樂，槌牛撾鼓會眾賓。我從此去釣東海，得魚笑寄情相
親。

博浪沙，是秦朝張良狙擊秦皇帝之地點。張良刺秦皇帝失敗，後至
下邳坼上見黃石公，受贈太公兵法。張良遂成為輔佐劉邦之謀士。
淮陰市，指韓信之籍貫。韓信年少時落魄貧困，一漂母常給以食物
充飢。韓信有才後成為輔佐劉邦之大將。[57]
　　詩題中所見猛虎行，是樂府舊題。在郭茂倩，《樂府詩集》卷三
一，引古辭云：「飢不從猛虎食，暮不從野雀棲。野雀安無巢，遊子
為誰驕？」又引《樂府解題》：「晉陸機云『渴不飲盜泉水』，言從達
役猶耿介，不以艱險改節也。」[58]惟據詩題，大凡青雲之士，堅持己
志，不因艱難改變節操而成功。太白或許由於當時安祿山等人亂政，
懷有才志的自己，與張良、韓信不順遂之狀態及事件作類比感知。
這是一兼具他人（環境）與自我為中心的空間認知。太白運用語言
在描述其認知的空間時，先以環境（他人）為起始觀察點，來描寫
兩個歷史景點的人物事件，再由這環境（他人）轉換映射太白自己。
[59]
　　若取本詩博浪沙與淮陰市，放在物理學相對論之場的圖示法，

---

[57] 此據瞿蛻園校柱和王琦註解。博浪沙與淮陰市代表張良和韓信。參見瞿蛻園校注：
《李白集校注》，頁 466-468。
[58] 此據王琦註解論析詩題。同前註，頁 464-465。
[59] 依萊文森研究，語言在描述認知空間時，可以物體（他人）為起始點；或以自我為
起始點。部分亦可見兼具他人（物體）與自我為起始點。參見 Stephen C. Levinson
著，齊振海導讀：《語言與認知的空間》(Space in Language and Cognition: Exploration
in Cognitive Diversity)，頁 29-31。

來標示這兩個零度空間之位置：[60]

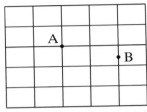

（場的圖示法）

圖五：李白〈猛虎行〉之空間場的圖示

　　A 點是博浪沙，博浪沙在今河南省，原陽縣城東。B 點是淮陰市，在今江蘇省。先西而東。從圖二看，其定點空間位置，亦是先西向東。本詩定點空間之安排，相同於圖四：李白〈送王屋山人魏萬王屋并序〉之空間場的圖示，先河南；其次浙江，再江蘇。相關於定點空間場的圖示法，愛因斯坦認為事件發生之地點和次序之位置空間，均可以圖示，而且這是「經驗」，而不是「先驗」（a priori），人們對於空間概念的概念與判斷，必須非常注意經驗與概念的關係。由物理學相對論之角度而論，愛因斯坦認為「靠著『位置變化』的則。」「所有物體都位於物體 A 的空間。」「於是我們不再論及抽象的空間，而只討論物體 A 的空間。」「只要做了這些假設，再加上無數的經驗佐證，則在談到三維度空間時，其意義應該很清楚；空

---

[60] 圖五：李白〈猛虎行〉之空間場的圖示，可參見愛因斯坦之研究，愛因斯坦認為空間中所有事件發生之地點和次序，均可用場的圖示法；具時間地點之事件圖示法；和時空圖來表示之。參見 Sander Bais 著，傅寬裕譯：《圖解愛因斯坦相對論》（*Very Special Relativity: An Illustrated Guide*），頁 14-20。另參見羅素（Bertrand Russell），薛絢譯，《相對論 A B C：哲學家羅素如何闡述愛因斯坦的理論精華》（*ABC of Relativity by Bertrand Russell*），頁 129-133、151-158。游漢輝著：《愛因斯坦的時空觀念》（臺北市：臺灣商務印書館，1999 年），頁 97-98、104。

間中的每個點都可與三個數字 X_1、X_2、X_3、（座標）聯繫，兩者之間的聯繫唯一可逆，當點描繪出一系列位置（線）時，X_1、X_2 與 X_3 進行連續變化。[61]

　　此詩所述的空間地景（圖五），乃是先河南，其次安排江蘇。圖四之空間場之圖示，也是先河南、其次浙江，末又到江蘇。地景形態由內陸至沿海，由大山大水，至近景細摹，內涵則由數個景象，訪友不遇後來相逢。圖五之地景方向，是內陸和沿海，內涵則從才華見棄之不順遂，經堅持努力不懈而最終成功。撫讀至此，李白觀覽東西古蹟，追懷古今歷史，人事無常的體察，是引人深思的，無論人生或旅程面對的種種困難，又是如此無常，李白於時真正要表現坦豁達的態度，走向新目標，決定「我從此去釣東海，得魚笑寄情相親。」

三　吳宮夫差西施之樂極生悲

　　試舉〈烏棲曲〉一詩為例：

　　<u>姑蘇臺</u>上烏棲時，吳王宮裏醉西施。吳歌楚舞歡未畢，青山欲銜半邊日。銀箭金壺漏水多，起看秋月墜江波。東方漸高奈樂何！

姑蘇臺，吳五夫差為西施所修建，位於今江蘇省蘇州西南。是春秋

---

[61] 此據愛因斯坦相對論對於空間之研究，相對論與空間、時間密切相關。「那麼我們對於空間與時間的傳統概念，和經驗之間有何關係呢？」「在日常生活中，我們是如此習於比較物體與地面的相對關係，然而地球表面推導出來的抽象空間概念當然站不住腳。避免這致命錯誤的方法，是只討論『參考物體』或『參考空間』（Space of reference）。」詳見愛因斯坦（Albert Einstein）著，郭兆林譯：《相對論的意義》（*The Meaning of Relativity by Albert Einstein*）（臺北市：臺灣商務印書館，2010 年），頁 1-3。

時，夫差和西施旦暮歡樂的空間地景。烏棲曲，是樂府舊題，是烏獸二十一曲之一。主要目的在吟咏王公貴族之生活與男女間的艷情。[62]此形成了一種地景空間氛圍，產生日夜歡樂，極盡享受，不思振奮的空間象徵之內在意義。[63]李白詩歌在空間景象之選擇，及運用的字和詞語，多能產雙重意義，一個是直接的形體與印象；一個是內在的意涵，是文學的純粹材料。[64]由此可見，詩作中空間敘述，一則呈現空間上的形態，帶出詩作視覺氛圍，二則呈現詩意內涵，與心靈交通。李白先摹寫古人古事之空間景象，詩中第一層咏嘆歷史、古蹟之人文故事，第二層則以古蹟舊地之空間題材，傳達一己對人生世事之體驗。此為太白將懷古詠史，轉向個人化之情思之表達，這是李白開拓詩境的寫法，除了憑弔古蹟、敘述對古事古蹟之想法，進一步也傳達個人的體悟與情感。這為兼備環境（他人）與自我中心的空間認知。李白以詩語描述其空間地景時，首先取環境（他人）為起始的觀察點，敘述歷史人文故事和古蹟，其次由此一環境（他人），轉換投射自己。[65]此見地景空間概念，是相扣於人類與自然環

---

[62] 此據瞿蛻園與王夫之等注解而論述。參見瞿蛻園等校注：《李白集校注》，頁220-221。

[63] 此據康丁斯基之研究，當一切外在支柱，例如宗教、知識、道德破產時，人們就會從外在轉向自己的內在。文學、音樂和藝術是最敏感的區域，它們以實際的形式標示出精神的轉型。「這類的詩人在文學方面有梅特林克。……完全以藝術的手法處理氣氛有形的媒介（如陰沈的古堡、月夜、沼澤、風、貓頭鷹等）都扮演著象徵性的角色，有其內在的意義。」參見德·康丁斯基（Kandinsky）著，吳瑪悧譯：《藝術的精神性》（*Uber das Geistige in de Kunst*），頁 32-34。

[64] 此依康丁斯基之研究，他認為詩中所有字詞，描述物體，如雲、月亮、雷等，比在太自然更能製造出恐怖的氣氛。並且兼具物質形態和意涵之雙重影響力。參見德·康丁斯基（Kandinsky）著，吳瑪悧譯：《藝術的精神性》（*Uber das Geistige in de Kunst*），頁 34-35。

[65] 此據萊文森對於語言與認知空間之研究，語言在描述認知空間時，可以物體環境（他人）為起始觀察點，亦可兼備物體環境（他人）與自我為中心，作為起始觀察點。參見 Stephen C. Levinson（萊文森）著，齊振海導讀：《語言與認知的空間》（*Space*

境間之關係。[66]

　　詩作前段：「姑蘇臺上烏棲時」，指出古蹟之空間地景，帶出了歷史故事，吳王夫差為西施修建姑蘇臺，原建物是由夫差之父吳王闔閭所建。詩作「吳王」指夫差，夫差打敗越王勾踐，勾踐以女人計復仇，獻美女西施求和，吳王夫差自此沈迷女色和日夜飲酒作樂的生活。數年後，勾踐舉兵反攻，復仇成功，吳國亡。[67]詩作中段，立即交代人物「吳王」與「西施」。相伴這地景的語詞，「烏棲」、「醉」、「歌」、「舞」、「歡未畢」，形塑了空間的氛圍，富含昏暗夜晚，烏雅已棲息，建築物中的人仍未休息，是飲酒，是沈醉、迷戀、酣飲未止、音樂舞蹈助興、通宵達旦的。外圍空間的昏黑暮色之寂靜，烘托了吳王宮殿的炫亮喧嘩和迷亂。一暗一炫亮，一靜一喧嘩，一棲息一迷醉不休，兩相對照，形成空間之強烈對比。太白觀照兩個全景空間景象，似乎他站在外圍環境，同步縱看烏棲和姑蘇臺，是一全知者者的角度。[68]儘管詩中，李白未流露主觀情緒，但在兩種截然不同的空間氛圍，其實相較之下，詩旨自然流洩，日夜歡樂無序之

---

in Language and Cognition: Exploration in Cognitive Diversity），頁 29-30。

[66] 按：海森堡認為愛因斯坦提出相對論之後，使人們理解事物旳時間與在空間中的位置是相關的。據海森堡與康德之研究，「時間和空間的概念，是屬於我們和自然的關係。」、「空間是一種必須的、先天的、為所有外在知覺之基礎的呈現。」參見韋納爾・卡爾・海森堡（Werner Karl Heisenberg 1901-1976）著，周東川、石資民、黃銘欽合譯：《物理與哲學》（Physics & Philosophy: The revolution in modern science），頁 49、50、51、79。

[67] 此據瞿蛻園注解。參見瞿蛻園等校注：《李白集校注》，頁 221。

[68] 此據郭中人對空間之間之次序影響該空間之重要性或明顯性，此可強調該物體空間在環境中的主導地位。參見郭中人：《空間・視覺・感知》（Visual Perception of Space），頁 80、86-87。另據萊文森以物體（環境）中心的觀察起始點之研究，李白就如同站在該物體之外圍環境或前方，太白可觀照全景景象。萊文森認為如同「He's in front of the house」。參見 Stephen C. Levinson 著，齊振海導讀：《語言與認知的空間》（Space in Language and Cognition: Exploration in Cognitive Diversity），頁 27。

迷亂生活，又能保長久嗎？

若將本詩姑蘇臺，放在物理學相對論之場的圖示法，姑蘇臺在圖中，是一個定點。

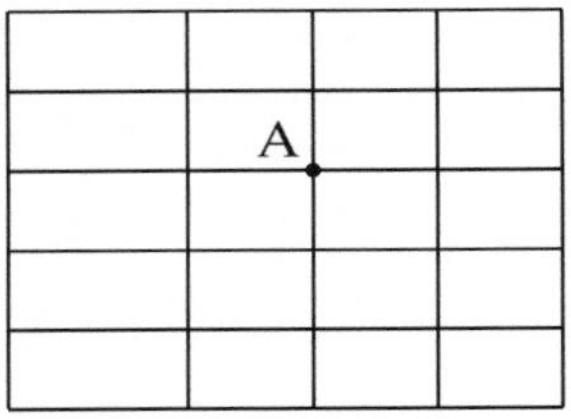

（場的圖示法）

圖六：李白〈烏棲曲〉之空間場的圖示

A點是姑蘇臺，位於今江蘇省蘇州。這是單一定點空間之描述。[69]單一空間形塑出獨一無二強烈的定點空間感知。郭中人認為「空間感知乃由許多相關因子所共同組成，其中與空間設計有直接關連的不外乎明暗、形狀、體積、空間量、光影、質感和色彩等。各個不同的因子所帶來的個體感知也都有所差異，在諸多因子交互影響下，能創造出極為複雜的心理狀態。」[70]所有空間安置，均非單純的或隨機的，是在觀察者和被觀察者的互動後，集合知、情、意為一體的「特殊的感悟表象，……需要精煉，使之凝聚成為深邃悠遠的藝術境界。」[71]彷彿一座日夜晄亮熱鬧宮殿，吳王西施及眾歌舞伎者，同飲同樂，粉彩艷麗的舞衣飄揚之空間場景印象，吸引著眾人目光，或許是羨慕，或是預知後果的觀望嘆息。詩末以「奈樂何」作結，

[69] 此據萊文森研究，本詩呈現之空間，是以物體（環境）為中心，作為起始觀察點。同前註，頁 27、30。

[70] 參見郭中人著：《空間・視覺・感知》（*Visual Perception of Space*），頁 196-197。

[71] 同前註，頁 210。

太白傳達出吳國最終遭滅國命運之不可違，夫差自己選擇走向荒淫享樂，不治國事之路，又有誰能阻止呢？又有誰能勸告他呢？結句意味沈重且引人深省，採用設問，留下思考答案的空間，讓千古讀詩人想像和回答。太白不作正面回覆，卻巧妙地運用空間景象舖陳，烘染一空間氛圍，呈現客觀的空間感知，也是一個以環境（物體）中心的觀察角度，詩意因外層之空間景象染上悲嘆不可擋之氛圍；內層之語詞設問，增添許多隱藏的可能答案，以及古今人可引為共鑑的樂極生悲的下場。此詩充滿色彩的物象，客觀呈現定點空間景象，極富象徵性，既強烈又明顯之空間景象對照，突顯意蘊深遠，古今共通的情思。

第四節　政事際遇交融

「政事際遇」是指唐代士子心繫國政戰事，與意欲仕宦的意念。李白在開元天寶期間，漫遊天地四方，曾到襄漢和江淮等地，之後在淮南安陸漫遊十多年。又移居至東北方的魯中。[72]這些漫遊的經歷，李白四處干謁，積極尋求仕宦的機會，故紀遊詩或有藉摹記自然景物及人文建築，記述對國家、戰事熱切關注，及尋求仕途發展之可能。[73]可惜太白並沒有如意，即便積極四處干謁重要官員，但沒有得到薦拔的機會。在旅行程中，太白結交好友，其中在東魯徂山，與孔巢父、韓準、裴政、張叔明、陶沔等隱士結交為竹溪六逸，欲

---

[72] 此參見〔日〕岡村繁著，陸曉光、笠征譯：《岡村繁全集・第肆卷・陶淵明李白新論》（上海市：上海古籍出版社，2009年），頁217-218。

[73] 此據施逢雨教授之研究，太白遊歷四方，欲追求更好的前途，歷經今湖北、湖南、今南京、揚州等地，希望到各地干謁重要官員，得到他們薦拔，但是不可得。參見施逢雨：《李白生平新探》（臺北市：臺灣學生書局，1999年），頁64-68。

以棲居山林隱士的身份求仕，但太白發現此路不通，欲另覓他途。[74]因
在漫遊干謁、棲居山林以求仕途，不順遂，李白紀遊詩遂以描紀遊
覽自然人文建物之題材為表層，在其詩作內蘊投映太白對國家戰事
關注與仕途志向的內心世界。

　　漫遊和求仕宦，原是兩種人生方向。在唐代，文人卻結合兩者，
形成一股以漫遊隱居山林謀求官位的風氣。[75]大凡文人不去當官，卻
高臥雲，便被視為隆中臥龍，清高之名聲傳遍各地，朝廷因其清高
名召見，得受到禮聘，文人藉此獲取官位，此稱為終南捷徑。[76]太白
漫遊飄泊隱居山林，但沒有藉終南捷徑獲重用，因這時期，唐朝統
治集團越見腐朽，唐玄宗沈溺聲色，荒廢政事，宰相李林甫掌握朝
廷大權，為保持旗下一群追隨者的權勢，迫害在朝賢能有才的官員，
製造冤獄，甚至操縱考試，玩弄欺騙手段，以應試的考生全部落第，
來表現野無遺賢。[77]李白在這段期間，目睹國是日非，內心痛苦，個
人仕途未得發展，國事戰爭之動亂，均紛紛寄寓在詩作中。[78]太白歷
覽天地四方，不論所見所思，皆反映其對國家興亡和政事混亂之關
切，這些憂患意涵，使李白詩作閃耀，有了永不磨滅的光輝。[79]李白的
漫遊經歷，拓展了觀察視野，周遊世界的生活模式，累積許多民間

---

[74] 此參見〔日〕岡村繁著，陸曉光、笠征譯：《岡村繁全集・第肆卷・陶淵明李白新論》，頁 217-220。

[75] 此參見謝育事：《李白散文研究》（臺北市：文津出版社，2012 年），頁 57-58。

[76] 此參見楊栩生：《李白生平研究匡補》（成都市：巴蜀書社出版，2000 年），頁 31-32。

[77] 王運熙、李寶均：《李白》（臺北市：萬卷樓圖書公司，1993 年），頁 73-74。

[78] 此參見王運熙、李寶均之研究，李白在漫遊期間，時常寄寓著個人政治上的失意和國家政治戰事之混亂，在其詩作中二者情意密切聯繫。李白創作了許多以抒寫政治壓迫、國事戰亂悲憤為內容的詩篇。參見王運熙、李寶均：《李白》，頁 75。

[79] 此依楊海波之研究，李白詩篇富含豐富思想，他耿耿於懷的是「濟蒼生」、「安社稷」，建立功業，匡時濟世。太白以畢生精力為其理想奮鬥，其一生漫遊和歷經憂患風霜，這些理想及憂患思想，充份呈現在詩作中。參見楊海波：《李白思想研究》（上海市：學林出版社，1997 年），頁 18-20、22-24。

百姓的困難、國政之施行優劣及交游政治人物之經驗。[80]安旗曾提及太白在天寶五年（西元 746 年）遊歷魯郡、中都、揚州，天寶六年（西元 747 年）離揚州至金陵、南下經丹陽郡、吳郡、越中、會稽，又到金陵，這段期間，唐代朝政因玄宗任李林甫為相，「凡政事一決於林甫」，「李林甫欲盡除不附己者，重用酷吏吉溫、羅希奭，屢興冤獄。」李白藉創作〈東魯門泛舟〉、〈魯郡堯祠送竇明府薄華還西京〉、〈魯中都東樓醉起作〉、〈別中都明府兄〉、〈金鄉送韋八之西京〉、〈送岑徵君歸鳴皋山〉、〈鳴皋歌送岑徵君〉等詩篇，作憤慨語，亦時有戀闕之情，甚至在對國事政治不滿之餘，以摹寫仙山幻境，追求一己解脫的心情，[81]太白據政治及個人際遇緣事而作，兩者是太白內心的最愛，但卻也是李白內心的痛。此外，太白詩篇結合遊歷地點、時事及個人際遇之意涵者，亦見於天寶七年（西元 748 年）遊濟南、梁苑、穎陽之陳州，天寶八年（西元 749 年）至東魯兗州、金鄉、梁苑。天寶九年（西元 750 年）遊穎陽、嵩山、襄陽、南陽。天寶十年（西元 751 年）遊河東、關內、滎陽、衛輝、鄴中、西河、絳州、邠州、坊州、華州。天寶十二（西元 753 年）由梁苑遊曹南、宣城之敬亭山、涇縣之陵陽山水、秋浦之清溪、大樓山、黃山。天寶十三（西元 754 年）由當塗之金陵、越中、廣陵、金陵、石頭、宣城、南陵、青陽、秋浦等，李白創作之詩篇例如〈贈參寥子〉、〈南陽送客〉、〈登廣武古戰場懷古〉、〈登新平樓〉、贈饒陽張司戶燧〉、〈春日陪楊江寧及諸官宴北湖感古作〉、〈贈崔侍御〉、〈示金陵子〉、〈東山吟〉等詩作。[82]此類詩篇均呈現了太白因遊歷觀察環境，心生感悟，

---

[80] 林庚：《詩人李白》（上海市：上海古籍出版社，2000 年），頁 47-48。

[81] 安旗認為李白詩篇之內涵，與其漫遊地點與時事個人際遇之抒發，均有相關連繫之處。參見安旗：《李白年譜》（臺北市：文津出版社，1987 年），頁 78-88。

[82] 此依黃錫珪之研究，太白部分詩篇描摹遊歷地景，結合李白遊從地理，考究其可能之詩作內容，乃結合時事、個人遊歷景點、個人際遇。參見黃錫珪編著：《李白年

結合地景、時事及個人際遇，以抒發詩情。

　　李白的詩篇有部份是因景象「體物」及因景象「體情」，[83]運用描摹形勝、風景之作品，體現太白個人的志向、目標，經常帶領出內心對政事戰事之感慨。這些作品情意常是伴隨著詩人因景象圖貌、舖采摛文，出現在其詩歌中。詩歌因景象體物或體情之觀景興發之書寫方式，略可分為：外在體物，內在體情；先體物，後體情；體物與體情交互出現，等三種模式。[84]第一種書寫方式是外在體物，內在體情：指的是太白詩作主要用以指稱地景景象，實際上卻是景象和觀察者間，景象與心眼融合。比如〈長門怨〉二首。此類詩篇主要用景象摹寫以自比。首先作品中景象物景，在摹寫之用字謰詞間即流露觀察者個人情思。依空間感知角度而論，「空間是一種語言」，[85]詩作地景空間，即藉著運用、安排、組織人類所能感受到的空間特質來表達心理感覺的特殊語言，地景空間經過適當的安排，是可將觀察者之情緒起伏、悲喜好惡，流洩在空間的組構摹寫中。[86]

譜》（臺北市：學海出版社，1980年），頁18-24。

[83] 此依陳麗娜之研究，李白作品時見「體物」寫志，或以物為題，或見「體物以自況」，這些因觀察外在景象，興發以物自我比擬，從而抒情達意的作品，正可見太白在觀物與詠物之書寫模式已更顯豐富而具開拓性。參見陳麗娜：《李白詠物詩研究》（臺北市：東吳大學中國文學研究所碩士論文，1987年），頁135-137。

[84] 據許東海教授之論述，李白有許多描寫景象、風物、形物等詩作，除用以體現太白個人志業、理想之外，經常也牽引出內心的豐沛深情與無限感懷。其中常見太白詩作中富含「體物」和「體情」的組構方式。參見許東海：《詩情賦筆話謫仙——李白詩賦交融的多面向考察》（臺北市：文津出版社，2000年），頁121、124、131。

[85] 此據郭中人之研究，人的空間感知，「尤其是視覺方面的現象與感覺」，對於人對環境的認知和感受，以及人與環境間的互動等，都是空間安排之要素。「空間是一種語言」，空間的功能可說與一般的文字及語言類似，因他們都具有交流的能力。參見郭中人：《空間‧視覺‧感知》（*Visual Perception of Space*），頁24-25。

[86] 此據郭中人之論點，空間經過適當的安排，可以將情緒的起伏記錄在空間的組成元素中。參見郭中人：《空間‧視覺‧感知》（*Visual Perception of Space*），頁25。

據物理學理而論，空間的存在是由於它有了物體，[87]空間是可以想像之景物。作品中摹寫之空間地景之形態，便在正確感覺應用下，產生了與觀察者心靈交流。[88]由物理學相對論而言，觀察者與景物間之關係是可以觀察者觀察方位來考察。觀察者的觀點必須列入考慮，物理學家洛克（John Lock, 1632-1704）認為物象之形狀、位置、體積是有形物體的真正特性，同一事物卻有兩種看法，原因可能是兩個觀察者的大腦或心智有差異，或兩位觀察者站的位置不同，上述三種差異，分別屬心理、生理、物理的條件。[89]此呈現了一描述自然的理論，是將表面上的自然現象，歸結為簡單的基本原理和關係，希臘物理哲學家德謨克力圖（Democritus, 460?-357? B.C.）說：「依照習常的說法，甜總是甜，苦總是苦，冷總是冷，顏色總是顏色。」但是實際上只有原子和空間。就是說，我們通常慣於把感覺的事物當作是實在的，但是真正說起來，它們不是實在的。只有原子和空間是實在的。[90]可依據不同觀察方位空間，了解觀察者藉各式之觀察

---

[87] 此據海森堡之觀點，空間是一種為所有外在知覺的基礎的呈現，因為空間是一些我們可以想像的事物，我們不可能想像有無限的空間。參見韋納爾‧卡爾‧海森堡（Werner Karl Heisenberg 1901-1976），周東川、石資民、黃銘欽譯：《物理與哲學》（Physics & Philosophy: The revolution in modern science），頁 49、77。

[88] 此據康丁斯基（Kandinsky）之論點，詩人可用藝術手法處理物象，例如古堡、月夜等，均扮演著象徵性的角色，有其內在的意義。藉此與觀察者有了心靈共鳴共感。參見康丁斯基（Kandinsky）《藝術的精神性》（Uber das Geistige in der kunst），頁 34-35。

[89] 此依羅素（Bertrand Russell）之研究，以往我們認為某些狀況是所發生的事實自身的空間時間屬性，其中卻有很大一部份是受觀察者個人的條件左右的。物理學的宗旨是解說物質世界中確實發生的情形，按此原則，不論哪個觀察者按自己所見描述某個特定現象，該現象的定律不會改變。參見羅素（Bertrand Russell）著，薛絢譯：《相對論 A B C 》（ABC of Relativity by Bertrand Russell），頁 19-20、22-23、26-27。

[90] 此據愛因斯坦論述，他闡述科學為目的之最初的哲學觀點。參見愛因斯坦、英費爾德（Einstin, Albert, 1879-1955），(Infeld, Leopold, 1898-1968) 著，郭沂譯：《物理學的進化》（The Evolution of Physics, 1938），頁 38-39。另參見羅素之論述，「顏色、聲音、味道、氣息等是主觀的，……形狀、位置、體積才是有形物體的真正特性，……

方位空間之視點，傳達其種種細膩的心靈情思及空間感知。這也正是由詩作觀察點，來體悟詩人表達方位時，所選擇的心理視點，即所預設的觀察者的位置和角度。[91]此針對第一種書寫方式：外在體物，內在體情，論舉李白詩篇例子加以說明：

一　長門殿冷宮

　　李白紀遊詩採用特定地景空間，摹寫女子失寵、人才閑置，表徵內心落實孤淒的空間景致。由長門殿看其在李白詩篇中之寄託，試舉詩例：

> 天回北斗挂西樓，金屋無人螢火流。月光欲到<u>長門殿</u>，別作深宮一段愁。（〈長門怨其一〉）

又如：

> 桂殿長愁不記春，黃金四屋起秋塵。夜懸明鏡青天上，獨照<u>長門宮</u>裏人。（〈長門怨其二〉）

長門殿，指陳皇后被廢後居住的冷宮，特別喻指為漢武帝陳皇后的遭遇。詹鍈註解云：「《長門怨》，為漢武帝陳皇后作也。后，長公主嫖女，字阿嬌。及衛子夫得幸，后退居長門宮，愁悶悲思。聞司馬

眼睛所見的形狀按透視定理而各異，……物理學要解釋不同的人在「同一件事」之中看見的相似處，也要解釋他們看見的相異處。詳參羅素（Bertrand Russell）著，薛絢譯：《相對論ＡＢＣ》（*ABC of Relativity*），第二章〈實情與觀察所見〉，頁 23、27。

[91] 此據萊文森提出語言之認知的空間理論。參見 Stephen C. Levinson 著，齊振海導讀：《語言與認知的空間》（*Space in Language and Cognition: Exploration in Cognitive Diversity*），頁 18-19。

相如工文章，奉黃金百斤，令為解愁之辭。相如作《長門賦》，帝見而傷之，復得親幸者數年。後人因其賦為長門怨焉。」[92]詩篇顯取長門殿之地景空間，摹寫明皇廢王后，致朝野議論一事，暗取長門殿冷宮之安置被廢之后妃，喻指自己有才卻遭閑置的待遇。[93]太白以「愁」、「無人」、「深宮」、「北斗挂西樓」等相關情與景，串連著長門殿之地景空間，這些帶有情緒字眼之景物，讓「長門殿」包圍著冷落、閒置、無人重視、孤獨、憂愁，此可見太白對於外在體物，內在體情之摹景寫法，表面上指稱長門殿之政事，實際上這定點空間之摹寫已融合了觀察者——太白個人遭遇和心情。

篇首「北斗挂西樓」即渲染出一種空間氛圍，一個人夜無法入睡，睜眼望著高樓旁的星辰，這是描景，詩人也透過此一空間景象之特質，表達主角之內心感覺，透顯出太白的詩篇中之空間感知。其次「金屋無人」，太白將旁觀者觀覽豪華屋樓之整體空間，評述其中空蕩無人煙。豪華宮殿，人人爭羨，居住者有被珍視之意涵，此處卻標示「無人」，空留螢火蟲、昆蟲穿梭，前後景象強烈對比，帶出昔日受珍重，今日卻冷落之意蘊。接著「月光欲到長門殿」，表現那位孤寂者整夜望月，內心情思紛雜，形塑出孤寂望月的形象，此時太白已不再著墨「金屋」，因為金銀財寶不能填補平撫孤寂者的內心，顯然主角住在金屋中，卻是一間空虛的華屋。從物理學相對論之角度而言，正如物理學家洛克（John Locke, 1632-1704）所認為物象之形狀、位置是有形物體的真正特性，而因憑著觀察者的心理、所觀察之位置等條件，使觀察者的觀點流洩在所述之物象看法中。[94]詩末，「深寫一段愁」，呈現「金屋」是一深邃而無人煙至之

---

[92] 此據詹鍈之題解。詩解表面感明皇廢王后作，內蘊意或以此自況。參見詹鍈主編：《李白全集校注彙釋集評》，冊七，頁 3671-3675。

[93] 瞿蛻園認為宮怨詩大都有自況之意蘊。參見瞿蛻園等校注：《李白集校注》，頁 1476。

[94] 此依羅素（Bertrand Russell）之論點，他認為觀察者的境況對於觀察所見事物造成

居處空間，只有詩中主角一人獨居，而且是心生多愁緒的獨居者。故此長門殿之含帶愁思之看法，因太白觀察時之賦予心理條件，而興發出來。

〈長門怨其二〉之篇首：「桂殿長愁不記春」，引領出「愁」與「不記春」，兩種情思正烘托著住在桂殿中的人是憂愁及不快樂，甚至從未知春天百花盛開的季節曾來過，桂殿中的居住者心思憂慮，無暇賞花看景，故未曾將心思放在美和希望的季節──春天。其次，「黃金四屋」與「秋塵」喻指這華美豪殿，已蒙塵多時，因居住者無心思整理，懶得化妝打扮，甚至也無心整理環境和居住空間了。居住金屋者，連環境妝點都無心經營，日日夜夜只呆望天上明月，或許見月思人團圓，或許因愁而不曾好好入睡，唯天上如鏡般之明月相伴，是居住金屋者唯一的心靈伴侶。詩末：「夜懸明鏡青天上」、「獨照長門宮裏人」，突顯了如鏡般之月，伴著居住長門宮的人，也是唯一曾到臨長門宮的心靈之友。反映著長門宮之居住者，其實沒有人到訪，沒有人關心，甚至居住者自己也自棄自怨。

李白運用在政史上，陳皇后遭廢之事件地點，摹寫「黃金屋」、「長門殿」等定點空間物象，說明女子失寵。失志之落實寂寥，不直接描摹女子形象，取長門殿定點空間物象，烘托一遭閑置、不被珍重之景況，是「空」的、「無人」的、「愁」的、起「塵」的、「獨」的，其實這空間景況，正反映觀察者──李白心理、情思與空間認知。

第二種書寫方式是先體物，後體情，此指太白紀遊詩作，會先描摹地景景象之狀，隨後才抒發詩人的情緒及思想。這類作品，較前一類「外在體物，內在體情」之情景安排之次序不同，第二類書

的影響之大，其實超出以往假定的程度。參見羅素（Bertrand Russell）著，薛絢譯：《相對論Ａ Ｂ Ｃ》（*ABC of Relativity Bertrand Russell*），頁 19。

寫明顯地先描摹地景，後抒寫情意。比如〈發白馬〉。第三種書寫方式是體物體情交互出現，此指太白紀遊詩作中，將地景「物」象和情意互相互動，使情與地景景象之空間，組構得更貼合、細膩，比如〈折楊柳〉。

二　白馬津龍庭

　　李白紀遊詩運用特定之戰地、邊塞的空間，描述征戰情懷及興衰榮辱古今皆同。由詩中邊塞戰地，看太白詩作之興喻，試舉詩篇如下：

> 將軍發白馬。旌節渡黃河。簫鼓聒川岳。滄溟湧濤波。武安有震瓦；易水無寒歌。鐵騎若雪山；飲流涸滹沱。揚兵獵月窟；轉戰略朝那。倚劍登燕然。邊烽列嵯峨。蕭條萬里外，耕作五原多。一掃清大漠。包虎戢金戈。（〈發白馬〉）

另一詩例，如下：

> 垂楊拂綠水，搖艷東風年。花明玉關雪，葉暖金窗烟。　美人結長想，對此心凄然。攀條折春色，遠寄龍庭前。（〈折楊柳〉）

白馬，指白馬津，白馬津為古代黃河津渡名，在今河南縣東北。詹鍈題解：「《通典》曰：『白馬，春秋時衛國曹邑有黎陽津，一曰白馬津。酈生云守白馬之津是也』發白馬，言征戍而發兵於此也。」朱諫亦注解云：「白馬津在今河南省滑縣東北，其南岸為白馬津，北岸為黎陽津。」[95]龍庭，亦稱龍城，今在蒙古人民共和國鄂爾運河

---

[95] 此依據詹鍈之題解與朱諫之註解，白馬為白馬津，又名黎陽津，是征戍發兵之地。

一帶。兩首詩篇各別摹寫邊塞戰地之地景空間，描寫征戰之事，並且寄寓和平之期望。另一詩旨則女子寄寓對遠征夫之思情。並取戰地景象喻指一己壯志未酬及關切政事之熱情。

〈發白馬〉篇首以「發白馬」、「渡黃河」、「聒川岳」、「湧濤波」，摹寫白馬渡口軍隊將出發之壯闊聲勢，放眼望去，到處旗海飄揚，軍鼓聲響鼓舞著士兵們，連渡口旁海浪也興起波浪。太白採用了三個浩大盛景，烘托白馬渡口，摹寫將軍帶領兵馬整頓旗鼓，準備出發。這充滿著「發」、「渡」、「聒」、「湧」，呈強勁動感力量之畫面，白馬渡口因之氣勢磅渤。「將軍」、「旌旗」、「簫鼓」等在戰地均具引領、向前、指導之象徵，這些帶有積極前進之語詞，使白馬渡口形塑出一股希望、勝利的氛圍。

其次，太白將求勝利之決心，融合在空間景象中。「有震瓦」、「無寒歌」、「若雪山」、「固滹沱」呈現了第二種書寫模式，先體物，後體情。詩篇中先摹寫地景景象，後續漸增觀察者之情意。詩篇語詞明顯地看出情景安排之次序，先景後情。太白連續用了四種景象，抒發求勝之意志和為國征戰之壯志。這一段詩篇語詞清楚地表達太白的觀點，一、此戰鼓必震落武安之瓦，二、易水河邊響起的是必勝之軍歌，三、軍隊人數眾多如雪山般雄壯威猛，四、戰馬強壯，可飲乾河水。這一段詩篇意旨正是明顯推崇此戰役準備充份，太白依據其觀察白馬渡口所有景象，預測此征戰有必勝之把握。所以李白特別將其觀察的戰鼓、軍歌、士兵、戰馬，論列預測勝利之種種觀察視點，這是李白對國家征戰等事之熱情和期待。並非只是空談戰地。詩末段：「揚兵」、「轉戰」則進一步鋪陳戰將領兵進攻的路線，以及未來會占領之地點：「月窟」和「朝那」。「獵」與「略」兩個動詞，本於前段詩意必勝之說，故能進軍獵兵月窟，

參見詹鍈主編：《李白全集校注彙釋集評》，冊二，頁 822-823。

並且占領獲取朝那之地。太白推崇此次戰役成功之後，可「倚劍登燕然」，此和前段中段詩意語詞稍異，但意思完全一樣，認為白馬渡口之將軍軍隊準備充份，攻占領地，最終順利登上燕然山，登高遠眺，見五原之內百姓，自戰勝之後，安居樂業，不再有戰爭了。太白在本詩中段後，重點均放在抒陳一己對此戰役深具信心，尤其觀察細節景象，認為各種戰備方面準備充足，著眼在戰馬、士兵、戰鼓、軍歌等景象，可是以物體為中心的、全視角的空間認知。[96]

　　另一首〈折揚柳〉，篇首「垂楊」、「搖艷」，摹寫春夏植物繁茂、微風怡人之景致，續接「拂淥水」、「東風年」則點出了季節——春天。其次以「花明玉關雪」，摹寫觀察者眼中春景，柳樹長條拂清水，春天百物色彩艷麗，花朵飛舞，鋪天蓋地如同玉門關的冬季白雪般豐盈。李白評及春季百花翻飛之美，視覺上如同眾所皆知之邊塞戰戍之地——玉門關的冬季白雪。據前段詩意春景三句，描摹甚細，柳條、清水、百花盛開之全景觀照，[97]以物體為中心的觀察點，呈現觀察者的心理及空間認知，即使是邊塞戰地玉門關，也能勾起與春天景物相契合之美感。在詩中主角眼前，一片花美春色，「葉暖」新生，正如同女子心中對前景的美好期待與夢想，是「艷」的、「東風」、「明」的、「暖」的。此可見是第三種書寫方式，是體物體情交互出現的，在太白紀遊詩中，安排地景「物」象與情緒語詞互動出現，使景中含情，情景交融，反映更為密合、細緻之達情模式。

　　詩篇後半闋，「美人結長想」、「對比心淒然」，詩篇語詞由美好

---

[96] 此依萊文森語言與認知空間之研究。在語言空間表述上，物體為中心的觀察始點，是方向無約束的參照系。參見 Stephen C. Levinson 著，齊振海導讀：《語言與認知的空間》（*Space in Language and Cognition: Exploration in Cognitive Diversity*），頁 29-30。

[97] 參見萊文森之研究。同前註，頁 30。

人生之基待、欣喜溫暖心情，轉變為因相思而心生淒涼。雖是相同景致和地景空間，觀察者之心理、生理轉變了，其對空間解讀卻呈現不同看法。從物理學上而論，此正是物理學家洛克（John Locke, 1632-1704）所主張的，認為物象之形狀、位置、體積是有形物體的真正特性，同一事物卻有兩種看法，原因可能是觀察者大腦、心智有差異，或所站的位置不同。上述之差異，分別屬於心理、生理、物理的條件。[98]詩篇末段，將攀折柳條、寄送至龍庭邊塞戍守之丈夫，以柳條喻指主角之綿長思念及暗含兩的春天值得期待，鼓舞遠在龍庭戍守之丈，夫也告訴夫婿，這相思情長的人兒仍在家鄉等待，期望夫婿見春色柳條，能速返家園團聚。

從〈折揚柳〉之前半闋看，太白將邊塞地景——玉門關，連繫著主角溫暖欣臺及白花盛綻之春景，呈現暖、春、艷、花、明等光明希望之情意，即便主角之夫婿在邊塞戍守，仍以快樂未來作為描寫景地之情意。事實上，太白所論並不止此。詩篇之後半闋，太白仍以邊塞景地為主要地景空間空間——龍庭，細察其詩後半闋所述之語詞，連繫著主角視點的詩意，轉用「長想」、「心悽然」、「攀」、「折」、「遠」等，含帶憂愁深思、悲淒寂寞、折斷、不相連續、遙遠等愁苦、思慮多之情意，佐伴在夫婿戍守之邊塞地景。此可見一樂一悲，一喜一苦，一正一反之情意，對照出主角前半詩篇因夢想而快樂，後半詩篇則因回到現實而苦惱。蓋主角所見所思，是相同景地，疑是反映了一虛一實，一幻一真的觀察者心理視點及情意轉折。

從〈折揚柳〉一詩來看，這是一篇典型的閨人思遠戍之辭，由李白筆下之閨人及閨怨，亦見承繼前人傳統，取女子立場，抒發思

---

[98] 按：此仍依據羅素之論點，羅素認為事實本身的空間屬性，有很大一部份是受觀察者個人的心智、大腦等條件左右。參見羅素（Bertrand Russell）著，薛絢譯：《相對論ＡＢＣ》（*ABC of Relativity Bertrand Russell*），頁 19-22。

念及期待未來之情意。這是太白取資傳統閨怨詩寫法，由女子的視角，女子所站的位置，心理視點，等展現對邊塞戰地之空間認知，詩中所選擇的方位處所，亦是具有共通信念之專名性的處所詞語——玉門關和龍庭。[99]引發人人共感，遙遠的戰地邊塞景象之空間認知。因此其詩意憂愁及鬱悶，得以獲得普遍恆久的共感，但李白詩意往往在繼承中，也有獨立的個人化表現。若只是承繼前人閨怨詩之內涵景象，例如一個人在床前、在窗下、在房中等無盡的等待，這類詩篇中的人物形象只具有共感，缺少了個人特色。太白在〈折揚柳〉詩篇中，亦具共感之景——女子思念夫婿，亦具個人化特色。詩中先摹寫女子懷抱春天到來，百花盛開之季節，自己有一心上人，雖在邊塞，但二人未來是可期待的。自己和夫君是心心相繫，相信夫婿在邊塞之地，若心中思及自己，夫君仍亦感到百花舖天蓋地之春色美景的幸福。隨後，詩篇後段，讓女子回到現實中，夫婿不在身邊，縱然眼前春色無邊，內心備感淒涼，無人相伴，最末以攀折春色綠柳條，寄寓夫君，思念的人仍在等待你的歸來。進一步深究，太白的人物內心世界較傳統人物更為多層次，內心世界更擬似真人綿密多變之情緒，而深受相思之苦的女子，內心更是翻覆不定，時而樂觀，時而悲觀，一會期待未來，一會兒鬱悶於現實不如意，這悲喜交雜、時樂時泣之女子的心靈反映，也正是一種鮮活如實的思婦形象，這正是太白筆下為閨怨詩之空間意蘊開拓之處，也正是其為男女相思空間意蘊之擴大，雖然在詩篇表面上，彷彿並未脫離閨怨之舊題，但太白在空間認知、心理視點、視覺方所詞之等等運用，已注入了正反相對照之兩層次深刻寫法。相同邊塞地景空間，卻有一喜一悲之空間意蘊，這正如康丁斯基對於景象形態之研究：「每個

99　參見儲澤祥對於中文語法之方位詞和處所語法用詞、語表形式之研究。詳見儲澤祥：《現代漢語方所系統研究》，頁 5-11。

形都有它的內涵，形因此是內涵的外現，……所以，很清楚的，形的和諧必須建立於心靈的需要上。此即，內在需要的原則。」[100]此謂「形」即指抽象的空間或面。[101]太白採用單一種類之「形」或空間，卻注入了女子苦樂兩極之情懷，甚至對未來及現實之對比、對虛幻期待及淒苦寂寥的生活，流露女子愛情的幸福面和不滿、無奈。這是空間意境之開拓、創新，也是思婦性格之圓滿表現。此外，自《楚辭》中屈原往往取男性女性角色，喻擬君王和賢臣，以君喻男性，以賢臣喻女性，更進一步，在部份詩篇中，也見兩思婦與夫婿別離，喻擬賢臣被逐、見棄君王，或以賢臣被小人讒害，賢臣見疏而被逐出朝廷，此類比喻之用法，又可見太白詩作〈荊州歌〉、〈別山僧〉、〈答杜秀才五松山見贈〉等作品，均可見太白以女子眷戀男子或見棄之命運，喻擬己身不遇之際遇，故〈折揚柳〉亦容易使人聯想為太白因見疏被逐，思君王之悲哀。太白在其詩中，時用自己作為觀察者，時用女子為觀景者，甚至有自己和他人立場，交替視點來摹寫景物，故李白在詩中空間認知及視覺感知，常顯現豐富及多層次感。從物理學之理論來看，李白在選擇定點空間時，常帶以觀覽實際地景物象為定點空間的安排，故其詩作常能流露真誠的觀察者視點，即便是太白想像所至之仙地仙居之定點空間，亦能表露太白個人人生方向思考，及現實困境之出口。值得注意的是，李白紀遊詩中之定點空間摹寫，正帶有其一生三十年以上的遊歷蹤之路線可能性，不但為其遊仙詩、隱逸詩，增添了真實的趣味，也擴大了讀者對該地景空間之懷想和情味，彷彿藉由這些定點地景，了解

---

[100] 此據康丁斯基之研究，他認為繪畫中「形」和「色彩」都是一種語言，繪畫也藉由此二項傳達情意。繪畫中的「形」是可以單獨存在，像一個物體（寫實或不寫實都好），或者是一個抽象的空間或面。參見德‧康丁斯基（Kandinsky）著，吳瑪悧譯：《藝術的精神性》（*Uber das Geistige in der kunst*），頁 50。

[101] 同前註，頁 50-51。

並考察任俠漫遊天地四方的李白行蹤及方向。

第六章　李白詩歌的一度空間

　　紀遊詩的一度空間，指取細長線狀地理景象或位置之詞彙組合，來描摹對象。也可稱為線狀景象。線狀景象詞彙組合，於語法上，可包含名詞、形容詞、短語，時見單一線狀自然地景或虛構景象，有時截取數個定點位置串連成線狀視覺景象。例如：「清江萬里流」、「白髮三千丈」。詩人遍覽東西南北各地，時取細長線狀綿延之景象，喻抒一己情懷志向。

　　浪漫派詩人李白，是李廣後裔。李白先世涼武昭王為李廣的十六世孫。在晉安帝隆安四年，據秦、涼二卅，建國西涼。唐高祖李淵是涼武昭五七世孫。[1]家族有仕宦關連。其父李客隨祖輩遠居異域，或曾因罪而遷移偏遠地域，故李白出生地及籍貫並不是在中原。[2]先祖郡望在隴西成紀，幼年曾在西域碎葉生活受教育。[3]到了唐中宗

---

[1] 此據〈贈張相鎬二首之二〉一詩論之。詩云：「本家隴西人，先為漢邊將。功略蓋天地，名飛青雲上，苦戰竟不候。富年頗惆悵。世傳崆峒勇，氣激金風壯，英烈遺厥孫，百代神猶王。」參見〔唐〕李白撰，〔宋〕楊齊賢集註，〔元〕蕭士贇補註、郭雲鵬校刻：《分類補註李太白詩》（臺北市：臺灣商務印書館，1965 年《四部叢刊・集部》），卷十一，頁 200。

[2] 據范傳正撰〈唐左拾遺翰林學士李公新墓碑并序〉，其文說：「公名白，字太白，其先隴西成紀人。絕嗣之家，難求譜牒。公之孫女搜手箱篋中，得公之亡子伯禽手疏十數行，紙壞字缺，不能詳備。約而計之，涼武昭王九代孫也。隋末多難，一房被竄于碎葉，流離散落，隱易姓名。故白國期已來，漏于屬籍。神龍初，潛還廣漢，因僑為郡人。父客以逋其邑，遂以客為名。高臥雲林，不求祿仕。……受五行之剛氣，叔夜心高；挺三蜀之雄才，相如文逸。瓌奇宏廓，俗無類。」參見〔唐〕李白撰，〔清〕王琦輯註：《李太白集註》（臺北市：新興書局，1968 年 10 月清乾隆聚錦堂原刻本），卷三十一，附錄一，頁 480。

[3] 參見〈李白先祖「隋末以罪徙西域」辨〉一文。其中論述李白出生在中亞碎葉，即今日蘇聯境內吉爾吉斯加盟共和國的托克馬城。此外，李白與其父終生不試，是因李白父親以罪徙碎葉，在唐律規定，考生通過州縣身家考核，故才改以終南捷徑一途。詳見金榮華：〈李白先祖「隋末以罪徙西域」辨〉，《第一屆國際唐代學術會議論

神龍元年（西元 705 年）李白父親李客帶領家族重返中原，定居西
蜀綿州（今四川江油）。[4]童年在西域生活的李白，隨父李客居住西
蜀清廉鄉（青蓮鄉），度過二十年時光，李白一生都將蜀中視為自己
的家鄉。李白隨家族長途遷移，定居蜀中，因曾旅居西域、蜀中，
在文化教育之涉獵十分廣泛，自云：「五歲六甲，十歲觀百家，軒轅
以來，頗聞矣。常橫經藉書，制作不倦，迄于今三十春矣。」[5]又說
「十五觀奇書，作賦淩相如。龍顏惠殊寵；麟閣憑天居。晚途未云
已，蹭蹬遭讒毀。」[6]說明年少時期，太白閱讀領域是廣闊而不局限，
甚至也曾學習縱橫術，致力成為一個多種學識能力的人。李白的廣
博學識及文采，為人所知，在開元八年（西元 720 年）時，二十歲
的李白曾拜謁禮部尚書蘇頲，並獻上作品，請益之，蘇頲賞識李白，
指導其作品外，向朝廷舉薦過李白：

> 禮部尚書蘇公出為益州長史，白於路中投刺，待以布衣之禮，
> 因謂群寮曰：此子天才英麗，下筆不休，雖風力未成，且見
> 專車之骨。若廣之以學，可以相如比肩也。[7]

太白的才華及自信由此可知。其人除讀奇書、涉獵各方知識外，也
喜遊歷，在蜀地，太白到過很多地方，比如益州，峨眉山，此可由

文集》（臺北市：中華民國唐代學者聯誼會出版，1989 年），頁 339-343。另參見郭
　沫若：《李白與杜甫》（北京市：人民文學出版社，1972 年），頁 3-15。
4　王運熙、李寶均：《李白》（臺北市：萬卷樓圖書公司，1993 年），頁 5。
5　參見瞿蛻園校注：〈上安州裴長史書〉，《李白集校注》（臺北市：里仁書局，1980 年），
　頁 1545。及〔唐〕李白撰，〔宋〕楊齊賢集註，〔元〕蕭士贇補註、郭雲鵬校刻：
　《分類補註李太白詩》，卷二十六，頁 357。
6　參見〔唐〕李白撰，〔宋〕楊齊賢集註，〔元〕蕭士贇補註、郭雲鵬校刻：〈贈張相
　鎬二首之二〉，《分類補註李太白詩》，卷十一，頁 200-201。
7　參見〔唐〕李白撰，〔宋〕楊齊賢集註，〔元〕蕭士贇補註、郭雲鵬校刻：〈上安州
　裴長史書〉，《分類補註李太白詩》，卷二十六，頁 358。

太白〈登錦城散花樓〉和〈登峨眉〉，[8]等等詩篇，描摹蜀地壯闊奇美的地景山川，這些皆開拓了李白的視野，也增長其雄心壯志，於其詩作中，反映李白觀察自然萬物之獨特視覺方位，以及其探索世界之個人化視界。

李白詩作描摹遊歷景致，時見特殊的個人化視角，展現李白觀察宇宙的立體、多次元角度，試舉詩例一首：

> 元丹丘，愛神仙。<u>朝飲潁川之清流，暮還嵩岑之紫烟。</u><u>三十六峰長周旋</u>。長周旋，<u>躡星虹</u>，身騎飛龍耳生風。橫河跨海與天通，我知爾游心無窮。（〈元丹丘歌〉）

躡星虹，躡，指踏。詩意指足踏流星與虹霓之上，向大地俯視。太白善用其高空向下俯瞰之高空視點，解構常人看世界平面和定點之角度，此外，來回環繞三十六座山峰間。朝暮一日可往返來回，此呈現同步周覽俯視空中多座山峰景象。試舉詩篇一首為例：

> 衡山蒼蒼<u>入紫冥</u>，<u>下看南極老人星</u>，回飈吹散五峰雪，往往飛花落洞庭。（〈與諸公送陳郎將歸衡陽并序〉）[9]

下看南極老人星，老人星指南極星，[10]詩意指以在衡山的高聳的角

---

8 參見〔唐〕李白撰，〔宋〕楊齊賢集註，〔元〕蕭士贇補註、郭雲鵬校刻：〈登錦州散花樓〉、〈登峨眉山〉，《分類補註李太白詩》，卷二十一，頁 290-291。

9 參見〔唐〕李白撰，〔宋〕楊齊賢集註，〔元〕蕭士贇補註、郭雲鵬校刻：〈與諸公送陳郎將歸衡陽并序〉，《分類補註李太白詩》，卷十八，頁 259。齊賢注曰：「甘氏星經，老人一星，在孤南為南極星，主壽，視覺常以秋分日。」

10 參見〔唐〕李白撰，〔清〕王琦輯註：〈與諸公送陳郎將歸衡陽并序〉，《李太白巨集註》，卷十八，頁 291。王琦注云：「史記天官書：『狼北地有大星，曰南極老人，老人見治安，常以秋分時候之於南部。』晉書：『老人一星，在孤南，一曰在南極，

度，向下俯瞰，可以看到南極星。衡山不可能高於星辰，就觀察者的視角，若能躍至衡山之最高峰，高入雲空之處，或許與星辰同列，甚至高於星辰。此為誇飾寫法，一方面烘托衡山之高聳氣勢，另一方面，太白詩語詞之方位處所，[11]顯示欲以地理景象之命名，與方位詞，[12]標示方位空間。[13]其次，李白詩屢用天文星辰的概念及命名名稱，表示其空間觀，可言太白覽奇書，或曾涉獵中國天文學，太白時常運用其天文地理知識來觀摩景物，突顯李白實具有科學、先進的空間概念。[14]

唐代天文學是中國天文學史上的一個高潮。唐代共有二百九十年，曆法改制八次，甚至也翻譯印度曆法以供參研，可說唐代天文學研究是十分興盛。在儀象方面，唐朝也設有漏刻職掌的制度。麟德二年（西元 665 年），李淳風製造木渾天圖，用測黃道；儀風四年

常以秋分之旦見於景，春分之夕而沒於丁，見則治平，主壽昌。』」。

[11] 此據廖秋忠空間方位詞之研究，複合空間方位詞的語義可以從簡單空間方位詞的語義，它們的內部結構，再加上一條解釋規則推論出來。這些推論可由語境中相關詞語和情景來決定。參見廖秋忠：〈空間方位詞和方位參考點〉，《廖秋忠文集》（北京市：北京語言學院出版社，1992 年），頁 163、166、172。此論文亦刊載於《中國語文》，第一期（1989 年）。

[12] 參見呂叔湘：〈方所〉，《中國文法要略》（臺北市：文史哲出版社，1992 年），頁 198-199。

[13] 參見呂叔湘主編：《現代漢語八百詞》（北京市：北京商務印書館，2010 年 4 月），頁 13-14、42-43。

[14] 葉嘉瑩教授認為「我很早就有這樣一個想法，覺得學科學的人，應該也跟文學結合起來。因為從古今中外的歷史上都可以得到證明：最好的天才，富有創造性的科學家。像牛頓、瓦特，他們都是既有很銳敏的直覺感受，而且也具有很豐富的聯想能力。在中國歷史上，東漢的張衡，他曾經創製了渾天儀和地動儀，是關於天文學和預測地震的兩種很重要的科學上的創製發明；而同時，他在文學上也留下了不朽的、偉大的成就。他在東漢時代，是五言詩的一個非常好的作者。……對七言詩的創立也有很大影響。……同時在科學上、文學上都有成就的一個人。我認為這是非常值得注意的一點。」參見葉嘉瑩：〈從形象與情意的關係看三首小詩〉，《迦陵說詩講稿》（臺北市：桂冠圖書公司，2000 年），頁 91-92。

（西元 679 年）姚元按古法在陽城測景臺立八尺的表。開元十一年（西元 723 年）一行和梁令瓚造黃道銅渾儀等儀器。南宮說在河南本地設水準用繩墨來植表；開元十三（西元 725 年）造覆矩圖，南自丹穴，北到幽都，每極移一度，就測其差，這樣就定出各地日食的食分和晝夜的長短。[15]顯示自唐朝開元以前，天文學之研究不但引入印度曆法參酌，中國曆法、天文儀器、星圖觀察，利用地面位置製圖，以連繫及觀測天象日月恆星位置移動、天文學、力學等研究，已十分豐富且具成果。李白處於天象天文學已有相當發展的環境，另就其詩篇中出現定點景象和高空景象之次數頻繁，[16]李白或曾涉獵研讀唐代天文學之著作，早存有天文學之科學理念和地理空間觀念。

　　從物理學相對論而言，一度空間，又稱一維；一次元；一度空間度。一維指「線」，也就是只有一條軸。由一個事件發生位置作視點之延伸，在時空圖上沿著此一延伸路線推進，[17]則形成一條線狀之視覺空間感，形成線狀之空間景象。

　　從空間理論來看，李白紀遊詩中所標舉之空間觀念和空間認知，是來自於先備知識，或者來自李白感官觀察外面世界所產生的東西。[18]所謂空間，最根本之性質有「第一，空間是連續的。第二，

---

[15] 此參見陳遵媯對隋唐天文學之發展研究，詳見陳遵媯：《中國天文學史》（臺北市：明文書局公司，1998 年），第一冊，頁 218-221。

[16] 此依本文之表六：李白詩歌各類體裁之紀遊景象統計總表，定點景象有 216 次，出現比率為 11.92％，排序第三。高空景象有 745 次，出現比率為 41.11％，排序是第二。此外，本文圖一：李白詩歌之紀遊空間景象之直方圖，清楚呈現高空景象與動態景象占的比率為 41.11％和 43.93％，分屬排序第二及第一。李白觀察宇宙天地萬物時，或早已存有天文科學和地理空間觀念。

[17] 參見物理學博士小暮陽三著，劉麗鳳譯，郭西川審訂：《圖解基礎相對論》，（臺北市：世茂出版公司，2008 年），頁 20。

[18] 此據〔法〕天文物理學家朋加萊（Jules Henri Poincare, 1854-1912）在天文學和物理學方面的研究。朋加萊對於天體力學、相對性理論和量子力學等均有極佳建樹。朋加萊認為多維度的物理連續，可由感官感覺獲得，「我們常說，外在對象的形象

空間是無窮的。第三，空間有三維度。第四，空間是等質的，則在空間的任何點互相都是完全相同。第五，空間是等向的，則通過同一點的任何直線互相都是完全相同。據此再與我們的表象和感覺的框子作比較吧。我想也可以稱它為表象空間。」[19]表象空間的考察純粹是依憑視覺的印象。視覺觀察表象，產生視覺空間，運用視覺詞及視覺方所詞描摹出觀察者觀察或感知的空間。空間是連續的，如果更進一步分析視覺空間的這項連續性，可依靠視覺測出距離，因而能夠知覺到第一維度（線狀）、第二維度（面狀）、第三維度（立體）。而這第三維度（立體）知覺及第四維度（空間＋時間＝時空，指運動空間），除視覺感知外，亦需具肌肉感覺，產生觸覺空間與運動空間，形成空間概念。[20]

一度空間，在物理學相對論上，一維空間指線狀空間。也就是空間上數個點構成一個一維連續區（或譯一度連續區）。[21]一維是「線」，也就是只有一條軸的世界。在空間中，如果有生物生存於一維空間中的話，對他來說，這個世界就是一個無窮廣大的世界。對於活在一維世界的人來說，前面的人在他眼中看來，只是一個點，換句話而言，一維空間的人所能看見的，只是零維的世界。[22]愛因斯

是在空間內決定其位置，並且據此條件這些形象才得以形成。在此義意上，對我們的感覺或表象這空間就成了正合理想的框子，而與幾何學者所說的空間完全相同，並認為具有該空間所有的任何性質了。」參見〔法〕朋加萊（Jules Henri Poincare, 1854-1912）著，盧兆麟譯：《科學與假說》（*La Science et l' Hypothese By Herni Poincare*）（臺北市：協志工業叢書出版公司，1970 年），頁 1、27-28、46。

[19] 參見〔法〕朋加萊（Jules Henri Poincare, 1854-1912）著，盧兆麟譯：《科學與假說》（*La Science et l' Hypothese By Herni Poincare*），頁 47。

[20] 同前註，頁 47、48、49、51、60、61。

[21] 參見愛因斯坦、英費爾德（Einstin, Albert, 1879-1955），（Infeld, Leopold, 1898-1968）郭沂譯：《物理學的進化》（*The Evolution of Physics, 1938*）（臺北市：水牛圖書出版事業公司，2004 年），頁 140。

[22] 此依小暮陽三研究，一維指「線」。參見小暮陽三著，郭西川教授審訂，劉麗鳳譯：

坦在相對論中曾說：「我們對空間的概念與判斷，在此必須非常注意經驗與概念的關係。我認為從龐加萊（Poincare）的《科學與假設》（La Science et l'Hypothesis）一書看來，他顯然充分了解這個事實。」可知人們對於空間概念，依憑簡單「位置變化」的規則而來的，空間概念是由經驗來的。[23]

由中文語法空間理論來看，一維空間之空間感知，在文學作品中，構成細長「線」狀感。[24]「線」，指把物體所占有的空間範圍看成是一個「線」，即只考慮這個範圍在長度上的特徵，不考慮其在寬度和高度上的特徵。[25]李白紀遊詩藉著綿延線狀景致與天地萬象之材料，摹寫連續的、綿長、綿延、幽遠的線狀空間景象，時以自然地景類材，時取數個定點連結成視覺線條感。例如：清江萬里流、南船至北船、青樓夾兩岸、青烟蔓長條、二十五長亭、白髮三千丈、身長千里等等。

李白詩篇所呈現之線狀空間之情思，是細膩綿延不絕的。其線狀空間景象之題材內容亦廣取天地四方，或人文素材，本章所以選

《圖解基礎相對論》，頁 20、21。

[23] 參見愛因斯坦（Albert Einstein）著，郭兆林譯：《相對論的意義》（*The Meaning of Relativity*）（臺北市：臺灣商務印書館，2010 年），頁 2。

[24] 此據廖秋忠漢語篇章中空間方位之研究，廖秋忠認為「如果描寫的物體，其部件基本上可視為分布在同一線上，部件描寫的順序有從一端到另一端，沿著同一方向的傾向，從外表到內裏」、「線性同一方向逐次描寫部件的例子，可見例子……在例(3)北迴歸線共經過十六個國家和地區，在我國，北迴歸線經過廣東、廣西、雲南等省。」在比例(3)的數個省份是線性排列。形成一度空間「線」狀感。參見廖秋忠：〈物件部件描寫的順序〉，《廖秋忠文集》，頁 133、135-136、138-139。本文引用漢語語法、國文語法之理論與專有名詞，暫以中文語法概括指稱之。

[25] 此據齊瀘揚漢語空間系統理論之研究，齊瀘揚認為中文句子中描摹之物體空間，是可形成點、線、面、體和形狀系統。「形狀系統」是指句子中某物體所占有的空間範圍的形狀顯示出來的空間特點。其也具點、線、面、體等區別。可依句子中描摹之空間形狀系統及方向，畫出時空圖示意。參見齊瀘揚：《現代漢語空間問題研究》（上海市：學林出版社，1998 年），頁 4-7。

擇「線」狀空間（一度空間）景象，做為探究詩篇之主題，因太白
詩歌取材，多展現雄偉壯闊、氣勢豪邁之特色，但細究分析李白紀
遊詩空間景象，李白亦取綿長悠遠之視覺景象物材，摹寫兒女情長
或一己恆遠之志向，不論自身、他人或環境，在於太白關切抒發之
情思，一直為古今文人不變的話題及追尋的目標，每一種悠遠的空
間景致，透顯之情與思，都建構出古今詩人真實心聲與夢想。[26]

　　李白紀遊詩一度空間（線狀景象）描寫次數，共有三十二次，[27]
在五種空間景象摹寫次數排序是第五。[28]「線」狀空間（一度空間）
於紀遊詩篇之出現比率為一點七七九。[29]線狀空間在太白詩篇中出現
比率雖不高，其一度空間景象喻寫了千古情深，及遠行志向。本章
將由數種綿長共通空間感知與情意，充分探究。

---

26 古典詩歌中描寫形體物象之形狀，與詩歌情意間，有深刻密切之關連。葉嘉瑩教授
　認為「在中國古典詩詞的研究中，有一個值得注意的問題，就是心與物的關係。心，
　指情意；物，指形象。」、「一首好詩，它的每一個形象都有它的目的與作用。」例
　如李商隱擅用緣情造物，陶淵明擅用以心託物，杜甫擅用以情注物，雖其作品中形
　象與情意間的關係彼此不同，但均能給讀者以極大的感動。此參見葉嘉瑩：〈古典
　詩歌中形象與情意的關係〉，《迦陵說詩講稿》，頁 53-55、59、65-66。
　另參見康丁斯基之研究，「線」具有直線的傾向，隱涵向無窮處延伸之感覺。詳見
　康丁斯基（Kandinsky）著，吳瑪悧譯：《點線通》（*Punkt und Linie zu Flache*）（臺
　北市：藝術家出版社，2009 年），頁 47-48。
27 參見本文表六：李白詩歌各類體裁之紀遊景象統計總表。「線狀（一度空間）」。
28 參見本文表六：李白詩歌各類體裁之紀遊景象統計總表。「線狀（一度空間）」之「排
　序」。
29 參見本文表六：李白詩歌各類體裁之紀遊景象統計總表。「線狀（一度空間）」之「出
　現比率」。

第一節　綿延線狀美麗情景

　　山水田園詩類題材，初出現在東晉，由於當時玄學思潮催化，詩人觀覽自然風光，將一己精神和情思，藉自然抒發或回歸自然，或與自然造化合而為一。從先秦以來，自然山水和宇宙萬物皆為思想家視為認識世界之物質現象或媒介。自然山水指一切非人為、天然的存在，包含自然界，也包含人的天性，因此唐代以前，山水田園及自然的詩作題材，富含超脫塵俗、縱情物外相法，爾後，漸漸產生寄寓情思於山水，與自然山水合而為一之文學觀念。[30]

　　唐朝之前盛行文人隱居山林，此一行徑思想根源為老子莊子。老莊思考引導淳樸、不求利祿、棄世俗功名之風氣，因之促使文人士子歸隱。在水山詩盛行之前，詩人文人本於追求出世、方外之隱，在詩文中大量運用老莊思想，尤其今可見唐以前遊仙詩裏，蘊含著棄世絕俗的題材。[31]此外，自然山水詩篇之形式技巧，有新成果，例如謝朓（西元 464-499 年）、王褒（西元 513-576 年）、庾信（西元513-581 年）。[32]李白曾在詩篇中，表達對謝朓景象與自然山水之深刻連結印象。李白〈題東谿公幽居〉：「杜陵賢人清且廉，東谿卜築歲將淹。宅近青山同謝朓；門垂碧柳似陶潛。好鳥迎春歌後院，飛花送酒舞前簷。客到但知留一醉，盤中祇有水晶鹽。」[33]將謝朓自然山

---

[30] 此據楊海波對李白哲學觀之養成的研究論述。參見楊海波：《李白思想研究》（上海市：學林出版社，1997 年），頁 33-37。

[31] 此據葛曉音對唐以前及初唐時期的自然山水詩作之思想研究。參見葛曉音：《山水田園詩派研究》（瀋陽市：遼寧大學出版社，1993 年），頁 70、71、79、84、102、103。

[32] 此據丁成泉之研究，丁成泉認為謝朓、王融、何遜、蕭綱、蕭繹、陰鏗、王褒、庾信等詩人努力，取得新成績，這些新成績，對於山水詩的發展，具有不可忽視的價值。參見丁成泉：《中國山水詩史》（臺北市：文津出版社，1995 年），頁 40-41。

[33] 〔唐〕李白撰，〔宋〕楊齊賢集註，〔元〕蕭士贇補註、郭雲鵬校刻：《分類補註李太白詩》，卷二十五，頁 337。

水與杜陵賢人之隱居志向繫連。謝朓，字玄暉，今河南太康人，其因反對始安王篡權而遇害，與謝靈運經歷相似，又稱「小謝」。謝朓詠物、山水之作品與眾不同，擅長摹寫景物形象，時寫江天大景，時寫山川秀色，或為江山形勝，由情入景、情由景生、景中含情，富予景物空間形象自然真切的詩意美。李白摹寫自然山水景物空間，部分篇章吸取謝朓的清秀特色。[34]謝朓承繼謝靈運以來山水紀遊詩的寫法，在山行水涉中，將自我之際遇、思歸情懷和超塵之想，寄寓於所見之山水空間景致，順勢摹景傾吐於筆下，[35]正反映李白紀遊詩作因其愛好盛唐之前詩家紀遊山水之詩歌，也承襲前人秀美奇麗的紀遊語言。[36]遊覽山水也成為李白記述優遊賞翫時之自然美景空間對象，也是心身寄託之所在。[37]雖此見太白對前人傳統紀遊詩有所承襲，或受前人作品而啟發，李白仍有其創拓之處，在以太白為觀察者之角度，不僅摹寫山水景物空間景象，也將自我及他人融入其中，使物我合一，山水景致有了太白自我及他人的投影。[38]李白或也更進一步將空間景致變形，形塑成李白心理之空間感知之投射，實虛交融，物人合一。記覽空間景物之寫法，固然有新的開展，但也時有現實仕宦之途不如意和挫折，促使詩人返歸自然山水中，感受

---

[34] 此據葛曉音之論述。參見葛曉音：《山水田園詩派研究》，頁 300-301。

[35] 此據蕭淑貞的研究。參見蕭淑貞：《魏晉山水紀遊詩人之研究》（臺北市：臺灣學生書局，2009 年），頁 222-225。

[36] 此據余恕成對唐詩特質之研究。參見余恕成：《唐詩風貌及其文化底蘊》（臺北市：文津出版社，1999 年），頁 43-45。

[37] 依王國瓔對遊覽與山水關係之研究。王國瓔認為「知識分子在個人自我意識的覺醒中，開始探索個人生命存在的意義和價值，並且注意到個人生活素質的提高與優游行樂的重要。於是視怡情山水和詩文美酒為理想生活的主要構成分子，也是心身寄託之所在。」參見王國瓔：《中國山水詩研究》，（臺北市：聯經出版事業公司，1996 年），頁 120-122。

[38] 此依許東海教授對李白遊覽詩之內在意涵之論述。參見許東海：《山水田園詩賦與士人心靈圖景》（臺北市：新文豐出版公司，2004 年），頁 207-210。

到神超形越，及清遙自適，這也正是詩人對於山水通老子莊子之體認。[39]

　　初唐時期，詩人開始注意到以樸素自然的語言，投注至詩篇中，例如王績（西元 590-644 年），王績棄官歸隱，自比阮籍和陶淵明，代表作品，五言古詩〈野望〉、〈家〉[40]王績觀察竹扛生活環境和隱居方式，從中取材，在詩篇建構田家自然的空間及意識。[41]王績描摹自然的空間之山水意趣，以及敘述清幽閑雅之莊園生活，藉此表現隱居者的內心世界，這亦是以自然山水之空間形象，和詩人性格情思融合於詩篇中的先趨者。[42]王績試著將詩篇空間，由莊園細瑣生活描摹，漸漸拓展至山水景物的描寫，從題材上而言，王績將個人生活小空間，增擴為宇宙天地山水之大空間；從詩歌情意上而言，王績將個人莊園隱居之樂，增深為融合小我及性格，與天地合而為一。[43]劉勰認為自然山水之形象空間，皆是以形象空間映照出自然萬物之道理，文人雅士觀察自然空間物象，領悟其中道理，藉此了解外之境、味外之旨、韻外之致。[44]文人因觀察自然萬物，不只得以洗滌胸

---

[39] 此據王國瓔教授論中國山水詩的流變，由南朝至晚唐，山水紀遊之內涵展現新和變。參見王國瓔：《中國山水詩研究》，頁 124-127、137-138。另參見〔日〕岡村繁著，陸曉光、笠征譯：《陶淵明李白新論》（上海市：上海古籍出版社，2009 年），頁 205-207。

[40] 此據葛曉音對於從陶淵明到王績之自然山水詩作之研究。參見葛曉音：《山水田園詩派研究》，頁 90-96。

[41] 此據袁行霈對初唐詩歌創作趨勢之論述。參見袁行霈：《唐詩風神及其他》（香港：香港城市大學出版社，2005 年），頁 22-25。

[42] 此葛曉音之研究，王績詩中田園山水類題材，實開拓了唐代自然詩、山水詩、田園詩。參見葛曉音：《山水田園詩派研究》，頁 96。

[43] 此依葛曉音之研究，初唐山水詩題及情意之開拓，王績功不可沒。同前註，頁 97。

[44] 參見〔梁〕劉勰著，王更生注譯：《文心雕龍讀本‧物色第四十六》（臺北市：文史哲出版社，1991 年），頁 301-303。「是以詩人感物，聯類不窮。流連萬象之際，沈吟視聽之區；寫氣圖貌，既隨物以宛轉；屬采附聲，亦與心而徘徊。……若乃山林皋壤，實文思之奧府。」

懷，激勵志氣，也能啟迪玄心，揚情抒神。

一 萬里流水共情長

太白遊歷地點景象，有定點與定點間連結成線狀、悠長綿延之江河景狀、視覺線狀之物象等等，李白紀遊觀察，交織其所見所感之山水綿長之空間感知和情意，呈現在詩中。這些空間景象之描摹，是以景物為主，也充分展現太白個人化色彩，及其山水空間景象之創新處。試舉詩例論析：

> 南船正東風，北船來自緩。江上相逢借問君，語笑未了風吹斷。聞君攜妓訪情人，應為尚書不顧身。堂上三千珠履客，甕中百斛金陵春。恨我阻此樂，淹留楚江濱。月色醉遠客，山花開欲然。春風狂殺人，一日劇三年。乘興嫌太遲，焚卻子猷船。夢見五柳枝，已堪挂馬鞭。何日到彭澤，長歌陶令前？（〈寄韋南陵冰余江上乘興訪之遇尋顏尚書笑有此贈〉）

前二聯純寫乘興訪友，乘船出行，逼真地摹寫南船北舟在江上相遇之景象。後二聯轉入個人情感，直抒因韋冰攜妓尋訪顏尚書，自己不能參與飲酒作樂的歡聚，流露出遺憾之嘆。全詩是景、情分界，但「南船正東風」，「北船來自緩」巧用兩端船行景象，造成雙關的效果，使本詩情意和景象交融，融格調渾成。李白在開篇不直接渲洩自己情緒，只摹寫再行江上所看到的景象。從空間視覺感知而言，本詩首南船景象和北船景象，展現太白由南至北串連視線，是一南方定點和北邊定點的一度空間。先看見一隻南邊的船，再行速度飛快，接著視覺空間驟轉至北方，其次描寫北邊的船，舟行速度卻十分緩慢。這南北二方視覺空間，相距甚遙遠，在詩篇中，太白除去中段景象，將二個相反極端方位之景象，同時呈現其形狀，一快一

緩。景象和情思分段，太白沒有摹寫二端船上人形貌，但李白以「形」
寫「情」，以形來引發情思，以南北方位距離表達遙遠不能及之境遇，[45]
景象中已含情。船上人心情，正在後文直陳——一則「語笑未了」，
一則「恨我阻此樂」；一為「醉遠客」，一為「嫌太遲」。「笑」和「恨」；
「醉」與「遲」等字，已點出了南船北再人的心情基調，故雖太白
採用兩個命名「南船」與「北船」，來標示空間方位，但是舟上江行
者愜意飲酒享樂，和遺恨不能參與之急和怒等等，已構成了一喜一
怒，一輕鬆一恨憾，映襯出強烈對照之氛圍，與南北船之景接觸，
立刻浮現船行速度正為乘船者心情為照，與後二聯之抒情部分合為
一體。綜看上述南北二個定點船行景象，若以物理學相對論之場的
圖示法，來解釋這一座空間之場之圖示：

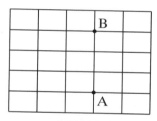

（場的圖示法）

**圖七：李白〈寄韋南陵冰余江上乘興訪之遇尋顏尚書笑有此贈〉
之空間場的圖示。**[46]

---

[45] 此據葉嘉瑩教授之研究，詩人欲表達的那情意始終不直接表現出來，而是用一系列
或一組形象、境遇和情況來傳達情意，此可稱為「外應物象」。參葉嘉瑩：《迦陵說
詩講稿》，頁 17-18。

[46] 圖七：李白〈寄韋南陵冰余江上乘興訪之遇尋顏尚書笑有此贈〉之空間場的圖示，
可參見愛因斯坦、英費爾德（Einstin, Albert, 1879-1955），（Infeld, Leopold,
1898-1968），郭沂譯：《物理學的進化》（*The Evolution of Physics, 1938*），頁 88-89、
139-146。另參見 Sander Bais 著，傅寬裕譯：《圖解愛因斯坦相對論》（*Very Special
Relativity: An Illustrated Guide*）（臺北市：五南圖書出版公司，2009 年），頁 18-19。

本表有ＡＢ兩點，Ａ圖是南船，Ｂ點是北船。詩使南北船在江上相
逢，後數聯則反映二方乘船者心情。本詩之空間場之地點，在觀察
者之觀察視點，正反映定點和定之連結，形成了船行線狀路線，線
狀在平面上的位置，即是空間性的延伸。[47]是一度空間景象，也是呈
現線狀延伸的空間感知。[48]從相對論之觀點，李白在述明某一時刻宇
宙天地之兩件事時，全然只從空間著手。[49]太白嫌棄再行速度太慢，
不能參此樂而憾恨，只好在夢境中快馬相訪，馬鞭早已掛在五柳樹
之枝上。望彌補及延續現實中無法實現之夢想，而詩人希望早日長
歌在縣令之門，可飲酒作樂，與妓同歡，而實不可得，在摹寫「挂
馬鞭」、「五柳枝」，輕輕地透露一己萬事皆備，仍需等待時機的焦慮
心情。

　　試看〈江夏寄漢陽輔錄事〉一例。

　　參見小暮陽三著，郭西川校訂，劉麗鳳譯：《圖解基礎相對論》，頁 25-26。羅素博
　　士曾提出一觀點，他認為「一事件必須能對另一事件產生某種影響作用，我們才可
　　以說它是『先於』另一事件」，羅素則提出「同步性已經變成與特定觀察者有相對
　　性了。」參見羅素（Bertrand Russell, 1872-1970）著，薛絢譯，郭中一審閱：《相對
　　論ＡＢＣ》（*ABC of Relativity*）（臺北市：臺灣商務印書館，1999 年），頁 52、55。
[47] 據康丁斯基研究，「形」，是面與面的界限。每個形都有它的內涵。形的和諧必須建
　　立於心靈的需要上。此即，內在需要的原則。亦可把「形」改成「物體」。物體的
　　選擇也必須由心靈來決定。形和物體之選擇必須以內在需要為原則。參見康丁斯基
　　（Kandinsky）著，吳瑪悧譯：《藝術的精神性》（*Uber das Geistige in de Kunst*）（臺
　　北市：藝術家出版社，1998 年），頁 52、54、76-77。
　　另據孫全文和陳其澎研究，文學作品之賦與比的作法，皆是藉著與作者意象有關聯
　　之事物來描述，這說明其表達的形式與內容間存有「結構的相似性」的特性。參見
　　孫全文、陳其澎：《建築與記號》（臺北市：明文書局，1989 年），頁 120-121。
[48] 此據郭中人之研究，他認為「人們在體驗空間時，是將原本獨立的空間元素局部或
　　整體地串連起來，才形成對空間的概念。」參見郭中人：《空間‧視覺‧感知》（*Visual
　　Perception of Space*）（臺北市：曉園出版社公司，2007 年），頁 90-91。
[49] 參見羅素（Bertrand Russell, 1872-1970）著，薛絢譯，郭中一審閱：《相對論ＡＢＣ》
　　（*ABC of Relativity*），頁 55。

誰道此水廣？狹如一匹練。青山漢陽縣。大語猶可聞。故人
難可見。君草陳琳檄。我書魯連箭。報國有壯心，龍顏不迴
眷。西飛精衛鳥。東海何由填？鼓角徒悲鳴。樓船習征戰。
抽劍步霜月。夜行空庭遍。長呼結浮雲，埋沒顧榮扇。他日
觀軍容。投壺接高宴。

一匹練，此指長江狹長如一匹絲帛。首聯「誰道此水廣？狹如一匹
練。」，是以一設問法開端，自問自答，取狹窄綿長之絲帛景象，勾
勒出觀察者對長江之空間感知，再加上絲帛之細小，使長江特殊觀
照之印象益見鮮明。此兩句突出的是，綿長浩瀚之長江，在觀察者
眼中，竟似狹小細長的絲帛，揭露常人所認定的壯闊廣納百河的長
江，其實在太白心中，只是狹猛、無法容納江河的形象。這異於凡
常的長江景象，道出詩人心中欲陳的情思——萬人景仰的皇帝，不
能廣納賢才，使有志之士無報效國家機會。「報國有壯心，龍顏不迴
眷」，顯示李白以長江狹如練之象徵意涵。[50]前面摹寫長江狹長景象，
後聯筆峰一轉，由江河形狀的描摹，轉向詩人情緒的抒瀉。眼看豪
情壯志的自己，投報無門，如同精衛鳥般，希望完成填海志向，於
是不禁自問：「東海何由填？」以何時實現填東海之宏願之問訊，把
埋藏心中的有才卻不能報國之感，一筆道出。

　　試舉詩例論之：

濯錦清江萬里流，雲帆龍舸下揚州。北地雖誇上林苑，南京
還有散花樓。（〈上皇西巡南京歌十首其六〉）

---

[50] 此據葉嘉瑩之研究，作品用具體形象表示某種抽象情思和理念，可稱「象徵」。參
見葉嘉瑩：《迦陵說詩講稿》，頁 16-17。

清江，指錦江，錦江為岷江支流，位今四川成都。「濯錦清江」指四川成都濯錦之錦江長流萬里。前二聯咏嘆綿長錦江之美，將蜀中名勝之景一言道盡，又寫錦江乘龍軻大船，直下揚州之便利。其境界之美，不僅在於視覺綿悠遠之感，也在於人江共處的遊興氣氛。全詩摹寫一度空間之錦江美，運用「萬里」、「流」、「下」等字語，揭露出錦江之流速、方向、長度、直線狀，呈現觀景的視線焦點，包含長度、流向和線狀等形態。詩人採用命名標方所，取錦江一名詞，表示空間位置，又用「萬里流」描摹江水之長度，一眼望不盡，綿延不絕的江水流勢，正符合王琦所言：「濯錦江即岷江也。過成都為錦江，至三峽為峽江，至漢口為漢江，至揚州為揚子江，東流入海。漢書地理志：『禹貢岷山在西徼外，江水所出，東南至江都入海，過郡七，行二千六百六十里。此云萬里者，蓋侈言其流之遠耳。』」[51]描寫觀察者貼近錦江的遠景全景之現點及空間，其次，渲染其身在錦江乘坐舟船，行進之感受，江面廣闊，故雕龍之大船可通行於以上，不但展現乘船者端坐畫龍大船舒適感，也刻劃出錦江之江面開闊輪廓。雲帆掛在畫龍之大船上，前進時，可乘風行進，顯現乘船者迎風拂面之暢快和愜意。由大景而細景，由江水萬里流而江水流速、直線流暢度，也使讀者依稀看見錦江綿長，江面上帆軻艘艘，迎風往返之江景象。「下」字摹寫舟行錦江，可直下揚州，表面上，描寫舸，實質上，浮現在腦海中的是錦江的流速和直線通暢之流動方向感。前段詩都是綿長線狀之美麗江景，皆是景語的呈現，「情語」只有一個「誇」字；但這個「誇」與錦江萬里長流之形態、方向、直線暢快感，交織融匯，構成一幅頌讚成都錦江繁華的景象。[52]

---

[51] 此據瞿蛻園及王琦註解論之。參見瞿蛻園校注：《李白集校注》，頁 561-562。

[52] 此據瞿蛻園和王琦註解，「至德二載十月丁巳，皇帝復京師。癸亥，遣太子太師韋見素迎上皇天帝於蜀郡。十二月丙午，上皇天帝至自蜀郡。戊午大赦，以蜀郡為南京。蜀地於天下近西。而謂之南京者，以其在長安之南故也」。同前註，頁 557。

　　〈上皇西巡南京歌十首〉組詩，是作於唐玄宗由四川成都返回長安之後。〈上皇西巡南京歌十首之一〉描摹成都之安全，石壁和劍門關都十分堅固。〈上皇西巡南京歌十首之二〉，書寫成都城市之規劃良善，住戶繁盛。〈上皇西巡南京歌十首之三〉描摹農地之春樹與新宮，相似長安之春樹與舊宮。故適合太上皇駐蹕於此。〈上皇西巡南京歌十首之四〉敘述天子西幸成都，人心皆悅，且天子以四海為家，有何難哉。〈上皇西巡南京歌十首之五〉摹寫蜀地石鏡更明於天上之月，後宮妃嬪親自映照麗影，故天子駐蹕在蜀地，其景致不遜色於長安。〈上皇西巡南京歌十首之七〉描寫錦江環境城外，星橋落在城中，顯出成都乃形勝之景，天子駐蹕在此，如列仙境。〈上皇西巡南京歌十首之八〉摹寫蜀道開通之困難，而今天子亦可至蜀地巡幸了。〈上皇西巡南京歌十首之九〉書寫成都山水風火遠勝關中。〈上皇西巡南京歌十首之十〉描摹太上皇自蜀返京，經蜀之北門劍閣，隨從車馬盛大浩浩蕩蕩。十首之中，第六首獨詠錦江，發端即嘆贊錦江之淵遠流長，勾勒出江水綿延不絕之景象。後面兩聯乃是以上林苑和散花樓之美，烘托錦江之繁華，與京城相較，抓住了觀景者的眼光，表示誇讚的意味。雖後二聯描摹人文建物，「誇」字和「還有散花樓」已巧妙地將錦江及附近之人文建物景象，與長安並舉，表示詩人欲推薦錦江之心思。詩人運用側面書寫，不直接誇讚錦江，而且採用相關周邊景物，人文建物，頗有以次景烘託主要線狀錦江景象之效用，將誇嘆錦江之情，寄寓在側寫之形象中。當然，〈上皇西巡南京歌十首〉，往往只談景物及自然，少抒人事，但山水詠嘆摹寫中，仍然可以在詩作中揭露太白從容不迫的觀賞錦江之興與性情。既詠目所見，又抒觀景時，與長安山水比較，而流露「相似」或「示勝」之豁達心境。此種揚棄悲哀、追求正面和樂觀之觀察視角，正是太白力慰唐玄宗因安祿山破潼關暫駐蹕於成都之用意。

二 夾岸芳樹景色新

李白詩篇有以線狀景象記述為主者，常見採用人文建物之排列、橋狀排序、河流沿岸排列等題材，摹寫太白眼中所見所聞，傳達其對沿岸行列情狀之空間感知和心理視點，表現線狀形態引發之情緒和視覺特性。

試取詩例探究：

> 魏都接燕趙，美女誇芙蓉。淇水流碧玉。舟車日奔衝。<u>青樓夾兩岸</u>。萬室喧歌鐘。天下稱豪貴。遊此每相逢。洛陽蘇季子。劍戟森詞鋒。六印雖未佩。軒車若飛龍。黃金數百鎰；白璧有幾雙？散盡空掉臂。高歌賦還邛。落魄乃如此。何人不相從。遠別隔兩河。雲山杳千重。何時更杯酒。再得論心胸。（〈魏郡別蘇明府因北游〉）

表樓夾兩岸，指魏郡地接燕趙，淇水清澈、舟車盛多、樓閣夾沿著河水棟棟相連，可見此地萬戶千戶聚居，環境殊盛。由中國傳統建築記號的觀念，孫全文與陳其澎認為「一個人的房子即是其自己的延伸，就是說住屋即居住者本人的象徵。在中國傳統建築中便很深刻的表現出此種特性。關華山曾說明紅樓夢大觀園中的每棟建築都象徵了一個角色，從室內到屋外，屋宇的佈置，對聯匾額的題誌，花草鳥獸都象徵著居住者的性格。……故中國建築講究的是在空間中得到的感受，而不只是建築本身的自我表現。」[53]此可見中國傳統建築之記號在具象景物，以及文學藝術表現特質，皆是呈現作者人格個性與景象之內容涵意，「蔣勳描寫王羲之的《喪亂帖》已不只是

---

[53] 此據孫全文、陳其澎在中國建築記號之研究。〈我國傳統建築與記號觀念〉，《建築與記號》，頁 118-119。

傳達意思的文字，而是代表人的風範和情懷」、「建築藝術的創作在
於由局佈而形成的一系列景象的組織和安排，並將此意匠傳達給欣
賞者，則欣賞者所欲欣賞不完全是物的創作了，而是由形而轉化為
神的過程。」[54]

　　青樓夾兩岸，描摹出一視覺線狀綿延的情和景，淇水清澈流向
遠方，由觀察者眼中，順著淇水流向及綿長水岸，眺望出又長又遠
的線形空間感知，展現長條線形的方位，齊瀘揚認為語言上呈現之
線形，可反映出視覺上的線狀系統，「把物體所占有的空間範圍看成
是一個線，即可考慮這個範圍在長度上的特徵，……例如：<u>岸邊種
滿了楊柳</u>。」又說：「因為抽象的點、線、面、體是不存在的，形狀
概念是與其體的事物連在一起的。在漢語中，單純的方向詞可以表
示方向，但不能表示形狀。具有表示形狀功能的 NP＋F（NP 指「代
詞」、「名詞」或其他名詞性組合；F：指「方位詞」組合，NP 必須
具有「＋事物」的語義特點，整個組合必須具有「＋處所」的語義
特點。」[55]從視覺造型理論上，觀察者應該體驗物象及其中抽象東西
之精神性的能力，這個能力是必要的，它由無止盡的經驗形成。[56]即
使在科學物理學及愛因斯坦相對論尚未被藝術家納入思想世界裏，
康丁斯坦還是發展出與物理學相對論類似的思考，此可見藝術的成
果最終理論是與科學物理學相對論相同的，甚至是走在物理學之
前。[57]相關線狀之視覺心理特性及生理刺激，Henry Van de Velde 之

---

[54] 此據孫全文、陳其澎：《建築與記號》，頁 119。

[55] 此據齊瀘揚對中文語法中的空間研究。參見齊瀘揚：《現代漢語空間問題研究》，頁
6-9。「一排紅旗所處的空間範圍的形狀當然理解為一條線。我們可以認為，『NP＋F』
表示形狀時是不自足的，這種不自足要靠與這個組合有關的物體的性質來加以彌
補。」漢語中「線」之形狀，可以后置詞（postoositions）來表現非三維形狀的線。

[56] 此據馬克斯・比爾評論康丁斯基之論點。參見康丁斯基著，吳瑪悧譯：《藝術的精
神性》，頁 6-7。

[57] 依據馬克斯・比爾之論點，康丁斯基在藝術上，論述形、形象、點、線、面、立體、

見而論：「今天每個畫家都應該知道，一條色彩線會影響到另一條，它有一定的對立與互補的規則。」又說：「一條線是一個力量，它像任何一個基本的力一樣產生作用。」、「被線條的法則和影響力所浸漬的人，就不會有拘束的感覺。」[58]「線」的意義是對人的視覺和意識的開發，拓寬了形象的深廣度。「線」是一種「像」；符號，是創作意識，是視覺藝術的基本元素。[59]「線」其有內在的和外在的兩種特性。[60]由外在形象來看，「青樓」聳立，和淇水河「岸」，是兩種景象，一則垂直狀，一則直線傾向，且向無窮處延伸，皆為視覺形和印象，呈現觀察者兼具垂直和無限直線延伸之心理視覺空間。此也呈現李白觀景之性格和對空間之感知，太白擅長由局佈線狀感，形成一系列延伸拓展開的組織，由觀察者立足點，到向外或向無窮遠處方向，形成景象之內在力量。再取「夾」字，結合垂直狀景象和向遠方無限延展之景象，故「青樓夾兩岸」，產生兩條佈滿垂直樓閣的河岸，向遠方無窮處延展之視覺空間。這形成了方向之直狀感，也浮現向外擴張之張力，視野大了，氣勢也豪壯開闊了。因此下句取用「萬室喧歌鐘」，須勢傳達連線不絕之淇水河岸，氣勢豪放，聲勢亦驚人，兼具形象張力與聲音張力。[61]「夾」字結合樓閣和河岸之

空間等理論，是相同於愛因斯坦相對論和物理學等研究論述，甚至比愛因斯坦發表相對論的時間更早。同前註，頁9。

[58] 同前註，頁8。

[59] 此據馬克斯・比爾和吳瑪悧論述康丁斯基點、線、面理論。參見康丁斯基（Kandinsky）著，吳瑪悧譯：《點線面》（*kandinsky: Punkt und Linie zu Flache*），（臺北市：藝術家出版社，2009年），頁7-10。

[60] 此據康丁斯基之論述，康丁斯基認為點、線、面均是「像」，凡是「像」，都可以兩種方式體驗。這兩種方式不是隨意的，而是和像連在一起，由像的本性分出來。這兩個特性是：外在的、內在的。同前註，頁13。

[61] 此依康丁斯基之研究，「線」不但具有張力，也具有方向感。「線」似乎是看不見的東西，它是點移動的軌跡，是點的結果。「直線的傾向」，可向無窮處延伸。若方向不變，就可表現出無盡延展之可能性，此可以「張力」來指稱。「張力」是元素的

空間，也「夾」帶萬戶之聲響。這顯著地帶領觀察者邁向廣闊綿長而熱鬧感的線狀環境之中。此呈現了詩篇淇水景象之視覺空間感知，亦代表李白飛揚跋扈之情懷、不受拘束的創作性格。

再試舉一首論析：

> 齊公鑿新河，萬古流不絕。豐功利生人，天地同朽滅。兩橋對雙閣，<u>芳樹有行列</u>。愛此如甘棠，誰云敢攀折。吳關倚此固，天險自茲設。海水落斗門，湖平見沙汭。我行送季父，弭棹徒流悅。楊花滿江來，疑是龍山雪。惜此林下興，愴為山陽別。瞻望清路塵，歸來空寂蔑。（〈題瓜洲新河餞族叔舍人賁〉）

芳樹有行列，指瓜洲新運河之河的兩岸芳樹整齊排列成行。由齊澣開鑿的運河，使河水長流不絕，兩岸人民得利，其恩德德政可與天地共存。新運河上的兩座橋正對著兩座亭閣，延綿不絕的運河之兩岸芳樹，生長繁茂，生生不息。「兩橋」和「雙閣」，「芳樹」和「行列」，呈現了層曾對比的建築語構關係，藉著兩組相對的景象，體驗太白視覺空間感知，體悟其詩歌創作意識。孫全文與陳其澎認為「語言記號屬於選擇層面時，則具有置換性、空間性，不同記號間的關係具有類比式的結構關係。而這些特性便是對等原理，……同時包含了意義相近或不相近，……這種對等原則亦就是 Saussure 所謂的聯想關係。」，又說「建築空間的創造過程中，應該吸引和集中充滿詩意的想像，而這種想像可使人在體驗建築空間時，墮入詩意的想像中，是在讀這個空間，讀出由建築空間詩人所寫成的空間。」[62]說

內在力量。同前註，頁 47-48。

[62] 依孫全文和陳其澎之研究，中國傳統建築記號。正如同中固有文學和藝術中的記號觀念，藉著事件、事物、相互重疊、相互交替，以及誇張、對比、類比、形象相似

明藉著類比等詩意想像，才能使人細細品味太白安置在詩篇中的建築景象方式和排序，體悟其中的線狀空間感知及視覺延伸之景[63]與情境。

　　本詩先以「兩橋對雙閣」，寫出太白記覽所見的空間景象，摹寫環境，其注意到兩座橋正對兩座亭台，這是一靜止環境，點出賞景之主題，以及全詩運河周圍建築美好的基調，此為在讚美齊澣開鑿運河之便利德政外，當地居民亦享受人文建物設計之美，和下聯「芳樹有行列」之句式不同，但摹寫景象之用意是相若的，都是以命名標方所之名詞景象，來組成有序、具美感的視覺畫面，塑成一種意在意外的氣氛；乍看簡單，卻是精心設計的有組織的空間感知。四聯「愛此如甘棠。誰云敢攀折？」，寫瓜洲居民感激齊澣之良政，細心愛護環境景物以回報齊澣的情意。上述數聯，表示瓜洲運河善政、瓜洲居民感念、瓜洲運河周圍景物之有序美麗之景象，將瓜洲居民和齊澣之間一來一往施政者和百姓的濃密和睦的情份充分揭露，並與首聯的「萬古流不絕」相應，表現這良政事蹟將萬古留名，為人歌頌，百姓感念亦會傳唱德政永不停止。

　　這種景象記載和摹寫，似乎純綷寫景象，實乃是在一景一物之排序序架構中，揭露事件人物間的深刻互動與情意。過去南朝和唐代詩人在紀遊生涯中，經常感嘆的不遇、失志和思鄉，李白將之轉變化為摹寫景象，暗寓贊賞之情，在描寫瓜洲河之排列有序之景物方面，把景象融入百姓的感念和回饋，亦符應首聯「流不絕」之意境。「芳樹有行列」強調景的展露，重點在景之「行」、「列」，強調的是有次序，是線狀形式，是外力組織成的，是人為施作，是直線

等等「虛構化」的方法，來追求真實及創作者創作意識。參見孫全文、陳其澎：《建築與記號》，頁 122、123、124、125、126。

[63] 按：康丁斯基認為「線」有向無窮處延伸之傾向。參見康丁斯基（Kandinsky）著，吳瑪悧譯：《點線面》（*kandinsky: Punkt und Linie zu Flache*），頁 47。

的行列延伸。[64]在詩中,太白採用的線之形狀是行列狀延伸,線是給人觸覺上的聯想,[65]行列,是基本直線類型,「芳樹」形成行列狀的延伸感,一行一列或多行多列,不斷延伸出去,形成地平線,地平線是一最簡單的直線,是一冷而穩的基面,可以向各個方向平坦地延伸下去。冷和平而穩,即為這「芳樹有行列」的基本情調。[66]由中文語法處所詞而論,「有行列」呈現行列之靜態線狀的位置敘述。[67]此記敘視覺所線狀景象,並無明顯抒情字眼,可是在運河完工,百姓眾人稱頌德政的詩意氛圍裏,卻流露出太白對於齊澣施政建設之穩健冷靜以及萬古留名之認同感。這正是太白漫遊生涯中,累積的官宦施政觀摩經驗,以及真心的讚嘆,而這份讚嘆,委婉地通「行列」線性景象表達出來,因而流露景外寓情的言外之意。

其他紀遊詩中,呈現線狀美麗情景,各具風格。〈君子有所思行〉一詩之綿延線狀景象,摹寫出長安街道之秩序與琴弦般線狀建物環境:

紫閣連終南。青冥天倪色。憑崖望咸陽。宮闕羅北極。萬井驚畫出。<u>九衢如弦直</u>。渭水清銀河。橫天流不息。朝野盛文

---

64 依依:康丁斯基之論點,所有線型均可歸納為兩種:一為一個外力形式,二為二個外力形式。「線」是由點移動的軌跡,由外力產生轉向移動之軌跡,是一種力量,也是張力。同前註,頁 47。

65 依康丁斯基之研究,線有三種類型,直線、曲線和孤線。線的外型,有光滑、碎裂、滾圓等特質,均可引起觸覺上的想像。同前註,頁 78-79。

66 依康丁斯基之論述,線,直線類型,不斷平坦的延伸後,形成地平線,可產生平、冷、穩的視覺上刺激和生理上感受。同前註,頁 48-51。

67 據中文語法之方位詞空間表述而論,文句中表示關係存在的動詞,例如:是、有、在等,表示的必然是一種靜態位置。V. 十處所詞,可表示靜態位置。例如:郵局的後面<u>有電影院</u>。此為定點靜態位置敘述。又如:<u>球場</u>的<u>端線上</u>樹著許多廣告牌。此為線狀的靜態位置敘述。參見齊瀘揚:《現代漢語空間問題研究》,頁 7-9、14-17、19-20。

物。衣冠何翕赩！廄馬散連山，軍容威絕域。伊皋運元化，
衛霍輸筋力。歌鐘樂未休。榮去老還逼。圓光過滿缺，太陽
移中昃。不散東海金，何爭西飛匿？無作牛山悲，惻愴淚沾
臆。

詩篇中採用「九衢如弦直」，摹寫長安城中萬條里巷，排序直線狀，
如同琴弦般，道路是四通八達，有條不紊。前數聯，太白描繪之長
安城建物和道路，直線平穩的景象，萬戶居民居住於此，車水馬龍，
川流不息，顯示一片穩健昇平、繁榮之盛唐氣象。

太白筆下另一詩篇〈涇川送族弟錞〉描寫了涇溪源遠流長，直
達三百里，沿岸美景無數。

> 涇川三百里，若耶羞見之。錦石照碧山，兩邊白鷺鷥。 佳
> 境千萬曲，客行無歇時。上有琴高水，下有陵陽祠。 仙人
> 不見我，明月空相知。問我何事來，盧敖結幽期。 蓬山振
> 雄筆，繡服揮清詞。江湖發秀色；草木含榮滋。置酒送惠連，
> 吾家稱白眉。媿無海嶠作；敢闕河梁詩。見爾復幾朝，俄然
> 告將離。中流漾彩鷁；列岸叢金羈。歎息蒼梧鳳；分棲瓊樹
> 枝。清晨各飛去，飄落天南垂。 望極落日盡；秋深暝猿悲。
> 寄情與流水，但有長相思。

涇川三百里，描摹涇溪之流域長遠，綿延不絕，其美麗景象，太白
運用側寫不直書的方式，以「若耶羞見之」烘托溪水悠長之美，此
外，更進一步地摹寫水流流暢前進感，「客行無歇時」，展現涇溪溪
水之清順穩健舟行狀況，太白將涇川之向前延伸之張力和方向感，
藉著「客行無歇時」揭露之，此外，李白此處描摹之涇川，並非直
線，而是曲線，強化其張力和方向感。「佳境千萬曲」，指涇溪水流

千萬轉，處處皆為佳境。曲線，是線的三種類型中之一種，曲線或
可稱折線，容易形成角度，最簡單的曲線是由兩個部分組成，它是
兩個力相碰撞所產生的，故曲線有強烈面的感覺，無數的曲線，它
們的差異只是在於角度的大小，不論角度大小，曲線因角度產生之
力量、張力，皆比直線強烈。[68]「涇川三百里」，後聯「佳境千萬曲」，
是景象之展露，重點在景綿延「三百里」之美，及「千萬曲」之萬
回千轉之曲線水流佳境。詩人在縱看涇川舟行賞景之視覺展現，寫
溪水之綿長不絕，沿岸山石雕麗，兩岸錦石碧山彷彿同步呈現在三
百里之線狀流水上，接著以「佳境千萬曲」表示涇溪之水流強勁，
即使萬回千轉，「客行」仍順暢直達目的地，雖「千萬曲」轉彎處甚
多，但因水流張力強，乘舟者感到速度感，和風撫顏面，不必歇船
休息，也感暢快無比。本詩表現涇溪綿長之美，一方面也反映溪水
彎曲之強勁水流及再行快意。太白在紀遊賞景之時，可見其純粹直
觀泠舟樂及透顯曲線之觸覺感。

第二節　情思志向恆長詠

　　李白紀覽遊歷景象之詩篇，主要是靠空間的表現來拱託詩歌情
意。太白運用虛寫或變形的空間景象，來傳達其情思，呈現出悠長
接續之一度空間感知。這類以情思為主之紀遊詩，相較於以情注物，
由現實景象取材，投注情感入景物之紀遊寫法，是大不相同的。[69]李
白詩作之思想，部分汲取了莊子、楚辭之傳統，亦廣汎地受到儒家、
道家、縱橫家、游俠等等各家思想影響，融鑄成自我清新俊逸之特

---

[68] 此據康丁斯基對線之研究。參見康丁斯基（Kandinsky）著，吳瑪悧譯：《點線面》
　　（kandinsky: Punkt und Linie zu Flache），頁 57-59、61-65。
[69] 此據葉嘉瑩論詩歌中形象與情意之間的關係，杜甫詩作表面上所寫的都是現實中的
　　景物，此正是杜詩以情注物之體現。參見葉嘉瑩：《迦陵說詩講稿》，頁 81-82。

點。其一生遊歷經驗豐富，太白先祖隋代末年，自隴西成紀（今甘
肅秦安）流徙到西域，李白的出生地是中亞碎葉（今蘇聯境內吉爾
吉斯加盟共和國的托克馬城），後隨父李客到四川綿州（今四川江油
縣）居住及受教言。李白曾在蜀中漫遊，又曾至洞庭、金陵、揚州、
襄陽、洛陽、太原等地。[70]此見其在思想上綜合諸家，於創作上承繼
了前朝及盛唐之文學思潮，在豐富旅遊見聞上，拓展視野和想像力，
這皆影響李白，成就其豪壯浪漫，不拘常調之性格及審美意識。在
太白紀遊詩篇中常將自我形象放大到極限，藉著誇飾、象徵、比喻
等種種奇麗異於凡俗的想像力，將景象虛化、變形，創塑出非合乎
現實之空間和景象，跳躍式地暗寓接合其心靈情思。[71]這類紀遊景象
之描摹寫法，可稱之以心託物，指詩歌情意思想為主體，景象物形
為輔助，太白常藉創塑異於凡俗認知之景象，或將現實景物加以變
形，[72]完整呈現心靈、情意及思想意念。此類是以情意為主的空間景
象描摹，與前一部份之以物象為主的實際空間景象敘寫法相較，兩
者是不同類紀遊景象。李白擅長以心託物的摹寫空間景象，因其豪
放不拘常調之性格，常發想出想像力及創造力十足之空間物象，極

---

[70] 此依葛曉音對盛唐詩家之研究。參見葛曉音：《山水田園詩派研究》，頁 300。

[71] 參見葛曉音：《山水田園詩派研究》，頁 301。

另參見《小說結構美學》，其中提到：「地域空間的選擇必然受到兩種情況的制約：
『一是作者本身的生活經歷；一是作品材料的客觀內容。』文學創作者會寫自己了
解、熟悉的事物，這對地域空間的選擇也同樣。或是是出於熟知，或者是出於偏愛，
許多文學創作者都有自己最得心應手的地域空間。」詳參金健人：《小說結構美學》
（臺北市：木鐸出版社，1988 年），頁 62-63。

[72] 此依丁成泉之研究，丁成泉認為「李白的絕大多數山水詩，都是表現他對於自然美
的領域與山水形象的獨特藝術創造的。他的水山詩不同於王孟詩派的獨特之處，突
出地表現在情與景的關係處理上。他總是帶著鮮明而強烈的主觀感情色彩去觀照山
水景物，將主觀感情塗抹在客體上，又慣於用大膽的想像，驚人的藝術誇張等手段，
造成超凡的景物形象，表現出山水的神采。」參見丁成泉：《中國山水詩史》，頁
97-98。

具個人化風格又具開拓性。丁成泉也認為在李白描摹之視覺空間景象，其中有所謂「人化的自」，此即「物物皆著我之色彩」，[73]在太白的詩篇中，空間景象得到太白強烈、典型及鮮明之刻意變形及創造。

　　空間景象之變形和虛化，傳達太白不凡的內心意念及思想意識。自古以來人類即追求語言記號之創造，來涵蓋整個意識區域，以減少其間差距，詩人是語言記號的創始者，因為詩可以比其他更接近真實，因詩藉「虛構化」的方法，來追求真實，「視點的虛構化」即詩人可用自己的眼睛去看，也可用他人的眼睛去看，以不同的角度去觀察，可以看到以往看不到的景物。[74]依形象與文藝間關係而論，文藝創作裏沒有所謂全然物質的形。要將一個物體一絲不變地再現，是不可能的。[75]康可斯基認為「有意識的藝術家，不滿足於物體的記錄，試著賦予它一個內涵。」[76]此反映了「形」和「象」在創作中，是一項財富，可代表普遍性及獨特鮮明的個性，詩人藉「形象」塑造變化，淋漓盡致地表現情意和思想。「形象」有無限多，組合方式也有無限多種，藉此輔助詩歌情志之作用是取之不盡用之不

---

[73] 同前註，頁 99。另參見金健人：《小說結構美學》，頁 63-64。

[74] 此依孫全文和陳其澎研究。參見孫全文、陳其澎：《建築與記號》，頁 121-122。另據羅素（Bertrand Russell）研究，一件我們所謂「發生的事」，由兩個觀察者來看，所見的結果會有相同之處，也會有不同之處。若從心理學和物理學的觀點看，卻大有理由重視兩個人為何把同一件事看得不一樣。原因可能在於兩個觀察者的大腦或心智有差異，或因兩人站的位置不同。距離遠近造成的體積差異，視角的不同，是源自觀看時所站的位置使然。太白之想像力常據自己位置與他人位置，觀察同一景象，創塑了活潑、多面向位置之視覺空間感。參見羅素（Bertrand Russell, 1872-1970）著，薛絢譯，郭中一審閱：《相對論ＡＢＣ》（ABC of Relativity）（臺北市：臺灣商務印書館，2009 年），頁 19、21。

[75] 此據康丁斯基對「形」之研究。參見康丁斯基（Kandinsky）著，吳瑪悧譯：《藝術的精神性》（Uber das Geistige in de Kunst），頁 53。

[76] 同前註，頁 53。另據金健人之論點，景物除了與性格特徵的對應，深入一步還可達到與心理狀態的對應。所謂「一切景語，皆情語。」參見金健人：《小說結構美學》，頁 76。

竭的。具想像力的詩人，不單純複製記錄景象形體，躍出宇宙天地萬物景象思考，創發出變化和新意，嘗試開拓新的形象和情意之組合可能性，不知不覺中，撞擊出屬於個人的創作風格。在空間類型中，「線」具有詩意，康丁斯基認為「直線的領域整個都是詩的，這是由於僅有的一個力從外作用的結果。」[77]就視覺空間感知而論，一度空間之線狀態，產生視覺的連續性、接近性和延續感。[78]由中文語言學中，一度空間線性描寫法有許多種，例如若描寫的物件分布在同一線上；部分描寫的順序是從一端到另一端；或所有形象沿著同一方向的傾向等等摹寫線性景象方式。一方面為詩人刻意安排，達成語序上清晰有序之焦點；另一方面，為觀察者呈現眼前或記憶中較顯著及印象深刻之景象。[79]部分空間描寫，以方位詞標示方位處所；此外，部份空間景象描寫，其物象本身就蘊含著方位和處所。例如庭院右側，有沿溪而展的一字長廊。[80]中文語法表達空間範圍的方式，約略有幾大類：篇章使用方位詞與篇章空間物象本身就蘊含

---

[77] 此據康丁斯基之研究，「線」一度空間和「詩」意、戲劇感，具密切的關係。參見康丁斯基（Kandinsky）著，吳瑪悧譯：《點線面》（*kandinsky: Punkt und Linie zu Flache*），頁 56。康丁斯基說：「每個外在和內在世界的表象都有一個線性的表現方式———一種翻譯方式。」，又說「除了這種直覺式的翻譯（線的翻譯）外，也應像實驗性的實驗一樣，有計劃地做些研究。檢查一下它詩和戲劇性的內涵，然後以一個合適的線形表之。」

[78] 依郭中人之論點，「線」條或線形可產生平衡和簡化狀態，這線張力之平衡及穩定，是經由人心內部對事件的秩序所決定的。「線」之接近性和連續性，通常都與相似性相關。參見郭中人：《空間視覺感知》（*Visual Perception of space*）（臺北市：曉園出版社公司，2007 年），頁 81-82。

[79] 據廖秋忠之研究，語言學文學景物線性描寫需符合顯著性的原則。此指形象景物相對容易看清楚或看得見。例如近－遠。參見廖秋忠：《廖秋忠文集》，頁 138-139、148。

[80] 據廖秋忠研究，觀察者借著視覺定位描寫時，採用了方位詞，例如上下、左右等表示空間感。另一類則採用形象物體本身即蘊含方位之描寫法，此類就歸入線性一度空間之方位景象，例如：踏石級而上，過碑亭、接隱閣、小官廳等。此二類相同屬於線性空間摹寫。參見廖秋忠：《廖秋忠文集》，頁 135-137、152。

著方位和處所，前者可稱方向系統，後者可稱形狀系統。方向系統
與形狀系統之間沒有必然的聯繫，因為篇章摹寫空間景象時，要引
出起源點和終點的概念。[81]這樣任何一種形狀的空間範圍在廣義上都
被看成是一個點了，由此點觀察，又可發現既指示形狀，又指示方
向，例如：「芳樹有行列」、「涇川三百里」、「清江萬里流」等，即以
單一樹或溪江源頭為起源點，延展、綿長拓展開的部位，例如：「行
列」之行和列，「三百里」長，「萬里流」，等等延續推向遠方之部位
或方向，這同時又指示景象之終點，亦指示出線狀形狀，表示一種
線性方向。此呈現形狀系統和方向系統。齊瀘揚的漢語空間理論：「人
類對物體的空間認識，先從方向和形狀開始，這是初級的認識。有
了初級的認識以後，才有可能對於位置有所認識，⋯⋯而在空間位
置中，靜態位置則是一種基本的空間位置。」[82]

　　在視覺空間感知理論中，水平直線空間，可產生悠長、綿延、
沿續不斷的視覺感覺，故一度空間的水平直線常用在摹抒情思恆長
悠遠，源源不絕的景況。美國心理學家波林說：「因為人的眼睛為橫
排的關係，要作橫向的掃瞄較直向的掃瞄容易，垂直的線條在觀看
時候，較水平的線條費力，因此垂直的線條看起來比較長。」，德國
心理學家馮特認為：「圖形由兩條等長的線段垂直相交於中點組成，
當 A 線段垂直於 B 線段的中點上時，A 看起來比 B 長。⋯⋯會有這
樣的錯覺來自於人類的眼睛在辨別物件時，水平方向比垂直方向易

81　此據齊瀘揚之語言空間論點，齊瀘揚說：「從物理學的觀點看，任何一個客觀存在
　　的物體，總是處在絕對運動的狀態下，⋯⋯我們討論物體在空間的位置變化時，不
　　妨考慮物體運動的時空一致性的特點。⋯⋯對於同一物體來說，空間上的位置變化
　　和時間上的位置變化是互相關聯。」又說「現代漢語的空間系統，包括三個子系統，
　　即方向（direction）系統，形狀（form）系統和位置（Seat）系統。這三個系統是
　　各自獨立的，又是互有聯繫的。」我們對於物象之空間認識，先從方向和形狀開始。
　　參見齊瀘揚：《現代漢語空間問題研究》，頁 2-3、12、20-21。
82　參見齊瀘揚：《現代漢語空間問題研究》，頁 20-21。

掃描，因此垂直方向者會看來比較遠。」[83]在一度空間之線狀景象與三度空間之垂直立面景象相較，立面形狀和方向，給予視覺上較長較遠之生理感受。這也是李白於詩篇中多擇用三度空間景象，而一度空間之線性形象較少的原因，此反映太白面對線性空間和立面空間之景象特性下，常傾向較長較遠的喜好選擇及知覺系統。[84]在藝術繪畫理論中，「線」是抽象符號，是視覺藝術之基本元素，「線」也是「像」，這些像呈現在藝術品上，藝術作品反映在意識的表層，「線」沈溺裏面，自有其原始的力量。[85]研究作品元素——線，的方法是：首先細心檢視每一個像，孤立地看；其次，檢視像與像間的關係，相互關係。第三，大體地由前兩者歸納。所謂「線」或「像」，是藝術作品不可或缺的基本元素，故檢查這基本元素時，必須完全精確，才能將藝術和科學研究帶往更寬廣的綜合裏。[86]「線」，幾何線是看不見的東西，簡單的曲線，若區分長短，這可決定不同類型的基調，直線非面，弧線則帶有面的傾向，均能展現在藝術作品中。文學藝術作品的抽象法則，不論是有意識地應用，它都必然和自然法則相平行。基本上，康丁斯基認為「這個抽象法則，在任何藝術裏，都是同樣的。雕塑、建築要求空間元素，音樂裏有聲音元素，舞蹈裏是運動元素，詩裏有字，它們都有類似的法則。」[87]「線」在文藝作

---

[83] 參見郭中人：《空間・視覺・感知》，頁 138-139。

[84] 同前註，頁 149-150。另見金健人之觀點，空間場景也制約或反映創作者審美選擇與藝術表現。詳見金健人：《小說結構美學》，頁 60。

[85] 此據康丁斯基之研究，任何一「點線面」皆是「像」，在作品自有其生命和脈膊，及其原始的力量。參見康丁斯基（Kandinsky）著，吳瑪悧譯：《點線面》（*kandinsky: Punkt und Linie zu Flache*），頁 13。

[86] 此據康丁斯基對於點和線之研究論述。同前註，頁 17。

[87] 此據康丁斯基之研究，點線面之抽象法則，運用在任何藝術裏，皆適用，都是同樣的，皆為類似法則。此處所指藝術的基本元素之稱法，例如空間元素、聲音元素、運動元素、字等，均為暫時的稱法。此處只用於方便指稱藝術項下之各類領域，藝術包含建築、繪畫、音樂、舞蹈、詩、文學等。同前註，頁 70。

品中是可強調的，可呈現漸進式，或即興式的張力。這「線」是引發生理及心理的刺激，引起觸覺上的想像。「線」的外在邊界，可帶給觀察者許多觸覺的聯想，相較於「定點」零度空間，「線」一度空間帶來更多觸覺的聯想及張力等等生理心理之感受。[88]此亦見物理學相對論之研究論點。因線基本上來自於內在張力，力施在物象上，可使一個物象活潑起來，拓展和延續開來，故線之生發是規則的、清楚的，和簡單的線之構成，可使作品具有延續和諧的效用。[89]詩及建築等藝術作品中，「線」結構皆扮演一個空間結構。「線」元素所產生的張力，在文學作品中，有自己的「語言」，這「線」之空間景象是文字所不及的，「線」一度空間，純粹的形用，已足以表現豐富、生動的內涵。[90]

　　太白詩篇中摹寫一度空間景象，出現次數並非多數，其線性狀態，是源自太白對某些景物的知覺，和其與自然的關係，所產生的空間概念。李白運用語言文字，於詩篇中傳達其空間概念。關於詩篇語言與物理空間理論語言，物理學家海森堡（Werner Karl Heisenberg, 1901-1976）探究文學語言和科學語言間關係，說：「在

---

[88] 此依康丁斯基研究，「線」一度空間可帶來視覺、觸覺及張力等生理心理刺激。同前註，頁 76-79。

另依物理學相對論之觀點，觀察者探索和觀察「地球世界，要用到自己所有感官知覺，尤其是觸覺和視覺。」羅素說：「幾何學和物理學都是根據觸覺產生的，不但如此，我們對身外存在的一切事物形成的概念也是憑觸覺而來，甚至比喻也離不開觸覺。」又說：「還有一點極為重要，關於天文學只用視覺而與地上物理學有別。」傳統物理學中都有「力」的觀念，力涉及我們熟悉的感官知覺。」此知物理學空間理論，亦由觀察者之視覺、觸覺和力。見羅素（Bertrand Russell）著，薛絢譯，郭中一審閱：《相對論ＡＢＣ》（*ABC of Relativity*），頁 12-13、17。

[89] 據康丁斯基之研究，「線」一度空間可構成整體作品和諧上之積極作用。參見康丁斯基（Kandinsky）著，吳瑪悧譯：《點線面》（*kandinsky: Punkt und Linie zu Flache*），頁 84、86。

[90] 同前註，頁 102。

理論物理我們加入一些與實驗測驗出的結果有關的數學符號，用來
瞭解許多自然現象，由於我們所用的符號符合物理上測度的關係，
我們的符號就是我們的語言，然後將這些符號由嚴格的定義和公理
來聯結起來，最後可以將自然定律用符號方程式表示出來，再由解
此方程式所得各種解就相對應於自然界一些特殊現象。……在科學
知識擴展過程中，科學語言亦隨著擴展，新名詞的加入和舊名詞被
應用到更廣的境地，……由此我們由普遍語言的自然擴張至所謂科
學語言，以適應科學知識增加的領域。……另一方面，就語言而論，
我們漸漸瞭解到最好不要太堅持某些原則，因為在語言上如何選擇
用語和如何使用它們並沒有一般具有說服性的標準。」海森堡認為
科學語言與普通語言是可以互通互用的，因為普通語言可自然擴張
及應用，以達到科學自然定律等語言表述。故普通語言的精確定義，
用來引述科學物理理論語言，是足夠了。海森堡進一步地論述科學
語言和文學詩歌語言之關連，說：「（科學）語言的邏輯分析，隱涵
著過於簡化的危機。……所以一些詩人時常反對在語言和思考中加
強邏輯的思考。這樣將減低語言的效果，我們或許記得浮士德
（Goethe's Faust）這書中麥菲斯托斐利（Mephistopheles）對青年學
生所說的話。『……事實上思想機靈的編織，正如同紡織者的織絲工
作，……而要研究和描述任何生動的部份的人，首先要找尋生動的
精神而後去御使它；但是在他手中僅有的只有非生命的碎片，因此
僅有失敗一途，可嘆！這心靈的寬度。』這段話內涵著對語言結構
的讚賞，及簡單邏輯句型狹窄的感嘆。」[91]在物理學等科學領域，普

---

[91] 此據物理學家海森堡之研究，海森堡認為近代物理學和科學領域之語言，是為了將
結果講給不是學物理的人聽，並且要使他們能了解，故簡單、平易、普通，甚至文
學詩歌之語言已足夠來解釋和描述。科學語言與文學詩歌語言是足以互通、互用。
參見韋納爾・卡爾・海森堡（Werner Karl Heisenberg 1901-1976）著，用東川、石
資民、黃銘欽譯：《物理與哲學》（*Physics & Philosophy: The revolution in modern*

通語言，甚至詩歌語言，已足可達到與之互通互用。

　　關於詩歌意象之視點，與相對論之觀察者視點之關係，詩歌與物理學相對論所說的空間，皆來自「直覺的形式」，直覺的形式源自人的知覺，這感官知覺包含視覺與觸覺。直覺的知覺在詩歌視覺意象中，即指人的知覺，在近代物理學相對論中，亦可指儀器，兩者皆為主觀性，皆是具體的主觀性。[92]在詩歌視覺景象，與物理學相對論之觀察者位置視點的理論中，兩者都反映人們「天性習慣用畫面來解讀世界」，運用知覺感官來描摹世界，「其實這種相像能擴及一些表達結構形式邏輯屬性。」[93]也足夠說明詩人與物理學家運用想像力和創造力，發揮活躍的知覺和感受在空間景象之摹寫中。

　　就物理學相對論而言，一度空間，又稱一維；一次元；一度空間度。一維指「線」，也就是只有一條軸。[94]一點代表某一瞬間的某一特別的位置。它代表一個事件，[95]此一事件或視點之延續連續，在時空圖上沿著路線或曲線推進，[96]則形成一條線的視覺空間感，或事物沿續發展的知覺。這類線狀視覺空間景象，即使在詩篇中是虛構視點及變形的景物，亦摹寫出太白內心異於凡俗的想像世界，和活

---

science）（臺北市：協志工業叢書出版公司，1992 年），頁 109-114。

[92] 參見羅素（Bertrand Russell 1872-1970）著，薛絢譯，郭中一審閱：《相對論ＡＢＣ》（*ABC of Relativity by Bertrand Russell*），頁 151-153。

[93] 同前註，頁 156-158。

[94] 參見小暮陽三著，劉麗鳳譯，郭西川審訂：《圖解基礎相對論》，頁 20。

[95] 參見 Sander Bais 著，傅寬裕譯：《圖解愛因斯坦相對論》（*Very Special Relativity: An Illustrated Guide*），頁 14。

[96] 據 Sander Bais 對於空間之研究，空間＋時間＝時空，空間和時間與我們同在；我們在空間和時間中移動。然而，它們觸摸不到，經由讓我們獲知物體進行的感覺，間接地去體驗它們。我們可以選擇從一地點移動到另一地點，運用代表空間和時間想法及座標的圖──明可斯基圖（Minkowski diagram），描敘出空間和時間之觀念。同前註，頁 12、13。

另參二間瀨敏史著，劉麗鳳譯：《圖解時間簡史》（臺北市：世茂出版公司，2009年），頁 32-33。

躍的心靈情思,一維空間景象,出現次數為三十二次。[97]占李白紀遊
詩視覺景象之比率為百分之一點七七,[98]卻經線狀景象寄寓恆久相思
及不凡抱負。太白藉天地景物之變形,抒發悠然不盡的情緒,和展
延無限的情境。

一 相思情長

李白描摹相思情意,主要包括女子對男子的懷思;遊子對故鄉
思念;好友分離後之懷念。此類紀遊作品,是以情意為主,空間景
象為輔。這類紀遊詩篇,所採用的景象多為非現實的,常見變形或
虛構的景象。太白時摹寫之景象,不僅是事物的表象,而是創塑景
物之形,來符應太白心中情意,故先有情意,再新塑一物象來傳達
之。此類詩篇意象的寫法,藉形象化、虛構化和有意識的創造,表
達心中獨特之情意。[99]不但是以心託物,時見更進一步地,創塑新奇
景象以表達情意。[100]此種創塑景象景物形象抒發內心情意之過程,
可稱為「緣情造物」。[101]太白擅用創造形象或取用形象,為傳達心

---

[97] 參見本文表六:李白詩歌各類體裁之紀遊景象統計總表。「線狀(一度空間)」。

[98] 參見本文表六:李白詩歌各類體裁之紀遊景象統計總表。「線狀(一度空間)」「排
序」部份。

[99] 此據王國瓔教授之研究,中國詩人有意識地運用語言技巧來摹擬山水形象。此可分
享詩人的山水美感經驗。參見王國瓔:《中國山水詩研究》,頁 299。

[100] 依王國瓔教授的論點,詩人描摹景物,可取眼前的實景為創作材料,不脫離山水
形象,但凡「形象」必涵攝兩方面:一即形象的本身,另一即形象所含蘊的精神
素質。此指創作時,可巧取景物形象之神似,此外,不能局限於「形」的刻劃,
還有「神」的補捉,後者是一種藝術的創作活動。同前註,頁 301。

[101] 此據葉嘉瑩教授之論述,詩歌研究中,「心與物」的關係是十分重要的。心,指情
意;物,指形象。詩歌取用一個形象傳達情意,或者看到一個形象傳達情意等等,
均表示天地萬物對人的感發作用。一首好詩,它的每一個形象都有它的目的與作
用,而不是雜亂地堆砌在一起。必須注意,不同的作者,所使用的形象有不同性
質。若詩人用的是緣情造物的寫法,其用來表達情意的形象,都是非現實的,是
理想的、主觀創造出來的形象。參見葉嘉瑩:《迦陵說詩講稿》,頁 53、58、59、65。

中原有情思。故以詩意為主的紀遊詩，時見奇幻、虛實交融的景象，充滿李白個人化色彩及具開拓性。

試舉詩例及分析之：

> 涼風度秋海，吹我鄉思飛。連山去無際；流水何時歸？目極浮雲色，心斷明月暉。芳草歇柔豔；白露催寒衣。夢長銀漢落；覺罷天星稀。含悲想舊國，泣下誰能揮。（〈秋夕旅懷〉）

夢長銀漢落，指遊子離鄉，夜晚思歸尤不能沈睡，昏暗中似乎夢回故鄉，歸鄉之夢美，期待永久沈睡不要醒來，夢覺後，醒悟一切成空，仰望星空，疏疏落落，備感寂寥。

本詩作年不詳，詩旨純寫遊子山長水遠不得歸，夜晚時興起思鄉之情。前二聯「涼風度秋海，吹我鄉思飛」描寫白天因感海風，引發情意。中間二聯「夢長銀漢落；覺罷天星稀。」抒寫夜晚因遊子夢回故鄉，夢罷返還現實之對比心情，雖然和上聯相同，言景象各相思情之關係，但後二聯，以「夢長」和「覺罷」，點出全詩相思的基調。現實中，遊子不得還鄉，只有在美夢中與親人見面，在夢境中，詩人感受到整夜同家人團聚，快樂眷戀及說不完的話，捨不得分離，甚至見到夜空銀河沈落，幾近天明。這歸鄉夢境是如此悠長美好。但是終究夢醒，遊子驚覺，方才那歸鄉美夢意是如此短暫，夜空中星星稀疏，仍高掛天上，才至夜半，現實飄泊生涯的殘酷，甚至不留予遊子美夢延續的可能性。詩中二聯呈現的，不是分別的兩意象，而是創造了一個新的景象，通過「夢」，產生「夢長」和「覺罷」的兩個對比關係，這個對比關係，透過快速絕斷的美夢覺醒，造就歸鄉美夢的悠長與美好。這形成短暫、現實空間，與浪漫悠美迷濛夢的空間，二者之間的空間張力，呈現某種感情的聯想。在夢中和夢醒之間，並存的空間關係下，喚起讀者視覺的空間感知：美

夢中與家人歡聚的歸屬感，突然驚醒後，獨望星空之寂寥感，彼此交織，於是這一長一驟短，一虛一實，一慢一快，一延續一絕斷等等空間感受自然浮現。

「夢長」，「夢」不是現實中實物空間，太白創塑抽象、虛構化的視覺感知，讓人人皆有的夢境空間景象，傳達人人共同魂牽夢繫的理想境界，改造一個或長或短，或悠久或短暫之空間距離感，來總攬太白對於遊子思鄉的痛苦以及自我安慰。[102]這夢的長短，無法實際測量，太白採用「銀漢落」和「天星稀」並列，其中幾近天亮，銀河漸漸沈落的空間景象，與天星仍疏稀高掛半空中之空間景象，此呈現的一夢長，一驟醒，一虛一實，一延續一絕斷感是不容置疑的。

試舉詩篇為例論之：

> 黃葛生洛溪。黃花自綿冪。青烟蔓長條，繚繞幾百尺。閨人費素手。采緝作絺綌。縫為絕國衣。遠寄日南客。蒼梧大火落。暑服莫輕擲。此物雖過時。是妾手中跡。（〈黃葛篇〉）

「青烟蔓長條，繚繞幾百尺」，指出詩人見到女子素手採集著數百尺長的蔓條，女子為遠地征戰丈夫製絲織衣。洛水邊花開茂盛，葛花青色枝條長達幾百尺。首二聯「黃葛生洛溪。黃花自綿冪」是興的寫法，太白依題目舖陳，由黃葛生長之景象引起一種興發感動，[103]此

---

[102] 此據黃永武之論點，黃永武教授認為「詩的空間，能將現實的空間加以模仿，也能將它改造。詩人在悲觀時，可以將天地變得狹窄；在樂觀時，又可以將天地變成寬闊，這個經過情感改造後的空間，是詩人心靈的空間，與現實的空間有一段距離。……詩人觀照下的空間，隨其心境的感覺，往往作極主觀的反映。」參見黃永武：《中國詩學設計篇》（臺北市：巨流圖書公司，1999年），頁 64-65。

[103] 此據葉嘉瑩之論述。「興」就是見物起興。參見葉嘉瑩：《迦陵說詩講稿》，頁 11。

已微含女子賞花興發情思之意。李白更大的注意力投射在綿延悠長幾百公尺的蔓條。「繚繞幾百尺」，用十分淺白的語言，客觀地摹寫幾百尺長線狀的空間景象。這線狀的一度空間景致，可說是一種比擬，[104]將女子心中長久綿長的思夫情懷，延續不絕、繾綣不止的相思情素，借用繚繞幾百尺長的蔓條來作比喻。這樣的線狀景象，是李白先有相思情意，再借用綿長蔓條來作比較，或許這繚繞幾百尺的蔓條景象是虛構的，是變形的，這也是太白由詩篇相思情長而塑造出之景象。從人文建築與記號之角度而論，人文建築與景象，藉著線條、比例與天生的關係使新景象投合了人類的心意和觀點，然而，其中類比性的設計，就是利用與「存在事實」的類比關係來進行類化，[105]這亦是視覺的類比。幾百尺的綿長蔓條，形塑延續感，具有直線的傾向，向無窮處延伸，因此展現詩歌相思情意之張力。[106]由繪畫視覺元素理論而言，線的張力可以造成內在力量，此外，也形成了方向感，詩篇中「繚繞幾百尺」，「繚繞」正是曲線，由兩個部份組成，由兩個力量碰撞所產生的，這彎曲蔓條安排，就形成曲線，與直線感不同，曲線除了具綿延線狀空間感外，增加了強烈面的感覺，其線狀空間較直線更大，擴展之長度、寬度、張力以及強度，均較單純直線為強烈。[107]太白詩篇一度空間景象，借青蔓繚繞幾百尺之延展張力，抒發相思情意之強烈，這也正是在建築與景象設計中，運用人體感受表現之張力和壓力，來展現視覺空間感知，

---

[104] 此依葉嘉瑩之論點。「比」是以此擬彼，擬就是比的意思，用這個東西來比那個東西。同前註，頁 12-13。

[105] 依據孫全文和陳其澎之論述。參見孫全文、陳其澎：《建築與記號》，頁 46、69、70。

[106] 此據康丁斯基之論點。參見康丁斯基(Kandinsky)著，吳瑪悧譯：《點線面》(*kandinsky: Punkt und Linie zu Flache*)，頁 47。

[107] 此依康丁斯基之「線」及「曲線」之理論。同前註，頁 57。

也具有觸覺和方向感。[108]詩篇中段二聯「閨人費素手。採緝作絺紵。
縫為絕國衣。遠寄日南客。」，更為青蔓綿長之景象，寄寓思夫懷夫
之方向感，女子用潔白的雙手，集絲製葛布，葛布做成衣服，女子
欲寄給遠在日南（今越南）戍守邊界的丈夫。此寫出收集、抽絲、
織布、製衣、遠寄日南邊界等等步驟，展露的是由繚繞幾百尺的蔓
條到製成衣遠寄於日南，強烈綿延不絕和前進之方向感，源源不止
的相思情意及氣勢，直衝向日南遠地丈夫身上。這正反映由線性方
向之延續感所展現的空間的連結和推展。[109]前面句子寫蔓條繚繞綿
長之空間景象，下句寫這綿延線狀空間景象之方向和張力感。這並
非單一女子的相思之情，而是對於所有征夫之妻子的安慰，以及對
天下女子對於愛情執著的頌讚。

　　另舉一首詩例論述：

　　　　陽臺隔楚水，春草生黃河。相思無日夜，浩蕩若流波。流波
　　　　向海去，欲見終無因。遙將一點淚，遠寄如花人。（〈寄遠
　　　　十二首之六〉）

春草生黃河，此指女子思念的人在陽臺，相思之情如生長春草的黃
河，不分晝夜，浩浩蕩蕩地湧向大海。陽臺，引用宋玉〈高唐賦〉
巫山神女故事，借喻思念之人居住地。前聯「陽臺隔楚水，春草生
黃河」，純是綿長空間景象的展露，重點在空間之黃河「綿延」和
「向海去」。從視覺線狀空間理論而言，這強調黃河線狀悠長之景

---

[108] 此依孫全文和陳其澎對於「類比」記號與美學知覺間關係之研究。參見孫全文、
　　陳其澎：《建築與記號》，頁 72-73。孫全文和陳其澎說：「哲學的類比，亦利用已
　　知的物理學、生物學的理論來作為設計的意念。例如 Danchanp 的名作，「下樓梯
　　的裸女」便是引用了愛因斯坦的時空相對論。」
[109] 參見黃永武：《中國詩學》（臺北市：巨流圖書公司，1999 年），頁 57。

致，以及向海之方向感。呈現的是黃河日夜地向前流，河水前進之力量強大，不止息地向大海的方向前去。[110]此時女子灑下的一點相思淚珠，掉落在滔滔不絕的河水中，期望這思念能憑藉綿延不絕的黃河，寄送給思念的人。自女子思念的初端開始，因見黃河邊茂盛的春草，引發內心澎湃的情意，蘊積的思念，恰如春草邊的黃河，是直接的、日夜不止的、綿延不斷的、日日增生的，甚至浩浩蕩蕩一波接著一波的，也是唯一方向的，朝向遠方那個思念的對象。這首詩的線性空間景象之延續明白有序，[111]用用直線的角度，一個接著一個，愈延續愈強烈，從直線的形式，轉至綿延延續感，再轉至直線向前張力，直轉至大海的方向去。由「黃河」、「無日夜」、「浩蕩」、「波流」至「向海去」，詩情也逐次推進。一望這一度空間的描摹，水勢的綿延，水勢的湍急強烈，水勢的方向，呈現線的張力和方向，自然不言而喻了。李白這首描摹思念之情詩，運用空間延展、逐步拉長、擴展、漸次強化力度，最後將此黃河長流般之濃情，推向遠方思念的人。描寫的一度空間，由點而線，由直線流式，而至流勢湍急張力，逐漸述及方向性。形成一種相思的力度、張力、唯一對象，助長相思情意之久長和忠誠，也助長了詩中深刻思念。

由物理學相對論言之，一度空間即一維，一維是「線」，也指一條軸的視覺感知，一維空間呈現的視覺感知，就是一個無窮廣大

---

110 此據康丁斯基之論述，「線」狀形式基本上具有內在的張力和往前方向的感覺，甚至進一步，線可形成無止盡綿延伸展之形式。參見康丁斯基（Kandinsky）著，吳瑪悧譯：《點線面》（*kandinsky: Punkt und Linie zu Flache*），頁 47、48、51、56。

111 此據黃永武之研究。黃永武認為「中國詩裏的情，往往高度複雜而縱橫鈎貫於時空之中，藉著自然時空的推移而忽隱忽現。」人與自然空間是可以奇妙地融合無間，情感和哲理，每每可透過空間實象之交互映射予以形象化。參見黃永武：《中國詩學設計篇》，頁 43-44。

的視覺感。[112]這樣直線線狀之描述，不用數字和方程式表示，純以
文字語言表徵一個事件發生的線的空間狀態，稱為定性描述，[113]我
們若由語言文字表達出所有的位置，這些定點位置構成了一個一維
連續區或稱一度連續區。在這一度連續區上可把兩個相距遙遠的點
連接起來，這便是一度空間度的特徵。[114]此種一度空間綿延不絕之
黃河流狀，描寫出思情之力道及方向，後二聯揭露觀景者的存在：
「遙將一點淚，遠寄如花人」，觀黃河綿綿不絕向遠方流去的人，
正站在一端，觀看黃河水直線水勢，向前方拓展，整幅畫面頓時沈
入一片一人獨自駐足在洶湧水勢之黃河邊上，遙望著黃河流向，幻
想遠方的那端，或許心中思念的人也正望黃河，在獨駐人兒的小小
身影與浩瀚長流的黃河悠長流勢，並置陳述著欲見卻不可及的遙遠

---

[112] 參見小暮陽三著，劉麗鳳譯，郭西川校訂：《圖解基礎相對論》，頁 20。

[113] 依愛因斯坦之論點，「現代物理學的最重要的特徵之一是：從最初的線索所推出來
的結論，不僅是定性（Qualitative）的，而且是定量（Quantitative）的。」「我們
要得出定量的結論，必須運用數學的語言。科學的最基本觀念，按其本質來說，
大都是簡單的。因此，一般說來，可以用一種每一個人都能懂的語言來表達。」
由於只討論基本的物理學觀念，我們可以避免用數學的語言。只取語言文字定性
描述，來呈現時間空間之概念。參見愛因斯坦、英費爾德（Einstin, Albert,
1879-1955），（Infeld, Leopold, 1898-1968），郭沂譯：《物理學的進化》（*The Evolution
of Physics, 1938*），頁 20-23。

[114] 據愛因斯坦之見，「物理學理論試圖作出一個實在的圖景，並建立起它和寬闊的感
覺印象世界的聯繫。」、「由於物理學的進展，已經創造了新的實在。但是這根創
造實在之鏈，也可以遠遠追溯到建立物理學之前。」、「一棵樹、一匹馬，以至一
個任何物體的概念，都是根據經驗得來的創造物。」這些皆表明物理學產生之概
念和理論，就是在它自己的感覺印象世界中的準則。這些是用來描述我們的現實
世界。心理上關於時空的主觀感覺，使我們能夠整理我們的印象，使我們說得出
某一事件發生於另事件的前面。或說得出某一事物發生之空間景象，將之看作一
個一維連續區之概念及文字定性描述，這些都是一種發明，這些必須用大膽的科
學想像力才能完成。參見愛因斯坦、英費爾德（Einstin, Albert, 1879-1955），（Infeld,
Leopold, 1898-1968）著，郭沂譯：《物理學的進化》（*The Evolution of Physics, 1938*），
頁 203-205。

距離感，這正是人與人之間，分離後相思時，最常經歷的感嘆，而這分感嘆及深情，只有委婉地通過獨自駐足人兒的一滴淚珠，融化入滔滔向前行之黃河中，期許在擴散、推進之直線流勢下，寄送至遠方。

這類線狀景象之摹寫，多以情為主，景為輔，例如歸鄉美夢悠長美好、女子素手採集繚繞幾百尺蔓條、相思寄寓黃河線狀向海去之流勢，等等景象皆為誇飾、虛構化、變形之形象，呈現李白個人化色彩，也表現出太白極具想像力和開拓性的視覺空間營造。

其他紀遊詩篇中，也見以情思為主，輔以變形、誇張之空間感知，深具太白個人色彩。〈巴女詞〉一詩中，採用誇張的比喻法，呈現巴地長江直線狀如箭般猛烈快速之流勢：

> 巴水急如箭，巴船去若飛。十月三千里，郎行幾歲歸？[115]

「巴水急如箭」取同箭飛之直線狀，摹寫巴地長江流勢景象，箭之形與射出之景狀，亦誇張地呈現這段長江流勢之力道和直線方向感。[116]運用快急如箭之直線飛射，強調長江水勢，也摹寫快速駛離的船隻，此景興發女子思念久去不歸丈夫，寄寓飛速如箭之江水，可快點帶來丈夫的音訊。

李白在〈擣衣篇〉也採用交河之萬里長流，和直流向北去之方向，摹寫女子寄寓長久思念情懷，給在交河以北戍守的丈夫：

---

[115] 參見瞿蛻園校注和王琦注解。「唐之渝州、涪州、忠州、萬州等處，皆古時巴郡地。其水流經三峽、下至夷陵，當盛漲時，箭飛之速，不是過矣。詳見瞿蛻園校注：《李白集校注》，頁 1502-1503。

[116] 依康丁斯基研究，「一個藝術的抽象法則，不管是否意識地應用，它都必然和自然法則相平行。」、「所有線型可歸納為兩種：一、一個外力形式。二、二個外力形式。」線形景象具有力、張力和方向。參見康丁斯基（Kandinsky）著，吳瑪悧譯：《點線面》（*kandinsky: Punkt und Linie zu Flache*），頁 45、70。

閨裏佳人年十餘，顩蛾對影恨離居。忽逢江上春歸燕，銜得
雲中尺素書。玉手開緘長歎息，狂夫猶戍交河北。<u>萬里交河
水北流</u>，願為雙鳥泛中洲。君邊雲擁青絲騎；妾處苔生紅粉
樓。樓上春風日將歇，誰能攬鏡看愁髮！曉吹員管隨落花；
夜搗戎衣向明月。明月高高刻漏長，真珠簾箔掩蘭堂。橫垂
寶幄同心結；半拂瓊筵蘇合香。瓊筵寶幄連枝錦，燈燭熒熒
照孤寢。有使憑將金剪刀，為君留下相思枕。摘盡庭蘭不見
君，紅巾拭淚生氤氳。明年若更征邊塞，願作陽臺一段雲。

萬里交河水北流，描摹少婦在拆閱一封遠方來的信後，得到駐守西
域之丈夫，仍需留在交河以北戍守邊界之訊息，這交河萬里長流，
竟成為她與丈夫之間的距離。北方的寒冷，與湍急的交河水流，一
再增添少婦的擔憂。交河流水之「萬里」長遠的空間景象，呈現少
婦心中寂寞無盡的思念與漫長的等待；「北流」則呈現少婦心中孤冷
淒寒的感覺，以及交河水流直至北方之直線空間方向。[117]

二 恆遠志向

「恆遠志向」，指紀遊山水自然景象中，寓詠仕宦之志願；離
君報君之心聲；壯志功業之抱負；懷才不遇之情懷等。這類紀遊詩
篇，是以情思志向為主體，空間景象為輔助。因詩篇意涵涉及政治
官場命運，不論晉用、升遷、調職、貶謫、遭讒、放還、黜降等，

---

[117] 依康丁斯基之研究，「詩節奏性的造型，可以直線和弧線表之。」、「線基本上是有
法可循的，因為它和詩的文學內涵有關。」「線──由運動產生的內在運動的張力。」
純粹的線之景象應用，往往可以表現豐富生動之情意。萬里長之線形，正足以反
應漫長等待和恆久無盡的思念。「線」也呈現了方向感。參見康丁斯基（Kandinsky）
著，吳瑪悧譯：《點線面》（*kandinsky: Punkt und Linie zu Flache*），頁 86、101、102。

皆操之於上位者，此類詩篇之景象多不用真實人事物景，常用非真實、虛構化、變形之景象，避免過於明顯地摹寫事實。此類紀遊詩常因應李白本有的雄心大志及永恆仕途願景，創塑新物象，傳達情志。這類創塑景象之核心過程，往會將誇張、變形的景物，來喻指李白的政治境遇，時有非現實之物景，乍見之下，似乎是奇幻和超現實的景物，但是仔細觀察後，可了解這類非現實景象隱含著不可說出口的政治困境。[118]詩歌若使用緣情造物之摹寫法，時可充分露詩人想像力，時可透顯詩人一生遊歷經驗及豐富的見聞。

　　李白自許有輔佐君主的才能，一生汲汲爭取機會，欲進入朝廷報效國家，一生卻不曾增加科舉考試。[119]或可能有其難處，改以終南捷之途，追尋新的個人機遇。曾四處漫遊、干謁求用，也曾鍥而不捨結交名門望族，上下求索，終究曾受唐玄宗之詔入京，供奉翰林之機遇，這個一躍龍門的機會，李白真心地感到才能受到肯定，是「揚眉吐氣」，近侍君王的太白，也受到朝中王公權貴包圍奉承，這是李白一生中最享榮幸之時刻和境遇，但李白奉詔翰林的時期約只兩年，隨後被賜金放還，被迫出宮，離開京城。李白賜金放還之原因或可能是被小人忌妒，遭讒言污辱而見疏唐玄宗。此後，李白未死心，仍四處漫遊，尋求返回朝廷，得以發揮長才。太白之政治境遇與其求仕宦之志向，勞給李白許多心情上的衝擊和起伏，這些難以忘懷人生志願，是李白心中的痛和夢。故詩人由心情的起伏，創造了獨特、虛構、非真實景象，皆為了達到貼合自己奇絕才能和

---

[118] 此據葉嘉瑩教授之研究，詩歌之心與物間關係，均有作者的特殊用意，一首好詩的種種景象，均有它的目的和作用。不論詩篇之意象是取自現實，或非現實。參見葉嘉瑩：〈古典詩歌中形象與情意的關係〉，《迦陵說詩講稿》，頁 53-58。

[119] 依金師榮華之研究，李白先祖或因罪徙西域，故照唐律，太白的身家考核有污點，不能通過州縣檢視，故不得不放棄科舉考試一途。參見金榮華：〈李白先祖「隋末以罪徙西域」辨〉，《第一屆國際唐代學術會議論文集》，頁 339-341。另參見郭沫若：《李白與杜甫》，頁 3-14。

境遇，以及渲洩壯志未之憾恨。

　　試舉詩例討論之：

> 北溟有巨魚，身長數千里。仰噴三山雪，橫吞百川水。憑陵
> 隨海運，烜赫因風起。吾觀摩天飛，九萬方未已（〈古風五十
> 九首之三十三〉）

「北溟有巨魚，身長數千里」，描寫北海大魚之身體有幾千里長。
書寫詩人在遠景眺望巨魚形象，描寫之大魚身體長至數千里，這是
誇張、變形的景象，揭露李白對大魚異於凡俗之懷想。北溟的張魚
並非一般的魚，不是塵世的魚，因其行動也異於常態，數千里長的
魚可「仰噴」、「橫吞」，在水中揭起揭起「三山」高的白浪，豪
飲「百川」海水，一般的魚比不止巨魚之身長，也不及巨魚的水中
能力。這魚的千里長和「仰噴」、「橫吞」皆透露魚的不平凡。李
白運用視覺空間之長和高，喻指一己與眾不同，進一步指出自己具
有出眾之才能和表現。太白的仕宦並不得意，卻仍想要有一番作為，
也許這也吐露了不得意的仕途，欲求在政治之路上表現自己的與眾
不同，以及奮力一搏力爭上遊的心聲。

　　全詩後聯，接續巨魚之不凡，更推進一步地描述，數千長之魚
並不是只是曇花一現，徒有表象之驚炫能力，巨魚「因風起」及「摩
天飛」，它突破表象環境及形體之限制，巨魚能夠轉化其原來數千
里長形象，成為大鵬鳥隨風而飛，之所以能轉化形象，是因「憑陵」
「燁赫」，在海流環境橫衝直撞，形成一股強大氣勢，轉瞬間，身
長數尺之巨魚幻化為鵬鳥。「身長數千里」一直線之線狀視覺空間
感知，太白不只形容魚身長數千里之景象，也摹寫其活潑地「憑陵」，
這巨魚在大海中橫衝直撞之前行，表示一種畫面張力，這力強在長
形巨魚身上，使得巨魚活躍起來，也呈現長形巨魚之內在能力和力

量。[120]全詩所寫的巨魚，是由「身長數千里」推展到仰噴能力，由仰噴三山雪推展到橫吞百川水，由「憑凌」至因風飛起。描寫的空間是由直線之綿長不絕而再敘其向前之張力，逐漸由形象長線狀至方向和張力再敘其向前之張力，逐漸由形象長線狀至方向和張力，太白不拘於現實中魚的實際情形虛構一新巨魚[121]，因為全詩在喻寫李白出眾非凡的才能，原來這巨魚之與眾不同之形與力，正自喻太白內外兼備和全方位能力，這線形令人乍舌的長巨魚，形成一種一望無際，一眼不能看盡的延續不止之一度空間，表露太白才能之深與博，不是一般人可以了解的。這也彰顯了李白自豪和自視才能甚高，非凡人可比擬的。

李白詩中一度空間，描寫千里長之直線形象，就物理學相對論之線之概念，「可以試著把速度、速度的改變和力等概念，推廣到沿曲線而運動的情況裡去。」、「因此，如果速度、速度的改變和力被引用於曲線運動，那麼就自然而然地被引用於直線運動。」[122]這表示在線、直線、曲線之空間描摹時，相關之張力、方向，均可幫助我們理解文學中「線」狀景物之意涵。在全詩中，李白用長數千里的誇張變形魚；魚之衝撞前行、在海中形成強大水流氣勢，這些前行之力量和方向，來顯示這巨形長魚之能力，也表現出太白欲求自薦以報效國家之能力自喻。

試舉詩篇為例分析：

---

[120] 參見康丁斯基（Kandinsky）著，吳瑪悧譯：《點線面》（*kandinsky: Punkt und Linie zu Flache*），頁 79。

[121] 此據黃永武教授研究，「詩的空間能將現實的空間加以模仿，也能將它改造。參見黃永武：〈空間的改造〉，《中國詩學設計篇》，頁 64-65。
黃永武認為改造及誇張之空間，雖「與現實的空間不合，但就詩境來說，卻是很惬意的。」

[122] 參見愛因斯坦、英費爾德著，（Einstin, albert, 1879-1955），（Infeld, Leopold, 1898-1968），郭沂譯：《物理學的進化》（*The Evolution of Physics, 1938*），頁 9、12-13。

　　白髮三千丈，緣愁似箇長。不知明鏡裡，何處得秋霜？（〈秋
浦歌十七首之十五〉）

「白髮三千丈」，立即掀開誇張變形的序幕，首句寫三千丈之線狀
景象，接續則是抒情「緣愁似箇長」，道出首聯線形空間之情意——
—指因憂愁才使白髮長得這般長。李白運用誇張、虛構之白髮三千
丈，寓抒深藏內心不能達成安社稷、濟蒼生的憂愁。與不得伸展之
志向。「白髮」之白色，在傳統中國色彩觀念中，應配著人界之肺、
哭聲和憂愁情緒。[123] 白色色彩詞之心理特徵是光明、潔白、哀傷、
失敗、正直等。[124]「三千尺。」指白髮之長度，白髮已喻指憂愁、
哀傷之心理表徵，「三千丈」之長度線狀視覺空間，進一步地指陳
這憂愁久遠、綿延不絕、日夜湧現之沈重壓力和無限無窮向外擴展
之方向感。由頭頂的點至三千丈長的線，「白髮三千丈」強調線之
漸進式、增生、增強和向遠處延伸之方向，[125] 這愁的長遠和不斷延
續，是源自詩人內心深處，後二聯「不知明鏡裏，何處得秋霜」。
指出無心打理門面的詩人，突然一日看到鏡中的三千丈白髮，才知
內心愁緒已積鬱既深且久，這憂愁之積累來自李白一生壯志未酬、
淒哀無奈之境遇。自視具有管仲、孔明之大才的李白，或許曾有短

---

[123] 〔唐〕‧魏徵：《隋唐‧禮儀志》（臺北市：中華書局，四部備要‧史郡），卷 11，
頁 18-20。

[124] 參見〔美〕魯道夫‧阿恩海姆（Rudolf Arnheim）著，李澤厚譯：《藝術與視知覺》
（*Art and Visual Perception 1964*）（北京市：中國社會科學出版社，1987 年），頁
454。另參見賴瓊琦：《設計的色彩心理》（臺北縣：視覺文化公司，1998 年），頁
26-49；李銘龍：《應用色彩學》（臺北市：藝風堂出版社，2001 年），頁 32；林書
堯：《色認識論》（臺北市：三民書局，1999 年），頁 132-143。

[125] 參見康丁斯基（Kandinsky）著，吳瑪悧譯：《點線面》（*kandinsky: Punkt und Linie
zu Flache*），頁 47-48、76。

暫機會供奉翰林年餘，欲藉此大展雄心壯志，安黎元、濟蒼生，若
李白已達成志向，心願已足，但是，李白遭讒而逐出宮廷，心願未
成。李白遭賜金放還之冤、恥和不甘心，雜揉著壯志未酬之憾恨，
總和這些怨恨、遺憾、恥辱和不平的感覺，日夜無止盡地環繞在太
白腦海裏，這些愁思與情懷一層又一層地堆疊起來，是如此沈重，
又是如此的不甘心。雖然日後李白沒有放棄志向，仍然持其不甘困
頓之情懷，四處求索投報明君的機會，希望扳回不遇之逆勢，再次
成就功業，卻又屢次失敗，這些遊歷干謁之過程，使白髮憂愁情懷
又增添了心繫君國、欲求重返京城之渴念。

　　從古典詩空間理論而論，「白髮三千丈」所描繪的線性一度空
間，不可能像畫面的映射那樣，把景象鉅細靡遺地一一摹寫出來，
黃永武教授說：「是需要藉著讀者的經驗來協助完成詩境的重現。
其實這些被『還原』出來的詩境，總是包含著讀者自身的想像與創
造。尤其是寥寥數字，即想描寫出一個偌大的空間，……（詩人）
常常在空闊虛泛的空間中，擇取一二件景物，蹠實地去描繪，使場
景趨於單純化。」[126] 在詩中「白髮三千丈」是唯一也是單純的線狀
空間景象，李白運用的筆墨描寫這一度空間之字眼，十分少。「三
千丈」三個字，模糊了人、地點、其他景物，李白誇張地、放大鏡
似地只摹寫了長度。讀者可純依此一線狀空間景象，想像及還原李
白詩中此一單純意境。在視覺空間感知理論中，「三千丈」單純地
表現了連續性和延續性，更進一步地呈現了距離感。[127] 「三千丈」
湧現了太白心中怨憾和壯志未酬之長久積累，也反映詩人與京城明
君之間的遙遠距離。

　　其他紀遊詩篇裏，李白也曾取以誇張、變形或虛構的形象，符

---

[126] 參見黃永武：〈空間的簡化〉，《中國詩學設計篇》，頁 66-67。
[127] 參見郭中人：〈線連續性〉，《空間視覺感知》（*Visual Perception of space*），頁 82-83。

應表露李白內心志向。例如〈擬古十二首之三〉，運用以長繩繫住
西行的太陽，表露光陰流逝，人力無可挽回之千古悲愁，轉瞬萬物
滅失，人又能把握住什麼呢？李白運用靈活飛馳的想像力，欲以長
繩索，捆繫住太陽，停止運行的太陽。這是一種誇張比喻之摹寫法：

> 長繩難繫日，自古共悲辛。黃金高北斗，不惜買陽春。石火
> 無留光，還如世中人。即事已如夢，後來我誰身。提壺莫辭
> 貧，取酒會四鄰。仙人殊恍惚，未若醉中真（〈擬古十二首之
> 三〉）

「長繩難繫日」，使用長繩索之直線景象，摹寫套繫太陽，作為停
止太陽運行之工具。長條形象之繩索，是柔軟且具有由地面至天空
之冗長長度，與太陽銜接處，形成了直線不斷延伸，最終點和「太
陽」點或圓會合，從線之空間結構而言之，直線不具有面的可能性，
當直線不斷延伸，最終和點會合時，因此產生最不穩定、也最穩定
的圓。[128]「長繩」之線狀空間景象表徵了不確定的期望，希望留住
日行，停止光陰運行，「難繫日」指陳出難以完成之結果。太陽日夜
四季運轉，是自古至今不變、穩定的天體運作，李白欲以虛構、誇
張、非現實之長繩，牽繫住太陽，形成一虛一實、一線狀一圓狀之
景象交錯，此看來，李白所改造的線狀空間景象，是別有一種不可
完成之誇張表現，這種經過誇張變形的想像空間距離，與現實的空
間——太陽不合，但就詩境來說，卻是很具想像力和趣味的。全詩
首二聯，先點出變形的直線連接圓點的空間景象，這一非現實與現
實景象連結之矛盾的描寫，表現出空間的變化，由線而點。再則由

---

[128] 參見康丁斯基（Kandinsky）著，吳瑪悧譯：《點線面》（*kandinsky: Punkt und Linie*
zu Flache），頁 67-69。

「自古共悲辛」、「黃金」、「買陽春」、「石火」、「無留光」都帶有一實一虛，一真切一誇張的組合特質，使全詩字面組合統一而合諧合，長繩無法繫日、黃金無法買陽春光陰、擊石碰撞出的火花無法留住光，上述雖皆為實物景象和不可能改變的穩定事實，卻也反覆烘托了「長繩」和「繫日」間的空間意趣。

太白取用之景象，「長繩」欲繫日之意涵，自然給人一種誇張的思維，但太白運用這非現實可能性的景象，來代替明喻之技巧，正為讀者留下更多想像餘地，李白選擇具炫目、驚人的個別空間景象，一在平地上的直線繩索，一為天空的太陽，以概括一幅突兀、誇張的空間景象連結畫面，符應內心不遇悲情；此生困頓難以扭轉的遺憾；和對前途之期盼消失的效果。[129]

---

[129] 依黃永武引陳器文之研究，「仰視有期盼嚮往的感覺」，李白以長繩向天空太陽繫挷，呈現一種由平面向高處之景況，有仰視之視覺空間感知。參見黃永武：〈空間的轉向〉，《中國詩學設計篇》，頁 61-62。

第七章　李白詩歌的二度空間

　　紀遊詩的二度空間，指以平面地理景象或位置，作為描寫對象。也可稱平面景象。平面景象詞彙組合，於語法上，可包含名詞、形容詞、短語。有時取單一平面狀地景名詞，有時取平面上數量詞或大量量化景象摹，形塑平面狀視覺景象。例如：「鏡湖三百里」、「萬戶千里」。文人周遊自然山水及城市建物，時取平面廣闊之景狀，抒解內心情思。「面」在中國文字語言觀念中，指物體之外表，表面。唐朝韓愈〈南山〉一詩：「微瀾動水面，踴躍躞猱狄。」取「面」指水之表面意，表露出詩人觀覽範圍。

　　概觀太白詩篇一千零五十一首，記載遊歷景象者占五百四十三首，比率為百分之午一點六七。[1]此見超過二分之一以上的詩篇與遊覽經驗相關。李白生於中亞碎葉，十五歲即閱讀奇書、學劍術和縱橫術。二十歲確立了遊歷天下的人生方向。二十五歲出蜀，自此各處干謁漫遊，飄泊以終。[2]年少的太白，遊歷經驗遍及各地山川名勝，也曾到蜀中、峨眉山等地登覽觀景，不但增加見識，對於道教亦有新領悟。李白漫遊天地四方，開展視野，培育寬闊新穎的心胸，拓增豪邁性格和不拘傳統之新思維，曾至三峽、江陵、洞庭、蒼梧（今湖南寧遠）、金陵（今江蘇南京）、會稽郯中（今江蘇蘇州一帶），縱遊地區冷及東西各地，在〈代壽山答孟少府移文書〉中說明一己遊歷天地四方與人生志向之關聯性。

　　　吾與爾達則兼濟天下，窮則獨善一身。……奮其智能，願為

---

[1] 參見本文表一：李白集中紀遊詩數統計總表。

[2] 參見王國櫻：《詩酒風流話太白：李白詩歌探勝》（臺北市：聯經出版事業公司，2010年），頁11。

輔弼。使寰區大定，海縣清一，事君之道成，榮親之義畢。[3]

增進人生閱歷，豐富生活視野，往往促進判斷人情事故之能力。這是太白儲備未來仕宦生涯之才能。在遊歷時，李白廣泛接受了儒、道、縱橫等多家思想，[4]追求更廣闊自由的精神世界，提出許多觀察地方朝政之看法，這均是因太白處在寬鬆自由的盛唐文化、宗教、思想之環境，成就其敏銳廣闊的空間感知。[5]許東海認為詩人經歷地理空間的洗滌轉變，可抒解精神之困窘、苦悶或不安，同時「於此『異域』情思之下，經常醞釀出作者另一想念的空間——心靈夢土，從而引發別於世俗意義的另一種鄉愁，而構成『異域——夢土』的書寫主體中間，懷才不遇成為實質的核心關鍵，並體現為放逐、遊賞、登仙、醉酒、入道……等等各種不同的表現型態。」[6]例如李白〈登太白峰〉[7]與〈觀元丹丘坐巫山屏風〉[8]等詩作，摹寫自然山水景象、廣闊千里無際地理環境，也反映太白詩篇中道家、神仙等思想與情思。

李白紀遊詩篇之空間感知，常來自於遊歷之地理環境，因而產生或建立新的行為和視覺經驗。從空間視覺感知的觀點而論，當個體於其所坐落的時空，感知外界的環境時，每一個個體都會建立出一個屬於自己對實質環境的認知，此認知即前文所稱之行為環境。

---

[3] 〔唐〕李白撰，〔宋〕楊齊賢集註，〔元〕蕭士贇補註、郭雲鵬校刻：《分類補註李太白詩》（臺北市：臺灣商務印書館，1965 年《四部叢刊・集部》），頁 5-6。

[4] 參見葛曉音：《山水田園詩派研究》（瀋陽市：遼寧大學出版社，1997 年），頁 300-301。

[5] 參見丁成泉：《中國山水詩史》（臺北市：文津出版社，1995 年），頁 63-64。

[6] 參見許東海：〈謝靈運與李白遊覽詩的內在意蘊及其與辭賦之關係〉，《另一種鄉愁：山水園詩賦與士人心靈圖景》（臺北市：新文豐出版公司，2004 年），頁 165-166。

[7] 此據瞿蛻園注，〈登太白峰〉喻含莊子逍遙遊之精神。參見瞿蛻園校注：《李白集校注》（臺北市：里仁書局，1980 年），頁 1219-1220。

[8] 此依據瞿蛻園注，〈觀元丹丘坐巫山屏風〉寓引巫山神女之故事。同前註，頁 1425-1426。

這種行為環境的建立與個體的本能經驗有極大的關連，又因大部分的來自外界的資訊的需藉由視覺獲得，故個體的視覺接收成為空間感知的重要研究焦點。[9]李白一生行萬里路，廣讀各家思想論著，其紀遊詩中所描摹之空間，往往綜合其心理、生理、視覺感知、人生經驗境遇、語言文字表述力等因素，並不全然是精確而客觀的，即便如此，若由其作品中慣用之語言的認知空間，[10]對於檢視李白紀遊詩中空間景象，是可獲得詩人時空觀與詩歌視覺景象意涵。

就中文語法理論而言，詩篇中方位處所語詞[11]也可顯示空間意涵，因中文語法具有空間系統，《現代漢語空間問題研究》論中文的空間系統：「位於空間的物體是立足于一個三維的範圍內的，立體的特徵使人的空間知覺表現出了對客觀對象的多方面的反映。包括方向反映、形狀大小反映和物質反映等等。對時間和空間的認識是人類所共有的，這種認識也一定會反映到語言的表達上。……漢語的空間系統，包括三個子系統，即方向（direction）系統，形狀（form）

---

[9] 參見郭中人：《空間視覺感知》（*Visual Perception of space*）（臺北市：曉園出版社公司，2007年），頁136。

[10] 依 Stephen C. Levinson 之研究，「認知空間是人類對於物理空間感知的結果；語言空間是人類利用語言結構所表徵的認知空間，即空間語言的描寫以認知為基礎。」「物理空間──認知空間──語言空間」這種關係體現了語言學家、心理學家及認知科學家所達成的共識。

參見 Stephen C. Levinson 著，齊振海導讀：《語言與認知的空間》（*Space in Language and Cognition: Exploration in Cognitive Diversity*）（北京市：世界圖書出版公司，2008年），頁11

[11] 依呂叔湘、陸儉明和廖秋忠之研究，「方位詞是一組既能表示方向又能表示位置的體詞。它們到底是表示方向還是位置可由語境中相關的詞語和情境來決定。……位置與方向是兩個有密切聯繫的概念，位置是占有一定空間的點、線、面或體，而方向是面對的某一位置。」參見廖秋忠：〈空間方位詞和方位參考點〉，《廖秋忠文集》（北京市：北京語言學院出版社，1992年），頁163。另參見呂叔湘：《中國文法要略》（臺北市：文史哲出版社，1992年），頁197-198、208-216。另見儲澤祥：《現代漢語方所系統研究》（武漢市：華中師範大學出版社，2003年），頁7-10、199-204。本文引用漢語語法、國文語法等理論與專有名詞，暫以中文語法統括指稱之。

系統和位置（seat）系統。這三個系統是各自獨立時，又是互有聯繫的。」對物體在空間的方向表達，只與詞彙範疇中的一部份因素有關，大致可以認為是一種靜態的語言表達；物體在空間的位置變化則既與詞彙成分有關，又牽涉不少語法因素，不同的位置變化會在句法平面上映現出不同的句子格式。……方向和形狀又會對位置的變化到一定的影響，很明顯，位置系統是空間系統中最主要的一部份。」[12]在詩作中，詩人以自我為中心摹寫景象所產生之位置，可稱第一參考點，或稱以自我為中心的參照系統；詩人以他人環境為中心摹寫景象所產生之位置，可稱為第二參考點，或稱以他人環境為中心的參照系統。在作品中，一般用方位詞表示方向。方位詞在文句中作用，是用來確定詩人詩篇中位置[13]與空間景象。例如：「下視瑤池」；「房子東邊」；「樹梢上」；「鳳凰台上」；「淮山北」。此外，在作品中，一般用形狀表示句子中某物體所占有的空間範圍，藉物體景物形狀顯示出空間特點。[14]物象形狀在文句中作用，是用來確定詩人詩篇中的空間範圍形狀及景象。例如：「大廳的地面上」、「鏡湖三百里」、「萬戶千里」、「百丈金潭」等。中文語法理論中，「面」景物形狀也是中文語法空間系統中之一類。在文學作品空間景象摹寫中，「面」之描摹，指把物體所占有的空間範圍看成是一個表面，即可考慮這個範圍在長度和寬度上的特徵，而不考慮其在高度上的特

---

[12] 依齊滬揚之研究，「現代漢語空間系統，……位於空間的物體是立足于一個三維的範圍內的，立體的特徵使人的空間知覺表現出了對客觀對象的多方面的反應，包括方向反應、形狀大小反映等。……形狀系統是指句子中某個物體所占有的空間範圍的形狀顯示出來的空間特點。物體所占有的空間範圍的形狀，如同數學中的幾何圖形一樣，也有點、線、面、體等的區別。……面：把物體所占有的空間範圍看成是一個『表面』，即只能考慮這個範圍在長度和寬度上的特徵。」見齊滬揚：《現代漢語空間問題研究》（上海市：學林出版社，1998年），頁 1-3、6-7。

[13] 同前註，頁 3-4。

[14] 參見齊滬揚：〈點、線、面、體和形狀系統〉，《現代漢語空間問題研究》，頁 6、9-10。

徵。[15]例如：「湖闊數千里」、「萬戶千門」、「五百灘」。

　　根據物理學相對論觀念，二度空間，也稱為二次元；二維空間；二度空間度，即指平「面」狀空間。[16]在物理學上，我們可以數字來表示空間的維度，一維所代表的乃是直線，可用 x 來表示。二維可以用 x、y 座標來表示，三維空間則是再加 z 座標的空間。[17]在物理學上，表象空間特徵乃是依人類的視覺、觸覺和運動而來的，這些表象空間之表現是複製了人類的感官知覺。空間觀念正是由人類感官知覺感覺到狀態變化與位置變化而獲得的。人類之視覺、觸覺和肌肉感覺，對外界對象可興發起狀態變化和位置的變化，因而人類可產生空間感知和概念。[18]朋加萊認為空間有五種根本性質，其中第一項，空間是連續的。在視覺空間感知上，若人觀察到一形象是連續的，這顯示為二維度，即為平面空間。[19]若將三維空間——高、深與寬——簡化為座標軸，二維空間即是由寬與長兩軸所連續接合之水平面。[20]詩篇例句如：「前後平面」、「鏡湖三百里」、「湖闊數千里」、「原野曠超緬」、「平鋪湘水」等。

　　就藝術視覺元素而論，「面」是指物質的面，用來表現作品的內

---

[15] 同前註，頁 7。

[16] 參見愛因斯坦、英費爾德（Einstin, Albert, 1879-1955），（Infeld, Leopold, 1898-1968），郭沂譯：《物理學的進化》（*The Evolution of Physics, 1938*）（臺北市：水牛圖書出版事業公司，2004 年），頁 140。

[17] 參見小暮陽三著，郭西川教授審訂，劉麗鳳譯：《圖解基礎相對論》（臺北縣：世茂出版公司，2008 年），頁 20-24。另參見愛因斯坦（Albert Einstein）著，李精益譯：《相對論入門：狹義和廣義相對論》（*Relativity: the special and the general theory*）（臺北市：臺灣商務印書館，2005 年），頁 5、19-20。

[18] 參見〔法〕朋加萊（Jules Henri Poincare, 1854-1912）著，盧兆麟譯：《科學與假說》（*La Science et l' Hypothese*）（臺北市：協志工業叢書出版公司，1970 年），頁 50-53。

[19] 同前註，頁 47。

[20] 參見 Sander Bais 著，傅寬裕譯：《圖解愛因斯坦相對論》（*Very Special Relativity: An Illustrated Guide*）（臺北市：五南圖書出版公司，2009 年），頁 12-14。

容，一般「面」是由水平線長和寬圍成的，因此，面的整個環境是一個獨立的生命。「面」的型裏，最常見的是方形，也有長形、寬形、多角形和圓形，「面」時能興發一解放、鬆弛、自由、平衡的感受。[21]

　　李白紀遊詩中藉平面狀空間景象，表露廣闊奔放的情感，也時有失序茫然的失落情思。在其面狀景象題材上，李白取用原野、湖、人文建物之數量廣闊等，兼具自然及人文的材料。此章選擇「面」狀空間（二度空間）景象，做為研討紀遊詩之主題，因為李白詩中，取用人文或自然之平面景象，欲對前途不順遂及自我思緒倦雜之抒發和解脫。在太白詩中，這些平面空間景象之寫法，或以摹景為主，或情意抒解為主，皆展現李白真誠之內心世界

　　李白紀遊詩二度空間（平面景象）描寫次數，有二十三次，[22]在五種空間景象描寫次數排序為第六。[23]此類空間在李白紀遊詩中出現比率為百分之一點二七。[24]平面空間在李白紀遊詩中出現比率最少，但太白觀摹平面空間，或藉平面空間景象抒解內心對仕宦前途之茫然，和思緒倦雜之吶喊。本章將由幾種東西南北縱橫之空間感知與情事，綜覽分析之。

第一節　東西縱橫廣角景狀

　　山水田園詩中山水的視覺畫面，往往也呈現紀遊詩之空間方位，由其紀遊詩中慣用之語言，亦可傳達詩人對於遊歷景象所懷有

---

[21] 參見康丁斯坦（Kandinsky）著，吳瑪悧譯：《點線面》（*Punkt und Linie zu Flache*）（臺北市：藝術家出版社，2009 年），頁 103-104、106-108、113、128-130。

[22] 參見本文表六：李白詩歌各類體裁之紀遊景象統計總表。「平面（二度空間）」。

[23] 參見本文表六：李白詩歌各類體裁之紀遊景象統計總表。「平面（二度空間）」之「排序」。

[24] 參見本文表六：李白詩歌各類體裁之紀遊景象統計總表。「平面（二度空間）」之「出現比率」。

的空間意識。紀遊詩歌創作風氣出現得很早，廣義的紀遊作品，可以追溯到東漢，例如《封禪儀記》，到魏晉北朝則有酈道元的《水經注》，此記述了大巫山、黃牛灘等地景，較前朝作品，酈道元摹寫地景空間之感受更加細微。中國遊記在魏晉南北朝獲得更多發展的原因，是當時門閥制度和司馬氏篡權，造成人民極大痛苦，知識分子欲求晉用之仕途也因之破滅，許多文人學者將目光投向山水，藉四處遊歷，寄託內心志向，抒解苦悶及不滿。人遊歷的景地，或是山水，或為林泉，或為湖泊，或是都市，或為人文建物，這種種的景象抒情模式，亦為詩人對於黑暗現實的軟性抵抗、或自我內心安頓。[25]日後，山水景物人文建物古蹟等，漸成為一種文人觀覽後的詩篇寫作題材和風潮。詩歌的精鍊語言模式，詩人欲摹寫大量視覺觀察到的景象，遂進一步變化詩篇中觀察視點，時以自我為中心，時以他人或環境為中心，時以第一人稱，時以第三人稱觀點。這些觀察視點之使用，呈現詩人慣用語言中的認知空間。[26]

　　唐代之前，文學創作者主動接近大自然，或因個人經歷被迫走入大自然，在面對天地萬物，四時物色，往往流連沈吟，觸景生情，自然而然，感物吟志，興發悲喜、哀樂情緒，更進一步，或許體悟宇宙、人生、宗教等領域的道理，故詩人在詩篇中觀覽景與物，藉此入文，成為後世文人學習的作技巧，究析紀遊作品之創作原因，可包括六類，一為遊賞，二為憂嗟，三為悟理，四為行旅、五為隱逸，六為遊仙等。[27]這六類包含了三種內涵，首先是抒發不得志之情思以景輔之；其次為地理景致特別，尤為殊麗，記載其景象；第三

---

[25] 參見周冠群：《遊記美學》（重慶市：重慶出版社，1994 年），頁 12-13。

[26] 參見松浦友久著，孫昌武、鄭天剛譯：《中國詩歌原理》（臺北市：洪葉文化事業公司，1993 年），頁 290-291。

[27] 參見蕭淑貞：《魏晉山水紀遊詩人之研究》（臺北市：臺灣學生書局，2009 年），頁259。

借外物言己事理。此三種內涵或許反映了一部分的真實，也存有局限性，[28]例如謝靈運的紀遊詩，〈登江中孤嶼〉[29]運用大量的舖敘方式，摹寫了細景，也大力呈現廣闊之平面景象和遠景，「江南」、「江北」、「雲日」、「空水」等等，皆串連出一層又一層的南北上下之景象，其舖陳之景物，是經過篩選的，依據方位或地理次序，先南而北，先天而地，先山而水，或反之亦如是，這些景色之安置，並非雜亂無章之堆砌，也並非是隨機挑選，進一步，是依據東西南北、上下前後、左右等方位、形狀和位置等關係，來安排，此即《文心雕龍・物色第四十六》云：「春秋代序，陰陽慘舒，物色之動，心亦搖焉。蓋陽氣萌而玄駒步，陰律凝而丹鳥看，微蟲猶或入感，四時之動物深矣。若夫珪璋挺其惠心，英華秀其清氣，物色相召，人誰獲安？是以獻歲發春，悅豫之情暢；滔滔孟夏，鬱陶之心凝；天高氣清。陰沈之志遠；霰雪無垠，矜肅之慮深；歲有其物，物有其容；情以物遷，辭以情發。一葉且或迎意，蟲聲有足引心。況清風與明月同夜，白日與春林失朝哉！是以詩人感物，聯類不窮。流連萬象之際，沈吟視聽之區；寫氣圖貌，既隨物以宛轉；屬采附聲，亦與心而徘徊。」[30]此可知劉勰認同詩人觀景象，受風物之感動而產生聯想，與類比。早在詩經時代，文人依千變萬化之景象，摹寫其形態、或色彩、或聲，音這些摹描亦是配合著詩人內心的感應，故詩人的情意與作品之風物形象，是密切連結，並非隨機任取的。不論高山、大海、湖泊、原野萬里等等，詩人皆因欣賞美麗景象，流連忘返，興發情意，或者因心志沈鬱不平，借曠野山水抒懷，這些皆反映了詩

---

[28] 參見丁成泉：《中國山水詩史》，頁 31-32。

[29] 同前註，頁 33。

[30] 參見〔梁〕劉勰著，王更生注譯：《文心雕龍讀本》（臺北市：文史哲出版社，1991年），頁 301-302。

人「內心深受旖旎的風光感動時，自然就會形之於文辭。」[31]從藝術與視知覺之理論而言，每個觀察者眼中之平面景象排列，皆可組成一個整體，在藝術作品中，「一幅圖畫作為一個整體，又同時包含兩種完全不同的構圖方式，一種是向深度延伸的『舞台』式的排列，另一種是在平面之內的排列。」[32]進一步來說，詩人不僅運用觀察到之景象形狀，還要運用語詞構成景象，以喚起種種想像和聯想，[33]此也正是構成唐代開元天寶詩風流向，以其運用場合方位，透顯出的詩人共性的精神狀態，藉景象摹寫，展示其雄壯胸襟及志向。[34]

一　京城井字四通八達

李白紀遊的景象，有以南北東西四方；千戶萬戶群集狀；自然廣闊範圍景地、視覺平面狀之物象等等，太白遊歷觀覽後，將視覺所見之平面景象，或自然景物，或人文建物，展露在詩篇中。此部分論述之詩中平面景象摹寫，是以景為主；情為輔。細察其詩篇空間景狀，透顯詩人慣用之認知空間，[35]與詩篇之方位處所。[36]中國語法方位詞之使用，可以表現出點、線、面、體積之空間範圍等徵。[37]此類平面空間景狀書寫，仔細察考後，可見李白在空間觀察摹寫之

---

[31] 同前註，頁 311。

[32] 參見〔美〕魯道夫・阿恩海姆著，滕守堯、朱疆源譯：〈平面與深度的相互作用〉，《藝術與視覺》（成都市：四川人民出版社，1998 年），頁 151-152。

[33] 參見袁行霈：《中國詩歌藝術研究》（北京市：北京大學出版社，2001 年），頁 4-5。

[34] 參見許總：《唐詩體派論》（臺北市：文律出版社，1994 年），頁 236-237。

[35] 按：依郭中人引述視知覺心理學家吉布森之研究，人類對於空間體察能力，極關鍵的成分是屬於生理的。個體對於三維世界的資訊，是依賴對三度空間的視覺感知。參見郭中人：《空間視覺感知》（*Visual Perception of space*），頁 95、102、103。

[36] 參見 Stephen C. Levinson 著，齊振海導讀：《語言與認知的空間》（*Space in Language and Cognition: Exploration in Cognitive Diversity*），頁 20。

[37] 參見 Stephen C. Levinson 著，齊振海導讀：《語言與認知的空間》（*Space in Language and Cognition: Exploration in Cognitive Diversity*），頁 20-21。

開拓部分。

　　試以詩篇為例：

　　　　紫閣連終南，青冥天倪色。憑崖望咸陽，宮闕羅北極。<u>萬井</u>
　　　　<u>驚畫出</u>，九衢如弦直。渭水銀河清，橫天流不息。朝野盛文
　　　　物，衣冠何翕赩？廄馬散連山，軍容威絕域。伊皋運元化。
　　　　衛霍輸筋力。歌鐘樂未休。榮去老還逼。圓光過滿缺。太陽
　　　　移中昃。不散東海金，何爭西飛匿？
　　　　無作牛山悲。惻愴淚沾臆。（〈君子有所思行〉）

　　「萬井驚畫出」，[38]指長安城中萬條里巷直陳橫列，交錯縱橫，形成
數千個井字巷路，組成四通八達的交通網絡，條條直橫陳列建築之
里巷，就如絃般直。在本句中包括「萬」、「井」，皆是足以構成一平
面景狀群集之視覺空間，雖「萬」字是量詞，但在數字量詞之聚集
碩大之效果下，數量詞也能形成一廣闊豐富的平面景象，在語法上，
量詞使用形成視覺狀大遼闊感。這類以數詞或量詞來表達空間景
狀，並不專指稱該數量，並非真正有上萬條里巷，詩人往往藉以碩
多、碩廣、碩大至不可盡數之詞彙，表現其平面空間景狀。

　　除了「萬」、「井」之外，其他如「畫」、「驚」等，都是表現出
修辭學中比喻法之關鍵字眼，以及人的情緒感。「畫」字緊扣著「萬」
與「井」，指里巷之縱橫交錯之情形，整體的視覺感知，以全體景象
言之，就如似一幅畫。首先，太白運用「畫」呈現二層平面視覺景
象之感覺，一、「畫」指長安城里巷分布是具一個方形或長形的大區

---

[38] 按：王琦引鄭玄《周禮注》：「方百里為一同，積萬井九萬夫。」此借用其字，作里
　　巷解。京城長安街道縱橫交錯亦如井字。參見〔唐〕李白撰，〔清〕王琦輯註：《李
　　太白集註》（臺北市：新興書局，1968 年清乾隆戊寅午聚錦堂原刻本），卷五，頁
　　110-111。

域。二、「畫」指長安城里巷分布直橫線條交織成一個大面積，這個
交織的面積狀態平整有序，深具美感效果，與現實生活中城市街道
雜亂無章法，大異其趣。其次，太白運用「驚」字表現觀察長安城
者之觀察視點，屬於大面積的觀看；是整體的觀看。這大面積之畫
面給觀察者的感覺是「驚」，是出乎意料，甚至是驚與喜的交錯。「驚」
字亦分兩層次意涵，一、「驚」其長安城市里巷之多且大面積；二「驚」
其長安城市之規劃令人感到碩大之美。將這些字詞彙之組合，用在
二度空間景象上，就是李白對於平面景象之認知空間。

　　平面空間，指物質之外表、表面，在藝術和文學中，均可用來
表現作品的內容，若以整體環境觀之，它便可是一個獨立的生命。[39]
在此處，太白引用一個有序具美感之平面如畫之長安景象，表面上，
如此摹景為主，此外，由太白對長安城之平面景狀描摹，太白具有
廣闊繁榮有序之長安城之印象及評價。

　　試舉詩例剖析之

　　　　九天開出一成都，<u>萬戶千門入畫圖</u>。草樹雲山如錦繡，秦川
　　　　得及此間無？（〈上皇西巡南京歌十首之二〉）

「萬戶千門入畫圖。」，[40]指詩人縱覽成都街市廣面全景，收聚在眼
下，這成都街市千門萬戶成了一幅完整景象。「千」和「萬」在中文
語法詞類中，屬於數量詞之數詞。因數詞組成後，成為複合數詞，
用來修辭名詞「戶」與「門」，這樣的數量詞可運用在很多，表示數

---

[39] 按：此引用康丁斯基對「面」之研究，「面」之整體環境，是一個獨立的生命。參
　　見康丁斯基（Kandinsky）著，吳瑪悧譯：《點線面》（*Punkt und Linie zu Flache*），
　　頁 103。
[40] 按：此據瞿蛻園注解，瞿蛻園引文選王延壽魯靈光殿賦：「千門相似，萬戶如一。」。
　　參見瞿蛻園校注：《李白集校注》，頁 558。

量大的景況，數詞＋名詞，可作主語、賓語。若數詞「萬」和「千」連用，表示數量龐大，可作謂語、賓語、定語。[41]

從語法理論之空間系統而言，齊瀘揚認為：「把物體所占有的空間範圍看成是一個『表面』，即只考慮這個範圍在長度和寬度上的特徵。……除此之外，物體所占有的空間範圍還可以是四處都有邊界的一種『面』形狀，這種形狀可以稱作為面積，這是語法在表達「面」的空間範圍形狀之特點。[42]「萬戶千門」之「門」，由中國傳統建築記號觀點而論，「門」即界定為一個實體空間，相對於這個虛體空間，門變成了溝通實與空的媒介。對存在空間中的人而言，門也溝通了一個主觀的內心世界。[43]以戶和門之實體空間物象來詮釋太白眼中物的姿態和情狀，而達到寫物摹景之效果。通常處在宇宙中的詩人，對於物景景象在此宇宙空間的絕對位置和方位，只限於認識物景景象之各部分狀態，以及它們的距離，[44]詩人會取視覺上顯明形狀的東西入詩，而「面」在視覺上就是所稱的空間，由物理學觀點言之，「平面連結其上任意兩點直線完全都在其面上的一種面。」[45]若以物理學相對論之場之圖示法，來解釋這二度空間之場之圖示：

[41] 參見呂叔湘主編：《現代漢語八百詞》（北京市：北京商務印書館，2010 年），頁 13-15、544-546。

[42] 參見齊瀘揚：《現代漢語空間問題研究》，頁 7。

[43] 參見孫全文、陳其澎：《建築與記號》（臺北市：明文書局，1989 年），頁 136-137。

[44] 參見〔法〕朋加萊（Jules Henri Poincare, 1854-1912）著，盧兆麟譯：《科學與假說》（*La Science et l' Hypothese*），頁 68。

[45] 同前註，頁 33、34、36、37、39。

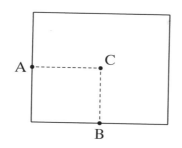

（場的圖示法）

圖八：李白〈上皇西巡南京歌十首之二〉之空間場的圖示[46]

本表之 AC 為一直線；BC 也為一直線。A 點與 B 點在物理學上是指兩個數，故 C 在圖八中可用兩個數表徵。「平面」是二維連續區，在平面上的每個定點，皆可以兩個數來代表，不論詩人以「萬戶千門」摹寫成都街市全圖，或以其他數詞描摹街市圖景，在物理學上，皆可以呈現平面區域，表徵二維度之平面特徵。[47]這種平面式摹寫成都街市全景，使得原本平凡的意象，流露出一種精神氣韻，有「圖畫」

---

[46] 按：圖八：李白〈上皇西巡南京歌十首之二〉之空間場的圖示，請參見愛因斯坦、英費爾德（Einstin, Albert, 1879-1955），（Infeld, Leopold, 1898-1968），郭沂譯：《物理學的進化》（*The Evolution of Physics, 1938*），頁 140。

[47] 按據小暮陽三研究，我們人類居住在三維的世界中，所以用我們的眼睛，可以看見二維世界中的事物。我們都以數字來表示空間的維度，然而二維可以用 X、Y 座標來表示。例如圖示：

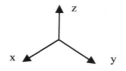

至於三維則一個再加上 Z 座標的空間。例如船在大海位置，是平面位置，只要二維平面座標即可。參見小暮陽三著，郭西川校訂，劉麗鳳譯：《圖解基礎相對論》，頁 24。

之直觀審美意識，和秩序美。[48]這樣圖畫式表達視覺感知，不僅傳景之神，也訴諸讀者的感官感受和聯想，真切地傳達出太白眼中錦城成都之繁華、艷麗和進步有序的大都會勝景。

　　試取詩篇分析：

　　　相逢紅塵內，高揖黃金鞭。<u>萬戶垂楊裏</u>，君家阿那邊？（〈相
　　　逢行〉）

「萬戶垂楊裏」，意指在那垂楊下千萬戶人家，「君家阿那邊？」詢問你的家在何處？末二句的「萬戶」指千萬戶的居家建築物，太白運用數詞「萬」，修辭名詞「戶」，這一數量詞＋名詞之組合，運用在摹寫數量龐大的景致、建築。「萬」在數量詞中可稱為數詞，相對於「序數」說，可稱為「基數」，相對於「分數」說，可稱為整數。[49]這萬字代稱在眾多戶人家建築戶數，表徵無法計數的巨大建築藝術群景象。[50]這建築群眾景象呼應議篇開端「相逢紅塵內」與「高揖黃金鞭」，取「紅塵」、「黃金鞭」之物景形象上的熱鬧繁華及黃金裝飾之華貴馬鞭，加強了詩篇「萬戶」建築群之建物精美和豪華的感受。「萬戶」建築群正表徵一熱鬧繁華城市區域，是一平面城市建物群聚之景象。從物理學而論，平面景象是連結其上任意兩點直線完全都在其面上的一種面。[51]由物理學相對論而言之，「我們不為座標賦予物

---

[48] 參見童慶炳：《中國古代心理詩學與美學》（臺北市：萬卷樓圖書公司，1994 年），頁 159-161、163-165。

[49] 參見呂叔湘：《中國文法要略》，頁 131-136。

[50] 按：在傳統文學和藝術記號概念，「建築藝術的創作在於局佈而形成的一系列是景象的組織和安排，並將此意匠傳達給欣賞者，則欣賞者所欣賞不完全是物的創作，而是由形而轉化為神。」參見孫全文、陳其澎：《建築與記號》，頁 118-119。

[51] 參見〔法〕朋加萊（Jules Henri Poincare, 1854-1912）著，盧兆麟譯：《科學與假說》（ *La Science et l' Hypothese* ），頁 33-37。

理意義，……以往多認為物理學中運用的座標應該是仔細度量出來的距離；如今我們曉得，……座標只不過是將事件清楚分類的一種方法。」[52]詩人以「萬」字摹寫龐大熱鬧城市建物群聚狀，在物理學上，皆呈現一平面區域，表徵二次元之廣闊面空間景象。[53]「萬」戶之萬字顯然含蘊著意志，表示平面狀城市之建築群眾多、繁華之感受，似乎為太白所樂用。

　　例如另一詩篇：

> 三十六離宮，樓臺與天通。閣道步行月，美人愁烟空。　恩疏寵不及，桃李傷春風。淫樂意何極？金輿向回中。　<u>萬乘出黃道</u>，千騎揚彩虹。<u>前軍細柳北</u>；<u>後騎甘泉東</u>。　豈問渭川老；寧邀襄野童？但慕瑤池宴，歸來樂未窮。（〈上之回〉）

「萬乘出黃道」，黃道指天子所行之道。萬輛車奔馳於黃道，護衛天子往回中宮遊樂，廣大盛裝之車輛軍備，浩浩蕩蕩行進，十分威風。「萬」字為數詞，摹寫護衛天子之車輛數甚多，而且是以「出」字表示車輛一起行進於天子所行之道，「萬」輛天子軍備隨扈眾多，在太白眼中，數量大到無可計數，一起群聚前呼後擁著天子、保護天子，故呈現巨大車輛群聚之景象。後文二句：「前軍」和「後軍」呼應著前述「萬乘」有序之車輛聚狀，是有前導車輛群，及後面跟隨之車輛群，形一盛大平面景象。詩篇表面摹寫天子往回中宮遊樂的車輛隨扈之千萬人群聚盛況，另一方面，這平面盛大狀景為了天子遊樂出行罷了，故也反映碩大繁華之平面景象下，其實只是虛華不實的天子享樂之行。

---

[52] 參見羅素（Bertrand Russell, 1872-1970）著，郭中一審閱，薛絢譯：《相對論ＡＢＣ》（*ABC of Relativity*）（臺北市：臺灣商務印書館，1999 年），頁 86-87。

[53] 參見小暮陽三著，郭西川校訂，劉麗鳳譯：《圖解基礎相對論》，頁 24。

二 湘面廣闊共天一色

　　太白紀遊詩中有以平面狀景象摹寫者，經常用自然廣闊的水面景象，廣角模式數量詞、形容詞等修辭語法，描寫李白眼中對廣闊自然湖海之空間感知，展現其視覺心理視點。

　　試取詩篇為例：

> 鏡湖三百里，菡萏發荷花。五月西施採，人看隘若耶。回舟不待月，歸去越王家。（〈子夜吳歌四首之二〉）

　　「鏡湖三百里」，又稱鑑湖，在今浙江省紹興市會稽山北麓。[54]朱諫認為李白將西施乘舟以採蓮之姿態美摹寫十分傳神，採取側面描寫，三百里大的鏡湖上聚集許多人，皆慕名西施之美，欲一睹西施風采。[55]有時平面狀景象顯得基面寬大時，這面的元素自然產生等量的力量，朝四面八方擴散，呈現一最完美的寧靜。[56]「面」具有「寧靜」的聲音，也具有「文學的」味道；若在平面之「上」，給人一種解放、自由、鬆弛的想像，寬面是密集的相反，因此，平面愈廣大，表示自由輕易的運動印象，張力比較容易展現。[57]李白突顯鏡湖之寬與遠，也透顯這大範圍的寧靜和眾人摒息以待西施出現之靜。另用數量詞「三百」，強調之湖面積廣遠，湖面寬廣至三百里，因西施使

---

[54] 按：詹鍈引用《通典》云：「水利田：漢順帝永和五年，馬臻為會稽太守，始立鏡湖，築塘周迴三百十里，灌田九千餘頃，至今人獲其利。」又引《輿地紀勝》云：「南湖在城南百里許，步東西二十里，南北數里。縈連郊郭，連屬峰岫，白水翠巖，互相映發，若鑑若圖。」參見詹鍈主編：《李白全集校注彙釋集評》（天津市：百花文藝出版社，1996年），冊二，卷六，頁938。

[55] 此據詹鍈引朱諫之語。同前註，頁939。

[56] 參見康丁斯基（Kandinsky）著，吳瑪悧譯：《點線面》（*Punkt und Linie zu Flache*），頁111。

[57] 按：基本的平面有「文學的」、「遠方」、「靜」等特質，此外，平面之上和下之描寫，也各自帶出不同的氣氛和空間知覺。同前註，頁104-106、108-109。

湖面上充滿著觀看西施的人湖,似乎使若耶溪變狹窄了。由「鏡湖
三百里」之寬廣至「若耶」溪狹窄,李白運用平面空間大小相較差
異,表示人群占據大量空間,使平面空間在視覺上有了由寬變狹窄
之感覺。李白就是把平面空間,當作環繞篇主角「西施」之側寫景
狀,以平面空間的寬遠狹窄變化來解釋西施的美,而達到摹景傳神
之效果。通常空間景象用來傳達環境和方位處所,造就背景和詩篇
氛圍,形塑了人群愈聚集愈多,平面空間因圍觀人群數目而愈來愈
狹窄。上述位置變化顯示了二個現象:一是平面空間由寬而狹窄之
變化,二是群眾等待西施的時間增加。海森堡認為:「在相對論沒有
出現以前,事物的時間在空間中的位置無關。……時間和空間的觀
念是屬於我們和自然的關係。」[58]空間之變異和事物位置之變化是息
息相關,在相對論中,空間之變化也是與事物的時間緊密相關。詩
中「鏡湖三百里」和「隘若耶,呈現李白純粹依靠視覺的印象,現
示二維度空間,[59]由鏡湖主若耶溪,李白採用二個表象空間感覺,連
續地安排在詩篇之首聯和次聯,這兩個空間是連續地出現在詩中,
以空間連續和變化[60]來摹擬西施美貌遠近馳名之情狀。若以物理學相
對論之場之圖示法,來解釋這二度空間變化之場之圖示:

---

[58] 參見韋納爾・卡爾・海森堡(Werner Karl Heisenberg 1901-1976)著,用東川、石
資民、黃銘欽合譯:《物理與哲學》(*Physics & Philosophy: The revolution in modern
science*)(臺北市:協志工業叢書出版股份有限公司,1992 年),頁 79。

[59] 參見〔法〕朋加萊(Jules Henri Poincare, 1854-1912)著,盧兆麟譯:《科學與假說》
(*La Science et l' Hypothese*),頁 46。

[60] 同前註,頁 47。

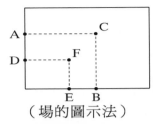

（場的圖示法）

圖九：李白〈子夜吳歌四首之二〉61之空間場圖示

本表之 AC 與 BC 為鏡湖三百里之範圍之觀念性之地圖，DF 與 EF 為詩篇中若耶溪之狹窄範圍之觀念性區域，呈現由大平面空間至較窄小之平面空間。詩篇、連用了一寬大一狹窄的空間變化，顯示人群群眾之情形。在物理學上，這兩平面空間可呈現二個平面區域，表徵二維度之平面特徵。由此平面圖示，使由寬大至窄小的之概念，透顯出具象之圖示和詩篇空間景象之秩序美。在詩篇中，鏡湖三百里的大空間驟轉至「隘若耶」之狹窄空間，是因等待看西施採蓮的人愈來愈多，不因時間長而人群散去，反而時增人增，故空間愈發擁擠、狹小了。若加上時間因素，本詩之空間變化，亦可由圖十之時空圖來呈現之。本詩為二度平面景象空間，故在時空圖中，只取用 x、y 座標，及表徵時間變化之 t 與 t'。

---

61 參見愛因斯坦、英費爾德（Einstin, Albert, 1879-1955），（Infeld, Ceopold, 1898-1968）郭沂譯：《物理學的進化》（*The Evolution of Physics, 1938*），頁 140。

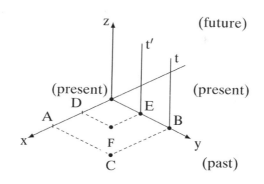

時空圖（spacetime diagram）[62]

圖十：李白〈子夜吳歌四首之二〉之時空圖[63]

此時空圖上半部指未來，中心點指現在，時空圖下半部指過去。本
詩篇之「現在」，指西施採蓮之當下時刻，故 E 點與 B 點可說具同時
性。只是愈接近西施採蓮時刻，如 E 點，空間範圍愈趨狹小，指人
潮多，空間變狹窄。例如 DEF。若離西施採蓮時刻較遠者，如 B 點，
空間範圍愈寬大，例如 ABC。

　　試舉詩例分析之：

---

[62] 按：時空圖，spacetime diagram，據臺灣師大物理系蔡師志申教授之研究，時空圖
指空間時間的圖像。此 space 非指太空，是指空間。另可參見 Raymond A. Serway,
Clement J. Moses, and Curt A. Moyer (2005), Modern Physics, Third Edition, Belemont:
Brooks/Cole Cengage Learning, pp. 32-40。據愛因斯坦時空圖之觀點，蔡師志申認
為「如何觀察」是為大前題。另依 Sander Bais 之見，時空圖指一具有時間和空間
座標的地圖。用專家的術語，這叫做明可斯基圖（Minkowski diagram）。此描寫世
界在如何變化的觀念性地圖。參見 Sander Bais 著，傅寬裕譯：《圖解愛因斯坦相對
論》（Very Special Relativity: An Illustrated Guide），頁 12-13。另參見竹內建著，陳
政維審訂，許羨砡、蕭志強譯：〈時空圖〉，《不需算式的相對論》（臺北縣：世茂出
版公司，2007 年），頁 36-41、46-51、60-61。

[63] 按：圖十：李白〈子夜吳歌四首之二〉之時空圖，是以三維空間 x、y、z 座標，加
t 與 t'（時間）之時空圖，標示平面二維空間變化情形及時間變化情形。圖九：李
白〈子夜吳歌四首之二〉之場之圖示，是以平面二維空間 x、y 座標標示平面二維
空間變化情形。

> 聞說金華渡，<u>東連五百灘</u>。全勝若耶好，莫道此行難。猿嘯
> 千谿合；松風五月寒。他年一攜手，搖艇入新安。（〈見京兆
> 韋參軍量移東陽二首之二〉）

「東連五百灘」，「五百灘」指在「金華縣西五里雙溪中，盤亙甚大，
舟行牽挽須五百人，然後可渡，故名。」[64]在今浙江金華縣雙溪中。
前聯兩句描寫浙江金華渡之處，東面連接著五百灘，此地風景勝過
著名的若耶溪。五句和六句說明五百灘美勝之處，「猿嘯千谿合，松
風五月寒。」既富含自然猿鳴之樂聲，又有松風清涼觸感。「東連」，
描摹著金華渡以及向東延伸連接之空間景狀。從藝術形象之理論而
言，「東」是圖象之平面的「右」，康丁斯基說：「『右』和『下』也
有某種關係在，它是『下』的延續，但稍弱些，較不那麼密集、沈
重、拘束。……往右──走向拘束──是『回家』的運動，它的目
標是安寧。」[65]詩題「京兆韋參軍量移」，意謂京兆韋參軍因罪被貶
遇赦，酌量升遷主近地任職。但是京兆韋參軍不能回京城卻至吳地
（合江蘇南部和浙江北部一帶），顯然韋參軍苦於流貶，面對即將赴
任之金華渡與五百灘等地，沒有絲毫欣喜之樂。太白在首二聯以金
華渡之東連延伸平面景象，雖寓含勸慰京兆韋參軍之語意，卻也透
顯的向下以及沈重之視覺空間感知。

由中文語法空間系統而論，「東」，即是通常所說的方位詞，同
類的方位詞有上、下、左、右、前、後、裏、外、內、中間、南、
北。[66]「東連」似乎是由金華渡向東連接「五百灘」，中文語法空間

---

64 參見詹鍈主編：《李白全集校注彙釋集評》，冊三，卷八，頁 1299。詳參詹鍈注語。
65 參見康丁斯基（Kandinsky）著，吳瑪俐譯：《點線面》（Punkt und Linie zu Flache），
　 頁 108-109。
66 參見儲澤祥：《現代漢語方所系統研究》，頁 7-8。蔡宗陽：《國文文法》（臺北市：

形狀系統來看，前二句把平面狀空間範圍，拉得更廣闊更遠，也是一個方位詞與方位詞的短語。[67]「五百灘」是一地名，由數詞之短語，[68]以地名之命名，即標示平面狀廣闊景象。「五百」，是以五百人牽挽舟行才可渡，來摹擬該處寬闊地景，可容納五百人並行之面積。用在空間上，自然是稱讚該地視野開闊，景色寬敞怡人，可一覽無遺，或許韋參軍至該處，可抒解內心流貶之苦悶。將這些名詞、短語、數詞，用在平面空間身上，這正是為寬慰韋參軍之摹寫法，分別強調了視覺之感官感受，蘊含了鼓舞的力量。

試舉詩例分析之：

> 湖闊數十里。湖光搖碧山。湖西正有月。獨送李膺還。(〈陪從祖濟南太守泛鵲山湖三首之二〉)

「湖闊數十里」，指鵲山湖廣闊有數十里，詹鍈引嚴評本載明人批語云：「此首以闊字演意。」[69]本詩首聯摹寫鵲山湖之平面景狀，取數量詞，具體形容湖面面積有數十里之廣闊。主人翁李膺，即李太守與李白在月光下泛舟，一眼望去，寬闊湖面因月色與水光互映，益發顯得光潔亮眼，視野也因此可望得更遠了。一些表示空間面積的數詞，由於能夠將象湖面空間具體範圍標示出來，因而能產生遼遠

萬卷樓圖書公司，2008 年)，頁 88-90。

[67] 參見齊瀘揚：《現代漢語空間問題研究》，頁 7-9。另詳參蔡宗陽：《國文文法》頁 180-181。另參見朱德熙：《語法講義》(香港：商務印書館，2008 年)，頁 40-42。

[68] 按：短語指「詞組」，它由兩個或兩個以上的詞組合而成的。參見黃六平：《漢語文言語法綱要》(臺北市：華正書局公司，2000 年)，頁 21-23。另參見蔡宗陽：《國文文法》，頁 177。此處相關數詞之研究，參見何永清：《文法與修辭》(臺北市：三民書局公司，2005 年)，頁 30-31。見呂叔湘：《中國文法要略》，頁 135-136。見楊如雪：《文法 ABC》(臺北市：萬卷樓圖書公司，2006 年)，頁 56-57。

[69] 參見詹鍈主編：《李白全集校注彙釋集評》冊六，卷十八，頁 2846。

的空間感知，這是詩人塑造平面空間景象時所樂用的，這些數詞的
作用，讓人感覺到位置之範圍，張力的伸展，視野可以四面八方地
周環環視湖景，引發平面寬闊的感受。首句之「數十里」，不僅開拓
了視點範圍，塑造了平面面積，也深具彈性不死板的約數摹寫法，
含有可能更寬更遠之彈性寫法，引起舟行上兩人處在平面遼闊不知
窮盡處之水面上，自由駛向任何想去的方向，平「面」就能帶出更
多「自由」、「飄浮」之可能性。[70]

　　「闊」字傳達出詩眼，傳遞出巨大的廣闊的衝擊力，向四方一
望無際的地環顧，這自由和不拘束的行動力，正是詩人李白內心性
格之映照，也是李太守和李白共同的心情，而次句之「湖光搖碧山」，
「搖」字之動感十分強烈，也是一妙用，表示湖面之廣，波影動蕩
映照著碧山之山倒影，也震撼著李白與李太守的心，兩人一見開闊
湖面，引發一種心神動搖、沈醉不能自己的美景裏了，其中「碧山」
一詞，原是靜態景象，在此卻使用動詞「搖」字，烘托首句之「湖
闊」之寬闊美，平面開闊無邊際之景象，連碧山倒影也搖搖蕩蕩的
了，這不止是山倒影之水波動蕩，也是觀景者李白內心的震撼和感
動，這平面「闊」美之摹寫，正如童慶炳所云：「詩人的創造作為一
種意識活動，只有一個來源，那就是客觀的世界「物」或者說『物
理境』即是我們所說的生活，是詩的創作鏈條中的第一鏈。……詩
人按物之原來的形體狀貌如實地去體察和了解。」[71]太白在詩篇中反
映之平面廣闊美感與二度空間感知，正是經由觀覽物理境，[72]經由個
人遊歷經驗、文化修養、認知空間、視覺心理感知等千態萬狀之心

---

[70] 按：康丁斯基認為「長形寬幅，是上邊長於邊，使元素有更多「自由」的可能性。……
　　一個面上的點，也可以從面解放出來，『飄浮』在空間裡。」參見康丁斯基（Kandinsky）
　　著，吳瑪悧譯：《點線面》，頁 28-129、132-133。

[71] 參見童慶炳：《中國古代心理詩學與美學》，頁 4-6。

[72] 同前註，頁 9。

理效應，而後呈現獨特、富個人色彩的平面景象空間美。

第二節　茫然失序吶喊四方

　　李白二十五歲出三峽，至六十歲止，一生漫遊南北各地，在出三峽之後，曾到湖北、江陵，接著南遊洞庭湖，登蒼梧山，除了城市和山脈，李白喜歡沿著江河遊歷，曾「來到長江與漢水匯合處的江夏（今湖北漢口）」，又順長江東下，上廬山，下金陵（今江蘇南京），直到東南沿海的吳郡和會稽郡（今江蘇蘇州和浙江紹興一帶）。」[73]這些豐富的遊歷經驗，造就李白獨特、具創造力的觀察能力，此外，李白在漫遊各地時，因結交各領域的朋友，不同地方與朝廷政治文化知識，造就充滿個人色彩的觀照景物形象之方式。外在環境形物之美，往往經由詩人的巧眼、巧思，化成筆下一篇篇文字，詩人「是語言的藝術家，透過詩，他們傳遞了用眼、用心、用生命所建構的美感經驗。」[74]可知詩人運用視覺觀察能力來自於廣泛汲取和學習。在李白紀遊詩篇中，為將自我形象放大到無限，李白採取神奇、虛幻、誇張、奇特、夢幻等手法來表現心情和情意，李白也運用紀實的方式，以實際景象為詩歌題材，摹寫其理想境遇與苦悶寄託。[75]此類紀遊詩摹寫方式，也是以心託物，將主觀感情色彩，塗抹在客體

---

[73] 參見王運熙、李寶均：《李白》（臺北市：萬卷樓圖書公司，1993 年），頁 13-14。

[74] 參見李清筠：《時空情境中的自我影像》（臺北市：文津出版社，2000 年），頁 213。

[75] 按葛曉音認為「李白的登覽、紀遊山水詩可分兩類。一類是按照傳統的表現方法如實描寫山水，……如《安陸白兆山桃花岩寄劉侍御綰》描寫他隱居讀書的桃花岩，……《涇溪南藍山下有落星潭》形容此潭『藍岑聳天壁，突兀如鯨額。奔壁橫澄潭，勢吞落星石』的奇絕；……這些登覽山水之作，筆力雄健橫壯，雖也不乏幻想和誇張，但大抵以紀實為主。」參見葛曉音：《山水田園詩派研究》（瀋陽市：遼寧大學出版社，1993 年），頁 302。

上，[76]部分紀遊詩之景象，採用客觀筆調，對景物作寫意式的描寫，這類作品亦是以情意為主，以景物形象為輔，其詩篇中之景象是實寫。葉嘉瑩教授說：「中國古人說的『情動於中而形於言』，要說到一首詩歌的好壞，先要看那作詩的人，是不是內心真正有一種感動，有要說的話，是不是有他真正的思想、感情、意念。……這是判斷一首詩歌的最重要的標準。……最好的、最能感動人的詩篇是詩人從自己的喜怒哀樂，從自身的體驗所寫出來的。」[77]可知詩篇情意來自詩人真實心聲之重要性。詩人先有了主觀的意念和真實情感，依循著內在需求，來選擇其觀覽傾向，影響詩人所見之景色，即使是非刻意變形及創造的詩篇景象題材，是紀實類空間景象，仍可窺見詩人的自我形象。[78]紀實類空間，包括自然山水、人文建物等，在紀遊詩二度空間之地理景象或位置，不但影響了詩篇氛圍，也反映詩人的視點審美之選擇與藝術表現。[79]

劉勰的《文心雕龍・物色第四十六》對於作品之「形」似，論述其美感效益：

> 自近代以來，文貴形似，窺情風景之上，鑽貌草木之中。吟詠所發，志惟深遠；體物為妙，功在密附。故巧言切狀，如印之印泥，不加雕削，而曲寫毫芥。[80]

此可知紀遊詩之景象取資實景，即指作品中貼切地摹寫景象之姿態

---

76 參見丁成泉：《中國山水詩史》，頁 98。
77 參見葉嘉瑩：《迦陵說詩講稿》（臺北市：桂冠圖書公司，2000 年），頁 96-97。
78 參見李清筠：《時空情境中的自我影像》，頁 213。
79 按：據金健人之研究，地域和場所反映作家的審美選擇與藝術表現。詳參金健人：《小說結構美學》（臺北市：木鐸出版社，1988 年），頁 60-61。
80 參見〔梁〕劉勰著，王更生注譯：《文心雕龍讀本》，卷十，頁 301-302。

和形貌。在魏晉時期，詩人已運用「形似」的描寫法，例如潘岳、陸機、張協。鍾嶸《詩品》評論張協的詩具形似之特色，列張協詩為上品：

> 其源出於王粲。文體華淨，少病累。又巧構形似之言，雄於潘岳，靡於太仲。風流調達，實曠代之高手。[81]

藉著景象形似，詩人感物與緣情，反映觀者與外在景象間的遇合互動。詩人以自然景象貼合或喚起內在情感，將縹緲朦朧之抽象情意，藉著外界景象空間，具體地、客觀地呈現內心情意，這不僅增加詩歌視覺綺靡之效，也帶來詩篇平面空間景象之風光與姿容。

平面空間景象之紀實摹寫，可具體地傳達李白隱微朦朧的細膩情思。早期人類在語言記號之設計，作為表達人類意識區域，來減少二者間差距，詩人便是最佳的語言記號創造者。[82]因為詩人可藉不同的角度去觀察，可以看到以往看不到的事物，也可以在作品中做更細膩的描述。在空間記號理論中，人文建築亦是記號之應用，可運用視覺的類比，將「存在事實」進行類比性的設計。[83]地景建物和自然景物，在平面空間理論中，皆屬同類「面」，「面」在繪畫藝術理論中，即是用來表現作品的內容、作者之情緒。「面」帶有寂靜之意。[84]在空間類型中，「面」的種類有方形、長形、圓面、多角形等。

---

[81] 按：據王叔岷。引葉長青之語云：「上品謝靈運、中品顏延之、鮑照詩，均云『尚巧似』……所謂『指事造形，窮情寫物。』亦即『形似之言』也。」參見王叔岷：〈晉黃門郎張協詩〉，《鍾嶸詩品箋證稿》（臺北市：中國文哲研究所籌備處，1992年），頁 185-187。

[82] 參見孫全文和陳其澎：《建築與記號》，頁 122。

[83] 同前註，頁 69-70。

[84] 參見康丁斯基（Kandinsky）著，吳瑪悧譯：《點線面》（*Punkt und Linie zu Flache*），頁 103。

[85]其中以方形面最具客觀感,「產生一個冷得近乎死亡的結果;根本可以視為死亡的象徵。」[86]依視覺空間感知而論,二度空間面狀之比例、形體,容易產生封閉感。[87]從中文語法觀點中,二度空間面狀摹寫法,有很多方式,例如,物件呈現環狀平面排列;面之摹寫順序是由表面至裏面;面之描寫順序是將平面整體分為上下兩部份,逐次摹寫;面之描寫順序是將平面體體依同一方向原則由前至後,逐次摹寫;面之描寫順序將平面整體依左右、東西南北、中心周環,逐次摹寫。這類平面景象描寫方式,一方面是因詩人視覺關注焦點與方向,達到詩歌表情達意之效果;另一方面是平面景象有時可以是單一位置命名指稱,有時可以結合空間方位詞,表達平面景象之定位範圍,達到詩意語境清晰具體之效果。[88]例如;鏡湖、洞庭湖、天安門廣場、茫茫南與北、前後平原等。其中前、後、上、下、左、右、東、西、南、北,是漢語中的方位詞,這些方位詞運用在二維空間(面)和三維空間(體)中,皆可真正指示方向。[89]這些中文語法方位詞,往往可表現靜態位置,說明中國古典文學作品已具可表示點、線、面、體的概念。[90]在繪畫元素理論中,平「面」即帶有一種「文學的」味道,它揭示了不同藝術間的深厚關係,及所有藝術,甚至可以感覺,是整個精神領域,有一共同深植的根。[91]基本平面的

---

[85] 同前註,頁 103、110、113、120、130。

[86] 同前註,頁 103。

[87] 參見郭中人:《空間視覺感知》(Visual Perception of space),頁 85。

[88] 依廖秋忠之研究,〈物體部件描寫的順序〉,〈空間方位詞和方位參考點〉,《廖秋忠文集》,頁 139、149、164-166、174。另參見加斯東・巴舍拉(Gaston Bachelard)著,龔卓軍、王靜慧譯:《空間詩學》(La poétique de l'espace)(臺北市:張老師文化事業公司,2010 年),頁 120、124、125、144、313、317、318、320、321、322、323、332。

[89] 參見齊瀘揚:《現代漢語空間問題研究》,頁 3、9、10。

[90] 同前註,頁 10。

[91] 參見康丁斯基(Kandinsky)著,吳瑪悧譯:《點線面》(Punkt und Linie zu Flache),

類型中,「方形」面可產生一個冷得近乎死亡的結果;平面之「上」,可給人鬆弛、輕鬆、解放、自由的想像;平面之「下」,給人密集、沈重、束縛感;平之「遠方」,是走向遠方之運動,有冒險的感覺,這也有往「左」的意味;平面之「右」,是走向拘束。[92]「圓形」面,則呈現「充實圓整性」和「首尾一貫」,有生命高度凝聚之崇高、巔峰與神聖狀態,但這也蘊含著,它有極端的個體性,孤傲不群、在社交上的脆弱。[93]

從物理學相對論之立場,觀察者對「面」的觀點,是關注「一個事件在發生的世界」的區間,[94]李白紀遊中摹寫二度空間景象,出現次數不多,[95]其平面空間景象,用來摹寫脆弱、迷惘、茫然等情思,從物理學相對論之觀點,羅素說:「我們天性習慣用畫面來解讀世界。」、「我們對於物質的理解——即便只是抽象而概略的理解,原則上已足夠說明這點知識按什麼法則促使我們發揮知覺與感受。」[96]此可說明由科學立場,平面空間景象與人類感官知覺是關係密切的,空間物象之解讀,是來自觀察者感官知覺與情緒感受。

由文學美學之觀點而論,金健人說:「空間觀念的獲得,「是人的眼睛分析具體視象千百萬次以後的結果。肉眼對具體視象的無數次觀察、辨認,使人習慣於在各方面區分整體與部分之間的感覺。」,

---

頁 108。

[92] 同前註,頁 103、105、108、109。

[93] 參見加斯東・巴舍拉(Gaston Bachelard)著,龔卓軍、王靜慧:《空間詩學》(*La poetique de l'espace*),頁 340、342、345、348。

[94] 參見羅素(Bertrand Russell)著,薛絢譯,郭中一審閱:《相對論ＡＢＣ》(*ABC of Relativity by Bertrand Russell*)(臺北市:臺灣商務印書館,2009 年),頁 153。

[95] 參見表六:李白詩歌各類體裁之紀遊景象統計總表。「平面(二度空間)」出現次數 23 次,排序為第六,出現比率只有 1.27%。

[96] 參見羅素(Bertrand Russell 1872-1970)著,薛絢譯,郭中一審閱:《相對論ＡＢＣ》(*ABC of Relativity by Bertrand Russell*),頁 156、158。

「小說的空間感，當然是以現實的空間感為基礎的。」[97]不論知覺、情感和哲理，在中國詩歌素材中，空間景象與情感、哲理是融合無間。[98]李白詩篇藉平面空間景象抒發對前途茫然，和思緒失序之情意。以下分別說明之。

一　前途茫盲

　　李白描摹仕宦前途之情志，主要包含無人重用之苦悶；朝廷權奸勾結成勢；性格耿直，無法融入朝廷政治模式等。此類紀遊作品，是以情意為主，空間景象為輔。這類詩篇所取用之平面空間景象各是紀實的，由現實世界之平面形貌觀察而來的，雖非太白創塑之空間景象，李白選擇自然的實際之景象，為了摹寫出主觀感情色彩，以及自身生命體驗和酸甜。李白先有內在心理情念需求，再遵循內在聲音，在觀覽天地四方景致時，選擇空間景象，表現自我。[99]此亦是以心託物，李白藉著平面景象，託諭一己內心情志和及苦悶。[100]李白運用自然平面景象，傳達內心情志，以紀實方式來選取詩歌素材，亦可見李白主觀情感，及自我表現。

　　試以詩篇分析之：

> 剗卻君山好，<u>平鋪湘水流</u>。巴陵無限酒，醉殺洞庭秋。（〈陪侍郎叔遊洞庭醉後三首之三〉）

「平鋪湘水流」，「湘水」指洞庭湖，詹鍈引朱諫注云：「言洞庭去巴

---

[97]　參見金健人：《小說結構美學》，頁 80。

[98]　參見黃永武：《中國詩學設計篇》（臺北市：巨流圖書公司，1999 年），頁 43。

[99]　參見葉嘉瑩：《迦陵說詩講稿》，頁 97。

[100]　按：據葉嘉瑩之研究，詩人「運用形象的特點常常是『以心託物』，這反映了詩人重現心靈勝於重視物質。同前註，頁 74。

陵中隔君山，不見湖面之闊，苦得剗去君山，使湘水平鋪，自巴陵
以至洞庭中無所碍，湛然而一碧也」。且巴陵酒多而價廉，吾將買酒
於巴陵而取醉於洞庭也。[101]李白因見洞庭湖闊之美，興起鏟除君山，
使阻攔湘水之物消除，讓浩浩蕩蕩的湘水可以毫無阻礙地平穩奔
流，又據《李詩直解》云：「此詠湖景而欲醉酒以為樂也。言洞庭之
廣闊無際，獨君山砥柱其中，今鏟去君山，則水面平鋪，而湖水益
流也。」[102]於詹鍈和朱諫注解中，即舊稱「平鋪湘水流」是託喻李
白仕途之前景未得順遂發展，是因為朝廷未能重視人才，使其功業
無成。若能除去君山，使湘水無阻礙地平穩奔流，就如同除去朝廷
之不公平制度，使有志之士有平坦道路可走。李白胸懷救社稷、濟
蒼生之抱負，但遭遇二明主，前後兩遷逐，後因遇赦仍未獲任用，
李白懷著滿腹憤怨與不平心情，而有了欲鏟坎坷障礙，欲除世間不
平之想法，目的是使有志之士前途坦蕩，有發揮的機會，得以在仕
途上展現一己之能力。表面上，詩篇之「君山好」、「湘水流」、「無
限酒」，描摹洞庭湖景象，把該地景空間寫得很美好，若鏟了君山，
使湘水平鋪奔流，那種快樂，如同把巴陵之水皆變成巴陵美酒，實
際上，李白卻不可能鏟除君山，湘水前面永遠有阻礙，無法平穩奔
流，故巴陵美酒也不可得了，恰似李白仕宦之途，因明主不願任用，
李白濟世志向無從發展，功業未成，這積憤不平的心情，因見洞庭
湖水受阻，湧上心頭，只有鏟去君山，似除去人生阻礙，這滿腹憤
懣，才得宣洩。太白運用「平鋪湘水流」平面空間景象，喻託一己
期待仕途功業得以平穩發展，現實人生中，太白無法實現這個人生
夢想，故藉洞庭湖平面流勢，抒發一生潦倒悲憤之情。「平鋪」指洞
庭湖水平鋪開而暢快地流淌。平面湖水向水平面遠方流去，從繪畫

---

[101] 參見詹鍈主編：《李白全集校注彙釋集評》冊六，卷十八，頁2891。
[102] 同前註，頁2892。

「形」與文學之關係而言，康丁斯基說：「（面的本性）遠方，是走向遠方的運動。往這方向，人們就遠離他習慣的環境。他從因襲的，使其運動僵化的障礙裏解放出來。」[103]「面」是由線組成，「一群積極、向上力爭的張力堆積在冷性的基面（寬形積面），這些張力就會變得愈戲劇性或愈少戲劇性，因為障礙有一股特殊的力量。這種超出邊界的障礙有時會給人一種苦痛，無法忍受的感覺。」[104]由「形」象和情意之關係來看，李白運用「平面」景象、「洞庭湖」方所，來喻託自己苦悶心情與前途障礙重重，欲力爭上游卻屢次挫敗之壓力，就在這平面之向遠方推展之張力，帶出詩人之苦澀和仕宦之途多舛。

　　然而值得注意的是：首先，李白描述之洞庭湖平面景象，皆為正面美好的，「君山好」、「平鋪湘水流」，先陳敘君山，次言洞庭湖，呈現李白關注洞庭湖之平鋪流向之關鍵是在君山。其次，李白於此詩作所描述的空間景象，在物理學上，「山」為三維空間，是一立體空間景象，「洞庭湖」是二維空間，是平面空間景象，這是一先高維度，再中維度之摹寫空間法，從人類視覺感知而論，先高而低，是一高一低之景象並置，呈現對稱之空間感，在空間景象安排上，「君山」與「洞庭湖」是相對稱之兩景象，從詩篇意涵而論，「君山」或可託喻朝廷不公平之對待，「洞庭湖」可託喻為太白仕宦之路。換言之，李白乃是以遊覽洞庭湖，紀遊觀覽該湖面空間景致，藉著三維空間景象和二維空間景象之對立並置，來託喻李白意圖從政之幻滅，這個人性挫折，變成一股無法排解之壓力，故在下聯，李白運用幻想，將巴陵水變形成巴陵美酒，這神奇奇幻之紀述，彷彿是太白掙脫現實痛苦之精神昇華，在神遊和虛幻中，到安頓茫然內心之

---

[103] 參見康丁斯基（Kandinsky）著，吳瑪悧譯：《點線面》（*Punkt und Linie zu Flache*），頁 109。

[104] 同前註，頁 103。

處所。換言之，詩篇前端紀實，李白取資現實地景情況，將洞庭湖平面空間作大肆鋪陳，君山是好的，洞庭湖平面流勢亦是順暢的，筆墨重點，即是即使君山好，但若阻礙了洞庭湖平鋪暢流，也應加以鏟除，其中交代了君山和洞庭湖間關係，也交代了自己仕宦前途挫折與這平面空間景象之精神聯繫。如此看來，洞庭湖之平面景象的確可視為一太白託喻一己仕途受創傷之意涵。當然也是一首以二維空間景象喻己情志之作。

試舉詩例析論之：

> 倚劍登高台。悠悠送春目。蒼榛蔽層丘；瓊草隱深谷。鳳鳥鳴西海，欲集無珍木。鷽斯得所居，<u>蒿下盈萬族</u>。晉風日已頹。窮途方慟哭。（〈古風其五十四〉）

「蒿下盈萬族」，乃指鴉烏鳥得群居，在蒿草下聚滿了牠們萬族。詩篇「鷽斯」是鴉烏；小鳥，喻小人。[105]萬族指眾多，遍布群居在蒿草中。「萬」字，表示數量龐大，呂叔湘《現化漢語八百詞》云：「表示數大，可作謂語、賓語、定語。」[106]《實用現代漢語語法》認為「萬」屬於整數的稱數數詞。[107]數詞一般不接受其他詞題之修飾，可當名詞用，也可用作稱代性質。[108]故「萬族」稱代一整體，表示數量龐大之一群族群。並非真指一萬個小人。在詩篇中段，李白運

---

[105] 按：詹鍈引《爾雅》卷一〇《釋鳥》：「鷽斯，鵯鶋。」郭璞注：「鴉烏也。小而多群，腹下白，江東亦呼為鵯烏」朱諫注：「鷽斯，小鳥，喻小人。」，「萬族」朱諫注：「萬族，喻眾多也。」參見詹鍈主編：《李白全集校注彙釋集評》，冊一，卷二，頁 241-242。

[106] 參見呂叔湘主編：《現代漢語八百詞》，頁 546。

[107] 參見劉月華、潘文娛、故韡著，鄧守信策劃：《實用現代漢語語法》（*Modern Chinese Grammar*）（臺北市：師大書苑公司，2009 年），頁 63-64。

[108] 參見蔡宗陽：《國文文法》，頁 128。另參見黃六平：《漢語文言語法綱要》，頁 90-91。

用「鳳凰」與「鷿斯」對比，鳳鳥一隻無梧桐樹可棲，鴉烏卻整群占據蒿草。李白以整群鷿斯聚滿遍地蒿草，託喻小人結黨引類至於萬族，占據朝廷中高位。「盈萬族」是以數詞稱代數量龐大小人，聚滿了整個朝廷高位，呈現一整體空間景象。齊瀘揚《現代漢語空間問題研究》云：「『面』：把物體所占有的空間範圍看成是一個表面。」[109]正因為「盈滿族」表現之龐大平面空間景象之想像力，即使全詩筆墨不脫離文人仕途志向之主調，始終圍繞著賢者無路可走閒置在野，小人群聚志得意滿，呼朋引類，占滿朝廷高位。太白取用平面空間景象，託喻朝廷小人勾結成勢占據高位，賢者君子閒斥在野，前途茫茫。

再取詩篇論析：

> 茫茫南與北，道直事難諧。榆莢錢生樹，楊花玉糝街。塵縈游子面；蝶弄美人釵。卻憶青山上，雲門掩竹齋。（〈春感〉）[110]

「茫茫南與北」，乃指李白遊春時，道路上所見北方皆很遼闊廣遠之景。這是本詩首聯，可視為全詩序曲，展現的主要是一幅由南方與北方周環迴繞視野之平面空間景象。李白由此點出遊春之際，所見所感的，是一片南北縱橫之空間面感，這樣平面空間感知，康丁斯基說：「（平面）與這兩邊有關的，還有一種特殊感覺，我們從它特徵的描述上來說明。這個感覺，帶有一種『文學的』味道。」[111]一般物質的表面，是由兩條水平線和兩條直線圍成的，在本詩中「南與北」，反映一個表面的前方與後方，兩條水平線是上和下，兩條垂

---

[109] 參見齊瀘揚：《現代漢語空間問題研究》，頁 7。

[110] 參見瞿蛻園校注：《李白集校注》，卷三十，頁 1721。

[111] 參見康丁斯基（Kandinsky）著，吳瑪悧譯：《點線面》（*Punkt und Linie zu Flache*），頁 108。

直線是左右。[112]平面之「上」，給人鬆弛、輕鬆、解放、自由的想像。
自由之「上」給人一種輕易的運動印象，張力比較容易展現。[113]平
面之「下」，給人密集、沈重、束縛。「上升」愈來愈困難，運動的
自由不斷被限制，阻礙力達到最高點。[114]本詩首聯之次句「道直事
難諧」點出了李白仕途挫折之原因，性格耿直富有才能的李白，想
在朝廷上一展長才，恐怕產生人事和諧之困境，這正是賢者閑置在
野，四處漫遊干謁的原因。詩篇頸聯中間「塵縈遊子面，蝶弄美人
釵」其間蘊涵的，不只是遊子漫遊四方灰塵迴旋在臉上，與美人頭
飾金釵指弄蝶飛，流露遊子與美人截然不同之境遇，並且就此想像，
有志者徒具才能，即便欲報效國家，若不能適應及學習朝廷政治手
段，也不具圓融性格與為人處世之態度，那麼賢者的前途只有兩種
風景：其一為「茫茫南與北」；其二為「卻憶青山上，雲門掩竹齋」。
這兩種人生風景，太白期許自己不必選擇面對。然而首聯「茫茫南
與北，道直事難諧」之平面空間景象，似乎已道出太白目前人生處
境。友人蘇頲出為益州大都督府長史，告別平凡人生活，直上青雲，
找到發揮長才的位置，只剩太白自己在春季遊覽時，心情惶惶不安，
對前途發展沒有任何把握和方向，春遊美景，在迷惘的太白眼中，
只見到無邊無際的南北遼遠空間，這功業無成之壓力，也如同南北
平面空間般，向外擴散、漫延開來，形成了沒有止盡的景象。這平
面空間的廣闊，反而形成了強烈的空蕩和無依無靠，因為遊子春遊
的疲累與飄浮無定，表面上，似乎是自由、輕鬆、解放的生活，真
實面裏，卻是一種沈重的、一波又一波的干謁無用的挫折襲捲而來。
這股尋求任用之勇氣，漸漸枯萎，愈感仕宦之路困難和受阻礙。這
也是面臨不遇境遇之太白，心情茫然的寫照。

---

[112] 同前註，頁 104-105。
[113] 同前註，頁 105。
[114] 同前註，頁 105。

試看詩篇分析之：

> 仙女下，董雙成。漢殿夜涼吹玉笙。曲終卻從仙官去，<u>萬戶</u>
> <u>千門惟月明</u>。河漢女，玉練顏。雲輧往往在人間。九霄有路
> 去無跡，嫋嫋香風生佩環。（〈桂殿秋〉）[115]

「萬戶千門惟月明」，指仙人長生不老，曾在漢殿人間來往，縱看地
表，千戶萬戶居民群居處，「惟月明」指陳人間千萬戶居民群居，比
不上天上明月光潔明亮。李白以萬戶千門之居民住處與天上明月相
較，託言天上明月永恆存在，而萬戶千門之居民只是白馬過隙般短
暫存有。「萬戶千門」是一群居民居住空間景象，此運用數詞「萬」
和「千」，加上名詞「戶」和「門」，形成一個數量龐大整體整數，
也是整數之稱數數詞。具有稱代性質。稱代一整體，表示數量龐大
的人群族群。[116]此也託喻一整體平面空間景象，除了引起千萬居民聚
集居住之平面城市空間外，還因「惟月明」，進而更以比較的並置手
法，來突顯這平面空間景象之言外之意。人類與明月相較明月透顯
千古光芒不退，人類千萬戶群聚，也只是點點燈火。人類與明月相
較，明月千古永恆存在，人類生命在歷史軌跡中不斷轉瞬消失、改
換世代。乃至於以李白個人立場是：仕宦之追求與仙人成仙之追尋，
前後兩者相較，彷彿也透露出執者為千古之業的意蘊。這份求仙之
思，在李白屢次干謁求用失敗之際，日益加深。此與首聯「仙女下，
董雙成。漢殿夜涼吹玉笙。」引發的仙人仙界自由永恆之樂，前後

---

[115] 參見瞿蛻園等校注：《李白集校注》，卷三十，頁 1728。另參見詹鍈主編：《李白全
集校注彙釋集評》，冊八，頁 4485-4487。

[116] 參見蔡宗陽：《國文文法》，頁 128。另見黃六平：《漢語文言語法綱要》，頁 90。
另參見劉月華、潘文娛、故韡著，鄧守信策劃：《實用現代漢語語法》（*Modern Chinese
Grammar*），頁 63-64。

彼此呼應對照，更令這份求仙之思增生。此外，也可進一步聯想，
甚至引發「萬戶千門」正如同「漢殿」般，今又何在呢？這看似遼
遠繁榮的「萬戶千門」之平面空間景象，在歷史軌跡中，亦是轉瞬
改換朝代的風貌，這也與賢者求仕宦之濟世抱負相同，不過是數十
年的功業。或許曾為不遇境遇感傷的太白，在眼看理想落空、前景
茫茫之情景下，思考欲以求仙作為人生新方向。

二 思緒失序

　　為前途、人生方向，抒發思緒困頓倦雜失序的詩作，乃是呈現
李白遭遷謫放逐、漫遊干謁等心思情志。詩歌呈現心思情志，在詩
歌創作中有兩種模式，一為詩緣情，一為詩言志。[117]「情」是內在
情感，「志」是內蘊思想。「志」的內容包括情。情內蘊的感性的情
緒波動，未經理性制約，而「志」正是情的理性制約，可收束情之
朦朧。[118]詩歌之「志」可由作者取外在物象寄託之，或由讀者依詩
篇物象旁通之。不論是詩人寄託或讀者旁通，詩篇之志與物象密切
結合，才為理想的物景景象，在《文鏡秘府論》即以作品情志與物
景景象貼切密合為要，論述二者關係：

> 夫作文章，但多立意。令左穿右穴，苦心竭智，必須忘身，
> 不可拘束。思若不來，即須放情卻寬之，令境生。然後以境
> 照之，思則便來，來即作文。如其境思不來，不可作也。[119]

---

[117] 參見鄭毓瑜：〈詩歌創作過程的兩種模式──「詩緣情」與「詩言志」〉，《中外文學》
11 卷 9 期（1983 年），頁 4-19。

[118] 參見林淑貞：《中國詠物詩「託物言志」析論》（臺北市：萬卷樓圖書公司，2002
年），頁 39-40。

[119] 參見釋空海：《文鏡秘府論・南卷・論文意》（臺北市：河洛圖書出版公司，1976
年），頁 177-190。

「境」即指物境、景物和空間景象。文學作品針對立意，最終則必須落實在理想的空間景象上以寄託詩歌情志，這正像是為特人內心抽象情思尋找到貼合的外物景象，表現在作品中，這便達到形神合一，形神完美結合。詩歌之情志需取外界空間景象，獲得理想的表現。詩人觀覽天地萬物，自然會將符應內心情志之空間景象攝入心眼中，然後再經融鑄鍛煉後，形神合一地盡現在詩篇裏。李壯鷹《中國詩學六篇》云：「詩人在構思中，只有做到凝心即專致，方能使形象清晰地呈現於目前。」[120]詩人在遊歷之際，眼見山林、日月、平原、海河、湖泊等，皆可構成一個特殊空間景象或範圍，在詩中使之呈現某種特殊形象，故可說天地萬物之景象與詩歌情意連結，產生形神合一之空間感知。天地萬物能成為一特殊空間景象，往往因其形象特徵，與其他形物不同，故易引發某方面的感興。這也是詩人常藉景象表達情志，為使「讀者一見物象即知情志」，[121]詩篇空間景象與情志相稱，使人在想像過程中由空間景象視覺感知，達成情思湧現之效。此也正是王國維《人間詞話》所說的一切景語，皆情語也。金健人《小說的結構美學》提到景象和空間關係：「精到的景物布設，無歉增強了空間的可視性與可能性。」、「具體的空間不僅是人物的一種心理、生理與哲理的詮注，甚至是一種原因，似乎某一空間必然產生某一人物，導致某一事件。」[122]空間景象在作品中訴諸視覺的，「是物象的體積、顏色和形態，最容易產生真切的形象感，並且具有明確空間性。」[123]黃永武教授《中國詩學》「云：中國詩裏的情，往往高度複雜而縱橫鈎貫於時空之中，藉著自然時空的

---

[120] 參見李壯鷹：《中國詩學六論》（濟南市：齊魯書社，1989 年），頁 125。

[121] 參見黃景進：《意境論的形成——唐代意境論研究》（臺北市：臺灣學生書局公司，2004 年），頁 132。

[122] 參見金健人：《小說結構美學》，頁 77-78。

[123] 參見李清筠：《時空情境中的自我影像》，頁 222。

推移而忽隱忽現。人與自然時空是那樣奇妙地融合無間，情感與哲理，不喜歡脫離時空景象，去作純粹的摹情說理，每每遭過時空實象的交互映射予以形象化。」[124]空間景象和詩歌情意密切融合，當讀者和詩篇中景象接觸後，空間景象即使引發讀者意識活動，使讀者了解詩人空間景象之寄託，或由空間景象旁通之，這意識活動即是心與空間景象相感的活動，葉嘉瑩教授將心物相感活動分為三層次：「第一個層次是感知。感知就是，我看到了。……第二個層次是感動。感動是指你說了以後，也能夠引起讀者感情的一種感動。……第三層次是感發。感發是在感知感動之後才能引起的。……從這種感動之中引發出一種聯想。」[125]其中已明確指出，詩篇空間景象是以詩人思緒情志為中心題旨，或可視為詩人抒寫情志的聯想開端。這就導致以仕宦前途與情志困頓為詩旨標目之作，有時藉具象空間景象抒己懷抱，有時藉此引發讀者感動與聯想。

試看李白詩篇例子：

> 浮陽滅霽景，萬物生秋容。登樓送遠目；伏檻觀群峰。<u>原野曠超緬</u>；關河紛錯重。清暉映竹日；翠色明雲松。蹈海寄遐想；還山迷舊蹤。徒然迫晚暮；未果諧心胸。結桂空佇立；折麻恨莫從。思君達永夜，長樂聞疏鐘。（〈夕霽杜陵登樓寄韋繇〉）

「原野曠超緬」。寫出詩人見原野廣闊空曠遼遠之景，以及對於避世隱居或仕宦仍猶豫不決的心情。「曠超緬」摹寫詩人眼前原野廣闊遙遠之平面空間景象。這是一個無邊際之廣角景致，將觀察者的視角

---

[124] 黃永武：〈詩的時空設計〉，《中國詩學設計篇》，頁 43。
[125] 參見葉嘉瑩：《迦陵說詩講稿》，頁 198-200。

帶至全面性的平原地景景觀。這是視覺平面空間感知，運用二度空
間之開闊空間面感，引發讀者聯想，產生視覺類比，如同讀者也看
到了李白眼中的開闊平面景象。其次，李白眼中的平原廣遠，是在
「伏檻」的姿態下觀覽，「伏檻」指李白伏在欄杆上的姿勢。此寫出
詩人觀景時心情，「伏」是身體前傾，面向下，亦具藏匿、潛藏的意
涵。例如《韓非子・用人》云：「故內無伏怨之亂，外無馬服之患。」
以伏怨表示潛藏的怨恨。這是一帶有憂慮、沒有活力的身體姿勢。
詩篇中間又提「關河紛錯重」一具方向性廣角空間景象，順著關河
流勢全景，李白看到關河紛雜錯重的流勢情狀。「紛錯重」摹寫關河
紛繁錯雜貌。詩篇中間此聯「原野曠超緬；關河紛錯重」呈現一幅
李白身體前傾，望著無邊際之廣闊遙遠的平原，以及紛繁錯雜流勢
的關河。首先，此反映了兩種視覺上景象：一則無邊際之曠遠平面，
一則紛亂無序的河流流勢。其次，此呈現了視覺上空間結構景象：
兩個空間景象表現出無序不諧調的平面空間結構，也反映了觀景者
內心的雜亂和失序。第三，此呈現詩篇情愫上的類比，詩人藉著廣
闊無邊際之原野空間，託喻人生前途茫茫沒有目標方向，憂慮自己
功業未成，懷抱壯志的太白，既不甘心放棄，又沒有找到可供發揮
的目標，這廣闊無際之原野，正如迷惘前景，是空曠而無焦點的。

　　從物理學的觀點而論，空間是可以由人類「經驗感知」得來，
人類「視覺」和「觸覺」均具有感知效用，物理學家朋加萊說：「雖
然我沒有轉動身體（可由我的肌肉感覺知道它。）」「事實上當（觀
察）對象遠離時，在網膜的同一點上仍能形成其像。視覺之表示
『是』，則是回答其對象仍舊在同一點上。」[126]此指出人類知道空間
之變化，是由於人類有著對應的肌肉感覺。

---

[126] 參見〔法〕朋加萊（Jules Henri Poincare, 1854-1912）著，盧兆麟譯：《科學與假說》
（*La Science et l' Hypothese*），頁 74-75。

　　物理學家朋加萊又說：「針對每一個姿勢就各有一點予以對
應。……因此從我們按此意思區別的一件變化中將逐次導出的所有
姿勢，在同一組排列看看吧。在同一組的所有姿勢，乃對應著空間
的相同一點。因此，對每一個組就各有對應的一點，而對每一個別
的點，就有對應的各個組存在。……說那是對應肌肉感覺的組……
對空間之究竟擁有幾個維度，我們所學到的卻是經驗。說實在的，
這裏當我們經驗之對象的倒不是空間，而是我們身體跟臨近物體之
間的關係。」[127]物理學家朋加萊認為人類感知空間維度之能力，是
來自於人類共同擁有的感官知覺。當某人看到一定點位置，其視網
膜與身體肌肉的姿勢感覺，與一萬個人同時看到該定點位置時，所
使用之視網膜與身體肌肉感覺，是相同的。當物理學家提到定點空
間、一度空間、二度空間與三度空間之景象，這些空間理論之建立，
是源自人類共通的身體跟物體之間的感覺。這是人人共有的感官知
覺。其中視覺和觸覺是主要的空間經驗感知來源。物理學家海森堡
提到物理科學中「用來描述自然定律的關係可以用普通語言來表
示。……在許多方面這種語言的使用完全令人滿意的，因為我們在
日常生活和詩詞中也有相類似的使用。」[128]當詩歌採用廣闊空曠之
平面視覺空間景象，正藉著人類共同之視覺及觸覺之肌肉感覺，與
人類共通之身體姿勢與物象之間的感覺經驗，帶出詩篇中的空間維
度。這二度平面空間景象，是太白中心眼中所見所感，藉平面原野
空間和錯雜關河流勢，興發出太白對前途茫茫，失去人生目標，與
仕隱抉擇迷惘紛雜的情思。

---

[127] 同前註，頁 76。

[128] 參見韋納爾・卡爾・海森堡（Werner Karl Heisenberg 1901-1976）著，周東川、石
資民、黃銘欽合譯：《物理與哲學》（*Physics & Philosophy: The revolution in modern
science*），頁 114、118-119。

試看以下詩篇例子：

> 淮南望江南，千里碧山對。我行倦過之，半落青天外。宗英
> 佐雄郡，水陸相控帶。長川豁中流，千里瀉吳會。君心亦如
> 此，包納無小大。搖筆起風霜，推誠結仁愛。訟庭垂桃李；
> 賓館羅軒蓋。何意蒼梧雲，飄然忽相會？才將聖不偶，命與
> 時俱背。獨立山海間，空老聖明代。知音不易得，撫劍增感
> 慨。當結九萬期，中途莫先退。（〈贈從弟宣州長史昭〉）

「淮南望江南」，指從淮南眺望江南。王琦云：「唐時淮南道、江南
道，皆古揚州之境。中隔一江，江之北為淮南，江之南為江南。」[129]
從淮水之南望長江之南，李白一眼望去，一江之隔，江之南北均有
山。[130]由北至南，千里遙遠，太白雖已行經此處，看見尚有一半行
程在青天之外，感嘆力已盡，行已倦。見宗族之英李昭輔佐宣州有
成，宣州控制著水陸之利，長江從中貫通，直流至吳地。古淮水，
今稱淮河，源出河南，東經安徽江蘇入洪澤湖。在洪澤湖以下，淮
河入長江。從地景景觀言之，李白從梁園經淮南赴宣城時，記述在
淮南處，遠望由北至南的之空間景觀，千里遙遠，一片遼闊之景象。
就中文語法方向系統，方向系統與形狀系統沒有必然的關連。但中
文語法對方向的表示與對形狀的表示都由方位詞擔任。[131]「東西南
北」屬於單音節的方位詞。[132]在詩篇中之「南」與「北」，皆為方位，[133]

---

[129] 參見〔唐〕李白撰，〔清〕王琦輯註：《李太白集註》（臺北市：新興書局，1968
年清乾隆戊寅午聚錦堂原刻本），卷十二，頁 216-217。

[130] 參見詹鍈主編：《李白全集校注彙釋集評》，卷十一，頁 1780-1781。

[131] 參見齊瀘揚：《現代漢語空間問題研究》，頁 20-21。

[132] 詳見儲澤祥：《現代漢語方所系統研究》，頁 7。

[133] 參見蔡宗陽：《國文文法》，頁 88-90。另參見黃六平：《漢語文言語法綱要》，頁 93-94。
參見劉月華、潘文娛、故韡著，鄧守信策劃：《實用現代漢語語法》，頁 23-26。

在詩歌首聯「淮南望江北」這標示由北至南的一片遼遠的二度空間視覺感知，在詩篇次聯「我行倦過之，半落青天外。」以「倦」字點出了太白內心思緒，既且疲乏，力氣耗竭。面對空曠遼遠之平面景象，除了困乏疲倦之外，別無欣賞美景之念，與後數聯論及宗族之英雄李昭之良好政績語氣形成強烈對比。但由整體來看，詩人正是要以視覺上一片遼遠空闊之空間景象，與李昭治績良善之地區景象，作一對比，反映太白對己功業無成之茫然失落，和宗族之英李昭治績成果交互投射，展現太白漫遊至此，心中對一己理想落空與內心有感四處干謁無成之失落心情。因此，詩篇首聯二度平面空間景象，與後聯之詩篇情思雖然分開鋪寫，卻殊途同歸，構成一個和諧的景情整體。其實此詩篇與前一首所舉〈夕霽杜陵樓寄韋繇〉之「原野曠超緬；關河紛錯重」近似，景是曠闊遼遠之平面空間，情思乃是極度茫然不安、前途茫茫，人生失去重心的憂與倦。而摹寫之空間景象亦均為廣角縱橫之空間感知，可看出太白對空間感知之興發和聯想關係。李白運用物象的廣闊遼遠之面感，[134]表現的是思緒失序，人生行至此仍功業無成，騁望徒勞，一種無可奈何的悲哀。「我行倦過之」乃是直洩其情，尤其是「倦」之類極端緒低落的字眼，是豪放浪漫主義的太白詩中少有的。正因為太白漫遊干謁之心，急切而一再失落，因此知宗族之英李昭得以發展長才，太白為李昭高興之餘，也寫出一己對仕宦生涯之倦怠感嘆。詩中「淮南望江南」與「我行倦過之」正是「寫氣圖貌，既隨物以宛轉，屬采附聲，亦與心而徘徊」之結果。[135]儘管李白遊覽遼闊景致，記述所見之實景，卻在空間景象上浸染了濃厚的情思感慨，令讀者既見空間景象，又

---

[134] 參見康丁斯基（Kandinsky）著，吳瑪悧譯：《點線面》（*Punkt und Linie zu Flache*），頁 103-105。

[135] 參見〔梁〕劉勰著，王更生注譯：〈物色第四十六〉，《文心雕龍讀本》，卷十，頁 302-303。

得太白對己境遇之倦乏無助感。太白藉平面遼遠之空間景象來表現，使空間的曠闊與詩情相融，這個遼闊的南北廣角空間景象，形成一種失焦、無助、無目標的人生失序感，也助長了詩中倦情之力量。這亦是「詩人感物，聯類不窮」[136]盡管千里遼闊，太白仍興發「我行倦過之」之感嘆。

第八章　李白詩歌的三度空間

　　紀遊詩的三度空間，指以含有長、寬、高之立體景象或位置之詞彙組合，來描摹立體空間之對象。也可稱為高度（空）景象。立體景象詞彙組合，在語法上，可包含形容詞、名詞、短語。時具高空物象景致，時為半空中俯視定點之空間，時為虛擬高度空間，時而以水底仰視定點之立體空間。這些皆形塑立體狀視覺空間景象。例如「黃山四千仞」、「泰山」、「天台山」、「蓬萊山」、「九疑山」、「大樓山」、「石門山」、「躡星虹」、「下視宇宙」、「下視瑤池」、「波光搖海月」等。「立體」在中國文字語言觀念中，「立」指站；直身不動之意。《左傳・成六年》云：「公揖而入，獻子從公立於寢庭。」取「立」，形容直站不動之景狀。「立體」空間，表現詩人視覺含長、寬、高之景象範圍。詩篇以立體空間景象喻指情思與幻想。

　　總覽李白遊歷經驗，「一生好入名山遊」，反映太白對於名山有特別情感，「山」景象在三維世界中屬於高度空間景象，「山」是高聳寬闊的具象空間感知。[1]李白摹記遊覽之景物，常見豐富多元的各式物材，例如大海、山嶽、高臺、古城、明月等，這些記遊詩中自然與人文景象材料，皆可引起物性聯想。[2]李白詩歌共有一千零五十一首，[3]記遊詩首數為五百四十三首，[4]占比率為百分之五一點六七，[5]此

---

[1] 按：依郭中人之研究，人類視覺空間感知，是因腦海召喚實質環境中的物態，重組以前的視覺記憶，重視物態在腦海中，也許是物態的顏色、高矮、味道、寬窄等。此即創造性思維。參見郭中人：《空間視覺感知》（*Visual Perception of space*）（臺北市：曉園出版社公司，2007 年），頁 79。

[2] 按：據孫全文與陳其澎研究，人類對語言的應用，最用心機的便是詩歌的創作，語言的詩化功用，可使語言記號發展至極至，此類語言便具置換性、空間性，亦可產生物性聯想關係。參見孫全文、陳其澎：《建築與記號》（臺北市：明文書局公司，1989 年），頁 124。

[3] 按：依瞿蛻園統計，《李白集校注》見李白詩共一千零五十首。本文表一：李白集中

見李白記述遊覽之景象題材，為其詩篇大宗。

　　詩歌表現視覺空間景象，呈現圖像美感，黃永武教授認為：「詩是耳聽的風景，說它是時間中的畫圖；或者說詩是視覺的音樂，說它是畫圖樣的時間。」[6]詩人運用其敏銳觀察力，放眼世界，任取天地萬物為題材，化入詩中，重塑出心海中空間與世界，宗白華說：「俯仰往還，遠近取與，是中國哲人的觀照法，也是詩人的觀照法。而這觀照法表現在我們的詩中畫中，構成我們詩畫中空間意識底特質。」[7]朱光潛說：「詩所選擇的那一種特徵應該能使人從詩所用的那個角度，看到那一個物體的最生動的感性形象。」[8]立體空間景象，最顯著之角度就是「高」度或深度，這可以使三度空間物象與二度平面空間物象有區別之處。[9]若在藝術中再現現實物體，人類視覺的恆常性能把真正的池塘看成是一個正方形的池塘，[10]能把泰山形塑為高於四周平面之立體狀之高山景象。美國哈佛大學藝術心理學教授魯道夫・阿恩海姆（Rudolf Arnheim, 1904-1994）認為人類的視覺感知，可從視覺經驗中產生物體的視覺概念，應該具有三個重要的特徵。

記遊詩數統計總表之分析第三點，邱師燮友教授增補一首，故李白詩共一千零五十一首。

[4] 參見本文表一：李白集中記遊詩數統計總表。

[5] 同前註。

[6] 參見黃永武：《中國詩學》（臺北市：巨流圖書公司，1999 年），頁 43。

[7] 參見宗白華：〈中國詩畫中所表現的空間意識〉，《美從何處尋》（臺北市：駱駝出版社，1987 年），頁 103。

[8] 參見朱光潛：《詩與畫的界限》（臺北市：駱駝出版社，2002 年），頁 182。

[9] 按：二度平面空間景象指平面景象，具有長和寬之特徵。三度空間景象指立體景象，具有長和寬和高之特徵。

[10] 參見〔美〕魯道夫・阿恩海姆（Rudolf Arnheim, 1904-1994）著，滕守堯、朱疆源譯：《藝術與視知覺》（*Art and Visual Perception*）（成都市：四川人民出版社，1998 年），頁 136。

一、物體被看成是三度（空間）的。二、物體的形狀具有恆常性。三、物體的視知覺形象（概念）不等同於從某個特殊投影方位所見到的該物體的形象。[11]

進一步地引述弗朗西斯、格爾登的意見，人類視覺感知不僅能再現三度空間物象，也可以同時再現同一物體各種角度：

少部分人可運用人們經常提及的那種「接觸視力」，能夠在同一時刻見到一個立體的不同方面的形象。大部分人可以近似地做到這一點。[12]

「三度空間」就是不僅依靠從一個角度，例如平面或定點，所得到視覺印象，而是由長、寬和高等多角度進行視察，所得到的視覺印象。這些知識有助於形成視覺概念，在由藝術轉換成視覺的屬性的時候可以起作用，可加以再現。[13]這種三度空間視覺感知，也在建築理論中論述，張家驥《中國造園史》說：「登高才能望遠，視線無礙才能極目所至，……從視覺活動的特點來說，有兩種基本觀賞方式：一是仰眺俯覽，二是遊目環矚。」[14]。遊歷經驗豐富的太白，記遊詩數量占一生創作詩數二分之一以上，因李白個性好入名山遊，在記遊詩中，摹寫三度空間景象之題材，十分多，藉由李白三度空間景象題材之研析，體驗詩人筆下的個人化空間情意，與在三度空間中之自我形象之興寄。

---

[11] 同前註，頁 127-128。
[12] 同前註，頁 128。
[13] 同前註，頁 128。
[14] 參見張家驥：《中國造園史》（臺北市：博遠出版公司，2000 年），頁 22。

　　三度空間，據物理學相對論觀點，也稱三次元；三維空間；三度空間度，即指立體（具高度）狀空間。[15]在物理學上，我們描述一事件發生的地點或一物體在空間中的位置，都是以能夠在一參考體上確定一個與該事件或物體相重合的點為依據的。這種方式不僅可用於科學描述上，也可用於日常生活中。[16]這種標記位置的方法，在一座標系中，若用事件發生之地點或物體，向該三個平面（指長、寬、高）所作垂線的長度，或座標（x, y, z）來確定。[17]我們是生存三維空間的存在物，活在球面上，故我們的宇宙是立體的，非扁平的三維空間。[18]一維、二維之後就是三維，人類居住在三維世界，所以用眼睛看到二維世界的事物。[19]例如船的位置，只要以二維平面座標確認即可；例如泰山頂、噴射機的位置，要以三維（x, y, z）三個座標確認即可。若因時間變化，在空間中加上時間軸，原本的三維空間，就會成為四維時空。[20]在物理學上，人類觀察一個事件發生的位置跟時間，根據其座標系測量，得到的數據是（x, y, z, t），

---

[15] 參見愛因斯坦、英費爾德（Einstin, albert, 1879-1955）、（Infeld, Leopold, 1898-1968），郭沂譯：《物理學的進化》（*The Evolution of Physics, 1938*）、（臺北市：水牛圖書出版事業公司，2004 年），頁 141。另參見費曼（Richard P. Feynman）著，師明睿譯：《費曼的六堂 Easy 相對論》（*Six Not-So-Easy Pieces: Einstein's Relativity, Symmetry, and Space-Time*）（臺北市：天下遠見出版公司，2001 年），頁 170-171。

[16] 參見愛因斯坦（Albert Einstein）著，李精益譯：《相對論入門：狹義和廣義相對論》（*Relativity: the special and the general theory*）（臺北市：臺灣商務印書館，2005 年），頁 3。

[17] 同前註，頁 5、20、71、72。

[18] 同前註，頁 71、73、74。

[19] 參見 [日] 物理學教授小暮陽三著，郭西川教授審訂，劉麗鳳譯：《圖解基礎相對論》（臺北縣：世茂出版公司，2008 年），頁 24。

[20] 同前註，頁 24。另參見愛因斯坦（Albert Einstein, 1879-1955）著，李精益譯：《相對論入門：狹義和廣義相對論》（*Relativity: the special and the general theory*），頁 83-84。另參見費曼（Richard P. Feynman）著，師明睿譯：《費曼的六堂 Easy 相對論》（*Six Not-So-Easy Pieces: Einstein's Relativity, Symmetry, and Space-Time*），頁 152。

[21]若該靜止事物具長、寬、高狀態，據其觀察並標記位置，除去時間因素，可呈現三度空間景象與數據（x, y, z）。空間的基本要素是「距離」，因此沒有藉距離，或距離的測量，是無法描述空間。例如在地圖上的臺北市，在空間度中，是二度空間；在幾何空間裏，是「面」狀；在物理空間中，是對應「距離」，需二次測量，以（x, y）表位置。例如泰山頂，在空間度中，是三度空間；在幾何空間裏，是立「體」狀；在物理空間中，是對應「距離」，需三次測量，以（x, y, z）表位置。例如在太空中飛行的太空梭與潛水艇航行，在空間度中，是四度時空；在幾何空間裏，是空中或水中動態狀；在物理空間中，是對應「距離」，需四次測量，m（x, y, z, t）表位置。[22]人類可以「試圖想像一個新世界，其中空間和時間混在一起，就如同日常所見的三維空間一樣真實，一樣可以從不同不同角度去觀測。然後我們應把物體想像成在新世界裡，占據著一處空間，並維持一段時間的『小塊』（blob）東西，當人類以不同速度運動時，就可以看到這個『小塊』的不同角度。」[23]由此『小塊』構成的不同角度之視覺新世界，可稱時空（space-time）。

　　從中文語法觀點而論，詩篇中方位處所詞與物象形狀，可以表示三次元之高度空間意涵，因為中文語法具有空間系統，《現代漢

[21] 參見費曼（Richard P. Feynman）著，師明睿譯：《費曼的六堂 Easy 相對論》（*Six Not-So-Easy Pieces: Einstein's Relativity, Symmetry, and Space-Time*），頁 129。

[22] 參見愛因斯坦（Albert Einstein, 1879-1955）著，李精益譯：《相對論入門》（*Relativity: the special and the general theory*），頁 35-37。另參見費曼（Richard P. Feynman）著，師明睿譯：《費曼的六堂 Easy 相對論》（*Six Not-So-Easy Pieces: Einstein's Relativity, Symmetry, and Space-Time*），頁 129-132、141、170。參見愛因斯坦（Albert Einstein）著，郭兆林譯：《相對論的意義》（The Meaning of Relativity）（臺北市：臺灣商務印書館，2005 年），頁 1-3、24-25。另參見吳文政：《時空概念及運動學》（臺北市：建宏出版社，2002 年），頁 24-25。

[23] 參見費曼（Richard P. Feynman）著，師明睿譯：《費曼的六堂 Easy 相對論》（*Six Not-So-Easy Pieces: Einstein's Relativity, Symmetry, and Space- Time*），頁 131-132。

語空間問題研究》論立「體」空間和形狀系統：

> 從物理學意義上講，客觀存在的三維空間是確定的、全面的。
> 然而，從認知的角度看，人類對三維世界認識，由於受自身
> 主觀條件的限制，又是變易的、特定的。而生活在三維空間
> 的每一個人，都會隨時隨地地通過自己的感官去認識周圍的
> 世界，並用自己的語言來表達所感受到的各種空間關係。……
> 漢語表達空間關係的方式和手段所涉及的因素，包括方位詞
> 等，……位於空間的物體是立足於一個三維的範圍內的，「立
> 體」的特徵使人的空間知覺表現出了對客觀對象多方面的反
> 映，包括方向反應、形狀大小反映。」

又說：

> 對時間和空間的認識是人類所共有的，這種認識也一定會反
> 映到語言的表達上。……形狀系統是指句子中的某個物體所
> 占的空間範圍的形狀顯示出來的空間特點。物體所占有的空
> 間範圍的形狀，如同幾何圖形一樣，也有「點、線、面、體」
> 等的區別，……「體」：把物體所占有的空間範圍看成是一個
> 體積，即考慮這個範圍在長、寬、高三個維度上的特徵。[24]

中文語法中，作品之「空間」是由現實空間通過隱喻投射而來的，
這是語法界的常識。「立體空間」是我們生活的世界，由長、寬、
高三個坐標軸構成。[25]

---

[24] 參見齊瀘揚：《現代漢語空間問題研究》（上海市：學林出版社，1998 年），頁 1-3、6-7。

[25] 參見朴珉秀：《現代漢語方位詞『前、後、上、下』研究》（上海市：復旦大學中國

　　在李白記遊詩中，詩人好遊名山名勝，詩篇常摹寫在高山行旅時所見之現實三度空間景象或物象形狀。此外，也因太白極富奇特想像力，時而摹寫其想像所至之非現實境地，例如高空景象、半空凝視視野、夢境或水中空間。例如：「黃山四千仞」、「泰山」、「大樓山」、「九疑山」、「躡星虹」、「下視瑤池」、「下視宇宙」、「波光搖海月」等。

　　李白運用高度空間或水底空間之立「體」空間景象，表現內心孤獨和絕望，或者流露獨立清高形象，或摹寫渴望接觸仙人、到達仙境之感受。在三次元景象題材上，李白取用山、日、月、峰、星、岳、雲、嶽、高樓等，形塑高度空間視覺感知。本文選擇三度空間景象，做為研究記遊詩之主題，因為在太白作品中，常見以高度空間材料，抒發內心幽微之孤絕感受，或呈現一清高自我形象，有時也顯露在理想落空之際，欲尋仙求仙的嚮往。

　　李白記遊詩三度空間（高空景象）摹寫次數，有七百四十五次，[26]此類三度空間在李白詩人出現比率為百分之四一點一一，在五種空間景象描寫之出現次數排序為第二。[27]此顯示三度空間景象在李白記遊詩中出現比率高居第二名，太白擅長藉高度空間景象抒發內心情志和理想，此或也反映個人性格之孤高不群，與曲高和寡的才能。本文將由高空景象與方位詞等記遊之視覺空間感知，總覽論述之。

語言文字學所博士論文，2005 年），頁 20-21。

[26] 參見本文表六：李白詩歌各類體裁之記遊景象統計總表。「高空（三度空間）」。

[27] 參見本文表六：李白詩歌各類體裁之記遊景象統計總表。「高空（三度空間）」之「出現比率」與「排序」。

第一節　高度空間之摹寫

　　詩歌傳統，一向是為抒發作者個人情懷為宗旨，詩篇中多少會流露作者的性格經歷或形象，例如：陶淵明詩歌呈現隱居者形象，又例如：王維詩篇，呈現一心向佛的詩佛形象。在詩篇中，李白也展現其精神，積極為實現政治抱負而奔走；為建立功業而四處干謁，太白在詩篇中，往往展現其傲岸自負、不同凡響的個人形象。因其言行表現，不論漫遊、任俠、飲酒、交友等不拘常調之形跡，絕多數是有意地自我表現，形塑不同凡俗之特質印象。或以自然真率的方式，或時以誇張與驚人想像力之奇幻形式，這些皆使李白詩篇尤具個人化魅力和變化、拓新之特色。

　　李白因漫遊天地四方，其記遊題材常取自遊歷景致，登高山；遠眺極目山嶽；臨仙地仙山；仰望星空日月等，皆成太白記遊之空間景象。這些高空景點，因位居高處，時能興發起對凡塵之省思；曲高和寡之孤絕感；獨立清高自我形象；不遇飄泊之孤寒感；欲接觸仙人的渴望等等，這些高處空間遊歷環境和氣氛，使太白渲洩生命的境遇，也喻寄了記遊詩篇之內蘊情志。如此三度空間景象與高空景象題材選擇，展現太白空間感知和視覺心理視點，也符應千古詩家永恆情志，與自我生命出口之追尋。

一　高空遠方景致

　　太白記遊詩摹寫高度空間景象，以高空遠方的景觀，強調視覺上追尋高空「形」的美，有時展現高空景觀之美，有時高度空間景象選擇，源自太白內在心靈需要。[28]

---

[28] 參見康丁斯基（Kandinsky）著，吳瑪悧譯：《藝術的精神性》（*Uber das Geistige in de Kunst*）（臺北市：藝術家出版社，1998 年），頁 90-91。

首先試看此詩例：

> 黃山四仟仞，三十二蓮峰。丹崖夾石柱，菡萏金芙蓉。伊昔
> 昇絕頂，下窺天目松。仙人鍊玉處，羽化留餘蹤。亦聞溫伯
> 雪，獨往今相逢。採秀辭五岳，攀巖歷萬重。歸休白鵝嶺；
> 渴飲丹沙井。鳳吹我時來；雲車爾當整。去去陵陽東，行行
> 芳桂叢。迴谿十六度，碧嶂盡晴空。他日還相訪，乘橋躡綵
> 紅。（〈送溫處士歸黃山白鵝峰舊居〉）

「黃山四千仞，三十二蓮峰。」，以「四千仞」與「三十二」數詞，[29]摹
寫出黃山高度距離。[30]此二聯指詩人觀覽黃山總貌，黃山山峰之頂
高度是四千仞高，其次，取三十二座似蓮花般山峰，烘托主峰之高
度。詩篇中二聯寫「伊昔昇絕頂，下窺天目松」，描摹登上黃山最高
頂端，向下俯視，可以看到天目山上的青松。太白以向俯瞰的立體
視覺空間景象，[31]點出「天目」、「松」。此二景皆為客觀之景，「天目
山」與天目山頂上青松等景象，皆在詩人俯瞰下，盡收眼底，此已
洩露了觀景者的方位，觀景者運用「天目山」和「松」等，標示自

---

[29] 參見劉月華、潘文娛、故韡著，鄧守信策劃：《實用現代漢語語法》（臺北市：師大
書苑公司，1996 年），頁 63-66。另參見胡裕樹：《現代漢語》（臺北市：新文豐出
版公司，2008 年），頁 330。另參見黃六平：《漢語文言語法綱要》（臺北市：華正
書局公司，2000 年），頁 90-91。

[30] 按：愛因斯坦研究，三維空間和四維時空方式來考察物體，呈現物象之高度「距離」，
這是很自然的。三度「空間」之基本要素是「距離」。參見愛因斯坦（Albert Einstein）
著，李精益譯：《相對論入門》（*Relativity: the special and the general theory*）（臺北
市：臺灣商務印書館，2011 年），頁 36。另參見吳文政：《時空概念及運動學》，頁
24。

[31] 立體空間可以分三層：方向場、處所和事件。有時事件方向與方向場是一樣，例如：
他向前看、他向後退。「上」、「下」字亦同，例如他向下看。他向上看。參見朴珉
秀：《現代漢語方位詞『前、後、上、下』研究》，頁 5、38、137-139。

已和背景的距離關係。「下窺」呈現觀察者的視角，這是一立體（三維）的相對參照系，亦即是以觀察者為中心的認知空間。[32]次聯「丹崖夾石柱，菡萏金芙蓉」，顯示由黃山順勢而下望，紅色山崖，夾崎石柱，似未開和已開的蓮花直插在半空中景象，黃山三十二峰，其中蓮花峰、石柱峰、芙蓉峰皆屬黃山峰群。[33]這幾聯之寫景頗見功力，太白為突顯黃山之高聳，和絕美之景，運用天目山與黃山峰群襯托黃山之高與形態。其次，運用俯視、側面全景等，多方位視角摹寫法，摹寫黃山不同角度之景象，的確傳神，此一寫法可見太白擅長摹寫高度空間景致，其取用俯視、側面視角的景象，再現黃山三維空間立體樣相，這也顯示李白具有立體視覺概念，能夠「在同一時刻見到一個立體不同方面的形象。……以三度媒介加以再現」該空間景象。[34]太白經常在詩篇中使用誇張、極富想像力的材料，來摹寫內心情思。仔細分析其記遊類景象，發現太白空間視覺感知與語言表達認知空間之能力，確是異於其他寫法，頗具個人色彩，而其開拓的空間摹寫法，或許正是突破了物理學科學與藝術之間的界線，創造了「同時」且「不同視角」，來描繪立體三維空間景象之形象，呈顯出立體空間之幾何學詩篇語言。

試再舉詩篇分析之：

西岳崢嶸何壯哉！黃河如絲天際來。……三峰卻立如欲摧，翠崖丹谷高掌開。白帝金精運元氣，石作蓮花雲作臺。雲臺

---

[32] 參見 Stephen C. Levinson 著，齊振海導讀：《語言與認知的空間》（*Space in Language and Cognition: Exploration in Cognitive Diversity*）（北京市：世界圖書出版公司，2008年），頁 27、30。

[33] 按：此據王琦注解而論。參見〔唐〕李白撰，王琦輯註：《李太白集註》（臺北市：新興書局，1968 年清乾隆戊寅年聚錦堂原刻本），卷十六，頁 266。

[34] 參見〔美〕魯道夫‧阿恩海姆（Rudolf Arnheim）著，滕守堯、朱疆源譯：《藝術與視知覺》（*Art and Visual Perception*），頁 128-129。

閣道連窈冥，中有不死丹丘生。……。（〈西岳雲臺歌送丹丘子〉）

「西岳崢嶸何壯哉」，指西岳華山多麼高峻雄偉。次句「黃河如絲天際來」指在華山頂觀黃河之狀。[35]詩人站在華山頂上，俯視黃河像絲般，從天際蜿蜒而來。此取用向下俯瞰的視角，呈現由高處頂端而下的高度空間景象。詩篇首聯先用西岳山全景視角，其次使用俯視視角，重現西岳華山之高峻。「黃河如絲」形容華山高峻雄偉之高度，使站在頂端觀景者，將黃河遙視成一條絲般景狀。此處採用全景視角與俯視視角，[36]來描繪高峻之華山立體空間景象。關於華山完整空間的形態，格式塔心理學認為：「人們在體驗空間時，是將原本獨立的空間元素局部或整體地串連起來，才形成對空間的概念。」[37]這也顯示太白對於高度空間景象描寫，具有先全景視角，後俯視視角之層次組織。這連續性，具層次的高度景象描寫，可以說是立體序列的

---

[35] 按：此依詹鍈注論之。詹鍈引周密《癸辛雜識續集下・華岳阿房基》：「王國用僉省云：五岳惟華岳極峻，直上四十五里。遇無路處，皆挽鐵絙以上。有西岳廟在山頂，望黃河一衣帶水耳。」參見詹鍈主編：《李白全集校注彙釋集評》（天津市：百花文藝出版社，1996年），冊二，卷六，頁1024-1025。

[36] 按：俯視，由高處向下看，有垂直方向的空間位移效果。空間位移可以多個方向的。向下者如圖

參見齊瀘揚：《現代漢語空間問題研究》，頁32。

[37] 參見郭中人：《空間視覺感知》（*Visual Perception of space*），頁87-90。「考夫卡認為二度空間與三度空間在他們已有的理論假設下，具有相同的組織方式，並適用相同的法則」。

空間結構，利用不同視覺空間元素，產生立狀的華山空間性質，太白刻意將華山高度拉高，瞬間產生華山正面與由高而下之俯視面的空間感知變化，也襯托了詩篇主旨－送元丹丘至華山仙山，為元丹丘登仙祝願。

「三峰卻立如欲摧，翠崖丹谷高掌開。」，取山之寬度與高度等等物體形狀之視角，[38]烘托華山高聳仙境之旨。此二聯言雲臺峰之雄偉奇狀。首謂兩嶽三峰卻立於後，拔起空中，勢若顛摧之高峻陡峭狀。次云山崖陡峭突起分立如人指之形，巖壁顏色為黑色，其形狀如同巨人指掌狀。[39]「三峰」指蓮花峰、朝陽峰和玉女峰，描摹出三峰基底面之「寬」和「長」；「三峰卻立」之「立」摹寫出山勢之「高」貌，據《太平寰宇記》云：「華岳有三峰，直上數千仞，基廣而峰峻。」[40]正指出三峰之基底面寬濶，「直上數千仞」取數詞摹寫山勢之高度，雖數據是以數千仞計，也足見其高峻難以實測。此聯與首聯相較，均寫山勢之高，此二聯點出三峰底面面廣，與高度、形狀特殊處。西嶽三峰高度尤勝他山，點出三峰「立」且突拔出地表，其次再寫其山形特殊如人之手指。這二句雖針對高山景象客觀摹寫，但是「卻立如欲摧」、「高掌開」等景象所構成的畫面，

---

[38] 按：三峰高度形狀摹寫，在中文語法裏，正是用句子將某個物體所占有的空間範圍的形狀顯示出來的空間特點。物體所占有的空間範圍的形狀，如同幾何圖形一樣，也有點、線、面、體等區別。「體：把物體所占有的空間範圍看成是一個體積，即只考慮這個範圍在長、寬、高三個維度上的特徵。例如：箱子裏」參見齊瀘揚：《現代漢語空間問題研究》，頁 6-7。

[39] 按：此據朱諫注論之。參見詹鍈主編：《李白全集校注彙釋集評》冊二，卷六，頁1027。

[40] 按：此依詹鍈引用《太平寰宇記》卷二十九引《名山記》之語，云：「華岳有三峰，直上數千仞，基廣而峰峻。（自下小岑）疊秀，迄於嶺表，有如削成。今博山香爐形實象之。」其中提及「基廣」與「峰峻」，將山之底座之「寬」與山頂之「高」摹寫出來，呈現山之「立體」形狀。參見詹鍈主編：《李白全集校注彙釋集評》，冊二，卷六，頁 1027。

含蘊著一種擬人或擬仙人之仙境意味，與詩人心中為元丹丘登仙祝願，二者接觸，立刻浮現一分華山仙境、隱居仙山的理想境界，與詩篇後聯「玉漿儻惠故人飲，騎二茅龍上天飛。」等等豪放瀟灑的想像飛行幻境，融成一片虛幻縹緲的詩意。

試舉詩例分析：

> 胡塵輕拂建章臺，聖主西巡蜀道來。劍壁門高五千尺，石為樓閣九天開。（〈上皇西巡南京歌十首之一〉）

「劍壁門高五千尺」，劍壁指劍門山、劍閣。[41]據詹鍈注《李白全集校注彙釋集評》云：「劍壁，指劍閣。」其壁立千仞。呂延濟注云：「劍閣言其峰如劍，其勢如閣。」[42]此組詩在寫安祿山叛亂使長安宮殿遭破壞，聖主明皇帝西巡來到蜀道。四川劍門山山峰如劍，高五千尺。隨著太白視線，先知道安祿山破壞長安宮殿，皇帝西巡至蜀，接著劍門山峰高五千尺突然出現，高達五千尺的劍門山，彷彿連峰頂都清晰可見，「石為樓閣九天開」洩露太白關切上皇西巡蜀中安全之情。高出「九天」之上的劍門山，高聳巖峻，呈現壯麗之視覺景象，事實上李白藉著山勢之高峻實景，來展示一個關注國事者既深且遠的擔憂。如此含蓄委婉的表意方式，少出現在李白詩中，或可說太白為上皇尊者諱，隱蘊亡國之意涵。太白自二十五歲從三峽出蜀後，就開始漫遊生涯，林庚《詩人李白》說：「李白從二十五歲離開四川，他有〈上安州李長史書〉說：『孤劍誰託，悲歌自憐；迫于棲惶，席不暇暖。寄絕國而何仰，若浮雲而無依；南徙莫從，北遊

---

[41] 按：此據詹鍈注解論之。參見詹鍈主編：《李白全集校注彙釋集評》，冊三，卷七，頁1179。

[42] 按：此依呂延濟注論之。同前註，頁1180。

失路。』[43]」[44]漫遊生活多伴隨著尋找發揮的舞台與人生出路。從詩中語氣看來，李白見聖主西巡蜀地，因安祿山在長安叛亂之故，聖主西巡蜀地之不稱心是可以想見的。全程前二聯為事件，後二聯寫景，「劍壁門高五千尺」，並點山勢之高。「五千尺」在中文語法中是由數詞和單位詞組成，「五千」是一整數，「尺」是度量衡單位之單位詞。[45]採用明確整數數詞加度量衡單位詞,摹寫劍門山頂端高度，或許李白是有意識地以此明確的高度空間景象，來表現聖主西巡蜀地之安全，以及安祿山之亂情況險惡危急。上二聯寫事件，下二聯寫劍門山之景，或許為想像中的高度空間數據，隨著太白視點，縱看山勢全景，立體高峻之劍閣山峰溢於紙上。若「劍壁門高五千尺」為實景，這劍門山之三維空間位置，可以用三個點來描寫，其中兩個點為劍門山之基底寬和長，而第三個點則由劍門山五千尺之數詞，來表示劍門山之高度與基底間距離。若以物理學相對論三維空間座標系之圖示法，來解釋這三度空間景象：

---

[43] 參見瞿蛻園校注：《李白集校注》(臺北市：里仁書局，1980 年)，卷二十六，頁 1529。

[44] 參見林庚：《詩人李白》(上海市：上海古籍出版社，2000 年)，頁 40-41。

[45] 參見呂叔湘：〈表達論〉，《中國文法要略》(臺北市：文史哲出版社，1992 年)，下卷之上，頁 131-136。「度量衡單位，如尺、寸；升；斗；斤，兩等」度量衡單位屬於單位詞。另參見黃六平：《漢語文言語法綱要》，頁 90-91。

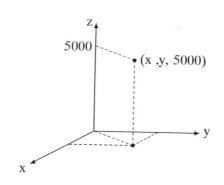

（三維參考座標系統）[46]

圖11　李白〈上皇西巡南京歌十首之一〉三維座標系

此三維空間座標系，以 z 表高度，x 與 y 表寬與長。z 在詩篇中高
度距離為五千尺，呈現一具體的立狀高度空間景象。

　　試舉詩例如下：

　　西登香爐峰，南見瀑布水。挂流三百丈；噴壑數十里。欻如
　　飛電來；隱若白虹起。初驚河漢落；半灑雲天裏。仰觀勢轉
　　雄；壯哉造化功。海風吹不斷；江月照還空。空中亂潀射，
　　左右洗青壁。飛珠散輕霞；流沫沸穹石。而我樂名山，對之
　　心益閑。無論漱瓊液；且得洗塵顏。且諧宿所好，永願辭人

---

[46] 按：敘述一事件情況或物體在空間中的位置，都以參考體上的某一點與此事件或物
件相符合的點來標示，這種方式，不僅可應用於科學上的敘述，也適用於日常生活
中。三個互相垂直、固定於剛體上的平面，組成笛卡爾坐標系（Cartesian System of
Coordinates）。由於有坐標系作參考，任何事件或物體，均可由三個互相垂直的線
或坐標（x, y, z）上的特定長度予以決定。事件或物體的坐標（x, y, z）可由事件或
物體垂直落於三個互相垂直的平面上的點而訂。此亦可見愛因斯坦之相對論的三維
連續區。參見愛因斯坦著，江紀成、李琳譯：《相對論》（臺北縣：徐氏文教基金會，
2000 年），頁 3-4。另參見愛因斯坦、英費爾德（Einstin, Albert, 1879-1955）、（Infeld,
Leopold, 1898-1968），郭沂譯：《物理學的進化》（*The Evolution of Physics, 1938*），
頁 141。

間。(〈望廬山瀑布二首之一〉)

「西登香爐峰」,指李白登上香爐之峰,「香爐峰」據《太平寰宇記》
云:「香爐峰,在廬山西北,其峰尖圓,雲煙聚散,如博山香爐之狀。」[47]
此外,陳舜俞《廬山記》卷二亦云:「次香爐峰,此峰山南北皆有,
其形圓聳,常出雲氣,故名以象形。」[48]

全詩前二聯寫景,乃詩人從西邊登上香爐峰,向南邊看瀑布
水。其次,詩人描摹瀑布由最處掛下來達三百尺,此高掛流勢三百
尺,亦約略摹寫了香爐峰的高度空間景象了,也可能是實為香爐峰
目測高度。尾聯則呼應香爐峰來抒發對高空景象的熱情:「而我樂
名山,對之心益閑。」乃是以前者高空之美景與後者興趣喜好的呼
應,來襯出高度空間之景致之美好。其實前數句詩,除了觀景者的
高空視覺景象與俯視視角的摹寫外,完全沒有任何情緒的沾染,可
是「我樂名山」一出,則情緒滿滿。這類以高空視覺景象呈現,來
抒寫情思,足見太白立體空間感知與情意之描摹技巧成熟。

試見詩篇例子:

渡遠荊門外,來從楚國遊。山隨平野盡;江入大荒流。月下
飛天鏡;雲生結海樓。仍憐故鄉水,萬里送行舟。(〈渡荊門
送別〉)

「渡遠荊門外」,指太白乘舟遠行由蜀地到湖北荊門山漫遊。「荊門」
指湖北宜都縣西北長江南岸之荊門山。[49]在荊門山頂,太白順山勢

---

[47] 按:此據詹鍈注解與引述《太平寰宇記》論之。參見詹鍈主編:《李白全集校注彙
釋集評》,冊六,卷十九,頁3022。

[48] 同前註。

[49] 按:此據詹鍈引述《文選》李善注。參見詹鍈主編:《李白全集校注彙釋集評》,冊

遠望，隨著山和平原至地平線，視線盡收於地平線，這是一由高處俯看的高空全景空間景象，開闊無阻礙的全景視角，顯示太白站的觀景角度，視野極佳。這在空間景象安排，是先讓山景呈現，觀景者登山峰頂，其次摹寫山頂上的俯視景象，故此為先寫山形，而後由山峰往下看，使視角因俯視，漸移漸遠，以「山隨平野盡」，摹寫出觀景者視角凝聚在遠方的地平線，視野也由大而漸漸細扁最終消失。黃永武《中國詩學》說：「空間的凝聚與空間的擴張相反。……先為大景物，而後縮小至小景物，……畫面移近來，使視野愈來愈細小，詩中的空間也就像凝集起來一般。」[50]詩篇的視角，顯示太白所處的位置，由荊門山遠處，其次至荊門山頂。在物理學相對論而言之，太白呈現出觀察者摹寫物象在宇宙地球中「一個參考系統中的位置而已」，[51]此一參照系統即是以太白為觀察者之參照系統。[52]

　　就中文語法而論，「渡遠荊門外」之「外」，是方位詞，由荊門山外摹寫出太白在山之外圍的方向位置；其次，「來從楚國遊」之「來」，是方位詞，描寫太白由外而漸近之方向位置。詩篇首二句，以方位詞[53]標示出太白空間位置，也預示了觀景者登上荊門山頂，有「山隨平野盡」之俯視之高空遠方景象。從中文語法與空間範圍形狀之研究觀點而論，齊滬揚說：「漢語中與空間範圍形狀表達有關的方位詞是『上、下、裏、內、中等』這幾個方位詞基本上可以

　　四，卷十三，頁 2222-2223。

[50] 參見黃永武：《中國詩學》，頁 58。

[51] 參見游漢輝：《愛因斯坦的時空觀念》（臺北市：臺灣商務印書館，1999 年），頁 27。

[52] 參見 Stephen C. Levinson 著，齊振海導讀：《語言與認知的空間》（*Space in Language and Cognition: Exploration in Cognitive Diversity*），頁 30。

[53] 參見儲澤祥：《現代漢語方所系統研究》（武漢市：華中師範大學出版社，2003 年），頁 199-200。另見齊滬揚：《現代漢語空間問題研究》，頁 10。

分成兩組」[54]一者可表示點、線、面等具有非三維空間特徵的形狀，一者可以表示體積等具有三維空間特徵的形狀。此見詩篇「渡遠荊門外」、「來從楚國遊」、「山隨平野盡」的一「外」、一「來」，就是一由遠而漸近之景象，「荊門外」至「平野盡」呈現觀景者由外圍之站立位置移至山頂位置，因視角，此展視之景象，也顯示是一具三維空間特徵之荊門山形狀與山頂視野。

試舉詩例分析：

> <u>白鷺洲前月</u>，天明送客迴；<u>青龍山後日</u>，早出海雲來。流水
> 無情去，征帆逐吹開。相看不忍別，更進手中杯。（〈送殷淑
> 三首之二〉）

「白鷺洲前月」，指白鷺洲前的明月還高掛天邊。「青龍山後日」，指青龍山後升起一輪紅日。「月」與「日」是二個天文高空景象。「天文」一詞據《淮南子・天文訓》云：「文者象也。」天文即指天象，天空的現象。中國自古以來皆用天文學一詞。[55]中國最早的天文算學書為《周髀》，唐朝將《周髀》作為《算經十書》的第一種，故稱《周髀算經》。《周髀》定義：「其本庖羲氏立周天歷度，其所傳周公受於殷商，周人志之，故曰周髀。」[56]《周髀算經》是「利用圭表原理，觀測暑影極游，利用勾股方法推步日月行度，借以確定一年的日期，季節的早晚，乃至推測太陽的大小遠近，宇宙的構造等等。」[57]此見唐朝已有運用勾股弦方法，計算日月周天行度遠近之數和觀念。依

---

[54] 參見齊瀘揚：《現代漢語空間問題研究》，頁 8。
[55] 參見陳遵媯：《中國天文學史》（臺北市：明文書局公司，1998 年），冊一，頁 1。
[56] 同前註，頁 82。
[57] 同前註，頁 84。

中國天文學之研究，《周髀算經》使用矩的方法推算太陽的高度，[58]得知太陽高於地面八萬里。[59]此可見高空天文景象與空間，在唐代天文學，已有某種程度的認知和研究。

太白觀察到明月高掛天空，繼而又以「青龍山後日」摹寫太陽在月沈之後升起，「月」與「日」兩個高空天文景象相繼出現，採取仰視視角，由下而上，在詩歌前幾句，高空景象的視覺角度，造成讀者的空間感知皆隨詩篇「懸浮在半空中，不與任何中心部位發生聯繫。通過這種構圖，就削弱了人世生活的重要性。」[60]此說明李白詩空間景象已由物質和現實的桎梏中解放了出來，呈現超現實的想像空間景象。「日」和「月」在詩篇中結合方位詞「後」與「前」；「白鷺洲前月」，與「青龍山後日」皆呈現傾斜的三度空間物體位置，魯道夫‧阿恩海姆（Rudolf Arnheim 1904-1994）說：「三度的物體，往往是以相對於觀看者來說傾斜的空間定向出現的。……然而，當我們從一傾斜的位置觀看這一教堂（物體），它的立體感就大大加強了。」[61]

從中文語法與空間範圍形狀之研究觀點而論，「前」與「後」可呈現立體空間方位的方位詞，例如「主席台前麥克風」、「汽車後面備胎」[62]在本詩歌中，李白首聯即直接表明「白鷺洲前月」與「青龍

---

[58] 同前註，頁 100。

[59] 同前註，頁 101-103。

[60] 參見〔美〕魯道夫‧阿恩海姆（Rudolf Arnheim 1904-1994）著，滕守堯、朱疆源譯：《藝術與視知覺》（*Art and Visual Perception*），頁 31。

[61] 按：此據魯道夫‧阿恩海姆（Rudolf Arnheim）研究，「不完整的三度性」物象，若以傾斜的位置呈現，其立體空間效果更強烈。在本詩中「前月」與「後日」，此兩高空物象，皆取李白由地面斜角仰望高空之角度，顯現日月高懸天空，是十分明顯之高空遠方景致。同前註，頁 352-355。

[62] 按：此依朴珉秀研究，中文語法方位詞「前、後、上、下」皆可呈現三度立體空間之景象描述。參見朴珉秀：《現代漢語方位詞『前、後、上、下』研究》，頁 69-70、79-84。

山後日」兩高空物象的位置,亦即是太白對於送客時,依依不捨,不忍離開,停留同一地點留連徘徊良久的滯留視點。不僅李白摹寫「日」「月」高空景象,傳達開闊視覺空間感知,以「前」和「後」方位詞的巧用,使得高空景象日和月呈現時光流逝感嘆,揭露詩人徘徊送別之地之不捨的心理狀態。

　　試以詩篇分析之:

> 衡山蒼蒼入紫冥,下看南極老人星。迴飆吹散五峰雪,往往飛花落洞庭。氣清岳秀有如此,郎將一家拖金紫。門前食客亂浮雲,世人皆比孟嘗君。江上送行無白璧,臨歧惆悵若為分?(〈與諸公送陳郎將歸衡陽并序〉)

「迴飆吹散五峰雪」,指高山上旋風吹散五峰頂上白雪。「五峰」謂祝融、紫蓋、天柱、石廩、芙蓉峰等。[63]詩歌首聯已點題,「衡山蒼蒼」顯現衡山高聳氣勢,高度入雲空中,但李白更大注意力,是投射在衡山七十二峰中的五峰,此五峰尤為高峻秀美:「迴飆吹散五峰雪」,用最淺近的語言,客觀勾勒出一幅白雪舖峰頂之立體景象,運用「雪」直切表露五峰之寒冷與高度尤勝他峰。見到高峰上旋風吹落山下的雪,觀景者形容峰雪飄下如「飛花」,此也再度加強山峰之高度,雪花片片不斷,山峰終年或長久寒冷。太白以「雪」、「飛花」、「蒼蒼」等字詞、形容詞,展露山勢高聳之高空景象,這幾句點染的是嚴寒、高峻的空間景觀,此也使高遠視覺景象益見鮮明。詩歌後聯筆鋒一轉:「江上送行無白璧,臨歧惆悵若為分?」轉向李白送別郎將,心情依依不捨,滿腹惆悵。呼應詩篇前半部高山雪

---

[63] 按:此據王琦注解而論之。參見〔唐〕李白著,王琦輯註:《李太白集註》,卷十八,頁291。

花片片之高峻景象，交互投射，感染出一種與友人分別淒冷之情。

二 追尋接觸仙人

記遊詩中舉凡實景或虛擬高空景象，例如：黃金台、萬千峰、蓬萊山、黃鶴樓、巫山、華不注峰、瑤臺、華頂山、天台山、赤城山、日觀峰、九疑山、雲台、勞山、敬亭山、陽蒼山、金華山等等，均是太白為尋訪神仙或想像中仙人仙居之高空境地。這類高空景象，時為人文建物，或為自然景物，呈現了神凡接觸的高空界面，或者為凡人成仙前之清高修煉場，或為神居地。[64]

首先試舉詩篇為例：

> 我隨秋風來，瑤草恐衰歇。中途寡名山，安得弄雲月？渡江如昨日，黃葉向人飛。敬亭愜素尚，弭棹流清輝。冰谷明且秀，陵巒抱江城。粲粲吳與史，衣冠耀天京。水國饒英奇，潛光臥幽草。會公真名僧，所在即為寶。開堂振白拂；高論橫青雲。雪山掃粉壁，墨客多新文。為余話幽棲，且述陵陽美。天開白龍潭；月映清秋水。<u>黃山望石柱</u>，突兀誰開張？黃鶴久不來，子安在蒼茫。東南焉可窮？山鳥飛絕處。<u>稠疊千萬峰</u>，相連入雲去。聞此期振策；歸來空閉關。相思如明月，可望不可攀。何當移白足，<u>早晚淩蒼山</u>？且寄一書札，令予解愁顏。(〈自梁園至敬亭山見會公談陵陽山水兼期同游因有此贈〉)

---

[64] 按：許東海教授認為李白為拓展詩歌中大幅度的空間範圍，常運用賦家「夸飾」手法，以增強意象的感染力，例如〈大鵬賦〉描繪奮翅高飛時之「五岳為之震蕩，百川為之崩奔」等氣象，此外，也常運用虛構手法，形成作品中空間跨度與其過人的想像力，例如〈夢遊天姥吟留別〉描繪縹緲仙境。參見許東海：《詩情賦筆話謫仙》（臺北市：文津出版社，2000 年），頁 43-44、53-54。

「黃山望石柱」，黃山在今安徽歙縣西北。《方輿勝覽》云：「黃山，舊名黟山，在歙縣西北百二十八里，高千一百八十仞。」[65]黃山高度為一千一百八十仞，其山形類似削尖山形鼎立在地。「石柱」指石柱山，在寧國府旌德縣西六十里，「雙石挺立，而一巨石承之，名豹子尖」[66]雖然王琦未註石柱山之高度，僅言其形狀，詩篇句子「黃山望石柱，突兀誰開張」說明黃山與石柱山相望，兩山高度皆聳立突兀之狀，依詹鍈註解，黃山高度為一千一百八十仞，「仞」為度量衡量位，許慎《說文解字注》：仞「八尺」。[67]一千一百八十仞為九千四百四十尺。此是以一幅黃山、石門山兩種高空景象勾勒出的自然視覺空間，再加上兩座高山對立，使其兩個高度空間物象景致更加鮮明突出。

　　這數句顯著之處是：首先以「天開白龍潭；月映清秋水」，藍天照耀白龍潭，明月之影映入清潭水，將二度平面空間景象襯托得越加廣闊，光潔的潭水浮現月影，更顯得秋天潭水清澈波光粼粼。揭露的是二次元的平面廣闊美，[68]證明李白是全神灌注在自然的景觀中。其次，後面兩聯，從平面空間景象轉向三度空間景象之摹寫。「黃山望石柱，突兀誰開張？」顯示李白視角由平面移轉成高度立體空間，視角變成了立面景致：黃山和石柱山高聳突出於平地之上，兩相遙遙對立相望，形成立體的個高度空間物象。此或利用高山物景作兩兩高度空間形體的配對，產生完全高度空間立體視覺，

---

[65] 參見詹鍈主編：《李白全集校注彙釋評》（天津市：百花文藝出版社，1996年），冊四，卷十一，頁1801。

[66] 按：此據王琦註語而論之。參見〔唐〕李白著，王琦輯註：《李太白集註》，卷十二，頁218。

[67] 按：許慎解仞字，「企从足，仞，伸臂一尋八尺」，此依許慎法論黃山高度。參見〔漢〕許慎撰，〔清〕段玉裁注：《說文解字注》（臺北市：黎明文化事業公司，1993年），頁369。

[68] 參見黃永武：《中國詩學》，頁56-57。

這種立面的視覺空間感，由文學藝術之視知覺理論言之，此有助於詩篇雄偉壯麗[69]的空間感覺的形成。

從物理學相對論觀點來看，「黃山望石柱」呈現了約九千四百四十尺高度之黃山與石柱山相對，雖詩篇中沒有說明石柱山高度，詩中此二聯顯見黃山與石柱山高山形象，遠遠聳立對望，較周邊平面空間高聳。這黃山之三度空間位置，可運用三個點來描寫，其中兩點為寬與長，而第三點指九千四百四十尺之高度距離，此亦表示黃山之高度與基底間距離。若由物理學三度空間座標系之圖示法，來解釋這兩座遙相對望之黃山與石柱山之三維空間景象：

---

[69] 按：王運熙、李寶均認為李白詩歌的成就，其中之一便是「描繪雄偉壯麗的山川形象」。參見王運熙、李寶均：《李白》（臺北市：萬卷樓圖書公司，1993年），頁112-113。另據魯道夫・阿恩海姆之研究，「運用重疊來建立空間，早就是中國風景畫所特有的一種手法。在中國畫中，即使山峰與山峰之間，和山峰與白雲之間在縱深的相對位置，也都是通過重疊的方式建立起來的。……這樣就通過使正面的各個不同深度的平面的重疊構成一個整體。」參見〔美〕魯道夫・阿恩海姆（Rudolf Arnheim）著，滕守堯、朱疆源譯：《藝術與視知覺》（*Art and Visual Perception*），頁332。

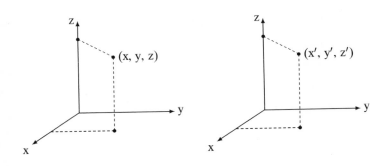

（三維參考座標系統[70]）

圖 12：李白〈自梁園至敬亭山見會公談陵陽山水兼期同游因有此贈〉三維座標系

若（x, y, z）指黃山，z 為高度九千四百四十尺，若（x'，y'，z'）指石柱山，z'為高度，兩座山遙遙相對，在詩篇空間上，顯現兩重的高度空間景象，使詩篇意象更加立體，這種詩歌三維空間景象之摹寫，使詩歌字面的組合統一，高度空間對立而或許高度 z 與 z'為相稱，高度距離相差不大，卻重重有序地點出空間立體效果。

「稠疊千萬峰」指層層疊疊的千萬峰巒相依連綿狀，顯示李白視角仍在立體空間景象，山景高聳狀觀，卻觸發了太白的超凡絕塵俗的空間感覺，眼看壯麗高山，凡人不易攀登，甚至其驚人的高度，

70　按：三維參考座標系統，是由三個互相垂直的線或坐標（x, y, z）上的特定長度予以決定。事件或物體的坐標（x, y, z）可由事件或物體垂直落於三個互相垂直的平面上的點而訂。這三個互相直且固定於剛體上的平面，組成了笛卡爾坐標系（Cartesian System of Coordinates），此亦同於愛因斯坦相對論之三維連續區。參見愛因斯坦著，江紀成、李琳譯：《相對論》，頁 3-4。愛因斯坦、英費爾德（Albert, Einstin, 1879-1955）、（Infeld,Leopold, 1898-1968）著，郭沂譯：《物理學的進化》（*The Evolution of Physics, 1938*），頁 141。另參見 Raymond A. Serway, Clement J. Moses, and Curt A. Moyer (2005), Modern Physics, Third Edition, Belemont: Brooks/Cole Cengage Learning, pp. 4, 17, 19, 20, 23, 30。

「山鳥飛絕處」凡間鳥類也只能止飛，或許仙人仙鳥才能飛抵，雖然高聳入雲似天上仙境，聽聞「黃鶴久不來」仙鳥和仙人子安很久未到此山上，這一凡人罕至之高山境地，或許正是修煉隱居之處。「歸來空閉關」可以不問世事，只求「凌蒼山」，共同登陵陽蒼山，追尋仙人仙地，解除內心愁懷。以「早晚凌蒼山？」之問訊，把埋藏在心中的隱居求仙之情一筆瀉出。詩篇以「黃山望石柱」、「稠疊千萬峰」、「凌蒼山」等三度立體空間景象一一寫來，只讓高空景象自陳，凝成一種高入仙境的氛圍。此使修煉、隱居、尋仙等心理狀態，與高空景象相照，暗示一自我內在超越，長生意念的情懷。

試舉詩例說明：

> 昔我遊齊都，<u>登華不注峰</u>。茲山何峻秀？綠翠如芙蓉。（〈古風五十九首之二十〉）

另見一例：

> 西上蓮花山，迢迢見明星。素手把芙蓉，虛步躡太清。霓裳曳廣帶，飄拂昇天行。邀我<u>登雲臺</u>，高揖衛叔卿。恍恍與之去，駕鴻凌紫冥。（〈古風五十九首之十九〉）

以及〈登高丘而望遠海〉：

> <u>登高丘</u>，望遠海。六鼇骨已霜，三山流安在？扶桑半摧折，白日沈光彩。（〈登高丘而望遠海〉）

亦見詩篇例子：

海水不滿眼；觀濤難稱心。即知蓬萊石；卻是巨鰲簪。送爾
<u>遊華頂</u>；令余發焉吟。(〈送紀秀才遊越〉)

「華不注峰」，在今山東濟南市東北，《通典》云：「漢舊縣有華不
注山，《左傳》云：『晉師逐齊侯，三周華不注。其山直上如筍。』」[71]摹
寫了華不注峰高峻壯麗之空間景象，甚至進一步形容華不注峰如筍
子般錐形柱的形狀。「立體三度空間之形體，往往能夠興發特別的
視覺力量和激發效果，使我們對於周遭的環境感受都受到形的影
響。……形體都是三次元的形。」[72]

大自然中，「形」是一個重要的變數，立「體」景象屬於形的
一種。自然界的形，可呈現各種不同的形與形體，對於整體而言，
「形」的調和是一重要因素。[73]詩的興發亦是緣景形而產生情的，
詩人寫「登華不注峰」，見峰頂高峻秀發，山色翠綠如芙蓉之色，
李白在此高山景象之空間環境遇到仙人赤松子，隨赤松子與其贈之
白鹿飛至天上仙界。「登華不注峰」是高空景象，動詞加上命名標
示方位空間之羅列，[74]「登」、「華不注峰」，依中文語法觀點論之，
詩人運用一專名性詞語，來標示具象高度空間之位置。「華不注峰」
之三次元空間方所詞與詩篇後聯的「赤松子」、「白鹿」、「青龍」、「含
笑凌倒景」等之間聯繫，即是由凡塵之三次元高空景象漸漸接近仙

---

[71] 參見詹鍈主編：《李白全集校注彙釋評》，冊一，卷二，頁 110-111。

[72] 參見賽蒙‧貝爾（Simon Bell）著，張恆輔譯：《景觀中的視覺設計元素》（*Elements of Visual Design in the Landscape*）（臺北市：六合出版社，1997 年），頁 53-54。

[73] 按：此據賽蒙‧貝爾（Simon Bell）對形體之研究而論之。參見賽蒙‧貝爾（Simon Bell）著，張恆輔譯：《景觀中的視覺設計元素》（*Elements of Visual Design in the Landscape*），頁 50-52。

[74] 按：此依儲澤祥漢語方所系統研究，「命名標」是用來構成專名或類名性的處所詞語的方所標記。專名性詞語表示定域處所。例如自然地名的江、島、泉、崖、山脈等。參見儲澤祥：《現代漢語方所系統研究》，頁 10-11。

人仙物和仙境。詩篇景物間關係或許是虛實交織的；其空間距離之關係是凡人登高接觸仙人，仙人迎接凡人飛昇仙境，使得三次元高空景象顯得絕俗不凡，形成一個仙凡接觸之高空空間布構與想像。

　　相關仙凡接觸之三次元空間景象，「登雲臺」、「登高丘」、「遊華頂」等，皆具有仙凡互動之高空景象的勾勒。「雲臺」指華山東北部之高峰。《嘉慶一統志》：「嶽頂東北曰雲臺峰。兩峰並峙，四面陡絕，巍然獨秀，狀若雲臺。」[75]李白登上西嶽華山，目睹華山上似真似幻的神仙玉女，仙女手持蓮花漫步而來，邀太白一起登雲臺。詩篇後聯之「衛叔卿」、「駕鴻」、「淩紫冥」等，皆為凡入仙境之新鮮見聞，詩篇之高空景象是實虛交錯之造景，依其種類，約可見有仙人姓名，仙境仙界動物，例如鴻、白鹿、龍，高空仙境方位名稱。這些字詞或詞語組合，各具有不同的仙境作用和意義，例如玉女仙人接引凡人由高山入天上仙境者；鴻鳥可載凡人上天界；紫冥為凡人所見仙界景觀。此三度空間「雲臺」高聳陡絕的形狀，在太白詩篇中，可作為凡人接觸仙人平台的高空地點。「登」加上「雲臺」，亦是動詞加命名標方位空間，從中文語法理論之，李白以專名性詞語，標示具象的仙人接引凡人之高空景象場所。

　　「登高丘」指登上高山，遙望遠海。託諷秦始皇求仙行為，諷其為求永生，登渤海東面五座仙山。[76]詩意暗諷求仙，李白取用動詞與命名標方位空間之語詞，標示方所，表示空間地位。[77]高山仙山之三度空間摹寫，亦見於〈送紀秀才遊越〉：「遊華頂」。「華頂」

---

[75] 參見詹鍈主編：《李白全集校注彙釋評》，冊一，卷二，頁 106-107。

[76] 參詹鍈主編：《李白全集校注彙釋評》，冊二，卷四，頁 508-509。

[77] 按：依儲澤祥方所語詞研究，「類名標」指用於表示方所的類名，表示空間地位，例如構成地點名的，郊、棚、壕、層、田、地帶等。或表示自然地名的，山、峰、關等。不論類名標或類專標，這些皆在文句中表示處所詞語的方所標記。參見儲澤祥：《現代漢語方所系統研究》，頁 11-13。

峰，在今浙江天台縣東北，是天台山最高峰。《嘉慶重修一統志》
云：「華頂峰，在天台縣東北六十里。府志：天台第八重最高處，
少晴多晦，夏猶積雪；自下望之，若蓮花之萼，亭亭獨秀；中有洞，
石色光明；絕頂有降魔塔，東望蒼海，瀰漫無際，號望海尖，可觀
日出，下瞰眾山，如龍虎蟠踞，旗鼓列布之狀，草木薰郁，殆非人
世。」[78]摹寫出天台最高峰華頂峰之景況，峰頂雪雲多，少見陽光，
即使夏天峰頂亦積雪。由峰頂俯看，向東可望海，向下可看眾多山
於其下，如旗鼓排列之狀，此足顯示華頂峰之高聳獨立，超越眾山
之上，甚至可從峰頂向下俯看，暗示此峰之超群地位，與其絕俗不
凡的空間景象，故形容華頂峰立體空間高空景象是「非人世」。李
白在「遊華頂」之際，結合「仙人居」、「道士」、「雲門寺」等越中
美景，這些景點既詠越中之美，又寫求仙仙境的仰慕情懷，其各景
點之美不僅在畫面，更在於其烘托渲染華頂峰之高空仙境氣氛。使
讀者直接心領神會太白詩中仙境縹渺之意味，也顯露觀景者的視角
由高空景象而漸二度平面景象之轉移層次。但這個「遊」與個別華
頂峰之三度空間景象交織，構成一個充滿太白個人色彩的尋仙遊仙
境之情思。

三　孤絕寂寒形象

　　李白詩歌中以三次元景致，摹寫孤絕心靈形象，取高度空間景
象，描繪立體「形」態之孤立高聳，時而顯現立面視覺感知，時而
寄寓情感於高聳立體景象，皆依詩人情感、經驗和想像之需求。[79]譬
如：西山、望夫山、巫山、北斗星、明月、青樓、玉樓等等，如均
為太白寄寓女子孤寂形象，或因夫遠征的淒涼絕望情緒。

---

[78] 參見詹鍈主編：《李白全集校注彙釋評》，冊五，卷十五，頁 2451-2452。
[79] 參見葛兆光：《想像力的世界》（北京市：現代出版社，1990 年），頁 32-35。

首先舉詩篇論析之：

> 去年何時君別妾？南園綠草飛胡蝶。今歲何時妾憶君？<u>西山白雪暗秦雲</u>。(〈思邊〉)

「西山」指雪山，王琦云：「西山即雪山，又名雪嶺。上有積雪，經夏不消，在成都之西，正控吐蕃，唐時有兵戍之。」[80]摹寫西山上終年白雪覆蓋，秦地浮雲也為之暗淡，烘托西山頂之高聳，終年天寒地凍，白雪積累之深厚，連邊境秦地天空雲色也失色。詩人透過西山的白雪，來烘托西山的高聳、孤立與絕望的寒。詩篇運用「何時」、「君別妾」來連結夫君與女子已長久分別之意，運用一問訊，顯現女子自問之寂寞與思夫心情。其次，詩篇取用「今歲」與「去年」對比，突顯女子時常計數分別日子，次句之問訊，「今歲何時妾憶君？」，女子以「西山」之空間景象代替答案。因為這個「何時」是無法具體說出年月日，女子以西山景象是終年白雪覆山頂，說明女子終年思君之意。西山白雪日日存在，表示女子日日思夫；西山之高聳孤立是超越群山，表示女子孤獨，心中寂寞，沒有人陪伴；西山山頂雪厚至白，連秦地浮雲也失色，表示女子內心極度憂愁。「白色」心理特徵有淡泊、冰冷、不爭、哀傷等。[81]這些顯示詩人體物入微，真正抓住自然界三度空間景象與生命樣態。太白把西山之高度與溫度寫活了，藉西山「高」孤與「白雪」凍寒，賦予女

---

[80] 按：此據王琦注解而論之。參見〔唐〕李白撰，王琦輯註：《李太白集註》，卷二十五，頁 392。

[81] 按：白色的心理特性，在中國傳統用色法與西方色彩學理中，皆有哀傷、蕭穆、冰冷之表徵。參見賴瓊琦：《設計的色彩心理》(臺北市：視傳文化公司，1998 年)，頁 26-49。另參見林書堯：《色彩認識論》(臺北市：三民書局公司，1999 年)，頁 72-74、90-92。

子孤寒淒涼與寂寞形象。此見李白用字之工巧，視覺空間感知之敏銳獨道。

再舉詩歌為例：

> 王命三徵去未還，明朝離別出吳關。白玉高樓看不見，相思須上望夫山。（〈別內越徵三首之一〉）

另見詩篇例子：

> 閨裏佳人年十餘，嚬蛾對影恨離居。忽逢江上春歸燕，銜得雲中尺素書。玉手開緘長嘆息，狂夫猶戍交河北。萬里交河水北流，願為雙鳥泠中洲。君邊雲擁青絲騎；妾處苔生紅粉樓。樓上春風日將歇，誰能攬鏡看愁髮！曉吹員管隨落花；夜擣戎衣向明月。明日高高刻漏長，真珠簾箔掩蘭堂。橫垂寶幄同心結；半拂瓊筵蘇合香。瓊筵寶幄連枝錦，燈燭熒熒照孤寢。有使憑將金剪刀，為居留下相思枕。摘盡庭蘭不見君。紅巾拭淚生氤氳。明年若更正邊寒，願作陽臺一段雲。（〈擣衣篇〉）

首篇「相思須上望夫山」指太白因永王李璘率水師東下，徵召李白入幕，李白應召別夫人一事，詩歌末聯「白玉高樓看不見，相思須上望高度夫山。」，乃是望夫山之高空景象與思夫女子孤上高山形象並舉，表示其孤寂盼望的心情，頗有女子對夫婿應召之時長，相思之情積累一層又一層，愈疊愈高，故由「白玉高樓」再登上「望夫山」，突顯觀景者藉視角之由低而高，相思之情漸漸累增，一直堆疊高升，呈現一望夫山之立面空間景象。「山」在中文語法中，是一物體形狀系統，齊瀘揚《現代漢語空間問題研究》云：「形狀

系統是指句子中的某個物體所占有空間範圍的形狀顯示出來的空間特點。物體所占有的空間範圍的形狀，如同數學中的幾何圖形一樣，也有點、線、面體等區別。」[82]在本詩中「望夫山」乃虛指，相對於「白玉高樓」之樓台高度，實可見太白將「望夫山」摹指較「白玉高樓」高的立面空間景象，並藉此一立面高空景象託寓女子深厚之相思情意。

　　另一篇之「願作陽臺一段雲」指夢。「陽臺」在巫山，此用巫山神女事，託寓女子因夫君出征邊塞，希望化作巫山頂上一片雲，遠隨夫君而去。太白引巫山陽臺之雲，喻指女子欲化雲夢隨夫出征。藉高空景象，喻指超脫塵世，隨心所欲。此外，詩篇中以「明月」之高空遠景，以高而明亮之物形，傳達千里距離，因共同仰視天上明月產生聯繫感。「明月」的視知覺形象是單一孤立的高空景象，又因其月光之故，常有寒冷與孤獨意象，也帶給千里遠的人們共同視覺感知。若月是靜止不動的，月的位置是由三個數表徵，[83]「明月」是千年存在的，給予詩人永恆長久存在的視覺空間感，在太白詩中，不論征夫出征萬里遠，妻子與丈夫彼此間思念之情，必能透過明月傳遞給對方。

四　獨立清高形象

　　太白記遊詩篇採高空景象，描繪隱居清高生活與形象，以高度空間摹寫高聳之形狀，或表現獨立立體空間感知，或注入情思在三度空間景象，都憑藉詩人自己或他人所體驗的生活原型和表現，甚至是依詩人主觀作用創造出來之人生目標。[84]例如：陵陽山、石門

---

[82] 參見齊瀘揚：《現代漢語空間問題研究》，頁 6-7。

[83] 參見愛因斯坦、英費爾德（Albert, Einstein, 1879-1955）、（Infeld, Leopold, 1898-1968），郭沂譯：《物理學的進化》（*The Evolution of Physics, 1938*）、頁 144-145。

[84] 按：據康丁斯基研究，藝術家基於內在的情感和經驗，而選擇一個「陌生的」形式

山、嵩山、湖山、白鵝嶺、敬亭山、終南山、楚山、南山等等，這
些高空景象寄託了山居之樂和獨立與世隔絕的隱逸形象。

　　試舉詩例分析：

> 我遊東亭不見君，沙上行將白鷺群。白鷺閒時散飛去，又如
> 雪點青山雲。欲往涇溪不辭遠，龍門蹙波虎眼轉。杜鵑花開
> 春已闌，<u>歸向陵陽釣魚晚</u>。（〈涇溪東亭寄鄭少府諤〉）

「歸向陵陽釣魚晚」，指太白欲歸向陵陽山垂釣仍不遲。「陵陽」山
名，為陵陽山。詹鍈引《元和郡縣志》：「陵陽山，在縣西南一百三
十里，陵陽子明得仙處。」另引《太平寰宇記》云：「陵陽山，在
縣西南一百三十里，《列仙傳》云：陵陽子明釣白龍放之，後五年，
龍來迎子明上陵陽山，一百餘年仍得仙去。山高一千餘丈。又有子
安者，仙人也，來就子明。」[85]詩篇首聯即點出「遊」之主題，以
及全詩的抒情基調。中二聯摹記詩人在遊旅途中所見之景：「白鷺
閒時散飛去，又如雪點青山雲。」呈現地面景象與高空視覺畫面，
運用二次元平面空間與三次元高度空間來組成一幅畫，形塑成一種
由低維度至高維度之視角轉移，乍看兩者沒有關連，卻是精心安排
之視覺空間感知。三聯「欲往涇溪不辭遠，龍門蹙波虎眼轉。」，
寫太白想到涇溪一遊，不辭路途遙遠，在涇溪旁可見龍門山水波閃
閃發光如同老虎眼睛般明亮，這些涇溪沿途景色之變化，皆揭露了

　　時，他便是應用自己的權利，取內在所中的形式。——不管它是被用過的物體、天
　　體，或者別的藝術家用過的形。參見康丁斯基（Kandinsky）著，吳瑪悧譯：《藝術
　　與藝術家論》（*Essays uber kunst und kunstler*）（臺北市：藝術家出版社，1998 年），
　　頁 32-33。

[85]　按：此據詹鍈注釋而論之。參見詹鍈主編：《李白全集校注彙釋評》，冊四，卷十二，
　　頁 2057-2058。

太白喜歡隱居自然之生活，尾聯抒寫遺世獨立垂釣悠閑之樂，「杜鵑花開春已闌，歸向陵陽釣魚晚。」表示詩人嚮往隱居，並且與詩篇各聯相應，「遊」、「白鷺」、「青山」、「龍門」、「杜鵑花」將景色與記遊閑情結合，並且寄寓在詩末句：「歸向陵陽山」。陵陽山是太白希望歸隱閑居之地，山勢呈現絕塵獨立之空間景象，《列仙傳》云陵陽山高一千餘丈，許慎《說文解字注》云：「丈，十尺也。」[86] 若以一千丈為例，陵陽山高約為一萬尺，在李白詩篇中，高山作為詩歌自然意象材料十分常見，李白常取高度聳立於地面，超越一般山嶺之高空景象，形塑絕塵俗與不同凡響之視覺畫面，或許李白詩篇善於運用神話傳說與幻想，其驚人的想像力，使詩歌高空景象也充滿誇張、不凡的魅力。[87]

從自然山形之視覺空間感知而論，陵陽山是一個三度空間圓錐體狀，此一實體狀，是由二度空間平面向三度空間延伸而成的，此一形體有「特別的視覺力量和激發效果」、「形體即是三次元的形」，是具備強而有力的視覺力量，引人注目的。[88]此外，由文學藝術與視覺感知之關係理論言之，立體物象的視覺概念是從人類知覺經驗中產生，立體的視覺概念特徵之一為「物體被看成是三度（空間）的。」與「物體的形狀具有恆常性。」[89]陵陽山之立體形態在詩末具備特別顯著之視覺力量，也作為太白未來依歸之隱居形象表徵。瞬間詩意也在此句作一完結，烘托了詩歌主旨——絕世而獨居，享受隱居之樂。

---

[86] 參見〔漢〕許慎撰，〔清〕段玉裁注：《說文解字注》，頁 89。

[87] 參見王運熙、李寶均：《李白》，頁 116-117。

[88] 參見 Simon Bell 著，張恆輔譯：《景觀中的視覺設計元素》（*Elements of Visual Design in the Landscape*），頁 22-23、52-55、83。

[89] 按：此據 Rudolf Arnheim 之研究，藝術與視知覺皆其備形狀（形式）之空間樣相。，也具有立體的視覺概念。參見〔美〕魯道夫・阿恩海姆（Rudolf Arnheim）著，滕守堯、朱疆源譯：《藝術與視知覺》（*Art and Visual Perception*），頁 115、127。

　　由陵陽山之高度來看，陵陽山高度約一千餘丈，一丈十尺，以
一千丈為例，陵陽山之高度超過一萬尺以上，如果陵陽山高度為實
體之高度，陵陽山之三維空間位置，可用三個點來摹寫，其中兩點
是陵陽山之基底寬與長，第三點則由陵陽山高度一萬尺之數據，來
標示陵陽山之高度與基底間距離。如果由物理學相對論三維空間座
標系之圖示法，來說明這立體空間景象：

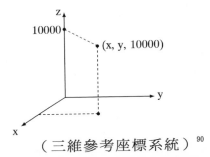

（三維參考座標系統）[90]

圖 13：李白〈涇溪東亭寄鄭少府諤〉三維座標系

如果（x, y, z）指陵陽山，z 為高度一萬尺，則在詩篇上，陵陽山
之高空景象顯得特別突出，引人注目，具備特別顯著的單一高度空
間形狀之立面美與獨立美，此一高度空間景象也寄託太白豁達而絕
世隱居之心境。

　　試舉詩歌為例：

---

[90]　按：此依笛卡爾坐標系（Cartesian System of Coordinates）標示物象在三維空間中位
　　置。此亦見愛因斯坦相對論之三維連續區。參見愛因斯坦著，江紀成、李琳譯：《相
　　對論》（臺北縣：徐氏文教基金會，2000 年），頁 3-4。另參見愛因斯坦、英費爾德
　　（Albert, Einstein, 1879-1955），（Infeld, Leopold, 1898-1968）著，郭沂譯：《物理學
　　的進化》（*The Evolution of Physics, 1938*），頁 141。及參見 Raymond A. Serway,
　　Clement J. Moses, and Curt A. Mayer (2005), Modern Physics, Third Edition, Belement:
　　Brooks/Cole/Cengage Learning, pp. 4, 17, 19, 20, 23, 30。

春華滄江月；秋色碧海裏。離居盈寒暑，對此長思君。思君
楚水南；望君淮山北。夢魂雖飛來，會面不可得。疇昔在嵩
陽。同衾臥羲皇。綠蘿笑簪紱；丹壑賤巖廊。晚塗各分析，
乘興任所適。僕在雁門關；君為峨嵋客。心懸萬里外；影滯
兩鄉隔。長劍復歸來，相逢洛陽陌。陌上何喧喧！都令心意
煩。迷津覺路失；託勢隨風翻。以茲謝朝列，長嘯歸故園。
故園恣閒逸，求古散縹帙。久欲入名山，婚娶殊未畢。人生
信多故，世華豈惟一？念此憂如焚，悵然若有失。聞君臥石
門，宿昔契彌敦。方從桂樹隱；不羨桃花源。高風起遐曠，
幽人跡復存。松風清瑤瑟；溪月湛芳樽。安居偶佳賞，丹心
期此論。(〈聞丹丘子於城北山營石門幽居中有高鳳遺迹僕離
群遠懷亦有棲遁之志因敍舊以贈之〉)

「疇昔在嵩陽」純寫回憶往昔我們在嵩山之南，如同羲皇上人般的
隱逸生活。詹鍈引《元和郡縣志》云：「嵩高山，在縣北八里，亦
名外方山，又云東曰太室，西曰太室，嵩高總名，即中岳也。山高
二十里，周迴一百三十里。」[91]，《說文解字注》云：「里，居也，
二十五家為里。……穀梁傳曰：『古者，三百步為里。』」[92] 見運用
二十五家為里，三百步為里，仍不足明確說明嵩山之高度與基底長
與寬。《辭源》據西元一九二九年制定之長度，一市里為一百五十
丈，合公制為五百米。[93]《漢語大辭典》認為「里」是古代地方行
政組織，以自周始，後多因之，但其制不一。若由長度單位考察，

---

[91] 參見詹鍈主編：《李白全集校注彙釋集評》，冊四，第十一卷，頁 1923。

[92] 參見〔漢〕許慎撰，〔清〕段玉裁注：《說文解字注》，頁 701。

[93] 參見廣東、廣西、湖南、河南辭源修訂組，商務印書館：《辭源（單卷合訂本）》（臺
北市：遠流出版事業公司，1996 年），頁 1171。

「古以三百步為一里，后亦有以三百六十步為一里者，今以一百五十丈為一里。」[94]依唐制，一丈等於十尺，一尺等於十寸，[95]嵩陽山高二十里，周迴一百三十里，其高度為三萬尺高，基底之面為十九萬五千尺。

　　全詩二十二聯，除首段部份敘述離別景況外，皆描繪隱居嵩陽山之情思與心情。首聯點出思念元丹丘之時空，為全詩之開端與序；其餘數聯則是以極濃厚的情語，刻劃對友人元丹丘深刻思念。除了詩人對友人情誼思念之摹寫外，詩人不因喧鬧洛陽街市而迷惑，也沒有因繁華生活而興發一己之情，只專注在於摹寫隔絕世俗凡塵的獨立清高生活之形貌，整首詩猶如一連串安心隱居在山中的自我表白，呈現內蘊強烈之人生志向與生命歸宿。

　　在詩中，李白一再提及山中歸隱的生活，同樣的，除了嵩陽山之外，李白還提到石門山，詩中似乎在描摹羲皇上人般的閒適放逸生活的畫面，但在詩歌意旨上一再摹寫種種隱居之美景與心願。詩歌尾聯「安居偶佳賞，丹心期此論」乃表露詩人隱居之思。詩中呈現的嵩陽山與石門山是隱居地點與清逸生活模式表徵，詩人取一高度空間表達心中的這分「清」與「高」形象。

　　由文學藝術與形的理論言之，康丁斯基《藝術與藝術家》云：「整體作品的價值，視表達式的多樣性（內容的『豐富性』和表現力（『精確性』）而定。……一件件作品和整體作品表現力的差異，這個『面貌』，是藝術家為人性開展出一個新的世界，這便是我所

---

[94] 參見漢語大詞典編輯委員會、漢語大詞典編纂處編纂：《漢語大辭典》（上海：漢語大詞典出版社，1995 年），第十冊，頁 367。

[95] 按：此據《漢語大詞典》之「中國歷代度制演變測算簡表」，唐代之度制計算之。參見漢語大詞典編輯委員會、漢語大詞典編纂處編纂：〈附錄・索引〉，《漢語大詞典》（上海市：漢語大詞典出版社，1995 年），頁 5。

認為的價值之鑰……不管是『形象』作品，或者『具象』作品」[96]每一作品皆具有整體價值，呈現多樣性、豐富性與精確的表現力，那這便為所有讀者開展新的世界，李白詩在立體三度空間景象之安排時，也往往在詩中肩負起橋樑的責任，傳達作品中新的可能性，新的想力和更彈性自由的表現方式。[97]

　　依愛因斯坦相對論論之，嵩陽山高度是三萬尺，若嵩陽山高度是具象實體形態之高度，嵩陽山的三次元空間位置，以三個點來描述，其中兩點是嵩陽山基底寬與長，為十九萬五千尺，第三點為嵩陽山高度三萬尺，依此第三點高度來標示嵩陽山高與基底之間距離。其三度空間座標系之圖示法，可說明其具體空間之景象：

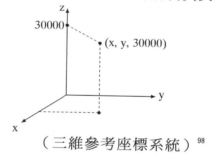

（三維參考座標系統）[98]

圖 14：李白〈聞丹丘子於城北山營石門幽居中有高鳳遺迹僕離群遠懷亦有棲遁之志因敘舊以贈之〉三維座標系

---

[96] 參見康丁斯基（Kandinsky）著，吳瑪悧譯：《藝術與藝術家論》（Essays uber kunst uud kunstler），頁 201-202。

[97] 同前註，頁 194-195。

[98] 按：此據笛卡爾坐標系（Cartesian System of Coordinates）標示物象，呈現物象在三度空間中的位置。此也見於愛因斯坦相對論之三維連續區。參見愛因斯坦著，江紀成、李琳譯：《相對論》，頁 3-4。另參見愛因斯坦、英費爾德（Albert, Einstein, 1879-1955）、（Infeld, Leopold, 1898-1968）著，郭沂譯：《物理學的進化》（The Evolution of Physics, 1938），頁 141。另參見 Raymond A. Serway, Clement J. Moses, and Cart A. Moyer (2005), Modern Physics, Third Edition, Belemont: Brooks/Cole cengage Learning, pp. 4, 17, 19, 20, 23。

如果（x, y, z）標示嵩陽山，z 為高度三萬尺，x 與 y 標示嵩陽山之基底平面空間，兩者相乘或許為一九萬五千尺。李白運用三度空間景象，表徵詩人與其行動之「清高」與「獨立」絕俗之形象。[99]

　　從中文語法理論而言，「疇昔在嵩陽」與「聞居臥石門」分別使用方所詞的連繫，「在嵩陽」即是用「在」表示動作與方所之間關係。「在」字加方所詞，或可放在動詞前，或是放在動詞後，此表示一種「靜境」。[100]「石門山」與「嵩陽山」是二個自然類地名命名標，用來明確指稱固定地域處所，表現詩篇中之方向或關係位置，與人物所處之空間位置。[101]這一些高度景象空間位置，人物並不移動，正由於人物不動，反而讀者專注在這空間中的高空、隱居生活的感覺，對著這高聳遺世獨立之空間景象，興起多少清風微拂、瑣繁塵世皆在腳下的豁達與愜意。[102]

　　再舉詩例分析：

　　　　楚山秦山皆白雲，白雲處處長隨君，長隨居。君入楚山裏。雲亦隨居渡湘水。湘水上，女蘿衣。白雲堪臥君早歸。（〈白雲歌送劉十六歸山〉）

---

[99] 按：空間與空間中人物對象及行動，皆是緊密相關的。參見郭中人：《空間視覺感知》（*Visual Perception of space*），頁 186。

[100] 參見呂叔湘：《中國文法要略》，頁 201-202。另據蔡宗陽教授研究，「在」是表達處所、方向的介詞，是指介繫、引進名詞、代詞、短語給句子中的述語或表語，表達時間、處所、方向等種種關係的詞。例如：「緣」，沿著之意；「由」、「在」、「往」、「於」、「朝」、「自從」、「向」、「順著」，皆是表達處所、方向的介詞，參見蔡宗陽：《國文文法》（臺北市：萬卷樓圖書公司，2008 年），頁 132-134。

[101] 參見儲澤祥：《現代漢語方所系統研究》，頁 5、10。

[102] 參見黃永武：〈空間的改造〉，《中國詩學》，頁 65。

又例如：

> 河伯見海若，傲然誇秋水。小物昧遠圖；寧知通方士？多君
> 紫霄意，<u>獨往蒼山裏</u>。地古寒雲深；巖高長風起。<u>初登翠微
> 嶺</u>；復憩金沙泉。踐苔朝霜滑；弄波夕月圓。飲彼石下流，
> 結蘿宿谽煙。鼎湖夢淥水，龍駕空茫然。早行子午關，卻登
> 山路遠。拂琴聽霜猿，滅燭乃星飯。人烟無明異；鳥道絕往
> 返。攀崖倒青天，下視白日晚。既過石門隱，還唱石潭歌。
> 涉雪搴紫芳；渥纓想清波。此人不可見，此地居自過。為余
> 謝風泉，其如幽意何！（〈答長安崔少府叔封遊終南翠微寺太
> 宗皇帝金沙泉見寄〉）

「楚山秦山皆白雲」寫太白在長安送友人回湖南歸隱之景，詩篇首
聯楚山和秦山皆為沿途之景，在組織結構上也具高空景象之層次
感，兩重高遠三維景象來建立視覺空間，由文學藝術與視知覺之理
論言之，阿恩海姆認為「運用重疊來建立空間，早就是中國風景畫
所特有的一種手法。……即使山峰與山峰之間和山峰與白雲之間在
縱深中的相對位置，也都是通過重疊的方式建立起來的。」[103]透過
兩座山重疊，此增加了詩篇之視覺空間之深度。從中國詩學的立場
論之，黃永武教授說：「一個可供透視的立體的窈冥空間，必須仰
仗景物遠近大小的布置，……來形成其深度。……利用靜態景物作
一遠一近的設置，這設置是採形體交互的配置，而不是以一個平面
的伸展。……有助於詩中空間深度感覺的形成。」[104]李白用兩度高
空景象之配置來顯視深邃、崇高、閒適放逸之隱居形象，形塑出既

---

[103] 參見〔美〕魯道夫‧阿恩海姆（Rudolf Arnheim）著，滕守堯、朱疆源譯：《藝術與
視知覺》（*Art and Visual Perception*），頁 326、332。

[104] 參見黃永武著：《中國詩學‧設計篇》，頁 62。

清高且穩定之心境與環境。此外，楚山與秦山也切題點題，與題目
「歸山」相呼應，烘托出詩旨——隱逸。詩篇首聯次句「白雲」環
繞著兩座山，這與山長相左右之雲，也長隨君，太白採用景物之遠
近，人物遠近之安置，顯示詩旨。太白送友人至湖南，先外而內，
由出發地至湖南歸隱處，詩人愈靠近該地點，則原環伴著楚山秦山
之白雲，亦漸環繞著詩人，似乎手可觸及。太白運用高空景物位置
改變，來表現詩人由遠而近之空間位置，此外，詩人也由平面二度
空間，爬升至高空景物，故見「白雲處處長隨君」，顯示人物空間
由二次元至三次元。這個空間形狀交互轉換之配置，運用二度空間
與三度空間的布置，增加詩篇中空間視覺感知之變化與深度。

　　從相對論之角度言之，詩篇先運用兩座三度空間物象，增加詩
篇視覺深度，其次，由詩人李白視角，將人物之二度平面空間爬升
至三度空間，皆呈現詩中人物視角與空間物象之關係，這反映了「我
們天性習慣用畫面來解讀這世界，……其實這種相像（事實與所看
見的）能擴及一些表達結構形式的邏輯屬性。」[105]因此我們能知道
其變化上的某些特性，這已足夠促使讀者發揮知覺、與感受去加以
解讀。李白之取景角度不同，產生之心理效果也不同，藉由詩人二
次元至三次元之爬升，「歸山」隱逸之環境也豁然展現，白雲環繞
著詩人，甚至身手可觸，這有逼近置身高空景象之感覺，三度空間
景象已非遠處全景，而是身置於高山中。身居高山之境，形塑出塵
俗與超脫凡世之感覺，而詩歌的隱逸之價值就賴於這視覺、觸覺與
心境的呈現。

　　在這些與高空景象同在之記遊詩中，由於情思之成分較含蓄，
詩人往往專注以山景投注自身隱逸形象或心情，呈現之三度空間有

---

[105] 參見羅素（Bertrand Russell, 1872-1970），薛絢譯，郭中一審閱：《相對論ＡＢＣ》
（*ABC of Relativity*）（臺北市：臺灣商務印書館，2009 年），頁 12-13、151、156、
158。

時如同寫意畫般，較之實景記述之山水詩淡微，令人感到濛朧輕
淡，主要原因，詩人欲將景物之審美與想像距離，保留給讀者，引
領讀者投入詩篇中，參與詩篇詩意想像世界，試看另一首第三聯「獨
往蒼山裏」與「初登翠微嶺」，摹寫獨身前往蒼翠的終南山，並且
攀登上終南山上之翠微嶺。詩篇描述遊歷路徑，「終南山」、「翠微
嶺」、「金沙泉」等地，雖論多處景致，實感嘆空有隱居之意。詩末
「為余謝風泉，其如幽意何！」以無可奈何作結。處處景點，如攝
影般的鏡頭，流瀉而出，令人感到悅目，帶領讀者一同參與觀賞，
詩人將幾個景象追攝下來，表現出視覺空間美。同樣的，詩中除了
平面空間，例如金沙泉、溪石、霜苔等，最鐘意則為終南山，詩人
著墨於此山之高度較多，「地古寒雲深」、「巖高長風起」。此加強終
南山之高聳入層層寒雲中，其山頂終日颺著蕭蕭的冷風，太白用「紫
霄意」、「遠圖」、「通方士」等字詞組，形塑終南山之隱者智慧之形
象，詩人特別喜愛終南山之高聳，並與智者、隱者形象連結。三度
高空之山景象在太白心中，即是一具高遠志向、遠大圖謀，與通達
道理之智者隱居形象。此與身處仕隱兩難的太白極為不同。欲求仕
途發展的太白不得如願，期待隱居使心靈得到寄託與安頓。

第二節　高空之俯視空間

在李白記遊詩中，三度空間景象出現次數十分多，[106]為五種空
間出現比率之第二名，成為太白詩中相當引人注意的詩篇空間景
象。

詩歌的空間景象把過去詩人眼中所見所感的視覺和觸覺經

驗，用文字保存下，讀者藉由自己的感官知覺將之還原呈現，從物理學相對論立場言之，羅素《相對論ＡＢＣ》：「我們探索地球世界，要用到自己所有的感官知覺，尤其是觸覺和視覺。……人們學會以目視判定大概的距離，但要拿捏得精準，還是要靠觸覺。」[107]說明了近代物理和幾何學科學之空間理論，即是由知覺感官而產生。[108]若由文學藝術與視知覺關係理論言之，「『觀看』就是通過一個人的眼睛來確定某一件事物在某一特定位置上的一種最初級的認識活動。」[109]也可說透過詩人的特定視覺角度，展現事物或景象的風貌。心理學家經由實驗發現，這些視覺角度在傳達時，是可以通過語言來形容自己的知覺經驗，將那個與自己經驗到的圖像景物表現出來，雖不完全相同，而且會有簡化、改造與繁複等之情形，總是會以知覺經驗中適合於先前得到的經驗的記憶痕跡。[110]

　　李白詩篇時見富有想像力的空間景象，其驚人的創造力是源自太白現實生活與主觀想像的結合，李元洛《詩美學》：「包括詩歌在內的藝術，不僅是客觀現實生活的再現，而且也是作者主觀審美心理的表現。因為藝術不是一般如哲學、邏輯學、倫理學等社會意識形態，它不是對客觀現實生活作機械的照相式的反映，或是原封不

---

[107] 參見羅素（Bertrand Russell）著，薛絢譯，郭中一審閱：《相對論ＡＢＣ》（*ABC of Relativity*），頁 11-12。另據愛因斯坦相對論，愛因斯坦說：「我們的感覺器官可以把實物看作是空間中場特別強的一些區域。用這種方法就可以建立起一種新的哲學背景。它的最終目的就是：要用隨時隨地都能有效的結構定律，去解釋自然界中的一切現象。」參見愛因斯坦、英費爾德（Einstin, Albert, 1879-1955），（*Infeld, Ceopold, 1898-1968*）著，郭沂譯：《物理學的進化》（*The Evolution of Physics, 1938*），頁 170。

[108] 參見羅素（Bertrand Russell, 1872-1970），薛絢譯，郭中一審閱：《相對論ＡＢＣ》，頁 13-16。

[109] 參見〔美〕魯道夫・阿恩海姆（Rudolf Arnheim）著，滕守堯、朱疆源譯：《藝術與視知覺》（*Art and Visual Perception*），頁 47。

[110] 同前註，頁 80、87。

動的複製，它是一種特殊的審美藝術形態，是藝術家對客觀現實生活的主觀能動的審美反映，是客觀現實生活的再現與主觀審美體驗的表現的統一，是審美對象和審美主體的統一。」[111]詩人將現實經驗所見所感與依主觀個人化之想像世界交織，改造或增刪成具個人化魅力的空間景象，此即為藝術美之來源，也是李白獨特視覺空間語言。

李白的視覺空間安置，除了現實經驗外的呈現，部分詩篇空間景象，藉各種視角，或自我為中心，或以他人為中心，或自我與他人並具之角度，透過空間景象布構，來構造理想人生與世界。因為在現實中仕途發展不順遂，現實藩籬無法突破，李白藉空間景象來跳脫塵俗之壓力，更進一步地，建構可供心靈安頓的虛構想像空間景象。李白因不遇困境、遭賜金放還、四處干謁無著，心中充滿焦慮無助感，自持不凡超群的太白漸漸失去信心和人生方向，不知自己該何去何從。或許唐代宮觀興建風潮、道教之興盛，在環境與友人的薰陶下，李白興起了對仙境的嚮往。經常四海漫遊的李白，自然在遊歷高山清幽的景地，透過罕見人跡之高遠景觀，暫時忘掉塵俗之不如意，遠離現實困境，將超越生命現實的局限和藩籬，作為新的理想人生方向。

李白在記遊詩中，一面觀覽暢遊摹寫現實景象，一面藉實景或經主觀想像改造之空間景象，投入自我生命，乘著幻遊的空間，遠離凡俗，超脫現實困難，進一步地投身仙界；期待仙人接引至仙界，轉換至一新的理想生命樣態。這一由現實空間至仙界空間之轉換，常可由記遊詩之空間視角來分析。此共可見幾步驟，第一，登上高聳景點，或思考，或期待，呈現高遠曠闊視覺景象，第二為在高度實景空間，仙人迎接，一同昇仙界呈現由上而下視角景象。第三是

---

[111] 參見李元洛：《詩美學》（臺北市：東大圖書公司，1990年），頁371-372。

詩人飛脫塵地，破除生命局限和現實藩籬，可自由地升天與半空駐留，呈現解構人類三度空間視覺感知，由上空而向下之視角，此尤見太白對宇宙生命之豐富想像與聯想。[112]此三度的俯視空間摹寫與三度空間視角選擇，透顯李白具有無限宇宙空間概念，由其同一時刻看到立體之不同面向之視角之感官知覺能力，特具個人化之獨特視覺角度之拓新，顯見李白驚人想像力和觀察力。以下分析三種俯視空間景象：

一　理想生命尋找：登高廣遠視角

　　李白漫遊自然山嶺與人文建物，時以登覽之姿摹寫居高遠眺時所見之廣遠景物，此見太白專注高度空間遠眺，與藉廣遠視野渲洩己情，時而迷惘何去何從，時而流露飄泊四方尋找人生方向之苦悶，此外，寄寓理想抱負高展之志願。

　　試舉詩例分析：

　　　　我本楚狂人，鳳歌笑孔丘。手持綠玉杖，朝別黃鶴樓。五岳

---

[112] 按：太白具有「同一時刻看到一個地球儀的全部形象」之視知覺能力。此能力可稱為「接觸視力」，此指「能夠在同一時刻見到一個立體的不同的形象。」參見〔美〕魯道夫・阿恩海姆（Rudolf Arnheim）著，滕守堯、朱疆源譯：《藝術與視知覺》（*Art and Visual Perception*），頁 128。另在繪畫領域，畢卡索在其畫作中，也能呈現同一時刻見到一個立體的不同方面的形象之表現。亞瑟・米勒（Arthur I. Miller）說：「畢卡索取代了布拉克在造形新發現上的領導地位。……那是重疊空間的一個顯示。……四度時空不是科學的而是象徵的，包含了新美學的種籽。……『四度時空』一名是把廣大的、的確無限的空間還給『物件在新藝術中應佔的比例。』……新藝術家把無限的宇宙當做他的理想。……以無限宇宙代替有限宇宙，……四度時空是畢卡索加在三度空間上，以便將它開放所用的各種方法的一種縮寫。」見亞瑟・米勒（Arthur I. Miller）著，劉河北、劉海北譯：《愛因斯坦和畢卡索》（*Einstein, Picasso: space, time, and the beauty that causes havoc*）（臺北市：聯經出版事業公司，2005 年），頁 195-196、203-205。

尋仙不辭遠，一生好入名山遊。盧山秀出南斗旁，屏風九疊
雲錦張，影落明湖青黛光。金闕前開二峰長。銀河倒挂三石
梁，香爐瀑布遙相望。迴崖沓嶂凌蒼蒼。翠影紅霞映朝日，
鳥飛不到吳天長。<u>登高壯觀天地間</u>，大江茫茫去不還。黃雲
萬里動風色；白波九道流雪山。好為盧山謠，興因盧山發。
閑窺石鏡清我心，謝公行處蒼苔沒。早服還丹無世情，琴心
三疊道初成。遙見仙人綵雲裏，手把芙蓉朝玉京。先期汗漫
九垓上，願接盧敖遊太清。（〈盧山謠寄盧侍御虛舟　〉）

「登高壯觀天地間，大江茫茫去不還。」摹寫太白登高一覽頓覺天
地壯觀，大江浩浩蕩蕩一去不還。此處高山指盧山西北香爐山，《藝
文類聚》云：「香爐峰在盧山西北，其峰尖圓，雲煙聚散，如博山
香爐之狀。」，陳舜俞《盧山記》：「次香爐峰，此峰山南山北皆有，
其形圓聳，常出雲氣，故名以象形。」[113]詩篇前三聯描述太白個性，
寫詩人以楚接輿自況，唱「鳳兮」歌嘲諷孔丘，以及不辭路遙遍遊
五嶽尋仙之性情，一生最喜歡到山中遊歷。在結構上，其中首段雖
屬情語，自述自己與高山間關聯，但詩人以楚狂自喻，楚狂云：「天
下有道，聖人成焉；天下無道，聖人生焉。」不受楚王之聘治江南，
變名易姓，遊諸名山，終生隱居峨眉山。[114]此知太白願同楚狂生命
樣態之理想溢於言表。此乃藉楚狂與孔子間互動，「朝別黃鶴樓」
漫遊隱居，比喻詩人所懷楚狂般豪放瀟灑之生命情調。這是全詩的
序，也點出了全詩的基調。但中間與後面幾聯呈現的卻是登高遠
眺，一片半空俯瞰江海黃雲湧動之自然景象，與服食金丹棄世情之
抉擇。尤其「好為盧山謠，興因盧山發。閑窺石鏡清我心。謝公行

---

[113] 參見詹鍈主編：《李白全集校注彙釋集評》，冊四，卷十二，頁 2003-2004。
[114] 同前註，頁 2001。

處蒼苔沒。」數聯，將詩人內心自然開闊豁遠之情因高山得以興發，呈現尋幽名山隱居之嚮往。後數聯則另敘一志：尋清幽名山隱居之樂，還不如服食金丹，學仙求仙。此為兩種人生方向，沈德潛《唐詩別裁集》卷六：「先寫廬山形勝，後言尋幽不如學仙。」[115]乃二種理想生命樣態之比較與思考。李白在詩中正是要作人生理想目標的抉擇，以一尋幽隱居一服丹尋仙並陳，展現太白登高俯視之高遠視角所興發之複雜與掙扎心情。因此，高遠之空間景象不只形塑高度空間，也透顯出太白個人生命方向選擇，把登高覽景，摹寫三度廣遠視覺畫面，帶入了更個人化、特殊化的人生方向與自覺之主題。

試舉詩篇論之：

> 登高丘，望遠海。六鼇骨已霜，三山流安在？扶桑半摧折，白日沈光彩。銀臺金闕如夢中，秦皇漢武空相待。精衛費木石，黿鼉無所憑。君不見！驪山茂陵盡灰滅，牧羊之子來攀登。盜賊劫寶玉，精靈竟何能？窮兵黷武有如此，鼎湖飛龍安可乘？（〈登高丘而望遠海〉）

「登高丘，望遠海」指詩人登高山遙望遠海。這篇是太白引秦皇、漢武巡海求仙之事諷諫唐明皇。全詩八聯，其中景語與情語分敘，但詩中之高空景象含有神話傳說，故不能獨立存在。從半空俯視之景象刻劃中，太白對眼前之高空景象是懷有審查態度。李白描繪半空俯視之景「登高丘，望遠海。六鼇骨已霜，三山流安在？」藉著神話傳說中的六鼇化骨、神仙消失不見，抒寫反對過度追求神仙仙域、廢離現實生活之行徑，這也是太白登高遠望，見唐室皇朝強烈長生求仙之期盼，發覺神仙神山踪跡今皆不存，思考求仙遐想之不

可信，若天子過於沈浸投注，恐怕失去對現實人生努力的心態，兩相交互作用下，追尋不到長生成仙之夢，國家與個人生命或毀於一旦。這是太白縱觀古往今來神話傳說之存續，與皇朝貴族求仙下場得到的結論，已點出太白反對之見，也為其登高俯瞰塵世，縱覽古今仙跡今皆不在而提出的忠懇之見。從這兒亦可品味出太白作品現實思考層次，與其所處之混亂惡劣之政治環境。

再舉詩例申論之：

> 紫閣連終南，青冥天倪色。<u>憑崖望咸陽</u>，宮闕羅北極。（〈君子有所思行〉）

另見一首詩例：

> 我昔釣白龍，放龍溪水傍。道成本欲去，揮手凌蒼蒼。時來不關人，談笑遊軒皇。獻納少成事，歸休辭建章。十年罷西笑，覽鏡如秋霜。閉劍琉璃匣，鍊丹紫翠房。身佩豁落圖，腰垂虎盤囊。仙人借綵鳳，志在窮遐荒。戀子四五人，徘徊未翔翔。東流送白日，騷歌蘭蕙芳。仙宮兩無從，人間久摧藏。范蠡脫句踐，屈平去懷王。飄颻紫霞心，流浪憶江鄉。愁為萬里別，復此一銜觴。淮水帝王州，金陵繞丹陽。樓臺照海色；衣馬搖川光。及此北望君，相思淚成行。朝雲落夢渚，瑤草空高唐。帝子隔洞庭，青楓滿瀟湘。懷歸路縈邈；覽古情淒涼。<u>登岳眺百川</u>，杳然萬恨長。卻戀峨眉去，弄景偶騎羊。（〈留別曹南群官之江南〉）

「憑崖望咸陽」摹寫太白站在終南山山崖北望長安城，俯瞰一片宮闕羅列，長安城里巷街道四通八達，繁華不止息。「憑崖」描寫太

白依憑山崖邊，登高俯視而下，除了寫半空視角之外，所見所感的皆為長安繁榮昇平之景象。「咸陽」指今陝西咸陽，亦代表唐朝京城長安。也是天子之居所，李白描摹長安城之秀麗，太白一生除了天寶時期在長安供奉翰林外，後遭讒被賜金放還，不遇之際遇使其四處干謁求用，這依憑山崖俯視半空景象——長安城；天子居所，也正反映李白理想境遇之目標。太白冀望返回長安城，發揮一己理想抱負。

〈留別曹南群官之江南〉「登岳眺百川」摹寫太白心懷南歸路途遙遠，雖登上高山，遠眺百川流水滔滔，但這些半空廣遠景象使太白萬恨悠悠。末聯「登岳眺百川，杳然萬恨長。卻戀峨眉去，弄景偶騎羊」，即點出李白一生追求之仕途發展不如意，至今已離開京城數年了，登山一望，連天子所在之長安城也看不到，只見洶湧百川長流，這半空俯瞰之空間景致，原是欲藉遊覽山水而沖洗內心不遇之恨，登高一見百川流去，這萬事已休、流浪四方，一事無成之憾，湧上心頭，雖曾在翰林供獻己力，卻很少機會發揮，被迫離開朝廷之苦，仕途之路就此告一段落。人生唯一施展抱負之機會難尋，詩篇尾聯則抒寫因從政之不如意，使得太白另尋人生目標「卻戀峨眉去，弄景偶騎羊」，託喻思仙求仙的新理想抱負。此詩作於天寶十二年（西元 753 年），李白離開朝廷已十年，[116]李白仍心懷重返咸陽，再度發揮一己抱負之志向，但是登高見百川流逝，時光不再，「十年罷西笑，覽鏡如秋霜」，重返朝廷，侍從皇帝之理想似已隨百川遠去，煉丹學仙志在仙境之方向，似乎也不明確，從政之途與求仙成仙之徑皆無所適從，「仙宮兩無從」之苦悶與掙扎，在半空俯瞰之空間景象中，已洩露其理想抱負飄泊無著落，與茫然無所適從之恨。

試再舉一首〈古風五十九首之三十九〉：

---

116 參見安旗主編：《李白全集編年注彙‧上》（成都市：巴蜀書社，2000 年），頁 952。

登高望四海，天地何漫漫！霜被群物秋，風飄大荒寒。榮華多流水，萬事皆波瀾。白日掩徂輝，浮雲無定端。梧桐巢燕雀，枳棘棲鴛鴦。且復歸去來，劍歌行路難！

全詩十二句，全詩寫登高之半空俯視空間景象。詩篇首二聯「登高望四海」沒有指出登高之地點名稱，運用方位，標示詩人站在高聳之高樓，遠眺四海。詩歌次聯則以實景來抒情：「霜被群物秋，風飄大荒寒。」乃是詩人遠望一片廣闊寂寥之景，遍地覆滿白色秋霜，萬物凋蔽，荒涼曠野一片空蕩，詩人站在高處位置所見所感的半空景象：視覺和觸覺形塑之空間感知，[117]白色「秋霜」與「風飄」、風「寒」。此亦形成了半空俯視視角，使三度空間感知具象呈現出來。[118]詩篇呈現詩人立足高樓遠眺之視野，由高樓望過去，秋至、白霜、寒風、曠闊荒野，這一片空曠的廣遠視角，帶來的是人生抱負和理想閒置與落空之悲哀，太白萬種思緒混雜，「梧桐巢燕雀」之恨，使李白迫於無奈離開朝廷，焦慮又迷惘地尋找人生去向。

二 仙人俯視迎接：神仙視角體驗

李白記遊詩對視角的經營可謂匠心別具，主要乃是以太白自我為中心的視覺角度摹寫，[119]此類氣勢磅礴、雄狀豪邁，空間景象之

---

[117] 按：羅素認為人類視覺和觸覺可以感知空間，依人類所站的位置和感官知覺，形塑了心理、生理和物理的條件，產生物理學空間原理。參見羅素（Bertrand Russell），薛絢譯，郭中一審閱：《相對論ＡＢＣ》（*ABC of Relativity*）（臺北市：臺灣商務印書館，1999年），頁11-13、17-18、20-23。

[118] 按：依相對論研究，「觀看者的觀點必須列入考慮，空間距離產生差異感，是因觀看時所站的位置使然」。同前註，頁21、23。

[119] 按：依語言與認知空間之研究，語言學家萊文森認為有的語言使用相對參照系統，以自我（觀察者）為中心的參照系。參見 Stephen C. Levinson 著，齊振海導讀：《語

構思是十分自然，彷彿依眼所見援筆立就，流轉自然，以觀察者（詩人）站之位置之視角，詩篇產生高遠空間景象。[120]部分記遊詩之視角，是以物體或他人為中心的視覺角度摹寫，[121]此類視角摹寫，形成沒有約束的方向參照系。[122]李白對不同視角的摹寫法想像力驚人，極富開創性與大膽浪漫奇想之風格。太白開拓新記遊遊歷視角之寫作模式，取用他人（仙人）或他物之視覺感知，形塑出神遊八方，超脫出天地凡塵之外的空間，仔細研讀，太白取天地廣闊、高遠同時盡收眼裏之空間視覺角度，此正如皮日休論李白「言出天地外，思出鬼神表，讀之則神馳八極，測之則心懷四溟，磊磊落落，真非世間語者，有李太白。」[123]若依李白自我為中心之實際視角，李白描寫「神馳八極」、「出天地外」、「懷四溟」等空間景象，實屬困難，或云此為想像空間造境，是虛擬視角。

從近代物理學相對論觀點，愛因斯坦認為人類是可以因思考力和想像力發達，突破人類世界三維空間之限度，想像出一個四維世界。[124]或可說李白運用非凡創造力與想像力，以四度時空動態非約

言與認知的空間》（*Space in Language and Cognition: Exploration in Cognitive Diversity*），頁 30。

[120] 按：據羅素在相對論方面之研究，人類所站的位置與視覺知覺，可以形成心理、生理和物理的條件，產生空間感知。參見羅素（Bertrand Russell）著，薛絢譯，郭中一審閱：《相對論 Ａ Ｂ Ｃ》（*ABC of Relativity*），頁 17-21。

[121] 參見 Stephen C. Levinson 著，齊振海導讀：《語言與認知的空間》（*Space in Language and Cognition: Exploration in Cognitive Diversity*），頁 30。

[122] 同前註，頁 30。

[123] 參見瞿蛻園引皮日休〈劉棗強碑文〉，收入〈附錄五‧叢說〉，《李白集校注》，頁 1857。

[124] 按：愛因斯坦說：「我們先來描寫一個另外的世界，在那裏生存著二維的生物，而不像我們的世界裡那樣生存著三維的生物。電影已經使我們習慣於感受演出於二維銀幕上的二維生物。我們現在設想銀幕上的這些影子（出現人物）是實際存在的，他們有思維能力，他們能創造自己的科學，二維銀幕就是他們的幾何空間。這些生物不能具體地想像一個三維空間，正如我們不能想像一個四維世界。參見

束之方向的視點，摹寫動態或同時觀看同一物象各種方面之視知覺的四維世界，呈現立體的、「廣大的、的確無限的」四度時空世界，「無限的宇宙本沒有中心」，[125]詩人視角可以他人（神仙）或環境（宇宙）為中心參照系，想像表現出突破三維空間之視覺角度。

李白採用神仙視角，摹寫出由上空而下的俯瞰世界，以仙人（他人）為中心之視覺感知，跳脫塵世人類觀察角度。此形塑出空間布構，十分特殊，呈現出李白拓新、創造力之新視角，建構一個擺脫塵俗困境的空間，創造心靈安頓之輕盈超塵理想世界。

試舉詩篇研析之：

> 昔余聞姮娥，竊藥駐雲髮。不自嬌玉顏；方希鍊金骨。飛去身莫返，<u>含笑坐明月</u>。紫宮誇蛾眉，隨手會凋歇。（〈感遇四首之三〉）

另一首詩篇，如下：

> 嘗聞秦帝如，傳得鳳凰聲。是日逢仙子，當時別有情。人吹彩簫去；<u>天借綠雲迎</u>。曲在身不返，空餘弄玉名。（〈鳳臺曲〉）

「飛去身莫返，含笑坐明月」摹寫仙女嫦娥食西王母仙藥，飛離人間一去不返，坐在明月宮中含笑俯視下界。詩篇末聯「紫宮誇蛾眉，隨手會凋歇。」的空間轉向凡塵中皇帝皇宮，皇宮中嬪妃自誇美貌，

愛因斯坦、英費爾德（Einstin, Albert, 1879-1955）、（Infeld, Leopold, 1898-1968），郭沂譯：《物理學的進化》（*The Evolution of Physics, 1938*），頁 156。

[125] 參見哲學教授亞瑟・米勒（Arthur I. Miller）著，劉河北、劉海北譯：《愛因斯坦和畢卡索》（*Einstein, Picasso: space, time, and the beauty that causes havoc*），頁 204-205。

爭相向皇帝邀寵，這一切人事物在天上明月宮中端坐之仙人眼中，皆會轉瞬消滅凋落。由上而下之視角，乃是端坐明月宮之仙人所見所感。在天上觀察塵世地球的仙人眼中，世事如白馬過隙，改朝換代、青春衰老和死亡等人事，如過眼雲煙般，即生即滅，什麼也留不住，任何榮華名利物質都會凋零消失。從在明月宮向地球觀望的仙人眼中，凡塵世事瞬變，從相對論之立場，或許詩篇中仙人視角即是呈現四維時空的世界，所有人事物皆處在四次元的情況，除了長、寬和高度之外，加上時間維度。詩篇中神仙視角即是呈現四度時空的景象，可以同步看到現在和未來。因為人類在空間和時間中移動，空間和時間永遠與人類同在，時空構成了人類生命的舞台。[126]詩篇中神仙視角看到地球人類瞬變之變化，此正為將人事物形態之移動變化來表述空間者，呈現時間流動，表現出四度時空之景象。[127]這種取天上定點位置之神仙視角，向下俯瞰之半空視點，太白不以固定人事物象摹寫，卻以含帶時間元素之動態人事物變化，來抒寫俯看之空間景象，已具有一物理學相對論之四度時空之人事物象移動變化之效果。在動態時空圖示上，「動態」之語言才具客觀意義的。[128]此一動態瞬移之凡塵人事變化，正是詩篇仙人眼中極富想像力和思考力之四次元景象。此由上而向下俯瞰之景象，也正是明月宮仙人高空位置之觀察視角。

　　〈鳳臺曲〉之「天借綠雲迎」摹寫仙人蕭史因秦穆公女兒弄玉

---

[126] 參見 Sander Bais 著：《圖解愛因斯坦相對論》（*Very Special Relativity: An Illustrated Guide*）（臺北市：五南圖書出版公司，2009 年），頁 12。

[127] 參見愛因斯坦、英費爾德（Albert, Einstein, 1879-1955），（Infeld, Ceopold, 1898-1968）著，郭沂譯：《物理學的進化》（*The Evolution of Physics, 1938*），頁 145。

[128] 按：依愛因斯坦相對論言之，語言文字中，所有動態（運動狀態）描述，均是指時刻在變化。每一段語言文字展現的時空狀態，均自成一系統。參見愛因斯坦、英費爾德（Albert, Einstein, Albert, 1879-1955），（Infeld, Ceopold, 1898-1968），郭沂譯：《物理學的進化》（*The Evolution of Physics, 1938*），頁 15、88、145、146。

會吹奏鳳凰鳴叫聲調，產生特別情感，結成連理，並且騎鳳昇天，在天空中「綠雲」迎接蕭史與弄玉，進入仙境。「綠雲」表徵仙界、仙人們。在太白詩篇中，凡塵俗世之人欲升天成仙，需要仙人或仙界指引、迎接，才可能列位仙界，成為仙界一員。蕭史是秦穆公時人，在《列仙傳》中，因穆公之女弄玉學得吹奏鳳鳴音調，引得鳳凰下凡，[129]兩人乘鳳凰而飛天，天上綠雲接引二人超脫塵世。此見太白借雲、鳳凰、仙子，作為由凡入仙之媒介，李白運用神仙視角，來摹寫仙界仙子挑選凡間有才能者，派仙人或仙境之使者迎接這些有才者，使之可同列仙班一員。

試舉詩篇析論仙人向下俯瞰，挑選有才者，誘使學習仙界事物，促其可成仙境一員：

> 來日一身，攜糧負薪。道長食盡，苦口焦脣。今日醉飽，樂過千春。仙人相存，誘我遠學。海淩三山，陸憩五嶽。乘龍天飛，目瞻兩角。授以神藥，金丹滿握。蟪蛄蒙恩，深愧短促。思填東海，強銜一木。道重天地，軒師廣成。蟬翼九五，以求長生。下士大笑，如蒼蠅聲。（〈來日大難〉）

另一詩篇例子，如下：

> 元丹丘，愛神仙。朝飲潁川之清流，暮還嵩岑之紫烟。三十六峰常周旋。長周旋，躡星虹。身騎飛龍耳生風，橫河跨海與天通。我知爾遊心無窮。（〈元丹丘歌〉）

〈來日大難〉之「海淩三山，陸憩五嶽」摹寫仙人下凡，並且已挑

---

[129] 參見詹鍈主編：《李白全集校注彙釋集評》，冊二，卷六，頁906。

選了有才者，站住五嶽之高山頂端，人煙罕至之空間，向下俯視關照李白，勸引學習仙界事物，欲幫助太白為仙界一員。詹鍈《李白全集校注彙釋集評》云：「三山，蓬萊、方丈、瀛洲也。」「五嶽，東曰岱宗，南曰衡山，西曰華山，曰恆山，中曰嵩高山。」[130]太白以神仙視角，立足五嶽高空之頂端，任意向四面地表環視，三山五嶽皆在足下，形成沒有約束的開闊視角，[131]仙界仙人下凡，站在三山五嶽高峰頂點，為了太白學習仙界一事，指導李白飛天練習，給予神仙之藥與金丹，希望待其學習仙界之事完成，接引太白上登仙境。此處仙人視角向下俯看，除了三山五嶽立於足下之曠闊，亦有挑選有才者、指引有能力的凡人，以便未來可迎接至仙界之寓意，自然此一俯視之高空景象，給予人一種關照、關心與企圖指導天地間萬中選一的人間精英，以便同登仙界之仙凡聯繫感。

〈元丹丘歌〉「攝星虹」則摹寫了仙人足踏流星和虹霓，駐足空中星霓一會兒，即飛離。詩篇末聯「身騎飛龍耳生風，橫河跨海與天通。我知爾遊心無窮。」描寫仙人下視之廣角景象，自由地觀覽「海」，有視覺上享受，也感到「耳生風」，有觸覺上涼意，這些視覺和觸覺上空間感知，[132]呈現一個神仙下視之開闊俯瞰視野。

三　仙境宇宙關照：李白視角體驗

在李白記遊詩俯瞰空間之視角，有些詩篇是採用他人（仙人）或物體為中心的視覺角度摹寫，多數詩篇取李白（觀察者）之觀察

---

[130] 參見詹鍈主編：《李白全集校注彙釋集評》，冊二，卷五，頁 717。

[131] 參見 Stephen C. Levinson 著，齊振海導讀：《語言與認知的空間》(*Space in Language and Cognition: Exploration in Cognitive Diversity*)，頁 30。

[132] 按：據羅素相對論研究，人類視覺和觸覺可以形成心理、大腦、物理的條件，因而產生空間屬性和概念。參見羅素（Bertrand Russell）著，薛絢譯，郭中一審閱：《相對論ＡＢＣ》(*ABC of Relativity*)，頁 12、19、20、26、27。

位置進行摹寫組合，形成李白遊歷視角之書寫模式。在此類記遊作品中，李白嘗試以自我為中心，摹寫由上而下視的空間景象，[133]這種視角是別出新裁的，尤具李白個人特色。李白用一人類角度=是無法由空中往下視，摹寫俯瞰大地地球之視野。李白想像力和理解世界的方式是很奇特的，或許李白認為宇宙是沒有中心的，若突破塵世原有的規則和藩籬，是可以有新的視角和新的視野。這由上而俯瞰之半空視角，是摹寫景物和空間的一種提升，一種開拓，更可稱是一以驚人的想像力，不受三維世界束縛，想像出一四維世界之視角，可以同步地從多種角度，或由上而下，由左至右，從前到後，從南北至東西等等，看同一物態或景象之各種面。[134]

從四次元觀察角度論之，空間中視覺景象，呈現同一物象很多視角，或者同時呈現同一物象之不同遠近形象。[135]李白運用其驚人想像力和思考力，在詩篇中，描繪出以上空向下俯瞰之視野，在沒有飛行與飛機等工具輔助下，太白超凡想像力，解構了人類三度空間之視角，新增觀察事物模式。除視覺空間摹寫方位之拓新，李白以跳出地球之外，站在更開闊的宇宙中，來摹寫與流露對於宇宙、地球和生命之聯想與關照。此類視角之摹寫法，部分詩篇或許以李白成仙飛昇後之觀覽世界的角度摹寫。重要的是，部分詩篇之由上而下之俯瞰視角，是以李白自我身分來觀覽與摹寫，突顯的是李白

---

[133] 參見 Stephen C. Levinson 著，齊振海導讀：《語言與認知的空間》(*Space in Language and Cognition: Exploration in Cognitive Diversity*)，頁 30。

[134] 參見愛因斯坦、英費爾德（Albert, Einstein, 1879-1955），（Infeld, Leopold, 1898-1968）著，郭沂譯：《物理學的進化》(*The Evolution of Physics, 1938*)，頁 156。

[135] 按：有關同一物象之不同層面之呈現，畢卡索吸取四度時空之理念，呈現在其畫作中，在繪畫領域，四度時空之視角運用與投射在畫作題材中，是運用了物理學空間度理論參見亞瑟‧米勒（Arthur I. Miller）著，劉河北、劉海北譯：《愛因斯坦和畢卡索》(*Einstein, Picasso: space, time, and the beauty that causes havoc*)，頁 129-131。

視角與對宇宙世界之觀照。此類詩作跳脫個人遊仙求仙之範圍，昇華至對世界對地球和宇宙生命之思考，顯露太白想像力與思維之深邃，以及浪漫主義之奇絕幻想，超越了時空限制，這類想像力和思維力是如此前衛且是無窮潛力。

　　試舉詩篇分析：

> 衡山蒼蒼入紫冥，<u>下看南極老人星</u>。迴飆吹散五峰雪，往往飛花落洞庭。氣清岳秀有如此，郎將一家拖金紫。門前食客亂浮雲，世人皆比孟嘗君。江上送行無白璧，臨歧惆悵若為分？（〈人與諸公送陳郎將歸衡陽并序〉）

「下看南極老人星」指太白向下俯視可見南極老人星。「南極老人星」是星宿名，《史記・天官書》云：「狼北地有大星，曰南極老人。老人見，治安；不見，兵起。常以秋分時候之於南郊。」[136]詩篇首聯「衡山蒼蒼」摹寫三度空間景象衡山，高聳峰頂沒入雲空，此表示三次元之立面景象，一座高山峰頂進入雲端，突顯了衡山高遠空間之形象，也表徵陳郎將身居要職，地位高貴，可直達天聽。除了居朝廷要職外，陳郎將任官風格，為人稱頌，是「世人皆比孟嘗君」，詩篇後段據此而抒太白情思：「世人皆比孟嘗君」「江上送行無白璧」寫出李白關懷世上有才者之心，贊美陳郎將以高貴顯要職位，禮遇招攬天下有才者。李白以「下視南極老人星」託喻也稱讚陳郎將關照天下有才之士，具有才思和義風。詩歌末句「臨歧惆悵若為分？」呼應詩首二聯，李白飽嘗求仕不遂、前途茫茫之挫折，可嘆的是自己無法在求仕之途，遇見陳郎將般的伯樂能識己才。在漫遊和自我

136　參見〔漢〕司馬遷：〈天官書〉，《史記三家注》（臺北市：七略出版社，1991 年），卷二十七，頁 514。

流放中，李白苦於前途發展機會緲茫，人生陷入混亂失序的痛苦。李白曾四處干謁，卻沒有成功，心情之忙茫和前途之盲，正如同詩篇首二聯之變化瞬移的視覺空間景象，與發出時過而人生境景瞬變之嘆。太白漫遊天地以求干謁之旅途上，歷盡人生冷暖風景，直至今日，唯有如同衡山峻秀般的陳郎將值得讚賞，李白心中帶著一己求仕之途錯過賢者提拔之惆悵，與太守陳郎將別離。

　　若純以空間景象來論，首先言衡山，其次言在天上星宿之上往下看，視角順序不是一層層推高而上，而是狀似失序。「下看南極老人星」客觀地勾勒出太白取凌駕於南極老人星宿之上的位置，向下俯瞰南極老人星。本句「下」為方位詞。從中文語法方位詞空間系統論之，「上」、「下」均可呈現立體空間之方位系統。[137]「下看」呈現觀察者之位置在上方，是一立面狀態。若以觀察者之觀察位置來論，首先詩人觀看衡山山峰入雲頂，呈現高度空間景象，或可能是立足於衡山，可見山頂沒入雲間。其次，詩人忽然一躍，取比天上星宿還要高之位置，往下看南極老人星，進一步地摹寫出詩人順著俯瞰視野，再往下看到衡山七十二峰中最大的五峰：祝融、紫蓋、雲密、石廩、天柱等。處在南極老人星之上方的詩人，看見旋風吹散了此五峰上積雪。詩篇首二聯「衡山蒼蒼入紫冥，下看南極老人星。迴飆吹散五峰雪，往往飛花落洞庭。」寫出詩人視角由高山躍至宇宙中，視野包含見峰頂「入紫冥」、「南極老人星」、「五峰雪」，流露出跳躍式視角。實際上，詩人不可能忽在山中，忽躍至宇宙，時而見衡山頂，時而向下俯看南極老人星。詩人運用景象瞬移動態描述法。

　　愛因斯坦認為語言文字中，所有動態（運動狀態）描述，均是

---

[137] 參見朴珉秀：《現代漢語方位詞『前、後、上、下』研究》，頁 129、137-141。

指時刻在變化。每一段語言文字展現的時空狀態,均自成一系統。[138]
太白取動態之空間景象瞬移變化,呈現俯看之空間感知,故同時太
白視覺看到衡山、衡山山頂、向下俯瞰南極老人星、旋風吹散五峰
頂上積雪。此流露出李白具驚人想像力和奇特思維,形塑具創新之
視覺空間造形。這類忽上忽下、忽高忽低之觀察者位置視角,呈現
了「行動空間」。[139]朋加萊(Henri Poincare)認為人類可以用視覺和
對應肌肉的感覺(觸覺)來推理與體驗表述空間,由視覺和觸覺來
表述空間度。[140]詩人在作品中以李白自我為中心之視角,站在高度
空間位置俯瞰,表露出動態多面之衡山的視野。此種視覺瞬移之空
間景象,突破三維世界人類視角,也解構了三度空間視覺感知,呈
現超凡之觀察位置與模式,也表現李白對宇宙、地球和生命關照和
個人化新穎視角。

　　舉一詩例分析:

　　　敬亭一迴首,目盡天南端。仙者五六人,常聞此遊盤。谿流
　　　琴高水;石聳麻姑壇。白龍降陵陽;黃鶴呼子安。羽化騎日
　　　月;雲行翼鴛鴦。下視宇宙間,四溟皆波瀾。汰絕目下事,
　　　從之復何難?百歲落半途,前期浩漫漫。強食不成味,清晨
　　　起長嘆。願隨子明去,煉火燒金丹。(〈登敬亭山南懷古贈竇
　　　主簿〉)

---

[138] 參見愛因斯坦、英費爾德(Albert, Einstein, 1879-1955),(Infeld, Ceopold, 1898-1968),郭沂譯:《物理學的進化》(The Evolution of Physics, 1938),頁 15、88、145、146。

[139] 參見亞瑟‧米勒(Arthur I. Miller)著,劉河北、劉海北譯:《愛因斯坦和畢卡索》(*Einstein, Picasso: space, time, and the beauty that causes havoc*),頁 163。

[140] 參見〔法〕朋加萊(Jules Henri Poincare, 1854-1912)著,盧兆麟譯:《科學與假說》(*La Science et l' Hypothese*)(臺北市:協志工業叢書出版公司,1970 年),頁 76-77。

另一詩例如下：

> 早行子午關，卻登山路遠。拂琴聽霜猿，滅燭乃星飯。人烟無明異；鳥道絕往返。<u>攀崖倒青天，下視白日晚</u>。(〈答長安崔少府叔封遊終南翠微寺太宗皇帝金沙泉見寄〉)

及詩篇〈酬崔五郎中〉：

> 又結汗漫期。九垓遠相待。舉身憩蓬壺；濯足弄滄海。<u>從此淩倒景</u>，一去無時還。朝遊明光宮；暮入閶闔關。但得長把袂。何必嵩丘山？(〈酬崔五郎中〉)

另見詩例如下：

> 人生燭上花，光滅巧妍盡。春風繞樹頭，日與化工進。只知雨露貪，不聞零落近。我昔飛骨時，慘見當塗墳。青松靄朝霞，縹緲山下村。既死明月魄，無復玻璃魂。念此一脫灑，長嘯祭崑崙。醉著鸞皇衣，<u>星斗俯可捫</u>。(〈上清寶鼎詩二首之二〉)

〈登敬亭山南懷古贈竇主簿〉：「下視宇宙間，四溟皆波瀾。」摹寫竇子明棄官乘白龍成仙，黃鶴乘日月飛行，向下俯視茫茫宇宙，四海皆為波濤狂瀾。「宇宙」指天地。許慎《說文解字注》云：「高誘注淮南子曰：『……上下四方謂之宇，往古來今謂之宙。』」……四方

上下實有所際而所際之處不可得到。」[141]觀察者由宇宙天地之上方
位置，往下俯視，呈現一片大海廣闊起波瀾景象。詩篇首聯「敬亭
一迴首，目盡天南端」為太白站在敬亭山頂，迴首一望，望盡天之
南端。[142]這是觀察者站在敬亭山頂位置與三度空間之視角，由山頂
望去，呈現高遠廣闊之立面景象。從視覺與景觀之關係論之，「視覺
力量通常都表現於地形中——下降、隆起、凸起」，[143]山形之隆起形
狀，或三角錐狀，形狀系統在語文作品中屬於立「體」，具有長、寬、
高三個維度上的特徵。[144]

　　太白站在敬亭山上俯視之高空景象，描繪天之極端處，象徵了
寬闊無邊際之空曠感。詩篇末聯「願隨子明去，鍊火燒金丹。」抒
寫太白希望追隨竇子明成仙，燒火鍊丹，求長生。雖然和詩篇首聯
言凡塵實景截然不同，但太白在經歷「百歲落半途，前期浩漫漫」
不遇之悲，對己壯志未酬之一生已萬念俱灰，也索然無味了，當今
奸佞當道，賢能者見疏，才思俱全的太白，功業無成，這種空忙的
人生際遇，滿腔抑鬱「強食不成味」，煩憂苦悶，日日「清晨起長嘆」，
遂渲染出一種焦慮、苦悶之情，順勢扣住詩篇首聯「目極天南端」
一寂寥空曠空虛之視覺境界。

　　詩篇中段數聯「仙者五六人，常聞此遊盤」，筆端出其不意的忽
然宕開，「羽化」、「騎日月」、「雲飛」、「下視宇宙間」，遂令詩境為
之一振，從苦悶寂寥轉向輕盈超凡之境界。太白的意思是：對凡塵
之一事無成，抑鬱寂寥之不遇境遇，已不再留戀，若能隨竇子明飛
天成仙，超凡脫塵，達到天仙仙境之際，驀然回首，俯身下視，塵
世之不如意如滔滔四海波瀾，雖一波起一波沒，但仙界的李白不必

---

[141] 參見〔漢〕許慎撰，〔清〕段玉裁注：《說文解字注》，頁342。
[142] 參見詹鍈主編：《李白全集校注彙釋評》，冊四，卷十一，頁1853-1854。
[143] 參見 Simon Bell 著，張恆輔譯：《景觀中的視覺設計元素》，頁83。
[144] 參見齊瀘揚：《現代漢語空間問題研究》，頁7。

沈溺浮載在茫茫宦海中，前途難測。這波瀾起伏之四溟，象徵塵世宦海，曾陷其中的太白，深知其中苦澀與迷惘。期待天界使者黃鶴在「雲行翼鴛鸞」也能關照世人，時能「下視宇宙」，以此託諭關懷天下沈溺在宦海中不幸的人。

〈答長安崔少府叔封遊終南翠微寺太宗皇帝金沙泉見寄〉云：「攀崖倒青天，下視白日晚」，與〈酬崔五郎中〉云：「從此凌倒景」，皆取李白攀崖，遊憩神山之頂，在登高遊覽之際，俯身下視，立於高聳之處，似乎青天與白日皆在山下。「倒景」指倒影。顏師古注《漢書》云：「在日月之上，反從下照，故其景倒。」[145]此二篇皆以李白自我為中心的視角摹寫。[146]由李白所站之高空位置，向下俯視，形塑開闊、高遠之空間感知。

從中文語法方位詞空間系統論之，「下」視之「下」是方位詞。「上」與「下」在中文句法空間方位系統，可呈現立體三度空間位置。[147]儲澤祥認為「漢語方所，語表形式上有個明顯的特點，即是存在著許多方所標記。」方位標作為一種附加成分，展現方位處所之情貌，在「物理學中一個比較常用的術語，也作相位」，「相位在物理學上的意義是指事物的空間狀態。」[148]。

立足高處，迴身俯看「白日」、「倒影」，太白在詩篇中所立之觀察位置，是「在日月之上」，是道家指最高之地、甚至是站在宇宙中，例如「下視宇宙間」、「攀崖倒青天，下視白日晚」、「凌倒景」、「星

---

[145] 按：詹鍈注云：「倒景，道家指最高之地。」又引顏師古注語。參見詹鍈主編：《李白全集校注彙釋評》，冊五，卷十六，頁 2652。

[146] 按：以李白自我為中心之視角摹寫，此即指以觀察者為中心，以觀察者自身作為座標之起源點。參見 Stephen C. Levinson 著，齊振海導讀：《語言與認知的空間》（*Space in Language and Cognition: Exploration in Cognitive Diversity*），頁 28。

[147] 參見朴珉秀：《現代漢語方位詞『前、後、上、下』研究》，頁 129、137-139。

[148] 參見儲澤祥：《現代漢語方所系統研究》，頁 198-200。儲澤祥據方位處所之語表形式，舉例有月之上弦，月之下弦，皆表月之相位空間狀態。

斗俯可捫」。李白以身在比日、月、地球更高之宇宙中位置，俯瞰日、月；俯看宇宙；俯視地球；俯身碰持星星。或許對天文星象學略有涉獵之太白，已有宇宙天文星宿之知識。

在太白心中，現實仕宦之途未如人意，隱居自然山林中，修道煉丹求仙是一新生命歸宿。李白曾待詔翰林，為君王近臣，雖遭讒賜金放還，這欲重返長安城之心情，在太白心中始終不忘，那即便是隱逸或成仙的太白，不斷俯視宇宙地球，不停地回顧凡塵，這些俯看的行止，正深深流露太白對君國朝廷之留戀，與輔世濟世抱負之堅持，不論「君王朝廷」或「輔世濟世」，在詩篇中皆反映李白有濃厚宇宙蒼生關懷之情。

第三節　虛擬之抽象空間

中國古典詩歌最動人的部分，是由詩人自身喜怒哀樂之真實體驗而寫出來的。詩人依內心真正的感動、思想、意念，表現在文字中，這就是一首好作品。除了詩人內在真實體驗外，好的詩人因敏銳感受和豐富想像力，可由非真實自身所見所體驗之事物取材，寄託一己情思與懷抱，此類詩作材料是由知覺感官感受推想與聯想力而產生的，或由夢境而來、或者是神奇的、或者虛擬形象，這類詩作採取想像虛擬之行跡和空間景象，其內蘊之意涵卻是來自真實感受。太白記遊詩中記述的虛擬虛幻之景象，其場景時而在空中夢境，時而立足於高處。李白運用虛幻空間或夢境，往往以三次元之視覺感知，結合真實的心情思，產生超凡絕俗的形象。虛構空間題材包含有夢遊名山、夢回故鄉山景、驚怖之高度空間等。此類題材之虛實難以考證，由其詩材之選擇，實可分析出太白視覺心理感知與高度空間視點之書寫模式；亦可探究在記遊詩中虛擬空間表徵之內心世界。以下分二類論之：

一 夢境幻遊

李白記遊詩描述夢境者，時取高空景象，著眼於求仙志願與超脫凡俗之思。特意表現非現實景象，將內在情思需求賦予具距離感之虛構化空間，增加了詩篇美感，突顯太白追求詩篇內容與文字之完美結合。此也表露太白天才與浪漫狂想。[149]

首先試看詩篇例子：

> 王子析道論，微言破秋毫。還歸布山隱，興入天雲高。爾去安可遲？瑤草恐衰歇。我心亦懷歸，屢夢松上月。傲然遂獨往，長嘯開巖扉。林壑久已蕪，石道生薔薇。願言弄笙鶴，歲晚來相依。（〈贈別王山人歸布山〉）

另見詩例，如下：

> 海客談瀛洲，烟濤微茫信難求。越人語天姥，雲霞明滅或可睹。天姥連天向天橫，勢拔五岳掩赤城。天台四萬八千丈，對此欲倒東南傾。我欲因之夢吳越，一夜飛度鏡湖月。湖月照我影，送我至剡溪。謝公宿處今尚在，綠水蕩漾清猿啼。腳著謝公屐，身登青雲梯。半壁見海日，空中聞天雞。千巖萬轉路不定，迷花倚石忽已暝。熊咆龍吟殷巖泉，慄深林兮驚層巔。雲青青兮欲雨；水澹澹兮生咽。列缺霹靂，丘巒崩摧。洞天石扉，訇然中開。青冥浩蕩不見底，日月照金銀臺。霓為衣兮風為馬，雲之君兮紛紛而來下；虎鼓瑟兮鸞回車，

---

[149] 參見葉嘉瑩：〈說杜甫贈李白詩一首〉，《迦陵談詩》（臺北市：三民書局公司，2010年），頁 144-145。

仙之人兮列如麻。忽魂悸以魄動，怳驚起而長嗟。惟覺時之
枕席，失向來之烟霞。世間行樂亦如此，古來萬事東流水。
別君去兮何時還，且放白鹿青崖間。須行即騎訪名山，安能
摧眉折腰事權貴，使我不得開心顏？（〈夢遊天姥吟留別〉）
〈贈別王山人歸布山〉：「屢夢松上月」指太白心因懷歸隱之思，夢
境常出現布山上之松與明月。太白友人王山人是山中隱士，欲去布
山歸隱，勸太白歸隱應即早。太白顯然讚同歸隱抉擇，故極力摹寫
王山人獨自歸隱山中之清高之形象。詩人心無二念，除了王山人隱
逸山林外，亦佩服王山人解析道教之精妙，贊美王山人不但知且實
行。太白捕捉一己夢境「松上月」，表徵內心強烈歸隱之意。

　　「松上月」之「上」，從中文語法方位詞系統論之，「上」是方
位詞。「上」與「下」在中文句法空間方位系統中，表現立體三次元
空間位置。[150]此句中布山松樹梢上之明月，[151]形塑了太白夢境幻遊之
高度空間景象，表徵太白欲絕塵俗與歸隱修道，或許一日可脫離塵
世。太白以夢境中松上月之空間景象，取代追隨王山人至布山歸隱
一事，暗含著李白仍心繫報效君國之理念，不捨放棄。在詩篇末聯
「願言弄笙鶴，歲晚來相依」，道出在夢境幻遊登月，寄寓李白期許
王山人成仙後援引求仙之徑。

　　〈夢遊天姥吟留別〉之「身登青雲梯」、「半壁見海日」指太白
因對名山嚮往，產生夢遊名山之思。夢境中藉「登」天姥山之山峰，
遠望海中日出，[152]這份漫遊夢境名山之喜悅，如同朝陽升起般活躍。

---

[150] 參見朴珉秀：《現代漢語方位詞『前、後、上、下』研究》，頁 129-132。

[151] 按：此以布山松樹為觀察點，「松上月」是取「物體」或「環境」為中心的參照系。
參見 Stephen C. Levinson 著，齊振海導讀：《語言與認知的空間》(*Space in Language and Cognition: Exploration in Cognitive Diversity*)，頁 26-29。

[152] 按：此二處動詞：「登」和「見」，皆由觀察者之位置，以觀察者為中心，來投出
視角，這稱為以自我（觀察者）為中心的參照系。參見 Stephen C. Levinson 著，
齊振海導讀：《語言與認知的空間》(*Space in Language and Cognition: Exploration in*

筆鋒一轉，太白將夢境之幻想推至高峰，從山上高空視角，一望出去，「日月照金銀臺」、「仙人兮列如麻」、「雲之君」、「鸞回車」等等高空一連串夢境景象，呈現縹渺無邊無際之仙人仙境。這或許是虛構夢境之奇幻形象，但也一層又一層地透露太白欲脫離現實中不如意與對仕宦權貴之反抗，「須行即騎訪名山，安能摧眉折腰事權貴。」山之高空景象，與虛構和現實之名山嚮往結合，對於塵世朝廷權貴奸佞之不滿和憤恨，藉由高空之空間景象渲洩俗世從政之理念幻滅。

篇中「身登青雲梯」、「半壁見海日」，摹寫太白立足的位置，是夢中天姥山高峻石階，取「青雲」言天姥山石階梯之高聳位置，太白如同登上天之梯。站在高聳石階梯上的太白，從半山腰望出去「見海日」，描述詩人觀察者之視角是定點在一天姥山半山石階上。詩篇摹寫李白之觀察者立場是固定的，在夢境，太白站在天姥山向四方俯看，此表徵了太白立足於現實層面作一夢境幻遊，太白仍以身在世間宦途之現實中，作一個游移現實與想像間的夢境。

李白在天姥山之夢遊沒有完全沈浸於虛擬夢境中，詩篇末段太白夢醒，「須行即騎訪名山」保存夢遊的美好期待，隨時可在不願「摧眉折腰事權貴」之際，離俗返夢。這現實與想像之兩重空間，正反映李白寄寓在仕途抱負和求仙之志間游移與猶豫心情

二 高處虛擬

李白詩篇以三度虛擬空間景象，摹寫高遠視野，呈現變形誇張之想像世界，表現詩人對於高處虛構空間凝視聯想，藉此託寓詩情。

在本類詩篇中，空間景象多半虛實雜揉，或者將實景誇張變形，為記遊詩注入奇幻造境，也增強詩篇視覺或觸覺之共感效果。

試舉詩例論述：

Cognitive Diversity），頁 29-31。

横江西望阻西秦，漢水東連揚子津。白浪如山那可渡？狂風愁殺峭帆人。(〈横江詞六首之三〉)

另見詩例如下：

海神來過惡風迴，浪打天門石壁開。浙江八月何如此？濤似連山噴雪來。(〈横江詞六首之四〉)

另取詩篇為例：

明主訪賢逸，雲泉今已空。二盧竟不起，萬乘高其風。河上喜相得，壺中趣每同。滄州即此地，觀化遊無窮。木落海上清，鼇背睹方蓬。與君弄倒景，攜手淩星虹。(〈贈盧微君昆弟〉)

〈横江詞六首之三〉：「白浪如山」純以誇張摹寫法，描繪出詩人對於横江掀起之二百多尺巨浪的感覺，取巨浪之狂猛和危險託喻一己仕宦之路困境。全詩將詩人眼前景象感覺，摹況高聳高空景象，[153]一方面流露太白驚嘆，另一方面使詩中横江奇特形態呈現在視覺畫面中。這份驚奇和狂猛之險景亦託寓太白不遇之困難。

此外，「浙江八月何如此？濤似連山噴雪來。」則取錢塘潮和横江之高猛巨浪比較，横江之狂浪就如同連綿山峰噴雪之壯闊無常，

---

[153] 按：摹況指「對自己感受到的各種境況和情況，特別是其中的聲音、色彩、形狀、氣味、觸感等，恰如其實地加以形容描述，叫作摹況。」此依「視覺的摹寫」論述詩句。參見黃慶萱：《修辭學》(臺北市：三民書局公司，2002年)，頁67、76-77。

李白以摹況修辭書寫法，[154]增添動態感，[155]也加深視覺之誇張境況。

在〈贈盧微君昆弟〉中，「木落海上清，鼇背睹方蓬。」以太白與盧姓隱士隱逸高地之視角，放眼一望，見萬物興意轉瞬變化，體悟道，立足於此處，眼見樹木落葉海水清明，天海一色，可遠觀東海上巨鼇背上的蓬萊山[156]、方壺山、瀛洲山等三座仙山，呈現虛實交融的隱逸居地奇幻之景。

詩人顯然純以盧姓隱士居地之仙遊為基礎，李白取此帶有神仙高地之幻遊，摹寫純仙景仙境之高度空間神奇景象，此呈現太白強烈修道成仙之願望。從空間角度言之，太白拜訪盧姓隱士，在面談中結合了現實與想像景。詩中所見所感，和筆鋒下之神奇虛幻景致，已透露企羨求仙，嚮往山林神仙居境。

---

[154] 同前註，頁 76-78。

[155] 按：若由設論之立場論之，李白詩篇之比擬，常帶有動態之描寫，增加視覺畫面之豐富性和靈活感。參見劉衍文、劉永翔：《文學鑑賞論》（臺北市：洪葉文化事業公司，1995 年），頁 321-322、341-342。

[156] 按：鼇背上蓬萊山，是以巨鼇之角度為觀察點。此為以物體（環境）為中心之參照系。參見 Stephen C. Levinson 著，齊振海導讀：《語言與認知的空間》（*Space in Language and Cognition: Exploration in Cognitive Diversity*），頁 26-29。

第九章　李白詩歌的四度時空

　　紀遊詩之四度時空，指作品藉描摹含長、寬、高三定點事物位置，與人事物之動態（運動狀態），來表述其時空景象者，稱之四度時空[1]景象。該事物之動態（運動）表述即是時間變化。四度時空亦指三度空間景象加上景物動態表述，故稱四度時空景象；包含三次元與一時間維度。

　　四度時空景象詞彙組合，在中文語法上，包含動詞、動相、[2]形容詞、動作和狀態之表態句、[3]限制詞（副詞）、[4]動態動相限制[5]等等。

---

[1]　參見愛因斯坦、英費爾德（Einstin, Albert, 1879-1955）、（Infeld, Leopold, 1898-1968），郭沂譯：《物理學的進化》（*The Evolution of Physics, 1938*）（臺北市：水牛圖書出版事業公司，2004 年），頁 145。

[2]　按：「動相」指時間觀念已經融化在動作觀念裏。這類限制詞所表示的不是時間，是動相。一個動作的過程中的各種階段。或者表示動作既在持續中。例如：「要下雨了」、「正在給他寫信」、「看著安太」、「手中拿著花帚」等等。參見呂叔湘：《中國文法要略》（臺北市：文史哲出版社，1992 年），頁 230-233。

[3]　按：動作和狀態是息息相關的。第一，其關係包含動作完成就變成狀態。例如：「兵破、地奪」。第二，兩者關係，只要表態句有「完成」意味，也就近似表態句的謂語。例如：「水落、石出。」其三，若一個動作連緜下去，也就成為一種狀態。例如：「或立、或臥、或坐、或俯、或笑、或哭，驟視之。」其四，形容詞做表態謂語，表示一種狀態的開始，或者表示一種狀態的完成，於是這個形容詞也就帶有動作的意味。例如：「一到十月，這些樹葉便紅了」起來。上述四種動作和狀態之關係，反映觀察者觀察之對象持續、連續動態變化，在觀察者視覺空間感知，這些空間景象動作變化即是視覺畫面之時間流動。同前註，頁 57-58。

[4]　按：動詞和限制詞（副詞）常能表現持續或連續之動作變化。例如：動詞之來、去、飛、跳、吃、喝、想、有、無、加等，輔助了限制詞之方所限制或動態動相限制，例如：這裏、那裏；來、去等。同前註，頁 16。

[5]　按：「動態動相限制」是限制詞（副詞）之一類。凡是意義不及名詞、動詞、形容詞那樣實在的，一概稱輔助詞。凡是實義詞，例如：名詞、動詞和形容詞，都能在我們腦筋裏引起具體的形象，例如：「貓」、「跳」、「紅」等。凡是意義比較空虛，但可幫助實義詞來表達意義者，稱為「輔助詞」。例如：限制詞、指稱詞、關係詞、語氣詞，其中限制詞（副詞）具有七類，「方所限制詞」和「動態動相限制」屬於限制詞

時而表現飛與飛乘之動相空間景象；時而呈顯起落上下與昇降動態空間景象；時而摹繪出入來去及橫越空間景致；時為表現舟行環繞和流動的空間情景等；時而是變化及噴射劈斬之動態空間景象。這類都形塑了動態狀視覺空間景象。例如：「飄颻」、「飛去」、「翱翔」、「飄然落巖」、「黃河落天」、「片片吹落」、「上九天」、「上天門山」、「昇天行」、「星影入城樓」、「飛入」、「天際來」、「天上來」、「巴水橫天」、「橫越」、「川橫」、「船去若飛」、「驅山走海」、「東流海」、「羽化」、「徒霜鏡中髮」、「碧葉成黃泥」等等。四度時空景象，呈顯詩人動態視覺空間感知，包含了三度空間加上動態景象之範圍，藉此託喻詩歌遊歷時興發之情感和哲理。

總觀太白紀遊詩作，李白對於觀察動態之景象有較多關注，動作和動相之空間視覺摹寫，帶來一段時間之變化或情意；李白運用動態景象還原遊歷時所見所聞，這樣描寫法，常可增加視覺臨場現實感。在空間安排上，李白詩作之動態摹寫。產生個人化視覺感知，呈顯太白觀察角度之視角，展現李白詩篇個人化靈動魅力，也為詩篇壯闊空間摹寫，與多重物象觀摹視角開拓新的一頁。

李白詩篇總數是一千零五十一首。[6]其中紀遊詩數量占總數百分之五一點六七，李白運用遊歷天下四方之所見所感，摹記在詩篇中，此類詩篇之視覺空間景象正反映太白一生人生際遇與漫遊時之視覺觀照法，這動態視覺觀照法，是源自觀察者觀看時的習性，與該觀察者選擇某類景象時易產生超常快感。[7]此表示太白視角作動態觀察

（副詞）為其中兩類，此二類在文句中，常可表現方位、處所、空間，和動態動作之持續性。例如：方所限制之「這裏」、「那裏」，又例如：動態動相限制之「來」、「去」、「上」、「下」、「起」、「已」、「方」、「將」、「著」等等。同前註，頁 16-17。

6　按：依瞿蛻園統計與收集，李白詩集總共有一千零五十首，另據本文表一：李白集中紀遊詩數統計總表之分析第三點，邱師燮友教授增補一首，故李白詩數共為一千零五十一首。

7　參見瓦倫汀著，潘智彪譯：《實驗審美心理學・繪畫篇》（臺北市：商鼎文化出版社，

較為自然，此外，亦可言太白之視網膜之肌肉與心靈，對追蹤事物動相較為敏銳。[8]從繪畫藝術心理學理論言之，動態線條與具方向性移動一度空間，具有明顯的情緒表現，例如：水平的線條是溫柔的；向下傾斜的線條是憂傷的和溫柔的；上升的線條是快活的；下降的線條是憂傷的。瓦倫汀認為：「線條的影響性在該線條的暗示運動中就已有根源。它根據於這樣的觀念：這一運動以某種方式摹仿了情感的動態表現。」[9]美的動態表現的標準，即在「方向和運動的統一，連續性，沒有角和交叉點，同一因素的周期性回復或某種勻稱。」[10]此可謂凡具規律、統一之動態；具連續、持續、對稱性質之動態空間景象，皆可稱具情感的動態美表現。

中國文學詩篇情感是由於作者情感心理興發，或因摹仿外界狀態而來。若為後者，作者因見物象，起動感發，產生情意，故外界物態對情意而言，二者是「有『感』則必有『應』，有『往』則必有『還』。」[11]詩人漫遊天地四方便和宇宙、大自然產生相同的節律，進行共鳴、共感、共振，「中國古代文化，從來認為宇宙就是心靈，心靈就是宇宙。」[12]詩人以自我觀察發現了宇宙動態，又由宇宙動態形象中映照出詩人自我，形成了「活潑潑的生命在物我之間、天地之間運轉、蕩漾、瀰漫、流淌。」[13]此即錢鍾書謂「即我見物，如我寓物，體異性通，物我之相未泯，而物我之情已契。」[14]詩人之情意

2000 年），頁 90-91。

[8] 同前註，頁 92-93。

[9] 同前註，頁 103-104。

[10] 同前註，頁 104。

[11] 參見葉太平：《中國文學之美學精神》（臺北市：水牛圖書出版事業公司，1998 年），頁 160-162。

[12] 同前註，頁 162。

[13] 同前註，頁 163。

[14] 同前註，頁 163。

與客體之物象動態之間是可以直接發生作用，是自然而然，是情思與生命原型之直接展示。

從文學藝術與視覺關係理論言之，文藝作品可展現運動（動態）或具有傾向性的張力，就是由人「生理力的活動和表演造成的」[15]即大腦在對知覺刺激進行組織時激起的生理活動的心理對應物。「這種運動性質就是視覺經驗性質。……事實上，一切視覺現實都是視覺的活動造成的。只有視覺的活動，才能賦予視覺對象以表現性，也只有具有表現性的視覺對象，才可能成為藝術創造的媒介。……從視覺對象中看到運動力，應該歸功於觀察者本身的動覺。」[16]詩篇之動態景象，源自於詩人之視覺感知，此亦為藝術創造之表現力，藉由動相之形態，使讀者閱讀後，興發起生理視覺和大腦之刺激與再現。從文藝表現之角度論之，作品之時間這一維度，屬於動態之視覺藝術。非靜態視覺藝術。[17]時間之動態表現可以塑文藝作品「動感」，例如：要使二度空間的藝術品和三度空間之藝術品有所區別，就必須使用傾斜。[18]藉此產生高度，形成立體形象。若要使三度空間景象與四度時空景象有所區別，就必須加入時間此一維度，以動態摹寫事物，藉此產生持續、連續之運動，形成四度時空動態形象。除了以動態視覺景象傳遞時間維度外，強裂連續和同時性之運動，可以顯示同一物體在運動中的各種位置，而且由一系列的位置組成的軌跡，也就是在連續時間中，觀察者觀察同一物象，就是加強該一形象，換言之，「由形象的相似性和變化的連續性所產生出來的，是一活動起來的知覺整體；這一知覺整體的活動性，又因各個片斷

---

15 參見〔美〕魯道夫‧阿恩海姆（Rudolf Arnheim）著，滕守堯、朱疆源譯：《藝術與視知覺》（*Art and Visual Perception*）（成都市：四川人民出版社，1998 年），頁 567-568。

16 同前註，頁 568。

17 同前註，頁 566。

18 同前註，頁 578。

的相互重疊而得到大大加強。」[19]在許多藝術繪畫中，畫面經由不同位置視角呈現，往往使觀畫者自發地知覺是由動態、位移所形成的時空位置，例如：畢卡索將畫作形象，經由時間動態位移或過渡產生運動效果，[20]塑造出時間流動之動態觀察視角的視覺感知。哲學家亞瑟・朱勒認為畢卡索受到數學家卜韓塞解說四度時空理論之影響，[21]四度時空之第四維度是時間，畢卡索加時間維度進入其畫作中，運用重疊空間和完全不同視點，來構成畫作題材，產生動態視角，同時具正面，又具側面的繪法，觀畫者可以想像自己經不同視角，[22]呈現四度時空之景象。此四度時空動態視覺感知，在太白紀遊詩中，時常用來摹寫仙凡、天地、虛實、想像與現實等變化經歷；一方面呈顯超凡不平常之動態觀察視角，另一方面，藉由太白四度時空景象題材探討，體驗觀察者李白本身的動覺，與其對時光流轉之興發與寄託。

　　四度時空，據物理學相對論理論，也稱四次元；四維時空；四度時空度，即為三度空間加上時間此一維度之動態立體（具高度）狀空間。[23]在物理學相對論中，我們描述一事件之位置和時間，皆是

---

[19] 同前註，頁 586-587。

[20] 同前註，頁 588-589。

[21] 參見亞瑟・朱勒（Arthur I. Miller）著，劉河北、劉海北譯：《愛因斯坦和畢卡索》（*Einstein, Picasso: space, time, and the beauty that causes havoc*）（臺北市：聯經出版事業公司，2005 年），頁 127-128。

[22] 同前註，頁 129。

[23] 參見愛因斯坦、英費爾德（ Einstin, Albert, 1879-1955 ），（ Infeld, Leopold, 1898-1968），郭沂譯：《物理學的進化》（*The Evolution of Physics, 1938*），頁 145-146。另外另參見費曼（Richard P. Feynman）著，師明睿譯：《費曼的六堂 Easy 相對論》（*Six Not-So-Easy Pieces: Einstein' s Relativity, Symmetry, and Space-Time*）（臺北市：天下遠見出版公司，2001 年），頁 129-132。費曼說：「時間與空間是一體兩面的事實，……我們應該去想像一個新的世界，其中空間與時間混合在一起，就如同日常所見的三維空間一樣真實，一樣可以從不同角度去觀測。……既占空間又具有時間……所構成的新世界，我們就稱之為時空（space-time）。在時空中的一定點（x,

取該事物位置之點的存在，與該位置瞬時或持續一段時間，那麼該事物在時空中就由一組（x, y, z, t）之數值來描述。這類表述就是呈現事物之佔置與運動，此標記一事物的運動之方法，表現物理上四維時空動態現象。[24]若推至大自然中，此指取四個數來描述自然界之現象，表述我們外在空間具有三個維度（長、寬、高），「而物體的位置是由三個數來表徵的，一個事件的時刻是第四個數。四個確定的數對應於每一個事件，每個確定的事件都有四個數跟它相應。……所有的事件都可以描畫成隨時間變化而且投射在三維空間的背景上的動態圖。但是也可以直接描畫成投射「四維時－空連續區」背景上的靜態圖。」[25]人類是生存在三維空間的存在物，活在地球上，故我們的宇宙是立體的，[26]可以三個座標確認即如（x, y, z），若因時間變化，在三維空間中，加上時間軸，原本的三維空間，就會變成四維時空。[27]〔德〕明可斯基（Hermann Minkowski, 1864-1909）因得自愛因斯坦研究, 建立「四維時空」觀念，將座標

---

y, z, t），我們把它叫做一個事件（event）。」

[24] 參見愛因斯坦（Albert Einstein, 1879-1955）著，李精益譯：《相對論入門：狹義和廣義相對論》（*Relativity: the special and the general theory*）（臺北市：臺灣商務印書館，2005 年），頁 60-65。

[25] 參見愛因斯坦、英費爾德（Einstin, Albert, 1879-1955），（Infeld, Ceopold, 1898-1968），郭沂譯：《物理學的進化》（*The Evolution of Physics, 1938*），頁 145-146。

[26] 參見愛因斯坦（Albert Einstein, 1879-1955）著，李精益譯：《相對論入門：狹義和廣義相對論》（*Relativity: the special and the general theory*），頁 72-74。另參見愛因斯坦、英費爾德（Einstin, Albert, 1879-1955），（Infeld, Leopold, 1898-1968），郭沂譯：《物理學的進化》（*The Evolution of Physics, 1938*），頁 156-158。

[27] 參見小暮陽三著，郭西川教授審訂，劉麗鳳譯：《圖解基礎相對論》（臺北縣：世茂出版公司，2008 年），頁 24。參見愛因斯坦（Albert Einstein, 1879-1955）著，李精益譯：《相對論入門：狹義和廣義相對論》（*Relativity: the special and the general theory*），頁 83-84。另參見費曼（Richard P. Feynman, 1918-1988）著，師明睿譯：《費曼的六堂 Easy 相對論》（*Six Not-So-Easy Pieces: Einstein's Relativity, Symmetry, and Space-Time*），頁 150-152。

（x, y, z, t）描述的四維時空稱為「世界」，也建立一具時間和空間座標之地圖，此圖稱明可斯基圖（Minkowski diagram）。[28]在四維時空「世界」中，「空間和時間與我們同在；我們在空間和時間中移動。」[29]時間和空間構成展開我們生命的舞台，人類經由「物體進行的感覺，間接地去體驗它們。」人類觀看不同距離的物體給了我們空間的體認，「而觀察改變讓我們產生時間的觀念。」[30]例如：高爾夫球、汽球不停飛和移動，此可理解「空間和時間是連續的。」事物移動與動態進行，即表徵時間，事物動態表現即呈現時間之視覺感知。

　　從中文語法理論言之，詩篇中動態景象描摹，可以表現四度時空之時間維度。漢語語法動詞、動相、限制詞、形容詞、動作和狀態之表態句等，皆傳遞事物動態景象。動態描摹多採用動詞表述。袁莉容等《現代漢語句子的時間範圍研究》論時間維度與動詞、事物動態變化之關係：

> 　　每一個具體事物身上，在它們運動與發展的過程中，我們都看到了時間的力量。可以說，時間是運動著的物質的存在形式，也是世界的存在形式。無形的時間通過物質的運動、變化、發展而為人們所聽感知。因此，具體事物是時間的載體，沒有事物的運動變化，人們將無法知道時間的發展推移，也無法進行計畫。[31]

---

[28] 參見愛因斯坦（Albert Einstein, 1879-1955）著，李精益譯：《相對論入門：狹義和廣義相對論》（*Relativity: the special and the general theory*），頁 83-84。另參見 Sander Bais，傅寬裕譯：《圖解愛因斯坦相對論》（*Very Special Relativity: An Illustrated Guide*）（臺北市：五南圖書出版公司，2009 年），頁 12。

[29] Sander Bais，傅寬裕譯：《圖解愛因斯坦相對論》（*Very Special Relativity: An Illustrated Guide*），頁 12-13。

[30] 同前註，頁 12。

[31] 參見袁莉容、郭淑偉、王靜：《現代漢語句子的時間語義範疇研究》（成都市：四川

上述說明了中文語法系統將詩文句子摹寫事物運動變化,可呈現時
間維度發展推移,此外,袁莉容等又論中文語法時空概念物理學時
空概念關連性:

> 人類產生後,宇宙的物理時間就成為人類的認識對象。與空
> 間三維性質相比,時間只有一維性質,但它的持續性是可以
> 被感知的。……所有認識成果,最終都會用語言儲存下來。
> 從語言學的角度看,一方面,時間是人類共有的思維概
> 念,……另一方面,人類的時間觀念又要借助語言文字的形
> 式來反映,……從中都可看到時間在語言中的影子。首先,
> 人們對於時間單位等的表述,……其次,由於時間具體體現
> 在事物的發展變化中,語義(語滙意義)上體現事物發展變
> 化的動詞便天然具有了內在的時間語義特徵。[32]

人類存在宇宙之物理時間,故人類感知事物動態持續之變化,並且
用語言摹寫下來,語言文字作品中表現事物動相變化,是自然的,
語法中「動詞」便是句子的核心,最能呈顯事物動態轉變,來表現
時間維度。中文語法對「動態」、「動相」、「時間」等摹寫,或稱「體」
或「時體」。語法中「動態」、「動相」指事物在時間的進程中,被人
們感知的方式。「動態」與「時間」關係即是事物的動作行為在時間
軸上的各種狀態。[33]中文語法「動詞」研究,對動詞內部時間結構探
討,主要分三方面,一為據「動詞的時間特徵」;二是從命題上研究
動詞的時間性,稱為情狀類型。三為「寬泛地直接在可以運用的句

大學出版社,2010 年),頁 1。
[32] 同前註,頁 2。
[33] 同前註,頁 105-106。

子中來研究動詞的時間性以及動詞類型、情狀類型。」[34]此三者研究只是研究角度、選擇範圍的不同，實際結論是大同小異的。[35]

在李白詩中，詩人時常透過事物動態動相之體現，表述時間游移變遷，一方面，再現詩人長時間在各地遊覽時視覺觀察體驗，與時間感知；另一方面，呈現太白詩境話語之情狀和意涵。這些動態之體驗與時空之流轉，形塑李白詩神遊八方，忽遠忽近之天地寬闊之壯闊浪漫魅力，在其詩中，李白創造了天地高遠同時盡收眼底之四度時空感知。此類作品抒發一己現實境遇與理想；展露其真實和想像世界之游移轉換；時而飛揚扈，時而沈靜，富有個人生命力和拓新紀遊之動態視點寫作模式。

李白紀遊詩四度時空景象描摹次數，共七百九十六次，[36]四度時空出現比率為百分之四三點九三，其出現次數排序為第一。[37]李白最常使用動態動相之摹寫，抒發內心情感與思想，這亦體現太白擅於捕捉動態景象，富有好動性格，與喜自由流暢、富生命力之性情。[38]本文則以四度時空動態景象，與靈動之視覺感知，探究李白紀遊詩之表徵和情蘊。

第一節　飛翔與飛乘在仙凡之境

詩歌最重要的質素是使讀者內心感動的力量。而造成內心感動的是景物與物象。由詩篇內容題材檢視，詩篇中情意藉物象或空間

---

[34] 參見袁莉容、郭淑偉、王靜：《現代漢語句子的時間語義範疇研究》，頁 110。

[35] 同前註，頁 110。

[36] 參見本文表六：李白詩歌各類體裁之紀遊景象統計總表。「動態（四度時空）」。

[37] 參見本文表六：李白詩歌各類體裁之紀遊景象統計總表。「動態（四度時空）」、「出現比率」、「排序」。

[38] 參見〔美〕魯道夫·阿恩海姆（Rudolf Arnheim）著，滕守堯、朱疆源譯：《藝術與視知覺》（*Art and Visual Perception*），頁 592-593。

景象來象徵；或比喻；或隱喻等，這些事物形象可引發讀者內心感動。詩篇之事物景象經由比喻與聯想，展現豐富多采的情意。在中國文學或西方文學理論，皆有相關文學情意與景象關係之理論。中外詩篇都離不開形象，皆以形象和情的結合為首要目的，形象和情意結合密切配合，進一步地，詩人詩篇創造與開拓新的形象材料，使欲表達之詩篇情意更為妥適或達意，此對中國詩學發展來説，是具有寫作價值和新變之地位。

李白在詩篇中為自我推薦與自我剖白，常展現傲岸世情、放蕩不羈的個人形象，從太白縱酒、散髮、裸袒等任誕行為，[39]顯見好自由與不受拘束之性情，如此自然、真率的太白，在詩歌中表現其不凡想像力，突破時人寫詩模式，不畏冒險，運用前衛與創新的奇特或腦海中幻境，創拓許多空前絕後的詩歌題材形象，形塑太白詩歌驚人超群之詩篇視覺感知，成為浪漫派之代表。

李白一生漫遊大江南北，廣博龐大的見聞知識，或源自其遊歷體驗；或來自唐時天文學、宗教領域之資源鼎盛與個人多元的學養；或本於太白興趣性格等等，這皆影響李白詩篇動態時空景象之興發和想像。以飛翔、起落、出入、舟行等動相，寓託詩篇深刻情思。此外，他表現靈動、活躍之時空感知與視覺心理視點，增加太白不凡超群之個人魅力，拓新詩篇時空景象視覺圖象之比興模式。

一 飛翔

李白紀遊詩採用飛翔景象，托寓詩人欲離塵俗，以仙境為人生目標；或取仙人共飛翔，言己精神自由超脫，或用飛翔之景言志向遠大，或困境解除等意蘊。

依動態景象種類言之，飛翔動相即在詩篇中表現空中飛行之景

---

[39] 參見王國櫻：《詩酒風流話太白》（臺北市：聯經出版事業公司，2010 年），頁 60。

象，是具有高度空間與動態時間之結合，是三度空間與一度時間之結合。由於人類在現實中不能飛，故此類視覺景象容易形塑自由、超離現實困境等等意蘊，使讀者也隨之神遊，產生自由而隨心所欲之浪漫美感。

李白紀遊詩摹寫高空飛翔飛乘類四度時空景象者，次數在〈古風五十九首〉中計二十次；[40]在樂府詩一百四十九首中，計二十次；[41]在李白古近體詩七百七十九首中，計一百一十七次；[42]在詩補遺六十四首中，計六次。[43]上述共計為一百六十三次。在所有動態景象中，飛翔類之次數較多，此可論析李白擅用空中飛翔時空景象抒情達意。

(一)志入仙境

首先試看詩篇例子：

> 清齋三千日，裂素寫道經。吟誦有所得，眾神衛我形。雲行信長風，颯若羽翼生。攀崖上日觀；伏檻窺東暝。海色動遠山，天雞已先鳴。銀臺出倒景，白浪翻長鯨。安得不死藥，<u>高飛向蓬瀛</u>。(〈遊太山六首之四〉)

「高飛向蓬瀛」摹寫太白登太山興發乘雲駕風高飛向神仙蓬萊山和瀛洲。希望得到不死藥，跟隨群仙在空中漫遊。[44]詩篇末聯引用《史

---

[40] 參見本文表二：李白古風紀遊景象種類分布。「飛翔」、「飛乘」、「飛上飛下」有二十次。

[41] 參見本文表三：李白樂府紀遊景象種類分布。「飛行」、「飛乘」、「飛來飛去」有二十次。

[42] 參見本文表四：李白古近體詩紀遊景象種類分布。「飛行」、「飛乘」、「飛來飛去」有一百一十七次。

[43] 參見本文表五：李白詩補遺紀遊景象分布。「飛翔」、「飛乘」、「飛來飛去」有六次。

[44] 參見詹鍈主編：《李白全集校注彙釋集評》(天津市：百花文藝出版社，1996年)，

記・封禪書》之說法，仙洲銀臺為仙境，若太白得不死藥，使身體輕而羽化，可飛向瀛洲。太白遊歷高山，遂得求仙飛仙之意蘊。「高飛」是高空動態景象，由詩中選擇動態，見出「觀察者本身的動覺。」[45]從文藝作品與視覺感知理論言之，李白將高空飛翔託論為脫離地球、地面之輕鬆感，詩篇用「雲行」、「羽翼生」形容身軀與凡人不同，輕而可飛，甚至長出時空翅膀。這些皆非世俗中可見，描摹仙境與塵世截然不同的行徑與視覺景象。

從中文語法角度言之，「高飛向蓬瀛」之「向」是介詞，「介詞」為「指介繫、引進名詞、代詞或名詞性短語給句子中的述語或表語，表達時間、處所、方向、依據、方式、目的、理由、對象」等等關係的詞，[46]「向」可表達時間、方向，也表示「動作趨向」。[47]詩篇詩人高飛朝向仙境，成為詩旨所在，李白取動態飛翔仙境，兼具高度空間和動態景象，託寓一己人生追尋仙人仙境之歷程。這呈顯太白心路歷程之變化，也透顯李白自由汲汲仕宦而轉向仙道之目標，「飛」摹寫之動相，一方面是視覺感知的飛翔，另一方面，是太白人生時間流轉和詩人心境、行為的變化。佛克《探索時間之謎》：「科學家和哲學家還在爭論『時光流逝』」之意義，其實「時間跟變化的關係密不可分。」[48]變化即是物體一段時間內的位置變化，是動體移動，

冊五，卷十七，頁 2802。

[45] 參見〔美〕魯道夫・阿恩海姆（Rudolf Arnheim）著，滕守堯、朱疆源譯：《藝術與視知覺》（*Art and Visual Perception*），頁 568。

[46] 參見蔡宗陽：《國文文法》（臺北市：萬卷樓圖書公司，2008 年），頁 133-134。

[47] 參見呂叔湘：《中國文法要略》，頁 203-205、218-219。呂叔湘認為「動作和方所之間，又可以有動的關係。」例如：往、朝、向等皆表示動作的趨向。呂叔湘認為中文語法也展現時空關係「空間是三度的，按常識說；所以『那兒』可以在『這兒』的前、後、左、右，乃至上、下任何一方。……時間只有一度，好比是一條線。」依中文文法理論，呂叔湘認為可由字詞組合關係判讀三度空間加一度時間，中文語法可解析字句中四度時空景象。

[48] 參見佛克（Dan Falk）著，嚴麗娟譯：《探索時間之謎：宇宙最奇妙的維度》（*In Search*

「沒有動作，就沒有時間。」[49]詩人藉一動態之飛行移動景象，表徵其內心情思和行為目標之變化過程。此描繪出動態之四維時空景象之自我形象，也透露一奇特不凡的四維時空詩篇情思和語言。

試論析詩篇例子，如下：

昔余聞姮娥，竊藥駐雲髮。不自嬌玉顏；方希鍊金骨。<u>飛去身莫返</u>，含笑坐明月。紫宮誇蛾眉，隨手會凋歇。(〈感遇四首之三〉)

「飛去身莫返。」描繪常娥飛離人間一去不返。這取常娥為視角中心，詩篇選擇以他人為中心的觀察立場，太白詩作表達是具有以常娥為中心之三維空間之廣延性。[50]常娥「飛去」後，「含笑坐明月」。此取常娥飛坐在明月上向下俯視之視角，故為三度空間景象。

「飛去身莫返」之「去」摹寫常娥動作之將有，從中文語法之動相立論言之，「來」和「去」預言動作之將有，表示動向，或輔助動相之動向。[51]詩篇後數聯「飛去身莫返，含笑坐明月」表徵常娥由凡入仙境之過程，「飛」表現常娥超脫塵世，「去」指稱離凡至仙界之方向。在詩篇末聯取常娥視角，俯看地球宮中后妃之生命歷程「凋歇」，以動態形容宮廷后妃色衰瞬逝之時間演變，常娥以飛翔表示轉換生命樣態，進入仙界，成為仙界一員。「飛」具有動態和人事物變化之意蘊，[52]對詩中常娥而言，「飛去」託喻離開塵俗之生活模式，

---

of Time: journeys along a curious dimension)（臺北市：貓頭鷹出版社，2011 年），頁 19。

[49] 同前註，頁 144、145、147。

[50] 參見 Stephen C. Levinson 著，齊振海導讀：《語言與認知的空間》（北京市：世界圖書出版公司，2008 年），頁 24。

[51] 參見呂叔湘：《中國文法要略》，頁 234。

[52] 按：時間「流動」表述一種人類心理變化感覺，此是一種時間概念。參見佛克（Dan

變化成神仙行徑和心境。暗喻人物生命變化之方向性。[53]

　　試分析詩例，如下：

> 去國客行遠；還山秋夢長。梧桐落金井，一葉飛銀床。覺罷攬明鏡，鬢毛颯已霜。良圖委蔓草；古貌成枯桑。欲道心下事，時人疑夜光。因為洞庭葉，飄落之瀟湘。令弟經濟士。謫居我何傷？潛虯隱尺水，著論談興亡。客遇王子喬，口傳不死方。入洞過天地，登真朝玉皇。吾將撫爾背，<u>揮手遂翱翔</u>。(〈贈別舍人弟臺卿之江南〉)

「揮手遂翱翔」摹寫太白揮手告別人間翱翔在天上仙界。詩篇藉「翱翔」之動態景象，傳達詩人入真人之境，羽化飛奔，登仙界。[54]「翱翔」之「翱，翔也」，許慎《說文解字注》：「翔，回飛也。」[55]高誘注《淮南子》云：「翼上下曰翱。」[56]指飛行乍高乍下。詩篇以李白為中心之觀察視角，[57]形成觀察者的四維時空景象，太白將「口傳不死方」作為由凡入仙之軀體變化之關鍵，當形體轉換，有了長生不死祕方，李白不是凡俗之軀，得以輕舉高飛，李白用了較飛行更為細膩字眼「翱翔」形塑飛入仙界之身軀靈動的感知，有羽翼，而且可以一上一下，此反映飛行動作的持續性周期性特徵。[58]從中文語法

　　Falk）著，嚴麗娟譯：《探索時間之謎：宇宙最奇妙的維度》（*In Search of Time: journeys along a curious dimension*），頁 183。

[53] 按：時間之箭，來自於我們所察覺到流動中蘊含的獨特「方向性」。同前註，頁 253。

[54] 參見詹鍈主編：《李白全集校注彙釋集評》，冊四，卷十，頁 1734。

[55] 參見〔漢〕許慎撰，〔清〕段玉裁注：《說文解字注》（臺北市：黎明文化事業有限公司，1993 年），頁 141。

[56] 同上註。

[57] 參見 Stephen C. Levinson 著，齊振海導讀：《語言與認知的空間》，頁 29。

[58] 參見李向農：《現代漢語時點時段研究》（武漢市：華中師範大學出版社，1997 年），頁 27-29。

觀點論之，這表示一期間的事物動作詞語，或是動作作用於對象所占用的時間。「翱翔」之動相景象，亦為太白運用事件或動作行為，作為媒介，來指稱時間，李向農《現代漢語時點時段研究》云：「無形的時間要用具體的空間或視覺行為來體視。」[59]

從視覺語言學角言之，李白以視覺動態空間表現時間，[60]詩篇中間數聯「口傳不死方，登真朝玉皇」，詩篇末聯「吾將撫爾背，揮手遂翱翔」，呈現一連串的事件變化：[61]服不死方、登玉皇於九天、舉翼飛行至仙界，傳遞太白求仙目標之先後演變，以行動位置連串變動，表徵身心之轉換。太白藉由「時間中的事件和空間中的物體」之接續變化，[62]表露其對新人生方向[63]之追尋和前進。

試舉詩例解析之：

> 吾將元夫子，異姓為天倫。本無軒裳契；素以煙霞親。嘗恨迫世網，銘意俱未伸。松柏雖寒苦，羞逐桃李春。悠悠市朝間，玉顏日緇磷。所失重山岳，所得輕埃塵。精魄漸蕪穢，衰老相憑因。我有錦囊訣，可以持君身。當餐黃金藥，去為紫陽賓。萬事難並立，百年猶崇晨。別爾東南去，悠悠多悲辛。前志庶不易，遠途期所遵。已矣歸去來，<u>白雲飛天津</u>。(〈潁陽別元丹丘之淮陽〉)

---

[59] 同前註，頁 22。

[60] 參見游順釗著，徐志民編譯：《視覺語言學》(臺北市：大安出版社，1991 年)，頁 118。

[61] 按：據佛克研究，「人類看不見時間，就像我們看不到空間。」參見佛克（Dan Falk）著，嚴麗娟譯：《探索時間之謎：宇宙最奇妙的維度》(*In Search of Time: journeys along a curious dimension*)，頁 146。

[62] 同前註，頁 146-147。

[63] 同前註，頁 253。

「白雲飛天津」描摹天空白雲自由飄飛至天河。「天津」，星名，詹
鍈注云：「天津，東極箕斗之間漢津也。」又云：「天津，天河也。」，
另一說法，天津，洛陽橋名。[64]此處取高空物象動態遷移，以四次元
時間維度，表徵太白志向轉換，希望自己拋開虛實年華之塵世負累，
學友人「餐黃金藥」、追隨胡紫陽學道，雖如今「前志」不移，但改
變心意，欲離開洛陽之意旨。「白雲飛天津」指白雲飛離洛陽之意，
「飛」以動態物象移動，表露太白改換心志，欲「別爾而歸去」[65]之情
志。

　　從物理學相對論言之，「白雲飛」是高空動態之景物，愛因斯坦
認為「空間中的位置可以用三個數字顯示，而事件中的時刻則能用
一個參考來描述。……根據狹義相對論，我們必須在想像中把這兩
組資訊結合在一起。我們必須把事件想成展現在四維陣列中，也就
是所謂的『時空』」，[66]「白雲飛」摹寫一四維時空景象，太白以動態
視覺空間，表現其心志轉換改變人生之方向。

　　再舉詩例論析之：

> 我思仙人乃在碧海之東隅，海寒多天風，白波連山倒蓬壺。
> 長鯨噴涌不可涉，撫心茫茫淚如珠。西來青鳥東飛去，願寄
> 一書謝麻姑。（〈古有所思〉）

「西來青鳥東飛去」摹寫西王母青鳥使者從西飛來，向東飛去，詹
鍈注：「北海之東，西來東去，有情。」[67]表示方位詞「來」和「去」

---

[64] 參見詹鍈主編：《李白全集校注彙釋集評》，冊四，卷十三，頁2155。

[65] 按：此據詹鍈引朱諫語。同前註，頁2154-2155。

[66] 參見佛克（Dan Falk）著，嚴麗娟譯：《探索時間之謎：宇宙最奇妙的維度》（*In Search of Time: journeys along a curious dimension*），頁182-183。

[67] 參見詹鍈主編：《李白全集校注彙釋集評》，冊二，卷四，頁567。

是有情意之表徵。西王母使者青鳥西來，託寓西王母關照，以青鳥為使，飛至東邊，故言有情，由西而東歸，青鳥完成西王母之指令，飛回稟覆，故言「西來東去」有情。太白以青鳥喻擬求仙而仙人拔擢之仙凡互動過程。[68]

　　從中文語法論之，「來」和「去」是方所詞之動態詞。「來」表示「動作從別處向著說話的中心點而來」；「去」表示「動作背著說話的中心點，向別處去。」[69]皆表現動作趨向，與人事物之動態。

　　由語言認知空間理論言之，「來」和「去」皆以自我為中心的觀察視角，以詩人為中心之參照系，[70]故詩篇呈現全景式視野角度。

　　青鳥之飛來和飛去，在詩篇句法上，是由西飛來，爾後，再由此向東飛去。從物象動相趨勢和變動之景象，觀察者（李白）已簡單地「感覺到時間的流動」。[71]由愛因斯坦相對論觀點，「我們可以沿著水平平面繪製其餘兩個空間維度，並想像垂直軸就是時間的維度。通過時空的物體軌跡稱為其世界線。」[72]若由相對論光錐來看，事物每個點都有這樣的光錐，「時空中的每個點誠然都有光錐定義的過去和未來。」〈古有所思〉「西來青鳥東飛去」動態景象，表現青鳥飛翔之過去、現在和未來之時間過程。

---

[68] 同前註，頁 565。

[69] 參見呂叔湘：《中國文法要略》，頁 213-214。另參見呂叔湘主編：《現代漢語八百詞》（北京市：商務印書館，2010 年），頁 345-455。

[70] 參見 Stephen C. Levinson 著，齊振海導讀：《語言與認知的空間》，頁 30-32。

[71] 參見佛克（Dan Falk）著，嚴麗娟譯：〈愛因斯坦的時間〉，《探索時間之謎：宇宙最奇妙的維度》（*In Search of Time: journeys along a curious dimension*），頁 183。

[72] 同前註，頁 182。另參見愛因斯坦（Albert Einstein）著，郭兆林譯：《相對論的意義》（*The Meaning of Relativity*）（臺北市：臺灣商務印書館，2005 年），頁 29-30。另參見小暮陽三著，郭西川博士校訂，劉麗鳳譯：《圖解基礎相對論》，頁 28-29。

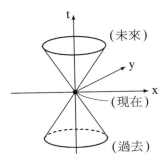

（四維時空之光錐）[73]

圖十五：李白〈古有所思〉四維時空光錐

李白以物象之動態空間景象，表露一青鳥由過去、現在至未來之動態飛翔一段時間歷程，一方面託喻了太白靈動和具想像力的不凡視覺感知，也藉光錐之下方，中間點至上方來呈顯全景式、一段時間景致，另一方面，透露太白期待青鳥對凡人關懷和提攜，以及引領至仙境之情意。

　　試舉詩篇分析之

> 客有鶴上仙，<u>飛飛淩太清</u>。揚言碧雲裏，自道安期名。兩兩白玉童，雙吹紫鸞笙。去影忽不見，回風送天聲。舉首遠望之，飄然若流星。願餐金光草。壽與天齊傾。（〈古風五十九首之七〉）

---

[73] 按：此據愛因斯坦四維時空之光錐，光錐表現四次元，因無法繪製四維的時空，但若忽略一個空間維度 z，以 x 和 y 軸代表水平空間，t 為時間維度，與光錐中心點之「現在」相較，光錐上方表「未來」事物動態，光錐下方表「過去」事物之動態。故青鳥由西來，其飛行動態在光錐下方，通過中心點「現在」，青鳥東飛，去其飛行動態在觀察者當時眼中，是由光錐下方至光錐上方。參見佛克（Dan Falk）著，嚴麗娟譯：《探索時間之謎：宇宙最奇妙的維度》，頁 184-185。

「飛飛淩太清」摹寫仙人騎仙鶴飛翔在天空中依黃慶萱《修辭學》
對重複使用字辭法，說：「同一個字、詞、語、句，或連接，或隔離，
重複地使用著，以加強語氣，使講話行文具有節奏感的修辭法，叫
作『類疊』」[74]此採類疊法表明飛著又飛著的一段飛翔歷程。詩篇首
聯「客有鶴上仙」，表示一仙人騎鶴飛翔，「鶴上仙」據《太白廣記》
記載，「桓闓者，不知何許人也。事華陽陶先生，為執役之士，辛勤
十餘年。性常謹默沈靜，奉役之外，無所營為。一旦，有二青童、
白鶴，自空而下，集陶隱居庭中，隱居欣然臨軒接之。青童曰：『太
上命求桓先生耳』……於是桓君服天衣，駕白鶴，昇天而去。」[75]從
此則資料記述發現鶴上仙原本是一凡人，經隱居多年，一日，忽然
仙界使者仙童和白鶴到來，使桓君穿天衣、乘白鶴，飛升天際，成
為仙界一員。此對凡人志入仙境者，有一過程的描繪：一先隱居，
其次，仙界使者來到，三為仙界使者交給仙衣、使之可騎乘仙鶴，
四則是凡人改變凡俗軀體狀態，可以飛昇空中，進入仙境，成為神
仙之一員。在詩篇末聯「願餐金光草。壽與天齊傾」表達詩人了悟
凡人志入仙境之種種轉變時程，故太白欲服仙草，著仙衣來轉換凡
俗身軀，經能飛上天空歷程，志入仙境。

　　試看詩例析論之：

　　我昔東海上，勞山餐紫霞。親見安期公，食棗大如瓜。中年
　　謁漢主，不愜還歸家。朱顏謝春暉；白髮見生涯。所期就金
　　液，<u>飛步登雲車</u>。願隨夫子天壇上，閒與仙人掃落花。（〈寄
　　王屋山人孟大融〉）

[74] 參見黃慶萱：《修辭學》（臺北市：三民書局公司，2002 年），頁 531。
[75] 參見詹鍈主編：《李白全集校注彙釋集評》，冊一，卷二，頁 58。

「飛步登雲車」摹寫太白輕身飛步登雲升天。《太平廣記》引《神仙傳》云:「孝武皇帝閒居殿上,忽有一人乘雲車,駕白鹿,從天而下,來集殿前。」又《文選》李善引《博物志》:「漢武帝好道,西王母七月七日漏七刻,王母乘紫雲車來。」劉良注:「神以雲為車。」[76]在這些仙界仙人的輕昇天際之舉,太白以神人輕舉飛昇天際,與騎乘仙界使者鶴、白鹿,或騎乘仙界雲車,這些飛翔之方式,皆表徵神仙行徑與轉變位置之模式,在凡人心中,若仙人援人,助凡人食「金液」等藥方,或授於輕身之法,派天界使者以供騎乘,凡人習就一種超脫塵世之位置改變方式,[77]就可成仙人。這類由塵世凡人;食仙方;輕身飛翔;騎乘仙界使者;飛舉天界;成為仙界成員,形塑一段由凡入仙之演化時程,一方面使凡人揮別世俗自我,晉升仙界一員;另一方面,呈現人事物象形象、位置變換轉移,摹描了四維高空動態時空歷程。表現凡入仙境之位置演化視覺圖像。[78]

試舉詩篇為例:

> 神農好長生,風俗久已成。復聞紫陽客;早署丹臺名。喘息餐妙氣;步虛吟真聲。道與古仙合;心將元化并。樓疑出蓬海;鶴似飛玉京。松雪窗外曉;池水階下明。忽耽笙歌樂,頗失軒冕情。終願惠金液,提攜凌太清。(〈題隨州紫陽先生壁〉)

---

76 參見詹鍈主編:《李白全集校注彙釋集評》,冊四,卷十二,頁 1941。

77 參見佛克(Dan Falk)著,嚴麗娟譯:《探索時間之謎:宇宙最奇妙的維度》(*In Search of Time: journeys along a curious dimension*),頁 143。另據愛因斯坦相對論研究,每一事件皆四個數來描述,即三個空間座標 x、y、z·和一個時間座標 t,人類「世界」是一連續體,一事件連續和持續之位置變化和運動狀態,是可以四維方式來考察之。參見愛因斯坦(Albert Einstein)著,李精益譯:《相對論入門》(*Relativity: the special and the general theory*),頁 36-37。

78 參見佛克(Dan Falk)著,嚴麗娟譯:《探索時間之謎:宇宙最奇妙的維度》(*In Search of Time: journeys along a curious dimension*),頁 144-145。

「鶴似飛玉京」摹寫白鶴展翅飛往天帝居住之玉京。《魏書·釋老志》云：「道家之原，出於老子。其自言也，先天地生，以資萬類。上處玉京，為神王之宗；下在紫微，為飛仙之主。」而葛洪《中書》：「玄都、玉京，七寶山周圍五萬里，在大羅天之上。」朱諫注：「玉京，天帝之所居也。」[79]太白捕捉其仙家景象，從神農至今紫陽先生，皆好修道。首言修道之情景：呼吸吐納，吟誦步虛仙聲。次言修道之空間：餐霞樓疑出蓬海，有昇天仙鶴飛上天帝居所，這種種異於凡俗之生命樣態，是太白羨慕，且立志投身仙界，李白在篇末「終願惠金液，提攜淩太清。」以期望紫陽先生賜給金液仙方，太白吸食可改變俗世身軀，追隨紫陽先生飛昇至神仙最高之仙境——「太清」。[80]李白以兩個飛翔高空動態景象，傳遞仙凡藉此抵達仙地，進入仙界之過程，「飛玉京」和「淩太清」顯示一為仙人仙使進入天帝之過程，其次是太白藉吸食仙方，變化自身凡俗軀體，可輕舉遠引，進而追隨仙人高飛，這連續性之動相變化和移轉，建構自由遨翔天際、不受拘束之世界，此外，從近代物理學相對論言之，此亦描畫成隨時間歷程變化，而投射在「四維時空連續區」背景上之圖象。運用動態語言描述四次元中人事物之位置變化。[81]託喻太白願放棄仕宦之軒冕與塵俗一切，飲食仙方，習取成仙方法，飛翔超脫世俗，到仙界中，投身仙境一員。

[79] 按：此據詹鍈注釋及引述《魏書·釋老志》與朱諫注語。參見詹鍈主編：《李白全集校注彙釋集評》，冊七，卷二十三，頁 3566。

[80] 按：此依詹鍈注釋論之。同前註，頁 3567。

[81] 參見愛因斯坦、英費爾德（Einstin, Albert, 1879-1955），（Infeld, Ceopold, 1898-1968）著，郭沂譯：《物理學的進化》（ *The Evolution of Physics, 1938* ），頁 146。

(二) 神志高飛

首先分析篇為例：

> 大鵬飛兮振八裔，中天摧兮力不濟。餘風激兮萬世，遊扶桑
> 兮挂石袂。後人得之傳此，仲尼云兮誰為出涕？（〈路歌〉）

「大鵬飛兮振八裔」摹寫大鵬振翅飛翔威震八方。以大鵬自喻，[82]取
「大鵬飛」之動態形象託喻自我鬥志高昂，這是比興手法，將現實
的自我形象，進入一種象喻之境，也表達一種力圖發揮，一展長才
之姿態，[83]「八裔」指八方。詹鍈認為此為太白自喻自嘆。[84]李白極
力一展宏圖，汲汲四處干謁，此處之「大鵬飛」正傳達其人生境遇
轉折，欲由一介平凡百姓，化身大鵬鳥，期待日後一飛沖天，這鵬
鳥飛翔之動向，是威震八方，顯然純粹為一己志向尋求發揮舞台與
方向，[85]這鵬鳥之飛翔託喻了太白一生努力前進、漫遊天下以求干
謁之心境。這飛翔之動態景象寄寓太白積極求仕之企圖心和行動
力，表徵李白內心不甘凡俗的志願。

又試析詩篇為例：

> 郢客吟白雪，遺響飛青天。徒勞歌此曲，舉世誰為傳？試為
> 巴人唱。和者乃數千。吞聲何足道？嘆息空淒然。（〈古風五
> 十九首之二十一〉）

---

[82] 參見詹鍈主編：《李白全集校注彙釋集評》，冊三，卷七，頁 1231。

[83] 按：依葉嘉瑩談形象和詩情意關係，詩篇形象之選擇，即代表詩人珍貴思想和人格。
參見葉嘉瑩：《迦陵說詩講稿》（臺北市：桂冠圖書公司，2000 年），頁 99-100。

[84] 參見詹鍈主編：《李白全集校注彙釋集評》，冊三，卷七，頁 1231。

[85] 按：依佛克之論點，「我們不只記得過去，也會設想未來。事實上，我們可以在心
中投射不同時代的景況。」參見佛克（Dan Falk）著，嚴麗娟譯：《探索時間之謎：
宇宙最奇妙的維度》（*In Search of Time: journeys along a curious dimension*），頁 23。

「遺響飛青天」摹寫郢客吟唱高雅〈白雪〉，其聲美妙悠揚直上青天，取「飛青天」形容曲聲之美妙高雅，《求闕齋讀書錄》云：「曲高和寡」。[86]音樂之飛傳青天，是一動態聲波傳送過程，表徵李白才志高超欲屬長才。詩人以郢客自喻，吟唱白雲，遺響上傳青天之歷程，可表徵太白自信已才志傑出，必能超群出眾，受到矚目和重用，此一物象動相描述語言，[87]傳遞李白志向和心路歷程，進一步地，託喻一生漫遊求用之境遇。

試析詩篇為例，如下：

> 平明登日觀，舉手開雲關。<u>精神四飛揚</u>，如出天地間。黃河從西來，窈窕入遠山。憑崖攬八極，目盡長空閑。偶然值青童，綠髮雙雲鬟。笑我晚學仙，蹉跎凋朱顏。躊躇忽不見，浩蕩難追攀。（〈遊太山六首之三〉）

「精神四飛揚」描摹太白登日觀峰，精神飛揚，如同飛出天地般。在山頂眼望八方極遠處，「憑崖攬八極，目盡長空閑」，視野極盡八方長遠之廣闊空間。站在山峰頂上的李白，精神遊飛出萬物地表，[88]此正表徵太白猶如身飛出人間世，感到超脫世俗，一切自由任遊，完全沒有阻礙。《唐宋詩醇》：「白性本高逸，復遇偃蹇，其胸中磊砢一於詩乎發之。……足以舒其曠渺而寫其塊壘不平之意。」[89]藉著精神高飛，超出地表之動態摹寫，表徵太白突破內心憤怨不平，一吐

---

[86] 參見詹鍈主編：《李白全集校注彙釋集評》，冊一，卷二，頁 117。
[87] 按：海森堡認為所有自然定律皆可用普通語言來表示，語言摹寫可作為人類傳遞心聲之工具。參見海森堡（Werner Karl Heisenberg 1901-1976）著，周東川、石資民、黃銘欽譯：《物理與哲學》（*Physics & Philosophy: The revolution in modern science*）（臺北市：協志工業叢書出版公司，1992 年），頁 111、114-115。
[88] 參見詹鍈主編：《李白全集校注彙釋集評》，冊五，卷十七，頁 2800。
[89] 同前註，頁 2801。

怨氣，轉向一種自由、無所羈絆的人生境界，此外，此亦表徵李白
對人生和前途的看法，拋棄世俗一切限制，有了全新、超塵不凡的
方向。詩篇中「飛揚」描述李白新生命之時空，指出在空間環境和
時間上，[90]詩人皆已有新進程和目標。

試分析詩篇例子，如下：

北溟有巨魚，身長數千里。仰噴三山雪；橫吞百川水。憑陵
隨海運；燁赫因風起。<u>吾觀摩天飛</u>，九萬方未已。(〈古風五
十九首之三十三〉)

「吾觀摩天飛」摹述大鵬鳥高飛直上天際九萬里高，仍不停止。《求
闕齋讀書錄》云：「此首自況。」太白以高飛九萬里鵬鳥託喻一己超
群才能和志向。[91]從中文語法言之，「飛」是動詞，在詞類中，「來、
去、飛、跳」等皆指活動。[92]呂叔湘認為此類動詞亦可稱實義詞，其
意義實在，若再輔以輔助詞，例如動態動相限制詞。「上、下」等，[93]使
動態與方向更為鮮活、明確，進一步地描繪出動作之方向性，此一
觀點亦見相對論。從物理學相對論言之，愛因斯坦重視物體連續運
動之方向，甚至強度，此可形成一個「場」。[94]詩篇「摩天飛」形塑
了一幅大鵬鳥高飛，直向九萬里高之天際之動作景象，並具高度空
間和動態時間維度。[95]形成一空間──時間──事件之「類空」

---

[90] 按：佛克認為時空即是我們察覺到流動中蘊含的獨特「方向性」。參見佛克（Dan Falk）
著，嚴麗娟譯：《探索時間之謎：宇宙最奇妙的維度》（ *In Search of Time: journeys along
a curious dimension* ），頁 253。

[91] 參見詹鍈主編：《李白全集校注彙釋集評》，冊一，卷二，頁 160。

[92] 參見呂叔湘：《中國文法要略》，頁 16。

[93] 同前註，頁 17。

[94] 參見愛因斯坦（Albert Einstein）著，李精益譯：《相對論入門》，頁 42。

[95] 同上註，頁 102。

（space-like）概念，這類空概念和人類心理、經驗繫連，透過此可以勾勒出共通感覺和回憶，形成心智活動過程和結果。[96]詩篇以鵬鳥高飛之動態，表徵洋溢著李白對前途自信和一展長才之心理意識。

（三）飛離困境

首先分析詩例，如下：

> 雙燕復雙燕，<u>雙飛令人羨</u>。玉樓珠閣不獨棲，金窗繡戶長相見。柏梁失火去；因入吳王宮。吳宮又焚蕩，雛盡巢亦空。憔悴一身在，孀雌憶故雄。雙飛難再得，傷我寸心中。（〈雙燕離〉）

「雙飛令人羨」採比興手法，託喻李白在朝廷中，受君王重用，發揮一己長才，提供治政之見。「雙飛」摹寫雙燕同飛。[97]太白一生漫遊求干謁晉用，期許自己可以宏圖大展，但事與願違，曾在天寶年間供奉翰林，但被讒離京。詩篇首聯「令人羨」、「焚蕩」、「盡」、「巢」空、「憔悴一身」、「憶故雄」來呼應詩篇主旨——思君不得見。

由中文語法學言之，「飛」動作和狀態，「雙飛令人羨」反映觀察者之視覺空間感知。[98]觀燕雙飛，從語言與認知空間立場論之，時空景象是以觀察者為中心摹寫，是一以自我為中心的參照系。[99]此呈顯太白眼中關注君王與大臣之互動和共事，這君臣共事以雙燕飛來喻擬和託諭，「令人羨」指詩人內心欲求之境而不可得，詩末「傷我寸心中」摹寫詩人不得重用之境而心傷。「飛」是一動作，「雙飛」

---

[96] 同上註，頁 100。

[97] 參見詹鍈：《李白全集校注彙釋集評》，冊二，卷四，頁 522。

[98] 參見呂叔湘：《中國文法要略》，頁 58-58。

[99] 參見 Stephen C. Levinson 著，齊振海導讀：《語言與認知的空間》，頁 30-31。

是互動過程，呈現的景象是經由觀察者之選擇和剪裁，在心裏形成的一種景象，太白將此一景象用語言表現出來，因此，這動態時空景象，是和詩人之情思合而為一的。

試取詩篇論析之：

> 八荒馳驚飈，萬物盡凋落。浮雲蔽頹陽；洪波振大壑。龍鳳脫罔罟，飄颻將安托？去去乘白駒，空山詠場藿。(〈古風五十九首之四十五〉)

「飄颻將安托」喻指君子解脫了牢獄之災，飄颻空虛一身，如落葉般，無所依歸，沒有人生方向。篇首「八荒馳驚飈」摹寫八方廣闊之地捲起了暴風，「萬物盡凋落」喻指因安祿山之亂，京城各地因此凋弊零落。因參與永王李璘幕府被捕入獄，後經御史中丞營救而出獄，隨即因朝廷迫害而離開逃難，這一遭遇，令人心驚而惶恐，境遇堪憂孑然一身的詩人，失去人生重心，飄飛無根，不知何處是依歸。此處之飄飛尋求人生去向，飄零無依之情，貫穿全詩。

試析詩篇為例，如下：

> 館娃日落歌吹深，月寒江清夜沉沉。美人一笑千黃金，垂羅舞縠揚哀音。郢中白雪且莫吟，子夜吳歌動君心。動君心，冀君賞。願作天池雙鴛鴦。一朝飛去青雲上。(〈白紵辭三首之二〉)

「一朝飛去青雲上」摹寫與君王作一對天池鴛鴦，有朝一日可飛上青雲一步登天。詹鍈注云：「美人與君，願作天池鴛鴦雙匹不離，一

朝比翼，飛去青雲之上，樂以偕志，而不為世人之妄求也。」[100]全
詩寫館娃宮中美女為吳王夜以繼日歌舞之情景，詩人純以觀賞角
度，將眼前之景摹寫下來，表現視覺、繪畫之空間感知。詩篇首聯
「館娃」和「清江」為定點和線狀一度空間感知，呈現了現實中皇
宮美女和吳王相處作樂之實際空間景象，繼而摹寫美女吟唱俗曲，
不選高雅〈白雪〉音樂，透露吳王不識音律之優劣，只是純娛樂打
發時間而聆聽，反映在宮中美女的心中，上位者識才之能力不足，
暗中透露了詩人對於君王無法重用人才之批判。就中文語法立場言
之，「一朝飛去青雲上」採用了「去」和「上」，皆為中文詞類中限
制詞（副詞），呂叔湘著：《中國文法要略》云：「（輔助詞）可以幫
助實義詞來表達我們的意思。」其意義較空，虛不是沒有意義，[101]輔
助詞中的限制詞（副詞）類別有「方所限制：這裏、那裏。……時
間限制：今、昔、先、後……。動態、動相限制：來、去、上、下……。」[102]
皆可輔助實義詞——動作、動相，使其動作狀態和趨向更為明晰。

　　從中文語法空間系統理論言之，齊瀘揚認為「動詞前後的名詞
都是處所詞時，方向就變成一個十分重要的概念了。」[103]「動態位
置」若要「變換動詞前後的處所詞的位置時，就要相應地更換表示
方向的方位詞。」[104]「上」、「下」、「來」、「去」皆是方向系統之用
詞，決定了動態景象中之位移方向，形塑一清晰之動態位置之表達。[105]
詩末聯「願作天池雙鴛鴦。一朝飛去青雲上」描繪宮中美女與吳王
成為一對鴛鴦，宮中美女之地位由歌舞作樂者，變成后妃之尊貴。

---

[100] 參見詹鍈：《李白全集校注彙釋集評》，冊二，卷四，頁 644。

[101] 參見呂叔湘：《中國文法要略》，頁 17。

[102] 同前註，頁 17-18。

[103] 按：此依齊瀘揚漢語之方向系統、形狀系統和位置系統間關係研究而論之。參見
　　齊瀘揚：《現代漢語空間問題研究》（上海市：學林出版社，1998 年），頁 18。

[104] 按：此據漢語動態位置之表格論之。同上註，頁 19-20。

[105] 同上註，頁 20。

在詩篇中,「青雲」託喻晉升妃后之尊貴地位。「飛去」表一由地面至天際青雲之人生地位轉變。「飛」是動相,摹寫宮中女子之地位由卑輕變為尊貴,在詩篇中,宮中美女之命運隨之飛上青雲而變化。這動態時空景象,託喻宮中美女或有才者,因受君王重視,人生地位由卑而尊之變化歷程。

從物理學相對論角度言之,詩篇之「飛去」、「青雲上」之連續性動態,呈顯了一人事物之過去、現在和未來,在詩意上,太白以觀察者之立場,將此歷程同時摹寫在詩句中,呈現在讀者眼前。[106]詩篇藉「飛去」蘊喻超脫人生困頓,地位由卑至尊之變化。

(四)寄寓思訊

試舉詩例分析:

> 去國登茲樓,懷歸傷暮秋。天長落日遠;水淨寒波流。秦雲起嶺樹;胡雁飛沙洲。蒼蒼幾萬里,目極令人愁。(〈登新平樓〉)

「胡雁飛沙洲」摹寫北來大雁飛在沙洲上。大雁飛翔於沙洲展現登樓眺望遠方之動態景象。詩篇次聯「天長落日遠」和「水淨寒波流」摹寫天空日景和水平面河流,以高度空間景象與平面景象,表現極目遊覽落日、寒波之天地四方之實景,詩篇參聯「秦雲起嶺樹」和「胡雁飛沙洲」取時空浮雲飄升、北雁飛翔兩則動相傳遞詩人在新平之地久待一段時間之情形。由靜景至動態景象,一方面呼應詩篇首聯「去國」已久;「懷歸」之情濃。詹鍈《李白全集校注彙釋集評》

---

[106] 按:此依佛克論愛因斯坦之時間和相對論之研究論之。參見佛克(Dan Falk)著,嚴麗娟譯:《探索時間之謎:宇宙最奇妙的維度》(*In Search of Time: journeys along a curious dimension*),頁 167。

云:「遙望秦地之雲起於嶺上之樹,胡雁來賓而飛於沙洲之間,極目蒼蒼,不知其幾萬里也」,[107]另一方面,四度時空動態景象呈現,視覺與肌肉等感官之感受,形成觀景者眼中之「行動空間,若以視覺代表所有觸覺等肌肉感官感覺,[108]」那麼觀察者就可以依人事物動相,同時投射在平面上,[109]摹繪出其動相之各種動態情況。物理學家朋加萊(Jules Henri Poincare, 1854-1912)認為「視覺乃與眼球運動有關的肌肉一起,僅在一瞥之下便足夠讓我們認識三維空間。外界對象的像,是被描畫在可以稱作二維(平面)度圖畫的網膜上面。但由於這些對象會動,而我們的眼睛亦然,所以等於從許多相異的觀測點來量取同一物體的各種透視圖,依次加以觀察。」[110]故觀察者看見動態四維時空畫面,藉著視網膜上一個一個的點,依次安排在平面(二度空間)之上,加以觀察。詩人觀察到自然人事物之動相,亦可由視網膜上捕捉的各個動態像的點,依序摹寫在詩句中,表現時空景象。動態之胡雁「飛」翔,呈現觀景者持續、一段時間的遊覽視點,「秦雲」、「胡雁」皆已遷移變換,[111]轉移至新方向,詩

---

[107] 按:此依詹鍈引朱諫注語論之。參見詹鍈 主編:《李白全集校注彙釋集評》,冊六,卷十九,頁 2982。

[108] 按:此據波安卡瑞(或譯朋加萊)對視覺等感官可以在平面(二度空間)呈現動態之論點。畢卡索引用物理學四度時空理論,運用在繪畫畫法中。參見亞瑟・朱勒(Arthur I. Miller)著,劉河北、劉海北譯:《愛因斯坦和畢卡索》(*Einstein, Picasso: space, time, and the beauty that causes havoc*),頁 162。

[109] 按:波安卡瑞(或譯朋加萊)認為「表象空間乃依其視覺、觸覺、運動的三種形相。」「就視覺來說,如果一件對象在我們眼前移動的話,我們就對著它作『目送』,適當地運動眼球來保持那個『像』在網膜的同一點上。」參見〔法〕物理學家朋加萊(或譯波安卡瑞)(Jules Henri Poincare, 1854-1912)著,盧兆麟譯:《科學與假說》(*La Science et l' Hypothese*)(臺北市:協志工業叢書出版公司,1970 年),頁 52-53。

[110] 同上註,60-61。

[111] 按:「秦雲」「胡應」之「起」與「飛」,描述了位置變化,呈現一段時間物象遷移和變化。參見佛克(Dan Falk)著,嚴麗娟譯:《探索時間之謎:宇宙最奇妙的維

人卻仍停駐在此，此目極所覽之景，勾起思鄉懷歸之情。

　　試看詩篇例子：

> 白苧夜長嘯，爽然溪谷寒。魚龍動陂水，處處生波瀾。天借
> 一明月，<u>飛來碧云端</u>。故鄉不可見，腸斷正西看。(〈遊秋浦
> 白苧陂二首之二〉)

「飛來碧云端」描摹天上明月飛至碧雲上。「明月」是三度高空景象，詩人用「飛來」之明月動相，傳遞詩人駐足此地觀月之一段時間。[112] 月亮飛移，表徵其動態遷移之速度感，明月動態之速度感，呈現詩人內心焦慮和急躁，透顯急欲還鄉之意旨，此句呼應詩篇末聯「故鄉不可見，腸斷正西看」，暗示詩人停駐該地已久，欲仍不見返鄉之時機，這份思鄉情急，夜夜思念，痛徹心扉。

　　從中文語法論之，「碧雲端」是一方位詞，指碧雲上此類方位詞屬方位標，儲澤祥《現代漢語方所系統研究》云：「方位標，即通常所說的方位詞，……方位標是非定域處所的形式標記。凡利用方位標構成的處所詞語一般都是非專名性的，方位標是一種語法標。」[113] 詩人以明月飛移至碧雲上方之動景，一方面呈現其思家鄉之情之時久，[114]另一方面透露其急欲返鄉之焦慮和不耐。

度》(*In Search of Time: journeys along a curious dimension*)，頁 143。

[112] 按：佛克引用愛因斯坦相對論云：「空間中的位置可以用三個數字顯示，而事件中的時刻則能用一個參考來描述。」明月飛移，呈現三度空間加一維時間動態之時空。參見佛克(Dan Falk)著，嚴麗娟譯：《探索時間之謎：宇宙最奇妙的維度》(*In Search of Time: journeys along a curious dimension*)，頁 182。

[113] 參見儲澤祥：《現代漢語方所系統研究》(武漢市：華中師範大學出版社，2003 年)，頁 7-9。

[114] 按：袁莉容等人認為動詞有時間上接續之意，袁莉容說：「語言學家研究動詞的內部時間結構已經有很長的歷史了。……從命題上研究動詞的時間性，稱為情狀類型。……動詞分為狀態、活動、終結三類。這分類方法是以動詞的內在時間特徵為

另一首詩篇例子，如下：

> 涼風度秋海，<u>吹我鄉思飛</u>。連山去無際，流水何時歸？目極
> 浮雲色；心斷明月暉。芳草歇柔豔；白露催寒衣。夢長銀漢
> 落；覺罷天星稀。含悲想舊國，泣下誰能揮？（〈秋夕旅懷〉）

「吹我鄉思飛」摹寫涼風拂過江海，吹動我心思欲飛歸家鄉。詹鍈
《李白全集校注彙釋集評》云：「此白客寓他方，思長安而作。言涼
風度海，攪動鄉思。山長水遙而不得歸。」[115]詩人先用「涼風度秋
海」之動景，摹寫站在江海邊的詩人觸感，觸感可引起人類時空的
感知，佛克《探索時間之謎》云：「所有物種中，人類最在意時間，
但所有的生物都會受到時間循環的影響，⋯⋯我們用某種方法從環
境中吸收大量且混亂的感官資料，組織成有意義的環境寫照；這幅
圖畫在時間中演化，也札根在時間裡。」[116]生物運用視覺感知，看
見二維的世界（一隻眼睛看到一個二維影像），但大腦會收集資料，
打造三維的影像，這就是我們感知到的。視覺感知也捕捉事物象之
持續動態，傳遞四維時空動態景象。[117]「鄉思飛」託喻思鄉情濃令
詩人急飛歸家，「飛」在此輔助詩人歸家之急切，轉為副詞，修飾動
詞形塑出詩人急欲回鄉之急切感。詩篇次聯「去無際」「何時歸」反
映詩人內心焦躁，自問自答，透露前途茫茫，失去人生方向，沒有
發揮的舞台，如同失根，不知飄泊向何方？不知何時才能返鄉。此

標準的。」詩句「飛」屬動詞類型之「活動」類。參見袁莉容、郭淑偉、王靜：《現
代漢語句子的時間語義範疇研究》，頁 110-111。

[115] 按：此依詹鍈引朱諫注語論之。參見詹鍈主編：《李白全集校注彙釋集評》，冊七，
卷二十三，頁 3458-3459。

[116] 參見佛克（Dan Falk）著，嚴麗娟譯：《探索時間之謎：宇宙最奇妙的維度》（*In Search
of Time: journeys along a curious dimension*），頁 22。

[117] 同前註，頁 289-290。

加深首聯思鄉之急切感，更進一步地摹寫出詩人久居此地，未能受重用，興發不如歸去之嘆。

　　試分析詩篇，如下：

> 青樓何所在？乃在碧雲中。寶鏡挂秋水；羅衣輕春風。新妝坐落日，悵望金屏空。念此送短書，願因雙飛鴻。（〈寄遠十二首之二〉）

「願因雙飛鴻」摹寫詩人書寫短信，希望雙飛鴻雁送我的思念給妻子。《文選》之《從軍》詩云：「袖中有短書，願寄雙飛燕」[118]詩人願託鴻雁飛翔，傳送短信給青樓中的妻子。「雙飛鴻」暗託詩人和女子分處二地孤單，詩人在遙遠外地，看著天上成雙之雁，加深一己形單影隻之孤獨感嘆，興發起昔日兩人共處歡樂回憶。「飛」是動詞，藉此動態雁飛之景來喻示快速和急切之思念情懷，在詩人心中，以鴿、雁等飛禽傳信，較人、馬之地面送信快速。故用一「飛」鴻之動詞表達詩人思妻子之急切。詩篇參聯「新妝坐落日，悵望金屏空」用了想像中妻子獨坐青樓望落日，日落後獨坐閨房之人物孤寂形象，詩人視角超越空間距離，接近至妻子表樓居處，以妻子孤寂的作息，喻示詩人內疚和不捨。篇末聯「念此送短書，願因雙飛鴻」據女子孤坐青樓之景，而急切地提筆寫信，捎去訊息，這女子思夫形象，與詩人援筆立就成信，急切雁飛送訊，二者形象結合立即產生一種感發，分處二地之丈夫和妻子心心相印，二者之間深切思情，依賴鴻雁飛翔，希望鴻雁快速傳遞彼此相思之訊息。這「飛」之動相，是滿懷思情之詩人所選擇，葉嘉瑩《迦陵說詩講稿》：「詩中意

---

[118] 按：此依詹鍈引《文選》論之。參見詹鍈主編：《李白全集校注彙釋集評》，冊七，卷二十四，頁 3650。

象和情意的關係是『以心託物』，是把滿懷激情託之於他所選擇的事物概念之中來表現。」[119]詩篇飛翔之動景，呈現詩篇二人穿越時空距離和思情急切之層次。

二　飛乘

　　太白紀遊詩篇以飛乘仙界使者景象，託寓李白超凡離世，晉昇為仙界一員之過程，言己求仙遊仙之願景；或以飛乘仙界使者喻尊貴之仙人援引，拔擢自己，一躍龍門，脫離塵世之困境。

　　以動態時空景致論之，飛乘仙界使者之景象，在詩中呈現一種時間歷程，或表示貴人援引過程；或指求仙成仙前一段時間經歷。是三度空間和一度時間之結合。這類動態飛乘之視覺景象，形塑了上昇、離開困境、新人生方向之浪漫奇特感受。

　　太白紀遊詩之飛翔和飛乘類十分多，所有動態時空景象次數七百九十六次，飛翔和飛乘動相景致次數為一百六十三次，[120]飛翔類之出現之次數，在動態景象中，占有比率百分之二十點五，出現比率很高。這可看出詩人常用空中飛之時空感知來描寫情思。

(一)騎乘龍、鸞、白鹿、鶴、雲、日、月、鴻達仙地
　　試舉詩篇分析：

> 鼎湖流水清且閑。軒轅去時有弓劍。古人傳道留其間。後宮嬋娟多花顏。乘鸞飛煙亦不還。<u>騎龍攀天造天關</u>。造天關。聞天語。屯雲河車載玉女。載玉女。過紫皇。紫皇乃賜白兔所擣之藥方。後天而老凋三光。下視瑤池見王母，蛾眉蕭颯

---

[119] 參見葉嘉瑩：《迦陵說詩講稿》，頁 88。

[120] 參見本文表二、表三、表四、表五之「飛翔」、「飛乘」與「飛來飛去」部份，次數有二十次；二十次；一一七次；六次，共有一六三次。

如秋霜。(〈飛龍引二首之二〉)

「騎龍攀天造天關」描寫後宮美女隨著黃帝騎龍到達天門。李白在詩篇中，摹寫飛翔的動態景象，除了個體可以輕舉身體，變換凡俗之移動方式，改採飛天，也創發奇想，以「龍」、「天龍」等仙界使者作為飛翔模式，雖然在字面上，「龍」不是動詞，「龍」是一飛翔模式。許慎《說文解字注》：「龍，鱗蟲之長，能幽，能明，能細，能巨，能短，能長。春分而登天，秋分而潛淵。」[121]龍之飛行能力和登天能力，是太白詩篇中，化為一種接引仙人飛達仙界之仙界使者。詹鍈《李白全集校注彙釋集評》云：「『飛龍引』者，古樂府魚龍六曲之一。此詞專言黃帝鼎湖丹成騎龍上昇之事。」[122]李白藉用此古樂府魚龍六曲之一，摹寫仙界使者與仙人飛行之過程，富有快和奇幻之氣息，但篇中構思「造天關」、「過紫皇」、「聞天語」等，創造了許多豐富、新穎的飛行時空，細膩陳述在飛行過程中，快速經過的地點「天關」、「紫皇」，呈現空中飛行之視覺經歷之種種景象，透露了乘龍者飛行，以及穿越，這飛和穿越，表現空中動態景象，有直向飛行；也有橫式飛越視覺之動態感。其次，「聞天語」描述飛行過程中聽覺感受，在仙界，飛行的人事物不必面對面說話，是可以邊飛邊聽天語，此一創想，符應近代物理學研究中，聲波和光波之速度感。柯爾《物理與頭腦相遇的地方》云：「在自然界中特別持續不斷的模式是我們稱為波的事物。……波一定是某種振盪。……（波）的成份不是『東西』，它是資訊的運動。……是運動中的資訊。光波及聲波載送聲音、文字及圖像走。」[123]在太白前衛極具創想之

---

[121] 參見〔漢〕許慎撰，〔清〕段玉裁注：《說文解字注》，頁 588。

[122] 參見詹鍈主編：《李白全集校注彙釋集評》，冊一，卷三，頁 372。

[123] 〔美〕柯爾（K. C. Cole）著，物理學家丘宏義譯：《物理與頭腦相遇的地方》（*First You Build a Cloud and Other Reflection on Physics as a way of Life*）（臺北市：天下

筆下，勾勒的飛行過程有著一派輕鬆、愜意、自由、天際八方任我行之氣氛，任意自由飛越許多定點，拜訪其他仙人，在飛乘龍之過程中，不時聽具聲波傳至，隨時可與其他仙人對話和傳話。此外，仙人乘飛龍時，不必擔心階級尊卑，可以飛至更高之天際，「下視瑤池見王母」，飛行者往下看西王母之視角，正是高度俯瞰之視野，呈現仙界之位階觀念開明，不拘塵俗凡人君臣規則，這是一種相對於民間塵世生活模式之摹寫。

試以詩篇分析，如下：

> 西岳崢嶸何壯哉！黃河如絲天際來。黃河萬里觸山動，盤渦轂轉秦地雷。榮光休氣紛五彩。千年一清聖人在。巨靈咆哮擘兩山。洪波噴箭射東海。三峰卻立如欲摧。翠崖丹谷高掌開。白帝金精運元氣，石化蓮花雲作臺。雲臺閣道連窈冥，中有不死丹丘生。明星玉女備灑掃，麻姑搔背指爪輕。我皇手把天地戶，丹丘談天與天語。九重出入生光輝，東來蓬萊復西歸。玉漿儻惠故人飲，<u>騎二茅龍上天飛</u>。(〈西岳雲臺歌送丹丘子〉)

「騎二茅龍上天飛」描述詩人和元丹丘飲玉漿，一起乘著二茅龍飛上天。騎茅龍飛天至仙境事，早為文史資料載，是求仙者津津樂道之飛天至仙界之模式，《列仙傳》云：「呼子先者，漢中關下卜師也。老壽百餘歲。臨去呼酒家老嫗曰：『急裝。當與嫗共應中陵王。』夜老仙人持二茅狗來至，呼子先，子先持一與酒家嫗，得而騎之，乃龍也。上華陰山，常於山上大呼，言：『子先酒家母在此。』」[124]對

遠見出版公司，2009年)，頁207-209。

[124] 參見詹鍈主編：《李白全集校注彙釋集評》，冊二，卷六，頁1030-1031。

於茅龍為天界使者載人上天境,是原本即有的飛行模式,朱諫注云:
「丹丘生之得仙術也如此,宜得天子之所見重。夫天子者,掌握乾
坤,開闢陰陽,與天地為一體,合水道之自然者也。爾丹丘生者,
善於談天,能知道化之原,識長生之訣,故得與天子相講論也。……
倘得仙館之玉漿,當與故人而同飲,各騎茅龍,飛昇雲路,長生於
雲臺之中。」[125]幻設一人一騎,騎茅龍而飛,在天際雲端上,自由
翱翔,升至仙界。詩篇中段「明星玉女」、「麻姑搔背」、「九重」、「東
求蓬萊」、「玉漿」,均為與飛天仙界有關之仙境人事物景,這些仙界
景象,透顯詩人在幻想中,享受成仙之快樂畫面,這與現實生活之
困境是相對的,詩篇有各式仙境自由自在之仙人世界,事實上,這
也是帶有詩人一些寄寓精神在其中。一方面以直筆方式鋪陳仙界,
另一方面,是借助飲用天仙藥方和乘茅龍之形式,來繫連幻境和現
實,通過騎乘茅龍等飛天模式,來表達其內心對現實困境不滿,與
無法突破之苦惱,以茅龍接引為媒介,帶領詩人開拓新的人生方向
和精神自由之理想世界。

　　試析詩篇為例,如下:

　　　　元丹丘,愛神仙。朝飲潁川之清流・暮還嵩岑之紫烟。三十
　　　　六峰常周旋。長周旋,躡星虹,身騎飛龍耳生風。橫河跨海
　　　　與天通。我知爾遊心無窮。(〈元丹丘歌〉)

「身騎飛龍耳生風」,正反映道家駕龍飛昇之說,《雲笈七籤》云:「昔
黃帝峨眉詣天皇真人、請受此法,駕龍玄昇。」[126]詩中雖描摹元丹
丘愛好神仙,朝飲潁水、暮還嵩山,可經常往返三十六峰之間,足

---

[125] 按:此依詹鍈引朱諫注語論之。同上註,頁 1031。
[126] 同上註,頁 1034。

可踏星虹等飛昇天際之種種高空動態視覺景象，但詩人這些視察描寫也建築在自我之修道求仙之仰慕上，自勉未來飛升仙境，也可遊遍無窮之境。若以道家說法，人可駕龍昇天，是晉升仙界之一過程，若求仙修為達到一定境界，必然可以「受此法」，而可以「駕龍」，此反映道家說法理論滲透詩人乘龍飛天成仙之時空想像思維。李白詳細敘述好友元丹丘可以一日，來回潁水與嵩山，其間相距遙遠，說明詩人仙境幻遊中，速度可以克服距離。從近代前衛的物理學時空理論言之，四度時空正以重組或重摺的方式使零度至三度空間成為一超立方體，只要由單一入口，即可以看到其他空間串連在一起，人們可以在極短時間同步出入來回各個空間，即使這些空間在三維世界中相距遙遠。物理學者加來道雄（Michio Kaku）《穿梭超時空》：「平面人可以透過他們不同的理解方式，來展示高等次元宇宙的部份現象。……從第四次元角度觀之，提爾的房子是一個開展的超立方體，可以重組成或重摺成一個超立方體。……如果有人踏入僅存的單一立體方體裡頭，他就會看到房間以令人難以置信的方法串連在一起。當提爾遊走在不同的房間裏時，其實已在不知不覺中，遊走於第四次元。」[127]在物理學四度時空理論中，時空可以重摺與重組，時空間可以疊合或平行，由一時空移至另一時空時，即可以輕鬆游移的模式，短時間往返許多三度空間相距遙遠之定點。詩篇「朝」至潁川，「暮」還嵩山；「常周施」在三十六峰；人可升至天上「躡星虹」等等快速飛移至各地，甚至三十六峰間可常往返，飛踏在星星之上，若由四次元時空摺疊、重組之理論來檢視，太白摹寫之飛移在仙境之速移動態景象，在近代物理學四度時空理論來說，應該算是一個十分新穎開創之時空觀念。

---

[127] 參見〔美〕物理學家教授加來道雄（Michio Kaku）著，蔡承志、潘恩典譯：《穿梭超時空》（*Hyerspace: A Scientific Odyssey Through Parallel Universes, Time Wraps, and the Tenth Dimensions*）（臺北市：商周出版城邦文化事業公司，2010 年），頁 103。

　　試析詩例為騎白鹿飛在仙境，如下：

　　　　群仙長嘆驚此物，千崖萬嶺相縈鬱。<u>身騎白鹿行飄颻</u>，手翳
　　　　紫芝笑披拂。相如不足誇鸑鷟，王恭鶴氅安可方？瑤臺雪花
　　　　數千點，片片吹落春風香。為君持此凌蒼蒼，上朝三十六玉
　　　　皇。下窺夫子不可及，矯手相思空斷腸。（〈酬房明佐見贈五
　　　　雲裘歌〉）

　　另見一詩例為騎乘鶴至仙界，如下：

　　　　木蘭之枻沙棠舟，玉簫金管坐兩頭。美酒樽中置千斛，載妓
　　　　隨波任去留。<u>仙人有待乘黃鶴</u>；海客無心隨白鷗。（〈江上吟〉）

　　另一詩篇為駕鴻飛在紫色天空，如下：

　　　　西上蓮花山，迢迢見明星。素手把芙蓉，虛步躡太清。霓裳
　　　　曳廣帶，飄拂昇天行。邀我登雲臺，高揖衛叔卿。恍恍與之
　　　　去，<u>駕鴻凌紫冥</u>。（〈古風五十九首之十九〉）

〈酬殷明佐見贈五雲裘歌〉「身騎白鹿行飄颻」指述詩人著裘衣後，
幻想可騎白鹿飄然而行，飛升上天朝拜三十六玉皇，將白鹿視為仙
界使者，詩人騎乘白鹿後，升天化身為仙界一員，在飛行動態景象
描寫上，詩人可任意上天下地，「上」朝見三十六玉皇，與天界仙人
們見面，此外，因乘白鹿在天飛行，「下」窺殷佐明而不得見，表露
一己離塵成仙之自由，與揮別過去塵世生活之思念。〈江上吟〉「仙
人有待乘黃鶴」就點明鶴是仙人在仙界騎乘之使者。詩人長驅直入，
就地直寫黃鶴樓記之神仙傳說。《輿地紀勝》云：「以為世傳仙人王

子安每乘黃鶴過此。」[128]仙人乘鶴之說已久，詩人據此直描，引用已有神話傳說。

〈古風五十九首之十九〉「駕鴻淩紫冥」同樣直描仙人乘鴻鳥飛天之神話，朱諫註李白詩云：「恍惚之間，相與駕鴻飛騰於紫霄之上。」此來自郭璞〈遊仙詩〉：「赤松臨上游，駕鴻乘紫煙。」[129]呼應詩篇末段「俯視洛陽川」，對乘鴻鳥飛天成仙後，仍然有下俯瞰地面，一方面作高空動態俯瞰視角描寫，另外，也對塵世抱有關懷和回顧懷念之情意。

(二) 攀龍飛躍上龍門

李白紀遊詩中述騎乘仙界使者，大多託喻仙界幻遊之景象，部分詩作將仙界使者「龍」和現實朝廷君王連結，形塑一種虛幻和現實遊移轉換之氣氛。

試舉詩篇分析：

> 昔攀六龍飛，今作百鍊鉛。懷恩欲報主，投佩向北燕。彎弓綠弦開，滿月不憚堅。閑騎駿馬獵，一射兩虎穿。回旋若流光，轉背落雙鳶。胡虜三嘆息，兼知五兵權。（〈贈宣城宇文太守兼呈崔侍御〉）

「六龍」喻指天子之六轡，何休《公羊傳注》云：「『天子馬曰龍，高七尺以上』稱車駕為六龍。」[130]詩人以攀乘君王六龍，欲上飛天

---

[128] 按：此據詹鍈引《輿地紀勝》語而論之。參見詹鍈主編：《李白全集校注彙釋集評》，冊二，卷六，頁 996。

[129] 按：詹鍈引朱諫注語與郭璞詩而論之。參見詹鍈主編：《李白全集校注彙釋集評》，冊一，卷二，頁 107。

[130] 按：此依詹鍈引何休《公羊傳注》論之。參見詹鍈主編：《李白全集校注彙釋集評》，

際，從此飛黃騰達，將仙界使者龍飛天際，託喻現實中一己欲追隨君王，登上朝廷尊貴之位，施展長才。

再取詩篇析論，如下：

> 與君各未遇，長策委蒿萊。寶刀隱玉匣，鏽澀空莓苔。遂令世上愚，輕我土與灰。<u>一朝攀龍去</u>，鱠鼊安在哉？故山定有酒，與爾傾金罍。（〈酬張卿夜宿南陵見贈〉）

「一朝攀龍去」之「攀龍」喻指君象。朱諫注李白詩云：「龍，君象也，扳龍者，近君也。」[131]詩中以張卿和李白共遭不遇之境，來摹寫寄望未來可以獲得君王重用之機會，則可「萬古騎辰星，光輝照天下」，但此時之際遇仍需沈潛，修道自持充實自己，等待近君王之時，「攀龍」飛天，有所發揮，躍上朝廷輔佐君王，建立功業，榮躍天下。此可說是藉龍飛仙境之神話傳說，託喻現實生活仕宦際遇。

第二節　起落與上下昇降天地間

太白詩篇視覺景象藉物體形狀之動狀，來傳達詩人內心情意，或運用明喻；或隱喻；或象徵，這些寫作手法目的「乃是於把一些不可具感的概念，化成為可以具感的意象。」[132]甚至是不方便言傳的概念，運用比喻方式，成為具象而可意會形態。詩歌是一種美文，其組織結構十分精密，作為一種如此精鍊的文學體裁，其中題材意象、用字、詞組、句組、修辭、謀篇等之安排運用，更是緊密相連繫。詩人有意識地選擇和經營，使詩篇謀篇章法、意象、題材景象，

冊三，卷七，頁 1184。

[131] 參見詹鍈主編：《李白全集校注彙釋集評》，冊五，卷十六，頁 2682。

[132] 參見葉嘉瑩：《迦陵說詩講稿》，頁 118。

呈顯工巧和精美之語言藝術表現。這些皆為詩歌形式上風貌。一般
論及詩歌之優劣的層次，除了詩篇形式風貌外，詩人在詩篇形式中
融注之情意、內容、每一字詞句組景象之作用和質量，也是十分重
要，甚至更為一段詩學批評重視的。[133]詩篇中運用具體動態之物象
為喻者，往往並非只是單純的寫景、並非單純抒情與敘事，這些詩
歌物象是詩人蘊育多時，心海中意念活動之狀態和心境。大致說來，
這些沈浮在太白心海中之狀態和心境，是源自其人生際遇、生活環
境、理想、對天地萬物思考。詩篇景象間皆因詩人心境與狀態而產
生融貫，以及深摯情意之投射，使詩中所寫之起落、上下、昇降等
動景成為李白感情與意志的表徵。

　　太白紀遊詩之動態視覺時空感知，不僅是由其遊覽時眼前所見
之實際景物所刺激影響的，詩人筆下的視覺景象之來源可以是來動
態自畢生經歷，〔美〕心理學家魯道夫‧阿恩海姆（Rudolf Arnheim,
1904-1994），說：「形狀不僅是由當時刺激眼睛的東西決定的，眼前
的經驗從來都不憑空出現的，它是從一個人畢生所獲取的無數經驗
中發展出來的最新經驗。因此，新的經驗圖式，總是與過去曾知覺
到的各種形式的記憶痕跡相聯繫。」[134]

一　起落

　　太白詩篇摹寫起落之動態景象，用物態起落表徵詩人未受君王
拔擢之苦悶；或人生容華漸逝之悲嘆；或以萬物興衰言時光流轉等。

　　據動態視覺景象種類論之，起落之動相指在詩篇中摹寫物態在
空中興起繁盛，或飄落凋零之狀，是一具高度空間與動態時間組合，
在物理學相對論立場，此為三次元空間和一維度時間之結合。因詩

---

[133] 同上註，頁 110-111。

[134] 參見〔美〕魯道夫‧阿恩海姆（Rudolf Arnheim）著，滕守堯、朱疆源譯：《藝術
　　與視知覺》（*Art and Visual Perception*），頁 58。

中表現之動態起落物象，常與現實中人類經驗的興盛、高昇地位，
與衰弱、未受拔擢之困境之感官感受切合，讓讀者因起落之動相物
態，產生人生際遇相同之悲喜起伏情緒流瀉。

　　李白紀遊詩描摹起落，上下和昇降之四度時空景象者，其次數
亦超過一百次。這三類列為同一節，因其動態趨向相關相近。起落、
上下、昇降類景象次數，在古風一百五十九首作品中共有十七次，
單純起落類景象為十一次。[135]在樂府詩一百四十九首，中三項次數
總計是十五次，單純起落類為十三次。[136]在古近體詩七百七十九首
中，三類次數總計是一百四十一次，單純起落類是九十七次。[137]在
詩補遺六十四首中，三項總計是九次，單純起落類是六次。[138]三類
起落、上下、昇降所有次數共計為一百八十二次，在所有動態景象
摹寫中，可謂不少，但三者分別視之，皆較飛翔類一百六十三次少。
單純起落之出現次數為一百二十七次。此依太白擅長之空中起落時
空感知，來解析詩篇情感和意蘊。

（一）人才凋零抱負未展

　　首先試析詩篇為例：

> 青春流驚湍，朱明驟回薄。不忍看秋蓬，飄揚竟何託光風滅
> 蘭蕙，白露灑葵藿。美人不我期，<u>草木日零落</u>。

---

[135] 參見本文表二：李白古風紀遊景象種類分布。「上下」、「升降（昇降）」、「起落（出
沒）（飄落）」，計有四次；二次；十一次，總共十七次。

[136] 參見本文表三：李白樂府紀遊景象種類分布。「升降（昇降）」、「起落」，計有二次；
十三次，總共十五次。

[137] 參見本文表四：李白古近體詩紀遊景象種類分布。「升降（昇降）」、「起落（出沒）
（飄落）」、「上下」，計有四次；九十七次；四十次，總共一百四十一次。

[138] 參見本文表五：李白詩補遺紀遊景象分布。「上下」、「升降（昇降）」、「起落（出
沒）（飄落）」，計有一次；二次；六次，總共九次。

（〈古風五十九首之十九〉）

「草木日零落」以草木日漸凋零言懷才而見棄於世也。《漢語大辭典》云：「落，使下墜；使下降，……從高處到低處。」[139]從中文語法來看，「落」是一動詞，描摹由高處至低處之動態活動過程。[140]朱諫注李白詩云：「看不我知，歲又晚矣，草木零落，而景物變矣，功業無聞，豈不可悲也夫！」[141]點出了草木凋零，葉木漸枯，由枝頭高處掉至低處地面，寫出景象高至低之動態變化，植物下落，同時也勾勒起視景者心海中意念活動，反映太白自己不受君王重用，君王賜金放還之遭遇，正相似一己人生由高峰落入谷底。而詩人之懷才不遇，時不我用，感嘆老將至矣之情也含蘊其間。

試舉詩例解析，如下：

> 未洗染塵纓；歸來芳草平。一條藤徑綠；萬點雪峰晴。地冷葉先盡；谷寒雲不行。嫩篁侵舍密；古樹倒江橫。白犬離村吠；蒼苔上壁生。穿廚孤雉過；臨屋舊猿鳴。<u>木落禽巢在</u>；籬疏獸路成。拂床蒼鼠走；倒篋素魚驚。洗硯修良策；敲松擬素貞。此時重一去；去合到三清。（〈冬日歸舊山〉）

「木落禽巢在」描繪舊山荒涼之景，樹葉凋盡，鳥巢仍在，形成一個完全沒有生氣的荒野。「葉落」象徵生命衰退，也反映詩人視點由高而低。

從中文語法言之，袁莉容等《現代漢語句子的時間語義範疇研

---

[139] 參見漢語大詞典編輯委員會、漢語大詞典編纂處編纂：《漢語大辭典》，第九卷（上海市：漢語大詞典出版社，1994 年），頁 480。
[140] 參見呂叔湘：《中國文法要略》，頁 16。
[141] 參見詹鍈主編：《李白全集校注彙釋集評》，頁 236。

究》:「動詞表示人與事物的行動變化狀態。動詞的詞匯意義決定了
它具有時間性,⋯⋯動詞分為狀態、活動、終結三類。這種分類方
法是以動詞的內在時間特徵為標準的。」[142]葉子之高而低之動態特
徵,表現一段植物由興盛繁茂、具有生命力,而至枯萎葉凋落、死
亡之時間歷程,傳神地捕捉住植物興衰之時期,「禽巢在」承接上意,
透露另一股生機。此處展露的是大自然生命運轉之歷程,也代表詩
人在理想落空之際,雖曾因不遇之際遇傷心失落,但仍持有一線生
機,沈潛修煉一己品格情操,以便將來再次尋求攀升人生另一次高
峰之機會。

試析詩篇例子,如下:

> 去國客行遠;還山秋夢長。梧桐落金井,一葉飛銀床。覺罷
> 攬明鏡,鬢毛颯已霜。良圖委蔓草;古貌成枯桑。欲道心下
> 事,時人疑夜光。因為洞庭葉,飄落之瀟湘。令弟經濟士,
> 謫居我何傷?潛虬隱尺水,著論談興亡。客遇王子喬,口傳
> 不死方。入洞過天地,登真朝玉皇。吾將撫爾背,揮手遂翱
> 翔。(〈贈別舍人弟臺卿之江南〉)

「因為洞庭葉,飄落之瀟湘」以葉落之動態視覺景象,託喻己之年
長而功業未成,如今漫遊四方,如同沒有根的洞庭葉飄零沒有定向。
朱諫解析太白詩云:「葉,取喻之辭。⋯⋯言我有長策,時不我用,
萎如蔓草,功業無所成矣。年日老而貌日衰,有若枯桑,無復榮華
之可望。⋯⋯以此飄零而不定,有如洞庭之葉,落於瀟湘波,悠悠
然羈滯逆旅,未有止居之所也。」[143]詩人捕捉客居他鄉,秋景凄涼,

---

[142] 參見袁莉容、郭淑偉、王靜:《現代漢語句子的時間語義範疇研究》,頁 110-111。
[143] 參見詹鍈主編:《李白全集校注彙釋集評》,冊四,卷十,頁 1731。

一己仍未建功業，空有能力但如洞庭湖之葉隨風飄蕩，失去人生方向。後聯則寫仍持希望，先沈潛等待時機「潛虯隱尺水」，持續「著論」保持對國家社稷關懷。詩人捕捉的是大自然一瞬間落葉之動態，由大自然在變化中呈現一份人生哲理，也映照詩人衰悼己之失意，顯示契我與大自然之動態變化共鳴，詩人與自然呈現形貌相似之情景交融感。

（二）容華將逝去之惆悵

試舉詩例，如下：

> 白馬誰家子，黃龍邊塞兒。天山三丈雪，豈是遠行時？春蕙忽秋草，莎雞鳴西池。風摧寒梭響；月入霜閨悲。憶與君別年，種桃齊蛾眉。桃今百餘尺，花落成枯枝。終然獨不見，流淚空自知。（〈獨不見〉）

「花落成枯枝」是以桃花落盡，僅餘空枝之景象，勾勒女子等待征夫感嘆時光流逝，容貌老去之情境。詩篇中聯「春蕙忽秋草」轉向一般春秋季蕙草謝盡而秋草生之景象，來託寓女子思夫孤寂觀覽景物，或許女子也是在等待丈夫歸來之佳音，忍不住地向外面張望觀看，但春夏過去，秋又至，屋子外面之景色因四季更迭，望穿秋水之女子，內心空虛傷神，詩篇筆峰一轉，由一般景物，轉向女子心海中記憶景象「憶與君別年，種桃齊蛾眉。」藉著回憶想像之桃樹景致捉當時女子青春快樂之時段，女子回憶的不僅是桃樹的高度和初長之繁茂，也追憶心海中那份快樂與對愛情期待。後聯「桃今百餘尺，花落成枯枝。」反轉了前聯的美好景致，「花落」人老珠花，「枯枝」人形單影隻，這動態之景象變化，反映女子人生際遇，愛情婚姻之不順，長期枯等與失望，只能「流淚」而無法言說。

試舉詩篇分析，如下：

本作一行書，殷勤道相憶。一行復一行，滿紙情何極？瑤臺
有黃鶴，為報青樓人。朱顏凋落盡，白髮一何新！自知未應
還，離居經三春。桃李今若為，當窗發光彩。莫使香風飄，
留與紅芳待。（〈寄遠十二首〉）

「朱顏凋落盡」表現出人與自然間動態景致的結合，「朱顏」指紅顏
女子，此指妻子。「凋落盡」喻寫朱顏衰老之意，許慎《說文解字注》：
「凋，半傷也。」「二指霜者，傷物之具。」[144]詩人以女子思夫心傷
容顏憔悴之形象，結合繁花落盡衰落之景，詩人將人容顏與自然盛
衰之動景巧妙結合，以示女子覽景人事理之心路歷。從「桃李今若
為？」直至「留與紅芳待」等，乃是由遊覽景致過程中，見桃李春
開，花香飄散之自然景致，託喻希望女子等待征夫返家，不要放棄，
這亦表現了一種人與動態變化融合為一之摹寫法。詩篇中的景，並
非純由觀景摹景而來，是取植物花落之動相，與女子紅顏逝去貼合，
這是一種因形態相似而託喻之摹寫方式。

從中文語法言之，「落」是動詞，指稱由高處至低處之動態景，[145]
據上下字詞組合關係，「凋落」則以「凋」傷物、半傷之字眼修飾「落」，
形塑出因傷心而紅顏衰老之故，貼合紅花落之動景，此處的「落」
之動相產生了悲傷之氣氛。

詩人取用花凋之動景，並非恰巧眼見而手記，而是取自歷來心
海中之意念和觀覽經驗，藉由過去數十年來漫遊生活，詩人選擇最

---

[144] 參見〔漢〕許慎撰，〔清〕段玉裁注：《說文解字注》，頁576。

[145] 參見漢語大詞典編輯委員會、漢語大詞典編纂處編纂：《漢語大辭典》，第九卷，
頁480。

貼合、適切之動態視覺形象，摹寫一段情意。[146]

　　從物理學相對論論之，「花落」乃是一段由高處至低處之變化過程。佛克《探索時間之謎》云：「時間跟變化的關係密不可分。……物理學家覺得時間和空間是一個巨大的區塊，其中的過去和未來具有平等的地位。……我們用某種方法從環境中吸取大量且混亂的感官資料，組織成有意義的環境寫照，但周圍事物的寫照會不斷改變；這幅圖畫在時間中演化，也札根時間在裏。」[147]由花落之動景展現詩人觀景時意識體驗之基礎，這就是一段時間的回聲，詩人之視覺意識之體驗即是時間，也託寓一段女子由青春至自傷衰老的時間歷程。若就花朵由高空落下之時段，以四維時空的觀點來檢視，「空間是可以用三個數（座標）x、y、z 來描述一個（靜止）點的位置」包含長寬和高度。再加上一個時間值 t。[148]來描述一個四維時空運動狀態之連續體（four-dimensional space-time continuum）。[149]花落下之動態，與人容華逝去，對於「世界」（world）而言，皆為一段動態之景象變化歷程。採取物理學觀念來描述自然天文事實，在某一些範圍上，「它是產生在我們意識中的影像的一種語言。」可代表真實的一種趨勢，「在日常生活和詩詞中也有相類似的使用。」[150]

　　試舉詩例論析之：

---

[146] 參見〔美〕魯道夫・阿恩海姆（Rudolf Arnheim）著，滕守堯、朱疆源譯：《藝術與視知覺》（*Art and Visual Perception*），頁 58-59。

[147] 參見佛克（Dan Falk）著，嚴麗娟譯：《探索時間之謎：宇宙最奇妙的維度》（*In Search of Time: journeys along a curious dimension*），頁 18、19、21、22。

[148] 參見愛因斯坦（Albert Einstein）著，李精益譯：《相對論入門》（*Relativity: the special and the general theory*）（臺北市：臺灣商務印書館，2011 年），頁 35-36。

[149] 按：此據閔可夫斯基（Hermann minkowski，1864-1909，德國數學家、物理學家家）四維時空論之。同上註，頁 35。

[150] 參見物理學家韋納爾・卡爾・海森堡（Werner Karl Heisenberg 1901-1976）著，周東川、石資民、黃銘欽合譯：《物理與哲學》（*Physics & Philosophy: The Revolution in Modern Science*），頁 118-120。

憶昨東園桃李紅碧枝，與君此時初別離。金瓶落井無消息，
令人行嘆復坐思。坐思行嘆成楚越，春風玉顏畏銷歇。<u>碧窗
紛紛下落花</u>；青樓寂寂空明月。兩不見，但相思。空留錦字
表心素，至今緘愁不忍窺。(〈寄遠十二首之八〉)

「碧窗紛紛下落花」一聯刻劃碧窗前春花紛紛飄落之狀。從兩人當
初分別之情景、別後相思，到妻子見落花自傷紅顏衰老，全是以物
態景象託喻情思。詩篇首聯與次聯「東園桃李紅碧枝」、「金瓶落井」
呈現女子因內心情感，截取視覺意識中的影像，結合後而產生詩句，
這是「比」的手法，展現女子內心之感情，經選擇物象作為比喻。
詩篇四聯「碧窗紛紛下落花；青樓寂寂空明月」採用一動一靜之景
象對比，動相之「落花」描摹花自高處至低處之動態過程，[151]從中
文語法理論言之，「下」是輔助動詞之輔助詞，屬副詞。在限制詞種
類中，「下」呈現方向，而且具有動態之方向性。[152]「下落花」之排
列或可還原為花落下，摹寫花朵飄動之方向。

　　從中文語法空間理論言之，「下」字是帶有方位之意涵，是「方
位標」，即指方位詞，在語法學中，「下」為非定域處所的形式標記，
也具有泛指性。[153]詩句採用「落」與「下」，摹寫物態由高處至低處，
強調向下之動態趨向，這可見句著重的是衰敗之動態過程，「落」與
「下」對花而言，正代表由盛而衰，也就是一段時間的消逝，如果
女子與丈夫快樂生活，不會長時間關注花朵落下，詩篇正因有此女

[151] 參見呂叔湘：《中國文法要略》，頁 16。
[152] 按：此據呂叔湘之詞類研究，「下」可列為輔助詞中動態動相限制之類。同前註，
　　　頁 17。
[153] 按：此據儲澤祥之方位處所語法研究而論之。參見儲澤祥：《現代漢語方所系統研
　　　究》，頁 5-9。

子孤寂等待丈夫，二人別時久遠，女子一直守在一處等候，同樣花朵，由繁盛至衰落，長時間之花期，女子皆看在眼中，故「下落花」與「青樓寂寂」女子等待之處所結合。

　　從物理學觀點，「運動」（動態）就是一段時間內的位置變化，[154]佛克（Dan Falk）說：「從相對的角度來看，時間和組成宇宙的物體並非毫無關係。事實上正好相反：有形的物體和動作就是定義時間流動的因素。我們或許會認為這個想法比較接近真正的體驗：人類『看不見』時間，就像我們看不到空間。我們只能察覺到時間中的事件和空間中的物體。」[155]

（三）春秋旦夕時光流轉

　　首先分析詩篇例子，如下：

　　　　落日欲沒峴山西，倒著接䍦花下迷。襄陽小兒齊拍手，攔街爭唱白銅鞮。傍人借問笑何事。笑殺山公醉似泥。（〈襄陽歌〉）

另見一首詩例取日落之景致，如下：

　　　　天上白玉京，十二樓五城。仙人撫我頂，結髮受長生。誤逐世間樂；頗窮理亂情。九十六聖君。浮雲挂空名。天地賭一擲，未能忘戰爭。試涉霸王略；將期軒冕榮。時命乃大謬。棄之海上行。學劍翻自哂；為文竟何成？劍非萬人敵；文竊四海聲。兒戲不足道，五噫出西京。臨當欲去時。　慷慨淚

---

[154] 按：此據佛克對時間維度之研究。參見佛克（Dan Falk）著，嚴麗娟譯：《探索時間之謎：宇宙最奇妙的維度》（*In Search of Time: journeys along a curious dimension*），頁 143-144。

[155] 同前註，頁 145-146。

沾纓。嘆君倜儻才，標舉冠群英。開筵引祖帳。慰此遠徂征。鞍馬若浮雲，送余驃騎亭。歌鐘不盡意，<u>白日落昆明</u>。（〈經亂離後天恩流夜郎憶舊遊書懷贈江夏韋太守良宰〉）

〈襄陽歌〉「落日欲沒峴山西」摹寫太陽將在峴山之西落下，當年山公倒戴著白頭巾在花叢花飲酒醉倒。「落日」為晉朝山簡由天明至日落峴山，終日飲酒之形象。太陽由峴山東方朝向峴山西方落下，這是一段由日出至日落的飲酒形象。詩篇取用日在天空中位置變化，表示詩篇角色一日間活動。此與〈經亂離後天恩流夜郎憶舊遊書懷贈江夏韋太守良宰〉「白日落昆明」相似，都表現由太陽在視覺上位置變化，產生時空流動變化的感知。

　　從物理學的觀點，人類感知時間和空間，正因視覺之視網膜與觸覺，這兩種感官感覺使人意識到空間和時間，物理學家朋加萊（Henri Poincare）說：「視覺乃與眼球運動有關肌肉感覺一起，僅在一瞥之下便足夠讓我們認識三維度的空間。」[156]物理學家愛因斯坦（Albert Einstein）在人類時空概念之研究部分提出：「時間本身並不可測量，理論上我是可以利用數字與事件做連繫，……我們習慣將不同人感覺相同的事視為真實，也就是客觀。自然科學，尤其是其中最基本的物理學，便是處理這麼感官知覺。……時鐘也是一種物體或系統，」又說：「事件本身具有物理實體，但它發生的空間點或時間點，並沒有物理實體。……兩事件的時間也沒有絕對的度量，不過時間和空間當中卻存在絕對關係。」[157]從物理學看，事件物象在三度空間中的運動遷移，是能為視覺和觸覺等感官捕捉，由

---

[156] 參見〔法〕朋加萊（Jules Henri Poincare, 1854-1912）著，盧兆麟譯：《科學與假說》（*La Science et l' Hypothese*），頁 61。

[157] 參見愛因斯坦（Albert Einstein）著，郭兆林譯：《相對論的意義》（*The Meaning of Relativity*），頁 1-2、23-24。

詩對日象在空中遷移觀察，正是表現時間之流轉。

又取詩篇為例：

> 雞鳴海色動，謁帝羅公侯。<u>月落西上陽</u>，余輝半城樓。(〈古
> 風五十九首之十八〉)

「月落西上陽」摹寫月亮下落至西上陽宮，月光照映著半個城樓。
以「月落」託喻公侯高官在朝中拜謁皇帝直到月落夜深，文武百官
才散朝。月亮沈落西上揚宮殿下，是一段時光表現，指出文武百官
與天子在朝中以一日一夜光陰共同商議國事。

另取詩篇為例：

> <u>木落識歲秋</u>，瓶冰知天寒。桂枝日已綠，拂雪淩雲端。弱齡
> 接光景，矯翼攀鴻鸞。投分三十載，榮枯同所歡。(〈秋日煉
> 藥院鑷白髮贈元六兄林宗〉)

「木落識歲秋」摹寫人觀察落葉，便知秋天到了。詹鍈《李白全集
校注彙釋集評》云：「見一葉而知歲之將暮。」[158]顯見觀察世界萬物
之變化與動態，藉空間物象位置改變，感知時間流動。

二 上下

李白詩篇描寫上下之動態景致，託喻詩人上天下地求索仙道；
或暗喻一己求君王重用之心情；或描寫上下四方開闊美景。

依動相視覺景象種類論之，「上」、「下」之動態於詩歌裏，傳達

---

[158] 參見詹鍈主編：《李白全集校注彙釋集評》，冊三，卷九，頁 1453。

高遠空間和動態時間之結合，或呈現虛擬上天下地之狀；或比擬內心求任用之孤苦。從物理學的觀點論之，這是三度空間與一維時間之組合。「上」和「下」可是動詞，也是動態動相限制詞，亦可為方所詞。[159]詩篇描摹自然景物，人類會將生命理想之追尋、內心情緒起伏等，結合動態之視覺經驗，藉此明喻或象徵一己情思。

　　太白紀遊詩描寫上下動態四維時空景致出現次數不少，在古風五十九首中，「上下」出現四次；[160]在近體詩七百七十九首中，「上下」占有四十次；[161]在詩補遺六十四首中，「上下」占一次。[162]上述共計四十五次。這比率在起落、上下、昇降類中排次居次。此據太白詩中「上下」動態與方位之時空景象，來論述其詩篇情意。

(一)上下求索仙道

　　試舉詩例論析之，如下：

> 西上蓮花山，迢迢見明星。素手把芙蓉，虛步躡太清。霓裳曳廣帶，飄拂昇天行。邀我登雲臺，高揖衛叔卿。恍恍與之去，駕鴻凌紫冥。俯視洛陽川，茫茫走胡兵。流血塗野草，豺狼盡冠纓。（〈古風五十九首之十九〉）

「西上蓮花山」表現太白登華山求仙，見到明星之玉女景象。這首詩呈現的是遊歷仙境之時空，詩人攀上蓮花山得見仙女，仙女持蓮花漫步在天上，霓裳衣帶在空中飄拂，呈現一昇天之景象。詹鍈主

編。《李白全集校注彙釋集評》云:「蓮花山,即西嶽華山。」[163]詩人上華山時所見仙女淩空而行之情景,詩人就讓我們隨著一路上升天境,與天界仙女淩空移動之情景同步,詩篇次聯與參聯「虛步躡太清」、「飄拂昇天行」呈現一仙女淩空移步、飄浮在天空中,寫仙人行徑與衣服揚起之動景,都好像詩人有意地眼觀仙人而追隨仙人上天去。

　　從中文語法論之,「上」歸屬於副詞(限制詞),幫助實義詞表達意義。[164]此外「上」在限制詞之外,「上」也是趨向動詞,可在句子中,做主要動詞。[165]在詩篇中,「上」摹寫登載之情況,表示由低處到高處[166]活動。詩人上華山,這一登上的動作,代表一段時間持續。[167]對太白而言,上仙山與仙人接觸。從物理學的理論之,「我們察覺時間中的事件和空間中的物體」[168]來達「求仙」之時間空間歷程。

　　試舉詩例分析,如下:

　　　一鶴東飛過滄海,放心散漫知何在?仙人浩歌望我來,應攀玉樹長相待。堯舜之事不足驚,自餘囂囂直可輕。巨鰲莫戴三山去,<u>我欲蓬萊頂上行</u>。(〈懷仙歌〉)

---

[163] 參見詹鍈主編:《李白全集校注彙釋集評》,頁 106。

[164] 參見呂叔湘:《中國文法要略》,頁 16。

[165] 參見呂叔湘主編:《現代漢語八百詞》,頁 16。

[166] 按:依《現代漢語八百詞》研究,「上」漢語拼音 Shang,可當動詞與趨向動詞。參見呂叔湘主編:《現代漢語八百詞》,頁 473-474。

[167] 按:此依佛克對時間研究而論之。參見佛克(Dan Falk)著,嚴麗娟譯:《探索時間之謎:宇宙最奇妙的維度》(*In Search of Time: journeys along a curious dimension*),頁 146-147。

[168] 按:此依佛克研究,「事件中的時刻則能用一個參考來描述」即為時間一維度。同前註,頁 146、182。

「我欲蓬萊頂上行」寫詩人離開塵世到蓬萊山上遊覽。此亦是喚起詩人欲求仙，成仙居於蓬萊仙山過逍遙自在的生活。「頂上行」指在蓬萊仙山上遊仙仙居生活。詩篇首聯「一鶴東飛過滄海，放心散漫知何在？」，以「飛」、「散漫」摹寫仙界使者鶴之行徑。而詩篇末聯「巨鼇莫戴三山去，我欲蓬萊頂上行」呼應首聯，詩篇首聯與末聯要表達的就是詩人嚮往神山上仙界仙人之自由和不受拘限，期望巨鼇不要移走神山，詩人立志求仙，上仙人遊居遊仙。詩中詩人沒有明說的是對現實社會的完全絕望，徹底厭棄，故欲在神山上遊仙行旅享受現社會中沒有的自由。葛景春注李白詩云：「此詩當作於李白的晚年，對仕途徹底絕望之時。」[169]詩人對現實仕宦之絕望，促使朝向尋索仙道之契機，藉登上神話傳說中的仙山、仙境，企圖受到仙人援引協助，成為仙界一員，進一步地在仙山上自由縱遊，在空間上，仙山山形態是三度空間景象，可自由遊行來去於神山上，呈現詩人遠離地面塵世，得到自由不受局限之理想境地。

試舉詩例分析，如下：

> 白日可撫弄，清都在尺尺。北酆落死名，南斗上生籍。抑予是何者？身在方士格。方術信縱橫，世途自輕擲。吾求仙棄俗，君曉損勝益。不向金闕遊，思為玉皇客。鸞車速風電，龍騎無鞭策。<u>一舉上九天</u>，相攜同所遊。（〈草創大還　贈柳官迪〉）

「一舉上九天」之「九天」指天之最高處。詩人提及「身在方士格」、「才術信縱橫」；顯然是李白對方術十分投入，自信對神仙方術通達，因為這一求仙才能，故「世途自輕擲」，此處「輕」字，不僅點

---

[169] 參見詹鍈主編：《李白全集校注彙釋集評》，冊三，卷七，頁 1219。

出太白對求仙道更具期待和抱希望，此外，也暗指原本汲汲仕宦追
求之途，也因求仙而放棄。「上九天」是詩人新人生目標，求仙之法，
首先要煉丹，經「十二周律曆」冶煉，可成為九還金丹，服食後可
升上天，故「白日可撫弄，清都在咫尺。」這一切治丹服食之目的，
即在「一舉上九天，相攜同所遊」，只要可輕身飛天，昇上仙境，自
由自在遨遊無邊天際。

　　從語法學言之，「上」是動詞，當登、載意。[170]此處登上九天，
不僅點出了太白超脫塵世，飛昇上天之最高處，也反映詩人立志求
仙，棄現實仕宦之路。「九天」表徵仙界，亦託喻新理想世界，「上」
是飛升之動態，象徵著由塵世至仙境之轉變過程，此一變動過程，
亦呈現一段時間維度。[171]

　　試舉詩例分析：

> 仙人騎綵鳳，昨下閬風岑。海水三清淺，桃源一見尋。遺我
> 綠玉盃。兼之紫瓊琴。盃以傾美酒，琴以閑素心。二物非世
> 有，何論珠與金！琴彈松裡風。盃勸天上月。風月長相知，
> 世人何倏忽！（〈擬古十二首之十〉）

「昨下閬風岑」以「下」摹寫仙人騎彩鳳，閬風山飛下來，到桃源
隱居地，拜訪詩人。

　　從中文語法言之，「下」是動詞，也是趨向動詞，表示由高處到
低處之動態。[172]這段仙人由高空飛下之過程，正為一位置改變，摹
寫仙人下凡的一段時間歷程。

---

[170] 參見呂叔湘：《現代漢語八百詞》，頁 473-474。

[171] 參見佛克（Dan Falk）著，嚴麗娟譯：《探索時間之謎：宇宙最奇妙的維度》（*In Search of Time: journeys along a curious dimension*），頁 182。

[172] 參見呂叔湘：《現代漢語八百詞》，頁 16、566、567。

(二)求拔擢抒孤絕

試舉詩例分析，如下：

> 少年落魄楚漢間，風塵蕭瑟多苦顏。自言管葛竟誰許？長吁
> 莫錯還閉關。一朝君王垂拂拭，剖心輸丹雪胸臆。忽蒙白日
> 迴景光，<u>直上青雲生羽翼</u>。幸陪鸞輦出鴻都，身騎飛龍天馬
> 駒。王公大人借顏色，金章紫綬來相趨。當時結交何紛紛？
> 片言道合惟有君。待吾盡節報明主。然後相攜臥白雲。(〈駕
> 去溫泉宮後贈楊山人〉)

另見詩篇例子：

> 金陵夜寂涼風發，<u>獨上高樓望吳越</u>。白雲映水搖空城；白露
> 垂珠滴秋月。月下沉吟久不歸，古來相接眼中稀。解道澄江
> 淨如練，令人長憶謝玄暉。(〈金陵城西樓月下吟〉)

〈駕去溫泉宮後贈楊山人〉「直上青雲生羽翼」提及「青雲」喻指君
王朝廷，「上」有登、載之意，詩人在此以動態由低處至高處之動相，
託諭受君王重用，晉升朝中大臣，若君提拔，詩人取「生羽翼」摹
寫內心高興如同兩脅生翅般。

詩篇中段「陪鸞輦」、「騎飛龍」反覆點出皇帝車乘與駿馬，若
可陪伴在君王身邊，為國家大事貢獻心力，那麼朝中大官也會認同
李白，「王公大人借顏色，金章紫綬來相趨。」這些「直上青雲」後
的富貴權位與環境皆是太白嚮往的，但努力多年仍無所獲，此一無
奈心情，詩首聯「風塵蕭瑟多苦顏」只有一人長吁短嘆，過著孤獨
的生活。詩首聯和詩篇中段，詩人純以落魄失意之苦悶形象，與受
君王拔擢，滿朝文武百官皆奉承之形象，作一前後對比；落魄和志

得意滿之心境對照，重點在流露詩人對於前者之自憐；對後者之自滿，這大落大起之心境，正反映太白自持己才高，對一己前途寄望無限希望，一再理想落空之下，詩人在詩篇中段，以「忽」字點出情境瞬間轉變，暗指當下之不如意，期待日後「白日迴景光」，「直上青雲生羽翼」悲求拔擢機會忽然降臨之心境溢於紙上。

〈金陵城西樓月下吟〉之「獨上高樓望吳越」則是前一首之對照，詩人「獨上」高樓，一人登上高樓眺望古來名士隱居之地江蘇和浙江。這是在苦尋不著仕宦機會的太白內心的痛，失去了舞台，失去君王重用之關照，失去發揮才能之可能性，更失去滿朝百官之奉承，這些痛苦，一再湧進詩人心中，詩人夜不能眠，詩篇首聯「金陵夜寂涼風發」展現深夜涼風浸人之時，輾轉難以入眠的太白，只有獨上高樓，以四方廣景來發散內心孤寂、知音難尋之痛苦。

試舉例子分析，如下：

> 美人贈此盤龍之寶鏡，燭我金縷之羅衣。時將紅袖拂明月，為惜普照之餘暉。影中金鵲飛不滅；<u>臺下青鸞思獨絕</u>。薰砧一別若箭弦，去有日，來無年。狂風吹卻妾心斷，玉筋并墮菱花前。（〈代美人愁鏡二首之二〉）

「臺下青鸞思獨絕」摹寫女子自喻如臺下青鸞相思丈夫獨自愁絕。「青鸞」色青，詹鍈《李白全集校注彙釋集評》：「罽賓王結置峻卯之山，獲一鸞鳥，甚愛之。欲其鳴而不能致，乃飾以金樊，享以珍羞，對之逾戚，三年不鳴。夫人曰：『聞鳥見其類知後鳴，可懸鏡以映之。』王從言，鸞覩影感契，慨焉悲鳴，哀響沖霄，一奮而絕。」[173]取鸞鳥需成雙成對，託喻美人臨鏡照己容華，雖衣飾華麗，寶鏡

---

[173] 按：此據詹鍈轉引《太平御覽》論之。參見詹鍈主編：《李白全集校注彙釋集評》

也經常拂拭，使其可清楚映照己容，但美人離開鏡台後，清楚地知道丈夫一別多年，不知何時回來，這妝台下的青鸞託喻了卸下外表的美人，捫心自問，內心愁緒仍隨著丈夫全無歸來音訊，而淚墮妝台下。「臺下青鸞」之形象傳遞美人又再次形單影隻之真實生活，這份孤獨和淒絕之愁思用「下」來呈現，從中文語法言之，「下」是由高處到低處之動態，亦是一趨向動詞；也可作為方位詞。[174]從改變方位之角度來看，青鸞原是光鮮亮麗，在丈夫離開後，孤獨美人即便擁有妝台鏡前美貌，或許仍保有自信，但失去人生中摯愛的人，又有何快樂和幸福可言？那鏡前之美麗也似乎不再重要了，這是一種心境的轉變，詩人藉由詩句「臺下」改變了位置，這一段青鸞由台上至台下之暗自垂淚，亦摹寫出一段美人心境轉向愁苦之時間歷程。

三 昇降

　　李白紀遊作品描寫昇降之動態景象，以物象昇降描繪李白心中對幻昇化仙之追求；或宵旦王宮之觀察等。

　　依動態視覺景象種類言之，昇降之動態指在詩歌中描寫人仙景象在空中上升；或自然天文物態在空中飄昇或降，是具高度空間和動態時間結合，在物理學相對論之理論，為一三度空間和一維時間之景象。詩篇作品之動態視覺空間感知，傳遞人類對生活或際遇的幻遊飄昇之奇幻感受貼合，使觀察者因昇降之動態物象，形塑虛實遊移、真實想像間轉換之境界氛圍。

　　詩人在詩篇中描繪「昇降」動態的四維時空景象，其出現次數，在古風五十九首中有二次；[175]在樂府詩一百四十九首中有二次；[176]在

　　冊七，卷二十四，頁 3707。
[174] 參見呂叔湘主編：《現代漢語八百詞》，頁 16、566、567。
[175] 參見本文表二：李白古風紀遊景象種類分布。「昇降」有二次。

古近體詩七百七十九首中計四次；[177]在李白詩補遺六十四首中計二次。[178]上述「昇降」動態景象出現次數總計是十次，昇降出現比率在起落、上下、昇降三類中，排序居第三。此依李白詩篇中「昇降」動態和方位之時空景象，來分析紀遊詩情意和思想。

(一)幻昇化仙

首先分析詩篇為例，如下：

> 黃山四千仞，三十二蓮峰。丹崖夾石柱，菡萏金芙蓉。<u>伊昔昇絕頂</u>，下窺天目松。仙人煉玉處，羽化留餘蹤。亦聞溫伯雪，獨往今相逢。採秀辭五岳，攀巖歷萬重。歸休白鵝嶺；渴飲丹沙井。鳳吹我時來；雲車爾當整。去去陵陽東，行行芳桂叢。迴谿十六度，碧嶂盡晴空。他日還相訪，乘橋躡綵虹。（〈送溫處士歸黃山白鵝峰舊居〉）

「伊昔昇絕頂」摹寫詩人登昇黃山山頂，可俯看天目山上青松。取在黃山仙人煉丹之處所託喻詩人攀登上黃山，取象黃山之高聳視覺景象，來描摹太白遐想昇登仙山，成為仙界一員。朱諫注李白詩云：「我曾登乎黃山之絕頂矣。山極尊崇。下窺天目，但見仙人煉日之處。湯泉沸溢，遺跡尚存，仙人羽化久矣，今不可得而見也。……此地棲真，亦我所願，我須有時而來，爾當整雲車以先往也。」[179]說明詩人昇至黃山之最高處，關照昔日仙人煉丹之地方，一方面透顯

---

[176] 參見本文表三：李白樂府紀遊景象種類分布。「昇降」有二次。
[177] 參見本文表四：李白古近體詩紀遊景象種類分布。「昇降」有四次。
[178] 參見本文表五：李白詩補遺紀遊景象分布。「昇降」有二次。
[179] 按：此依詹鍈引朱諫注語論之。參見詹鍈主編：《李白全集校注彙釋集評》，冊五，卷十四，頁 2308。

太白對仙人煉丹修煉嚮往之剖白，另一方面，詩人藉山之高遠位置，託喻一己與仙人仙境空間距離接近之意。詩篇中段「亦聞溫伯雪，獨往今相逢。採秀辭五岳，攀巖歷萬重。歸休白鵝嶺；渴飲丹沙井。」，以「歸休」、「渴飲丹沙井」來為成仙之路鋪陳，詩人描摹溫伯雪子[180]成仙之二步驟，首先隱居高山──黃山之白鵝峰，因高山高遠近天界，林木茂美，泉水甘甜，可以煉丹。第二步驟是煉丹。李白藉昇攀黃山，探訪仙人及其煉丹處，讚美溫伯雪子隱居高山煉丹化仙之目標，這也是太白對攀昇仙界之設想。「升」是上升，當動詞，從中文語法來看，「升」是屬於活動意義之動詞。[181]「昇絕鼎」是一及物動詞加上一個表示承受動作的事物之名詞，呂叔湘《現代漢語八百詞》云：「漢語動詞沒有『時』的分別，但有『態』的分別。」[182]詩人以高升黃山峰鼎來託諭昇上接近仙界地，高升向仙界之景狀。

　　試舉詩例分析之，如下：

> 胎化呈仙質，長鳴在九皋。排空散清唳；映日委霜毛。萬里思寥廓；千山望鬱陶。香凝光不見；風積韻彌高。鳳侶攀何及；雞群思忽勞。<u>昇天如有應</u>，飛舞去蓬蒿。（〈鶴鳴九皋〉）

「昇天如有應」敘述鶴在原野，因其才志出眾，亦是名聲四處傳揚，一旦升飛上天，自由翱翔在天際，離開塵世。「昇天」之「昇」作動詞，指飛昇活動，[183]以鶴質地超群，比喻有才志者，終有一日可一飛上天，脫離塵俗。

---

[180] 按：此依王琦注解論之。參見〔唐〕李白撰，〔清〕王琦輯註：《李太白集註》，，卷十六（臺北市：新興書局，1968 年清乾隆戊寅午聚錦堂原刻本），頁 266。
[181] 參見呂叔湘：《中國文法要略》，頁 16。
[182] 參見呂叔湘主編：《現代漢語八百詞》，頁 15-16。
[183] 參見呂叔湘：《中國文法要略》，頁 16。

試舉詩例分析，如下：

> 臥雲三十年，好閑復愛仙。蓬壺雖冥絕；鸞鳳心悠然。歸來
> 桃花巖。得憩雲窗眠。對嶺人共語。飲潭猿相連。<u>時昇翠微</u>
> <u>上</u>。邈若羅浮巔。兩岑抱東壑；一嶂橫西天。樹雜日易隱；
> 崖傾月難圓。芳草換野色；飛蘿搖春煙。入遠構石室；選幽
> 開山田。獨此林下意；杳無區中緣。永辭霜臺客。千載方來
> 旋。（〈安陸白兆山桃花巖寄劉侍御綰〉）

「時昇翠微上」描寫詩人登上青蔥的山氣繚繞的山峰。指出詩人攀
升之高山環境，再點出此高空之景，和仙山羅浮巔相似，《茅君內傳》
云：「大天之內，有地中之洞天三十六所。羅浮山之洞，周迴五百里，
名曰朱明曜真之天。」[184]詩人藉升登高山，接近天界，因愛仙，雖
仙境遠隔，一時無法到，但詩人從仙尋仙之志堅決，登升高峰之頂，
隱居修煉自持，期待一日可進入仙境。

從中文語法論之，「昇」是一動詞，「上」是一方位詞，[185]「昇
翠微上」詩人登升高峰之方位空間動態情狀自然顯現。

(二)宵旦日夜

試舉例分析之，如下：

> 姑蘇臺上烏棲時，吳王宮裏醉西施。吳歌楚舞歡未畢，<u>青山</u>
> <u>欲銜半邊日</u>。銀箭金壺漏水多，<u>起看秋月墜江波</u>。東方漸高
> 奈樂何！（〈烏棲曲〉）

---

[184] 按：此依詹鍈引《茅君內傳》論之。參見詹鍈主編：《李白全集校注彙釋集評》，
冊四，卷十一，頁 1883。
[185] 參見儲澤祥：《現代漢語方所系統研究》，頁 7-8。

「青山欲銜半邊日」與「起看秋月墜江波」之「銜」和「墜」,皆為動詞,摹寫青山銜下半個太陽,以擬人法表達太陽降沒入青山中,這動態物象位置變化表達一日時光之流逝。愛因斯坦認為四維時空可證明過去和未來的事件就跟現在的事件一樣「真實」,時間的概念,因人類主觀地感覺到時間流動,使人們產生印象,判斷某件事較早發生,另一件事較晚發生。[186]

　　詩人讓讀者隨其物象移動的視覺感知之安排,穿越古今間距離,由「銜半邊日」與「秋月墜江波」之日降和月落之物象變化,摹寫日暮之時光流轉,襯出日夜通宵王宮之荒淫生活。

第三節　出入來去及橫越虛實中

　　李白紀遊詩視覺空間感知,以真實動態移動景況來表達詩歌情意。這些詩歌情思來自詩人真實情緒、人生際遇、理想、夢境等。葉嘉瑩《迦陵說詩講稿》云:「最好的、最能感動人的詩篇是詩人從自己的喜怒哀樂,從自身的體驗所寫出來的。……好的詩人有敏銳的感受能力,有豐富的聯想的能力。」[187]甚至他以一種狂想和幻想的空間視覺感知,來傳遞真誠情意。詩情與詩篇中時空關係是十分緊密的,黃永武《中國詩學‧設計篇》云:「中國詩裏的情,往往高度複雜而縱橫鉤貫於時空之中,藉自然時空的推移而忽隱忽現。」又云:「研究的時空設計,在中國詩歌裏特別重要。」[188]詩篇時空感知表現方式,即是詩人觀察自然現實物象活動或記憶想像中物象變

---

[186] 按:此據佛克引述愛因斯坦時空論點。參見佛克(Dan Falk)著,嚴麗娟譯:《探索時間之謎:宇宙最奇妙的維度》(*In Search of Time: journeys along a curious dimension*),頁 183。

[187] 參見葉嘉瑩:《迦陵談詩》(臺北市:三民書局公司,2010 年),頁 97。

[188] 參見黃永武:《中國詩學‧設計篇》(臺北市:巨流圖書公司,1999 年),頁 43。

遷，詩人藉此形象在詩篇中傳情達意。視覺中和腦海中浮現之物象變化，從藝術視覺心理學論之，皆為物理力的運動、擴張、收縮或成長等活動，才把自然物的形狀創造出來。[189]〔美〕藝術心理學教授魯道夫・阿恩海姆（Rudolf Arnheim）說：「將物理力轉化為視覺力。」又云：「從靜態的自然物中也可以知覺到強烈的運動。這一現象是由下述事實造成的：這些自然物的形狀多半是物理力作用之留下的痕跡。」[190]

　　從中文語法觀點論之，詩篇以物象移動景況來託喻詩情，物象動態之種類，包含飛翔、起落、上下、昇降等，還有出入（出進）、來去、橫越之動態視覺景象。「出入（出進）、「來去」、「橫越」，在語法學中除當作動詞外，亦屬趨向詞一類，語言學研究者李斌說：「（趨向詞）在現代漢語中具有獨特的特點，用法特別，可以直接放在動詞後作補語，形成動趨式，形式多樣，意義靈活，所以對動趨式的研究一直倍受眾多學者的重視。」[191]又云：「趨向詞『進、出』以及複合趨向詞『進來、進去、出來、出去』，本文統稱為『進、出』類趨向詞，作補語時統稱為『進、出』類趨向補語，把『進、出』類趨向詞與動詞一起叫『進、出』類動趨式。」在中文語法之領域，出入（出進）、來去等可展現人事物態之動作、趨向、方向表示，是動詞、趨向詞、動態關係詞。呂叔湘《中國文法要略》云：「『進』、『出』等等，本來是動詞，用在別的動詞和方所詞之間，又成了關係詞。不知方所詞合用而單獨黏附在動詞之後，這些字又有示動作

---

189 參見〔美〕魯道夫・阿恩海姆（Rudolf Arnheim）著，滕守堯、朱疆源譯：《藝術與視知覺》（*Art and Visual Perception*），頁 590。

190 同前註，頁 590。

191 參見李斌：《含『進、出』類趨向詞的動趨式研究》（上海市：上海師範大學語言學及應用語言學所碩士論文，2005 年），頁 1。

的趨向或勢力的作用。」[192]此類動態形象表徵，在詩篇中，往往鋪陳空間和時間之動景，重視詩人心海中視覺時空感知。在李白紀遊詩中，讀者可以從中看到移動的自然物，皆為以往或現今發生之人事物象之景況，反映李白眼睛依據這些現實或心海中物體景狀之活躍的力和張力，直接感知得到，捕足其景象，再現於詩篇中。本文則以詩篇出入（進）、來去與橫越等動態時空，來探究太白紀遊詩中情思與象徵。

一　出入

李白詩中描述出入（出進）移動之景象，取物象變化象徵出仕濟民之志願；或幻入太虛仙境之夢想等。

李白紀遊詩摹寫出入、來去和橫越等動態景象之出現次數情形，在古風一百五十九首中，共有十一次，單純出入類景象為三次。[193]在樂府一百四十九首中，三類出現次數共有二十五次，單純出入類景象為十次。[194]在古近體詩七百七十九首中，三類出現次數共有一百六十二次，單純出入類景象為七十七次。[195]在詩補遺六十四首中，三類出現次數共有七次，單純出入類為四次。[196]此三類出入、來去和橫越景象在所有動態摹寫中，相較於飛翔類、起落類之出現次數少，出現次數之順序，約屬第六位。單純出入類約有九十四次。此

192　參見呂叔湘：《中國文法要略》，頁213。

193　參本文表二：李白古風紀遊景象種類分布。「出入（出進）」、「來去（來回）」、「橫越」分別計有三次；八次；零次，共計有十一次。

194　參本文表三：李白樂府紀遊景象種類分布。「出入（出進）」、「來去（來回）」、「橫越」分別計有十次；十二次；三次，共計有二十五次。

195　參見本文表四：李白古近體詩紀遊景象種類分布。「出入（出進）」、「來去（來回）（來往）（徘徊）」、「橫越」分別計有七十七次；六十七次；十八次，共計有一百六十二次。

196　參見本文表五：李白詩補遺紀遊景象分布。「出入（出進）」、「來去（來回）（來往）（徘徊）」、「橫越跨越」分別計有四次；一次；二次，共計有七次。

據李白詩篇中高空出入移動景象，來探究其詩篇情感與意念。

（一）出仕濟民

首先分析詩篇為例，如下：

> 高樓入青天，下有白玉堂。明月看欲墮，當窗懸清光。遙夜
> 一美人，羅衣沾秋霜。含情弄柔瑟，彈作陌上桑。弦聲何激
> 烈！風卷繞飛梁。行人皆躑躅，棲鳥去迴翔。但寫妾意苦，
> 莫辭此曲傷。願逢同心者，飛作紫鴛鴦。（〈擬古十二首之二〉）

「高樓入青天」摹寫有座高樓高聳入青天。在高樓之下有白玉廳堂。
此以高聳樓近接青天，託論賢者懷才抱藝，有超群之志，蕭士贇注
云：「喻賢者懷才抱藝，有以聳動人之耳目，而不肯。以身輕許於人，
思得同心同德者而依附之也。」[197]從中文語法觀點，「入」與「出」
是動詞，亦表動態詞，呂叔湘《中國文法要略》云：「『上』、『下』、
『進』、『出』等等，本來是動詞，……這些字又有表示動作的趨
向或勢力的作用。……為兼顧動向和動勢兩方起見，我們稱這一類
為『動態詞』」，[198]詩句呈現一種動作、動作的趨向，在詩篇中，李
白採用動詞「入」摹寫高樓高聳入空景致，明顯地高樓不是真實的
運動，而是想像高樓一衝上天的方向性移動感，摹寫高樓之高聳。
此可形塑出一移動和動作的趨向。藝術心理學家魯道夫・阿恩海姆
（Rudolf Arnheim）說：「當我們看到一個與運動有著必然關繫的形
象時，即使從中並沒有直接感知到真正的運動，也會將位移的因素

---

[197] 按：此據詹鍈引蕭士贇注語論之。參見詹鍈著：《李白全集校注彙釋集評》冊七，
卷二十二，頁 3406。

[198] 參見呂叔湘：《中國文法要略》，頁 213。

強加給它。」[199]李白以青樓高聳直入青天，表徵一己才高，只願為識才之君王任用，在太白漫遊生涯中，本於出仕濟民之胸懷，由其觀察人文高樓建物之景狀，聯想是仕宦強烈企圖心，呈顯其才志高昂與求用之情。

　　試舉詩例分析，如下：

> 朝入天苑中，謁帝蓬萊宮。青山映輦道；碧樹搖煙空。謬題金閨籍；得與銀臺通。待詔奉明主；抽毫頌清風。歸時落日晚，蹀躞浮雲驄。人馬主無意，飛馳自豪雄。入門紫鴛鴦；金井雙梧桐。清歌絃古典，美酒沽新豐。快意且為樂，列筵坐群公。光景不可留，生世如轉蓬。早達勝晚遇。羞比垂釣翁。（〈效古二首之一〉）

「朝入天苑中」之「天苑」指天子禁苑。此寫清晨進入天子之禁苑中，在大明宮中拜謁君王，寫出太白供奉翰林，得君王寵幸重用，故在清晨進天子禁苑。詩歌首聯以「入」強調太白由外進入天子禁苑之位移，此一位置改變，表徵李白身份尊貴之轉變因受到不凡的禮遇，得以進入朝中，與天子大臣們共同議事。

（二）進太虛境

　　試舉詩篇分析，如下：

> 昔在朗陵東，學禪白眉空。大地了鏡徹，迴旋寄輪風。攬彼造化力，持為我神通。晚謁太山君，親見日沒雲。中夜臥山

---

[199] 參見〔美〕魯道夫・阿恩海姆（Rudolf Arnheim）著，滕守堯、朱疆源譯：《藝術與視知覺》（*Art and Visual Perception*），頁 563-564。

月，拂衣逃人群。授余金仙道，曠劫未始聞。冥機發天光，
獨朗謝垢氛。虛舟不繫物，觀化遊江濆。江濆遇同聲，道崖
乃僧英。說法動海岳，遊方化公卿。手秉玉塵尾，如登白樓
亭。微言注百川，疊疊信可聽。一風鼓羣有，萬籟各自鳴。
啟閉八窗牖，託宿摯電霆。自言歷天台，搏壁躡翠屏。凌兢
石橋去，恍惚入青冥。昔往今來歸，絕景無不經。何日更攜
手？乘杯向蓬瀛。(〈贈僧崖公〉)

「恍惚入青冥」是以遊歷天台山，身貼青石壁，越過凌空之石橋，
彷彿身置天際。詩人藉天台山高峻奇險之景，摹寫人攀爬天台山，
如同斷絕世俗之關連，登上仙界。在太白詩篇中，高山凌雲與太虛
仙境是相接近的，詩歌首聯「昔在朗陵東，學禪白眉空」；參聯「晚
謁太山君，親見日沒雲」，呈現了詩人在郎陵山學禪；拜謁太山君時
見日沒雲中景象，皆揭露求仙修煉所在是山高雲密，與人世隔絕。「自
言歷天台，搏壁躡翠屏。」「凌兢石橋去，恍惚入青冥。」，以「天
台」山、「躡翠屏」、「凌兢石橋」、「入青冥」之高聳高山景象，烘托
出詩人攀爬天台似乎投身在仙天寶境中。語言學研究者李斌說：「到
南北朝的時候，……『入』的意義也沒有新的發展，還是表示具體
空間位移的趨向意義。」，又云：「到了唐代，……『入』不僅可以
表示具體的由裏至外的趨向意義，而且可以表示比較抽象的結果意
義。」[200]「入青冥」的高空無邊際與世隔絕，透露太白在如此超凡
脫俗的環境裏，似乎身心靈融入一片高遠太虛之神仙寶地。

　　試分析詩篇為例，如下：

---

[200] 參見李斌：〈簡單趨向詞『入』的發展〉，《含『進、出』類趨向詞的動趨式研究》，
頁 29-31。

朝弄紫泥海，夕披丹霞裳。揮手折若木。拂此西日光。雲臥
遊八極，玉顏已千霜。<u>飄飄入無倪</u>，稽首祈上皇。呼我遊太
素，玉杯賜瓊漿。一餐歷萬歲，何用還故鄉？永隨長風去，
天外恣飄揚。(〈古風五十九首之四十一〉)

「飄飄入無倪」運用飄飄然進入無邊無際的太空，叩頭跪拜向天帝
求禱。這一輕身縱移在空中，不知不覺中投身入仙境之移位，表現
抽象的位置變化，具體反映出一個對仙人仙境懷抱強烈熱情的人，
在其心中腦海中已有許多漫遊出入仙界之感察。

　　詩篇首聯「朝弄紫泥海，夕披丹霞裳。」，出了仙界中千里距離
方位之移動是自然容易的，指出人事物空間時間變換之視覺景象。
在仙界中，仙人可朝夕往返於紫泥海之遙遠仙地，這類表示一段時
間內位置之變位，正是一人事物在一段時間內移動之變化。從物理
學相對論言之，四維的時空景象可以展現時空中的事件如何彼此關
聯，佛克（Dan Falk）說：「很多物理學家和少數哲學家發覺狹義相
對論的四維時空能夠證明過去和未來的事件就跟現在的事件一樣
『真實』所有的東西似乎都一次擺在某種區塊中。」[201]同樣地，空
間移動和時間移動景象之關係，參聯「雲臥游八極，玉顏已千霜」
摹寫縱遊八方極遠之地，人容顏依然青春。此表人可以非常快速地
縱遊八方極遠地，周遊八方，容貌仍舊。此相同於「朝」在紫泥海，
「夕」即可返之位移情形。物理系教授二間瀨敏史云：「不同運動狀
態的人便有不同的空間尺度與時間尺度。」又說「（愛因斯坦的老師
閔可夫斯基認為）時間和空間非分別存在，因此創造出一個由三個
空間座標與一個時間座標構成的四維數學空間，稱為四維時空。」[202]

---

[201] 參見佛克（Dan Falk）著，嚴麗娟譯：《探索時間之謎：宇宙最奇妙的維度》（*In Search of Time: journeys along a curious dimension*），頁182-183。

[202] 參見〔日〕物理學教授二間瀨敏史著，劉麗鳳譯：《圖解時間簡史》（臺北市：世

在四維時空中，時間與空間之聯繫十分密切，物理學者林德勒發明了『事件視界』之觀點，在四維時空中，人類可以看到過去、現在和未來同時出現在眼前。[203]在太白詩中，朝夕可來去出入紫泥海等之地，即使縱遊八方極遠之地，突破時間對人類年齡局限，短時間內任遊八極，輕身投入無邊無際太空，仍然維持年輕容顏。詩人讓我們隨其詩篇視覺空間，將二維空間之長、寬、高任意旋轉變化，讀者可以理解詩中依三維空間人事物之運動，表徵時間流。物理學教授加來道雄（Michio Kaku）：「如果時間是第四次元，那麼時空就能夠彼此旋轉對調。歲月也會隨著它們所處的空間的運動速度，而以不同速率流逝。例如，這位同學或許曾經搭乘火車以接近光速旅行。對我們而言，那一趟搭乘火車的旅行歷時二十年之久。但對他而言，由於時間在高速火箭裡會變慢，他從畢業那一天之後只增長些許年歲。……（若）他踏入火箭，加速飛往外太空，……隨後返回地球降落，並正好趕上畢業二十年的同學會，他處在斑白華髮群中，還是那麼年輕。」[204]在空間位移與時間流動組合下，李白詩以「入無倪」、朝夕間來去紫泥海、「遊八極」、「玉顏」，強調藉超脫塵世三度空間之真實，轉換人生舞台，進入神仙仙界之四度時空任意我行之的想像世界。

二 來去

李白紀遊詩摹寫來去之動態景象，表徵詩人生涯仕途之抉擇；

茂出版公司，2004 年），頁 32-33。

[203] 參見佛克（Dan Falk）著，嚴麗娟譯：《探索時間之謎：宇宙最奇妙的維度》（*In Search of Time: journeys along a curious dimension*），頁 167、303、305。

[204] 參見〔美〕紐約市立大學物理學教授加來道雄（Michio Kaku）著，蔡承志、潘恩典譯：《穿梭超時空》（*Hyerspace: A Scientific Odyssey Through Parallel Universes, Time Wraps, and the Tenth Dimensions*），頁 113-114。

或對仙界欣慕嚮往，與厭棄世俗帶來的困境。

據動相視覺景象種類論之，「來」、「去」動相在詩篇中，表達高遠空間和動態時間組合，象徵出世入仕間之徘徊；或託擬仙境塵世之間之兩難。從中文語法學論之，「來」「去」是動詞，亦為動態動相限制詞。亦是動態詞。[205]詩歌摹寫人事物景致，寄託生涯理想之思考，或內心矛盾和猶豫等情緒，藉動態視覺感知，流瀉詩人內心情懷。

李白紀遊詩摹述來去動態之四維時空景象，在動態景象中出現次數非屬多數，在古風五十九首中，「來去」出現零次；[206]在樂府詩一百四十九首中，「來去」出現十二次；[207]在古近體詩七百七十九首中，「來去」占有六十七次；[208]在詩補遺六十四首中，「來去」占一次。[209]上述「來去」類共有八十次。此依李白詩中高空來去動態景象，解析其詩歌情與思。

(一)生涯仕途之抉擇

先試舉詩歌例子分析，如下：

> 竹實滿秋浦，<u>鳳來</u>何苦飢？還同月下鵲，三繞未安枝。夫子即瓊樹，傾柯拂羽儀。懷君戀明德，歸去日相思。(〈贈柳圓〉)

「鳳來何苦飢」以「鳳」託喻詩人。「鳳來」喻指接近棲身之枝和食用竹實，但仍不得棲居處與食物。以「來」的鳳主動飛來之行徑，

---

205 參見呂叔湘：《中國文法要略》，頁 17-18、214-217。
206 參見本文表二：李白古風紀遊景象種類分布。「來去」有零次。
207 參見本文表三：李白樂府紀遊景象種類分布。「來去」有十二次。
208 參見本文表四：李白古近體詩紀遊景象種類分布。「來去」有六十七次。
209 參見本文表五：李白詩補遺紀遊景象分布。「來去」有一次。

比喻李白對長安宮闕的懷思，對君王的忠愛。詩篇發論二聯，先摹寫李白仕宦生涯困窘之情形，趁此自表己之才高，欲奉獻己才為君王效力，但卻不其門而入，如今仍四處尋求干謁。

從中文語法觀點論之，「來」是動詞，表示活動；是輔助動詞之限制詞（副詞），表示動態動相限制；亦是兼顧動向和動勢之動態詞。[210] 呂叔湘《中國文法要略》：「（來）表示動作從別處向著說話的中心點。除動態外，亦指示方向性。[211]」《現代漢語八百詞》云：「（來）lai，動詞，趨向動詞，從別的地方到說話人所在的地方……表示程度隨時間發展。」[212]

詩篇末聯「懷君戀明德，歸去日相思」摹寫鳳凰因與柳圓離別而感到依依不捨，太白視柳圓為好的為官者，能關懷照顧有才的人，引發其讚嘆柳圓是愛才者，今將遠別，語含思念感傷。語氣間自憐己才高，欲親近明君，為明君奉獻才志，以「鳳來何苦飢？」自問亦自發疑惑，明君為何不能識才？自比鳳鳥之李白又怎會受到冷落的待遇呢？有才者立志為朝廷國家做事，求取任用機會，取「來」託喻有才者近君求用，詩篇次聯「三繞未安枝」但見鳳鳥多次圍繞，環顧枝不得棲息之位。隨著鳳鳥的飛來、「三繞」、「未安枝」，層層動態景象託喻太白那段四處干謁求用，仍不得君王擢祿之形神勞苦的歲月，[213]心灰意冷，令太白憔悴憂愁。

試舉詩篇分析，如下：

---

[210] 參見呂叔湘：《中國文法要略》，頁 16-17、213。

[211] 同前註，頁 213-214。

[212] 參見呂叔湘主編：《現代漢語八百詞》，頁 16-17、345-346。

[213] 依愛因斯坦相對論之時間流動之研究，佛克說：「時間和組成宇宙的物體並非毫無關係。……有形的物體和動作就是定義時間流動的因素。」參見佛克（Dan Falk）著，嚴麗娟譯：《探索時間之謎：宇宙最奇妙的維度》（*In Search of Time: journeys along a curious dimension*），頁 146。

月出魯城東，明如天上雪。魯女驚莎雞，鳴機應秋節。當君相思夜，火落金風高。河漢挂戶牖，欲濟無輕舠。我昔辭林丘，雲龍忽相見。客星動太微，<u>朝去洛陽殿</u>。爾來得茂彥，七葉仕漢餘。身為下邳客，家有圯橋書。傳說未夢時，終當起巖野。萬古騎星辰，光輝照天下。與君各未遇，長策委蒿萊。寶刀隱玉匣，繡澀空莓苔。遂令世上愚，輕我土與灰。一朝攀龍去，蠆蝎安在哉？故山定有酒，與爾傾金罍。（〈酬張卿夜宿南陵見贈〉）

「朝去洛陽殿」摹寫嚴光容星犯帝座，一朝離開朝廷去歸隱。詩中提及客星犯帝座一事，詹鍈《李白全集校注彙釋集評》：「太微，天子之庭也，五帝之座也。」又云：「凡星非本垣，自外而至者，謂之客星」[214]「去」洛陽殿摹寫太白本待詔翰林事，後賜金放還事，離開洛陽之殿而歸隱富春之山。朱諫注太白詩云：「今者我蒙帝寵，遭讒敕還，與嚴陵之出處似無異也。」詩篇中段「與君各未遇，長策委蒿萊。」[215]以閒置在草叢中，來託喻一己和張卿同樣不遇之遭遇，而再取「寶刀隱玉匣，繡澀空莓苔」之寶刀之光未能彰顯，來託論有才者懷才不遇。

從中文語法論之，「去」是動詞，表示活動；是輔助詞動詞之限制詞（副詞），為動態動相限制；呈現動作之動向。[216]「去」可描述人事物離開原來的位置。[217]詩篇末段「一朝攀龍去」託喻太白受君王重用，離開蒿萊，隨君王至長安宮闕，得以建立功業，那時輕視太白的世人只是井底之蛙，不足在意。這兩次運用「去」字，呈再

---

[214] 參見詹鍈主編：《李白全集校注彙釋集評》，冊五，卷十六，頁 2679。

[215] 按：詹鍈引朱諫注語論之。同前註，頁 2679。

[216] 參見呂叔湘：《中國文法要略》，頁 16-17、213。

[217] 同前註，頁 214。

出的意境相似，揭露詩人離開原來的位置，另展開新的生命境遇，
託喻一段太白仕與隱之人生　方向轉換與變動之時光。

　　從物理學相對論言之，這「去」代表詩人離開之動態意旨。此
表現人事物之動作，透露一段時間的流動，佛克（Dan Falk）說：「有
形的物體和動作就是定義時間流動的因素。」[218]

（二）仙界塵俗之羨厭

　　首先舉詩篇為例，如下：

> 丁令辭世人，拂衣向仙路。伏煉九丹成；<u>方隨五雲去</u>。松蘿
> 蔽幽洞；桃杏深隱處。不知曾化鶴，遼海歸幾度。（〈靈墟山〉）

「方隨五雲去」摹寫丁令威辭別世人，在靈墟山煉丹成功，隨五彩
祥雲升天成仙。《枹朴子・金丹篇》：「第一之丹名曰丹華，第二之丹
名曰神符，第三之丹名曰神丹，第四之丹名曰還丹，第五之丹名餌
丹，第六之丹名鍊丹，第七之丹名柔丹，第八之丹名曰伏丹，第九
之丹名曰寒丹。……凡服九丹，欲昇天則去，欲且止人間亦任意，
皆能出入無間，不可得之害矣。」[219]此詩以丁令威煉丹服天離世成
仙之事，呈現今所見松蘿洞、桃杏深處，乃古人隱居修煉之地，這
些幽深隱居地，正為修煉成仙離世前的寶地淨土。詩人以「隨五雲
去」之「去」託喻修煉者離開隱居空間，展開新的仙境移動模式，「去」

---

[218] 按：此據愛因斯坦相對論對時間流動之研究論之。參見佛克（Dan Falk）著，嚴麗
　　娟譯：《探索時間之謎：宇宙最奇妙的維度》（*In Search of Time: journeys along a
　　curious dimension*），頁 146。

[219] 按：此據詹鍈引《枹朴子》論之。參見詹鍈主編：《李白全集校注彙釋集評》冊六，
　　卷二十，頁 3247。

之動態詞意指人事物離開原來位置。[220]詩篇末聯之「化鶴」巧用，使讀者具體感覺到凡人若煉丹服食成仙，那其生命樣態必定與塵俗之凡人不同，或乘五彩雲；或化鶴飛，這些動態景象摹寫，皆流露一份對仙界、仙人自由、不受拘束之生命情狀羨慕，這與太白現實困頓是相對的。

　　試舉詩篇解析，如下：

> 淮南小山白毫子，乃在淮南小山裏。夜臥松下雲，朝餐石中髓。小山連綿向江開，碧峰巉岩綠水迴。余配白毫子，獨酌流霞杯。拂花弄琴坐青苔，綠蘿樹下春風來。南窗蕭颯松聲起，憑崖一聽清心耳。可得見，未得親。<u>八公攜手五雲去，空餘桂樹愁殺人。</u>（〈白毫子歌〉）

「八公攜手五雲去」摹寫漢淮南王劉安的八位術士攜手乘雲登仙離開塵世。《水經注・淮水》：「淮南王劉安折節下士，篤好儒學，養方術之徒數千人，皆為俊異焉，多神仙祕法鴻寶之道。忽有八公，皆鬚眉皓素，詣門希見。門者曰：『吾王好生，今先生無住衰之術，未敢相聞。』八王咸變成童，王甚敬之。八士並能鍊金化丹，出入無間。乃與安登山，埋金於地，白日昇天，餘藥在器，雞犬舐之者俱得上昇。」[221]此描述八位術士本是凡人，經鍊金丹化丹，服用仙丹之後，一同乘五彩雲飛登上天離開塵世。仔細觀察，李白與白毫子在淮南小山中，這山居之環境清幽，罕見人跡，適合修道煉丹，詩篇次聯「夜臥松下雲，朝餐石中髓」，參聯「小山連綿向江開，碧峰

---

[220] 參見呂叔湘：《中國文法要略》，頁 214。
[221] 按：此依詹鍈引《水經注》論之。參見詹鍈主編：《李白全集校注彙釋集評》冊二，卷六，頁 1052。

巉岩綠水迴」，呈現修道者可在山中松雲下睡，以石髓作早餐，山勢連綿不絕，淥水在碧峰懸崖間縈迴，在太白眼中，這裏是絕佳煉修道之處，也正是心中八位術士煉丹服食，返老返童，出入任何地方皆自由暢行，白日昇天，幻化成仙，八位術士留下之仙丹餘藥，雞犬舐食亦得飛昇成仙脫離塵世。這樣煉丹化山，飛離地面，自由來去於無窮天地間之生命境遇，為太白欣羨企慕的目標，在如此充滿修道煉丹氛氛之深山環境中流連，當然會引起不捨離開，與欲追隨八位術士成仙之道的愁緒，就此山中煉丹欲脫離凡俗之愁悵，飛向仙界。

三 橫越

　　李白紀遊詩中描述空中橫越之動態景象，託喻詩人眼中高遠廣闊之時空景致；或對艱難危險難以消除之景象。

　　依動態視覺時空景象種類言之，「橫越」之動態摹寫，在紀遊詩中，表達了高遠空間與動態時間組合，表徵觀察者眼中欲橫越之險阻，或難以跨越之困境。

　　從中文語法學角度言之，「橫越」是動詞，可摹寫動作或活動。[222]詩人藉人事物橫越之動相景致，託喻內心對困境之阻礙的思考，由動態視覺空間感知；表徵李白面對挫折困難之觀察視角與心情轉折。

　　李白詩篇中描述橫越動態之四維時空景象，此出現之次數，占所有動態描述中，非屬多數，在古風五十九首中，「橫越」有零次；[223]在樂府詩一百四十九首中，「橫越」有三次；[224]在古近體詩七百七十

---

[222] 參見呂叔湘：《中國文法要略》，頁 16-17。
[223] 參見本文表二：李白古風紀遊景象種類分布。「橫越」有零次。
[224] 參見本文表三：李白樂府紀遊景象種類分布。「橫越」有三次。

九首中,「橫越」有十八次;[225]在詩補遺六十四首中,「橫越」有二次。[226]上述「橫越」類總計有二十三次。此據太白紀遊詩中高空橫越動相景致,論述其含蘊詩篇情懷。

(一)滿布艱險難消除

首先舉詩篇分析為例,如下:

噫吁嚱!危乎高哉!蜀道之難,難於上青天。蠶叢及魚鳧,開國何茫然!爾來四萬八千歲,不與秦塞通人煙。西當太白有鳥道,<u>可以橫絕峨眉巔</u>。地崩山摧壯士死,然後天梯石棧相鉤連。上有六龍回日之高標,下有衝波逆折之回川。黃鶴之飛尚不得過,猿猱欲度愁攀援。青泥何<u>盤盤</u>!百步九折縈巖巒。捫參歷井仰脅息,以手撫膺坐長歎。問君西遊何時還?畏途巉巖不可攀。但見悲鳥號古木。雄飛雌走繞林間。又聞子規啼夜月,夜月愁空山。蜀道之難,難於上青天,使人聽此凋朱顏。連峰去天不盈尺,枯松倒挂倚絕壁。飛湍瀑流爭喧豗,砯崖轉石萬壑雷。其險也若此,嗟爾遠道之人胡為乎來哉!劍閣崢嶸而崔嵬,一夫當關,萬夫莫開。所守或匪親,化為狼與豺。朝避猛虎,夕避長蛇,磨牙吮血,殺人如麻。錦城雖云樂,不如早還家。蜀道之難,難於上青天!側身西望長咨嗟。(〈蜀道難〉)

「可以橫絕峨眉巔」摹寫太白山間鳥道四百多里,只有鳥可以橫飛

---

[225] 參見本文表四:李白古近體詩紀遊景象種類分布。「橫越」有十八次。
[226] 參見本文表五:李白詩補遺紀遊景象分布。「橫越」有二次。

越至峨眉山頂。全詩展示的是蜀道之高危奇險，用只有鳥可以「橫」飛越過此山，極力描寫其山之艱難，人類欲攀登十分困難，此亦是全詩主要意旨。首聯「噫吁嚱！危乎高哉！」以連發感嘆，不一嘆而是，為全詩揭出序幕。續以神話傳說壯士拔蛇山崩，和現實生活建築棧道之艱險組合成今日開闢之模樣。由首段之「橫絕」、「上青天」、「地崩山摧」、「天梯」、「石棧」等，寫太白山與蜀道等地之高與險，人跡罕至，甚至只有鳥能飛過。詩篇次段寫具體蜀道困難攀行之細節。並且以驚人想像力形容其自然山勢地形雄奇之險象。首先描摹上下全景：「上有六龍迴日之高標，下有衝波逆折之回川。」並且點出除上下全景之觀察視角外，還有山奇水險之組合，人類攀爬之可能性甚希，詩篇續寫「黃鶴之飛尚不得過」，「猿猱欲度愁攀援」黃鶴與猿類皆無法渡過上險地。隨著詩人對此處山水全景之視點審查，李白向友人發出勸告云：「問君西遊何時還，畏途巉巖不可攀」此一勸友人之語，與詩篇末段呼應：「錦城雖云樂，不如早還家」全詩畫面開闊，上下視角摹寫，使讀者隨詩人觀察方向展開一場奇險大膽之旅遊；詩中富含豐富視角變換與誇張奔放的想像力，詩篇視覺感知游移在既虛既實；真假交融一體之時空動態變化中，形塑雄壯奇幻之詩境與詩情。

試舉詩篇為例，如下：

邏人橫鳥道，江祖出魚梁。水急客舟疾，山花拂面香。(〈秋浦歌十七首之十一〉)

「邏人橫鳥道」摹寫高峻之邏人石只有鳥可以橫越渡過。詩篇首聯

「邏人橫鳥道，江祖出魚梁」寫萬羅山突出山腹之邏人巨石，只有
鳥才能飛越橫渡，此與在魚梁堤壩上之高聳江祖石，兩山對峙，形
塑出高峻對比之視覺空間感知。此亦透顯詩人對雄壯之高峻險奇之
視覺空間，特為賞愛。此外，詩人也常將自然奔放而特殊之奇景，
任其自然呈現其狀貌。甚至進一步地以誇張手法彰顯這些高峻奇險
之景致。此或反映自然萬物各彰其表；各顯一己之長；或表徵萬物
奇貌各異，具有活活潑潑的生命力量與生命感。

（二）廣陳高遠之景致

試舉詩篇為例，如下：

> 西經大藍山；南來漆林渡。水色倒空青；<u>林煙橫積素</u>。漏流
> 昔吞翁。沓浪競奔注。潭落天上星；龍開水中霧。嶢巖注公
> 柵；突兀陳焦墓。嶺峭紛上千，川明屢迴顧。因思萬夫子，
> 解渴同瓊樹。何日睹清光，相歡詠佳句。（〈早過漆林渡寄萬
> 巨〉）

「林煙橫積素」摹寫樹梢上煙氣橫遮瀰漫一片，如同白雪鋪天蓋地
之景致。接續鋪寫與樹梢白色迷霧相映襯的碧藍色天空在水面上倒
影，上下連成一片全景，上景為樹梢白色煙霧，下景是碧藍色之水
面，描繪成一白色與青色並列之色彩組合，形成對比色，產生濃烈
視覺效果。[227]林煙橫布之流動感，呈現出勢高峻，樹林高聳入雲之
高空景象，詩歌肆聯「潭落天上星；龍開水中霧」，顯示高峻之空間

---

[227] 參見鄭國裕、林盤聳著：《色彩計劃》（臺北市：藝風堂，2001 年），頁 73。另參
林文昌：《色彩計劃》（臺北市：藝術圖書，1997 年），頁 68。

景象，幾乎直上青天，連山上巖洞累積水流之落星潭面，也霧氣蒸騰，如似龍游浮水面。後聯則再寫高空之景：「嶺峭紛上千」呼應詩篇前段，皆山嶺峻峭直上青天之高遠之景觀。此是高險奇景之勾勒，也是詩人觀賞奇山峻嶺，呈現其享受動態林煙橫漫之奇山美景的一段悠閑時光。[228]

---

[228] 按：此依佛克（Dan Falk）時間維度研究，從愛因斯坦相對論角度來看，「時間和組成宇宙的物體並非毫無關係。事實上正好相反：有形的物體和動作就是定義時間流動的因素。」參見佛克（Dan Falk）著，嚴麗娟譯：《探索時間之謎：宇宙最奇妙的維度》（*In Search of Time: journeys along a curious dimension*），頁 146-147。

第十章　李白詩歌的時空美學

　　李白自二十五歲出三峽至六十歲，漫遊地區遍及洞庭湖、湘江、蒼梧山（今湖南寧遠）、長江與溪水匯合的江夏（今湖北漢口）、盧山、金陵（今江蘇南京）、吳郡（今江蘇）、會稽郡（今浙江紹興）等地。[1]在三十五年的漫遊生涯中，太白足跡踏遍南北各地，其目的有二，一為求仙訪道，二為交友、廣博見聞與干謁求用。

　　豐富的遊歷經驗，刺激與增加李白多元思考和想像力，此外，太白早年家庭教育與環境，促使李白養成開闊胸襟與對新奇事物學習態度，〈上安州裴長史書〉：「五歲誦六甲，十歲觀百家，軒轅以來，頗得聞矣。」，自稱十五歲觀奇書，習劍術，從友人學縱橫術。[2]此可推測太白學問十分廣博和多元。在紀遊詩作中，李白以宏觀、灑脫、開闊之視野，自覺地進行各種觀察與思考，不僅在詩歌主題與詩歌情思承繼前人雅正傳統，強調文學經世濟民之實用功能；在詩歌意象與時空類型思維上，超越過去詩人視覺視點之侷限，建構新的動態時空景象，有相當大的成就。劉熙載《藝概》：「海上三山，方以為近，忽又是遠。太白詩言在口頭，想出天外，殆亦如是。」[3]反映李白詩篇空間景象令人驚嘆，似乎超出常人視覺習慣與詩人視點安排，劉熙載認為其詩空間遠近距離，尤具特色，反映太白獨特想像力和視覺空間感知，亦因此呈現李白詩篇空間變化之美感效應。童慶炳《中國古代心理詩學與美學》云：「物理世界是對象的客觀的原本的存在，而心理世界則是人對物理世界的體驗，

---

[1] 參見王運熙、李寶均著：《李白》（臺北市：萬卷樓圖書公司，1993 年），頁 13-14。

[2] 按：此依〈贈張相鎬二首之二〉論之。〔唐〕李白撰，〔宋〕楊齊賢集註，〔元〕蕭士贇補註、郭雲鵬校刻：《分類補註李太白詩》（臺北市：臺灣商務印書館，1965 年《四部叢刊‧集部》），卷十一，頁 200-201。

[3] 參見〔清〕劉熙載著：《藝概》（臺北市：華正書局，1988 年），頁 58。

其主觀性是很強的。一方面，心理世界是物理世界的反映，無論如
何，物理世界是人的心理活動展開的基礎；另一方面，由於不同人
的個性不同，原有的心理定勢不同，他們面對同一物理世界築建的
心理世界是不相同的，……這種距離、錯位、傾斜正是他個性表現
和心靈的瞬間創造，這正是詩意之所在。因此對於詩人來說，從對
物理境的觀察，轉入到心理場的體驗，是他創造的必由之路。」又
云：「劉勰提出的『隨物以宛轉』到『與心而徘徊』，其旨義是詩
人在創作中要對外在世界物貌的隨順體察，到內心世界情感印象步
步深入的開掘，正是體現了由物理境深入心理場的心理活動規
律。……詩人的創造作為一種意識活動，只有一個來源，那就是客
觀的世界。『物』，或者說『物理境』即是我們所說的生活，是詩
的創作鏈條中的第一鏈。」[4]下文依李白紀遊詩中時空表現之形態，
歸納出點數，尤具獨特魅力之時空美感效益。其美感表現，就浪漫
派詩歌所應具備之條件言，李白紀遊詩作，比起寫實派摹記山水草
木花石等自然景致外，視點與時空意識更加廣闊、自由、奔放、不
受現實的拘限、充滿奇特爆發力和想像力、前衛新穎之時空景象，
對筆下詩人遊蹤與想像所至之處的摹寫，筆觸所及更具視覺聳動效
果。

第一節　變形美感

一　變換美感

變形美感，指變換美與移形美。所謂文學產生變換美。顏智英
教授《辭章章法變化律研究》云：「變化律，是宇宙自然的規律之一，

---

[4] 參見童慶炳：《中國古代心理詩學與美學》（臺北市：萬卷樓圖書公司，1994 年），
頁 5。

宇宙間一切的事物莫不在變易之中；人長期觀察自然界變動的現象後，抽繹出移位及轉位的『變化之理』，再透過人之『心』，將此『理』（規律）投射到哲學、藝術、文學等領域。」[5]詩歌取人事物之變遷，摹寫實體環境或意想中的環境之轉換形態，[6]可見李白對於想像中的環境變化，賦予其意義和情思。由物理學相對論之，人們觀察此類物材瞬變之形態，再由文字描述下來，建立空間中的一個模型，來看物材變換之聯繫。[7]相關環境中物態動相、運動形態，瓦倫汀《實

---

[5] 參見顏智英：《辭章章法變化律研究——以古典詩詞為考察對象》（臺北市：國立臺灣師範大學國文所博士論文，2006 年），頁 114。另參見 Francis D.K. Ching 著，呂以寧、王玲玉譯：《建築：造型、空間與秩序》（臺北市：六合出版社，2007 年），頁 240、338、402。Francis D.K. Ching 認為空間序列之線索，可由移動獲得，因為「我們會隨著時間在一個序列空間中移動。」提到空間組織方式可形成空間多樣秩序原則，例如韻律原則、變形原則等，變形原則即指在不失去一致性或概念性的情況下，利用轉變，以回應特殊需求，產生空間變化之效果。另見呂清夫《造形原理》亦認同「動態……屬於時間的要素。」提出了在藝術理論「形」中，動態可產生物理上及美學上的獨特之處。見呂清夫：《造形原理》（臺北市：雄獅圖書公司，2000年），頁 82-83。另見物理學美學論點，〔美〕物理學教授徐一鴻（A. Zee）說：「相對性的概念並非由愛因斯坦開始，而是深深地札根於我們對運動的日常認知，……詩人關於運動的概念和物理學家的相同。」參見美物理學教授徐一鴻（A. Zee）著，張禮譯：《可畏的對稱——現代物理美的探索》（*Fearful symmetry - The Search for Beauty in Modern Physics*）（臺北市：五南圖書出版公司，2006 年），頁 55-57。

[6] 按：此依考夫卡（Kurt Koffka, 1886-1941）之研究，觀察者知覺現實稱心理場，被知覺之現實稱物理場。心理場含有自我和環境。環境又可分為實體環境和意想中的環境。參見郭中人：《空間視覺感知》（*Visual Perception of Space*）（臺北市：曉園出版社公司，2007 年），頁 78。另參見本文表六：李白詩歌各類體裁之紀遊景象統計總表。紀遊詩動態景象摹寫次數為七百九十六次，比率為百分之四三點九三，名次是第一。此可見太白擅用動態、移動式視覺空間景象，形塑寄絕不群和奔逸動態之時空感知。

[7] 參見〔德〕原子物理學家韋納爾・卡爾・海森堡（Werner Karl Heisenberg 1901-1976）著，周東川、石資民、黃銘欽合譯：《物理與哲學》（*Physics & Philosophy: The revolution in modern science*）（臺北市：協志工業叢書出版公司，1992 年），頁 78-80。參見愛因斯坦、英費爾德（Einstein, Albert, 1879-1955）、（Infeld, Leopold, 1898-1968）著，郭沂譯：《物理學的進化》（*The Evolution of Physics, 1938*）（臺北市：水牛圖書出版

驗審美心理學》:「優美的運動總是自由自在、毫不費力相聯繫的。」，又云:「從容而有規律的運動的暗示應該是令人愉快的。」動態與人情感是密切相關的，進一步地繫連各種動態方向和心理美感之關連。云:「向下傾斜的線條是憂傷的和溫柔的。上升的線條是快活的，騷動的。下降的線條是憂傷的、脆弱的或懶惰的。……線條的影響性在該線條的暗示運動中就已有根源。它根據於這樣的觀念:這一運動以某種方式摹仿了情感的動態表現。」[8]李白紀遊詩篇以變異與轉換之視點描述，摹寫奇幻、非現實、夢境、光怪陸離之境。

　　首先試舉詩例，如下:

> 莊周夢胡蝶，胡蝶為莊周。一體更變易，萬事良悠悠。乃知蓬萊水，復作清淺流。青門種瓜人，舊日東陵侯。富貴故如此，營營何所求？（〈古風五十九首之九〉）

〈古風五十九首之九〉藉《莊子‧齊物論》莊周夢蝶;蝶變成莊周，託論人生興衰無常，萬事不必拘限於固執單一面向，楊齊賢注解:

> 一體之間，尚有變易，萬事豈能定哉！[9]

朱諫注李白詩云:「夫莊周夢胡蝶，而胡蝶化為莊周，人之一身，尚有變易如此，而現身外事乎？故萬事之悠悠者，其變更不一，又

事業公司，2004 年），頁 88。

[8] 參見瓦倫汀著，潘智彪譯:《實驗審美心理學》（*The Experimental Psychology of Beauty*）（臺北市:商鼎文化出版社，1991 年），頁 92-93、102-104。

[9] 參見詹鍈主編:《李白全集校注彙釋集評》（天津市:百花文藝出版社，1996 年），冊一，卷二，頁 63。

不可得而度也。」[10]李白觀察自然萬物變化，體悟天地萬物遷改之道理，首先藉由人夢化為蝴蝶，其次言蝴蝶夢化為人，表述人與物之間形態轉換，幻化無端，物人之間形態轉變，如此之快速，如同夢境瞬生瞬滅。李白詩以「夢」、「為」等動詞，描摹出景象變換於瞬息間之動感感。從物理學相對論之理論言之，李白以身在寰宇之外的全知全景之觀察者，覺察和同時看見物態生命樣態遞換之先後之姿態，或者可同步看見過去、現在和未來之物態物相之動相變換之樣貌。物態空間轉換之同時，時間之過去、現在和未來也瞬間改變。

試舉詩篇分析，如下：

> 北溟有巨魚，身長數千里。仰噴三山雪；橫吞百川水。憑陵隨海運；燀赫因風起。吾觀摩天飛，九萬方未已。

〈古風五十九首之三十三〉藉《莊子・逍遙遊》鯤魚化鵬，喻己如上青天九萬里之雄心壯志。朱諫注李白詩云：「言北溟之鯤，大數千里。仰首而噴浪，則成三山之雪；張口而嚼波，則吞百川之水。隨海而運，則擊手有三千里之遠；因風而起，則摩天有九萬里之程。是神物之大者，其運用之大，茫乎不可測也如此。」[11]李白詳細地描摹神奇鯤魚變動之過程，首先描述地點。「北溟」，其次，李白依觀察視點流轉，依巨魚之長度、高度和寬度，「身長」；「仰噴」；「橫吞」一一鋪寫，詳細形塑巨大鯤魚之物態空間之形。第三，李白描述物態之形態轉換；由隨海水游移遷徙之鯤，風至，瞬間幻化為大鵬鳥展翅而飛，「憑陵」；「隨海運」；「因風起」；「摩天飛」等，呈現一個

---

[10] 同前註。
[11] 同前註，頁 161。

個變換動相之過程。李白取風摹寫物之形態轉換時,引起速動時間感知,這一轉換是虛幻無端,是快速而無從知其由來。從物理學相對論之理論言之,李白以旁觀者之觀察角度,觀察萬物各有所表,任憑隨機機遇巧合,轉瞬間,或可變換生命樣態,一展長久。此一方面流露李白對生命樣態與生存價值之想法,另一方面,亦呈現李白時空交融之觀點。

　　試舉詩篇分析,如下:

> 明主訪賢逸,雲泉今已空。二盧竟不起,萬乘高其風。河上喜相得,壺中趣每同。滄州即此地,<u>觀化遊無窮</u>。木落海水清,鼇背覿方蓬。與君弄倒景,攜手凌星虹。(〈贈盧徵君昆弟〉)

「觀化遊無窮」藉《莊子・至樂》觀萬物變化通往至道之門,成玄英為《莊子・至樂》疏云:「我與子同遊,觀于變化,化而及我。」[12]又《莊子・在宥》云:「余將去女,入無窮之門,以游無極之野。」[13]觀物變化,遊於至道之門,達神仙之境,則遍閱仙洲、隨地可遊憩,縱覽萬物瞬間盛衰改換、變化生命樣貌。此一「觀化」之化,亦託喻太白自我內在轉化之經歷,此外,這也反映了觀察者自我生命情狀之改變,由凡入仙,由轉變之萬物之一,變成萬物轉變之觀察者。這一變換之視點與觀察者立場,使紀遊詩動態景象,開啟觀察萬物變換之時間秩序,在詩篇中摹寫物態之變與轉換時,彷彿詩人對其所處之現實世界之形態產生解離狀態,跳開這塵世之三維空間,以自我為觀察者,或以虛擬角色為觀察者,對三次元世界萬物變化過

---

[12] 參見詹鍈主編:《李白全集校注彙釋集評》,冊三,卷八,頁 1421。
[13] 參見詹鍈主編:《莊子・在宥》篇引廣成子語論之。同前註。

程，引入連續性、同步性描述景象，壓縮了長程變化，呈現短程快速、由昔、現、今全景式之觀察視點。

試舉詩例分析，如下：

> 天落白玉棺，王喬辭葉縣。一去未千年，漢陽復相見。猶乘飛鳧鳥；尚識仙人面。鬢髮何青青！童顏皎如練。吾曾弄海水，<u>清淺嗟三變</u>。果愜麻姑言，時光速流電。與君數杯酒，可以窮歡宴。白雲歸去來，何事坐交戰？（〈贈王漢陽〉）

「清淺嗟三變」以東海三為桑田之三次物態變換，託喻觀察者看見物象變化過程，對觀察者而言，此一視覺空間變化觀察，在凡人眼中，是一長時間，就詩中麻姑三變東海景觀，在仙人眼中，相較千萬年宇宙生命，東海三變之景，則為一瞬時瞬變之過程。

試舉詩例分析，如下：

> 白馬誰家子，黃龍邊塞兒。天山三丈雪，豈是遠行時？<u>春蕙忽秋草</u>，莎雞鳴西池。風催寒梭響，月入霜閨悲。憶與君別年，種桃齊蛾眉。桃今百餘尺，<u>花落成枯枝</u>。終然獨不見，流淚空自知。（〈獨不見〉）

詩篇參聯「春蕙忽秋草」，與陸聯「花落成枯枝」，皆取物象變換託擬情意與時變。春而忽秋，蕙草似驟生驟滅，託喻一年春秋時遷；桃樹長成，桃花轉瞬落盡只餘枯枝，摹寫女子等待丈夫至生命終點仍不得見之怨。黃永武《中國詩學》云：「時間的壓縮，⋯⋯把敘述事件所需冗長的實質時間，展現到簡短的詩中去。」又云：「時空的

壓縮特強，造成全詩遒勁的張力。」[14]詩篇視點藉長程之物態變化，驟而縮緊，在觀察者眼中一覽可見，將數個物態興衰變換過程，同步地、連線地在眼前開展，造成空間縱深感，[15]以動態與方向性變化，來摹寫空間，往往傳遞出詩人縱覽古往今來之全景視點，形塑大開大闔、即興即衰，瞬死瞬生之澎湃氣勢，反映詩意宏觀角度，形成胸懷若谷、奔放豁達情意。在藝術美學理論觀點，此正是藝術美學形式中「所謂『多樣』的意思」凌嵩郎、許天治等《藝術概論》云：「根據多樣統一的形式原理，……『多樣』……就是有變化。因為有變化，便可以破除呆板、枯寂以引起審美或欣賞的興趣。」[16]

二　移形美感

變形，指變換美與移形美。

所謂文學產生移形美，黃永武教授對詩歌移動景象曾言：「詩是視覺的音樂，說它是畫圖樣的時間。……詩是時空交綜的藝術，而且它不是靜止的時空，是廣狹長短變動著的時空。」[17]又云：「在複雜的時空關係中，有些詩是字面上只寫空間，實質上由於空間的改

---

[14] 參見黃永武：《中國詩學・設計篇》（臺北市：巨流圖書公司，1999 年），頁 53。

[15] 參見黃永武：《中國詩學・設計篇》，頁 62-63。另參見宗白華：〈中國詩畫中所表現的空間意識〉，《美學的散步・Ⅰ》（臺北市：洪範書店公司，2007 年），頁 50-51。宗白華認為時空是不能分割的，「春夏秋冬配合著東南西北。這個意識表現在秦漢的哲學思想裏。時間的節奏（一歲十二月二十四節）率領著空間方位（東南西北等）以構成我們的宇宙。所以我們的空間感覺隨著我們的時間感覺而節奏化了！音樂化了！畫家在畫面所欲表現的不只是一個建築意味的空間『宇』而須同時具有音樂意味的時間節奏『宙』。一個充滿音樂情趣的宇宙（時空合一體）是中國畫家詩人的藝術境界。」

[16] 參見凌嵩郎、蓋瑞忠、許天治等著：《藝術概論》（臺北市：國立空中大學，1988 年），頁 365。

[17] 參見仇小屏：《古典詩詞時空設計美學》（臺北市：文津出版公司，2002 年），頁 257。

換，時間即在其中進行。」[18]仇小屏《古典詩詞時空設計美學》云：
「對於『時間的空間化』，諸家的解釋都很值得參考。我們認為這種
情形主要是呈現空間意象，但在勾連時間意象的過程中，透露出時
間流逝的訊息。」[19]從物理學相對論言之，人類在空間和時間中移動。
空間和時間永遠與人類同在，時空構成人類生命的舞台。時空是觸
摸不到，經由讓我們獲知物體進行的感覺，間接地去體驗時空。觀
看不同距離的物體給了人類空間的體認，而觀察改變讓人們產生時
間的觀念。[20]因藉視察不同距離的物體，產生空間感知；藉觀察環境
物態變變，有了動覺[21]也產生時間感知。[22]空間＋時間＝時空，[23]四度

---

[18] 參見黃永武：《中國詩學・設計篇》，頁 43。

[19] 同前註，頁 68。

[20] Sander Bais 著，傅寬裕譯：《圖解愛因斯坦相對論》（*Very Special Relativity: An Illustrated Guide*）（臺北市：五南圖書出版公司，2009 年），頁 12。

[21] 按：此依格式塔心理學（Gostalt）學者韋德海默（Max Wertheimer, 1880-1943）的同型論（isomorphism）觀點，與考夫卡（Kurtkoffka, 1886-1941）的心理場（Psychophysical）和同型論研究，認為世界是心物的，觀察者知覺現實稱作心場場，被知覺的現實稱作物理場。心理場含有自我（ego）和環境。自我可以是具像的物體的我，或內在的情感及動覺（Kinesthetic Sensation），動覺指在環境張力狀態下的運動知覺。環境又可分為地理環境（geographical environments）和行為環境（behavioral environments），前者指實體環境，後者指意想中的環境。本文藉李白對環境人事物變化之觀察或想像，及反映在詩篇之動態描述，分析其詩中四度時空之變換與移形之世界。參見郭中人：《空間視覺感知》（Visual Perception of Space），頁 76-78。

[22] 按：此據物理學相對論之觀點，時間和空間為直覺形式的先天知識。康德認為不止時間和空間，因果律和物質的觀念亦是。所謂「先天」也可說是感性的先天形式。在將來可發現它們能應用在各式領域中。康德注意到一個事實，「時間和空間的觀念是屬於我們和自然的關係。」海森堡也認為愛因斯坦提出相對論之後，使人們理解事物的時間與空間中的位置是相關的。本文引用時空觀念，是以近代物理學原理和相對論理論為主。參見〔德〕原子物理學家韋納爾・卡爾・海森堡（Werner Karl Heisenberg 1901-1976）著，周東川、石資民、黃銘欽合譯：《物理與哲學》（*Physics & Philosophy: The revolution in modern science*），頁 50-51、78。

[23] 參見 Sander Bais 著，傅寬裕譯：《圖解愛因斯坦相對論》（*Very Special Relativity: An*

時空景象指文學作品中取三個定點物材描述人事物位置，及其物材
形態移動變化，來表述外在空間者，稱為四度時空[24]景象描述。所有
人事物移動變化的描述就顯示了時間的流動。凡是人事物的變遷均
能因時間改變，而描述出投射在三度空間背景上的動態圖示。或可
直接描畫成投射在四度時空背景上的靜態圖。由相對論之觀點言
之，時間和空間是不可分開考察的，時空「動態」語言才具客觀意
義的。[25]由空間擴展之觀點引入，藝術家將空間和時間流動因素加入
作品中，呈現物態移動和變形之美感，謝碧娥《杜象詩意的延異》
云：「幾何學空間論自希臘時期至笛卡爾（Rene Decartes）均有論述，
一直以來始終是西方學者關注的焦點，而一般對幾何學『N度空間』
觀念而提出『四度彎曲宇宙』的存在。」[26]阿波里內爾（Guillaume
Apollinaire）對畫家採用物理學相對論四度時空觀點提出看法，他
說：「幾何是空間的科學，他的體積與關係決定了繪畫的法則與規
律，至今歐基里德（Euclid）幾何學的三度空間，滿足了躁動的偉
大藝術家對無限的思慕。今日科學家並不把自己限制在歐基里德的
三度空間裏，畫家很自然地受到導引，一種直覺的被牽引，他們讓
自己專心致力於空間的各種可能性」。又說：「空間本身即是無限。
第四度時空賦予物件可變的特性。」[27]在詩篇中物象移動與變化景
象，也呈現四度時空視覺感知，以動狀和移動之速度引入詩歌畫面

Illustrated Guide），頁 12。

[24] 參見愛因斯坦、英費爾德（Einstein, Albert, 1879-1955），（Infeld, Leopold, 1898-1968），郭沂譯：《物理學的進化》（*The Evolution of Physics, 1938*），頁 145。

[25] 按：此依愛因斯坦研究，語言文字中，所有動態描述，均是指時刻在變化。每一段語言文字展現的時空狀態，均自成一系統。同前註，頁 15、88、145-146。

[26] 參見謝碧娥：《杜象詩意的延異：西方現代藝術的斷裂與轉化》（臺北市：秀威資訊科技公司，2008 年），頁 108。

[27] 按：此據謝碧娥引用 Edward F. Fry 立體派之論述。參見謝碧娥：《杜象詩意的延異：西方現代藝術的斷裂與轉化》，頁 108。

中，進一步表達了移形美感效果。瓦倫汀《實驗審美心理學》對畫面移動方向之美感，提出說法：「畫出美的線條和醜的線條。通過把被試者所作出的評價歸納起來，結果表明：美的線條的主要標準看起來在於如下幾點：方向和運動的統一，連續性。」[28]由動態形態至具方向性的移動變代，皆展現了各種情感和象徵意涵。在審美心理學觀點，這動相與具方向性移動都表徵觀察者心理的愛與空間審美情調。[29]

　　李白紀遊詩中取移形與變化之動態景象摹寫，傳遞虛實交融、真假互涉、仙凡交接之空間世界，不但深具獨特空間移動之美感，也透露太白內心情意與思想表徵，是李白獨特的心靈視點，也是十分前衛，解構三度空間人類視點之視覺感知。李白紀遊藉動態視點描繪內心感知和情意，這是在三度空間人們感到非常奇特，呈現具想像力的移形變化美。[30]

　　首先舉詩篇分析，如下：

---

[28] 參見瓦倫汀著，潘智彪譯：《實驗審美心理學》（*The Experimental Psychology of Beauty*），頁 104。

[29] 按：藝術多樣形式美之「多樣」好比離心運動，使藝術或藝術品向外擴張；統調則好比向心作用，使擴張的離心運動間同一方向集合。這反映作品物態之移動與方向性，形塑變化中具有統一之審美效果。參見凌嵩郎、蓋瑞忠、許天治等著：《藝術概論》，頁 366。另見物理美之論點，美物理學家徐一鴻：「我們所生活的空間有關的對稱性，即平移和旋轉」具方向之移動和轉動皆呈現物理學上對稱美。詳見徐一鴻（A. Zee）著，張禮譯：《可畏的對稱—現代物理美的探索》（*Fearful symmetry — The Search for Beauty in Modern Physics*），頁 9-22、73-74。

[30] 按：依愛因斯坦，我們人類世界是三度空間的世界。低維度空間的人不能具體地想像高維度空間。除非人類有能力將高維度空間想像出來。愛因斯坦說：「這些生物不能具體地想像一個三維空間，正如我們不能想像一個四維世界一樣。」參見愛因斯坦、英費爾德（Einstein, Albert, 1879-1955），（Infeld, Leopold, 1898-1968）著，郭沂譯：《物理學的進化》（*The Evolution of Physics, 1938*），頁 156、158。另詳見徐一鴻（A. Zee）著，張禮譯：《可畏的對稱——現代物理美的探索》（*Fearful symmetry — The Search for Beauty in Modern Physics*），頁 74。

鳳飛九千仞，五章備綵珍。銜書且虛歸，空入周與秦。橫絕歷四海，所居未得鄰。吾營紫河車，千載落風塵。藥物秘海岳。採鉛青溪濱。時登大樓山。舉首望仙真。羽駕滅去影，飆車絕回輪。尚恐丹液遲，志願不及申。徒霜鏡中髮，羞彼鶴上人。桃李何處開？此花非我春。唯應清都境，長與韓眾親。(〈古風五十九首之四〉)

另見一詩例，如下：

家有鶴上仙，飛飛凌太清。揚言碧雲裡，自道安期名。兩兩白玉童。雙吹紫鸞笙。去影忽不見，回風送天聲。舉首遠望之，飄然若流星。願餐金光草，壽與天齊傾。(〈古風五十九首之七〉)

又舉詩篇例子，如下：

朝弄紫泥海，夕披丹霞裳。揮手折若木，拂此西日光。雲臥遊八極，玉顏已千霜。飄飄入無倪，稽首祈上皇。呼我遊太皇，玉杯賜瓊漿。一餐歷萬歲，何用還故鄉。永隨長風去，天外恣飄揚。(〈古風五十九首之四十一〉)

李白以四度時空摹寫仙境奇遊，藉遊仙之空中飛移之景，寄寓萬物觀察心得和人生志向。其移動和方向性動相，或空中飛翔、升降於仙凡界、出入仙塵間等，運用「飛」、「遊」、「入」等仙凡中或天地間移動變化之景，摹寫詩人內心情志。詩句中多次取動詞與動態動相詞等描述高達志向，呈現恣意縱飛四海八方；轉移縱橫天地

極遠地；乘彩雲飛上天界。此類動態移動透顯內在超凡之志，期待高昇，為朝廷效力。在〈古風五十九首之十九〉：

> 恍恍與之去，<u>駕鴻凌紫冥</u>。

以及另一詩篇例子：

> 昔我遊齊都，登華不注峰。茲山何峻秀？綠翠如芙蓉。蕭颯古仙人，了知是赤松。借予一白鹿，自挾兩青龍。<u>含笑凌倒景</u>，欣然願相從。（〈古風五十九首之二十〉）

另見一例：

> 君子變猿鶴，小人為沙蟲。不及廣成子，<u>乘雲駕輕鴻</u>。（〈古風五十九首之二十八〉）

此取「駕」、「凌」、「乘」，摹寫空中移動之視覺景象，藉「飛」上仙界或乘雲或駕鴻等仙界使者，表現空中移向更高境地之動態視覺感知。甚至以含笑「飛昇」主天際仙界，回首俯看日月在其下，這一移動至極高處，向下俯瞰之視點，呈現太白驚人想像力，對於空間和時空移動已有新穎、前衛的視點，解構三度空間人類之視點。超越地球、月球和太陽，從外太空俯瞰塵世，李白視覺感知充滿靈活與開拓性，符合近世物理學相對論時空理論，創想出四度時空動態視點，將其移動視角方向拓展新增，甚至觸及由外太空方向，觀看地球之可能性。

第二節　立體美感

一　虛擬立體美

立體美感，指虛擬立面美與實相具象美。

所謂文學產生立面美，Francis D.K. Ching《建築：造型、空與與秩序》：「當線延伸的方向不同於它本身的方向時，就會形成面。……在視覺上，面可以界定出量體的邊緣，如果建築是三度空間的視覺藝術，……藉由垂直與水平面……製造出更多的差別性與獨特性。……當面朝著不同於其本身的方向延伸時，即形成體。在概念上，量體有三個向度：長度、寬度、深度。……量體可以是實──以塊體呈現──或是虛──以面所組成的。」[31]指出體在視覺上為線面之延伸，立面美會因延伸產生視覺力量，Simon Bell《景觀中的視覺設計元素》亦認同經立面之外形，塑造明顯視覺突兀感，呈現突出引人注意的表現。[32]詩歌以立面延伸形態與具象形象，呈現實體環境和意想中的世界，主要藉人類視覺觀察、組織詩人所感受到的空間立體特質來表達心理感覺。[33]這些立面延伸之向上之方向感，可以帶引觀察者進入景觀中，使讀者產生視覺與心理上向上方向趨向感受。[34]此知太白選擇立面形態之物景材料入詩，往往受到立面之高聳與延伸性視覺趨向感，藉此傳遞內心情意。由藝術造形之觀點言之，呂清夫認為「在立體造形來說，……空間不能用塊體來量。……法國造形家修佛（N.Schoffer）在其空間力學（Spatiodynamism）的

---

[31] 參見 Francis D.K. Ching 著，呂以寧、王玲玉譯：《建築、造型、空與與秩序》（臺北市：六合出版社，2007 年），頁 18、19、23、27、28。

[32] 參見 Simon Bell 著，張恆輔譯：《景觀中的視覺設計元素》（臺北市：六合出版社，1997 年），頁 22-23、54-58。

[33] 參見郭中人：《空間視覺感知》（*Visual Perception of space*），頁 24-26。

[34] 參見 Simon Bell 著，張恆輔譯：《景觀中的視覺設計元素》，頁 42。

立體造形中，……認為即使少量的物理空間，也會有強烈的力量。」[35]立面之空間強壯和高聳延伸，造成心理和視覺感受，形塑立體空間在詩篇中之強烈視覺審美效果。[36]宗白華〈中國詩畫中所表現的空間意識〉以山之立面與視覺關係，論述美感效益：「山水畫中也是抬頭先看見高遠的山峰，然後層層向下，窺見深遠的山谷，轉向近景林下水邊，最後橫向平遠的沙灘小島。遠山與近景構成一幅平面空間節奏。因為我們的視線是從上至下的流轉屈折，是節奏的動。……於是我們的心靈，光被四表，格於上下。」[37]

　　李白紀遊詩中，以虛擬立面（體）之物象，塑造具長、寬、高之立體空間感，[38]或表現高空俯瞰環境，或登上高處舉首遠望之環境。李白藉虛擬之仙人高處居地之空間感知，形塑立面高聳美感，藉此託寓求仙不易、長生不老之思。

　　試舉詩例分析，如下：

> 西上蓮花山，迢迢見明星。素手把芙蓉，虛步躡太清。霓裳曳廣帶，飄拂昇飛行。邀我登雲臺。高揖衛叔卿（〈古風五十九首之十九〉）

---

[35] 參見呂清夫：《造形原理》，頁 76-78。

[36] 參見瓦倫汀著，潘智彪譯：《實驗審美心理學‧音樂‧詩歌篇》（*The Experimental Psychology of Beauty*），頁 240-241。

[37] 參見宗白華：〈中國詩畫中所表現的空間意識〉，《美學的散步‧Ⅰ》，頁 55。

[38] 按：依愛因斯坦研究，人類是居住在三度空間的世界，我們可以看見二度空間事物。三度空間是一個三維（即三度）連續區，可取三個數表徵一人事物之位置。例如一盞放在桌上臺燈，其位置可由三個數來描寫，兩個數表示垂直於左右方距離（指長與寬），第三數表示枱燈與地面之距離（高）。三度空間中之立體感，皆因其位置可用三個數表徵，形成立體空間環境。參見愛因斯坦、英費爾德（Einstein, Albert, 1879-1955）、（Infeld, Leopold, 1898-1968），郭沂譯：《物理學的進化》（*The Evolution of Physics, 1938*），頁 140-141。

另一詩篇例子，如下：

> 吾營紫河車，千載落風塵。藥物秘海嶽，採鉛青溪濱。<u>時登大樓山，舉手望仙真。</u> 羽駕滅去影，飆車絕回輪。(〈古風五十九首之四〉)

以及另一詩篇，如下：

> 在世復幾時？倏如飄風度。空聞紫金經，白首愁相誤。撫己忽自笑。沉吟為誰故？名利徒煎熬。安得閒余步？終留赤玉舄。<u>東上蓬萊路。</u>秦帝如我求。蒼蒼但煙霧。(〈古風五十九首之二十〉)

詩歌取「上」、「登」、「望」等動詞，連結高聳的仙山寶境，例如「蓮花山」、「大樓山」[39]「雲臺」[40]、「蓬萊」山[41]等，李白以登高、登上仙山等制高點之空間，摹寫高聳、脫離凡塵之高遠距離美感，託喻求仙成仙之不易，變化流露欲以學仙超脫塵世、避亂之志。李白由登山、上仙界之困難，摹寫仙人居地難以親近，也取仙山高處之空間輕飄高遠，展現仙境絕塵、人跡罕至清淨之空間美感。

---

[39] 按：依朱諫注語，李白青溪東行，抵達宣城大樓山，此山是仙人棲居處。楊齊賢認為大樓山在秋浦。《嘉慶重修一統志》卷118池州府：「大樓山，……若空中樓閣然。」詳見詹鍈主編：《李白全集校注彙釋集評》，冊一，頁44-45、47-48。

[40] 按：雲臺指華山東北部之高峰。《嘉慶一統志》卷243同州府華山：「嶽頂東北曰雲臺峰。兩峰並峙，四面徒絕，巋然獨秀，狀若雲臺。」參見詹鍈主編：《李白全集校注彙釋集評》，冊一，頁106-107。

[41] 參見詹鍈主編：《李白全集校注彙釋集評》，冊一，頁116。朱諫注語：「彼則東上於蓬萊之山也。……惟見煙霧之蒼茫，仙人不可而求矣。」

二　實相具象美

立體美感，指虛擬立面美與實相具象美。

所謂文學產生實相具象美，孫全文、陳其澎《建築與記號》：「人類對語言的應用，最用心機的便是詩的創作，他提倡語言詩化功用，認為這是語言記號發展的極限。」此類語言具有置換性、空間性，亦可產生物性聯想關係。[42]宗白華《美學的散步》：「詩人對宇宙的俯仰觀照由來已久，……詩人畫家最愛登山臨水，……「俯」不但聯繫上下遠近，且有籠照一切的氣度。」[43]取自際景物之材料，往往在詩人視點的上下聯繫之下，表現出具象的視覺空間感知。從物理學相對論言之，人類生存在一個三維（即三度）的連續區，三度空間呈現現實世界的立體空間感。[44]李白紀遊詩之篇章，取材於現實環境之物材，例如山嶽、高臺、古城、名瀑長江、黃河等，重現在讀者眼前，讀者可因視覺與腦海對實質環境之物態經驗，重新在心海中組成物態，創造或再現詩人作品之實景景象。[45]此皆可形塑出三維空間高聳、壯闊之具象空間美感。

試舉詩例分析，如下：

> 胡關饒風沙，蕭索竟終古。木落秋草黃，<u>登高望戎虜</u>。荒城空大漠，邊邑無遺堵。白骨橫千霜，嵯峨蔽榛莽。借問誰陵虐？天驕毒威武。赫怒我聖皇，勞師事鼙鼓。陽和變殺氣，發卒騷中土。三十六萬人，哀哀淚如雨。且悲就行役，安得營農圃？不見征戍兒，豈知關山苦？李牧今不在，邊人飼豺

---

[42] 參見孫全文、陳其澎著：《建築與記號》（臺北市：明文書局公司，1989 年），頁 123-124。

[43] 參見宗白華：《美學的散步》，頁 57。

[44] 參見愛因斯坦、英費爾德（Einstein, Albert, 1879-1955）、（Infeld, Leopold, 1898-1968）著，郭沂譯：《物理學的進化》（The Evolution of Physics, 1938），頁 140。

[45] 參見郭中人：《空間視覺感知》（Visual Perception of Space），頁 79。

虎。（〈古風五十九首之十四〉）

另見詩篇例子，如下：

倚劍登高臺，悠悠送春目。蒼榛蔽層丘；瓊草隱深谷。鳳鳥
鳴西海，欲集無珍木。鷽斯得所居，蒿下盈萬族。晉風日已
頹，窮途方慟哭。（〈古風五十九首之五十四〉）

另舉詩篇例子，如下：

我隨秋風來，瑤草恐衰歇。中途寡名山，安得弄雲月？渡江
如昨日，黃葉向人飛。敬亭愜素尚，弭棹流清輝。……為余
話幽棲，且述陵陽美。天開白龍潭；月映清秋水。黃山望石
柱，突兀誰開張？黃鶴久不來，子安在蒼茫。東南焉可窮？
山鳥飛絕處。稠疊千萬峰，相連入雲去。聞此期振策；歸來
空閉關。相思如明月，可望不可攀。何當移白足，早晚凌蒼
山。且寄一書札，令予解愁顏。（〈自梁園至敬亭山見會公談
陵陽山水兼期同游因有此贈〉）

上述數首詩「登高」、「望」、「倚劍登高臺」、「黃山望石
柱」、「稠疊千萬峰」、「相連」、「入雲」、「凌蒼山」等，以具象實
景之高山、高臺為主，輔以山勢、臺高之形容摹狀，例如「稠疊」、
「相連」等詞語，建構再現黃山、高臺、石柱山、蒼山之具體高遠
壯麗之偉景象，這並非完全模山範水，李白紀遊實景，固然展現偉
奇立體美感，亦藉此抒發感傷時懷抱之高遠之志的情思。李白在紀
覽高壯之景時，亦以「登」高而「望」之視點，摹寫出由高處向四
方縱觀天地之廣遠氣象，也流露詩人登高遠眺興發不遇之慨嘆。登

高抒寫懷抱，雖非閑情紀遊，藉具象壯闊之三度空間之境界，表現詩人傲岸大器之氣度，與獨特詩歌特色。

第三節　衝突美感

一　高維度至低維度

　　所謂文學產生衝突美感，即是詩篇運用物態間之高度差距大，形成視覺之對立、矛盾或驚訝的心理衝突快感。康丁斯坦《藝術的精神性》：「……空間突出或凹入，往前或退縮，……使之共鳴或相對立。」這便可形成有力、豐富的畫面構成。[46]詩篇物態高度不協調，反而造成特別的吸引力，童慶炳《中國古代心理詩學與美學》云：「人們不難發現，在藝術創作中，醜成了一個重要的描寫對象。病態的、畸形的、貧弱的、不和諧的、醜陋的、卑劣的等各種各樣的醜都進入作家、藝術家的視野中。」[47]太白詩中取誇張高度落差極大之物象並置，就審美心理學言之，二者因不協調形態組合，反而引起觀察者的注意，或者內心興起驚嘆訝異的心理快感。不協調之物象組合引發觀察者注意的原因，從審美心理學上研究，「無論在生活中還在藝術中，美的東西都不是孤立地存在。美的東西總是同醜的東西相比較而存在，相鬥爭而發展的。心理學的實驗證明，對比效應是人感知事物的一大特徵。高個子在矮個子旁邊顯得更高。……法國作家雨果說：『根據我們的意見，滑稽醜怪作為崇高優美的配角和對照，要算是大自然給予藝術的最豐富的源泉。』」「古代莊嚴地散布在一切之上的普遍的美，不無單調之感；同樣的印象老是重複，時間一久也會令人生厭。崇高與崇高很難產生對照，

---

[46] 參見康丁斯基（Kandinsky）著，吳瑪悧譯：《藝術的精神性》（*Uber das Geistige in de Kunst*）（臺北市：藝術家出版社，1998 年），頁 77。

[47] 參見童慶炳：《中國古代心理詩學與美學》，頁 204。

人們需要任何東西都要有所變化，以便能夠休息一下，甚至對美也
是如此。」「所以雨果提出了一個美醜對照的詩學原則，那就是『醜
就在美的旁邊，畸形靠近著優美，醜怪藏在崇高的背後，美與醜並
存，光明與黑暗相共。』」[48]在紀遊詩中，李白將高維度之空間景象
作為一種表徵，用低維度之空間景象襯托之不諧調畫面寫法，亦是
屢見不鮮。

　　試舉詩篇為例，分析如下：

> 南都信佳麗，武闕橫西關。白水真人居，萬商羅鄽闤。高樓
> 對紫陌，甲第連青山。此地多英豪，邈然不可攀。陶朱與五
> 羖，名播天壤間。麗華秀玉色，漢女嬌朱顏。清歌遏流雲，
> 豔舞有餘閑。遨遊盛宛洛，冠蓋隨風還。走馬紅陽城，呼鷹
> 白河灣。誰識臥龍客，長吟愁鬢斑？（〈南都行〉）

「高樓對紫陌，甲第連青山」連用三維度高遠物象「高樓」、「青
山」；與低維度景象「紫陌」、「甲第」，摹寫出峨峨高樓建物和
紫色大道高低物態並置，平民宅地和高聳青山並列，這樣的三維景
象與定點景象對照，產生一高一低視覺極大落差，李白特意擇用高
度不協調之視覺景致，形塑南陽地區大街、高樓；繁榮街市、自然
高山環峙，人造與自然皆存且富變化之空間景象，藉高低不諧調物
景，使詩意突顯活力、之都市精神。此地培育許多不可企及之英豪，
其名聲和南陽地區豐富多彩之文化一樣，功業顯著，名揚歷史。

　　試舉詩例分析，如下：

> 三門橫峻灘，六剌走波瀾。石驚虎伏起；水狀龍縈盤。何慚

---

[48] 同前註，頁 205-206。

七里瀨？使我欲垂竿。(〈下陵陽沿高溪三門六刺灘〉)

「三門橫峻灘，六刺走波瀾」運用高維度「三門」山與低維度「六刺」灘並列，鋪陳一高一低之險峻起伏之奇景，此將六刺灘的怪奇和不諧調突顯出來，成為一吸引人的、驚訝的心理感受。童慶炳《中國古代詩學與美學》云：「醜的對象，其外在的形態對審美感官具有阻拒性，它不會順利地給人們帶來快感。但它卻具有一種吸引力，而且促使人們從對象的外在表象解脫出來，而去關注與追尋對象內部的真實和蘊含的意味，這樣，醜的對象就給人帶來一種更深刻的、更震憾人心的美感。」[49]詩篇取三維空間「三門」山與零度空間「六刺灘」摹寫出高山阻互險灘之前，推擠出奔騰巨浪與畸形怪石，令人驚駭久視不能忘懷。

試舉詩作分析，如下：

桂殿長愁不記春，黃金四壁起秋塵。夜懸明鏡青天上，獨照長門宮裏人。(〈長門怨二首之二〉)

「夜懸明鏡青天上，獨照長門宮裏人。」以青天上之明月與長門宮人兒並列，摹寫出高空景致和定點長門宮空間之對照，一高一低，二者完全不相連的物象，呈現空間距離極大落差，形成了一般高低間距不相接之畫面，這乃是一種視覺上跳躍視角，由高空一下子跳至地面宮殿，是故心理上形成跳接和不相連的感受，以一高空一地面之高低不諧調，暗示一種阻滯、不通暢審美反應。詩篇欲引起的是「長愁」與無盡孤獨，結合了詩句一高一低之阻滯不諧調心理反

---

[49] 同前註，頁 207。

應，二者融合為一，加深了不順暢之心理印象。

　　此一高低不諧調之畫面，在審美心理學中，反而是一種征服力量，運用形式不諧調之有力作用，使詩篇累積的孤寂和憂愁，在此一不諧調之視覺空間形式的溢洪道中得到舒泄，使詩篇之愁情得到控制，而且也使審美感受發生轉換，由不阻滯、不快樂轉為舒暢和緩解之心理感受。這樣不諧調物材組合安排，經由詩人巧思，形成很強烈李白的個人化藝術魅力，《中國古代心理詩學與美學》認為作品情感很難說是美的、快樂的，但這種「並不美的內容經他優秀的抒情技巧和形象化藝術語言的表現，就產生一種很強的藝術魅力，使讀者不能不引起共鳴，並激發起美感。」[50]

二　低維度至高維度

　　詩歌採用動態間高度落差，形塑視覺上對立、矛盾和驚嘆之心理快感，讀者因詩篇不協調之景象，引發特別關注，甚至思考探索這空間高度之落差之精神意義。宗白華《中國詩畫中所表現的空間意識》：「俯仰往還，遠近取與，是中國哲人的觀照法，也是詩人的觀照法。而這觀照法表現在我們的詩中畫中，構成我們詩畫中空間意識底特質。詩人對宇宙的俯仰觀照由來已久，……詩人雖不必直用俯仰字樣，而他意境是俯仰自得，遊目騁懷的。」[51]詩篇以觀察者站在平面觀察視點，由低向高空遠望，此時詩人眼中接收的景物，或可能有低維度與高維度之空間景致。高維度空間往往可能帶出一種高遠、無窮無盡的高遠視野與意境。《美學散步》：「中國人與西洋人同愛無窮空間（中國人愛稱太虛太空無窮無涯），但此中有很大的精神意境上底不同，……我們嚮往無窮的心，須能有所安頓，歸返

---

[50] 同前註，頁 211。
[51] 參見宗白華：《美學的散步》，頁 57。

自我，成一回旋的節奏。」[52]李白詩篇取先低維度後高維度之物象組合，就藝術形式理論言之，兩種極懸殊高度差異物象組合並列在一起，「如果運用得法，不僅可以顯示其美，且因其突出的外表互相對照之下，能將其美點更加渲染或襯托出來。」[53]詩篇以一低維度和高維度對照，呈現以低維度景象作為一象徵，用高維度空間景象襯托不諧調之畫面，此亦表現空間跳動之幻象，甚至藉高維度視點，產生無限延伸的特性。[54]

試舉詩例分析，如下：

南湖秋水夜無煙，耐可乘流直上天！且就洞庭賒月色，將船買酒白雲邊。（〈陪族叔刑部侍郎曄及中書賈舍人至遊洞庭五首之二〉）

「南湖秋水夜無煙，耐可乘流直上天。」運用定點空間景象「南湖」，與流水直上雲天之四度時空景象並置，前者是實景，後者是想像湖水奔流上雲天之景，傳遞詩人月夜泛舟湖上，飲酒仰望天際，形塑出一無窮無盡之高遠意境之狂想。這一低維度一高維度之組合，一實景一想像之動態景，摹寫出湖水和天際跳躍交接之想像視覺空間感知，產生詩人幻昇上遊天際之驚嘆景象，一低一高之距離落差極大，也藉此託寓這詩人之俯仰天地之視點之虛幻浪漫與超脫塵俗之懷想。

試舉詩例解析，如下：

---

[52] 同前註，頁 57-58。
[53] 參見凌嵩郎、蓋瑞忠、許天治等著：《藝術概論》，頁 360。
[54] 參見謝碧娥：《杜象詩意的延異》，頁 109。

洞庭湖西秋月輝，瀟湘江北早鴻飛。醉客滿船歌白苧，不知霜露入秋衣。（〈陪族叔刑部侍郎曄及中書賈舍人至遊洞庭五首之四〉）

「洞庭湖西秋月輝」以定點空間「洞庭」湖與高遠物象秋「月」並陳，一低維度一高維度，形塑夜深清冷空曠的氛圍。詩人先見湖面，隨而視點轉向西邊，隨後突然視點跳至高空明月，這一視點之移動和跳躍，描寫出極懸殊與不連接的空間組合，詩人隨其視點跳接，心境也隨之瞬轉，詩中所流露的是詩人對窮夜漫遊卻感淒涼寂寥，雖在舟中飲酒唱歌，詩人視點卻在舟外湖面觀覽，形成一種人在舟中，心卻離舟而飄移不定，洞庭湖面，沒有什麼引起詩人注意，接著眼線一躍至天上明月，清亮淒冷之月與詩人相互輝映，這一高維度之明月景，孤獨高掛在天上。詩人身在舟船中與賓客共樂，心卻四方飄移備感孤寂。低維度至高維度的高度落差景致，產生不諧調、跳躍的視覺感知，形塑出情感斷離、不連接，人以舟船之熱鬧襯托一己視點飄移的孤寂；用湖面深夜漫遊襯托天上明月之冷清。童慶炳《中國古代心理詩學與美學》云：「離開醜孤立地去求美，得不到美；相反，若能把醜置於美之旁，那美就在對比中顯露出來了。」[55] 在詩篇中，李白運用低維度物象作為背景，用來襯托高維度之物象，二者造成空間距離落差，進一步顯現了詩意暗藏的詩人自我形象，或者寄寓對人生境遇不如意之迷惑與茫然。

---

[55] 參見童慶炳：《中國古代心理詩學與美學》，頁 205。

第四節　簡約美感

一　靜態美感

簡約美感，指靜態事物或單一空間維度所表現的美。

所謂文學產生靜態美，指詩篇物態簡約、靜態，呈現意境含蓄而深刻的形態。[56]童慶炳《中國古代心理詩學與美學》提及單一物態與詩人心理同一對應，可以產生美感，「物理世界心理世界的力的結構是不同質的，但可以相互對應、溝通、同一，從而達到內外兩個世界的同型合一，並從這種同構關係中產生詩與美。」[57]黃永武教授對單一靜態事物造就的單純簡化詩境，可由讀者增添想像，進一步再造融鑄，產生其精鍊而具暗示力美感。[58]

從物理學思維方向言之，物理學家崇尚簡潔美，愛因斯坦認為「物理之美的本質就是簡單性」[59]此亦是物理學家探索自然規律的情感支柱。[60]詩人遊歷天地四方，描摹眼睛所見外物景象，往往針對一眼抓住「眼前物體粗略的結構本質，……是一種十分簡單的規則的圖形。這些圖形以一種清晰、鮮明的輪廓線呈現在眼前。」[61]由藝術與視知覺關係論之，阿恩海姆（Rudolf Arnheim）為簡約下定義：「在

---

[56] 同前註，頁 103。

[57] 同前註，頁 171。

[58] 按：黃永武認為「詩的字數有限，它所描繪的空間，不可能像畫面的映射那樣，把景物鉅細靡遺地一一點明出來。往往是需要藉著讀者的經驗來協助完成詩境的重視。」參見黃永武：《中國詩學・設計篇》，頁 66-67。

[59] 參見趙岩：〈美與物理教學〉，《鞍山師範學院學報》3 卷 3 期（2001 年），頁 39。

[60] 參見曾月新：〈物理學家的美學思想對物理學發展的作用〉，《天津師範大學物理與電子信息學院》16 卷 3 期（總 93 期）（2001 年），頁 65。另參曾永成、蕭昌建：〈愛因斯坦：在童心中從科學向美學的開拓〉，《成都大學學報》（社會科學版）第 5 期（2005 年），頁 4-7。

[61] 參見〔美〕魯道夫・阿恩海姆（Rudolf Arnheim）著，滕守堯、朱疆源譯：《藝術與視知覺》（*Art and Visual Perception*）（成都市：四川人民出版社，1998 年），頁 63。

實際運用中，簡化有兩種意思。第一種，就是我們通常說的『簡單』。……這裏所說的簡單，主要是從量的角度去考慮的。」[62]詩篇運用動態景象簡單之技巧，使詩歌空間結構看上去很簡潔。此即是中國詩學中反覆論及的「含蓄」美，童慶炳《中國古代心理詩學與美學》：「一個詩人只要是把他的天性或內在需要發揮到極致，最終他的作品都要歸於含蓄美或「簡化性」。含蓄作為一種美的形態，又是讀者鑑賞再創造的需要，其心理機制就是讀者對詩作中空白的填充與投射。」又云：「現代心理學已證實，人們在觀看一個事物時，並不是毫無主見的單純客觀地觀看。在觀看的同時，強烈的個人需要使他產生一種期待，期待看到與他的需求相吻合的東西，而記憶痕迹在此時就會對觀看產生強烈的影響。」[63]由簡約單一靜態物象觀察，詩人創造一含蓄、簡約的素材，讀者藉此單一靜止簡潔的詩歌景象，投射無窮的想像力，形塑可供無限揮灑、詮釋之詩歌空間。

李白紀遊詩中取單一零度空間[64]物象，描述實體環境或意想中的環境。零度空間意象指定點靜止的空間感知形象，[65]藉此呈現單一靜態美感。

試舉詩篇，如下：

一百四十年，國容何赫然！隱隱五鳳樓，峨峨橫三川。王侯

---

[62] 同前註，頁 66。

[63] 參見童慶炳：《中國古代心理詩學與美學》，頁 108-109。

[64] 按：依物理學相對論研究，愛因斯坦認為空間結構層次中第一種為定點位置，此即為零度空間。參見愛因斯坦、英費爾德（Einstein, Albert, 1879-1955）、（Infeld, Leopold, 1898-1968）著，郭沂譯：《物理學的進化》，（*The Evolution of Physics, 1938*），頁 140。

[65] 按：依王溢然之研究，詩篇中人物情景等一切有形之物，皆是一個個形象，可喚起無窮的想像。參見王溢然：《形象、抽象、直覺》（新竹市：凡異出版社，2001 年），頁 3。

象星月；賓客如雲煙。<u>鬥雞金宮裏</u>。<u>蹴鞠瑤臺邊</u>。（〈古風五十九首之四十六〉）

另見詩篇例子，如下：

桃花開東園，含笑誇白日。偶蒙東風榮，生此艷陽質。豈無佳人色？但恐花不實。宛轉龍火飛，零落早相失。<u>詎知南山松</u>，獨立自蕭飀？（〈古風五十九首之四十七〉）

及詩篇詩例如下：

<u>碧荷生幽泉</u>，朝日艷且鮮。秋花冒綠水。密葉羅青煙。秀色空絕世。馨香誰為傳？（〈古風五十九首之二十六〉）

靜態定點空間詩例，如下：

垂楊拂綠水，搖豔東風年。<u>花明玉關雪</u>，葉暖金窗煙。美人結長想，對此心淒然。攀條折春色，<u>遠寄龍庭前</u>。（〈折楊柳〉）

紀遊詩中取靜態定點空間或物象，摹描行跡及想像所至之環境，例如：「金宮」、「瑤臺」、「玉關」、「龍庭」等定點位置或專名之處所詞語，指稱特定方所專名標記。[66]此表述了定點位置或方位處所，展現詩人腦海中實景或想像遊覽定點。此外，靜態景物物象亦呈現簡約美感，例如：「南山松」、「碧荷」等自然景物，詩篇以空間的景物予

---

[66] 參見儲澤祥：《現代漢語方所系統研究》（武漢市：華中師範大學出版社，2003 年），頁 10-11。

以外化，將作品空間具體化為景物，與人物活動相結合而構成的場景。[67]藉獨特靜態定點位置，渲染託喻君子在野，節操正美，思遇明主，期能濟世治國，一展長才。或取「金宮」、「瑤臺」，描寫金碧輝煌，建築精美之樓台亭閣，烘托大唐富貴和繁華之氣勢。

二　單一空間

　　簡約美感，指靜態景物地點或單一空間維度所描摹的美。

　　所謂文學產生單一空間維度美感，指詩篇景象空間獨造，刻意留一空間，予以強化、突顯之，藉此呈現特殊空間意蘊或鋪墊詩意氛圍。[68]詩篇之物態、形態是可以依詩意作組合選擇的，康丁斯基《藝術的精神性》：「藝術作品」形可以單獨存在，像一個物體（寫實或不寫實都好），或者是一個抽象的空間或面。……如幾何形，也有它內在的聲音，即它的精神本質。這個個性和形本身是同一的。……有其獨特的精神本質。」[69]詩篇單取一形象，描摹詩人情志，此在藝術理論中，可供探索作家藉此景物形象興發之美感經驗；在中國傳統美學論述中，則指這獨特之形與空間景象託喻的「意象」、「意境」和「境界」上。[70]黃永武《中國詩學》，進一步論述單一獨特之空間景象所興發的審美心理反應：「詩中的空間也就像凝集起來一般，最後選擇一個空間的凝聚焦點，把精神集中在上面，給予特寫，使這

---

[67] 按：依金健人之研究，「自然不只是泛泛的天和地，人也不是懸在虛空中，而是在小溪、河、流、湖海、山峰、平原、森林、峽谷之類某一定的地點。」詳參金健人：《小說結構美學》（臺北市：木鐸出版社，1988 年），頁 72。

[68] 按：詩境若單取一空間凝聚，往往助長詩意強度和氣氛。參見黃永武：《中國詩學‧設計篇》，頁 60。

[69] 參見康丁斯基（Kandinsky）著，吳瑪悧譯：《藝術的精神性》（*Uber das Geistige in de Kunst*），頁 50-51。

[70] 參見陳望衡：《中國古典美學史》（長沙市：新華書局，1998 年），頁 2。

個凝聚的焦點分外凸出。」[71]宗白華擇取中國詩篇獨特空間境界，與西方藝術文化獨特象徵物，作了比較：「現代德國哲學家斯播格耐（Oswald Spengler）在他名著『西方之衰落』一部偉大的文化形態學裏面曾經闡明每一種獨立的文化都有他基本象徵物，具體地表象它的本精神。在埃及是『路』，在希臘是『立體』，在近代歐洲文化是『無盡的空間』。這三種基本象都是取之於空間境界，而他們最具體的表現是在藝術裏面。……我們若用這個觀點來考察中國藝術，尤其是畫與詩中所表現的空間意識，再拿來同別種文化作比較，是一極有趣味的事。……中國詩人畫家確是用『俯仰自得』的精神來欣賞宇宙，而躍入大自然的節奏裏去『遊心太玄』。……用心靈的眼睛來看空間萬象，……是『俯仰自得』的節奏化音樂化了的宇宙。」[72]在紀遊詩篇摹寫中，李白取單一獨特之物態、空間景象強化突顯詩人情感與理念，或對宇宙、天地、人事、自我之思考，形塑簡約而內蘊深厚的詩篇氣象。

試舉詩篇例子分析，如下：

孤蘭生幽園，眾草共蕪沒。雖照陽春暉，復悲高秋月。飛霜早淅瀝，綠艷恐休歇。若無清風吹，香氣為誰發？（〈古風五十九首之三十八〉）

另一詩例以單一定點空間位置摹寫有才者不遇之嘆：

吾憐宛溪好，百尺照心明。何謝新安水？千尋見底清。白沙留月色；綠竹助秋聲。卻笑嚴湍上，於今獨擅名。（〈題宛溪

---

71 參見黃永武：《中國詩學‧設計篇》，頁 58。
72 參見宗白華：〈中國詩畫中所表現的空間意識〉，《美學的散步‧Ⅰ》，頁 37、41。

館〉〉

此一詩篇取單一定點空間位置託喻詩人自傷之情：

> 月皎昭陽殿；<u>霜清長信宮</u>。天行乘玉輦，飛燕與君同。更有
> 歡娛處，承恩樂未窮。誰憐團扇妾，獨坐怨秋風。(〈長信宮〉)

這一詩篇以單一定點空間，鋪陳金陵昔盛今衰之感慨：

> 晉家南渡日，此地舊長安。地即帝王宅；山爲龍虎盤。<u>金陵
> 空壯觀</u>，天塹淨波瀾。醉客迴橈去，吳歌且自歡。(〈金陵三
> 首之一〉)

詩篇摹寫單一定點人文空間位置，例如：「宛溪」、「長信宮」、「金陵」
等，分別強調單一地景空間之特色與歷史情事，藉聚焦該地景色奇
美，無人欣賞來表達自傷有才，卻不得君王重用之嘆；或藉強化美
人獨居冷宮之淒寂可惜，來渲染一己無法伴君側以貢獻己力，小人
環繞君王使自己處境艱難；取舊日帝王住宅之著名勝地，今日卻淪
於宮沒雜草叢生之殘破景象，來描摹世事榮華繁盛難長久，盛極隨
之衰至之感慨。此外，詩歌中以單一自然物態摹寫有才者之孤獨，
亦以蘭自喻。例如：「孤蘭」生幽園。以一枝優質蘭草卻孤獨生長在
幽園，被雜草掩沒其香美之質，託喻懷才不遇，無人舉薦之艱困處
境。

第十一章　結論

　　在中國歷來評論李白詩篇者中，胡應麟《詩藪》曾稱讚李白詩之變化和奇幻：

> 李才高氣逸而調雄。……太白〈蜀道難〉、〈遠別離〉、〈天姥吟〉、〈堯祠歌〉等，無首無尾，變幻錯綜，窈冥昏默，非才力學之，立見顛跋。

又論李白樂府詩之奇與變：

> 樂府則太白擅奇古今，……蜀道難遠別離等篇出鬼入神，惝恍莫測。[1]

讚論李白詩自成一大家：

> 七言古，初唐以才藻勝，盛唐以風神勝；李杜以氣墊勝；而才藻風神稱之，加以變化靈異，遂為大家。……闔闢縱橫，變幻超忽，疾雷震電，淒風急雨，歌也。……太白多近歌。[2]

胡應麟認為李白詩作特色有變化、奇幻、動態、雷電般速度感等，這論述誠如殷璠《河嶽英靈集》以李白詩作特色「奇之又奇」論評云：

---

[1] 參見瞿蛻園校注：《李白集校注》（臺北市：里仁書局，1981年），附錄五，頁1875。
[2] 同前註，頁1877。

李白性嗜酒，志不拘檢，常林棲十數載，故其為文章率皆縱
逸。至如〈蜀道難〉等篇，可謂奇之又奇，自騷人以來，鮮
有此體調也。[3]

唐代詩歌評論者對李白詩的特色評述，有助於在總結本文，概括地
為李白詩浪漫奇幻之表現，再作一整體的回顧。

李白詩與唐朝文化等時代發展關係是整體的，無論是李白不遇
情思、漫遊逐夢、近生命目標建立、宇宙觀照或奇幻懷想，實際上
都不可能完全脫離詩人現實空間世界而獨立存在。本文所討論的李
白紀遊詩，可以說是反映了李白遊歷與所見所感的宇宙世界。李白
在漫遊之際，觀察世界宇宙、廣泛地吸取唐代文化科學氛圍，並且
審視自我，因此，李白紀遊詩有自我表現特質。隨著李白的視覺、
觸覺等感官觀察和感覺之推進，隨著李白紀遊詩所顯示方位處所和
認知空間之獨特性，此可見李白詩作確實為中國詩歌史之浪漫派開
拓了奇與變的特質和光彩。

本文由時空角度，對李白紀遊詩進行分析，經由以上數章分析
探究，本文由數類時空景象角度與面向，歸結李白紀遊詩在浪漫詩
派上之獨特與開創處。以下分別由李白紀遊詩時空景象摹寫特點，
與時空摹寫之發展和影響等等項目，為本文作結論。

第一節　李白紀遊詩時空摹寫特點

一　高維度動態世界

從唐朝歌發展情形論之，李白集合初唐以來詩家及詩歌革新創
作理念，再運用自身豐富遊歷視野、廣泛閱覽奇書、博學多聞和奇

---

[3] 同前註，頁 1884。

絕想像力，將詩篇景象題材拓展至前人從未達至的感官視界，並且審視自我的境遇，以期對自我生命認知與安頓，甚至表達對宇宙天地的探索和關懷。盛唐時期天文科學興起，此與唐代文人知識環境多元化、宇宙天地時空觀念進步、自我與天文星際關係之好奇探索，也包含文人對於生命標的思考，不再侷限於功名權位上，追尋新的可能發展方向。

　　李白紀遊詩與其他詩家作品不同之處，在對自我際遇投射摹寫之外，而且還以關注地球與宇宙角度，來為受不平等待遇文人發聲。此一差異處應該是李白對於宇宙天文學的理解。在唐朝天文科學研究，一行等人對於天文宇宙動態現象，與人類生存地球位置之認識，便是宇宙星球會移動運轉，人類生存的位置與天文星體皆有運行軌道，這些天文學知識與研究，造就李白高維度空間視覺感知，和變化動態的時空觀念。這呈現在詩篇中，展現出奇絕高維度空間，與奇幻動態時空景象。〈唐詩紀事〉云：「張碧，貞元中人，自序其詩云：『碧嘗李長吉集，謂春拆紅翠，闢開蟄戶，其奇峭者不可攻也。及覽李太白辭，天與俱高，青且無際。鵬觸巨海，瀾濤怒翻。』」[4]主張太白作品呈現高空廣遠視角，強調誇張、非現實三維世界的虛擬空間和物象。孫覿〈送刪定姪歸南安序〉云：「李太白周覽四海名山大川，一泉之旁，一山一阻，神林鬼魅之宄，猿狖所家，魚龍所宮，往往遊焉。故其為詩疎宕有奇氣。」[5]表達李白詩紀遊視角兼具高險與神奇魔幻景象，這是長久以來為詩歌評論者所重視的李白紀遊景致特殊處，根源自詩人一生遊歷奇山險嶺經歷與閱讀奇書學養。高山峻嶺之高遠空間景致外，變動歷程景象亦為李白紀遊作品摹寫特色。試舉〈遊太山六首之四〉：「攀崖上日觀，伏檻窺東溟。海色動

---

[4] 同前註，頁 1857。
[5] 同前註，頁 1859。

遠山，天雞已先鳴。銀台出倒景，白浪翻長鯨。安得不死藥，高飛向蓬瀛。」描摹李白太山觀覽高遠景致，幻想乘雲駕風高飛至神山；〈感遇四首之三〉云：「方希鍊金骨。飛去身莫返，含笑坐明月」描摹嫦娥飛離人間之後，以「含笑坐明月」由明月向下俯視地球視角，呈現三維空間人類不曾有的高遠動態視覺空間感知；〈寄王屋山人孟大融〉云：「朱顏謝春暉；白髮見生涯。所期就金液，飛步登雲車。願隨夫子天壇上，閑與仙人掃落花。」摹寫太白輕身飛步登雲升天，漸漸呈現由凡入仙之變化景象和時間歷程。〈藝苑卮言〉云：「太白古樂府杳冥惝恍，縱橫變幻，極才人之致。然自是太白樂府。」[6]將李白詩變幻、動態歷程描摹，視為其最具特色、前所未見，獨特浪漫詩歌表現。〈李詩緯〉以讀者立場，評論李白詩篇出入天際與變動方向摹寫，為唐詩中最璀璨者，故云：「予讀李白詩，想見其心，如入天際，渺乎莫從其所之。」[7]宋濂〈答章秀才論詩書〉云：「並時而作有李太白，宗風騷及建安七子，其變化若神龍之不可羈。」[8]李白詩變幻莫測的詩篇摹寫法，在歷來歌發展史上，體現新的詩歌意象，與開拓詩歌景致之無限可能，帶給詩歌體裁衝擊力、獨特動態或想像遊歷時空視野，超越前朝詩家詩作傳統，以詩人獨立、創想動態時空景象，遂成就其高維度與個人化四度時空視覺世界。

二　展現兩個以上空間之視點交融

　　隨著唐代天文科學研究發展，李白在詩篇中增加許多宇宙星象天文景致，詩人對於視覺感官觀察宇宙天地，已更為開闊，在視角選擇上更具變化，李白紀遊詩不單使用自我為中心的認知空間，而是透過遊歷觀察與想像力創造，突破了三維空間人類視覺感知，同步

---

[6] 同前註，頁 1875。

[7] 同前註，頁 1881。

[8] 同前註，頁 1873。

地展現自我、他人或環境為中心認知空間。從這個角度來看，詩人
顛覆了以現實三次元為主的觀察模式，開創兩個以上空間視點，是
一極具奇變紀遊描述特色。

〈人與諸公送陳郎將歸衡并序〉云：「衡山蒼蒼入紫冥，下看南
極老人星。回颷吹散五峰雪，往往飛花落洞庭。」以先描述衡山，
次為「下看南極老人星」之上往下看，呈現觀察者平面上視視角，
與凌駕於南極老人星之上方，再下視南極老人星之視角。視角順序
由向上，次由高處向下。此表現了「上看」、「下看」兩個空間視點
交融，解構三維世界人類視角觀察模式，也表現瞬移動態之新穎描
述法：〈登敬亭山南懷古贈竇主簿〉云：「下視宇宙間，四溟皆波瀾。」
描摹竇子明棄官乘白龍成仙，向下俯視茫茫宇宙，此呈現詩篇前段
上視「天南端」視角，與「下視宇宙間」之下看俯視視角交融；〈上
清寶鼎詩二首之二〉云：「醉著鸞皇衣，星斗俯可捫」描摹詩人以身
在比日、月、地球更高之宇宙中位置，俯看星斗、日、月，此表現
了篇前半部份「青松䰀朝霞」等上視視角，與「星斗俯可捫」之俯
視視角交融。

在李白紀遊詩中，詩人運用自我為中心之視角，描摹遊歷時所
見所聞，同時也以他人或環境為中心之視角來表現多面、瞬移之視
覺空間景象，展現兩個以上空間視點，解構了人類三度空間視覺感
知，突破了單一視點摹寫法，形塑個人化新穎視角。

三 以有盡空間流向無限之時空

宗白華〈中國畫中所表現的空間意識〉云：「中國人與西洋人同
愛無盡空間，……（中國人）我們響往無窮的心，須能有所安頓，
歸返自我，成一回旋的節奏。……是瀠洄委曲，綢繆往復，遙望著
一個目標的行程！我們的宇宙是時間率領著空間，……『時空合一

體』。」[9]李白紀遊景象呈現詩人遊歷之視覺俯仰觀照，展現真實見聞，也是想像與心靈中理想境界，呈現詩人活潑靈動的時空意識，將有邊際的空間景象，連結無限的時空境界，使詩篇物象景致籠照關照無邊世界和宇宙萬物。

〈上皇西巡南京歌十首之二〉云：「九天開出一成都，萬戶千門入畫圖。草樹雲山如錦繡，秦川得及此間無？」以「千」「萬」摹寫廣大無邊的平面空間景象，成都千門萬戶是繁華人文城市展現，亦為詩人對盛唐雄偉、興盛國勢之景仰，以平面視覺空間感知，表徵盛唐豐富興盛的文化與精神。〈鳳臺曲〉云：「嘗聞秦帝如，傳得鳳凰聲。是日逢仙子，當時別有情。人吹彩簫去；天借綠雲迎。曲在身不返，空餘弄玉名。」以仙人蕭史與弄玉結成連理，天界「綠雲」在空中迎接蕭史和弄玉入仙境；〈來日大難〉云：「仙人相存，誘我遠學。海淩三山，陸息五嶽。乘龍天飛·目瞻兩角。授以神藥，金丹滿握。蠰蚷蒙恩，深愧短促。思填東海，強銜一木。道重天地，軒師廣成。蟬翼九五，以求長生。下士大笑，如蒼蠅聲。」以「海淩三山，陸憩五嶽」摹寫仙人下凡站在五嶽高山頂端，在人煙罕至之高度空間挑選凡塵界有才者，勸引學習仙界事物，欲助太白升為仙界一員。這是將凡塵高度空間景象與無窮永生仙界境地連結，藉有才者學習和仙人指引，使塵世世界與仙界得以交流，也標示詩人於有盡生命歷程中，跨越朝向無窮高遠的仙界理想，象徵人類有限生命轉換融入無窮無盡形而上的理想境地，此亦是知識分子心靈桃花源。

---

[9] 參見宗白華：〈中國詩畫中所表現的空間意識〉《美學的散步》（臺北市：洪範書店公司，2007 年），頁 57-58。

第二節　李白紀遊詩時空摹寫發展和影響

此處提出李白紀遊詩時空探究之未來研究方向，及其影響下列論之：

一　奇幻變動時空題材

李白一生漫遊南北各地，讀奇書，這些行旅見聞經驗和博學之學養，形塑其人具不凡超乎常人思維力和想像力。李白在紀遊詩中運用超脫凡俗、奇絕靈動的時空景象，形成李白詩個人特色，也開拓新的詩歌視覺意象之比興模式，李白將超凡神仙境界，運用奇特、動態景象託寓詩人追求理想與自由，和突破現實困境等意蘊，形成浪漫奇想之神奇視覺空間景象。〈古有所思〉云：「我思仙人乃在碧海之東隅，海寒多天風，白波連山倒蓬壺。長鯨噴湧不可涉，撫心茫茫淚如珠。西來青鳥東飛去，願寄一書謝麻姑。」摹寫奇幻神仙使者青鳥，由西方飛來，向東方飛去，李白藉「飛來」和「飛去」之動態摹寫，託寓詩人求仙成仙之渴望，形塑仙凡互動奇特過程。〈古風五十九首之七〉云：「客有鶴上仙，飛飛凌太清。揚言碧雲裏，自道安期名。兩兩白玉童，雙吹紫鸞笙去影忽不見，回風送天聲。舉首遠望之，飄然若流星。願餐金光草，壽與天齊傾。」以仙人騎仙鶴，飛翔在天空中之奇幻歷程，表達詩人領悟由凡人轉變為仙人之方法，凡人需服仙草、著仙衣，轉換凡俗身軀，輕身上天，或騎乘仙界使者，飛入仙境，這一奇特凡人轉化仙人之變化歷程，託寓詩人欲脫離塵俗一切，投入新的理想境地。

李白紀遊詩藉神仙上下飛翔等動態超塵之景象，展示詩人內心期待自由、無所羈絆的人生境界，亦是文人對現實不平之反動。此可見詩篇奇幻變動時空景象，既表露詩人創造力和豐沛想像力，渲洩現實焦慮，亦透顯詩人視覺感知之敏銳與具拓變開創手法。這是

未來在奇幻文學領域值得研究和討論的。

二　浪漫奔放詩歌思潮

　　關於浪漫詩派，詩歌表現主要有壯麗瘫偉藝術形象、構思想像豐富、情感率真自然等，這些是在浪漫詩派中詩風本色。

　　李白紀遊詩摹寫凡行蹤及想像所至者，其詩篇情思可不受拘限，展示其情蘊奔騰起伏、心境真誠變化。此外，李白在紀遊作品中藉雄渾壯闊三次元高山峻嶺空間氣勢，將詩人內心強烈自信心、積極蓬勃的性格，盡現筆下。

　　若從紀遊詩表現的空間景象風貌來觀察，或許與李白選擇紀遊空間摹寫時，藉現實、虛構交錯的手法，誇張地摹寫平面空間廣遠且無邊無際；立體空間景象高聳入天際，加上於其詩中，會不時運用散行句式，或感嘆虛詞，使其詩歌語言似如口語語調，自然真率，時添加觀察者讚嘆情緒或脫口而出之奔放情感，遂使其壯大浩瀚之時空景象增長雄偉壯麗氣勢，詩人藉此抒解內心不遇與不平之鬱悶，渲洩激盪渤湃的複雜難解情思。因此，紀遊詩時空表現也浪漫詩派詩風的研究議題。

　　綜上所述，李白紀遊詩之時空表現，在詩篇情意與個人思想志向寄寓，皆展現了詩人所見所感與所思所創想的時空世界，藉考察詩篇時空景象，探索詩家筆下空間意蘊，亦呈顯詩人心靈理想的時空境界。

參考文獻

（古籍以時代為序，現當代論著以作者姓氏筆劃為序，外文論著以
作者名字字母首字為序）

一　專書

（一）李白全集、李白集校注與李白研究論著

（宋）楊齊賢集註　（元）蕭士贇補註　《分類補註李太白詩》　上
　　海涵芬樓借蕭山朱氏藏明郭氏濟美堂刊本　四部叢刊集部　臺
　　北市　臺灣商務印書館

（清）王琦輯註　《李太白文集輯註》　清乾隆戊寅年聚錦堂原刻
　　本　臺北市　新興書局　1968 年 10 月

（清）王琦註　《李太白集》　景印文淵閣四庫全書　一〇六七冊
　　集部　臺北市　臺灣商務印書館　1986 年 7 月

牛寶彤　《李白文選》　北京市　學苑出版社　1989 年

安旗主編　《李白全集編年注釋》　上下冊　成都市　巴蜀書社
　　1990 年

郁賢皓選註　《李白選集》　上海市　上海古籍出版社　1990 年

詹鍈主編　《李白全集校注彙釋集評》　八冊　天津市　百花文藝
　　出版社　1993 年

瞿蛻園、朱金城校注　《李白集校注》　二冊　臺北市　里仁書局
　　1981 年

王輝斌　《李白求是錄》　南昌市　江西人民出版社　2000 年

王伯敏　《李白杜甫論畫詩散記》　杭州市　西泠印社　1983 年

王運熙、李寶均著　《李白》　臺北市　萬卷樓圖書公司　1993 年

王國櫻 《詩酒風流話太白》 臺北市 聯經出版事業公司 2010 年

安 旗 《李白研究》 西安市 西北大學出版社 1987 年

安 旗 《李白年譜》 臺北市 文年出版社 1987 年

安 旗 《李白詩秘要》 西安市 三秦出版社 2001 年

安 旗 《李白詩縱橫談》 西安市 陝西人民出版社 1981 年

李長之 《詩人李白及其痛苦》 臺北市 大漢出版社 1977 年

李白研究學會 《李白研究論叢》 成都市 巴蜀書社 1987 年

林 庚 《詩人李白》 上海市 上海古籍出版社 2000 年

松浦久友 《李白詩歌抒情藝術研究》 上海市 上海古籍出版社
1996 年

松浦久友 《李白的客寓意識－李白評傳》 北京市 中華書局
2001 年

岡村繁 《陶淵明李白新論》 《岡村繁全集》 第四卷 上海市
上海古籍出版社 2009 年

周勛初 《詩仙李白之謎》 臺北市 臺灣商務印書館 1996 年

周勛初 《李白研究》 武漢市 湖北教育出版社 2003 年

郁賢皓 《李白叢考》 西安市 陝西人民出版社 1982 年

郁賢皓 《謫仙詩人李白》 上海市 上海人民出版社 1986 年

郁賢皓 《李白大辭典》 南寧市 廣西教育出版社 1997 年

郁賢皓 《李白與唐代文史考論》 南京市 南京師範大學出版社
2008 年

俞平伯 《李白詩論叢》 香港 文苑書屋 1962 年

胥樹人 《李白和他的詩歌》 上海市 上海古籍出版社 1984 年

施逢雨 《李白詩的藝術成就》 臺北市 大安出版社 1992 年

施逢雨 《李白生平新探》 臺北市 臺灣學生書局 1999 年

馬鞍山李白研究會 《二十世紀李白研究論文精選集》 西安市 太
白文藝出版社 2000 年

金濤聲　《李白資料彙編－唐宋之部》　北京市　中華書局　2007 年

秦　儉　《跟隨李白上路》　北京市　北京圖書館出版社　2006 年

郭沫若　《李白與杜甫》　北京市　人民文學出版社　1972 年

許東海　《詩情賦筆話謫仙》　臺北市　文津出版社公司　2000 年

梁　森　《謝朓與李白管窺》　北京市　人民文學出版社　1995 年

黃麗容　《李白詩色彩學》　臺北市　文津出版社公司　2007 年

黃玉峰　《說李白》　上海市　上海辭書出版社　2007 年

黃錫圭　《李白年譜》　臺北市　學海出版社　1980 年

陶新民　《李白與魏晉風度》　北京市　中國廣播電話　1996 年

陳宣諭　《李白詩歌海意象》　臺北市　萬卷樓圖書公司　2011 年

張書城　《李白家世之謎》　蘭州市　蘭州大學出版社　1994 年

葛景春　《李白與唐代文化》　鄭州市　中州古籍出版社　1994 年

葛景春　《李白思想藝術探驪》　鄭州市　中州古籍出版社　1991 年

楊栩生　《李白生平研究匡補》　成都市　巴蜀書社　2000 年

楊海波　《李白思想研究》　上海市　學林出版社　1997 年

楊　義　《李杜詩學》　北京市　北京出版社　2001 年

楊慧傑　《詩中的李白》　臺北市　東大圖書出版社　1988 年

詹　鍈　《李白詩論叢》　北京市　人民文學出版社　1984 年

詹　鍈　《李白詩文繫年》　北京市　人民文學出版社　1984 年

裴　斐　《李白資料彙編－金元明清之部》　北京市　中華書局　
　　　1994 年

黎活仁、黃耀堃、梁敏兒、鄭振偉、葉瑞蓮、余麗文、黃自鴻　《李
　　　白杜甫詩的開端結尾研究》　臺北市　臺灣學生書局　2002 年

謝育爭　《李白散文研究》　臺北市　文津出版社公司　2012 年

（二）典籍史料

《周易注疏》　臺北市　藍燈出版社　十三經注疏本

《尚書注疏》　　臺北市　藍燈出版社　十三經注疏本

《周禮注疏》　　臺北市　藍燈出版社　十三經注疏本

《禮記注疏》　　臺北市　藍燈出版社　十三經注疏本

《左傳注疏》　　臺北市　藍燈出版社　十三經注疏本

《儀禮注疏》　　臺北市　藍燈出版社　十三經注疏本

《公羊傳注疏》　　臺北市　藍燈出版社　十三經注疏本

《穀梁傳注疏》　　臺北市　藍燈出版社　十三經注疏本

《論語注疏》　　臺北市　藍燈出版社　十三經注疏本

《爾雅注疏》　　臺北市　藍燈出版社　十三經注疏本

（周）莊周撰　　（清）郭慶藩輯　《莊子集釋》　　北京市　中華書
　　局　1989 年

（漢）王逸注　　（宋）洪興祖補注　《楚辭補注》　　臺北市　藝文
　　印書館　1981 年

（漢）司馬遷撰　楊家駱主編　《新校本史記三家注》　　臺北市　鼎
　　文書局　1979 年

（漢）司馬遷撰　《史記三家注》上下冊　　臺北市　七略出版社
　　1991 年

（漢）許慎著　　（清）段玉裁注　《說文解字注》　　臺北市　黎明
　　文化事業公司　1993 年

（漢）班固撰　（唐）顏師古注　楊家駱主編　《新校本漢書》　　臺
　　北市　鼎文書局　1986 年

〔魏〕王弼　〔晉〕韓康伯注　〔唐〕孔穎達疏　《周易正義》　　臺
　　北市　藝文印書館十三經注疏本　1993 年

（晉）陳壽撰　　（南朝宋）裴松之注　《三國志》　　臺北市　鼎文
　　書局　1976 年

（南朝宋）范曄撰　楊家駱主編　《新校本後漢書》　　臺北市　鼎
　　文書局　1978 年

（南朝梁）蕭統編　（唐）呂延濟等注　《文選》　臺北市　華正
　　書局　1984 年

（南朝梁）劉勰　王更生注釋　《文心雕龍讀本》　上下篇　臺北
　　市　文史哲出版社　1991 年

（唐）杜甫著　（清）仇兆鰲注　《杜詩詳注》　臺北市　里仁書
　　局　1980 年

（唐）朱景玄　《唐朝名畫錄》　臺北市　臺灣商務印書館　1983
　　年　《文淵閣四庫全書》本

（唐）宋之問　《宋之問集》　四部叢刊集部　〇三三　臺北市　臺
　　灣商務印書館

（唐）王維　《王右丞集》　四部叢刊集部　〇三三　臺北市　臺
　　灣商務印書館

（唐）韋應物　《韋江州集》　四部叢刊集部　〇三三　臺北市　臺
　　灣商務印書館

（唐）孟郊　《孟東野詩集》　四部叢刊集部　〇三五　臺北市　臺
　　灣商務印書館

（唐）韓愈　《韓昌黎先生集》　四部叢刊集部　〇三四　臺北市
　　臺灣商務印書館

（唐）李商隱　《李義山詩集》　四部叢刊集部　〇三七　臺北市
　　臺灣商務印書館

（唐）白居易　《白氏長慶集》　四部叢刊集部　〇三六　臺北市
　　臺灣商務印書館

（唐）杜牧　《樊川文集》　四部叢刊集部　〇三六　臺北市　臺
　　灣商務印書館

（唐）高適　《高常侍集》　四部叢刊集部　〇三三　臺北市　臺
　　灣商務印書館

（唐）殷璠輯　《河嶽英靈集》　臺北市　臺灣商務印書館　1989 年

（唐）釋皎然　《五卷本皎然詩式》　臺北市　廣文書局　1982 年

（唐）司空圖　《二十四詩品》　叢書集成新編　第 80 冊　臺北市
　　新文豐出版社

（唐）李肇撰　《新校唐國史補》　臺北市　世界書局　1959 年

（唐）孟棨　《本事詩》　臺北市　臺灣商務印書館　1983 年

（唐）杜甫撰　（清）仇兆鰲注　《杜詩詳注》　臺北市　里仁書
　　局　1980 年

（唐）歐陽詢等奉敕撰　《藝文類聚》　臺北市　臺灣商務印書館
　　1983 年　《文淵閣四庫全書》本

（唐）魏徵等　《隋書》　四部備要　史部　臺北市　中華書局

（五代）王定保撰　姜漢椿校注　《唐摭言》　上海市　上海社會
　　科學院出版社　2003 年

（後晉）劉昫撰　楊家駱主編　《新校本舊漢書》　臺北市　鼎文
　　書局　1979 年

（宋）胡仔　《苕溪漁隱叢活》　臺北市　長安出版社　1978 年

（宋）郭茂倩　《樂府集》　北京市　中華書局　1979 年

（宋）姚鉉纂　《唐文粹》　臺北市　臺灣商務印書館　1965 年

（宋）李昉等編　《文苑英華》　北京市　中華書局　1966 年

（宋）尤袤　《全唐詩話》　上海市　商務印書館　1936 年

（宋）計有功撰　王仲鏞校箋　《唐詩紀事校箋》　成都市　巴蜀
　　書社　1989 年

（宋）王溥撰　《唐會要》　景印文淵閣四庫全書　六〇六　史部
　　三六四政書類　臺北市　臺灣商務印書館　1986 年

（宋）歐陽修、宋祁等奉敕撰　《新唐書》　景印文淵閣四庫全書
　　274 冊　史部　臺北市　臺灣商務印書館　1985 年

（明）徐禎卿　《談藝錄》　明詩話全編·三　南京市　江蘇古籍
　　出版社　1997 年

（明）高棅　《唐詩品彙》　景印文淵閣四庫全書　1371 冊　集部　1985 年

（明）胡震亨　《李杜詩通》　清順治庚寅七年秀水朱茂時刊本六十一卷二十四冊　集部・微卷

（明）胡應麟　《詩藪》　臺北市　廣文書局　1972 年

（清）彭定求等編　《全唐詩》　北京市　中華書局　1992 年

（清）董誥等編　《全唐文》　北京市　中華書局　1983 年

（清）劉熙載著　《藝概》　臺北市　華正書局公司　1988 年

（三）現當代學術論著

1　物理學・相對論、天文物理學

二間瀨敏史著　劉麗鳳譯　《圖解時間簡史》　臺北市　世茂出版公司　2004 年

小暮陽三著　郭西川審訂　劉麗鳳譯　《圖解基礎相對論》　臺北市　世茂出版公司　2008 年

于增恩　《宇宙的本性與規律・（三）易經宇宙物理講學》　臺北市　北方出版社　2009 年

方勵之　《相對論天體物理的基本概念》　新竹市　凡異出版社　1999 年

王溢然　《等效》　臺北市　凡異出版社　2001 年

王溢然、張耀文著　《類比》　臺北市　凡異出版社　2001 年

王溢然、王明秋著　《對稱》　臺北市　凡異出版社　2001 年

江紀成、李琳編譯　《相對論》　臺北市　財團法人徐氏文教基金會　2000 年

竹內建著　陳政維審訂　許燊砡、蕭志強譯　《不需算式的相對論》　臺北市　世茂出版公司　2007 年

加來道雄（Michio Kaku）著　蔡承志、潘恩典譯　《穿梭超時空》
　　臺北市　商周出版城邦文化事業公司　2010年

加來道雄（Michio Kaku）著　陳政維審訂　許晉福譯　《電影中不
　　可能的物理學》（*Physics of the Impossible*）　臺北市　世茂出
　　版公司　2010年

史蒂芬・霍金（Stephen Hawking）著　吳忠超譯　《時間新簡史》
　　（*A brief history of time*）　臺北市　藝文印書館　2006年

史蒂芬・霍金（Stephen Hawking）著　胡小明、吳忠超合譯　《時
　　間簡史續編》（*A brief history of time: A reader's companion*）　臺
　　北市　藝文印書館　2010年

史蒂芬・霍金（Stephen Hawking）著　葉李華譯　《胡桃裡的宇宙》
　　（*The Universe in a Nutshell*）　臺北市　大塊文化出版公司
　　2001年

史蒂芬・霍金（Stephen Hawking）編・導讀　張卜天、戈華、王克
　　迪、范岱年、許良英等譯　《站在巨人肩上》（*On the Shoulders
　　of Giants*）　臺北市　大塊文化出版公司　2005年

休伊特（Paul G. Hewitt）著　師明睿譯　《觀念物理 III・物質三
　　態・熱學》　臺北市　天下遠見出版公司　2008年

休伊特（Paul G. Hewitt）著　陳可崗譯　《觀念物理 IV・聲學・光
　　學》　臺北市　天下遠見出版公司　2008年

休伊特（Paul G. Hewitt）著　常雲惠譯　《觀念物理 I・牛頓運動
　　定律・動量》　臺北市　天下遠見出版公司　2008年

休伊特（Paul G. Hewitt）著　蔡坤憲譯　《觀念物理 V・轉動力學・
　　萬有引力》　臺北市　天下遠見出版公司　2008年

安德魯・羅賓遜（Andrew Robinson）編著　林劭貞、周敏譯市　《愛
　　因斯坦—百年相對論》（*Einstein: A Hundred Years of Relativity*）
　　臺中市　好讀出版公司　2007年

亞瑟・朱勒（Arthur I. Miller）著　劉河北、劉海北譯　《愛因斯坦和畢卡索》（*Space, Time and the beauty that causes havoc*）　臺北市　聯經出版事業公司　2005 年

克拉克・布列斯（Clark Blaise）著　范昱峰譯　《尋找時間的起點》（*Time lord: Sir Sandford Fleming and the creation of standard time*）　臺北市　時報文化出版企業公司　2003 年

余自強　《從存在到演變》　新竹市　凡異出版社　2002 年

狄拉克（Paul Dirac, 1902-1984）著　張宜宗、郭應煥譯　《物理學的方向》　新竹市　凡異出版社　1994 年

克里斯・特尼（Chris Turney）著　王惟芬譯　《時間的故事》（*Bones, Rocks and Stars:The Science of When Things Happened*）　臺北市　博雅書局公司　2009 年

吳文政　《時空概念及運動學》　臺北市　建宏出版社　2002 年

林爾康、魏元勳譯　《狹義相對論》　臺北市　徐氏文教基金會　2009 年

彼得・柯文尼、羅傑・海菲爾德（Peter Coveney & Roger Highfield）江濤、向守平譯　《時間之箭──揭開時間最大奧秘之科學旅程》（*The Arrow of Time*）　臺北市　藝文印書館　2002 年

阿每編著　《虛擬時空》　新竹市　凡異出版社　2003 年

朋加萊（Jules Henri Poincare, 1854-1912）著　盧兆麟譯　《科學與假說》（*La Science et l'Hypothese*）　臺北市　協志工業叢書出版公司　1970 年

東尼・海、巴特里克・沃爾特（Tony Hey & Patrick Walters）著　陳義裕審訂　曾耀寰、邱家媛譯　《愛因斯坦的鏡子》（*Einstein's Mirror*）　臺北市　世潮出版公司　2008 年

佛克（Dan Falk）著　嚴麗娟譯　《探索時間之謎－宇宙最奇妙的維度》（*In Search of Time: Journeys Along a Curious Dimension*）

臺北市　貓頭鷹出版　2011 年

柯爾（K. C. Cole）著　丘宏義譯　《物理與頭腦相遇的地方》（*First You Build a Cloud and Other Reflection on Physics as a way of Life*）　臺北市　天下遠見出版公司　2009 年

帕利・尤格拉（Palle Yourgrau）著, 尤斯德、馬自恆譯　《沒有時間的世界》（*a world without time: The Forgotten Legarcy of Godel and Einstein*）　臺北市　城邦文化事業公司　2009 年

保羅・見內特（Paul Bennett）著　蘇福忠譯　《時間》　香港　三聯書店公司　2000 年

徐達林、王溢然著　《求異》　臺北市　凡異出版社　2001 年

徐一鴻著　張禮譯　《可畏的對稱——現代物理美的探索》（*Fearful Symmetry — The Search for Beauty in Modern Physics*）　臺北市　五南圖書出版公司　2006 年

班・波法（Ben Bova）著　周念縈、郭兆林譯　《光從細胞到太空》　臺北市　臺灣商務印書館　2003 年

倪簡白主編　《物理新論》　臺北市　臺灣商務印書館　2011 年

海森堡（Werner Karl Heisenberg 1901-1976）著　周東川、石資民、黃銘欽合譯　《物理與哲學》（*Physics & Philosophy: The Revolution in Modern Science*）　臺北市　協志工業叢書出版公司　1992 年

海森堡著　《量子論》　新竹市　凡異出版社　2005 年

郭奕玲、沈慧君著　《物理學演義》　新竹市　凡異出版社　1996 年

格拉賓夫婦（Mary and John Gribbin）著　葉李華譯　《時間與空間》（*Time & Space*）　臺北市　貓頭鷹出版社　2006 年

理查德・費曼（Richard P. Feynman）著　張鐘靜譯　《量子的物理世界》　臺北市　臺灣商務印書館　2001 年

陳光旨　《物態》　臺北市　凡異出版社　1997 年

游漢輝　《愛因斯坦的時空觀念》　臺北市　臺灣商務印書館　1999 年

張富昌譯　《相對論圖說》　臺北市　財團法人徐氏文教基金會
　　2005 年

陳遵嬀　《中國天文學史》　一～六冊　臺北市　明文書局　1998 年

Einstein's Relativity, Symmetry, and Space-Time　臺北市　天下遠見
　　出版公司　2001 年　頁 170-171

費曼（Richard P. Feynman）著　師明睿譯　《費曼的六堂 Easy 相
　　對論》（*Six Not-So-Easy Pieces: Einstein's Relativity, Symmetry,
　　and Space-Time*）　臺北市　天下遠見出版公司　2001 年

奧瑟曼（Robert Osserman）著　葉李華、李國偉譯　《天地間的幾
　　何法則解讀宇宙的詩篇》（*Poetry of the universe: A Mathematical
　　Exploration of the Cosmos*）　臺北市　天下遠見出版公司
　　2001 年

愛因斯坦（Albert Einstein, 1879-1955）著　霍金（Stephen Hawking）
　　編導讀　范岱年、許良英譯　《相對論原理》（*Selections from the
　　Principle of Relativity*）　臺北市　大塊文化出版公司　2005 年

愛因斯坦、英費爾德（Albert, Einstein, 1879-1955）　（Infeld,
　　Leopold, 1898-1968）　郭沂譯　《物理學的進化》（*The
　　Evolution of Physics, 1938*）　臺北市　水牛圖書出版事業公司
　　2004 年

愛因斯坦（Albert Einstein）著　李精益譯　《相對論入門》（*Relativity:
　　the Special and General Theory*）　臺北市　臺灣商務印書館
　　2011 年

愛因斯坦（Albert Einstein）著　郭兆林譯　《相對論的意義》（*The
　　Meaning of Relativity*）　臺北市　臺灣商務印書館　2010 年

愛德文・阿瑟・伯特（Edwin Arthur Burtt）著　徐向東譯　《近代
　　物理科學的形而上學基礎》（*The Metaphysical Foundations of*

Modern Physical Science） 北京市 北京大學出版社 2004年

羅素（Bertrand Russell）著 薛絢譯 《相對論ＡＢＣ》（*ABC of Relativity*） 臺北市 臺灣商務印書館 1999年

Paul Halpern 著 黃啟明譯 陳文屏教授審定 《宇宙的結構》（*The Structure of the Universe*） 臺北市 年輪文化事業公司 2004年

Stephen W. Hawking 著 許明賢、吳忠超譯 《時間簡史》（*A Brief History of Time*） 臺北市 藝文印書館 1989年

Stephen W. Hawking 著 郭兆林、周念縈譯 《大設計》（*the Grand Design*） 臺北市 大塊文化出版公司 2011年

Sander Bais 著 傅寬裕譯 《圖解愛因斯坦相對論》（*Very Special Relativity: An Illustrated Guide*） 臺北市 五南圖書出版公司 2009年

Raymond A. Serway, clement J. Moses, and Cart A. Moyer, Modern Physics, Third Edition, USA: Brooks/Cole; 2005.

2 語法‧語言學、語法空間系統理論

王　力 《漢語史稿》 北京市 中華書局 2010年

王　力 《中國現代語法》 上下冊 香港 中華書局 2002年

朱德熙 《語法講義》 香港 商務印書館 2008年

米勒（George Miller）著 洪蘭譯 《詞的學問》 臺北市 遠流出版公司 2002年

何永清 《國語語法研究》 臺北市 文史哲出版社 1987年

何永清、蔡宗陽編著 《文法與修辭》 上下冊 臺北市 三民書局公司 2007年

何永清 《現代漢語語法新探》 臺北市 臺灣商務印書館 2005年

呂叔湘　《中國文法要略》　臺北市　文史哲出版社　1992 年

呂叔湘主編　《現代漢語八百詞》　北京市　商務印書館　2010 年

李向農　《現代漢語時點時段研究》　武漢市　華中師範大學出版
　　社　2003 年

宋文蔚編　《文法津梁》　臺北市　蘭臺書局公司　1983 年

帕杜切娃著　蔡暉譯　《詞匯語義的動態模式》　北京市　北京大
　　學出版社　2011 年

胡裕樹　《現代漢語》　臺北市　新文豐出版公司　2008 年

高玉著　《現代漢語與中國現代文學》　臺北市　李威資訊科技公
　　司　2008 年

恩斯特・卡西勒（Ernst Cassirer）著　于曉等譯　《語言與神話》
　　（Strache und Mythas）　臺北市　桂冠圖書公司　2002 年

袁莉容、郭淑偉、王靜著　《現代漢語句子的時間語義範疇研究》
　　成都市　四川大學出版社　2010 年

唐雪凝　《對外漢語語用的多維度研究》　青島市　中國海洋大學
　　出版社　2007 年

陳　原　《語言與社會生活》　臺北市　臺灣商務印書館　2001 年

陳　原　《在語詞的密林裡——應用社會語言學》　臺北市　臺灣
　　商務印書館　2001 年

陳昌來　《現代漢語語義平面問題研究》　上海市　學林出版社
　　2003 年

程抱一（Francois Cheng）著　涂衛群譯　《中國詩畫語言研究》　臺
　　北市　典藏藝術家庭公司　2011 年

游順釗著　徐志民編譯　《視覺語言學》　臺北市　大安出版社
　　1991 年

張志公、劉蘭英、孫全洲著　《語法與修辭》　上下冊　臺北市　新
　　學識文教出版中心　1998 年

黃六平　《漢語文言語法綱要》　臺北市　華正書局公司　2000 年

齊瀘揚　《現代漢語空間問題研究》　上海市　學林出版社　1998 年

楊如雪　《文法 ABC》　臺北市　萬卷樓圖書公司　2006 年

奧托・叶斯柏森（Otto Jespersen）　何勇等譯　《語法哲學》（*The Philosophy of Grammar*）　北京市　商務印書館　2010 年

劉靜宜　《實用漢語語法》　臺北市　文史哲出版社　2010 年

劉月華、潘文娛、故韡著　鄧守信策劃　《實用現代漢語語法》　臺北市　師大書苑公司　2009 年

鄧守信　《漢語語法論文集》　臺北市　文鶴出版公司　2005 年

廖秋忠　《廖秋忠文集》　北京市　北京語言學院出版社　1992 年

劉承慧　《漢語動補結構歷史發展》　臺北市　翰蘆圖書出版公司　2002 年

蔡宗陽　《國文文法》　臺北市　萬卷樓圖書公司　2008 年

韓陳其　《中國古漢語學》　上下冊　臺北市　新文豐出版公司　1995 年

儲澤祥　《現代漢語方所系統研究》　武漢市　華中師範大學出版社　2003 年

Charles N. Li and Sandra A. Thompson: Mandarin Chinese ─ A Functional reference Grammar, Taipei: The Crane Publishing Co., Ltd. 2009.

3　認知空間理論、空間感知理論、藝術與視知覺、心理學

瓦倫汀著　潘智彪譯　《實驗審美心理學》　上下冊　臺北市　商鼎文化出版社　2000 年

呂清夫　《造形原理》　臺北市　雄獅圖書公司　2000 年

高　楠　《藝術心理學》　臺南市　復漢出版社公司　1993 年

庫爾特・考夫卡（Kurt Koffka）著　黎煒譯　《格式塔心理學原理》

上下冊　臺北市　昭明出版社　2000 年

凌嵩郎、蓋瑞忠、許天治著　《藝術概論》　臺北市　國立空中大學　1988 年

康丁斯基（Kandinsky）著　吳瑪悧譯　《點線面》　（*Punkt und Linie zu Flache*）　臺北市　藝術家出版社　2009 年

康丁斯基（Kandinsky）著　吳瑪悧譯　《藝術的精神性》　（*Uber das Geistige in der Kunst*）　臺北市　藝術家出版社　1998 年

康丁斯基（Kandinsky）著　吳瑪悧譯　《藝術與藝術家論》　（*Essays uber kunst und kunstler*）　臺北市　藝術家出版社　1998 年

郭中人　《空間視覺感知》　臺北市　曉園出版社公司　2007 年

魯道夫·阿恩海姆（Rudolf Arnheim）著　郭小平、翟燦譯　《藝術心理學新論》　（*New Essays on the Psyhology of Art*）　臺北市　臺灣商務印書館　1998 年

魯道夫·阿恩海姆（Rudolf Arnheim）著　滕守堯、朱疆源譯　《藝術與視覺》　（*Art and Perception*）　成都市　四川人出版社　1998 年

謝碧娥　《杜象詩意的延異》　臺北市　秀威資訊科技公司　2008 年

劉思量　《藝術心理學》　臺北市　藝術家出版社　1998 年

藍　純　《從認知角度看漢語和英語的空間隱喻》　北京市　外語教學與研究出版社　2008 年

Rober C. Burns 著　梁漢華、黃璨英譯　《心理投射技巧分析》　臺北市　揚智文化事業公司　2003 年

Robert L. Solso 著　吳玲玲譯　《認知心理學》（*Cognitive Psychology*）　臺北市　華泰書局　1998 年

Stephen C. Levinson 著　《語言與語知的空間》（*Space in Language and Cognition: Explorations in Cognitive Diversity*）　北京市　世界圖書出版公司　2008 年

4 建築、建築空間與形式、建築記號

孫全文主持　王振源研究　《結構主義與集體形式》　臺北市　明文書局公司　2002 年

孫全文、王銘鴻著　《中國建築空間與形式之符號意義》　臺北市　明文書局　1995 年

孫全文、陳其澎著　《建築與記號》　臺北市　明文書局　1989 年

諸瑞基　《卡羅・史卡帕空間中流動的詩性》　臺北市　田園城市文化事業有限公司　2009 年

陳榮美、楊麗黛著　《建築基本畫》　臺北市　東大圖書公司　1988 年

賽蒙・貝爾（Simen Bell）著　張恆輔譯　《景觀中的視覺設計元素》　臺北市　六合出版社　1997 年

Francis D.K. ching　呂以寧、王玲玉譯　《建築：造型、空間與秩序》（*Architecture form, Space, & Order*）　臺北市　六合出版社　2007 年

5 詩學、詩文評論、詩歌研究、唐詩研究、章法學

丁成泉　《中國山水詩史》　臺北市　文津出版社　1995 年

仇小屏　《古典詩詞時空設計美學》　臺北市　文津出版公司　2002 年

仇小屏　《篇章結構類型論》　臺北市　萬卷樓圖書公司　2005 年

方　瑜　《中晚唐三家詩析論──李賀、李商隱與溫庭筠》　臺北市　牧童出版社　1975 年

王達津　《唐詩叢考》　上海市　上海古籍出版社　1986 年

王夢鷗　《初唐詩學著述考》　臺北市　臺灣商務印書館　1977 年

王夢鷗　《文學概論》　臺北市　藝文印書館　1976 年

王叔岷　《鍾嶸詩品箋證稿》　臺北市　中研院中國文哲研究所　1992 年

王伯敏　《唐畫詩中看》　臺北市　三民書局公司　1993 年

王潤華　《王維詩學》　香港　香港大學出版社　2009 年

王隆升　《唐代登臨詩究》　臺北市　文津出版社公司　1998 年

王　立　《心靈的圖景——文學意象的主題史研究》　上海市　學林出版社　1992 年

王　立　《中國古代文學十大主題——原型與流變》　臺北市　文史哲出版社　1994 年

王長俊編　《詩歌意象學》　合肥市　安徽教育出版社　1996 年

王力堅　《魏晉詩歌的審美觀照》　臺北市　文津出版社公司　2000 年

王力堅　《六朝唯美詩學》　臺北市　文津出版社公司　1997 年

王建生　《山水詩研究論稿》　臺北市　Airti Press. Inc.　2011 年

加斯東・巴舍拉（Gaston Bachelard, 1884-1962）著　龔卓軍、王靜慧譯　《空間詩學》（*La poetique de l'espace*）　臺北市　張老師文化事業公司　2010 年

古添洪　《記號詩學》　臺北市　東大圖書公司　1999 年

市川勘　《韓愈研究新論》　臺北市　文津出版社公司　2004 年

葉　萌　《唐詩的解讀》　北京市　國家圖書館出版社　2009 年

史念海　《唐代歷史地理研究》　北京市　中國社會科學出版社　1998 年

朱光潛　《詩論》　臺北市　正中書局　1993 年

宇文所安著　賈晉華譯　《盛唐詩》　臺北市　聯經出版事業公司　2007 年

朱　玄　《中國山水畫美學研究》　臺北市　臺灣學生書局　1997 年

吳　曉　《詩歌與人生—意象符號與情感空間》　臺北市　書林出版公司　1995 年

余恕成　《唐詩風貌及其文化底蘊》　臺北市　文津出版社公司　1999 年

李豐楙　《憂與遊——六朝隋唐遊仙詩論集》　臺北市　臺灣學生書局　1996 年

阮廷瑜　《李白詩篇》　臺北市　國立編譯館　1986 年

李　浩　《唐詩美學》　陝西市　人民教育出版社　1992 年

李元洛　《詩美學》　臺北市　東大圖書公司　1990 年

李　湘　《詩經名物意象探析》　臺北市　萬卷樓圖書公司　1999 年

呂正惠　《唐詩論文選集》　臺北市　長安出版社　1985 年

沈惠樂等著　《初唐四傑和陳子昂》　臺北市　國文天地　1991 年

呂熊和、蔡義江、陸堅著　《唐宋詩詞探勝》　臺北市　木鐸出版社　1987 年

邱燮友　《品詩吟詩》　臺北市　東大圖書公司　1991 年

邱燮友　《中國歷代故事詩》　臺北市　三民書局公司　1970 年

李建崑　《中晚唐苦吟詩人研究》　臺北市　秀威資訊科技公司　2005 年

周冠群　《遊記美學》　重慶市　重慶出版社　1994 年

東海大學中文系編　《旅遊文學論文集》　臺北市　文津出版社公司　2000 年

松浦友久著　孫昌武、鄭天剛譯　《中國詩歌原理》　臺北市　洪葉文化事業公司　1993 年

林淑貞　《中國詠物詩「託物言志」析論》　臺北市　萬卷樓圖書公司　2002 年

袁行霈　《中華文明之光——古典詩詞》　香港　三聯書店公司　1999 年

袁行霈　《中國詩歌藝術研究》　臺北市　五南圖書出版公司　1989 年

袁行霈　《唐詩風神及其他》　香港市　香港城市大學出版社　2005 年

栗　斯　《唐詩的世界》　臺北市　木鐸出版社　1985 年

盛子潮出版社、朱水涌著　《詩歌形態美學》　廈門市　廈門大學　1987 年

祖保泉　《司空圖的詩歌理》　臺北市　國文天地　1991 年

侯迺慧　《詩情與幽境──唐代文人的園林生活》　臺北市　東大　圖書公司　1991 年

許　總　《唐詩體派論》　臺北市　文津出版社公司　1994 年

梅運生　《鍾嶸和詩品》　臺北市　萬卷樓圖書公司　1993 年

梅新林、俞璋華編　《中國遊記文學史》　上海市　學林出版社　2004 年

陳滿銘　《意象學廣論》　臺北市　萬卷樓圖書公司　2006 年

陳佳君　《辭章意象形成論》　臺北市　萬卷樓圖書公司　2005 年

陳寅恪　《陳寅恪先生文集》　臺北市　里仁書局　1982 年

陳貽焮　《唐詩論叢》　長沙市　湖南人民出版社　1980 年

陳鐵民　《王維新詩》　北京市　北京師範學院　1990 年

章　群　《唐史》　香港　龍門書店　1979 年

梅新林　《仙話─神人之間的魔幻世界》　上海市　三聯出版社　1992 年

許東海　《山水田園詩賦與士人心靈圖景》　臺北市　新文豐出版　公司　2004 年

黃永武　《中國詩學‧考據篇》　臺北市　巨流圖書公司　2008 年

黃永武　《中國詩學‧設計篇》　臺北市　巨流圖書公司　1999 年

黃永武　《中國詩學‧鑑賞篇》　臺北市　巨流圖書公司　2009 年

黃永武　《中國詩學‧思想篇》　臺北市　巨流圖書公司　1999 年

黃永武　《詩與情》　臺北市　三民書局公司　1998 年

黃麗容　《元次山散文及創作理論》　秀威資訊科技公司　2006 年

黃奕珍　《象徵與家園──杜甫論文新論》　臺北市　唐山出版社　2010 年

黃炳輝　《唐詩學史述論》　上海市　上海古籍出版社　2008 年

黃景進　《意境論的形成──唐代意境論研究》　臺北市　臺灣學

生書局　2004 年

張春榮　《詩學析論》　臺北市　東大圖書份公司　1987 年

張步雲　《唐代詩歌》　合肥市　安徽教育出版社　1990 年

傅璇琮　《唐代科舉與文學》　臺北市　文史哲出版社　1994 年

傅勤家　《中國道教史》　臺北市　臺灣商務出版社　1984 年

葛兆光　《想像力的世界——道教與唐代文學》　上海市　上海人
民出版社　1990 年

葛曉音編著　《中國名勝與歷史文化》　北京市　北京大學出版社
1999 年

傅璇琮　《唐詩論學叢稿》　北京市　京華出版社　1999 年

喬象鍾、陳鐵民主編　《唐代文學史》　上下冊　北京市　人民文
學出版社　1995 年

劉開揚　《唐詩通論》　成都市　巴蜀書社　1995 年

葉嘉瑩　《好詩共欣賞——陶淵明、杜甫、李商隱三家詩講錄》　臺
北市　三民書局公司　2005 年

葉嘉瑩　《葉嘉瑩說詩談詞》　香港市　香港城市大學出版社　2006 年

葉維廉　《比較詩學》　臺北市　東大圖書公司　1988 年

葛曉音　《山水田園詩派研究》　瀋陽市　遼寧大學出版社　1999 年

劉逸生　《唐詩廣角鏡》　臺北市　漢京文化出版社　1984 年

劉開揚　《唐詩通論》　臺北市　木鐸出版社　1982 年

劉明昌　《謝靈運山水詩藝術美探微》　臺北市　文津出版社　2007 年

趙義山、李修生　《中國分體文學・詩歌卷》　上海市　上海古籍
出版社　2001 年

蔡英俊　《中國古典詩論中「語言」與「意義」的論題》　臺北市
臺灣學生書局　2001 年

鄭華達　《唐代宮怨詩研究》　臺北市　文津出版社　2000 年

潘麗珠　《現代詩學》　臺北市　五南圖書出版公司　1998 年

顏進雄　《唐代遊仙詩研究》　臺北市　文津出版社公司　1996 年

蕭淑貞　《魏晉山水紀遊詩文之研究》　臺北市　臺灣學生書局
　　2009 年

蕭　蕭　《現代新美學》　臺北市　爾雅出版社公司　2007 年

蕭　馳　《中國詩歌美學》　北京市　北京大學出版　1986 年

蕭　馳　《中國抒情傳統》　臺北市　允晨文化實業公司　1999 年

6　美學

王力堅　《六朝唯美詩學》　臺北市　文津出版社公司　1997 年

王力堅　《魏晉詩歌的審美觀照》　臺北市　文津出版社公司　2000 年

王世德主編　《美學辭典》　臺北市　木鐸出版社　1987 年

朱光潛　《談美》　臺北市　萬卷樓圖書有限公司　1998 年

邱燮友　《中國美學》　臺北市　空中大學　1992 年

邱燮友　《新譯唐詩三百首》　臺北市　三民書局公司　1973 年

李澤厚譯　《華夏美學》　天津市　天津社會科學出版院　2001 年

李澤厚譯　《美學四講》　天津市　天津社會科學出版院　2001 年

李澤厚譯　《美的歷程》　臺北市　三民書局公司　2012 年

李澤厚譯　《美學論集》　臺北市　三民書局公司　2001 年

李　浩　《唐詩的美學詮釋》　臺北市　文津出版社公司　2000 年

宗白華　《美學的散步》　臺北市　洪範書店公司　2007 年

馬凱照　《審美原理》　臺北市　海王印刷公司　1986 年

張紅雨　《寫作美學》　高雄市　麗文文化事業公司　1996 年

曾祖蔭　《中國古代文藝美學範疇》　臺北市　文津出版社公司
　　1987 年

童慶炳　《中國古代心理詩學與美學》　臺北市　萬卷樓圖書公司
　　1994 年

黃光男　《美感與認知》　高雄市　復文圖書出版社　1993 年

賈克・瑪奎（Jacques Maqnest）著　袁汝儀校譯　《美感經驗》（*The Aesthetic Experience*）　臺北市　雄獅圖書公司　2006 年

葉太平　《中國文學之美學精神》　臺北市　水牛圖書出版事業公司　1998 年

劉文潭　《現代美學》　臺北市　臺灣商務印書館　2002 年

劉明昌　《謝靈運山水詩藝術美探微》　臺北市　文津出版社公司　2007 年

劉昌元　《西方美學導論》　臺北市　聯經出版事業公司　1994 年

漢寶德　《談美感》　臺北市　聯經出版事業公司　2011 年

漢寶德　《如何培養美感》　臺北市　聯經出版事業公司　2011 年

蕭　蕭　《現代新美學》　臺北市　爾雅出版社公司　2007 年

二　學位論文

(一)李白、李白詩、詩、意象、章法

王　競　《試論李白詩歌的修辭藝術特色》　合肥市　安徽大學中國古代文學碩士論文　2007 年

王　煒　《論李白的浪漫主義人格及其特色》　西安市　陝西師範大學中國古代文學碩士論文　2000 年

何歲莉　《李白游覽詩研究》　西安市　陝西師範大學中國古代文學碩士論文　2008 年

呂興昌　《李白詩研究》　臺北市　臺北國立臺灣大學中文研究所碩士論文　1973 年

呂明修　《李白古風五十九首研究》　臺北縣　輔仁大學中國文學研究所碩士論文　1991 年

李容維　《李白詩歌的文本細讀——以五七言絕句與樂府為考察對象》　嘉義縣　南華大學文學系碩士論文　2010 年

沈慧玲　《李白詠月詩研究》　新竹市　玄奘大學中國文學系碩士論文　2006 年

余瑞如　《李白飲酒詩研究》　彰化市　國立彰化師範大學國文學系在職進修專班碩士論文　2002 年

何騏竹　《李白樂府詩中的「文學性」》　嘉義縣　南華大學文學研究所碩士論文　2001 年

吳賢妃　《唐詩中桃源意象之研究》　嘉義縣　國立中正大學中國文學研究所碩士論文　2003 年

林宜慧　《以李白詩為素材的國中寫作教學實踐》　臺北市　國立臺灣師範大學國文學系在職進修專班碩士論文　2010 年

林格衛　《李白詩歌酒意象之研究》　新竹市　玄奘人文社會學院中國語文研究所碩士　2003 年

林貞玉　《李白文學之研究》　臺北市　國立臺灣師範大學中國文學系研究所碩士論文　1980 年

卓曼菁　《李白遊俠詩研究》　臺北市　國立臺灣師範大學中國文學研究所碩士論文　1994 年

林正芬　《孟浩然五言古詩語言風格研究──以音韻和詞彙為範圍》　臺北市　臺北教育大學中國語文學碩士論文　2006 年

徐國能　《歷代杜詩學詩法論研究》　臺北市　國立臺灣師範大學國文研究所博士論文　2002 年

洪啟智　《論李白遊仙詩的文化心理與主題內容》　桃園縣　國立中央大學中國文學系碩士在職專班論文　2005 年

唐明敏　《李白及其詩之版本》　臺北市　國立政治大學中國文學系研究所碩士論文　1974 年

徐圓貞　《李白詩作之旅遊心理析論──以揚州系列的傳記論述為例》　嘉義縣　南華大學旅遊事業管理研究所碩士論文　2001 年

孫鐵吾　《李白詩歌中植物意象研究》　臺北市　國立臺灣師範大

學國文學系碩士論文　1997 年

陳敏祥　《李白山水詩研究》　高雄市　國立高雄師範大學國文學
　　系碩士論文　2000 年

陳怡秀　《李白五古詩中仙道語言析論》　彰化市　國立彰化師範
　　大學國文研究所碩士論文　2001 年

陳依鈴　《李白政治抒情詩研究》　新竹市　國立新竹教育大學語
　　文學系碩士論文　2010 年

陳懷心　《李白飲酒詩研究》　高雄市　國立中山大學中國語文學
　　系研究所碩士論文　2002 年

陳敬介　《李白詩研究》　臺北市　東吳大學中國文學系博士論文
　　2005 年

陳萱蔓　《陶淵明與李白飲詩之比較》　臺北市　國立臺灣師範大
　　學國文學系在職進修專班碩士論文　2010 年

陳佳君　《辭章意象形成論》　臺北市　國立臺灣師範大學國文研
　　究所博士論文　1994 年

許家琍　《李白詩「風」意象之研究》　彰化市　國立彰化師範大
　　學國文學系碩士論文　2009 年

許世旭　《李杜比較研究》　臺北市　國立臺灣師範大學國文學系
　　碩士論文　1962 年

莊薇莉　《李白戰爭詩研究》　新竹市　玄奘大學中國語文學系碩
　　士論文　2008 年

張　怡　《李白送別的藝術特色研究》　重慶市　西南大學中國古
　　代文學碩士論文　2008 年

張俐盈　《體道與審美──李白詩歌中的生命體驗與藝術精神》　臺
　　南市　國立成功大學中國文學系碩士論文　2006 年

張鈴杰　《李白遊仙詩研究》　臺北市　國立臺灣師範大學國文學
　　系在職進修專班碩士論文　2010 年

張榮基 《李白樂府詩之研究》 臺北市 東吳大學中國文學研究
　　所碩士論文 1986 年

張誼政 《李白長安詩研究》 新竹市 玄奘大學中國語文學系碩
　　士論文 2008 年

張　振 《李白晚期研究》 北京市 師範大學中國古代文學碩士
　　論文 2012 年

游佳琳 《李白長安漫遊研究》 上海市 上海師範大學中國古代
　　文學碩士論文 2006 年

葉勵儀 《李杜詩歌之歷史人物形象探討》 臺中市 東海大學中
　　國文學研究所碩士論文 1998 年

楊文雀 《李白詩中神話運用之研究──以仙道神話為主體》 臺
　　北縣 輔仁大學中國文學研究所碩士論文 1990 年

楊靜宜 《李白詩歌感時傷逝情懷研究》 嘉義縣 國立中正大學
　　中國文學系碩士論文 1998 年

楊家銘 《李白婦女詩研究》 新竹市 玄奘大學中國語文學系在
　　職專班碩士論文 2010 年

楊理論 《李杜詩歌女性題材研究》 重慶市 西南師範大學中國
　　古代文學碩士論文 2001 年

趙東明 《論李白詩歌的神話精神》 長春市 東北師範大學中國
　　古代文學碩士論文 2007 年

鞏宏昱 《李白山水詩研究》 臨汾市 山西師範大學中國古代文
　　學碩士論文 2009 年

劉漢初 《六朝詩發展述論》 臺北市 國立臺灣大學中國文學研
　　究所博士論文 1984 年

劉肖溪 《王維李白與杜甫之比較研究》 臺北市 國立臺灣大學
　　中國文學系研究所碩士論文 1973 年

劉金紅 《李白酒詩研究》 北京市 首都師範大學中國古代文學

　　　　碩士論文　　2008 年

劉奇慧　《陸游紀夢詩研究》　　臺北市　　國立臺灣大學國文研究所
　　　　碩士論文　　2003 年

賴淑雯　《謝朓、李白山水詩比較研究》　　彰化市　　國立彰化師範
　　　大學國文研究所碩士論文　　2008 年

賴昭君　《李白樂府詩研究》　　臺中縣　　靜宜大學中國文學研究所
　　　　碩士論文　　2001 年

盧姿吟　《李白樂府修辭研究》　　臺北市　　國立臺灣師範大學國文
　　　系在職進修碩士論文　　2003 年

蘇藝彬　《空間對部份敘述性篇章的結構作用》　　上海市　　華東師
　　　範大學漢語言文字學碩士論文　　2005 年

顏酈慧　《李白安史之亂期間詩作研究》　　臺北市　　國立政治大學
　　　中國文學研究所碩士論文　　1993 年

顏智英　《辭章章法變化律研究——以古典詩詞為考察對象》　　臺
　　　北市　　國立臺灣師範大學國文研究所博士論文　　2006 年

簡錦松　《李何詩論研究》　　臺北市　　國立臺灣大學中國文學研究
　　　所碩士論文　　1980 年

(二)語法、語法空間、視覺感知、空間視覺感知、認知心理學、視知覺與藝術、空間地理

付　寧　《語法化視角下的現代漢語單音方位詞研究》　　濟南市　　山
　　　東大學語言學及應用語言學博士論文　　2009 年

朴珉秀　《現代漢語方位詞「前、後、上、下」研究》　　上海市　　復
　　　旦大學中國語言文字學博士論文　　2005 年

李　斌　《含「進、出」類趨向詞的動趨式研究》　　上海市　　上海
　　　師範大學語言學及應用語言學碩士論文　　2005 年

唐功敏　《李白詩歌里的偏正式復合詞》　　成都市　　四川師範大學

　　　漢語言文字學碩士論文　2006 年

陳文賢　《時空概念在水墨畫中的創新表現——「浮生紀實」系列
　　　創作實踐》　臺北市　國立臺灣師範大學美術研究所國畫創作
　　　組碩士論文　2005 年

黃　英　《李白詩歌中並列式復合詞研究》　成都市　四川大學漢
　　　語言文字學博士論文　2004 年

李蕭寧　《俄漢語空間關係表達形式和手段的對比研究》　省哈爾
　　　濱市　黑龍江大學語語學碩士論文　2001 年

葛　新　《方位詞「上」、「下」的意義及其演變》　上海市　上海
　　　師範大學語言學及應用語言學碩士論文　2004 年

劉　新　《三維空間關係及其定性推理》　青島市　山東科技大學
　　　地圖學與地理信息工程博士論文　2007 年

謝　琦　《空間方位關係模型與時空結合推理的研究》　長春市　吉
　　　林大學計算機應用技術博士論文　2006 年

(三)物理與哲學、物理與人文

李詩和　《愛因斯坦·充滿現代人文精神的物理學家》　武漢市　武
　　　漢理工大學科學技術哲學碩士論文　2004 年

陳國友　《愛因斯坦創新活動的人文基礎探源》　武漢市　華中師
　　　範大學碩士論文　2002 年

黃喜生　《愛因斯坦的描述論思想研究》　南昌市　南昌大學社會
　　　科學院碩士論文　2005 年

趙　輝　《愛因斯坦的科研藝術思想》　南寧市　廣西大學科學技
　　　術哲學碩士論文　2004 年

劉慧婷　《科學精神人文精神在當代的統一與融合》　哈爾濱市　哈
　　　爾濱理工大學法學碩士論文　2004 年

三 期刊論文

(一)李白、詩、紀遊、視覺藝術與時空、認知空間感知

丁　峻　《審美活動的神經機制與認知意識》　《華中師範大學學報》　人文社會科學版　2010 年 3 月　第 49 卷第 2 期　頁 151-158

王　惠　〈論中國古代山水詩的時空意識〉　《貴州師範大學學報社會科學版》　2011 年第 4 期　總 171 期　頁 107-111

于德山　〈中西藝術時空觀探析〉　《江海學刊》　2004 年 1 月　頁 207-211

王紀孝　〈空間映射論與概念理合的認知過程〉《外語學刊》　2004 年第 6 期　總 121 期　頁 66-72

王鳳玲　〈時空合一體的空間意識在中國詩畫中的定格〉　《漯河職業術學院學報》　綜合版　2004 年 3 月　第 3 期　頁 2-4

付美華　〈透析唐宋詩詞中的空間維度〉　《語文學刊》　高教版　2007 年　第 1 期　頁 105-107

田　晶　〈短篇小說《表白：還是沈默……》空間維度的語義銜接簡析〉　《科研之路》　2009 年　第 6 期　頁 72-75

王振復　〈詩性與思性：中國美學範疇史的時空結構〉　《學習與探索》　2006 年　第 1 期　頁 155-158

文王強　〈論山水畫時空觀念特質〉　《視覺雜談》　2010 年　第 1 期　頁 92-93

邱燮友　〈穿越時空進入四度空間的文學〉　《章法論叢》　第五輯　2011 年 9 月　頁 207-216

伍曉陽　〈論中國古代游仙詩的空靈意境〉《柳州師專學報》　2004 年 12 月　第 19 卷第 4 期　頁 30-32

吳莎莎、李雪　〈淺談唐詩中亭台樓閣的時空美學意蘊〉　《南方

論刊》 2006 年 第 12 期 頁 94-95

李 灿 〈林語堂《生活的藝術》中的旅遊美學思想〉 《集美大學學報酬》 哲學社會科學版 2010 年 10 月 第 13 卷第 4 期 頁 86-90

沈天鴻 〈時間、空間與詩〉 《宿州教育學院學報》 2002 年 3 月 第 5 卷第 1 期 頁 3-5

李志艷、王紅 〈意象、時空意境新論——兼論李白的《靜夜思》〉 《古典今讀》 2005 年 1 月 頁 74-77

肖明華 〈論海德格爾的美學之思對中國當代美學的意義〉 《廣西大學學報》 哲學社會科學版 2008 年 2 月 第 30 卷第 1 期 頁 61-65

吳 茜 〈論服飾的時空演繹——從 2010 版《紅樓夢》談影視服裝的時空現象〉《學術論壇》 2011 年 4 月 第 1 期 頁 158-159

左 冰 〈時間的觀念——關於旅遊的時空原理及其思考〉 《經濟問題探索》 2005 年 第 7 期 頁 151-153

何 溪 〈蝴蝶效應、平行時空理論與電影結構〉 《山東藝術學院學報》 2008 年 第 2 期 總 101 期 頁 37-45

李建萍 〈論墻上的斑點中的心理時空拓展的美學效應〉 《文學教育》 2010 年 1 月 第 1 期 頁 47-48

周雲龍 〈視覺與認同:《太太萬歲》的時空轉譯及其文化政治〉《文藝研究》 2010 年 第 11 期 頁 98-107

宛小平 〈論賀麟新心學的美學維度〉 《哲學研究》 2011 年 第 9 期 頁 43-49

林 強 〈台灣當代散文中的超現實時空形式研究〉 《學術界》 2011 年 4 月 總 155 期 頁 126-131

何方形 〈戴復古山水詩的時空意識〉 《古代文學》 2007 年 7 月 第 1 期 頁 13-16

周清平 〈論審美四維空間——以海德格爾語言美學核心思想為支點〉 《廣西師範大學學報》 哲學社會科學版 2007 年 1 月 第 43 卷第 1 期 頁 50-54

吳金銘 〈中國繪畫視覺空間的「四式八法」論〉 《河南大學學報》 社會科學版 2004 年 5 月 第 44 卷第 3 期 頁 150-151

胡淼森 〈美學與文藝的後現代困境——以鮑曼的時空體驗論為中心〉 《中共浙江省委黨校學報》 2008 年 第 5 期 頁 19-25

段凌宇 〈從小團圓看張愛玲的時空體驗〉 《華文文學》 2009 年 5 月 頁 32-38

高靜波 〈論現代小說時空〉 《重慶交通學院學報》 社會科學版 2003 年 9 月 第 3 卷第 3 期 頁 39-41

馬正平 〈作為時空之美的古雅〉 《四川師範大學學報》 社會科學版 2002 年 3 月 第 29 卷第 2 期 頁 56-65

席 格 〈與天地精神往來——論莊子美學時空觀及其視域中的逍遙遊〉 《商丘師範學院學報》 2010 年 11 月 第 26 卷第 11 期 頁 20-24

康懷遠 〈詩化時空的絕唱〉 《語文講堂》 2005 年 10 月 頁 102-105

馬若飛 〈徜徉在語言的三度空間——論張愛玲譯《海上花》〉 《惠州學院學報》 社會科學版 2006 年 10 月 第 26 卷第 5 期 頁 38-41

萬書元 〈旅遊的美學表述〉 《麗水學院學報》 2005 年 第 6 期 頁 60-65

葉小廣 〈論英語語言使用中的時空美學意義〉 《廣西師範學院學報》 哲學社會科學版 2006 年 1 月 第 27 卷第 1 期 頁 106-110

曹惠民 〈三度空間中的中華文學〉 《世界華文文學論壇》 1992

年 2 月　頁 7-12　兩岸三地文學整體研究特輯

張　川　〈談山水畫的審美視角〉　《江蘇教育學院學報》　社會
　　科學版　2006 年 5 月　第 22 卷第 3 期　頁 93-94

張進、高紅霞　〈意境的時空結構和審美功能系統〉　《西北民族
　　學院學報》　哲學社會科學版　2001 年　第 2 期　頁 87-93

程明震、陳繪　〈中西藝術時空意識之比較〉　《大連大學學報》
　　2006 年 10 月　第 27 卷第 5 期　頁 67-73

張　晶　〈中國美學中的宇宙生命感及空間感〉　《社會科學鑑刊》
　　2010 年　第 2 期　總 187 期　頁 175-182

黃　今　〈虛構的真實與詩意的時空——：論二十四城記〉　《安
　　徽文學》　2010 年　第 10 期　頁 95-112

黃俊亮　〈試論于堅詩歌話語空間中的三大轉變〉　《三峽大學報》
　　人文社會科學版　2008 年 7 月　第 30 卷第 4 期　頁 59-61

黃麗容　〈曹子建樂府詩之抒情表現〉　《中國語文》　2011 年 8
　　月　第 650 期　頁 67-78

黃麗容　〈王盛弘著《關鍵字：台北市》——四度時空記遊文學之
　　考察〉　《北台文史發展學術研討會，第三屆》　2011 年 5 月
　　頁 61-86

黃麗容　〈李白古風記遊詩探析〉　《章法論叢》　第六輯　2011
　　年 11 月　頁 131-173

黃麗容　〈論李白詩俯視空間景象〉　辭章章法學學術研討會　第
　　七屆　2012 年 12 月　頁 163-177

黃麗容　〈元結記體散文析論〉　《中國語文》　2012 年 4 月　第
　　658 期　頁 54-65

舒開智　〈論文學經典的闡釋維度與空間〉　《江淮論壇》　2008
　　年　第 3 期　頁 181-184

楊春時　〈論中國古典美學的空間性〉　《中山大學學報》　社會

科學報　2011 年　第 1 期第 51 卷　總 229 期　頁 32-38

楊　昱　〈《國風》中的審美心理時空及其美學內涵〉　《涪陵師範學院學報》　2004 年 1 月　第 20 卷第 1 期　頁 66-69

漆貫榮　〈試論莊子時空觀〉　《陝西天文台台刊》　1998 年　第 21 卷第 2 期　頁 70-75

趙善華　〈詩意的歷史觀和時空交織的藝術筆法〉　《郴州師範高等專科學校學報》　2002 年 8 月　第 23 卷第 4 期　頁 47-50

趙　淳　〈理論遷移時的三個維度市：時間、空間、立場〉　《西南大學學報》　社會科學版　2011 年 1 月　第 37 卷第 1 期　頁 131-135

劉廣春　〈時間與空間的審美之思〉《陝西廣播電大學學報》　2008 年 12 月　第 10 卷第 4 期　頁 61-63

劉豪特　〈象外之境——論中國畫的空間造境與古典園林布局的時空意象〉　《廣西師範大學美術學院》　2010 年 11 月　第 47 期　頁 79-81

劉蕩蕩　〈簡論弗吉尼・伍爾夫的現代主義時空觀〉　《河南大學外語學院學報》　2008 年　第 1 期　頁 47-57

劉洪祥、蘇琴琴　〈審美之境：對《莊子》中空間系統的美學闡釋〉《語文學刊》　2008 年　第 5 期　頁 36-38

滕　馳　〈談談李商隱詠史詩獨特的時空結構〉　《內蒙古工業大學學報》　社會科學版　2005 年 10 月　第 14 卷第 2 期　頁 99-101

薛業軍　〈中國古代山水詩的審美特徵〉　《南京化工大學學報》哲學社會科學版　2001 年　第 1 期　總第 7 期　頁 49-53

謝建軍　〈點畫的時空形式美學特徵與意蘊〉　《重慶科技學院學報》　社會科學版　2008 年　第 12 期　頁 159-162

藺熙民　〈論宗白華的審美時空〉　《咸陽師範學院學報》　2006

年　第 21 卷第 3 期　頁 63-67

(二)物理學時空觀、相對論時空理論、物理時空美學、物理與哲學

王曉磊　〈論西方哲學空間概念的雙重演進邏輯〉　《北京理工大學學報》　社會科學版　2010 年 4 月　第 12 卷第 2 期　頁 113-119

沈　葹　〈物理學最美是對稱〉　《世界科學》　2004 年 3 月　頁 2-6

李鋒、薛琳娜、高榮發　〈時空觀念的新突破〉　《商洛師範專科學校學報》　2000 年 6 月　第 14 卷第 2 期　頁 51-53

冷據基　〈牛頓時空觀與愛因斯坦相對論〉　《科學技術與辯證法》　1995 年 6 月　第 12 卷第 3 期　頁 39-63

沈　葹　〈相對論進展考略〉《同濟大學學報(自然科學版)》　2005 年 7 月　第 33 卷第 7 期　頁 853-858

周富國、李秀平　〈物理美學初探〉　《教育理論與實踐》　2005 年　第 25 卷第 7 期　頁 54-56

高新業　〈關於運動觀與時空觀的沿革〉　《華北水利水電學院學報》　社會科學版　1996 年　第 3 期　頁 7-11

姚建寧　〈論物理學的科學美〉　《南通紡織職業技術學院學報》　綜合版　2002 年　第 2 卷第 1 期　頁 45-47

官自強　〈物理科學中的對稱性〉　《華北航天工業學院河北廊坊》　2002 年 9 月　第 12 卷第 1 期　總 67 期　頁 11-13

周善東、曾耀榮、溫堅、陳雪星　〈美和物理學〉　《玉林師範學院學報》　自然科學版　2003 年　第 24 卷第 3 期　頁 24-27

徐　舟　〈四度時間坐標變換的圖像反其應用〉　《中國民航學院學報》　1999 年 6 月　第 17 卷第 3 期　頁 50-54

馬秀峰 〈時空對稱性與力學守恆定律〉 《濟南大學學報》 1996
年 第 6 卷第乾期 頁 77-79

莊 勇 〈科學人文：人類洞悉世界的兩種方式〉 《貴州社會科
學》 2001 年 第五期 總 171 期 頁 33-38

陳節平 〈科學時空觀的演進與時空特徵〉 《南京師大學報》 自
然科學版 1995 年 第 18 卷第 2 期 頁 26-31

崔偉閉 〈時間與康德的先驗自我學〉 《學術月刊》 1994 年 第
9 期 頁 45-50

張俊元 〈試論愛因斯坦哲學思想的基本特徵〉 《湖南大學社會
科學學報》 1995 年 第 9 卷第 1 期 頁 41-46

張明圻 〈時空觀的擴展與對應原理〉《贛南師範學院學報》 1990
年 第 3 期 頁 113-116

曾永成、蕭昌建 〈愛因斯坦：在童心中從科學向美學的開拓〉 《成
都大學學報》 社會科學版 2005 年 第 5 期 頁 3-7

賀志波 〈相對性原理與空間對稱〉 《濰坊學院學報》 2002 年
7 月 第 2 卷第 4 期 頁 37-38

張 明 〈對稱性關於物理問題的詮釋〉 《瀋陽大學師範學院學
報》 2000 年 12 月 第 2 卷第 2 期 頁 243-245

曾月新 〈物理學家的美學思想對物理學發展的作用〉 《天津師
範大學物理學與電子信息學院》 2001 年 6 月 第 16 卷第 3
期 總 93 期 頁 65-67

劉井聖 〈物理中自然和諧的美〉 《安徽教育學院學報》 2003
年 11 月 第 21 卷第 6 期 頁 105-106

楊唐祿 〈物理學中的定義定律和物理模型〉 《湖北工學院學報》
1994 年 3 月 第 9 卷第 1 期 頁 1-5

樂傳新 〈相對論時空理論評價探討〉 《湖北大學學報》 1995
年第 5 期 頁 22-29

趙惠、劉廷祿 〈相對論時空觀初探〉《河北地質學院學報》 1995
　　年 8 月　18 卷第 5 期　頁 474-477
趙　岩 〈美與物理教學〉 《鞍山師範學院學報》 2001 年 9 月
　　第 3 卷第 3 期　頁 38-40
熊鈺慶 〈時空對稱性與量子力學〉 《華南師院學報自然科學版》
　　1980 年　第 1 期　頁 191-200
戴文琪 〈從愛因斯坦的科學發現中得到思維方法的啟示〉 《廣
　　東教育學院學報》 1996 年　第 3 期　頁 53-56
薛曉丹 〈論 21 世紀空間時間觀念的量子革命〉 《河南大學學報》
　　自然科學版　2001 年 2 月　第 29 卷第 1 期　頁 37-40
關小蓉 〈時空觀的三次變革及其產生的影響〉 《玉林師專學報》
　　自然科學版　1998 年 5 月　第 19 卷第 3 期　頁 44-47

(三)建築空間、建築空間記號

杜雪、孫睿珩 〈《紅樓夢》室內空間形態構成的維度采擷〉 《長
　　春工程學院學報》 自然科學報　2011 年　第 12 卷第 2 期　頁
　　82-85
李世林、盧杰、王菊 〈試論平面設計中的第四度空間〉 《藝術
　　與設計》 2008 年 7 月　頁 126-128
李　峰 〈中國建築時空的哲學意味〉 《天津大學建築學院學報》
　　2005 年 8 月　頁 64-66
刑慶華 〈設計美學與哲學美學的時空叠置〉 《南京藝術學院學
　　報》 美術設計版　2008 年 5 月　頁 113-116
陳　燕 〈空間與時間的完美演繹──淺談傳統建築的美學特徵〉
　　《無錫商業職業技術學院學報》 2007 年 10 月　第 7 卷第 5
　　期　頁 100-107
馬占勇、李久生 〈造型藝術的多維空間表達〉 《藝術大觀》 2007

年 2 月　頁 1

(四)語言學、語法空間系統、方位詞、空間語法、認知語言學

方經民　〈漢語「左」「右」方位參照中的主觀和客觀——兼與游順
　　釗先生討論〉《語言教學與研究》　1987 年　第 3 期　頁 52-61

方經民　〈論漢語空間區域範疇的性質和類型〉　《世界漢語教學》
　　2002 年　第 3 期　總 61 期　頁 37-48

方經民　〈論漢語空間方位參照認知過程中的基本策略〉　《中國
　　語文》　1999 年　第 1 期　總第 268 期　頁 12-20

方經民　〈漢語空間方位參照認知結構〉　《世界漢語教學》　1999
　　年　第 4 期　總第 50 期　頁 32-38

方經民　〈現代漢語方位參照聚合類型〉　《語言研究》　1987 年
　　第 2 期　總 13 期　頁 3-13

方經民　〈現代漢語方位成分的分化和語法化〉　《世界漢語教學》
　　2004 年　第 2 期　總 68 期　頁 5-15

方經民　〈地點域、方位域對立和漢語句法分析〉　《語言科學》
　　2004 年 11 月　第 3 卷第 6 期　總 13 期　頁 27-41

陸儉明　〈現代漢語時間詞說略〉　《語言教學與研究》　1991 年
　　第 1 期　頁 24-37

黃麗容　〈從數量詞看華文語法的效用與美感〉　《國際文化研究》
　　2011 年 6 月　第 7 期　頁 71-112

黃麗容　〈試滿漢語語法介詞在語意句法上之功用〉
　　Taiwan-Philippines Academic Communication Conference, 4th,
　　2011.10, P80-100

游順釗　〈口語中時間概念的視覺表達——對英語和漢語的考察〉
　　《國外語言學》　1988 年　第 2 期　頁 65-67

張　軍　〈漢語方位詞與漢民族空間認知的文化傾向〉　《榆林學

院學報》　2004 年 6 月　第 14 卷第 2 期　頁 7-12

沈家煊　〈R. W. Langacker 的「認知語法」〉《國外語言學》　1994
　　年　第 1 期　頁 12-20

張金生、劉云紅　〈「里」、「中」、「內」的空間意義的認知語言學考
　　察〉《解放軍外國語學院學報》　2008 年 5 月　第 31 卷第 3
　　期　頁 7-12

趙廣珍　〈方位詞及其修辭色彩〉《內蒙古民族師院學報》　哲
　　學社會版　1992 年　第 2 期　頁 50-53

劉道鋒　〈「來」、「去」的位移闡釋與「起來」、「起去」的不對稱〉
　　《巢湖學院學報》　2003 年　第 5 卷第 5 期　總 63 期　頁
　　95-123

劉寧生　〈語言關於時間的認知特點與第二語言習得〉《漢語學
　　習》　1993 年　第 5 期　總第 77 期　頁 39-45

鍾小佩　〈情感維度空間隱喻分析——基於漢英語料的個案研究〉
　　《長春理工大學學報》　社會科學版　2011 年 3 月　第 24 卷
　　第 3 期　頁 62-65

儲澤祥　〈現代漢語名詞的潛形態——關於名詞後添加方位詞情形
　　的考察〉《古漢語研究》　1995 年增刊　頁 48-64

附錄

表一：李白集紀遊詩數統計總表

（茲以四部叢刊《分類補注李太白詩》三十卷為主要底本。另取瞿蛻園《李白集校注》本三十卷，詹鍈校注之《李白全集校注彙釋集評》本三十卷，與清，王琦李白集註本三十六卷為輔助底本）

（紀遊詩，指李白詩歌凡摹寫行蹤及想像所至者，皆稱之）。

詩　歌　體　裁	總首數	紀遊詩首數	比　率	備　註
古風 59 首	59	31 [註1]	52.5%	
樂府 149 首	149	93 [註2]	62.4%	
古近體詩	779	390 [註3]	50.06%	
詩補遺	64	29 [註4]	45.3%	
總　　　計	1051	543	51.67% [註5]	

[註1] 詳參表二：李白古風紀遊景象種類分布。其中紀遊詩有 31 首，占古風 59 首總數之 52.5%，超過半數。動態景象描摹次數有 81 次，較高度景象之 14 次、定點景象之 18 次多出數倍。

[註2] 詳參表三：李白樂府紀遊景象種類分佈。其中無紀遊景象之詩作，有 56 首，含紀遊景象描述之詩作，有 93 首。占樂府詩 149 首總數比例之 62.4%，超過半數。

[註3] 詳參表四：李白古近體詩紀遊景象種類分佈，此統計古近體中具紀遊歷景象作品數有 390 首，古近體詩總數為 779 首，故占古近體詩總數 50.06%。超過二分之一之量。其中動態景象摹寫次數數有 595 次，高度空間景象描摹次數是 633 次。二者出現次數相差為 38 次，差異性不大。

[註4] 詳參表五：李白詩補遺紀遊景象種類分佈。無紀遊景象之詩歌，有 35 首，紀遊景象詩作有 29 首，占補遺詩作總數之 45.3%，沒有超過半數。其中動態景象描摹有 26 次，三度空間景象描述有 33 次。

[註5] 表一：李白詩作共有 1051 首，詩歌體裁含古風 59 首，樂府 149 首，古近體詩 779 首，另有詩補遺 64 首。本文依 1051 首詩作，分列了李白古風紀遊詩景象種類分布表；李白樂府紀遊景象種類分布表；李白古近體詩紀遊景象種類分佈表；李白詩補遺紀遊景象種類分佈表；上述四個表歸納統計後，得知古風 59 首中有 31 首紀遊；樂府詩作中有 93 首紀遊作品；古近體詩歌中有 390 首紀遊作品;詩補遺中有 29 首紀遊作品，總計 543 首紀遊詩數。李白詩歌共有 1051 首，紀遊作品數量有 543 首，占 51.67%，可見超過半數詩作內容及詩題，摹寫行蹤及想像所至者。比例之多，足見李白詩作趨向，及空間認知。

表一顯示以下幾點：

1. 表一：李白集中紀遊詩數統計總表，可見古風 59 首之紀遊詩首數是 31，古風紀遊詩所占總數比例是 52.5％。樂府詩共有 149 首，其中紀遊詩首數是 93，其所占總數比例是 62.4％。古近體詩有 779 首，其中紀遊詩歌有 390 首，此占總數比例是 50.06％。詩補遺有 64 首，其中紀遊詩歌有 29 首，占總數比例是 45.3％。上述可見紀遊詩之數目幾乎均占各類詩歌體裁之 50％以上。顯見李白在不同詩歌體裁中，具詩歌紀遊題材內容之趨向。

2. 表一統計李白詩總數為 1051 首，其中紀遊詩數有 543 首，紀遊詩數占總詩數之比例為 51.67％，此足見李白擅長於詩歌中，摹寫行蹤及想像所至之情景。由此比例也可知紀遊詩之重要與價值。

3. 表一中，詩補遺項下總首數是 64 首。考校瞿蛻園校注之《李白集校注》卷三十，見詩補遺 63 首，於此增補一首，故詩補遺為 64 首。增補之來源，據邱師燮友教授考察，在聯合報記載，其報增補之李白詩一首，此詩為李白詩。此據邱師燮友教授之考證，增補詩補遺一首，故為 64 首。

4. 邱師燮友教授增補之詩題為李白過天水在南郭寺陽殿石碣上有五律一首。詩歌內容為：

「自此風塵遠，山高月夜寒。東泉澄澈底，西塔頂連天。佛寺燈常燦，禪房香半燃。老僧三五眾，古柏幾千年。」

表二：李白古風紀遊景象種類分佈

古風詩題	定點景象 自然	定點景象 人文	線狀景象 縮覆線條	平面景象 廣角/散角	高空景象 高空景象	高空景象 半空觀象	(動態)運動流動	上下	航海(舟行)(順封)(沿上泝下)	來來來去(洪上乘下)	飛行(飛翔)	升降(昇降)	起落(出沒)(隱落)	出入消長	縮覆(來回)	穿梭(來回)	變化	乍開豁開(横張)	日月星光	日月光	日光	星光	火光	光	燭光	(晝篇小計)
其一 (無)																										
其二		1																								
其三			1		1	1	1							1 3						1						
其四					2				1		1		1		2		1									
其五	2						1	1							1											
其六		2																								
其七												1	1	1												
其八 (無)																										
其九																	2									
其十							2						1	1												
其十一													1											1	1	
其十二 (無)																										
其十三 (無)																										
其十四					1								1										1		1	
其十五 (無)																										
其十六 (無)																										
其十七							2																			
其十八 (無)																										
其十九					2					1	2	1														
其二十						1				1	1															
其二十一													1													

記錄景象																											
定類景象		線狀景象		平面景象		高空景象		動態							詩景象					光象							
種類		自然數類	親覆線狀	廣角線像	前後	高空景象	半空藏象	運動流動(上下)	海浮行(飛海浮行)	飛射	飛上飛下(飛來飛去)	遊動(飛行)	升降(和來)	出沒(起落·繁密)	出入 消長	往復(循環)	來去(來自)	變化	横越(轉開·横越)	日月星光	日光	星光	月光	火光	燦光	螢光	光輝(短篇小詩)
自然	人文																										
古冒調題																											
其三十二 (無)																											
其三十三								1																			
其三十四 (無)																											
其三十五 (無)															1												
其三十六 3									1			1				2		1									
其三十七 (無)																											
其三十八													2														
其三十九												1															
其四十 (無)																											
其四十一 (無)								1																			
其四十二 (無)								2	1			1						1									
其四十三																											
其四十四 (無)																											
其四十五 (無)	1									1				1			1										
其四十六 (無)																1	1										
其四十七														1													
其四十八											1			1													
其四十九 1																											
其五十 (無)											3	1															
其五十一												1															
其五十二 (無)																											
其五十三 (無)																											

景象種類\古風詩題	定景景象 自然	定景景象 人文	線狀景象 自然歧長	線狀景象 視覺線條	平面景象 廣角	平面景象 前角	高空景象	半空飄動景象	動態運動流動	上下	飛翔（飄移飄浮）	承天去（乘上舉下）	飛行（飛翔）	升降（俯察）	起落（出沒隱密）	出入 消長	縮擴	來去（來回）	榮枯	變化	轉關（開闔）	隱顯（隱匿）	日月星光	日光	星光	月光	火光	燈光	燭光	光輝（黑質小計）
其四十四	（無）																													
其四十五									2		1				1					2										
其四十六	1	3							1									1												
其四十七	1	1																1												
其四十八	（無）																													
其四十九	（無）																													
其五十	（無）																													
其五十一	1	1																												
其五十二					1	1									2	1														
其五十三	（無）								1																					
其五十四						1	1																			1				
其五十五						1			1																					
其五十六	（無）																													
其五十七											1																			
其五十八	（無）								1								1			1										
其五十九	（無）																								1			1		2
小計	10	8	2	0	0	1	8	6	12	4	3	2	13	4	11	3	8	8	8	8	8	0	0	1	1	0	0	1	0	2
總計（以目視認）	18		2		1		14											81							5					

表二顯示以下幾點：

1. 李白古風和遊景象種類分佈，李白古風詩作共59首，紀遊詩景象首數有31，比率52.5%，超過半數以上，此見李白平日常以遊歷行蹤所見所聞和想像所至之景象。

2. 抒寫情思中，李白以動態景象描寫次數最多，占81次，且此類次數最多。其他類，高空景象次數有14次，平面景象次數占1次，線狀景象次有2次，定點景象有18次，這四類之出現次數較少。這可見李白心理認知，及抒發情感。太白常用動態詞使用慣性，太白用動態心理觀點觀察萬物百態，及擅用動態方位詞，值用動態語詞，來表現李白活潑心理。

3. 李白古風景象之描繪次數分佈，記錄李白青年至壯年35年精彩遊歷及人生總驗，記錄李白25歲出三峽至60歲時作，其廣令李白青年至壯年35年精彩遊歷景象寫次數81次最多，及此反映太白慣用動態法，動態心理觀點用心慣用語法。（次數差異呈現4～8倍。前後者相較，次數差異有18次、2次、1次及14次，此反映太白慣用詞之方位詞的慣用筆法。）

表三：李白樂府紀遊景象種類分佈

古題詩題	定點景象·自然	定點景象·人文	線狀景象·自然線條	線狀景象·視線延長	平面景象·廣面	平面景象·前後	高空景象·高空景象	高空景象·半空觀象	運動/流動(流動)	航海(夜行/孔上舟下)	飛行	乘騎	升降(昇降)	起落(出沒)(隱顯)	滿溢	出入	來去(來回)	穿梭	變化(變改)	暫開(積翳)	跨越(積越)	日月星光	日光	星光	月光	火光	燈	小計(總籌)
1. 遠別離	(無)																											
2. 公無渡河	(無)																											
3. 蜀道難			1		2		5		1																			
4. 梁甫吟	(無)																				1							
5. 烏夜啼	(無)																											
6. 烏棲曲	1													2	1		1											
7. 戰城南	4								1								1											
8. 將進酒	(無)																		1									
9. 行行且遊獵篇	(無)																											
10. 飛龍引，其一											2	3	1															
11. 飛龍引，其二								2				2										1						
12. 天馬歌	(無)											2																
13. 行路難，其一	(無)																											
14. 行路難，其二	(無)																											
15. 行路難，其三	(無)																											
16. 長相思	(無)																											
17. 上留田所	(無)																											
18. 春日行																							1					
19. 前有樽酒行，其一																												
20. 前有樽酒行，其二	(無)																											
21. 夜坐吟	(無)																											

古風題＼景象	定點景象 自然	人文	線狀景象 自然數景	觀景線條	平面景象 廣面	前後	高空景象	半空觀景	運動韻調	軌跡流動(行行)	飛來飛去(沿上飛下)	飛行	孤乘	輪乘	升降(昇降)	起落(出沒)(籠絡)	瀰漫	出入	消長	來去(來回)	穿梭(雙扶)	變化(雙放)	跨越(德越)(衡越)	日月星光	日光	星光	月光	火光	燈
22. 野田黃雀行	(無)																												
23. 空候謠	(無)																												
24. 雄劍飛	(無)																												
25. 上雲樂	(無)																												
26. 夷則照上黃鐘算辭	(無)																												
27. 日出入行	(無)																												
28. 招隱人	(無)																												
29. 北風行	(無)															1									1				
30. 俠客行	(無)																	1											
31. 關山月																				1									
32. 鼉波篇																		1		1									
33. 登高丘而望遠海							1	1																					
34. 嘯春歌	1	1																											
35. 楊叛兒	1																								1				
36. 雙燕離												1																	
37. 山人勸酒	(無)																												
38. 于闐採花	(無)																												
39. 鞠歌行	(無)																												
40. 幽澗泉	(無)																												
41. 王昭君 其一	(無)																												
42. 王昭君 其二	(無)																												
43. 中山孺子妾歌	(無)																												

古風題	靜態景象 自然	靜態景象 人文	線狀景象 自然狀長	線狀景象 視覺線條	平面景象 廣面	平面景象 前後	高空景象 高空景象	高空景象 半空觀點	轉海(運動)流動	轉海(移行)(孔上下)	飛行	飄浮	升降(昇降)	起落(出投)(鷹落)	滿漏	視線混濁(朦朧)	出入	來去(次回)	穿越	變化(變幻)	軒明	跨越(橫過)(橋過下)	日月星光	日光	星光	月光	火光	火燈(單簡小燈)
44. 荊州歌	1	2																										
45. 設辟邪伎鼓吹進子班曲辭	(無)																											
46. 相逢行		1			1																							
47. 古有所思	1						1			1																		
48. 久別離									1																			
49. 白頭吟，其一		1	1						1																			
50. 白頭吟，其二	2	1													1													
51. 綵蓮曲	1							1																				
52. 電江主霸土歌	2									1												1			1			
53. 司馬將軍歌		1	1				1														1							
54. 耒溜曲	(無)																											
55. 結襪子	(無)																											
56. 終容少年場行	(無)										1																	
57. 長干行，其一														1				1	1	1								
58. 長干行，其二											1							1	1	1								
59. 古朗月行						1					1			1														
60. 上之回					1	1											1											
61. 霎不見														1						2								
62. 白紵辭，其一	(無)																											
63. 白紵辭，其二														1														
64. 白紵辭，其三														1														
65. 鳴雁行	1										1																	

古鼠題題	定點景象		鏡入景象	平面景象		高空景象		紀　遊（運　動）														光						
景象種類	自然	人文	自然景象／鏡頭線長	廣面	前後	高空景象	半空景象	運動流點	轉海（排行／泳上潮下）	飛行	飛奔	飄舉	升騰（昇降）	起降（出沒）（隱落）	瀰漫	出入消長	來去（來回）	穿梭	變化（變成）	蒔動（橫越）	日月星光	日月光	日光	星光	火光	燈光	（單篇小計）
66. 姜壽命	（無）																										
67. 榔州胡馬客歌	（無）																										
68. 門有車馬客行	（無）																										
69. 君子有所思行			1	1	1		1															1					
70. 東海有勇婦	（無）																										
71. 黃葛篇			1																								
72. 白馬篇		2																									
73. 鳳笙篇	1							1																			
74. 怨歌行						1													1								
75. 東下曲·其一		1				1																					
76. 東下曲·其二	（無）					1																					
77. 東下曲·其三								1	1																		
78. 東下曲·其四						1			1					1													
79. 東下曲·其五	1					1											1										
80. 東下曲·其六	1	1															1		1								
81. 來日大難						2						1															
82. 墓上曲						2									1												
83. 玉壺吟						1										1											
84. 鞠腸曲·其一																											
85. 鞠腸曲·其二		1												1								1					
86. 鞠腸曲·其三	2					1																					
87. 鞠腸曲·其四	（無）																										

古風題目	定點景象 自然	定點景象 人文	線狀景象 自然叢聚	線狀景象 親疊線條	平面景象 廣面	平面景象 前後	高空景象	半空觀象	運動流轉	乘波飛去(乘上乘下)	飛行	飛乘	升降(昇降)	懸掛(出沒)(驟盪)	演繹	出入	消長	來去(來回)	穿掠	蠻化(雙現)	斬開(橫越)	日月星光	日月光	日光	星光	月光	火光	光	(單篇小計)
88. 大堤曲	1	2																											
89. 宮中行樂詞·其一		2																											
90. 宮中行樂詞·其二		1						1																					
91. 宮中行樂詞·其三		1								1						1													
92. 宮中行樂詞·其四		1												1															
93. 宮中行樂詞·其五		1																											
94. 宮中行樂詞·其六		2																		1									
95. 宮中行樂詞·其七		2												1										1					
96. 宮中行樂詞·其八		2													1														
97. 清平調詞·其一							4							1															
98. 清平調詞·其二		1					1																						
99. 清平調詞·其三		1													1														
100. 鼓吹入朝曲		3			1																								
101. 秦女休行	(無)																												
102. 秦女卷衣	(無)																												
103. 東武吟		6					1									2		2		1									
104. 邯鄲才人嫁為廝養卒婦		1					1										1	1			1								
105. 出自薊北門行	1						1										1										1		
106. 冬夜昏	(無)																												
107. 北上行																									1				
108. 短歌行							2																				1		
109. 空城雀	(無)						1																					1	

古風詩題	景象種類	定點景象 自然	定點景象 人文	線狀景象 自然類長	線狀景象 觀靜線條	平面景象 廣面	平面景象 前後	高空景象 高空景象	高空景象 半空鷗景象	紀遊 運動流動(行動)	載海(行動)(俯上視下)	飛行	飛翔	彈躍	升降(昇降)	起落(出沒)(驟然)	滿霜	出入	消長(情長)	詩景 來去(來目)	穿梭(來目)	變化(雙成)	靜開(模擬)	跨越(模擬)	光 日月星光	日月光	日光	星光	月光	火光	光餘	(單篇小計)
110. 菩薩蠻			1					2																								
111. 憶秦娥			2																													
112. 發白馬		3	1					2																								
113. 陌上桑			1					1																								
114. 枯魚過河泣		(無)																														
115. 丁都護歌		(無)																														
116. 相逢行					2											1		1				1									1	
117. 千里思		(無)																														
118. 蔡中草		(無)																														
119. 君馬黃		(無)																														
120. 雜古								1								1																
121. 折楊柳		(無)			2																											
122. 少年子		(無)																														
123. 紫騮馬		(無)																														
124. 少年行·其一		(無)		1												1																
125. 少年行·其二			1															1														
126. 白鼻䯄		(無)																				1										
127. 豪康行		1	2					3									1			2												
128. 沐浴行		(無)																			2											
129. 高句驪		(無)																														
130. 靜夜思																													1			
131. 淥水曲		1						1																								

紀選景象	靜態景象		線狀景象		平面景象		高度景象		運動														光						小計
古詞題	自然	人文	自然紋景	視覺線條	廣面	韻後	高空景象	半空景象	運動(運動流動)	航海(行行/流上流下)	歌游飛去(流行流水)	飛行	昇降(昇降/舞蹈)	聚落(出沒/舞蹈)	漲退	演闖	出入	消長(來去)	變化(變成)	輒闖(變動)	跨態(消動/橫幅)	日月星光	日月光	日光	星光	月光	火光	燈	(單篇小計)
132. 鳳凰曲	(無)																												
133. 鳳簫曲							1																						
134. 從軍行	1	1					1																						
135. 秋思							2																						
136. 春思																	1												
137. 秋思	1						3																						
138. 子夜吳歌·其一				1			1												1										
139. 子夜吳歌·其二				1	1																								
140. 子夜吳歌·其三				2	1																								
141. 子夜吳歌·其四	(無)						1										1							1					
142. 對酒行												1					1	1											
143. 估客行														1															
144. 擣衣篇	1	1					4											1	4										
145. 少年行	(無)						3				1																		
146. 長歌行							2		1																				
147. 長相思							1													1	3	1		5	1	1		2
148. 猛虎行		2																											
149. 去婦詞	1								1																				
小計	30	55	1	6	8	9	61	4	8	0	7	6	7	1	2	13	4	2	10	2	12	0	16	1	3	1	5	1	1	1	2
總計(共93首紀遊詩)	85		6		9		65												94						12				

表三顯示以下幾點：
1. 表三：李白樂府紀遊景象種類分布。李白樂府計有149首，紀遊詩數為93首，紀遊詩佔樂府詩數比率占 62.4%，李白樂府詩中超過半數皆為記遊詩。景象寫作速及之景象之景象，動態景象為最多。靜態景象寫景數為 85 次、線狀景象登場速次數達次數為 65 次，平面景象登場主要分述次數出現 6 次，高空景象登場事次數有 9 次、動態景象事次數為 94 次。其次定點之人文景象及自然景象登場事最多。三度空間之高空景象事最多。其次定點之人文景象之文景象事第三。此處可見李白在樂府詩中常作用動態觀點及慣用動態觀點之觀覽方向所見，表
2. 表三顯示四度詩空間動態心理連慨寫描寫愈多，其次定點之連慨寫描寫事第三。李白樂府詩空間心理之空間描寫。情遠景，來事寫李白內心的空間所知。

表四：李白古近體詩紀遊景象補類分佈

紀遊景象 景象種類 古近體詩題	定點景象 自然	定點景象 人文	總狀景象 自然	觀覽視線 廣面／線	平面景象 前面／線	高控景象 遠景 前後	高控景象 近景	上下運動	飛騰 飛行／飄游	來來往往 飛行／飛上飛下	新行	升騰 出沒／隱現	飄颺	出入	纏繞	來去 歸回／回國／分	變化 變形／變換	日明星光	星光	火光	電光	輝之光	秋速	春	花光 (單獨小計)
1. 翼獻歌	1						1	1				3													
2. 南都行		2					3																		
3. 江上吟	1						3	3																	
4. 待從宜春苑奉詔賦龍池柳色初青聽新鶯百囀歌		2					3			1				2			1								
5. 玉壺吟																									
6. 攜妓行上華子崗夏日送	1			1			1							1							2				
7. 西岳雲臺歌送丹丘子							4	1	1			1	1	1		1	1				1				
8. 元丹丘歌							1		1																
9. 比翼鳥一致	2						3	1		1				1											
10. 同族弟金城尉叔卿燭照山水壁畫歌	2						2							1		2	2								
11. 白雲歌			1				1							1		1									
12. 棠藥子							4	1		1				1		1									
13. 嗚皋歌送岑徵君							2				1						2								
14. 鳴皋歌奉餞從翁清歸五崖山居	1						1																		
15. 勞勞亭歌	1						1																		
16. 横江詞 其一			1				1																		
17. 横江詞 其二	1		1				2																		
18. 横江詞 其三							1																		

古近體詩例	定象景象 自然(人文)	繪象景象 自然	繪象景象 繪錄	平面景象 面面	平面景象 前後	高空景象	半空景象	(動態)運動輻流	軌騰(飛行)上下	飛航	飛來往去	航行	飛象縣象	昇降	起落	演繼	出入	煙靄	突現	變化	網開	跳躍	日月星光	日光	晨光	火光	燈	燭光	輝之光	桃光	春光花光	(導篇)(小計)
19.瀨江頭‧其四						1			1												1											
20.瀨江頭‧其五	(集)																															
21.瀨江頭‧其六						2																										
22.金陵城西樓月下吟						3	1		1							1																
23.夷山吟						1																										
24.儲儲歌	(集)																1															
25.白雪送謝十六歸山						4																										
26.金陵聽送溫渭置	1					1																										
27.萊行	(集)																															
28.悲歌行	(集)		1																													
29.秋浦歌‧其一						1	1		1																							
30.秋浦歌‧其二		1				1	2		1																							
31.秋浦歌‧其三	(集)						1		1											1												
32.秋浦歌‧其四											1																					
33.秋浦歌‧其五	1																															
34.秋浦歌‧其六	(集)																			1												
35.秋浦歌‧其七	(集)																															
36.秋浦歌‧其八						1																										
37.秋浦歌‧其九	1					1																										
38.秋浦歌‧其十						1																									1	
39.秋浦歌‧其十一						1																										
40.秋浦歌‧其十二						1			1																							

古近體詩題	定景象		鏡映景象	平近景象	寬近景象			動			態	聲	景		象 去			景					光 象				
	自然	人文	自然類長	遠近線	廣面	廢眼 夜景象	夜象	(動態)上下運動	橫去(斜行)(橫去)	前去(橫以上下)	新顯	聲象	昇降(昇,降)	澌(出沒)(隱顯)	滿溢	出入	來去(佛面)(隱閃)(來回)(來往)	變化	開開(變效)	暮曉(隱顯)(橫顯)	動態	日月星光	日月星光	火光	電光	光之光	桃紅	建築	花光 (導橋)(水井)
---	---	---	---	---	---	---	---	---	---	---	---	---	---	---	---	---	---	---	---	---	---	---	---	---	---	---	---	---
41. 秋歌・其十三						1																					
42. 秋歌・其十四						1		1																			
43. 秋歌・其十五			1																								
44. 秋歌・其十六	(集)																										
45. 秋歌・其十七	(集)									1																	
46. 童蒙歌之部 種種以來歌					5									1				2									
47. 未王來歌・其一		2																									
48. 未王來歌・其二	(集)				1		1																				
49. 未王來歌・其三					2								1														
50. 未王來歌・其四																											
51. 未王來歌・其五	(集)																										
52. 未王來歌・其六					2							1															
53. 未王來歌・其七	(集)																										
54. 未王來歌・其八	(集)							1																			
55. 未王來歌・其九					1																						
56. 未王來歌・其十																											
57. 未王來歌・其十一	(集)																						2				
58. 上皇西邁讚歌・其一				1																							
59. 上皇西邁讚歌・其二																									1		
60. 上皇西邁讚歌・其三																											
61. 上皇西邁讚歌・其四																											

古近體詩題	定態景象 自然	定態景象 人文	線狀景象 自然類	線狀景象 觀覽線狀	平面景象 廣面	平面景象 前眺	高空景象 高空景象	高空景象 半空景象	(動)運動飄動 上下	飛騰	飛移去	流轉	嬉戲	起伏	瀰漫	出入	隱現	聚散	榮枯	轉向	變化	明暗	日月星光	日月星光	月光	火光	燈燭	電光	釋光	燒光	春光	花光	(渾寫)
62. 上皇西巡南京歌・其五	(焦)		1	1																													
63. 上皇西巡南京歌・其六							1																										
64. 上皇西巡南京歌・其七								2																									
65. 上皇西巡南京歌・其八			1				1																										
66. 上皇西巡南京歌・其九	(焦)																																
67. 上皇西巡南京歌・其十								2	1	1	1						1																
68. 峨眉山月歌								2	1	1				1																			
69. 峨眉山月送蜀僧晏入中京	1							9																									
70. 赤壁歌送別	(焦)							1	1																								1
71. 江夏行									1	1																							
72. 橫江詞											1	1																					1
73. 王昭君二首												1			1																		
74. 溧陽行								2	2							1																	
75. 贈臨洺縣令皇甫政公政歌																																	1
76. 醉歌																																	
77. 古朗	(焦)																																
78. 山鷓鴣詞	(焦)																																
79. 擬古壯士勵節軍名思齊行詩序									1			4																					1
80. 君舊歌行																																	
81. 和建玲宛陵曲								1																									
82. 雜詩浩然	(焦)																																

古近體詩題	
83. 讚歐兄謫少府性	(無)
84. (?)讚猶幸薔薇待鶯	
85. 讚榮交資	(無)
86. 讚在城建主讚	
87. 早秋讚晉十比神塔	
88. 讚祀金讚・其一	(無)
89. 讚祀金讚・其二	(無)
90. 讚觀正少府	(無)
91. 東魯見狄博達	(無)
92. 見京先奉贈軍墓東橋・其一	
93. 見京先奉贈軍墓東橋・其二	
94. 讚丹稜縣山嶺出懷土地長	
95. 玉真公主別館苦雨・其一	(無)
96. 玉真公主別館苦雨・其二	(無)
97. 讚留贈王孫	(無)
98. 讚留待將義・其一	
99. 讚留待將義・其二	
100. 讚讚校	(無)
101. 讚七持自由	(無)
102. 讚嵩獄友族幽避書贈 讚攻襄少府族別還季	(無)

古近體詩題	體類	自然(人文) 忿景象	自熱裝裝 線條景象	顧面/膨脈 平面景象	藏空景象/半空載裁 寬空景象	上下運動流動 紀(動態)	飛移(飛行)	飛狄上(飛上飛下)	新景(飛題)	舟景(彈題)	伴景(伴題)	距離(出效)(集題) 聲	演羅(舞動) 運動出入	來去(續槽)(來回)(次往)滑騰	突變(變幻)空隙	新開 開闊(動向)	跨越(橫越) 移動	日暈 日光 景 光	星光	火光	月光	替之光	凝光	靜光 花光	(彈實小針)
103. 謝朓詩算	自然	(焦)																							
104. 臺土藩役役後騰稿山人					2	1		1										1							
105. 溫泉體役騰建法人		(焦)																							
106. 謝敖十四		(焦)										2 1		1											
107. 謝程待牌		(焦)																							
108. 波樓遊騰啸上蜀野犬人		(焦)																							
109. 電機遊騰友人		(焦)																							
110. 参寄子		(焦)																							
111. 謝騰遊司戶尾		(焦)																							
112. 謝湖神明柳花串		(焦)																							
113. 謝湖遊研令毛老		(焦)																							
114. 謝麻孝騫		(焦)																							
115. 醉中寄大人入頁麋白門山屬屋		(焦)																							
116. 謝荊州江王士		(焦)													1										
117. 謝騰康花昆弟						1						1													
118. 謝野浮少年		(焦)																							
119. 謝騅待牌		(焦)																							
120. 走事騰氣戰嗣馬		(焦)																							
121. 謝周山他謝騰析序					1 1																1				
122. 口騰謝桃君		(焦)															1								
123. 上不想						1																			

古近鐵路問題	自然																					
124. 鐵路公園成土	（集）																					
125. 秋日嶽麓霜白發 贈正大文林學														1								
126. 曹溪橋養人雄	（集）									1												
127. 東關橋青嶂馬少宿臣	（集）																					
128. 到青軍鎮況兄城率	（集）																					
129. 出道安護誤容為人爰金 翼羅宴明圖	（集）					1				1			1									
130. 韻謝詢中杜之																						
131. 桃園路	（集）																					
132. 翼昇州正揖徑中區	（集）																					
133. 園湖溪聚紅丘	（集）																					
134. 鐵駒馬									1													
135. 盛園山遵平屋圓	（集）						1			1												
136. 溪州溪義隸半枕	（集）				1															1		
137. 電龍大園關胃浴	（集）																	1				
138. 溪犀司戶兄堤本	（集）									1	1			1								
139. 溪屋溪求沙堤岑	（集）																					
140. 韻關駒瀋屑	（集）																					
141. 溪翁堡堡		2		1								1										
142. 非溪領北湖洋望屋屏山 翼溝間屋																			1			
143. 群橫圖岱高祠圖嘉	（集）																					
144. 溪抄湖分洽	（集）																					

古近體詩題	自然 人文	高空 景象	運動 軸轉	飛跳	飛翔	飛躍 (出沒)	出入	斬關 突開	移動 (跨越)	星光	(單算 /小計)
145. 彈箏同諸・其一	(無)										
146. 彈箏同諸・其二	(無)										
147. 彈箏同諸・其三	1										
148. 送九辯過清霽曉曙相望	1	1									
149. 願王持許琴琴韓隆壹暈 山屏晨春		3				1	1				
150. 北水軍宴隴事紀諧悖悖	(無)	1		1							
151. 彈武十譚	(無)										
152. 彈關丘細松	(無)										
153. 辭中上城和機											
154. 中茶來以見兵三花 河青算次壽曩給必刃 事罕事霽躍罷之	(無)										
155. 流波跟躍平門招	(無)										
156. 彈群躍薆	(無)										
157. 彈皆怜彈	(無)										
158. 彈易秀才	(無)										
159. 胅藏讚後天惡晟皮開跟 霞襷襷襷躍正夏韋文 良宰	1	6	1	3	1	3		2	1	1	
160. 江夏使君席陶上薆中郎 中		中	1		1		1		1		
161. 博平薆大守自蘬山千里 相騁人以夏北市門助 郗之蘬立嘔嘔嘔	(無)										
162. 江上贈韋良使	(無)										

古建築題	紀建景象 電類 自熱人文	縱景象 自熱 副電線線	平景象 廣線 讚線	高景象 濃線 讚線	半空課流 (動物)運動流	橫臥 承伏歐法	升線 昇降	起落 出投 構器	電線 構動	演出入	運漸 漸	來去 往制 來回 次往	歐化 歐成	制開	勞動 歐微 歐期	日日星光	日光	星光	月光	炊光	糖光	載光	輝光 群光 2次	桃光	普光	花光 早篇 八計
163. 壽王遺像 (集)						1		1				1													1	
164. 隋道觀觀器轉・其一 (集)			1																							
165. 隋道觀觀器轉・其二 (集)																										
166. 江夏禪僧龍歐波 (集)			3																							
167. 禪僧司戶																										
168. 禪院妙南平太守乙基・其一 (集)																										
169. 禪院妙南平太守乙基・其二 (集)																										
170. 禪院神龕鐵幾少歐 (集)																										
171. 離歐歐									1		2															
172. 波說坪增楊歐歌葉嫌改克廢諸書器最晨才 (集)																										
173. 海道船嫌・其一 (集)																										
174. 墨源宮嫌・其二 (集)																										
175. 同道觀兒孫近視歐陽附弦壁 (集)									1																	
176. 亞樂波主人			2								1															
177. 業樂陸上婚眠嫌・其一 (集)																										
178. 繁業陸上婚眠嫌・其二 (集)																										
179. 繁樂陸上婚眠嫌・其三 (集)																										
180. 巴道實宮人 (集)					2			2																		
181. 歐道會人老觀觀乙瓦南			1																				1			
182. 郭轉轉王轉歐 (集)													2													

景象\\紀景象	定景象	線條景象	平面景象	寬景象	動					態				景		象 光				
種類\\古近體詩詩題	自然 人文	自然 載體 線條	置面 瞋瞏	殿空 半空 景象景象	上下運動瀑流	載海 昇降	飛越法飛(佛上乘下) 飛行(飛翔)	飛舉 鱗羣(飛翔)	伴羣 鱗羣	起舞(出沒)(羣落)	演繹(動)	出入	運動	汰去(排類)(潮退)	變化(變幻)(爆炸)(煙)	啟發 孕坡	研開(變成)開	跨越(橫越)(橫動)	日月星光 日光 星光	燈光 磯光	釋之光 水光 波光 花光 (彈霜)(小射)
183. 謝郭僕射司馬相如古公品	(焦)																				
184. 對辱驛站繼謝王審雪	(焦)																				
185. 謝宣城字文守表呈望僧				4				1		1	1			1						2	
186. 謝宣城鐃鼓太守晚	(焦)																				
187. 謝給事當州長民史略			1	2																	
188. 共五松山圖情緩贅緩	(焦)						1														
189. 自梁霊王教奉山昆會公課驛職沐浴東奧同題問有故職				7							1							1			1
190. 懷友人·其一	(焦)																				
191. 懷友人·其二	(焦)																				
192. 懷友人·其三	(焦)																				
193. 懷滁州友人	(焦)																				
194. 懷松球剄	(焦)																				
195. 懷圓石處士	(焦)																				
196. 懷諸請送沙彌	(焦)																				
197. 謝宣州靈源寺仲濬公				2								1									
198. 懷暉報復	(焦)																				
199. 懷暉行道									1	1											
200. 懷華州山別公來日居幽	(焦)																				
201. 登敬亭山別公竇古贈實主薄				1 2			1	1 1													

古建築附題	建築録 自熱人文	輪廓象 自熱人類 濕熱線條	平面象 廣額 韻緻	寬怒象 寂象 半寂靜象	上下(動態)運動(擺動)	轉轎	承載往去(行行)(頭象)(汰上潛下)	飛行 飛騰	升降(浮際)(浮降)	起落(出沒)(屏際)(蔽際) 滿溢(滿動)	出入	變光 新陳(變象)代謝 勝總(傾動)	明光 日呈	日光 星光 月光 煜 煜光	釋之光 寃光 春光 花光(單獨小計)
202. 郡鬼後常遷地點吲中罾 罾城				3				1							1
203. 歡欣叡霆等職泺	(集)														
204. 普蘭開圍造豐府	(集)														
205. 禮江進	(集)														
206. 交龍白乳山陳花瀑等翼 待眉日				5				1	1				1		
207. 准雨乱椒養窯窣中地 廣正義	(集)														
208. 寄弄月展見山人	(集)														
209. 秋山嘻電調園正泰 君	(集)														
210. 螢映嵩山灤翠鼺者				1	1										
211. 夕嘩杜暎霆覆等騫				1	1										
212. 鞦氓龍晋舂山等等翼 王玷析十戈等嘩上 人挑起城法令咼	(集)	1		4											
213. 畜白氅纳委郵問府	(集)														
214. 雹罸琶友人	(集)														
215. 均丘城下雘社用	(集)														
216. 閥几丘於減北出增右 門廲因中丙戴熸滹滹 畵群潀嘯帘侍通龍之志 囧囧薪刈幗之		1		5			1								
217. 准豬請薔汝城			1												
218. 附王巖丘遰罸罸有比 署	(集)														

古詩題詩題 種類	定景象 自然	人文	繪決景象 自然觀態錄数	平面景象 廣面	散景	實空景象 高象	半空象錄瀛	上下運動流	飛騰	飛行	飛失去	昇象	昇降	起降出没	演出	現象	出入	濃淡	來去消長	變化	跨越	移動	日月星光	日光	星光	火光	電光	群輝之洸	桃光水洸	波洸	春洸花光	單獨小野
219. 宰王造山仏正堂	1						2																									
220. 燐夢夏宵 裏即追慕篡							3		1	1																						
221. 月夜江行書離別外系乙						3	1	1	1	1																						
222. 宿百濟舊龍頭墻	1	1				1	1										1												1			
223. 菜林瀧龍腸卷人	1	2				1	1																									
224. 宰草祖既次浙江上篡觀 計之送葛瀬同會有扰書																																
225. 週標渚巖寄篡公						1	1				1																					
226. 北山瀟電篡六											1																					
227. 寄篡碧臨少府堰						1	1 2				1	1				1																
228. 寄篡第二籬子	(集)						1																									
229. 篡瀬浦渡江石正寄醫堰美							1		1																							
230. 霈房友人大翰							3																									
231. 盧山瀑布瀬博磨台							6 1 1		1							1				1					1				1			
232. 下穿寓城院診蛟喜黃隅官							2										1				1	1										
233. 畫贈榮崇邰州氏史呢	(集)																															
234. 宰王瀟篡	(集)																	1														
235. 春印瀞山瀞泬熱							1																									
236. 流浪江水草寺寺瀞喜堰官							1																									
237. 蹑堰莊王西瀟鄆謡王堰																											1					
238. 自濮鄆科瀟耀生堰附	(集)																															

古近建時碼 / 景象種類	定點景象 自然 人文	線條景象 自然 曲線 直線	平面景象 面積 體面	高低景象 高度象	半體躍顫 (騰躍)運動	上下運動	行(步行)潛水	承载法(俯上不下)流行	飛泳	昇降(降障)(滑翔)	起落(出沒)(隱落)	攝出入	濕灘	變化(釋)(回動)(改往)	靜態(搖擺)(擺動)	日明星光 日光	星光	月光	火光	熾光	輝光	釋之	水光	春光	花光(單翼)(小舟)
239. 望遠鏡驗氏正宇	(集)																								
240. 江夏常讌曦續簿		1		2														1							
241. 羋券客王臆		1		1																					
242. 正上霓四地仇				1				1																	
243. 正肯元冰綜				2						1	1														
244. 琴牧鼓宜川史照	(集)																								
245. 瀍溟竿穿鸞少備循	1			3				1																	
246. 宜氣九日望嵆四時牌槊 宇文守覆逐余時徐醫聲 山不同宜賁費客牽峇臿 筭 其				2	1				1		1			1											
247. 宜氣九日望嵆四時牌槊 宇文守覆逐余時徐醫聲 山不同宜賁費客牽峇臿 筭 其				1	1			1			1			1											
248. 冬望枯閧					1						1														
249. 瀍溟覩山下耔蠡星譯 可人榇絀山土窔鬥 鄐村目沿				2							1										1	1			
250. 羋龜稀稷霓闉巳				1							1														
251. 瀍巻柰荸峇榇骱	(集)																								
252. 三川鍾柰鏊蠡肷	2			2	1																				
253. 白龜柰穊逤囍當屃焉 月嗹江鬥懋鄂壱諆主讀				5	1						1			1			1								
254. 客上臣王 其一	(集)																								
255. 窬上臣王 其一	(集)																								

紀述景象 種類 古近體題目	自然景象 自然 人類	人文	線狀景象 自然 線狀	觀 線狀	平面景象 圓面	瞼面	混空景象 藏空 象	半空電象 (動態) 運動 運動 流動	動態 上下	軻騎 上行 (軻動)	飛來飛去 (飛上車下)(飛墊)	飛行 飛行(飛墊)	遷態 起落 (出沒)(攝落)	弁拜 (拜揖)	還歸 (轉動)	出入	濱圍	混沌 強弱	來去 (徘徊)(來回)(次性)	穿梭	戲化 (戲劇)戲	舞蹈 (舞蹈)	景 總動 (總動)	日月 星光	日光	星光	月光	象 火光	燈光	電光 燭光	祥光 之光	水光	燈光	春光 花光	(單輔) 八帘
256. 客上見王・其三	(集)																																			
257. 秋日熊氏無俗上送別 杜輔闕同待爾													2																						
258. 消惱屬	(集)																																		
259. 澗中都闕近況	(集)																																		
260. 夢莫天樓待留別							7	1 1 1				1																							
261. 留酒衡酌酎之江頭								1															1												
262. 留滯于十一兄送象上二 選春首																																			
263. 闕薛王璀																																			
264. 臺山留留合門紀已		1					1								1	2	2		1																
265. 夜別隆五	(集)																																		
266. 魏郢瞬鄲鄲邯別況起		1					1																												
267. 留湘西衛襲少府	(集)																																		
268. 顧膽衝沉汁托之樞酆												1																							
269. 留留賤健公	(集)																																		
270. 賤闕離鬭																																			
271. 臧帷帷瑚況己熟年秧 美趣機	(集)															1																			
272. 測臆氐之郴中									1	1			1																						
273. 閏贈舖溫公								2																											
274. 口樂								1																											
275. 金飄飄單潤潤	(集)							1																											
276. 金飄古下穆潤	(集)																																		

古近體詩篇圖

紀遊景象 種類	定態景 自然（人文）	繪狀景 自熱數	觀線貌	平面景 圓面	線條	高空景 縱斷景象	半斷景象	動盪運韉	上下運動	橫卸 飛翔	飛來飛去 (步行)（躍動）（氣上升）	昇降 (升降)（騰落）	越躍 (出沒)（騰動）（飜轉）	滿溢 出入	汪泮 帝風	汽灰 (濃煙)（汽回）（次佳）	凝化 (煙物) (次加)	齊聚 盤曲	攀總 (騰總)	峰嵫 星光	日月 星光	日光	月光	火光	燈光	電光	輝光	釋之光	燃燒	春光	花光	(軍圖) (小升)
277. 泗州林寺僧	(集)																															
278. 覆呈吳興近正留宗十六韻	(集)																															
279. 留別鷲嶺士	(集)																															
280. 圍詞解有閣	(集)										1	1																				
281. 黃鶴樓送孟浩然之廣陵						2																										
282. 使青夷軍途送親弟赴松哥／留別諸諸沼闕將詞送端	(集)					3				1																						
283. 留別諸舍弟王迋·其一	(集)																															
284. 留別諸舍弟王迋·其二						3																										
285. 薊丘門送別														1																		
286. 鳳歌太歌大象东百賣／出使間鳳主諸鳳憲賞由一氈一裘百道馨聲御酒／含笑奄特村十九章	5					1				1				1																		
287. 泗州少府	1					2																										
288. 補服治廷送入京	(集)					2				1	1																					
289. 泗川僧						2				1	1																					
290. 離間王山火歸布山	(集)					2																										
291. 江夏別宋之悌	(集)														1																	
292. 南陵送务	(集)																															
293. 送孟浩人立京	(集)														1																	
294. 送王運山火贈賓禹王運	7	4				11		1		1									1													
295. 送齊德慶府浜起運	(集)																															

古近體詩題	種類	定點景象 自然	總合景象 自然類人文	平面景象 觀線 面線	視空景象 虛空景象 半空景象 立景象 (動態)運動靜態遊動	驥(行)	飛渡 承攴去(床上事下)	飛行 (飛翔)	半空 (昇翔)	起落 (出沒)(飛墜)	溢動 (飛動)	出入	強隱 出入	關去 (終開)(次回)(次也)	變光 (變成)	斬開 (斬成)	跨越 (跨越)	縣動 (縣動)	日月星光 日光	月光	星光	火光	光光	電光	祥光之光	水光	燭光	春光	花光	(軍)兆(小計)
296. 送友人尋趣山水					3																									
297. 送崇惠藏之墓求嗣鞠氏	(無)							1		1	1																			
298. 送友人遊輞端	(無)																													
299. 送崇十一遊天台寺		1	1							1																				
300. 送崇山人歸天台	(無)				3					1																				
301. 送崇遙士再賞山白遜轎夏居					4	1			1				1																	
302. 送力遙愛之契平	(無)																													
303. 送崇轅稅趴吳父遜山			1		1																									
304. 送崇少府遙遙	(無)																													
305. 對雪醒轎崇	(無)																													
306. 曾崇崇詔說正之遊寥	(無)					1	1		1		1																			
307. 曾崇崇詔說釁判府辭峯要西京														1																
308. 金鑾送崇八之西京	(無)																													
309. 送崇九族聾塩告	(無)																													
310. 事父倭贛秋送表致改乞竟	(無)																													
311. 送表夫送崇崇異父三十里	(無)																													
312. 曾崇北郡曲廉崇下淫碣子轟鞱瑠	(無)																													
313. 送崇鞱雜史曲轟弧崩思史	(無)																													
314. 送表葬崇父之澤鞱轟末城土轟平潤明月欄碣源樓魂几瑠碣湖之	(無)																													

記遊景象	定景象	靜狀景象	平面景象	高空景象		記動景象							遠景				景象				景				象			光象			
背景題 / 古近體詩題	自然 人文	自然 數紫	觀線 觀線	廣面	高闊 眼景	半空 觀聽 景象	(動觴) 運遠 觀聽 運遠	上下 運遠	縋遠 (升行)	飛逝 飛行法 (低上降下)	新行 (象制)	桀乘 (飛制)	升降 (俘象)	鐵器 (出沒) (巖盜)	攤攤 (龍動)	出入	遠遠	混長	來去 (俘國) 突徽 (突國) (來往)	戲化 (甲圓) 徽敷 (甲圓)	殷躍 殷躍 (稀動) 躍觀 (病動)	勤 (病細)	日 日 星光	日光	日光	炊光	地輝	辉 殩	釋 之光	火光	送遠	春光 花光	(導闊 八升)
---	---	---	---	---	---	---	---	---	---	---	---	---	---	---	---	---	---	---	---	---	---	---	---	---	---	---	---	---	---	---	---	---
315. 魯郡東石門送杜二甫	(集)																															
316. 魯郡饒韓饒送元十四還西京 已	(集)																															
317. 杭州送義大澤時杜巖州 昊庾	(集)																															
318. 灞陵行送別	(集)																															
319. 送配陵舸明憶別	(集)																															
320. 送團可馬宣唱	(集)																															
321. 送溈林擒弔軍	(集)																															
322. 送范二特詩魯御翰判 至匕沈酒海府	(集)																															
323. 送五遣遺一送五會翰館 有感傳					1	1							1																	1		
324. 送賀賓客歸越	(集)																															
325. 送王送瑟單寒府	(集)																															
326. 送義/渭南舸楣山 其一	(集)																															
327. 送義/渭南舸楣山 其一	(集)																															
328. 同王目翰送送翰酒編情	(集)																															
329. 送晉王目翰送送翰酒編情 其一	(集)																															
330. 送泳瑤郡歌數軍 其一	(集)										1													1								
331. 送泳瑤郡歌數軍 其二	(集)																															
332. 送泳瑤郡歌數軍 其三	(集)																															

紀述 景象	定鏡景象	綜訟景象	平遠景象	高性景象		記		動 態																	景				景					光				象			
古建築時間 題材	自然	人文	自然 襯景	複線	顏鏡	靜鏡景象	半空景象 (動態)運遺 謐遮 流動	上下 纁誨(先行)運黻(氣土將下)	承狁狁上	飛行(飛遶)	垂乘(飛黐)	鵲乘	升降(昇降)(降下)	起落(出没)(集怒)	滿鵙(運動)	出入	運觀	浸退(浮退)(來誨)(次往)	化(變化)變化(雙化)	穿閉(穿洞)	靳閉 開	跨閣(橫越)(跨越)	日星(移動)	日明 星光	日光	星光	月光	燈光	燭光	濯洸	釋罐(洗)	桃濯	春光	花光(小件)	(單鵙)				
333. 送子十八通四子母器勢、灊山	(集)																																						
334. 送洲	(集)						1									1																							
335. 送灵球船艖安西	(集)																																						
336. 送灵公舍器陷汪廷庄	(集)																																						
337. 送出刑陀公百藏麒軍西至	(集)																																						
338. 送灵秀子慈軍	(集)																																						
339. 送灯理要昃烖人匾嵒、員外織細之子	(集)																																						
340. 送死八之江隩倶烷炒石						1																																	
341. 送誤十一	(集)																																						
342. 鲁中误一送起恩之西景	(集)																																						
343. 率辅葛聃如偁進士幙、遺麒輿北砮	(集)															1																							
344. 会送调一十禋庾炅	1	1																																					
345. 送灯秀子遺惚	(集)			1	3								1														1												
346. 送長沙曙太守、其一	(集)																																						
347. 送長沙曙太守、其二	(集)																																						
348. 送灵穰之吴娑	(集)																																						
349. 送灵山人	(集)																																						
350. 送灵三十一之申中荊冋、桯子怷臺	(集)																																						
351. 送翰山人釁澱山																																							

古画題詞語	定景象（自然/人文）	總狀景象	平面景象（廣觀・前眼）	高空景象（腔景眼象）	高空景象（半空凝景）	動態（趣景・上下）	動態（飛騰・飛翔）	靜態（矗聽・滿漏）	景（出入）	來去（佛圖・末回・變化・澗成）	景（露鶴・日光・星光・月光・火光）	象光（電光・澗光・禪光・送返・春光）
352. 送歸僧・其一	（無）											
353. 送歸僧・其二				2				1		2		
354. 送歸僧・其三				1								
355. 送少僧還鯉魚山				2	1							
356. 送衡山人歸衡山				3								
357. 送禪師歸之壺嶺	（無）											
358. 白雲歌送友人				4								
359. 送暠師歸東都還	（無）							1			1	
360. 送友人				2				1				
361. 送別	（無）											
362. 江上送友還上雀三清潭南街				1				1				
363. 送友人馬	（無）											
364. 送歸僧禪	（無）									1		
365. 送李禪師歸湘川				3				1				
366. 送會希	（無）							1				
367. 送別	（無）						1					
368. 送衡十少府	（無）										1	
369. 送過秀才歸闕中委	（無）						1	1		1		
370. 壽禪送法自雷磨鴻泗弓作				1			1	1				1
371. 鐵牲歸阻隱	（無）											
372. 送于柴歸嵩者	（無）											

古近體詩題	定景象 自然	定景象 人文	總括景象 自然數裂	總括景象 載裂線條	平面景象 廣面	平面景象 散條	凹凸景象 高空景象(實空)	凹凸景象 半空景象	升降運動(動靜) 上下運動	翻騰(升行)	飛行氣流去(氣流下下)	飛奔(飛馳)(飆動)	奔馳(馳動)	升降(升降)	起落(出沒)(驟散)	瀉瀑出入	瀉瀾	語誤	孕化(孕胎)(次徙)	歎化(變化)	跨越(綿延)	明星光(日明星光)	日光	星光	月光	燈光	電光	螢光	光輝(光輝)	霞光(霞之光)	水光	波光	春光(春光)	花光(火燦)
373. 同明王送朱秀才入岳 (魚)																																		
374. 洞庭醉後送絳州呂使君果流澧州 (魚)																																		
375. 寄八送還贈別鄭鍊 (魚)							2				1			1			1																	
376. 送道士薛季昌還山 (魚)																																		
377. 送路司柱趙耶 (魚)																																		
378. 送梁四歸東平 (魚)									1								1																	
379. 正夏送人 (魚)								1	1					1			1																	
380. 送殷晉阜四中 (魚)								1																										
381. 送張丞 (魚)																																		
382. 魚復江會送李才卿…三峽								1					1																					
383. 送一李之江東 (魚)																																		
384. 江西送友之瀛洲								3	1																									
385. 宣州送裴坦判官往舒州…書									1	1																								
386. 寒食送劉孝廉入秦 (魚)																																		
387. 澧川送辭歸	1	1						2				1	1		2																			
388. 五松山送殷淑		1																								1								
389. 送崔氏昆季之金陵													1		1	1							1											
390. 送客歸吳越送客…書卷								1					1	1		1																		
391. 送張舍人之江東兼進		1						2																										
392. 雜題少許 (魚)																																		

記遊景象 種類 古建築時間	定景象 自然 人文	總狀象 自然 裝點 觀觸 線	平遠象 遠面 剖線	高遠象 高遠 散象 象	半空象 半聳 象 動 電聳 (動態) 運動 電聳 運動	上下 (併行)(順遊下)(氣上飛)	飛行 (氣聚下)(飛聳)	昇降 (尾象)	出入	去 (歸還)(次回)(次往)	變化 (變象)	錄 錄 (機錄)	景象 日 日 星 日 月 火 電 輝 光 速 光 花 (厚扁) (小牛)
393. 隋文之南院壁雙樹神圖	(集)												
394. 五月東郊作牧比畫	(集)												
395. 平秋景火池龍禪公寓	(集)												
396. 山中問答	(集)												
397. 各人濤洛妙輔	(集)												
398. 隴司弘濤墨	(集)												
399. 答徐州端童司馬得白昆佝人	(集)												
400. 各友殺雄少府飲泓對錄 南臺贈意大宗容含沙 泉蒼	1				4 1 1		1	1	1	1			
401. 隴園五郎中	(集)												
402. 以詩代書答元丹丘					2		2	1	1	1		1	
403. 金陵客新材	(集)												
404. 隴州州正馬襄龍記字對墨圖	(集)												
405. 隴和都火遷遍沙雙魚 千漢見遍	(集)												
406. 癰藏紋飯綿觀目畫	(集)									1			1
407. 癰驛驛紋橡元凡任對 雲給給絕見祝	(集)												
408. 各友老幼遊迷雨見黑 通墨閉	(集)												
409. 隴土閣閣驛鹽柱榕莱柔 通墨閉	(集)												
410. 隴作快詩兩雨感見圖	(集)												
411. 隴撑詩簿	(集)												

紀遊＼景象	定景象 自然·人文	輪廓景象 自然輪廓	平距景象 面距	高空景象 霄景象	高空景象 半空景象	動態 上下運動	橫渡 (順航)(汎上行)	承成往	飛行 (飛揚)	飛翔 (飛越)	群落 (降繫)	仆降 (併現)	起降 (出沒)(聚散)	遊離 (遊動)	出入 演離	來去 (除往)(東回)(次往)	消失	變化 (空回)(次往)	新開 (暗動)	跨越 (時限)	日景象 日暈	星光	火光	電光	湖光 湖光之光	桃燈	辭光	花光 (閃爍小計)
古近詩詞題																												
412. 馬月台城城西楽恕游關道璈歌以日乾衣華等案楼来禹秒心東系移数人摔軟禄往右看助増四桜舞					2		1									1												
413. 瓦上塔道城					5	1																						
414. 客掖軒中等玉泉仙人彙泉 (集)														1	1													
415. 羅歌伴陪咄晿事見雯 觀																												
416. 晿松出禑齲阡簿螽大子粹鬶晿暁湤脉行王逅夏等公秘计千里糸因攻好系王接車窓羅攻二霖互五月五日嶢全晿余茲切故路 (集)														1														
417. 鮮後客下十八諱護予強辟禧縔					1			1																				
418. 客軟崎先仆壬石霖群以嗥見那猕嗥近漙锃					2																							
419. 客高仏人定曜一展					1	1										1								1				
420. 客仕考工玉似山思賙	1				3					1																		
421. 至蜂逅逅天花互祥嗥倍絹见彼嗥黄山 (集)	1				1				1							1												
422. 錐惟五見照																												
423. 客王二事奥辞府憬					2	1							1						1									
424. 逅陶嗥公永登盤绵					1	1													1									
425. 遥陶嗥游冷景					1	1							1															

景題\分類	定景象		織訣象	平遠象	高遠象			動態						時態			景象				光象										(單獨)(小計)
古近建築題	自然 人文	自然	闊 諛綠	闊 諛綠	高遠象	半遠象	運動	上下	轉運	新行	永行	昇降	昇降	濱 出入	奕去	雙光	鷂總	日明 星光	日星光	炊光	電光	光輝	晷光之光	水光	春光	花光					
426. 看日中見登瀛騙蕭育耳作 (集)																															
427. 東魯門汜徒·其一					1								1	2																	
428. 東魯門汜徒·其二					1		1	1																							
429. 秋霧墓子道明鑼鐔軍父東樓觀							1						1		1		1														
430. 慈恩山·其一				1	3		1	1						2																	
431. 慈恩山·其二				1	1			1	1						1																
432. 慈恩山·其三				2	2		1						2																		
433. 慈恩山·其四				1	1		1						1	1																	
434. 慈恩山·其五																															
435. 慈恩山·其六				2	2		1						1	1				1													
436. 秋夜興鴫山寂且章亭港 (集)																															
437. 劇絞發陸王饌閣江氏樓離中 (集)											3																				
438. 乘興所杭州剃史良遊天等寺					2		1																								
439. 同友人行					2																										
440. 下將宿道雜斯以碧蹟墮													1																		
441. 新下遇關中途鵬逢 (集)																															
442. 得宿閣盤縣良伴作 (集)																															
443. 認鴉游海觀 (集)																															
444. 春日遊建舊器					1			1					1																		

古近體詩題 \ 紀遊景象	自然(定景象)	人文(定景象)	視數(線景象)	視線	廣面(平面景象·散)	散綴	庭院(真空景象)	半空景象	上下運動(運動離)	精粗	高低飛去/飛行	飛乘	轉移(變動)	介居(屏障)	起落	繼續(出沒飄動暴落)	滿溢	出入	消退	來去(歸類次回次往)	空發	新開(開啟)	變化(變相)	移動(高墜)	日明星	星光	月光	燈光	火光	煜爚	祥瑞之光	水光	春光	花光(之光)	單獨小計
445. 泰和鑾興嗣讌宴左掖讌								2																											
446. 陪從經湳太守泛鑑山讌·其一					1			1																											
447. 陪從經湳太守泛鑑山讌·其二				1				1										1																	
448. 陪從經湳太守泛鑑山讌·其三				1				1							1																				
449. 春日陪檀□反諸賢宴北潭登庁作	(無)																																		
450. 宴集參觀池															1																				
451. 運窮民亭								3	1		1				1																				
452. 把酒問月								1	1		1				1	1				1															
453. 同送蜀軍事趙目輞谿山谿·其一																											1								
454. 同送蜀軍事趙目輞谿山谿·其二	1							1							1					1															
455. 余暇風景置畫圖	(無)																																		
456. 秋池□運等受客語各音司贈辭者	(無)																																		
457. 果瀨峰渡玉鏡峰堂泅	(無)																																		
458. 遊牧湖台啖啄·其一								1																											
459. 遊牧湖台啖啄·其二								2																			1								
460. 安琢孩子											1																								
461. 北水軍都司啖礮舟枝	(無)																																		
462. 夜觀禾江夏際民飯及謝明將遊覽禁寺圖	(無)																																		

紀遊景象 古近體題畫	定靜象 自然 人文	絕狀象 自然 紋裂		平面象 剖面 饒線	高空象 窄隙 象眼	半懸 象眼	動懸 運懸 運懸	行止 上下	飛動 翻飛(飛行)(氣上捲下)	浮昇 (出投)(昇降)(屏降)(飄揚)	出入	運轉	來去 (衡回)(身映)(次回)(俠往)	虛映 (虛似)(疑動)	日明 星光	日光 星光	火光	光燿	戲光	釋 之光	映射 光遠	香光 花光	(厚薄小年)
463. 送沂州楊給事詩冊																1							
464. 跋趙伯駒後赤壁圖卷其一	(集)				1																		
465. 跋趙伯駒後赤壁圖卷其二					1			1															
466. 跋趙伯駒後赤壁圖卷其三	1			1	1																		
467. 彼汾沮洳程待詔補圖				1	1			1															
468. 跋沈啟南臨倪雲林畫及中書董台人正書程延柱一	1									1													
469. 跋沈啟南臨倪雲林畫中書董台人正書程延柱二	2				1		1																
470. 跋沈啟南臨倪雲林畫及中書董台人正書程延柱三	(集)																						
471. 跋沈啟南臨倪雲林畫中書董台人正書程延柱四	1				1		1					1											
472. 跋沈啟南臨倪雲林畫及書董台人正書程延柱五	1																						
473. 慈江貴鐵畫壺要碑硯錢湖壽	(集)																						
474. 華頂山峰巖雄句	(集)																						
475. 奧海峻青岩近王松山					1	1																	
476. 宜蘭精溪	2				1																		
477. 奧嵐良巖蒲巡川贖巖寺					1			1					1										
478. 差水大涸贖研府					1				1	1													
479. 九日登山一	1				2				1	1													
480. 九日					4																		
481. 九日龕山放					2																		

古近體詩題	定點景象 自然	定點景象 人文	鏡頭景象 自然數	鏡頭景象 載體	鏡頭景象 線條	平面景象 廣面	平面景象 散點	高空景象 高空	高空景象 半空	(動態)運動 轉動	翻轉 上下(俯行)(順動)(流動)	高低飛去(飛翔)(飛上飛下)	飛行(飛翔)(輕盈)	飛行(強勁)	修睜(俯睜)	升降(昇降)	起落(出沒)(集落)	電露(閃動)	演出	出入	運轉	來去 浪漫(來回)(次往)	穿梭(次往)	軒開(雙拉)	化跨(橫越)	勤發(橫越)	明星光	日光	星光	月光	燈光	霞光	輝映之洗	水光	燈光	替光 花光	(單獨)(小計)
482. 九月十日即事(集)																																					
483. 陸象故停輦等應化崇寺介公開路								3	1					2								1															
484. 登新城臨花臺								2	1		1		1					1																			
485. 登蛾眉山								4			1		1																								
486. 大龍湫								2			1														1												
487. 恩事父海少府半月臺								2											1	1																	
488. 天台曉望	1							5	1								1																				
489. 早望海樓								2							1					1																	
490. 焦山望松寥山(集)								2									1																				
491. 杜鵑詢句								1							1													1			1						
492. 登太白峰								2			1		1							1																	
493. 登邯鄲洪波臺置酒觀發兵(集)																	1																				
494. 登新平樓								1					1																								
495. 秦老姑蘇臺(集)																																					
496. 秋日登洋州寧羈路								1	1																												
497. 登金陵西北謝安墩(集)																					2							1									
498. 登瓦官閣								4	1								1																				
499. 登梅岡望金陵贈族姪高座寺僧中孚								5	1				1				1																				
500. 登金陵鳳凰臺								4			1						1																				
501. 望廬山瀑布 其一								1			1						1																				
502. 望廬山瀑布 其二								1			1		1				1																				

古近體詩題	自然	人文	自然類象	視覺輪廓	平面景象	高空景象	(動態)運動上下運動	翻滾(舟行)(順流)	飛越去(飛上天)	飛行	懸繫	升降(昇)(降)	盈溢	出入	隱蔽(隱)(藏)	來去(修辭)(來回)(往返)	變化(變移)	斬開(變裂)	時節(候)	錄鍊	日星光	日光	月光	火光	電光	瑩輝	釋之光	水光	光照	靜穆	(罩罨)(八折)
503. 望廬山五老峰	(無)																														
504. 江上望皖公山	(無)																														
505. 望黃鶴山						3			1																						
506. 鸚鵡洲	(無)																														
507. 九日登巴陵置酒望洞庭水軍	(無)																														
508. 秋登巴陵望洞庭						1	1							1							1	1									
509. 與賈十一登巴陵						3	3									2															
510. 登巴陵開元寺西閣贈衡岳僧方外	(無)																														
511. 與賈至舍人於龍興寺剪落梧桐枝望灉湖	1										3																				
512. 陪族叔刑部侍郎曄						3	1					1																			
513. 舍弟讓江																															
514. 秋登巴陵望洞庭北樓						1	1					1				1															
515. 望天門山						2	1	1																							
516. 望木瓜山	(無)																														
517. 自梁園北二小山遊詩客遺樓懷舊遊書此													1																		
518. 望諸八公操	(無)																														
519. 登敬亭北二小山餘古	(無)																														
520. 安州應城玉女湯作	(無)																														
521. 之廣陵宿常二南廓幽居	(無)																														
522. 夜下征虜亭	(無)																														

古近體詩題 \ 景象種類	忠實景象 自然	忠實景象 人文	觀察景象 自然 電象	平面景象 廣面線/眼線	放空景象 藏空景象/半空景象·電象	動態 運動/震動/流動 上下	載移/飛翔(飛行)(飛越)	乘坐/乘法(流上下)	飛行/高飛(飛翔)(高飛)	升騰/騰躍(舟行)(升降)	出發(出發)(揚航)	滿溢/速駛(移動)(轉動)	來去(歸航)(來回)(次也)	變化(變化)	暫開/期間(暫歇)	移動/轉動	日月·星光	日光·星光	月光·火光	燈光·電光	光輝·光耀	群芒·之光	火光·水光	春光·花光(單獨)(八岁)
523. 下馬飲君酒		1			3																			
524. 客中作 (無)																								
525. 太原早秋 (無)					1																			
526. 奔亡道中·其一 (無)																								
527. 奔亡道中·其二 (無)									1															
528. 奔亡道中·其三 (無)																								
529. 奔亡道中·其四										1														
530. 奔亡道中·其五 (無)																								
531. 聞李太秋 (無)																								
532. 王昭君·白馬驄驄表母親 (無)																								
533. 淵浮於余氣江	1				1	1		1		1														
534. 上三峽					2	1		1	1					1										
535. 自巴東舟行經瞿唐峽 登巫山最高峰還題壁					3	1																		
536. 早發白帝城	1	1			2							1												
537. 秋下荊門 (無)																								
538. 江行寄遠 (無)																								
539. 望五松山下電藩家 (無)																								
540. 下尋陽城汎彭蠡洲	1				1							1						1						
541. 下鷹窟嶺坐狂之門作	1				1																			
542. 夜泊黃山聞殷十四吳吟					2																			
543. 宿湖	1				4																			

古近體詩題	靜景象 自然 人文	線條 (輪廓)	面 (線)	態 動 (動靜) 半靜 (靜動)	上下 (移動)	轉移 (升行)(順)	飛 (氣)(氣上飛)	新行 (現型)(飛下)	聚散 (瀉)(聚散)	升降 (現)(降)	聽覺 (出沒)(聲音)	濃淡	濱濱 出入	來去 (停留)(次回)(次往)	動化 (靜動)(靜動)	解開 (機如)	跨越 (繼續)(繼續)	動靜	日明 星光	日光 呈星	月光	火光	電光	輝耀	桃光 之光	綬 春光	花光	(薄霧 小雨)
544. 西施	(集)																											
545. 王昭君	(集)																											
546. 上氏夫人	(集)																											
547. 蘇臺覽古	(集)																											
548. 臺中覽古	(集)																											
549. 越中覽古	(集)																											
550. 蘇臺哥	(集)																											
551. 楊叛兒				1	1							1																
552. 蘇武	(集)																											
553. 荊下邳圯橋懷張子房	(集)																											
554. 金陵·其一		1			1							1																
555. 金陵·其二				1																								
556. 金陵·其三	(集)																											
557. 秋夜板橋浦泛月獨酌懷謝脁												1	1			1												
558. 謝公亭				2																								
559. 人形宴騰州瑕丘驛亭...				1	1									1														
560. 廬江主人婦	(集)																											
561. 歐中逢崔郎中宗之...		2		2								1																
562. 望鄰州謝瑜樓	(集)																											
563. 焦山山下				1	1										1														

古近體詩題	定景象 自然(人文)	自然(景貌)	線跡景象 截景(線條)	平距景象 廣面(前後)	寬景象 殿原(景象)	半空(觀覽)	運動(動靜)	上下	移海(俯行)	飛軿(俯望)	森蒸(騰繞)	升降(昇降)	起諦(出沒)	電騰(顯隱)	強運 出入	潛沒(沈浮)	來去(修縮)	發生	集化(變幻)	折閤(轉動)	移動(搖擺)	日景顯	日光	星光	火光	燈	燭光	輝煜之光	桃光(凝)	善光	花光(異詞小計)
564. 台白嶺十字碧 (無)																															
565. 夔公亭					2		1																								
566. 紀南薗丘松山 (無)																															
567. 南征件禰龍古					3																										
568. 述臨滅				1	1																										
569. 丹陽峴					1	1	1																								
570. 夔公祀	1				1																										
571. 潔敷壩					1	1																									
572. 鄙公井													1				1														
573. 鐵鎗術																															
574. 孟夫山 (無)										1																					
575. 午溝漪													1	1																	
576. 靈釀山					2																										
577. 天門山					1										1																
578. 兗元庄丘力賦寺謹立作	1				1																										
579. 舄礀轗西門中元郑丘					4	1								1																	
580. 汝州俶岳寺火礀湺游谱遷辯頵人					1									1					1				1								
581. 魚中麥亭燠縣鬼作 (無)																															
582. 鼢遏禪闔屈吳明牆蘭					3		2																								
583. 月下獨酌，其一 (無)					3																										
584. 月下獨酌，其二	1				1																										

古近體詩題	人文	自熱數長	視覺線條	廣狹	凹凸	高矮象徵	半輕重	上下(動)運動	轉動(行動流上下)	飛流(流上下)	群集(保藏)	停歇(出沒)	出入	海濱(流動)	來去(降臨身旁來往)	駐光(去)	利用(變幻)	移動(搖動)	日月呈光	日呈	月光	火光	觀光	判輝	釋之光	先遠	春光	花光(得端小針)
585. 月下獨酌 其三	1																1											
586. 月下獨酌 其四				3																								
587. 春夜終南山改首畫餘聽題				1					1																			
588. 冬本辭相留廳有壁志 (集)																2												
589. 魯山道不遇作				3	1							1	1															
590. 遊洞庭湖 其一				2								1	1			3												
591. 遊洞庭湖 其二 (集)																												
592. 韓碑不至 (集)																												
593. 靈潭				2																								
594. 友人館				2						1						1												
595. 春日獨酌 其一				1						2									1									
596. 春日獨酌 其二				5																								
597. 金陵江山通這羅詩者 (集)															1					1								
598. 月夜龍山字羅詩序 (集)																1												
599. 青半半滴暢 (集)				3																								
600. 日夕四中歌有懷 (集)																												
601. 夏日山中 (集)																												
602. 山中與諸人對酌 (集)																												
603. 春日醉起言志 (集)											1																	
604. 盧山林寺有懷 (集)																												
605. 尋雍尊師隱居				1																								

古近體詩題 \ 紀選景象種類	定景象 人文	定景象 自然	觀選景象 自然景長/觀長景錄	平距景象 眺面	高空景象 遠近景象/半空離象	動態 (動)運動上下	動態 載移(步行)(俯下)	動態 乘飛法(俯上遝下)(俯型)	動態 飛行	動態 移象	動態 升降(昇降)	動態 起落(出沒)(隱現)(鑾露)	景動 滿溢	景動 出入	景動 遠邇	景動 高低	景動 來去(辭迴)(退回)(次往)	景動 變化	景動 新開	景動 跨越	光 日月星光	光 日光	光 月光	光 火光	光 燈光	光 電光(燈電)	光 群星之光	光 水光	光 波光(波影)	光 春花花光	光 (草葉小折)
606. 吳史卿中政敕書齎贈上吹箶		(無)																													
607. 對酒		(無)																													
608. 廬江還竄鄉		(無)			1				1																						
609. 暉王瓊臺不飲酒		(無)			1				1								1														
610. 襲絕客中山		(無)			1				1																						
611. 白雪		(無)																													
612. 諮驪利山道上不寐		(無)			1				1								1														
613. 秋日黑參洲羌城路公宴簡會稽府											1						1														
614. 我夜寰發魏武山		(無)																													
615. 橫塘腳中宗之霍南殿吾五子等霍之溯橫牖	1	1			2																										
616. 横舟山·其一		(無)																													
617. 横舟山·其二		(無)																													
618. 望月有懷					1									1											1						
619. 對酒謁覽覽·其一		(無)									1																				
620. 對酒謁覽覽·其二		(無)																													
621. 重贈哲		(無)																													
622. 春柳洗濯行觀中		(無)																													
623. 落日魏山中							1						1																		
624. 憶他淅祓花齋騷琴衣服郎					1						1	1																			
625. 齡中狀懷		1			2		1																								

古近體時間題	種類	定量象 自然 人文	純狀象 自然 混和 線條	平面象 廣面 斷線	高空象 高空象 半空 低空	上下(昇降)	永恆過去	新	昇	升降	出入	變化	日明星光	日光	星光	月光	炊光	燈光	螢光	輝之	水光	春光	花光
626.燃古·其一	自然	1			1				1		1							1					
627.燃古·其二	(無)																						
628.燃古·其三	(無)																						
629.燃古·其四					1			1			1						1						
630.燃古·其五			1		2																		
631.燃古·其閃	(無)														1								
632.燃古·其五	(無)				2																		
633.燃古·其六																							
634.燃古·其七	(無)				2			1			1												
635.燃古·其八					3	1																	
636.燃古·其九	(無)																						
637.燃古·其十	(無)				1																		
638.燃古·其十一	(無)									1	1												
639.燃古·其十二	(無)							1				1											
640.感興·其一					1																		
641.感興·其二	(無)				2																		
642.感興·其三	(無)							1															
643.感興·其四	(無)																						
644.感興·其五					2			1															
645.感興·其六					3																		
646.感興·其七	(無)																						
647.感興·其八	(無)																						

紀遊景象　種類 / 古近體詩題	定景象 自然景	人文	線狀景象 自然·混亮 線條	平面景象 廣面·散	高空景象 高空·半空景象	集體運動·躍動·遠動 上下運動	移動（升行順風下）	高速飛去（急上去）	飛行	森景	倒景	升降（升降）	起落（出沒·退飛）	還原（轉動）	出入	強弱	來去（悄躍·次回）	變化（變化）	開闔（開闔）	移動（橫動）	日明·昆光	星光	月光	火光	輝燦·乏光	水光	紅燈	春光·花光	補間·沈計
648. 舞目・其一	（無）																												
649. 舞目・其二		1			2																								
650. 舞目・其三			1					1																					
651. 秋夕散懷					3	1			1				1		1														
652. 感遇・其一	（無）																												
653. 感遇・其二	（無）																												
654. 感遇・其三									1			1																	
655. 感遇・其四	（無）																												
656. 秋林讀書口呈李樂器	（無）																												
657. 軍象景李軍的動作	（無）				2																								
658. 江上秋懷					2	1																							
659. 秋夕懷	（無）																												
660. 廣光池的原言懷	（無）																												
661. 上崔邸要員	（無）																												
662. 冀野民機節中	（無）																												
663. 崩州城幾鐵田信制作	（無）																												
664. 職驥看管	（無）																												
665. 田園懷舊	（無）												1		1														
666. 江南秋懷	（無）																												
667. 歡寧新城幕府															1														
668. 急東可重小園	（無）																												

景象 釋題	題釋	定點景象 自然	定點景象 人文	線狀景象	平面象	高遠象 半空鏡象	轉揚	騰飛	飛馳挽	新綠	升降	騰盪	滯滿	運	去樂	嬌綴	景	象光
669. 謨觀女來緣將白暈	(集)																	
670. 崩野松	(集)																	
671. 謝山濤·其一	(集)																	
672. 謝山濤·其二	(集)																	
673. 初出金門王待詩不遇 課第上麟	(集)																	
674. 秦嘉麗	(集)																	
675. 觀說白霞·其一	(集)																	
676. 觀說白霞·其二	(集)																	
677. 麟陣平王安少卵山冰 起暉						2												
678. 謀遂丘壇明訝曜	(集)																	
679. 觀石开綠霞山暉度						1	1				7							
680. 求崔山百丈齋石幢						3	1	1					1		1			
681. 見辟聿中名石畫鐵老							1	1							1			
682. 徒禮朗觀鞏業	(集)																	
683. 至霽際涉龍地暉題						5	1	1						2	1			
684. 白鷺鸞	(集)																	
685. 謀舊·其一	(集)																	
686. 謀舊·其二	(集)																	
687. 白馬篇	(集)						2	1						1				
688. 巫山枕慮		1				2								1		1		
689. 南齊豐譽	(集)																	

紀遊景象 類別 古近體詩題	定靜景象 自然景	人文	線狀景象 含蓄數	視覺錄	平面景象 廣面	散景	高空景象	半空景象	上下運動/運動流動	桑榆(行行)(順流)(兆上下)	飛行(飛翔)	香案(逆翔)(滑翔)	髀攀(屏)	起落(出沒)(隱動)(隱藏)	演越(連動)	出入	強關	來去(縈旋)(次回)(次往)	變化(變化)(變動)	斫開(隱蔽)(偏翻)	日月星光	日光	星光	月光	燈光	景象光 觀燭	群類之光	水光	光燭	花光	雲霞(項目小計)
690. 題關州義張園先生墓								2			1																				
691. 夏至升山居								3																							
692. 龜山月升題園山居						1		4																							
693. 龜山洲望龍叔叔合人貴		1																1													
694. 池邊亭	(無)																														
695. 勞勞亭	(無)																														
696. 園會題玉潭止水亭	(無)							2				1 1																			
697. 題劇山邊入元岳山居										1		1 1																			
698. 題江夏鸚鵡寺	(無)																														
699. 次九子白山莊山事句								1	1	1																					
700. 題完瑞樓	1																														
701. 題秦縣公廟居								1						1																	
702. 蝴蝶墓	(無)																														
703. 憶蜀	(無)																														
704. 載睿								1			1			1 1																	
705. 觀明山夜雷	(無)																														
706. 單行	(無)																														
707. 從軍行	(無)																														
708. 平蕪野望黃	(無)																														
709. 春夜洛城聞笛	(無)																1														
710. 集山峽題蜂者								2																							

古近江路的圖繪	自然	人文	自然 數裝	視覺 觀景	廣面 圓面 線條	視緻 眼緻	半空 鏡緻 鏡身	上下 遷運 運運 (動態)	(仰行) 俯行	(頭上下) 漸近	永恆法 (氣上下)	(俯視) (仰視)	(出沒) (展隱) (露隱)	出入	運氣	(俯瞰) (次回) (來往) 身後 身前	(氣勢) (氣度) 靜態	錄暗 (續續)	日光	日光 星光	月光	火光	電光	釋之光	春光	(星光) (軍屬)
711. 金橋館館的時的飛烏湖	(無)																								
712. 就就就開關系不圖	(無)																								
713. 鐵橋遇系不圖	(無)																								
714. 登城見地點花	(無)																								
715. 日田馬上觀驚	(無)																								
716. 三切信	(無)																								
717. 精舍					3						1														
718. 電鐵·其一	(無)																								
719. 電鐵·其二					2		1		1																
720. 電鐵·其三					2		2		2								1								
721. 電鐵·其四					2		1		1																
722. 電鐵·其五			1		1		2																		
723. 電鐵·其六					1																				
724. 電鐵·其七									1			1													
725. 電鐵·其八					2		1		1																
726. 電鐵·其九	(無)																								
727. 電鐵·其十	(無)																								
728. 電鐵·其十一	(無)								1																
729. 電鐵·其十二	(無)										1														
730. 真朗啓		2																							
731. 靈關瑤·其一		1			2		1													1					
732. 靈關瑤·其二		1																							

古近體詩題										
703. 春愁										
704. 代詞●	(無)									
705. 阻上贈美人	(無)									
706. 寶箏	(無)									
707. 代贈瀟湘人	(無)									
708. 代將情	(無)									
709. 剪錯	(無)									
710. 翠裙	(無)									
711. 遲遲殘漏腳	(無)									
712. 翠情	(無)									
713. 代答情愁墜題										
714. 集古田長邊										
715. 居庭		1								
716. 口見王美人半幅	(無)									
717. 剪窗有題	(無)									
718. 代人處觀·其一										
719. 代人處觀·其二										
720. 讀戲止娘	(無)									
721. 謝內起應·其一										
722. 謝內起應·其二	(無)									
723. 謝內起應·其三										
724. 秋讀堂內										

古近體詩題	定景象 自然	人文	總狀景象 自然/類景	觀景	視景/線景	平面景象 顏景	瞬間景象 窟景/眼景	半空/控景 景象	上下運動(動景)	飛乘橫移(行行/順向)(乳上行)(漸下)	飛乘(漸近)(漸離)	弁降/懸浮(出沒)(竄離)	漲溢 出入	消去(環回)(次回)(來往)	化(變相)(雙裂)	物飾(矯飾)	朝暮 日星光	日光	火光	電光	瑩輝	釋之光	燈燭	春光	花光 (罩幪)(小計)
755. 目中內謝								2	1																
756. 我過縣主人謝應敦內									1	1		1	1	1											
757. 送內權迪叹道士幸器 空 其一								2	1																
758. 送內權迪叹道士幸器 空 其二								1			1														
759. 圖內	(集)																								
760. 在錦纏所寄內	(集)							1																	
761. 由貽病別客內	(集)							1					1												
762. 越女詞 其一	(集)																								
763. 越女詞 其二	(集)																								
764. 越女詞 其三	(集)																								
765. 越女詞 其四								1				1													
766. 越女詞 其五	2							1																	
767. 强別巴攵	(集)																								
768. 示金陵子		1	1											1											
769. 出妓金陵子呈盧六其一	(集)																								
770. 出妓金陵子呈盧六其二			2											1											
771. 出妓金陵子呈盧六其三	(集)																								
772. 出妓金陵子呈盧六其四	2																								
773. 瓜攵君			1					1	1				1	1	1										
774. 美人離鶥								4	1		1	1	1	1	1										
775. 自漢水道王炎 其一			1					3	1		1	1	1	1	1					11					

下面的表格為「李白古近體詩紀遊景象種類分佈」分析表（表四），因原表為橫向旋轉排版，茲依其欄位結構轉錄如下：

種類景象 ＼ 古近體詩細題	紀遊景象							遊動（動態景象）																			詩景象（景）							光象							
	定點景象		融成景象		平面景象		高空景象	運動上下	橫飛	我飛赴	游	折轉	超越	還轉	隱蔽	出入	強隱	活	來去	變化	跨越	移動					日月星光	日光	星光	月光	火光	電光	燈光	禪之光	水光	春乾	花光		
	自然	人文	自然	融鑄	顳	聯	庶空景象																																	
776. 自然木道王家‧其一									1																														
777. 自然木道王家‧其三										1				1					1																				
778. 宋國游縣觀覽							2																																
779. 宜城遊縣結事																																							
小計	44	65	17	6	7	4	595	48	62	40	5	29	70	18	0	4	97	40	1	77	1	0	67	0	32	4	18	4	1	2	9	2	8	1	10	1	15	2	4
總計（共390首選錄）	109		23		11		633																595								50						59		

表四顯示以下數點：

1. 李白古近體詩紀遊景象種類分佈，此見古近體詩首數共有779首，其中有390首作品事育李白遊歷或想像所至之景象，比例占50.06%。

2. 表四可見李白取用高空景象紀遊次數最多，占633次。此反映李白擅用立體三度空間之視覺方所祠語，來描事情思及所見所思景象。

3. 表四亦不見李白動態景象之紀遊景象次數是595次，此占本表各種象類比例排序是第二位，諸與立體空間事辭次數633次，相較於本表其他類景象次數38次，高度空間與動態景象等事寫之差異並不大，或可反映李白具有動應心理觀點，和體用動態四度時空之視觀點。此外，展現李白有總攬上下左右前後等多角度景象之視角的空間觀與知系統。

表五：李白詩補遺遊記景象種類分佈

補遺詩題	定景象 自然	定景象 人文	線狀景象 曲線	線狀景象 直線	平面景象 廣角	平面景象 窄角	高空景象 高空	高空景象 半空	動 上下運動	動 前後運動	動 漸次運動	動 聲響	遊	景	象	光
1.橫樑五松山問電七	(無)															
2.戲魯儒							2	1								
3.自廣平乘醉走馬六十里至邯鄲城觀古蹟	1						2	1								
4.月夜金陵懷古	1						3	1								
5.金陵新亭	(無)															
6.紀南陵題五松	(無)							(無)								
7.宣城長史弟昭贈余中獨輔詩以志																
8.題雍丘	(無)															
9.鸚鵡洲送王	(無)															
10.東魯	(無)												1			
11.魯讌	(無)									1		1	1			
12.朋月	(無)															
13.匡山讀書月								1								1
14.對雨																
15.觀獵	(無)											1				
16.望石五	(無)															
17.冬日歸舊山									1							
18.鄠縣谷	(無)															
19.入彭蠡引中							1									

古題詩題	記遊象 人文	記遊象 自然	觀記景象 載載線條	平面象 廣角	平面象 散散	高空景象 高遠景象	高空景象 半空鳶象	記遷動態 運運飄流動	上下	前走(流行)	承先法去(混亂流上下)	飛行(飛翔翻飛)	飛案(飛翔翔翔)	弁降(升降)	起跡(出沒)(飄動)	滿溢出入	來去(移動)(來回)(來往)	變化穿裝	新開開開(競放)(爭開)	搖曳搖動(搖動)	日月呈光	日月光	日光呈光	月光	火光	發光	電光	燦爛	群葉之光	水光	春光此光	此光(薄幕八非)
20. 日出東南隅行																						1										
21. 人從入容發發先發	(無)																															
22. 送靈解頭		(無)																														
23. 送友遊嵩中						2																										
24. 送謝明府任江江						1										1																
25. 送友可乘轮增假公募		(無)																														
26. 歌贈精	(無)																															
27. 從軍人行	(無)																															
28. 輸歌行	(無)																															
29. 龍泉官平電鏟		(無)																														
30. 麟柏日頂寺	1					1																										
31. 瀑布						1																										
32. 斷句	(無)																															
33. 隔浦曲					(無)																											
34. 合釋酬	(無)																															
35. 峰多種子	(無)																															
36. 春藝													1																			
37. 散十一樓瀾翻眼	(無)					1																										
38. 禅龍寺	(無)	1																														
39. 約臺	1	1				1																										
40. 小孤嶼																																
41. 豐豐灣山																	1															

古風詩題 \ 分類	意匠景象 自然	意匠景象 人文	繪缺景象 自然裝景長	平面景象 賣角訓	微空景象 微空景象	微空景象 半空景象	微空景象 運動躍動	動 上下(升行)	動 飛動法(飛翔/飄上下下)	動 飛翔	動 飛來	動 飜	態 升降(昇降)	態 躍踊(出沒/轉動)(飄)	景 滿溢(運動)	景 出入	景 接觸	景 吸譜	來去 來去(佛國/來回)(次往)	來去 變化(變幻)	來去 孕載(飛翔/踊)	景 日月星光	景 日光	景 星光	景 月光	象 燈光	象 耀	象 祥嵐之光	象 火光	象 交通	象 晉光	象 出光(事職)(小計)
42. 贈衛八處士																																
43. 清平樂今其一	(第)													1																		
44. 清平樂今其二					1									1																		
45. 清平樂其一																1																
46. 清平樂其二	(第)				2																											
47. 清平樂其三	(第)																															
48. 佳麗歌			1																													
49. 邊庭枝其一	(第)																															
50. 邊庭枝其二	(第)				1											1																
51. 襖鬪其一					1																											
52. 襖鬪其二					1																											
53. 襖鬪其三	(第)				2					1																						
54. 襖鬪其四											1																					
55. 鬪鴨九象					1					1				1																		
56. 上謝實關詩其一																											1					
57. 上謝實關詩其二				2	1																											
58. 白香詩募縣小吏入令 臥內書籤午穗堂下令 裹袈裟班賀白盆二 書云	(第)																							1								
59. 詠素其一	(第)																															
60. 詠素其二	(第)				1																											
61. 句一					1																											

表五：李白詩補遺紀遊景象紀錄表

表五論析出以下數點：

1. 表五：李白詩補遺景象種類分佈，李白詩補遺共 64 首，紀遊詩補遺共 64 首，紀遊詩首數占 29 首，比率為 45.3%。高空景象描述占 33 次，動態景象描繪有 26 次，選較定點景象描寫 4 次、線狀景象描寫 1 次、平面景象筆寫 2 次，出現次數高於 6 至 8 倍以上，此可見李白詩作常用高度空間及動態時空景象抒發情意。

2. 表五中，動態時空景象之次數較高度空間描寫較少，前者為 26 次，後者為 33 次，上述比率差異。因為李白在上述兩類詩歌體裁作品，四度時空動態描寫諸多於三度空間描寫次數。李白樂府詩 149 首，李白古風 59 首，顯示李白常用立體三次元的心理視點及視覺方所詞，觀察或想像萬物，傳達李白內心的空間認知。

3. 表五之數據，以高度空間描寫次數最多，共有 33 次，顯示李白常用高度空間描寫次數多，以高度空間認知。

表六：李白詩歌各類體裁之紀遊景象統計總表

（此茲取表二、表三、表四、表五之統計數據為依據，呈現李白詩紀遊景象之總體分布情形）

空間度 李白詩歌體裁	定點 （零度空間）	線狀 （一度空間）	平面 （二度空間）	高空 （三度空間）	動態 （四度時空）	小計	光	總計
古風 59 首	18	2	1	14	81	116	5	121
樂府 149 首	85	6	9	65	94	259	12	271
古近體詩 779 首	109	23	11	633	595	1371	59	1430
詩補遺 64 首	4	1	2	33	26	66	2	68
李白詩總數 1051 首	216	32	23	745	796	1812	78	
紀遊詩數 543 首								
（排序）	3	5	6	2	1		4	
出現比率	11.92%	1.77%	1.27%	41.11%	43.93%	100%		

表六解析出以下數點：

1. 表六：李白詩歌各類體裁之紀遊景象統計總表，這可見紀遊景象出現次數最高者，是動態景象，共有 796 次；紀遊景象出現次高者，時間是高空景象，共有 745 次；紀遊景象次數排序第三者，是定點景象，共有 216 次；光出現次數為 78 次，排序第四。線狀景象之出現次數是 32 次，平面景象之出現次數是 23 次，前者排序第五，後者排序是第六。

2. 表六可看出，當李白詩多使用動態景象描摹情景時，高空景象語詞使用會減少，定點景象使用會增加。當李白詩多使用高空景象語詞寫情景時，定點景象語詞使用會減少，甚至古近體詩之光之語詞描景次數大量增加至 59 次。

3. 上述分析，也許可以說明李白詩作中，描摹太白求仙與太白欲接觸仙人之心理視點過程。故高空景象增加時，高空之上的光之描摹次數也大量增加。

4. 表六反映古風 59 首及樂府 149 首均為動態景象次數最高，定點景象之摹寫次數也增加，為次高。此或可說明李白突破三度空間人類世界的觀察、思維模式，運用太白想像力及創造力，想像出若身處四度時空的世界，時間和空間合一，可同時同步觀見不同角度的景致，或上下；或左右；或前後；或出入；或起落；或昇降；或橫越；或飛翔環繞，如同生活在三度空間的人類，站在八角鏡環繞的空間中心，可以同時同步觀察不同角度的物體面向。李白具想像力及創造力的動態之心理視點，與他具靈動、獨特的空間認知，擅長於運用視覺方位處所詞語，描繪其所見所思所想像的遊歷及世界，這不僅獨步於當時，也突破了今人的想像空間，甚至突破了身處在三維世界的人類視點，李白創想出動態的四度時空的視野。

5. 表六中，光之描摹總次數達 78 次，在所有紀遊景象次數排序中，為第四，光之出現次數較線狀及平面空間多。此顯示李白在觀摩宇宙空間時，注意到光之存，在甚至觀察光速之速度，繫連光與地球空間之移動關係，並且寄寓人世情思於其中。

6. 表六中，空間度（dimensions of space）指空間描述，此指有關的距離因次。空間度種類包含零度空間；一度空間；二度空間；三度空間；四度時空。空間度也指物理事件的描述，此必須指名位置及時間，因此多增加一個空間度「時間」的測量，對於四度時空，需用（x, y, z, t）來表示，此稱為 Min kowski 空間。若事件與時間無關，只需對距離之量度。

表七：李白詩歌各類體裁之紀遊景象排序統計

（此茲取自表二、表三、表四、表五和表六之統計數據為依據，呈現李白詩中方位處所與心理視點之排名）

李白詩歌體裁	（紀遊景象）次數最高者	（紀遊景象）次數次高者	（本欄項下數據引自表六）各類詩歌體裁紀遊景象小計	次數最高者所占比率	次數次高者所占比率
古風 59 首	（動態景象）81	（定點景象）18	116 註1	（動態景象）69.83%	（定點景象）15.52%
樂府 149 首	（動態景象）94	（定點景象）85	259 註2	（動態景象）36.29%	（定點景象）32.82%
古近體詩 779 首	（高空景象）633	（動態景象）595	1371 註3	（高空景象）46.17%	（動態景象）43.00%
詩補遺 64 首	（高空景象）33	（動態景象）26	66 註4	（高空景象）50.00%	（動態景象）39.39%

註1 表七之各類詩歌體裁紀遊景象小計，古風項下一欄數字為古風 116 次，此為引據自表六中古風 31 首紀遊詩共出現 116 次紀遊景象。

註2 表七之各類詩歌體裁紀遊景象小計，樂府項下一欄數字為 259 次，此引自表六樂府詩 149 首之中，93 紀遊詩共出現 259 次紀遊景象。

註3 表七之各類詩歌體裁紀遊景象小計，古近體詩項下一欄數字為 1371 次，此據表六古近體詩 779 首之中，390 首紀遊詩共出現 1371 次紀遊景象。

註4 表七之各類詩歌體裁紀遊景象小計，詩補遺項下一欄數字為 66 次，此依表六詩補遺 64 首中，29 首紀遊詩共出現 66 次紀遊景象。

表七分析出下列幾點：

1. 表七：李白詩歌各類體裁之紀遊景象排序統計，顯見動態景象之描摹次數最高者，有兩次出現在古風 59 首與樂府 149 首，各占 69.83% 及 36.2%；高空景象之描摹次數最高者，有兩次，各占 46.17% 和 50.00%。此顯見李白慣用動態語詞與立體空間描繪景象，抒發遊歷情思。

2. 表七中可見高空景象描摹次數最高者之兩次，出現在古近體詩與詩補遺。在表七中，古近體詩 779 首和詩補遺 64 首之紀遊景象描摹比例次高者，各占 43.00% 及 39.93%。這排序統計情形可見，動態景象描摹情景之比例，在李白所有詩體裁與詩補遺中，排序均為為第一及第二。這排序可知李白慣用語詞語法；動態的視覺心理識點，及其靈動的空間認知。

3. 表七中，古風 59 首紀遊景象，以動態景象寫次數最高，次數所占總數之比例為 69.83%，已達七成。表七中，古近體詩 779 首之紀遊景象，以高空景象為次高景象，以高空景象次數最高，次數所占總數之比例是 46.17%，未達五成。表七中，詩補遺之紀遊景象，以高度空間景象摹寫次數最高，次數所占總數之比例是 50.00%，恰好五成。此可見李白亦擅用立體三度空間描摹遊歷情景與思所見之空間。

圖一：李白詩歌之紀遊空間景象之比率直方圖
　　　（資料來自表六）

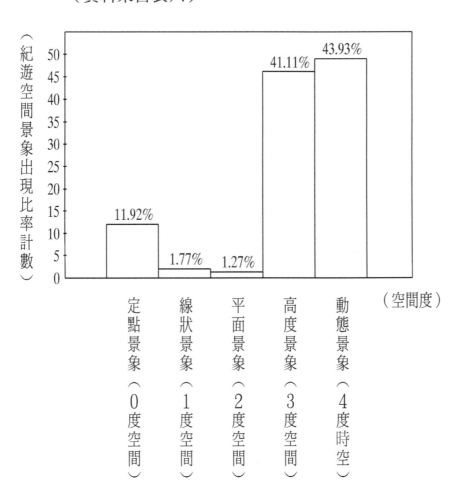

圖二：李白詩歌之所有紀遊景象之次數直方圖
（資料來自表六）

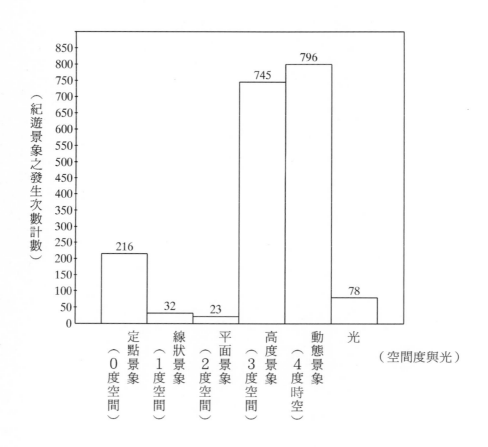

圖三：李白詩歌各類體裁之紀遊景象之比率長條圖
（資料來自表六）

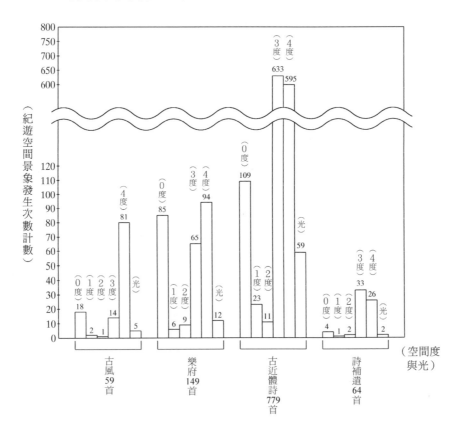

國家圖書館出版品預行編目(CIP)資料

李白紀遊詩時空美學 / 黃麗容著. -- 初版.

　-- 臺北市 : 萬卷樓, 2013.02

　　面 ；　公分. --（文學研究叢書）

ISBN 978-957-739-793-5(平裝)

1.(唐)李白 2.唐詩 3.詩評

　　　851.4415　　　102002529

李白紀遊詩時空美學

2013 年 2 月 初版 平裝

ISBN 978-957-739-793-5　　　　　　　　定價：新台幣 720 元

作　　者	黃麗容	出 版 者	萬卷樓圖書股份有限公司
發 行 人	陳滿銘	編輯部地址	106 臺北市羅斯福路二段 41 號 9 樓之 4
總 編 輯	陳滿銘	電話	02-23216565
副總編輯	張晏瑞	傳真	02-23218698
編　　輯	吳家嘉	電郵	editor@wanjuan.com.tw
編　　輯	游依玲	發行所地址	106 臺北市羅斯福路二段 41 號 6 樓之 3
封面設計	斐類設計	電話	02-23216565
		傳真	02-23944113
		印 刷 者	百通科技股份有限公司